CHRISTIAN BERNER

Ssil

Christian Berner

Ssil

Die Rächer des Lichts
Zweiter Teil

Roman

ISBN: 9798856385594

Imprint: Independently published

Illustration: Alexander Marseille
und Christian Berner

Für Alex

*Wahre Freundschaft gründet auf dem Gleichklang der Seelen.
Sie ist ein unverrückbarer Anker des Herzens und schenkt
Erkennen im Spiegel des Anderen.*

INHALTSVERZEICHNIS

THORLAND
Miragtien
Korruthen
Rassgalur
Reisigenburg
Grauer Forn
Glidonen
Westheim
ARGENAS
Elftor
Hallstadt
Reichenfurt
Hohendahl
Degenstein
Cochim
Grim
Königsbrunn
Al Thorim
Klingenhart
Mittheim
Danzel
Nagarren
Jerinost
Dalyja

WAS BISHER GESCHAH

Hoch oben im Norden des gewaltigen Kontinents Nin empfängt Ssil von ihrem Gott Ban-Thu eine Vision. Sie ist eine Chaya-Rhunay, eine geweihte Schattenpriesterin der Kinder des Zwielichts. In der verstörenden Offenbarung ihres Herrn wird sie mit einer möglichen Zukunft konfrontiert, in der alle Völker und Reiche Nins unter das Joch einer fürchterlichen Schreckensherrschaft gezwungen werden, die seit vielen tausend Jahren prophezeit wurde und nun unmittelbar bevorsteht. Zum zweiten Mal in der Geschichte der Welt Ama hat sich eine dunkle Allianz gebildet, die über die Macht verfügt, das *Haus des Leids* zu errichten. Dabei handelt es sich um eine Metapher für den vollständigen Untergang aller freien Nationen und souveränen Staaten des Kontinents. An ihre Stelle soll schon bald die Tyrannei dieses bösen Bündnisses treten, deren Köpfe sich allerdings noch nicht gezeigt haben. Im Auftrag ihres Gottes macht sich Ssil auf den Weg, um das Eintreten der Prophezeiung zu verhindern.

Zur selben Zeit erfährt König Erik, Herrscher über Argenas, ein Reich in der Mitte des Kontinents Nin, dass sich drei Armeen in Marsch gesetzt haben, um sein Land mit Krieg zu überziehen. Der dunkle Lord Ashuur, der sich anschickt, alle Reiche im Süden Nins zu unterwerfen, ist der Drahtzieher der Verschwörung. Er schmiedet einen Pakt zwischen den finsteren Heerscharen der Kil-Rhai, den Schattenkriegern der grausamen Göttin Eakkari, und der Horde des mächtigen Warlokhäuptlings Ûxmal. Die dritte Armee soll von den Eisernen gestellt werden. Dabei handelt es sich um ein kriegswütiges Barbarenvolk aus Thorland, einem Reich im Nordwesten von Argenas. Erik schickt daraufhin einen seiner Ritter, den Freiherren Ean Gomōnsson, auf eine Geheimmission. Diese besteht aus zwei Teilen: Weil dieser der Ziehsohn des Clankönigs der Thorlander ist, soll er seinen Vater davon überzeugen, die Seiten zu wechseln. Erik ist nicht nur der König von Argenas, sondern auch einer der wenigen Hohepriester Sians, eines auf ganz Nin sehr verehrten Gottes. Von einem Solar, einem mächtigen Engel und Diener Sians, hat seine Majestät erfahren, dass Ean der Erbe des legendären Ritterpaladins Jundo aus dem Haus Sharrâta sein könnte. Dessen magische Klinge, *Ukonnen*, das Schwert der reinen Macht, das seit Jahrhunderten als verschollen gegolten hat, soll sich in den Händen der Schattenkrieger befinden, die ihre geheime Basis in einem Labyrinth aus Tunneln unterhalb des Gebirgszuges der Korruthen errichtet haben. Erik erteilt deshalb dem Drachenritter zusätzlich den Auftrag, das Schwert zurückzuholen. Da die Kil-Rhai sowohl als Meister der Spionage als auch als tödliche Meuchelmörder gelten, wird Ean von König Erik vor der versammelten Ritterschaft entehrt und verbannt. Auf diese Weise will der König sicherstellen, dass dessen Mission unentdeckt und der Drachenritter von den Schergen Eakkaris unbehelligt bleibt. Im Verlauf dieser Unternehmung, die er in Begleitung seines Freundes, dem jungen Meistermagier Gamron Valator antritt, werden die beiden getrennt.

Während der Ritter als Folge der Verbannung sein Gedächtnis und seine Persönlichkeit verliert, wird Gamron von einem elfischen Jagdtrupp in den gigantischen Wald Miratien entführt. Liliuvara, die Hohe Königin der dort lebenden Elfen, hat ebenfalls davon Kenntnis erlangt, dass das *Haus des Leids* von Neuem errichtet werden soll. Das erste Haus überdauerte mehr als tausend Jahre. Ein legendärer Bund fünf mächtiger Erzmagier, welcher die Roten Meister von Kwo-Rhai genannt werden, konnte es schließlich niederringen. Sollte es noch einmal gebaut werden, so lautet die Prophezeiung, wird die Tyrannei kein Ende mehr haben. Um genau dies zu verhindern, erschuf dieses Pentagon der Intelligenz und Weisheit ein magisches Gesamtkunstwerk, das Ki-Rin. Darin verwoben finden sich mächtige, die Zukunft betreffende Beschwörungen, welche zu gegebener Zeit den Verlauf des Schicksals beeinflussen sollen sowie unbekannte Artefakte, verzauberte Lebewesen und viele Schriften und Prophezeiungen. Wie sich herausstellt, ist Gamron der letzte Nachfahre des Roten Meisters Shin Wa.

Liliuvara sorgt dafür, dass der junge Zauberer eine geheimnisvolle Gabe erhält, die mit seiner Abstammung in Zusammenhang steht. Da er sich aber dieser Macht erst würdig erweisen muss, nimmt sie ihm anschließend die Erinnerung daran, bringt ihn zurück in den Grauen Forn und schickt ihn wieder auf die Reise.

Derweilen sammelt sich die Horde des Warlokhäuptlings Ûxmal. Von überall her strömen die Ungeheuer zusammen, um sich um sein Banner zu scharen. Eine größere Gruppe überfällt dabei das Heimatdorf des Halbelfen Rovin am südwestlichen Rand Miratiens, der Zeuge wird, wie man seine Mutter auf bestialische Weise abschlachtet. Hals über Kopf flieht er nach Süden, fest entschlossen, sein Volk und seine Heimat für immer zu verlassen. Er durchquert Argenas nördlich von Reisigenburg, wobei er sich von allen menschlichen Siedlungen fernhält, und taucht in den Grauen Forn ein. Dort begegnet er bald darauf einer anderen, kleineren Schar der Warloks, angeführt von einem Hügelriesen, die er hasserfüllt angreift. Er tötet den Riesen, vertreibt die restlichen Warloks und rettet damit einem der Gefangenen der Unholde das Leben, dem Mönch Ichigo, der auf dem Weg zurück zum *Stein der Freiheit*, seinem Kloster, gewesen ist. Rovin ist von Anfang an von der schlichten Aufrichtigkeit und Weisheit des Palaeraners tief beeindruckt und beschließt, ihn fortan zu begleiten.

Taz Tahar, der Ordensmeister Ichigos, schickt die beiden in den Süden zur Burg Hohengraufels von Baron Ardarat, da er um dessen Wohlergehen fürchtet. Auf dem Weg dorthin kommen sie an einem einsam gelegenen Gehöft vorbei. Entsetzt stellen sie fest, dass nicht nur alles Vieh, sondern auch alle Bewohner grausam getötet worden sind. Ichigo nimmt bei ihrer Untersuchung der Ereignisse die Aura eines Dämons wahr. Sie beschließen, der mentalen Spur zu folgen und geraten in einen mörderischen Kampf mit einem Schattenwesen, das sie nur mit größter Mühe besiegen können. Der Mönch aber wird dabei tödlich getroffen. Rovin gelingt es am Ende in einem dramatischen Rettungsversuch seinen Freund Ichigo wiederzubeleben, dessen Herz in Folge seiner Verletzungen aufgehört hat zu schlagen.

Gamron trifft nach seiner Begegnung mit den Elfen schließlich wieder mit Ean zusammen, der in der Zwischenzeit die Bekanntschaft mit einer jungen Druidin geschlossen hat. Rani stammt aus dem Norden und ist von Ssil beauftragt worden, den *Seelenstein* zu finden, der seit unzähligen Generationen von der Familie der Ardarats bewahrt wird. Die Chaya-Rhunay hat ihr Wissen über die bevorstehende Errichtung des *Hauses des Leids* mit Rani geteilt und eine Vereinbarung der Druiden mit den Kindern des Zwielichts in Kraft gesetzt. Dieses Abkommen ist, wie so Vieles, ein Bestandteil des Ki-Rin. Aufgrund dessen hat sich die Druidin auf die Reise in den Süden begeben, wo sie schließlich im Grauen Forn auf Ean trifft. Nachdem dieser sie aus einer lebensgefährlichen Situation rettet, führt Rani für ihn im Gegenzug ein magisches Ritual aus, sodass der Drachenritter mit ihrer Hilfe sein Gedächtnis wiedererlangt. Noch bevor Gamron eintrifft, macht sie sich aber wieder auf den Weg. Sie trifft auf einen Trupp schwarz gepanzerter Ritter und verfolgt diese, wird aber durch das Eingreifen einer mächtigen Zauberin mit einer Silbermaske gefangen genommen.

Auch Ean und Gamron nehmen ihr ursprüngliches Ziel wieder auf und setzen ihre Reise zu den Korruthen fort. In der Wildnis treffen die beiden auf den Soldaten Gregor, der ihnen berichtet, dass der Schwertmeister Robert von Callen und weitere Angehörige der Garnison von Thul Araan, der argenaischen Grenzburg des Westens, von den Kil-Rhai gefangen genommen worden sind und nun in den lichtlosen Tunneln ihrer Basis festgehalten werden. Gemeinsam begeben sich die drei hinab ins Unterreich. Mit einer List schaffen sie es, bis zu den Kerkerzellen vorzudringen, und können Robert und seine Soldaten sowie die ebenfalls dort unten gefangen gehaltene Ssil aus den Fängen der Kil-Rhai befreien.

In einem finalen Kampf besiegen sie dabei den Anführer der Schattenkrieger, den Darmak Kokoru. Dabei fällt dem Ritter das mächtige Schwert *Ukonnen* in die Hände. Als Ean die Klinge für sich beansprucht, wird allen, die sich dort unten zu einer schicksalshaften Gemeinschaft zusammengefunden haben, bewusst, dass sie in diesem Augenblick leibhaftige Zeugen eines bedeutenden, geschichtsträchtigen Ereignisses sind.

PROLOG

Es war nur ein einziger Schritt, und dennoch führte er ihn aus der eisigen Kälte eines Frühwintertages hoch im Norden in die brütende Schwüle der südlichen Tropen, deren lastende Schwere nicht einmal während der Nachtstunden nachließ.

Unwillkürlich senkten sich sein Kopf und seine Schultern ein Stück nach vorne, während sein Schwert gefühlt plötzlich doppelt so viel wog, wie vorher. Doch die Temperatur war nicht der einzige Grund, warum er eine bleierne Müdigkeit in all seinen Knochen verspürte. Zwei Tage und Nächte ohne Schlaf taten ihr Übriges. Ein Seitenblick verriet ihm, dass es seinem Waffenbruder nicht anders erging – ein kleiner Trost, immerhin. Er schüttelte leicht den Kopf und begann, mit sich selbst hart ins Gericht zu gehen.

Reiß dich zusammen, Zeb Morgan, alter Narr! Es ist an dir, ihre Sicherheit zu garantieren! Besser, du überprüfst hier alles, bevor sie durch das Tor tritt!

Sofort straffte er seine Schultern und zwang sich, mit all seinen Sinnen die nähere Umgebung abzusuchen.

Sie befanden sich in einem Wald. Allerdings war dies kein gewöhnlicher Forst. Die Bäume erinnerten aufgrund ihrer weißen Rinde an Birken, doch damit endeten die Gemeinsamkeiten bereits wieder. Ihre Stämme waren um ein Vielfaches dicker und etwa zehn Schritte höher. Auch ihre Blätter in der Form handtellergroßer, gezackter Sterne zeigten ihm, dass es sich hier um eine gänzlich andere Art handeln musste – eine, die ihm unbekannt war.

Es braucht wohl an die fünf bis sechs große Männer, die sich an den ausgestreckten Händen halten, um diese Riesen zu umfassen! Und wie seltsam sie aussehen – ihr Wuchs ist unregelmäßig und verdreht, so als ob sie unter der Last ihrer Jahre gebeugt worden wären.

Noch etwas nahm der Krieger wahr – eine düstere, unheilvolle Aufmerksamkeit. Es kam ihm so vor, als hätten die titanischen Wesenheiten eben noch in einem unhörbar leisen Summton miteinander gesprochen und wären von ihnen dabei gestört worden. Nun herrschte eine Stille, die vor unverhohlener Feindseligkeit zu vibrieren schien. Seine Nackenhaare stellten sich auf und seine Faust spannte sich fester um den Griff seiner Klinge.

In diesem Augenblick legte sich, leicht wie eine Feder, die Hand seiner Herrin auf seine Schulter.

„Achte nicht auf sie, mein stets wachsamer Feuergeist. Sie sind keine Bedrohung für uns. Noch nicht."

Ihre wundervoll melodische, glockenhelle Stimme vertrieb all seine Bedenken und zerstreute auch noch den leisesten Zweifel.

„Ganz wie du meinst, Sonne meines Herzens. Außer diesen uralten, ingrimmigen Wächtern vermag ich keine Entität wahrzunehmen, egal ob Freund oder Feind. Mir scheint, wir sind für den Augenblick sicher."

Er wandte sich zu Espíritu um. Aufmerksam musterte er die Frau, die für ihn der Sinn seines Lebens war.

Ihr weiß-blondes Haar hatte sie wie stets zu einem komplexen Zopf geflochten. Der irritierende Blick ihrer milchig-weißen Augen, bei denen die Pupillen nur als schlierige Schemen zu erahnen waren, brachte ihn wie immer kurz aus der Fassung. Auch nach all den Jahren hatte sich dies für ihn nicht geändert. Für einen kurzen Moment beschleunigte sich sein Herzschlag, und er spürte das leise Flattern der Schmetterlinge in seiner Magengegend. Ihr nicht ganz menschliches Antlitz erschien ihm von einer göttlichen Schönheit und Erhabenheit durchdrungen. Die leicht schräg gestellten Augen, die größer waren als die der Menschen, die hohen Wangenknochen, das schmale, zierliche Kinn und die vollen, sinnlichen Lippen ergaben eine wahrlich außergewöhnliche Mischung – ein Eindruck, der durch die fingerlangen, weiß-blonden und filigranen Haarbüschel, in denen ihre Augenbrauen endeten, noch verstärkt wurde. Im Gegensatz dazu waren ihre Wimpern von einem satten Schwarz. Sie war nicht besonders groß – ihr Körper erinnerte eher an ein junges Mädchen, als an eine erwachsene Frau – und doch war sie eine der wenigen noch lebenden Kreaturen, die Eanandaomars Erwachen beigewohnt hatten.

Er verbeugte sich leicht vor ihr. Sie nickte ihm zu, wandte sich dann aber von ihm ab und betrachtete die Bäume um sie herum, während er erneut das Wort an sie richtete.

„Ich würde doch gerne wissen, wo wir sind, ehrenwerte Hüterin. Dieser Wald scheint groß zu sein sowie unfassbar alt, und dennoch habe ich bislang weder von ihm gehört noch ihn jemals vorher gesehen. Bei den Klingenhexen Balgardaschs! Ich kenne nicht einmal den Namen dieser Bäume! Das wiederum stimmt mich doch sehr nachdenklich, da ich alle Gebiete Nins ausreichend gut zu kennen glaube. Ich verwette meinen alten, aber mir doch sehr teuren Arsch darauf, dass wir unser Zuhause, ja vielleicht gar unsere Welt selbst verlassen haben!"

Ihre Augenbrauen hatten sich zusammengezogen. Mit zerfurchter Stirn drehte sie sich zu den beiden ungleichen Kriegern um.

„Du gehst recht in deiner Annahme, mein wissbegieriger Gefährte. Wir sind nun auf der anderen Seite des ustratischen Ozeans, in Rhuân."

„Rhuân! Espíritu, du weißt, ich stelle deine Handlungen und Entscheidungen niemals in Frage, aber bei Ewan, dem Urbösen! Was bitte haben wir im Reich der Seelenlosen zu suchen?"

Sie antwortete nicht, sondern glitt auf ihre unnachahmliche Art, die ihm mehr wie ein Schweben, denn wie ein Gehen erschien, über die Mooskissen des Waldbodens hinweg auf den ihnen am nächsten stehenden Baumriesen zu. Behutsam legte sie ihre feingliedrige Hand auf dessen raue, rissige Rinde. Augenblicklich marschierte Zeb nach vorne, postierte sich auf ihrer linken Seite und überließ es seinem Waffenbruder, die rechte Flanke und den Rücken ihrer Herrin zu schützen.

Nach all den Jahrhunderten des gemeinsamen Dienstes als Leibwächter von Espíritu, der Hohepriesterin Xeretes, der Göttin des Wissens, arbeiteten Zeb Morgan und Armorak Storm in derart perfekt aufeinander abgestimmte Weise, dass sie beide blindlings wussten, was der jeweils andere tat.

Zeb hakte nicht nach. Er wusste, dass dies jetzt keinen Sinn hätte. Wenn sie den Zeitpunkt für geeignet erachtete, würde sie ihn über den Zweck dieser Reise in Kenntnis setzen. Nun aber war sie bereits tief in der Konzentration eines Zaubers versunken.

Ein feines, grünes Leuchten umgab die Hand der Hohepriesterin dort, wo diese die Baumrinde berührte. Ihre Augen waren geschlossen. Nach einer kleinen Weile erlosch das Licht, das Espíritus Finger umspielt hatte. Ihre Stirn glättete sich und die Andeutung eines Lächelns umspielte die Mundwinkel der Hohepriesterin, als sie sich wieder ihren beiden Begleitern zuwandte.

Zeb Morgan erweckte mit seinem attraktiven, kantigen und stets unrasierten Gesicht sowie seinen tiefliegenden, stechend blauen Augen einen verwegenen, draufgängerischen Eindruck. Unter seinem eisernen Helm wallten die prächtigen, rot-orangen Haare wild und unzähmbar bis zu seinen Schultern herab. Er trug braune Beinkleider, die in schwarzen, schmutzigen Lederstiefeln steckten, ein dunkelgraues Lederhemd, welches mehrfach geflickt war und einen schlichten, braunen Umhang aus gutem Tuch. Seine Linke war hinter seinem Rücken verborgen. Espíritu wusste, dass sie auf dem Heft seines Sai ruhte, welcher in einer Spezialscheide hinten an seinem Gürtel befestigt war. Zeb Morgan war ein Meister im Umgang mit dieser kurzen, dreizackigen Klinge, die entfernt Ähnlichkeit mit einer Gabel besaß und vortrefflich zur Entwaffnung gegnerischer Klingenträger geeignet war. In seiner Rechten hielt er einen blank gezogenen Krummsäbel, der aus einem dunkel-anthrazitfarbenen Metall geschmiedet war. Die Klinge ruhte in trügerischer Behäbigkeit mit dem stumpfen Rücken auf seiner rechten Schulter, so wie stets, wenn er in wachsamer Aufmerksamkeit mit scharfem Blick die nähere Umgebung musterte.

Die äußerliche Unscheinbarkeit seiner Gewandung vermag seine Ausstrahlung in keiner Weise zu beeinträchtigen. Seine schon fast arrogante Selbstsicherheit, sein überlegenes Auftreten sowie die unterschwellige

Bedrohung, die von ihm ausgeht, selbst wenn er ganz entspannt zu sein scheint, bilden eine fast mit den Händen greifbare Aura um ihn herum. Er erweckt stets den Eindruck, als könnte er es gar nicht erwarten, herausgefordert und angegriffen zu werden.

Ihr Blick wanderte zu Armorak Storm hinüber. Das winzige Lächeln verblasste. In ihre Augen trat ein Ausdruck, in dem sich Respekt und grenzenloses Vertrauen mischten.

Wie anders er doch ist. Wo Zeb munter drauf los redet, wie ein rasch dahin plätschernder Bach, schweigt Armorak. Mein Feuergeist ist wie ein Vulkan, er dagegen gleicht einem Eisberg. Der Eine ist agil wie eine Raubkatze, schnell, behände und kraftvoll, der Andere wie eine alte Baumwurzel, hart und zäh, unbeugsam und standhaft.

Weder zum ersten noch zum letzten Mal fragte sie sich, was sie ohne diese Beiden tun würde. Dann wandte sie sich ihrem rothaarigen Heißsporn zu.

„Die erneute Errichtung des Hauses des Leids ist prophezeit, wenn die vier Säulen des Untergangs sich gezeigt haben:

Og´Ra´Fu – die dunkle Unterwerfung,
Zésspa Larnach – die Herrschaft der Nacht,
U´rlioth Alachair – das Erwachen der Eisschlange und
Rúag E´llenach – der Fall der geheimen Mauer."

Zeb nickte.

„Ja, Sonne meines Herzens, das alles ist mir wohlbekannt, wie du sehr genau weißt. Aber warum sind wir hierhergekommen? Und vor allem: Wieso die Eile? Wir waren gerade erst im Tempel eingetroffen. Du brauchst dringend ein paar Tage Ruhe. Niemand ist geholfen, wenn du vor Erschöpfung zusammenbrichst. Aber anstatt sich endlich ein wenig zu erholen, stehen wir nun in einem von allen Seelen verlassenen Wald!"

Espíritu achtete wie stets nicht auf seine knurrigen Worte, sondern fuhr fort.

„Über die letzte Säule wissen wir immer noch nichts Bestimmtes. Die Bedeutung der ersten drei aber hat sich über die letzten dreitausend Jahre nach und nach offenbart. Nehmen wir Og´Ra´Fu:

Ewan, der Prinz des Leids, unterwirft sich dem Träger Ewanars. Dies war das einfachste der vier Mysterien. Bereits Anusandhana, unsere verehrte Hohepriesterin des ersten Millenniums nach dem Fall der Tarul, löste dieses Rätsel. In dem von ihr verfassten Epos *Ewaneia* hat sie uns das von ihr darüber zusammengetragene Wissen hinterlassen. Doch bis heute wissen wir nicht, wer der Träger oder die Trägerin des mächtigen Artefakts ist. Dies bleibt das fehlende Puzzle-Stück Og´Ra´Fus.

Das zweite Mysterium, Zésspa Larnach, ist dagegen nun vollständig erklärt. Ashuur, der Hochmeister der Ritterschaft der Lilie, ist dabei, den Obelisk der Nacht zu erschaffen. Er ist kurz davor, dieses unheilige Werk des Bösen zu vollenden. Wenn ihm dies gelingt, werden titanische Wogen der Verzweiflung, der Angst und der Schwächung über die guten Völker Nins hinwegrollen. Ihr Mut sowie ihre Widerstandskraft würden dadurch gebrochen. Die dunklen Ritter kämen über sie wie die Wölfe über eine Schafherde."

Sie senkte einen Moment den Blick. Zeb konnte die unausgesprochenen Worte beinahe hören – niemals würde sie, Espíritu, Wächterin der Mysterien Amas, dies zulassen! Mit all ihrer Macht und ihrem großen Einfluss auf die Herrscherhäuser Nins war sie eine gefährliche Gegenspielerin für Ashuur. Wenn es jemandem gelingen konnte, das Werk dieses urbösen Wesens zu sabotieren, dann seiner geliebten Herrin! Als hätte sie seine Gedanken vernommen, richtete sie ihren durchdringenden Blick auf ihn.

„Möglicherweise werde ich im Kampf gegen den grausamen Lord der Nacht eine kleine Rolle spielen können. Doch seinen Fall müssen Andere herbeiführen."

Sie seufzte tief, dann fuhr sie fort.

„Höre also nun die Worte, die mich sogleich zum Aufbruch drängten!

Scheitern die Rächer des Lichts, so wird ein roter Mond geboren – sein blutiges Licht fällt auf die Herrschaft der Nacht."

„Eine neue Prophezeiung, Königin meines Herzens?“

Espíritu nickte. Ihre daraufhin geäußerten Worte ließen ihn frösteln.

„Eine Prophezeiung zweiter Ordnung.“

Wenn eine Vorhersage sich ohne Zweifel erfüllen würde, wurde sie als Prophezeiung erster Ordnung bezeichnet. Gab es dagegen zwei oder mehrere Möglichkeiten des Ausgangs, sprach man von einer Vorhersage zweiter Ordnung. Diese unterlagen einer besonderen Geheimhaltung, da es durchaus möglich war, Einfluss zu nehmen und die Geschehnisse in eine bestimmte Richtung zu lenken. Das führte jedoch nicht immer zum Eintritt derjenigen Ergebnisse, die man beabsichtigte. Nur zu oft erfüllte sich eine Prophezeiung, die verhindert werden sollte, genau aufgrund der Taten, die dagegen unternommen worden waren. Genau deswegen hielten die Priesterinnen und Priester Xeretes alle Prophezeiungen zweiter Ordnung vor den Augen und Ohren der Welt verborgen.

„Sonalao ni Dilnujen empfing sie am Ende seines langen Weges.“

„Der Erzpriester Kaltharias? Er ist tot? Davon weiß ich noch gar nichts.“

Espíritu seufzte tief.

„Er starb zusammen mit seinen Tandani vor drei Tagen bei einem Angriff der dunklen Ritter der Lilie. Ich erfuhr es erst vorhin, als der Rauchrabe der Mondelfen im Tempel eintraf.“

„Deswegen also sind wir derart hastig aufgebrochen. Wie viel Zeit bleibt bis zur Gabelung?“

„Die Welt erreicht die Wegscheide gemäß den Worten Sonalaos erst sieben Monde nachdem die Wächter des Ausgleichs den Pfad zu Shin-Was Heiligtum geöffnet haben.“

Zeb hatte zwar keine Ahnung, wovon seine Herrin sprach, traf aber dennoch die richtige Schlussfolgerung.

„Und dieser geheimnisvolle Pfad ist hier.“

Er hatte zwar keine Frage formuliert, gleichwohl aber nickte Espíritu.

„Der Pfad ist immer noch verborgen. Kein großer Druide hat sein Blut unter diesen Bäumen vergossen, um ihn herbeizurufen. Wir haben also mindestens sieben Monde lang Zeit, bevor das Scheitern der Rächer des Lichts bevorsteht – bevor die Herrschaft der Nacht beginnt.“

Erneut jagte ein Schauer über Zebs Rücken. So lange arbeiteten sie nun schon daraufhin, die Errichtung des Hauses des Leids abzuwenden. Es erschien ihm wie eine Ewigkeit. Endlos die Tage, Monate und Jahre, die sie von Espíritus Weisheit geleitet den Weg des Schicksals dieser Welt beeinflusst hatten. Die Prophezeiungen zweiter Ordnung bildeten ein Labyrinth aus möglichen Entwicklungen. Jede Wegscheide, jede Gabelung konnte die Völker Amas näher an den Abgrund führen, oder aber die Bedingungen für einen Sieg der guten Mächte begünstigen. Allerdings gab es einige wenige dieser Knotenpunkte, bei denen ein Weg unweigerlich ins Verderben führte. Ganz offensichtlich war dies bei der letzten Prophezeiung des Erzpriesters Dilnujen der Fall. Scheiterten diese geheimnisvollen „Rächer des Lichts“, so würde die Herrschaft der Nacht in blutigem Licht erstrahlen. Eine wahrhaft furchteinflößende Vorstellung.

„Wer sind diese Rächer? Weißt du irgendetwas über sie?“

„Sie werden in der *Ewaneia* erwähnt:

In dunkler Stunde, an dunklem Ort,
im Herzen seiner Herrschaft,
erwacht gegen den dunklen Lord
der Widerstand gegen die Knechtschaft!
Die Rächer des Lichts erheben sich
aus der Asche verbrannten Fleisches,
geführt vom Träger Elfarons
mit der Macht der Freiheit des Geistes.
Die Seelen erlöst im gebrochenen Leib
fliegt auf Schwingen der Wut
die Heerschar der Sklaven, ob Mann, ob Weib,
und kämpft mit glühendem Mut.“

Zeb stieß hörbar den Atem aus.

„Also entfesseln diese Rächer eine Rebellion gegen Ashuur, denn der dürfte ja wohl gemeint sein, wenn von einem „dunklen Lord“ die Rede ist.“

„Eine naheliegende Interpretation dieser Verse. Allerdings wissen wir das naturgemäß nicht mit letzter Sicherheit...“

Unvermittelt brach sie ab und drehte ihr Haupt, als würde sie auf etwas lauschen. Zeb kannte diese Bewegung nur zu gut. Mit einer fließenden Bewegung zog er den Sai aus seinem Gürtel und glitt in Kampfstellung.

„Nein, Zeb, dieses Mal nicht. Wir sind hier fertig.“

Mit einer formvollendeten Geste ihrer linken Hand erschuf sie ein Tor zu ihren privaten Gemächern im Tempel und schritt hindurch. Ihre beiden Wächter zögerten keinen Augenblick.

Nur einen Wimpernschlag später zerriss ein ohrenbetäubender Schrei die Stille der Nacht! Im selben Moment brach nur fünf Schritte entfernt eine gewaltige, grünhäutige Bestie durch das Unterholz. Der Blick ihrer kleinen, gelb funkelnden Augen huschte hierhin und dorthin, während der lange, peitschenartige Schwanz hin und her zuckte. Frustriert ließ die alte Schreckensechse ein hasserfülltes Zischen hören. Sie kam zu spät – ihre Beute mit dem verführerischen Duft war verschwunden.

Mit dem kläglichen Rest seiner zerbrochenen Klinge durchtrennte der Drachenritter die alten, zerschlissenen Stoffbahnen, die um das längliche Objekt gewickelt waren. Zum Vorschein kam ein Schwert in einer abgegriffenen, braunen Lederscheide. Ean hielt es ehrfurchtsvoll mit beiden ausgestreckten Armen vor sich in Brusthöhe. Gamron neben ihm sog hörbar die Luft ein und blieb wie erstarrt stehen. Auch alle anderen verharrten gebannt an Ort und Stelle. Totenstille breitete sich im Tunnel aus.

Seit dem Moment, in dem seine Finger das schwarze Leder berührten, das den Griff der Waffe umhüllte, spürte Ean eine Art schwaches, langsames Pulsieren, das von der Mitte seiner Handinnenfläche ausging und sich kreisförmig ausbreitete. Es war ein äußerst merkwürdiges Gefühl, das sich unglaublich beschleunigte und zu einer Vibration anschwoll, als würden hundert winzige Hämmerchen rasend schnelle Trommelschläge auf seine Haut herniedersausen lassen, deren Intensität gerade noch unterhalb der Schmerzgrenze blieb. Wie eine Welle, die ein ins Wasser geworfener Stein auslöst, durchströmte die merkwürdige Empfindung seine gesamte Faust, umschloss dann wie ein pulsierender Reif sein Handgelenk und pflanzte sich über seinen Unterarm weiter nach oben fort. In einem ersten Impuls wollte er das Schwert sofort loslassen. Er fühlte sich, als hätte er eine tot geglaubte, giftige Schlange gepackt, die plötzlich zum Leben erwachte. Aber es ging nicht. Seine Faust blieb fest geschlossen, seine Finger verweigerten ihm den Gehorsam. Frappierend schnell jagte der verstörende Impuls seinen Oberarm entlang und erfasste Hals und Oberkörper, bevor er einen Augenblick später Herz und Kopf erreichte.

Mit großen Augen blickte er seinen Vater an, der sich über ihn beugte und ihm mit seiner großen, schwieligen Hand über seine blonden Locken strich. Er war gerade einmal zwei Jahre alt und verstand nicht, warum sie ihre wunderschöne Hütte verlassen hatten. Aber er liebte seine Mutter über alles. Wenn er bei ihr war, kam er mit allem zurecht, sogar mit dem Verlust seines Zuhauses. Sie war der Boden, auf dem er ging, und das Dach über seinem Kopf. Seinen Vater liebte er auch, aber gleichzeitig hatte er auch ein bisschen Angst vor ihm. Plötzlich richtete sein Vater den Blick auf seine Frau. Ein Lächeln glitt über sein kantiges Gesicht.

„Er hat deine Haare, Liebe meines Lebens. Und ich denke, er wird sie behalten."

„Sei dir da nicht zu sicher, Herr meines Herzens. Bei manchen Kindern dauert es drei oder gar vier Jahre, ehe ihr Schopf seine tatsächliche Farbe annimmt."

Die Stimme seiner Mutter war außergewöhnlich – weich und melodiös, voller Liebe und Wärme. Er wollte sich gerade noch etwas tiefer in ihre Arme kuscheln, als sie ihn von ihrem Schoß herunternahm, aufstand und sich neben seinen Vater setzte.

„Wer weiß, vielleicht wird er eines Tages mit derselben nachtschwarzen Pracht gesegnet sein, wie du, Karosh."

Als die beiden so eng nebeneinandersaßen, die Blicke tief ineinander versenkt, wirkten sie wie ein Symbol aus Nacht und Tag – sein Vater mit langen, blauschwarzen Haaren, die ihm bis tief über den Rücken fielen, und seine Mutter, mit ihrer hellen Haut und den weißblonden Locken. Zärtlich strich Karosh seiner Frau über die Wange.

„Möglich, dass du Recht hast, wie so oft. Aber seine Augen hat er von dir, da gibt es keinerlei Zweifel. Nie zuvor sah ich jemanden, mit Augen in der Farbe flüssigen Bernsteins. Und jetzt, wo sich die Flammen in seinen Augen spiegeln, scheint es, als könnte man auf den feurigen Grund seiner Seele blicken – genau wie bei dir, Jasmira."

Sie befanden sich auf offenem Feld und saßen an einem wärmenden Feuer. Seine Mutter wandte ihm ihr Gesicht zu, und als er in ihre Augen schaute, hatte er einen Moment lang das verwirrende Gefühl, in einen Spiegel zu blicken. Da schnaubten plötzlich ihre Pferde und stampften unruhig mit den Hufen auf. Sofort erhob sich sein Vater und zog sein Schwert – eine herrliche Waffe, deren Klinge aus einem beinahe weißen Stahl gefertigt war und in deren Mitte sich ein nachtschwarzer Kern befand, der mit Runen über und über verziert war. Vier Männer traten in den Lichtschein ihres Lagerfeuers, alle mit gespannten Armbrüsten in der Hand.

Seine Mutter stürzte auf ihn zu und nahm ihn sofort schützend in den Arm, während sein Vater die Männer anherrschte.

„Bei Anators heiligem Feuer! Nehmt auf der Stelle die Waffen runter, oder ihr seid des Todes!“

Aber statt der gebieterischen Stimme seines verehrten Herren Vaters zu gehorchen, feuerten diese ohne jedes Zögern ihre Bolzen ab! Doch alle vier prallten von einem unsichtbaren Schutzschild ab, der sich um Karosh herum spannte. Während drei der Geschosse irgendwo im Dunkel der Nacht verschwanden, traf einer der Querschläger den Leib seiner Mutter mit brachialer Wucht, bohrte sich tief in ihren Brustkorb und riss ihren Körper zur Seite weg. Mit einem dumpfen Schlag prallte Jasmira knapp neben ihm auf dem trockenen, harten Boden auf, den Blick starr in den nachtschwarzen Himmel gerichtet.

Der Junge schrie. Lauter und schmerzerfüllter, als er jemals in seinem Leben geschrien hatte. Ein dunkler Fleck breitete sich rasch auf ihrem Kleid aus. Sie bewegte sich nicht mehr. Er rüttelte schluchzend an ihrer Schulter, rief ihren Namen, doch seine geliebte Mutter starrte mit leblosen Augen ins Nichts und antwortete ihm nicht mehr. Da hörte er hinter sich ein unmenschliches Brüllen, und als er sich umsah, erblickte er seinen Vater. Karosh hielt das Schwert beidhändig vor sich ausgestreckt. Die gewaltigen Muskeln seines Oberkörpers und seiner Arme waren bis zum Bersten angespannt. Seine Augen leuchteten ebenso weiß wie sein weit geöffneter Mund. Vier schwarze, energetische Bögen spannten sich zwischen den Männern und der Klinge in seines Vaters Händen. Glänzende Funken purer Energie rasten die zuckenden Bögen entlang und wurden von der Waffe absorbiert. Das grausige Brüllen und Kreischen kam von den Angreifern, deren Leiber vor den Augen des Jungen binnen weniger Augenblicke mumifiziert wurden, als das Schwert deren Lebenskraft aufsaugte. Das Geschrei erstarb. Die knisternden Energiebahnen verschwanden im Bimetall des Schwertes. Sein Vater wirbelte zu ihm herum. Die pulsierenden, weißen Löcher, die seine Augen gewesen waren, durchbohrten ihn. Die weiß strahlende Öffnung, die sein Mund gewesen war, sprach zu ihm. Doch die Stimme klang seltsam hohl und viel zu laut. Sie machte ihm Angst.

„HAB KEINE ANGST, MEIN SOHN! GEH ZUR SEITE, RASCH!“

Aber er konnte sich nicht bewegen, seine Muskeln versagten ihm den Dienst. Er war wie gelähmt. Voller Entsetzen starrte er auf das Ding, in das sich sein geliebter Vater verwandelt hatte. Da klaffte plötzlich hinter Karosh ein Riss im Gewebe der Nacht auf, dunkler als schwarz. Ohne jedes Geräusch wurde sein Vater in dieses Nichts hineingesaugt.

Der Junge verlor das Bewusstsein.

Ean stieß den angehaltenen Atem aus. Ein letztes Mal hörte er wie aus unendlich weiter Ferne die Worte: *„Hab keine Angst, mein Sohn!“*

Dann trat Stille ein. So plötzlich, wie die Vision gekommen war, so rasch löste sich, ähnlich wie bei einem Alptraum, die Erinnerung daran auf. Selbst das furchtbare Gefühl, welches ihm die Eingeweide zerwühlte, wich von ihm. Ein letzter, eisiger Schauer, den er bereits nicht mehr einordnen konnte, lief über seinen Rücken – dann war es vorüber.

Er schüttelte kurz sein Haupt, unfähig, zu begreifen, was gerade geschehen war. Irgendetwas war durch seine Gedanken, sein Herz, ja, seine Seele, gehuscht, zu schnell, um es zu fassen, zu flüchtig, um es festzuhalten.

Hatte Ukonnen ihn irgendeiner merkwürdigen Form von Untersuchung unterzogen? Er war sich nicht sicher. Was es auch immer gewesen war, nun war es vorbei. Er nahm sich vor, später darüber nachzusinnen und fokussierte sich auf das Hier und Jetzt. Er spürte eine Präsenz, eine Art Bewusstsein, die von der Klinge ausging und ihn willkommen hieß. Da waren keine Worte, und er hörte auch keine Stimme in seinem Kopf. Aber dennoch konnte er die Empfindung ganz deutlich wahrnehmen, als Träger der Waffe nicht nur akzeptiert, sondern mit ganzem Herzen angenommen worden zu sein.

Kann ein Schwert ein Herz haben?

Er wusste es einfach nicht. Es war schlicht das, was er spürte.

Ukonnen hat mich geprüft und für würdig erachtet.

Ein unbeschreibliches Hochgefühl bemächtigte sich seiner. All die Sorgen der letzten Zeit, die Anstrengungen der zurückliegenden Kämpfe, einfach alles, was ihn belastet hatte, seit er aus Al´Thorim weggegangen war, wurde fortgespült von der unfassbaren Euphorie, die ihn nun erfüllte! Die Klinge der Reinen Macht war sein! Laut und klar hallte seine Stimme von den Tunnelwänden wider.

„Dies ist Ukonnen, die Donnerklinge, das Schwert der Reinen Macht und Bewahrer der Seelen! Ich, Ean Gomõnsson aus dem Haus Sharrata, nehme dieses Artefakt in Besitz, als mein rechtmäßiges Erbe und auf Befehl Erik von Arnanfels, Hohepriester Sians und Ritterabt des Silberdrachens, König von Argenas!“

Mit einer kräftigen, schwungvollen Bewegung zog er das Schwert aus der alten Lederscheide und streckte es hoch in die Luft.

Es war, als würde ein Titan mit machtvollem Zug seine gigantischen Lungen füllen. Von allen Seiten brauste ein Wind heran und fegte hinein in das magische Artefakt. Ean gewahrte die ungeheure Macht, die tief im Inneren der Reliquie schlummerte, eine Macht, weit und tief wie ein Ozean. Gleichzeitig erkannte er, dass es ihm nicht gegeben war, mit diesem Reservoir in Kontakt zu kommen und davon zu schöpfen. Der Sturmwind heulte über dieses Meer aus Energie, wirbelte und peitschte es auf. Im Bruchteil eines Augenblicks entlud sich ein winziger Teil dieser unfassbaren Kräfte, wurde durch das Schwert kanalisiert und nach draußen geschleudert! Ein Blitz reiner, purer Energie brach sich Bahn und tauchte das Dunkel unter der Erde in ein gleißend weißes Licht, gefolgt von einem gewaltigen Donnerschlag, der sich mit einer ungeheuren Druckwelle nach allen Seiten ausbreitete. Reine, Heilung und Leben spendende Kraft durchflutete ihn, füllte alle seine nahezu leeren Speicher, schenkte ihm die Frische eines strahlenden, jungen Morgens, berauschte ihn und gab ihm neue Zuversicht.

Ean war erfüllt von tiefer Demut. Er schwor sich, alles zu versuchen, um sich von nun an und bis zum Ende seiner Zeit dieser legendären Waffe würdig zu erweisen. Er ahnte, dass es vieles gab, was er noch zu lernen hatte, doch er begriff auch, dass sich sein Leben verändert hatte. Das Zeremoniell der Entehrung hatte ihn auf eine entsetzliche Reise geschickt. Er war durch den dunkelsten Tunnel gegangen, den man sich nur vorstellen konnte. Seine Ängste, vervielfältigt und verstärkt von den magischen Gewalten, hatten den Kern seiner Persönlichkeit im Feuer eines grausigen Seelenofens neu geschmiedet, und ihn stärker und selbstsicherer gemacht als je zuvor. Es war sein Schicksal, Träger der Donnerklinge zu sein, und dieses Wissen erfüllte ihn mit Stolz.

Was für eine Ehre! Ich werde dabei sein, wenn die entscheidenden Schlachten gegen die Mächte des Bösen geschlagen werden! Möge mir Sian die Kraft geben, unsere Widersacher in den Staub zu treten!

Ehrfurchtsvoll betrachtete er die Klinge, die er gar nicht mehr zurück in die lederne Scheide stecken wollte. Es erschien ihm völlig unangebracht, diese edelste aller Waffen damit zu umhüllen. Natürlich war sie letzten Endes im Augenblick das Einzige, das ihm zur Verfügung stand, und er würde früher oder später darauf zurückgreifen müssen. Gerade im Moment aber gab es noch einen anderen Grund, das Schwert gezogen zu halten: Die Fackeln waren zwar ausgegangen, aber dennoch konnte er sogar besser sehen wie zuvor, denn Ukonnen erstrahlte immer noch in einem warmen Licht, welches gut und gerne die Leuchtkraft von vier oder fünf Fackeln besaß.

Es muss eine passende Scheide für dieses Schwert geben. Möglicherweise kann mir König Erik etwas dazu sagen.

Er nahm sich vor, ihn bei nächster Gelegenheit dazu zu befragen. Doch bis dahin war noch sehr viel zu überstehen. Es galt nun, seinen Auftrag zu Ende zu bringen. Leichter gesagt, als getan. Denn er musste versuchen, seinen Vater, den

Clankönig der Thorlander, daran zu hindern, Argenas mit Krieg zu überziehen. Im Augenblick marschierte Elarich mit einem Heer von Tausenden von schwer gepanzerten Eisenmännern Richtung Korruthen. Deshalb war es von größter Wichtigkeit, so schnell wie möglich diese verfluchten Tunnel zu durchqueren, um die Thorlander noch rechtzeitig abfangen zu können.

Ean blickte auf und stellte überrascht fest, dass er der Einzige war, der noch mit beiden Beinen auf dem Boden stand. Alle anderen waren von der Druckwelle des Donnerschlages von den Füßen gerissen worden und rappelten sich gerade erst wieder auf.

Es ist an der Zeit, ein paar Dinge zu klären.

Er ging auf Robert von Callen zu, der sich gerade aufsetzte. Eans Schritte besaßen die alte raubtierhafte Geschmeidigkeit und Kraft, und in seiner Rechten hielt er Ukonnen.

Der Hauptmann schaute zu ihm auf, und in seinem Blick lag großer Respekt. Anstatt sich ganz zu erheben, behielt er das rechte Knie am Boden. Langsam zog er sein Schwert, stellte es mit der Spitze vor sich auf den Boden, stützte seine Hände auf den Parierstangen ab und neigte sein Haupt vor ihm.

„Ich entbiete euch meinen demütigen Gruß, Freiherr Ean aus dem Haus Sharrata, Ritter des Silberdrachens und Träger Ukonnens. Ich durfte heute Zeuge werden, wie sich ein bedeutendes Schicksal offenbarte. Das Schwert der Reinen Macht ist zu uns zurückgekehrt, und es hat sich seinen Träger auserkoren. Wer bin ich, diese Wahl anzuzweifeln? Verzeiht mir mein Zögern und meine Bedenken. Sie waren der Verantwortung eines Hauptmannes für seine Soldaten geschuldet. Nehmt meine Dienste an, Herr Ean, oder nehmt euer Schwert und richtet mich hier und jetzt. Ich akzeptiere beide Entscheidungen. Doch bitte ich euch für den zweiten Fall, für das Wohl der Letzten meiner Garnison zu sorgen. Sie sind, so wie ich, treue Kämpfer für den König von Argenas."

Eans Lippen zeigten die Spur eines Lächelns, doch seine Stimme war vollkommen ernst.

„Erhebt euch, Robert von Callen! Gerne nehme ich eure Dienste an. Euer Mut und eure Kampfkraft sind weit über die Grenzen Argenas hinaus bekannt, Taufan. Doch heute habt ihr zudem sowohl eure unabdingbare Loyalität gegenüber der Krone als auch eure edle Gesinnung eindrucksvoll unter Beweis gestellt! Es ist mir deswegen eine Ehre, Euch für die Zeit unserer gemeinsamen Reise unter meinem Banner zu wissen. Sobald wir diese Tunnel bezwungen haben und von Neuem unter dem strahlenden Blau des Himmels wandeln können, dürft ihr nach Argenas zurückkehren und dem König Bericht erstatten. Lasst uns nun alle Zweifel begraben und uns gegenseitig stützen und beschützen, auf dass wir wohlbehalten diese finsteren Tunnel verlassen mögen."

Die nächste Stunde waren sie alle damit beschäftigt, die vielen Wunden der Verletzten neu zu verbinden, eine Tätigkeit, bei der vor allem Gamron sein Geschick ein ums andere Mal unter Beweis stellte. Besonders schlimm stand es um die große, geflügelte Frau. Noch nie zuvor war er einem Kind des Zwielichts begegnet. Die Sa´ê´Sar lebten schon seit vielen Jahrhunderten zurückgezogen vom Rest der Welt. Umso erstaunlicher, einer Angehörigen des geflügelten Volkes hier, in den tiefen Tunneln des Unterreiches zu begegnen. Er nahm sich vor, den Hauptmann über die merkwürdige Allianz zu befragen, die er offenbar mit dem Wesen geschlossen hatte. Aber auch Robert selbst war von mehreren schweren Treffern gezeichnet und hatte viel Blut verloren. Als Gamron den Taufan verarztet hatte, zog Ean ihn zur Seite.

„Geh mit mir ein kleines Stück, alter Freund."

Gamron war nur allzu willig, endlich Gelegenheit zu erhalten, mit seinem Freund und Wegbegleiter einige Worte zu wechseln, und kaum hatten sie sich ein wenig von den anderen entfernt, sprudelte es auch schon aus dem jungen Meister der Magie heraus. Obgleich er bemüht war, seine Stimme leise zu halten, vergewisserte sich Ean mit einem schnellen Blick nach hinten, dass sich niemand um ihr Gespräch kümmerte.

„Devi und Planetare! Was für ein Schauspiel! Die Entladung war mehr als eindrucksvoll – es handelt sich bei dieser Klinge ganz offensichtlich um eines der wenigen höheren Artefakte, die auf eine hochkomplexe Weise personalisiert und damit nur für den Zugriff von wenigen Auserwählten…“

„Gamron, hör mir zu! Ich muss dir dringend eine Frage stellen. Ich weiß, das klingt jetzt im höchsten Maße seltsam, aber… kann ein Gegenstand ein Herz haben?“

Gamron sah ihn in der Tat sehr merkwürdig an. Er hatte den Kopf leicht nach hinten genommen und zugleich zur Seite gedreht, als würde er versuchen, einem Fausthieb auszuweichen. Seine Pupillen aber weiteten sich, als wäre er sehr erregt.

„Ein Herz?“

Die Augen seines Freundes verengten sich zu schmalen Schlitzen, und er fixierte ihn, als wäre er ein Habicht und er selbst eine Maus, die er sich gleich greifen würde.

„Du hast etwas gespürt, als du Besitz von der Waffe ergriffen hast – eine Art Kontaktaufnahme, oder sogar eine Prüfung, der du unterzogen wurdest. Jedes der höheren Artefakte trägt in sich einen magischen Mechanismus, der die einst bei seiner Erschaffung festgelegten Bedingungen überwacht und sie bei jedem seiner Träger aufzufinden sucht. Scheitert diese Suche, so können durchaus verheerende Folgen…“

„Nein, nein, das war es nicht. Das war kein… Mechanismus! Es war, als würde… als könnte Ukonnen…“

„… mit dir sprechen?“

Ean zögerte. Er war verwirrt. Das Schwert hatte keine Worte benutzt. Das nicht. Es war mehr ein Fühlen gewesen.

„Nein, nicht wirklich, nicht so, wie wir jetzt gerade. Es war mehr ein Spüren, als könnte ich empfinden, was das Schwert mir mitteilen möchte. Wie ist das möglich? Oder glaubst du, ich habe mir das alles womöglich nur eingebildet?“

Gamron wiegte seinen Kopf hin und her.

„Das wäre zwar durchaus denkbar, aber das halte ich in deinem Fall für eher ausgeschlossen. Die Zeit, in der du haltlosen Fantastereien und Hirngespinsten zum Opfer gefallen bist, ist aus meiner Sicht endgültig vorbei. Nein, mein Freund, ich glaube vielmehr, dass diese Waffe ein Bewusstsein besitzt."

„Willst du damit sagen, dass Ukonnen lebt?"

„In gewisser Hinsicht, ja."

„Aber wie ist das möglich? Ich meine, es ist ein Schwert! Ein Gegenstand! Es kann weder gehen, noch stehen, noch sich sonst irgendwie bewegen."

„Ein magisches Artefakt lebt nicht etwa wie ein Mensch, oder ein Pferd, auch nicht wie ein Baum oder ein Pilz. Es ist vielmehr so, dass im Prozess seiner Erschaffung ein lebendes Wesen seine Seele gegeben hat, um fortan in dem magischen Gegenstand zu existieren."

Ean blickte mit Entsetzen auf die Klinge in seiner Hand.

„Das ist furchtbar. Was für ein schreckliches Schicksal, im kalten Stahl eines Schwertes eingeschlossen zu sein."

Gamron schaute ihn überrascht und ein wenig von oben herab an. Und wieder einmal nicht nur deshalb, weil er einen halben Kopf größer war.

„Das ist eine sehr eingeschränkte Sichtweise, die nach meinem Dafürhalten wohl kaum etwas mit der Realität des Daseins dieser Seele zu tun haben dürfte. Natürlich gibt es auch die – dann in der Tat furchteinflößende – Möglichkeit, einem Wesen seine Persönlichkeit und Lebenskraft zu entreißen und in einem verzauberten Ding einzusperren. Allerdings können wir in diesem Fall getrost davon ausgehen, dass der Spender seine Seele freiwillig zur Verfügung gestellt hat."

„Wie kannst du dir da denn so sicher sein?"

„Nun, zum Einen muss die Lebensenergie dem Artefakt ja dienlich sein, und nachdem du diese Waffe ziehen und in der Hand halten kannst, ohne schlimmste Auswirkungen zu erleiden, dürfen wir schon mal annehmen, dass die Gesinnung der Waffe mit der deinen übereinstimmt. Und auch wenn du dich manches Mal doch recht merkwürdig verhältst, bist du im Kern deines Wesens gut, Ean."

Der Ritter wollte etwas erwidern, aber Gamron hob seine Hand und brachte ihn so zunächst zum Schweigen.

„Daran ändert auch das viele Blut nichts, das dir an den Händen klebt. Wenn du andere verletzt oder getötet hast, so geschah dies stets im Kampf für eine gute und gerechte Sache, oder schlicht aus Notwehr. Wenn nun also Ukonnen von dir geführt werden kann, ohne dass dir das Blut aus Augen, Mund und Ohren quillt oder Schmerzkrämpfe dich auf den Boden schmettern und dich dazu bringen, sich stundenlang wie ein Wurm zu winden und dabei wie ein lebendig am Spieß geröstetes Schwein zu quieken, können wir ferner annehmen, dass auch das Schwert eine gute Gesinnung hat."

Ean starrte Gamron unglaubwürdig an und verdrehte kurz die Augen. Dann aber nickte er.

„Und wenn Ukonnen gut ist, dann kann die Seele in seinem Inneren nicht gegen ihren Willen hineingezerrt worden sein."

„Exakt, mein scharfsinniger Weggefährte. Darüber hinaus ist die Vorstellung, die du bezüglich der Existenz des Spenders hegst, lediglich der Begrenztheit deiner visuellen Beobachtung geschuldet."

Ean brauchte ein paar Momente, um die Bemerkung des Magiers zu durchdringen. Dann begriff er.

„Du meinst, das, was ich sehe, muss nicht das sein, was Ukonnen wirklich ist?"

„Ja und Nein. Natürlich ist das Artefakt zunächst einmal ein Schwert. Es hat einen Griff, zwei Parierstangen und eine Klinge und eignet sich mit Sicherheit hervorragend, um Feinde vom Leben zum Tode zu befördern oder auch um Brot zu schneiden."

Eans Blick war diesmal eindeutig zornerfüllt. Beschwichtigend hob Gamron beide Hände.

„Ganz ruhig, Meister der Schwertkünste, ich will damit nur zum Ausdruck bringen, dass es einerseits tatsächlich ein Gegenstand ist. Aber eben nicht nur."

Gamrons Blick verklärte sich mehr und mehr, und seine Stimme wurde nahezu schwärmerisch.

„Es ist viel mehr als das. Es ist ein Gefäß unbekannter Massen von magischer Energie und somit eventuell für die energetische Komponente des Lebens, das dorthin verbracht wurde, ein für uns vollkommen unfassbarer Ort der Existenz, größer und schöner, detailreicher, heller und farbenprächtiger als unsere eigene Welt – eine im Vergleich dazu womöglich sogar begrenztere Realität des Seins."

Ean schwieg. Er dachte zurück an diesen einen glorreichen Moment, als er auf irgendeine seltsame Weise hatte teilhaben können an diesem Kosmos im Inneren der Reliquie, den sein Freund gerade umrissen hatte. Da wurde ihm klar, dass Gamron womöglich richtig lag mit seinen Ausführungen. Ehrfurchtsvoll betrachtete er die schimmernde Klinge, deren Leuchtkraft nunmehr langsam, aber beständig nachließ.

„Ihre Leuchtkraft nimmt ab. Was hat das zu bedeuten? Denkst du, irgendetwas ist nicht in Ordnung?"

„Nein, das glaube ich nicht. Der Kontakt zu dir hat irgendeinen besonderen Effekt ausgelöst, der nun langsam abebbt. Aber wieso versuchst du nicht einfach, Ukonnen selbst zu fragen?"

Ean sah ihn einen Augenblick lang verblüfft an. Aber dann musste er sich eingestehen, dass der Vorschlag des Magiers durchaus Sinn machte. Er schloss die Augen und atmete langsam und bewusst zweimal ein und wieder aus. Dabei versuchte er, tief in sich hineinzulauschen und eine Verbindung zur Waffe aufzubauen. Überrascht stellte er fest, dass er tatsächlich eine Art fremde Präsenz am Rande seines Bewusstseins spüren konnte! Er konzentrierte sich auf diese Kraft. Es war schwer in Worte zu fassen, wie er das machte oder was genau er da eigentlich tat, denn der Kontakt fand ohne sprachliche Komponente statt. Es war vielmehr ein empathischer Austausch. Er vermittelte sein eigenes Unwohlsein darüber, dass die Klinge sich verdunkelte, und empfing eine Art beruhigende Wärme, ein tröstendes Gefühl, das ihm zweifelsfrei klar machte, dass es keinen Grund zur Sorge gab. Der Ritter lächelte.

„Es ist alles in Ordnung. Lass uns zu den anderen zurückgehen. Es wird Zeit, die Fackeln neu anzufachen und Pläne zu schmieden!"

Es war kalt so tief unter der Oberfläche Amas. Nicht, dass ihn das überrascht hätte. Es gab nicht mehr viel, das ihn noch überraschen konnte. Dafür war er zu alt. Endlos erschienen ihm in der Rückschau die Tage, Monde und Jahre, die er gekämpft und gelitten, gewonnen – und auch immer wieder verloren hatte. Ja, das Leben war hart zu ihm gewesen. Sehr hart.

Also war er noch härter geworden.

Aufgeben war keine Option. Nicht für ihn.

Er war weder besonders groß noch übermäßig muskulös. Auch wenn er mit seinen mehr als sechseinhalb Fuß Körpergröße nach menschlichen Maßstäben eine beeindruckende Statur aufwies, war dies unter den Warloks nur wenig mehr als durchschnittlich. In den letzten zehn Jahren war er sogar ein wenig fett geworden – ein Tribut, den er seinem hohen Alter zollte. Dieses Schicksal teilte er gemäß den Überlieferungen mit all denjenigen, deren Leben länger als in seinem Volk üblich gedauert hatte.

Dennoch traten selbst die gewaltigsten Krieger seiner Rasse einen Schritt zur Seite, wenn er kam. Denn sein Auftreten und seine Ausstrahlung waren ehrfurchtgebietend. Wie ein nicht mit normalen Sinnen erfassbarer, finsterer Nimbus umhüllte ihn eine Aura von gnadenloser Grausamkeit, von Schmerz und Tod für alle, die töricht genug waren, ihm im Weg zu stehen.

Dazu trug auch seine bleiche, elfenbeinerne Haut bei, die ihn als Kind fast das Leben gekostet hätte. Bei den Angehörigen seines Volkes, deren Haut zwar viele Farbvarianten zwischen dunklem Grau und schlammigem Braun aufwies, aber nie besonders hell war, galten Albinos als verflucht. Nun aber, im Zenit seiner Machtfülle, unterstrich sie seine herausgehobene Stellung sogar noch, betonte seine Andersartigkeit und verschaffte ihm zusätzlichen Respekt. Niemand zweifelte nun mehr an ihm, an Ûxmal, dem Propheten, und an seinem wegweisenden Schicksal, das die Geschicke seines Volkes bestimmen würde.

Oh ja, er war eine außergewöhnliche Erscheinung. Am verstörendsten waren seine Augen. Nahezu vollständig weiß, mit lediglich einem eisblauen Farbschimmer am äußersten Rand seiner Iris, durchbohrten sie geradezu jedes Wesen, das in sein Gesichtsfeld trat. Die Wenigsten waren imstande, seinem Blick längere Zeit standzuhalten.

Aber er wusste, das würde hier ganz anders sein. Nachdenklich betrachtete er die vollkommen glatten, mit ungeheurer Kunstfertigkeit aus dem tiefen Fels des Unterreiches herausgeschlagenen Wände der perfekt kreisförmigen Kammer. Nicht zum ersten Mal fragte er sich, ob diese wirklich real waren, oder womöglich Teil einer groß angelegten Illusion, mit dem Zweck, eine ganze Armee dahinter zu verbergen.

Doch wie bereits zuvor kam er auch diesmal wieder zu dem Schluss, dass es keine große Rolle spielte.

Sie waren übereingekommen, dass es an der Zeit war, ihre Kräfte zu bündeln.

Schwarzes Blut! Wir alle sind hier, um ein Bündnis zu schmieden und nicht, um uns gegenseitig auszulöschen.

Vier steinerne Stühle mit hohen Lehnen standen sich paarweise gegenüber und bildeten auf diese Weise die Eckpunkte eines Quadrates, das wohl an die sechzehn Schritte im Geviert maß, wobei die Blickrichtung der Sitzenden entlang der Diagonalen ausgerichtet war. Im Zentrum zwischen den Felsenthronen befand sich ein überaus kunstvoll ausgearbeitetes Pentagramm von so hoher Komplexität, dass Ûxmal trotz oder vielleicht sogar wegen seiner eigenen Meisterschaft in der Kunst der Beschwörungen schlicht beeindruckt war.

Genau wie er selbst hatten auch die drei anderen Teilnehmer der Zusammenkunft bereits Platz genommen. Niemand hatte die Vorgabe ihres Gastgebers gebrochen, lediglich einen engen Vertrauten als Begleitung mitzunehmen. Hinter ihm selbst stand Tor´Ghol, der gewaltigste Krieger, den seine gesamte Rasse seit wohl mehr als fünfhundert Jahren hervorgebracht hatte – sieben und einen halben Fuß groß, erweckte er mit seinen Muskelbergen und der anthrazitfarbenen Haut den Eindruck, als würde er sich von Granitbrocken ernähren. Seine riesigen Hände ruhten knapp unterhalb der Brust auf dem Griff von Taslakh, einem gewaltigen, über und über mit Runen versehenen Krummschwert, dessen Spitze sich in den glatt polierten, fleischfarbenen Marmor des Bodens grub. Er war ein wahrer Meister im Umgang mit dieser schrecklichen Waffe, die er, Ûxmal, eigens für ihn angefertigt hatte, und mit der er sowohl Gliedmaßen als auch Köpfe mit erschreckender Leichtigkeit vom Körper seiner Gegner abzutrennen verstand.

Zu seiner Linken hatte eine zierliche Frau mit nachtschwarzer Haut und schlohweißen Haaren Platz genommen. Ihre filigranen Gesichtszüge waren ebenso wie die delikaten Proportionen ihres schlanken Leibes – dessen Reize von einem raffiniert geschnittenen, jadegrünen Kleid hervorgehoben wurden – von außerordentlicher Schönheit, konnten aber dennoch nicht über die Eiseskälte im Blick der türkisfarbenen Augen hinwegtäuschen. Hinter der Dunkelelfe stand ein weiterer Angehöriger ihres Volkes, hochgewachsen und athletisch gebaut, bewaffnet mit einem Krummsäbel und einer Peitsche, dessen Augen unentwegt den Raum nach möglichen Gefahrenquellen absuchten. Ûxmal verspürte nichts als Verachtung für den schwarzen Elfen. Er hatte eine klare Vorstellung davon, wie ein Kampf zwischen diesem und seinem eigenen Leibwächter ausgehen würde.

Bei den weißen Knochen der Ältesten, Tor'Ghol würde ihm seinen hässlichen Elfenschädel abschneiden, seinen Skalp nehmen und den Rest zu Brei zermalmen.

Verächtlich senkten sich seine Augenlider halb herab, dann wandte er seinen Blick geradeaus. Ihm genau gegenüber saß eine gänzlich in schwarze Tücher gewandete Gestalt, deren Kopf und Gesicht bis auf eine schmale Partie rund um die Augen herum verhüllt war. Hinter dem Kil-Rhai ragte ein Wesen auf, dessen bloße Anwesenheit jedem Warlok Unbehagen bereitete: Ein Schattentroll, mit einer Haut wie flüssiges Pech. Auch wenn diese Unholde normalerweise keine Bündnisse eingingen, so war er dennoch nicht überrascht, das Wesen hier als Leibwächter des Schwarzen

Mönches zu sehen, denn das unzertrennbar scheinende Band zwischen diesen beiden war ihm schon seit geraumer Zeit bekannt. Es war allerdings keine Abneigung, sondern brodelnd heißer Zorn, der in ihm hochkochte, als seine Augen vom Anblick des Trolls beleidigt wurden.

Es wäre an der Zeit, Ama von der Existenz dieser Ausgeburt an Hässlichkeit zu befreien!

Auch wenn ihm dieser Gefühlsausbruch nicht anzusehen war, so wünschte er sich dennoch zurück in seine Tempelpyramide, wo er stets von einigen Sklaven umgeben war. Nichts war besser geeignet, einen seiner Wutanfälle zu besänftigen, als eigenhändig ein paar Dutzend Kehlen zu zerfetzen. Vorzugsweise die der grässlichen, wimmernden Kinder des Elfenvolkes.

Äußerlich vollkommen ruhig ließ er seine Augen langsam weiter wandern. Zu seiner Rechten hatte ein Mann den dort aufragenden, steinernen Sitz eingenommen, der fast so groß war, wie er selbst, und der somit den Durchschnitt der Menschen wohl gut um Haupteslänge überragte, wenngleich er dem Warlok an Körpermasse dennoch nicht das Wasser reichen konnte. Er trug einen ärmellosen Waffenrock aus wahrhaft derbem, dunkelanthrazitfarbenem Spaltleder, der seine ohnehin muskulösen Schultern noch breiter wirken ließ, und der von den Schlüsselbeinen ab bis zu den rückwärtigen Schulterblättern mit schwarz glänzenden Federn bestückt war. Seine grauen Haare waren schulterlang und sein ebenso silbergrauer Bart wallte ihm bis auf die Brust. Dennoch hatte er kaum Falten im Gesicht, so als wäre ihm die Farbe vor der Zeit aus den Haaren gewichen. Er wirkte ruhig, bis hin zur Arroganz. Aber Ûxmal glaubte an dem immer wiederkehrenden Zucken seines linken Augenlids erkennen zu können, dass dies nichts als Fassade und Täuschung war. Hinter der hohen Lehne aus Felsgestein stand ein gut sieben Fuß großer Krieger, der gänzlich in eine Art Robe aus schwarzer Seide gehüllt war, die jedoch eher schwer und behäbig um dessen Figur wallte und deshalb für des Warloks geschulten Blick mehr den Charakter einer Rüstung besaß. Auf dem Schädel trug dieser Leibwächter einen wahrhaft exotischen Helm – es war der Schädelknochen eines Eulenbären, eines echten Monsters, dessen kurzer, orangeroter Schnabel dem Krieger ein übernatürliches Gepräge verlieh, das offensichtlich furchteinflößend sein sollte.

Ein weiteres und ebenso leicht durchschaubares Schauspiel, wie die vorgebliche Ruhe und Selbstsicherheit seines Herren.

Ûxmal kannte den Menschen noch nicht, wusste aber, dass er der Hohepriester des Kriegsgottes Garwor im Königreich der Thorlander war. Sechstausend schwer gepanzerte Eisenmänner folgten seinen Weisungen, wie es hieß. Der Warlok schloss die Augen und richtete seinen Blick nach innen. Er war nicht überzeugt. Die hier versammelten Kräfte konnten ihm keine echte Begeisterung entlocken. Er fragte sich, ob es ein Fehler gewesen war, dem Ruf des roten Prinzen zu folgen. Da spürte er eine sachte, aber immens machtvolle Bewegung in der energetischen Ebene, mit der er jederzeit in Kontakt stand. Es fühlte sich an, wie eine kleine Welle, die jedoch von einem tief unter ihm schwimmenden Wal ausgelöst wurde. Jedes Wesen, das eine gewisse Machtfülle angehäuft hatte, löste auf dieser Ebene eine Resonanz aus, die er zu spüren im Stande war, sobald sich das Wesen ihm in der materiellen Welt näherte. Im Lauf der Zeit hatte er gelernt, sein Gespür dafür zu verfeinern und zu seinem Vorteil zu nutzen.

Blut und Knochen, er ist mächtig, kein Zweifel. Mächtiger als jeder der anderen hier. Was will er uns wohl anbieten?

Ûxmal öffnete seine Augen und betrachtete den Koloss in der karmesinroten Rüstung, der sie hier zusammengerufen hatte und der sich nun in der Mitte zwischen ihnen materialisierte. Er betrat den Raum durch eine Art Tor, das sich von einer anderen Ebene aus hierher spannte, und versperrte ihm somit den Blick auf den unsäglichen Schattentroll, wofür er durchaus dankbar war.

Die tiefrot eingefärbten, massiven Metallplatten, die sich scheinbar über eine nachtschwarze Finsternis spannten, waren vollständig bedeckt mit Ziselierungen, welche bilderreich ganze Geschichten erzählten – allesamt beherrscht von einem einzigen, durchgehenden Thema: Unterwerfung. Die Gestalt maß etwas mehr als drei Schritte und war somit offenkundig weder Warlok noch Mensch, von den erbärmlichen Elfen ganz zu schweigen. Für einen Riesen zu klein, für einen Oger zu schlank, schieden auch die weniger intelligenteren Hominiden Amas aus.

Ûxmals Eingeweide zogen sich ein ganz klein wenig zusammen, als sich ein Gefühl in ihm breitmachte, von dem er gar nicht gewusst hatte, dass er es noch empfinden konnte – solange war es nun schon her, dass er das letzte Mal von Angst geplagt gewesen war. Und doch war sie jetzt da, saß kalt und erschreckend nahe neben ihm, berührte ihn mit ihren Eisfingern und jagte ihm einen Schauer über den Rücken.

Sein Verstand aber sagte ihm, dass diese Emotion unnötig war. Denn jetzt, wo oben über den weiten, kargen Ebenen Nins die beiden Monde Vitara und Antaios ihren seltenen, gemeinsamen Auftritt hatten, alles in ein eigentümliches Zwielicht tauchten und damit einen ganz besonderen, energetischen Zustand heraufbeschworen, war er, Ûxmal, der größte Schamane und Hexenmeister, den sein Volk jemals hervorgebracht hatte, noch mächtiger als sonst. Wie also kam es, dass er seine eigene Unterlegenheit gegenüber diesem Wesen so klar und deutlich spürte, wie seine morgendlichen Schmerzen in den Gelenken?

Seine Verbindung zur energetischen Ebene warnte ihn, dass er starker, wenngleich subtil eingesetzter Magie ausgesetzt war. Seine Furcht wurde also durch diese Kreatur auf eine ihm unbekannte magische Art hervorgerufen und entsprang vermutlich nicht seinen eigenen Wahrnehmungen.

Nachdem er diese nüchterne Erkenntnis gezogen hatte, wäre es ihm nun ein Leichtes gewesen, mit einem Gedanken einen Zauber auszulösen, der ihn augenblicklich von dieser Einwirkung befreit hätte. Allerdings war ihm jeglicher Einsatz von Magie bei diesem Treffen im Vorfeld streng untersagt worden, und genau wie die anderen vier Teilnehmer hatte er zähneknirschend zugestimmt. Sollte einer von ihnen sich nicht an diese Zusage halten, so war es den anderen erlaubt, sich gemeinsam gegen den Wortbrüchigen zu stellen und diesen in der Luft zu zerreißen. Dass sich ihr Gastgeber selbst nicht an diese Vereinbarung halten würde, war ihm derartig abwegig erschienen, dass er diese Eventualität bei keinem der vorbereitenden Treffen mit dem Herold des rotgepanzerten Riesen zur Sprache gebracht hatte.

Als hätte er seine Gedanken gelesen, begann der gewaltige Hüne zu sprechen, und seine Stimme klang angenehm und wohl moduliert.

„Es ist mir eine große Freude, die Häupter von vier der mächtigsten Vereinigungen auf ganz Nin hier versammelt zu sehen. Ich bitte euch, die von meiner Präsenz in diesem Raum ausgehenden… Schwingungen… nicht als Bruch unseres Paktes zu verstehen. Es handelt sich dabei lediglich um eine Notwendigkeit, die ich benötige, um euch den Grund unserer Zusammenkunft leibhaftig vor Augen führen zu können – den Beweis für die beginnende, erneute Entstehung Ymbar Urumbos, des Hauses der Obersten Ordnung: Die fleischgewordene Prophezeiung, das Testimonium Og´Ra´Fus, der Dunklen Unterwerfung!“

Der Koloss trat aus dem glitzernden Drudenfuß heraus und breitete die Arme aus. Mehrere Atemzüge lang geschah nichts. Stille senkte sich herab. Der Hexenmeister hörte auf zu atmen, lauschte in sich hinein, schickte sein Fühlen weit hinaus in die energetische Ebene. Da gewahrte er das Herannahen einer machtvollen Entität, einer Präsenz – etwas fegte herbei, als würde ein Wind von allen Seiten auf ihren Versammlungsort zurasen, ein gewaltiger Wind, ein Sturm, ein Orkan!

Ohne es zu bemerken, fing Ûxmal an zu zittern. Er wollte diesem Etwas nicht begegnen, wollte nicht hier sein, wenn es ankam. Schweiß legte sich über seine Stirn. Seine Muskeln spannten sich an, er öffnete seinen Geist, um die magischen Silben entstehen zu lassen, die ihn zurück in seine Tempelpyramide bringen würden. Da begann die Luft über dem Pentagramm zu verschwimmen, schlierige Fetzen stofflicher Substanz wirbelten umher, und ein grausiges Schreien und Knirschen zerriss schrill und misstönend die bis zum Bersten angespannte Stille, als der Vortex fleischlichen

Seins sich zusammenballte und eine Form erschuf, deren bloßer Anblick schwer zu ertragen war. Fassungslos starrte Ûxmal auf die Szenerie vor ihm, auf die sich gewaltsam in die Wirklichkeit schiebende Kreatur, als zum zweiten Mal die melodiöse Stimme des großen Lords Ashuur ertönte, seines Gastgebers, der wohl von nun an und für immer sein Herr und Meister sein würde.

„Seht den Abgesandten der Prophezeiung! Seht den Bringer der Ketten! Seht den Ersten der Fünf! Auf die Knie, ihr Narren, vor dem Astaniel der Unterwerfung!“

Gewaltig groß, dunkel und drohend, so lag die Burg des Barons Gunthar aus dem Hause Ardarat vor ihnen. Sie hatte die Form eines Sechsecks. Umringt von einer dreißig Fuß hohen Mauer waren nur die Türme von außerhalb zu sehen, fünf an der Zahl, sowie die Toranlage. Es gab vier Wehrtürme, jeweils einen an den westlichen und östlichen Ecken der Festung, wobei jeder einzelne davon noch einmal gut zwanzig Fuß höher war als die Mauer, sowie den gewaltigen Thorn, den alles überschattenden, zentralen Wohnturm. Er erhob sich in der Mitte des südlichen Mauerabschnittes, genau gegenüber des Tores und beherrschte die Anlage mit seinen Ausmaßen. Wohl an die einhundertfünfzig Fuß ragte er in die Höhe. Sein Grundriss war fünfeckig mit elf Schritten an den Seitenkanten, wodurch er eine ungeheure Massivität ausstrahlte, die Kraft und Unbeugsamkeit vermittelte. Dieser Turm ließ keinen Zweifel daran, dass der Baron sich als Herrscher dieser Ländereien sah. Und er war eine Warnung an alle Untertanen, dass ihr Herr bereit war, seinen Anspruch mit Gewalt durchzusetzen.

Zumindest erschien es Rovin so. Gebäude aus Stein hatte er in seinem Leben bislang noch nicht so oft gesehen. Und keines davon reichte auch nur annähernd an die Dimensionen dieser Trutzburg heran. Der Moloch aus behauenem Fels thronte darüber hinaus auf dem Gipfel des schroffen Hügels, den sie seitlich durch den Wald hindurch schleichend hinaufgestiegen waren, wodurch der Eindruck von Macht und Größe noch verstärkt wurde. Nun standen die beiden Freunde in den tiefschwarzen, nächtlichen Schatten der letzten Baumreihe und blickten hinüber auf den nordöstlichen Eckturm. Die Kuppe, in deren Mitte die Burg aufragte, war vollständig gerodet, sodass ein freier Streifen gestampfter Erde von etwa hundert Schritten Breite diese umgab. Eine unbemerkte Annäherung war somit zumindest tagsüber so gut wie unmöglich. Jetzt aber, im Schutze der Nacht, war die Chance dafür deutlich besser.

Nach den Ereignissen auf dem Bauernhof hatten sie ihre Reise mit stark gemischten Gefühlen fortgesetzt. Einerseits war da die gewaltige Erleichterung darüber, dass sie beide die Begegnung mit dem Schatten überlebt hatten. Andererseits blieb ihnen eine düstere Vorahnung, dass ihnen noch Schlimmeres bevorstand, wenn sie wirklich versuchten, den Ereignissen im Baronat auf den Grund zu gehen. Doch genau das war ihr Auftrag. Und keiner von ihnen hatte die Möglichkeit ernsthaft in Erwägung gezogen, vorzeitig abzubrechen und zurückzukehren. Stattdessen hatten sie beschlossen, auf ihrem Weg zur Burg mit möglichst vielen Untertanen des Barons ins Gespräch zu kommen. Sie wollten wissen, ob auch auf anderen Höfen oder Dörfern Ähnliches vorgefallen war, und wie die einfachen Leute zum Baron standen. Zum Glück erwies sich dies als völlig problemlos. Die Mönche Palaerons standen ganz offensichtlich in ausgezeichnetem Ruf beim gemeinen Volk. Kaum hatten die Menschen Ichigo gesehen und ihn als Angehörigen der Freien Bruderschaft identifiziert, wurden sie auch schon herzlich zum Essen eingeladen oder zumindest auf einen Krug Wasser, Milch oder Bier hereingebeten. Es dauerte dann auch gar nicht lange, da schütteten sie Ichigo ihr Herz aus.

Sie alle berichteten von seltsamen Vorkommnissen, die so gar nicht zum alten Baron passen wollten. Dieser sei zwar durchaus streng, jedoch immer auf hervorstechende Weise gerecht gewesen. Nun aber wären mehrfach schlimme Dinge vorgefallen. Töchter seien von Männern in schwarzen Rüstungen geschändet worden. Väter und Brüder, die ihnen zu Hilfe kommen wollten, seien erschlagen worden. Die Abgaben seien vor vier Monden verdreifacht worden. Und alle, die sich bei Baron Gunthar beschweren wollten, seien nie wieder zu ihren Dörfern und Höfen zurückgekehrt. Wer auf den Burgberg hinaufginge, sei verloren. Außerdem hätten bewaffnete Gesandte des Burgherren die Häuser der reicheren Bauersfamilien geplündert. Schon dreimal sei ein Treck mit Gütern nach Süden gefahren, jedes Mal drei Planwagen mit gut einem Dutzend Bewaffneten als Wachen.

Ichigo und Rovin hatten den Leuten versichert, ihre Klagen dem Baron zu Gehör zu bringen. Denn in einem Punkt waren sich alle einig gewesen: Das ganze Elend hatte begonnen, als Jugarri, der Sohn des Barons, an der Spitze eines Trupps schwarz gepanzerter Reiter aus dem Süden zurückgekommen war. Kurz danach mussten ihn alle als „Baron Jugarri" ansprechen. Nicht wenige fürchteten, der Sohn könne den Vater seither über das, was sich im Baronat abspiele, falsch informieren. Denn Gunthar Ardarat hätten sie seit gut einem halben Jahr nicht mehr gesehen. Niemand sprach es aus, aber sie konnten es in den Augen der Leute erkennen: Die Meisten glaubten, der Sohn habe den Vater entmachtet und vielleicht sogar getötet.

Nach einer eingehenden Beratung hatten sich die beiden Freunde daraufhin entschlossen, die Burg erst einmal aus der Luft auszuspähen – mit Hilfe von Eanesja. Der Turmalinhabicht hatte Rovin einen durchaus wertvollen Überblick über die Festungsanlage vermitteln können. Dann aber hatte es diesen fürchterlichen Moment gegeben. Eine der Wachen oben auf einem der Ecktürme hatte eine Armbrust gehoben und einen Bolzen abgefeuert. Solange Rovin durch die Augen des Raubvogels blickte, genoss er die Vorteile der enormen Sehleistung seines gefiederten Freundes. Alles war schärfer, genauer und deutlicher. Er konnte sogar die feinen Härchen auf der Haut in Ichigos bartlosem Gesicht erkennen, selbst wenn Eanesja zwanzig Schritt entfernt in einer Baumkrone saß. Und genauso hatte er den Bolzen mit erschreckender Klarheit auf sich zurasen sehen. Im letztmöglichen Augenblick war es dem großen Raubvogel gelungen, eines seiner irrwitzigen Manöver durchzuführen und sich mitten im Flug schraubenartig wegzudrehen. Das stählerne Projektil war um Haaresbreite an seiner Brust vorbeigeschossen. Daraufhin hatte Rovin seinen Freund zurückgerufen. An ein weiteres Ausspähen war nach dieser Situation nicht länger zu denken.

Einfach nach oben in die Burg marschieren und sich einem möglicherweise feindseligen Burgherren ausliefern wollten sie jedoch auch nicht. Also hatten sie beschlossen, eine kleine, von außen nicht erkennbare, seitliche Ausfalltür zu benützen, um in der Nacht ungesehen in die Burg hineinzugelangen. Dass die Burg ein solches Ausfalltor hatte, und wo es sich befand, diese Dinge hatten sie von dem Schmied des Dorfes am Fuß des Burgberges erfahren. Er hatte vor einigen Jahren die Scharniere austauschen müssen und auf diese Weise von der Existenz der Tür erfahren. Es war ihm bei Todesstrafe verboten gewesen, über diesen zusätzlichen Eingang in die Burg zu sprechen. Dass er es dennoch getan hatte, war ein weiteres, schwerwiegendes Indiz für das Ausmaß der Verzweiflung, die sich der einfachen Menschen bemächtigt hatte. Nun wollten sie dieses geheime Wissen ausnutzen und versuchen, so viel wie möglich über die Ursachen für all die gravierenden Veränderungen im Verhalten der herrschenden Adelsfamilie herauszubekommen. Ichigo sollte dabei die Hauptarbeit übernehmen.

Rovin drehte sich zu dem jungen Mönch um.

"Es kann losgehen, mein Freund. Viel Glück!"

Ichigo nickte. Langsam kreiselte er seine Unterarme umeinander, und die Luft um ihn herum begann zu flirren. Binnen weniger Augenblicke war der Palaeraner verschwunden. Rovin schaute wieder hinüber zu der Festungsanlage. Im Augenblick war alles ruhig. Der Mönch würde versuchen, die versteckte Tür zu öffnen, die sich gleich unterhalb des Eckturms befand. Dazu musste er über die hohe Mauer klettern. Ichigo hatte sich diesbezüglich aber keine Sorgen gemacht.

"Ich klettere gut, Rovin. Und sicher. Wie eine Fliege an der Wand."

Somit war diese Aufgabe dem Mönch zugefallen. Rovin hatte in der Zwischenzeit, bis dieser die Tür öffnete, eine andere Arbeit zu verrichten. Er legte Köcher und Bogen am Stamm des Baumes ab und machte sich so leise wie möglich auf den Weg. Wie abgesprochen begann er, die Bewegungsroutinen der Wachmänner auszukundschaften. Dazu schlich er vorsichtig einmal um die ganze Burg herum. Die silberne Sichel des Mondes Vitara stand etwas westlich der Burg am Himmel und erhellte die Nacht auf eine für ihn vollkommen ausreichende Art und Weise, Antaios aber war noch nicht zu sehen. In diesen Herbsttagen erschien der rote Mond erst gegen Mitternacht. Für ihn spielte das jedoch keine Rolle, denn mit seinen helligkeitsempfindlichen Augen, die denen einer Katze sehr ähnlich waren, sah er bei den vorherrschenden Lichtverhältnissen ganz ausgezeichnet.

Aufmerksam beobachtete Rovin alle Bewegungen auf den Wehranlagen. Die Soldaten auf den Mauern waren allein unterwegs. Sie marschierten beständig über denselben Mauerabschnitt. An dessen Ende wechselten sie entweder mit den Wachen auf den Türmen ein paar Worte oder mit den beiden Soldaten am Tor, je nachdem, um welchen Mauerbereich es sich handelte. Anschließend machten sie kehrt und gingen zurück. Der Zweck dieses Systems war Rovin sofort klar: Sollte es etwaigen Angreifern gelingen, eine der Wachen auszuschalten, würden die Verteidiger innerhalb kürzester Zeit davon Kenntnis erlangen, da alle Soldaten in einem beständigen, wiederkehrenden Muster miteinander in Kontakt standen. Es gab sechs Mauern, vier Wehrtürme, sowie den großen Thorn und die Toranlage, sodass insgesamt zwölf Abschnitte von Soldaten bewacht und patrouilliert wurden.

Sechs bewachen die Mauern, insgesamt vier sind auf die kleineren Ecktürme verteilt, und wahrscheinlich stehen je zwei auf dem hohen, fetten Turm und am Tor. Das macht vierzehn Mann, die hier Wachdienst schieben. Sei vorsichtig, mein Freund!

Rovin hatte seine Runde beendet und war wieder an seinem Ausgangspunkt angekommen. Er nahm seinen Langbogen auf und nockte einen Pfeil ein. Um Ichigo anzuzeigen, dass er nun wieder an seinem Platz war, schoss er beinahe senkrecht in die Höhe. Selbst er verlor das Geschoss in kürzester Zeit aus den Augen. Dennoch war er sich sicher, dass er den notwendigen Winkel korrekt gewählt hatte. Aus dieser Entfernung einen Pfeil in hohem Bogen in die Festung zu schießen war auch wirklich keine allzu große Kunst. Er schloss die Augen und richtete seinen ruhigen Geist hochkonzentriert nach außen, so wie es ihn Gilrond gelehrt hatte. In seiner Erinnerung hörte er die tiefe und melodiöse Stimme seines verehrten Lehrers.

Wenn du lauschst, so sind es nicht nur deine Ohren, die dir etwas über die Welt um dich herumerzählen können, Rovin. All deine Sinne müssen sich in ihrer ganzen Weite und Tiefe öffnen. Vor allem aber musst du genau wie beim Schießen des Bogens zu Duven Idhnur en Faer, zur vollkommenen Ruhe des Geistes finden, um auch die ganz feinen Botschaften vernehmen zu können, die Nase, Haut, Ohr und Seele dir zuflüstern.

Einige Herzschläge später hörte er das scharfe Geräusch von Metall auf Stein, wenn auch sehr, sehr leise. Er zögerte keinen Augenblick. Sofort sprintete er los, denn er wusste, wenn alles gut ging, waren die Wachen jetzt für einige Momente abgelenkt. Er stellte sich vor, wie sie ihre Köpfe in die Richtung des Geräuschs drehten, sich zur inneren Seite des Wehrgangs wendeten und den leeren Innenhof beobachteten, um in den dunklen Ecken und den Bereichen tiefen Schattens eine huschende Bewegung oder eine hell blitzende Reflexion von Fackelschein auf Metall zu erspähen.

Hoffentlich waren ihre Ohren auch gut genug, um den Aufschlag des Pfeiles zu hören, sonst beobachten sie gerade meine huschende Bewegung!

Er spürte, wie ihm seine Ruhe entglitt, wie ihn die Nervosität packte. Sein Atem beschleunigte sich. Doch noch blieb alles ruhig, es tönte kein Horn, erscholl kein Schrei. Vor ihm öffnete sich ein dunkler Spalt in der Mauer – das musste die versteckte Tür sein! Ichigo hatte es also geschafft.

Schneller, Rovin, schneller! Renne!

Heftig hämmerte sein Herz in seiner Brust. Noch zwanzig Schritte! Wenn jetzt eine der Wachen auf dieser Seite der Burg das zuvor gehörte Geräusch als unbedeutend abtat, sich vom Innenhof abwandte, ihren Rundgang fortsetzte und dabei den Blick zu ihm herüberwendete… Verdammt, so breit war ihm der Streifen gar nicht vorgekommen! Er holte alles aus sich heraus, versuchte, weiter zu beschleunigen, noch schneller zu rennen. Zehn Schritte!

Mirat, sei mir gnädig! Der Plan war riskant! War er zu riskant?

Er warf sich die letzten Meter vorwärts und hinein ins Dunkel der Türöffnung.

Nichts. Kein Laut kam von oben herab, kein Alarmsignal wurde gegeben. Heftig pumpten seine Lungen und in seinen Ohren rauschte sein Blut.

"Schschsch… ruhig, Rovin."

Er erschrak heftig, aber das währte nur den Bruchteil eines Augenblicks. Mit einem Unsichtbaren zusammen zu arbeiten bedurfte wohl noch der Gewöhnung. Die Stimme des Mönchs war leise wie ein Windhauch.

"Alles ist gut. Wir sind drin. In der Burg. Im Stall."

Es tat gut zu wissen, dass Ichigo da war. Zudem hörte und roch der Halbelf, dass sein Freund die Wahrheit sprach. Ein durchdringendes Gemisch von Gerüchen nach Pferden, Rindern und Schweinen stach ihm in die Nase, und er hörte leises Schnauben und Grunzen. Das war gut, geradezu ausgezeichnet. Hier würde sich wohl eher keine Wache einfinden. Er entspannte sich ein wenig. Dennoch quälte ihn ein mulmiges Gefühl.

Wieso hat mich niemand gesehen und Alarm geschlagen? Die Rennerei hat so verdammt lange gedauert!

Aber vielleicht irrte er sich ja. Was hatte Sovenna ihm immer gesagt?

Wenn man große Angst davor hat, dass etwas wahr sein könnte, ist man rasch davon überzeugt, dass es wahr ist.

Er schnaufte einmal tief durch und zwang sich zu einem Lächeln.

Es wäre weise, sich nicht vor seinen eigenen Ängsten zu fürchten. Möglicherweise bin ich einfach ein wirklich schneller Läufer!

Sein Lächeln war dennoch eine schiefe Grimasse.

Zeit zum Handeln. Los jetzt!

Mit schnellen Schritten durchmaß er den Stall, vorbei an Pferdeboxen, die sich in diesem Teil des Gebäudes links und rechts vom Mittelgang aufreihten, zehn auf jeder Seite. Aber nur sechs waren belegt. In dreien davon standen schöne, braune Tiere, die er aufgrund ihrer leicht säbelbeinigen Stellung, ihrer kräftigen Kruppe und dem langen, edlen Kopf mit den nach innen gebogenen Spitzen als Cahardiner identifizierte.

Rovin liebte Pferde, und er hatte viel Zeit auf dem Gestüt Meister Alvins verbracht, eines drahtigen, groß gewachsenen Züchters mit dunklem Lockenkopf und schwarzem Schnauzbart, dessen Koppeln und Weiden bis zum Rand des großen Waldes reichten, in dem Rovin gelebt hatte.

Die Menschen hielten sich Pferde seit tausenden von Jahren. Sie hatten in diesen Tieren nicht nur wertvolle Helfer voller Kraft und Ausdauer für die Bewältigung verschiedenster Arbeiten gefunden, sondern darüber hinaus das Reiten entdeckt und zum Teil zu einer hohen Kunst entwickelt. Allerdings stand dabei stets der Mensch im Vordergrund. Für den Halbelfen war das eine ganz neue Erkenntnis gewesen. Die Elfen lebten mehr im Einklang mit der Natur. Zwar machten sie sich die Pflanzen und Kreaturen ihrer Umgebung durchaus auch zu Nutzen, jedoch versuchten sie nicht unbedingt, diese zu dominieren und in einer Art von Knechtschaft zu halten. Bei den Menschen dagegen hatten die Pferde zu gehorchen und zu funktionieren. Als Zugtiere genauso, wie als Reittiere, mussten sie ihren Dienst oft genug bis zur totalen Erschöpfung durchführen. Der erfinderische Geist ihrer Herren und Meister hatte entsprechende Hilfsmittel ersonnen, um die generell eher ängstlichen Geschöpfe unter totaler Kontrolle zu halten – Zäumungen aus Riemen und metallischen Gebissen, eiserne Dornen an den Absätzen der Stiefel und natürlich die Peitsche, um mit Druck und Schmerz auf den Kopf und Leib der Tiere einzuwirken und sie so zum Gehorsam zu zwingen. Da nun Pferde, anders als die meisten anderen Wesen, über keinen Schmerzenslaut verfügen, war es den Menschen häufig nicht einmal bewusst, wie sehr sie diese sensiblen und empfindsamen Kreaturen quälten.

Meister Alvin war ein rauer Geselle, aber mit seinen „hochverehrten Freunden“, wie er alle Vierbeiner in seiner

Verantwortung gerne bezeichnete, pflegte er einen auf liebevoller Autorität und Fürsorge gegründeten Umgang. Dieser spiegelte seine wichtigsten Erkenntnisse über diese Tiere wider. Dem jungen Halbelfen hatte er seine Grundsätze einmal so erklärt:

„Sie sind edle Wesen. Ihre Kraft und Anmut können uns wahrlich begeistern. Aber sie sind auch schlicht in ihrem Gemüt. Alle Geschöpfe, denen sie begegnen, teilen sie in zwei Sorten ein – in Freunde und in Feinde. Bist du im Freundbild angesiedelt, wird dich dein Pferd wie einen Artgenossen behandeln. Auf keinen Fall darfst du als Raubtier gesehen werden. Denn dann wird es immer Angst vor dir haben. Also schlag es nicht. Füg ihm niemals unnötig Schmerzen zu. Sonst riskierst du, dass sich die Angst zu Panik steigert, die jedes andere Gefühl verdrängt, egal ob Hunger, Durst, sexuelles Verlangen oder Müdigkeit. Das Gehirn setzt aus. Steigen, Schlagen, Beißen oder Durchgehen ohne jede Rücksicht – das ist das, was dann passiert."

Er hatte sich einen langen Grashalm zwischen die Zähne gesteckt und nachdenklich den Blick über die Koppel schweifen lassen.

„Die Grafen von Hohendahl reiten ihre Pferde selbst zu. Ist so eine Art Tradition. Mit einer fünfschwänzigen Peitsche springen sie auf den Rücken eines ungezähmten Tieres und prügeln wie verrückt auf das Pferd ein. Dieses versucht natürlich, das „Raubtier" auf seinem Rücken abzuwerfen. Es steigt, buckelt, springt mit aller Kraft wie von Sinnen herum, begleitet von grausamen, klatschenden Hieben der Peitsche. Irgendwann ist es völlig entkräftet und bleibt mit gespreizten Beinen stehen, zitternd und schweißüberströmt. Es ist gebrochen."

Auf seinem Gesicht hatten sich Abscheu und Wut gespiegelt. Es war nicht zu übersehen gewesen, was er von einem solchen, fürchterlichen Vorgehen hielt.

„Vor ein paar Jahren scheute die Palomina-Stute des jungen Grafen Philip von Hohendahl bei einem Ausritt in den Nagarren. Ein Berglöwenwelpe hatte sich in einem Brombeerbusch versteckt. Als Philip sein Pferd dorthin lenkte, um sich eine Handvoll der schönen Beeren zu holen, sprang die kleine Katze mit Fauchen und Kratzen heraus. Das Pferd geriet in Panik und ging durch. Philip reagierte falsch und riss wie verrückt an der Kandare. Die Schmerzen, die er durch das Eisen im Maul des Tieres damit auslöste, trieben dieses noch tiefer hinein in den Strudel der Panik. Es rannte in gestrecktem Galopp über eine Felsklippe. Zweihundert Schritte stürzten Ross und Reiter hinab. Beide wurden beim Aufprall zerschmettert."

Er hatte Rovin mit hartem Glanz in den Augen gemustert.

„Wenn dich dein Pferd mit einem Feind gleichsetzt, wirst du dich nie ganz auf dein Reittier verlassen können."

Mit einer Handbewegung hatte er dem Halbelfen bedeutet, ihm zu folgen und war zu einem der auf der Koppel weidenden, riesenhaften Umarer gegangen, welcher seine Annäherung mit wachem, interessiertem Blick verfolgt hatte. Ohne jede Angst war er hinter das Tier getreten und hatte dessen kräftige Hinterbacken umarmt. Anschließend war er gebückt unter dem Bauch des Schlachtrosses auf die andere Seite getreten, bevor er mit einem leisen „Naynay" diesem einen seiner selbstgemachten Haferkekse zum Fressen gegeben hatte.

„Bist du aber ein Freund, wirst du selbst in seinen Augen zum Pferd. Aber Vorsicht! In jeder Herde gibt es eine ganz klare Ordnung. Jeder Ranghöhere herrscht wie ein König über alle Rangniederen. Dem Höchsten in der Herde, dem Leittier, folgen alle anderen mit größter Bereitwilligkeit. Sie fühlen sich unter seiner Autorität geborgen, laufen ihm brav nach, lassen sich überall berühren. Ihre Leistungsbereitschaft kennt dann keine Grenzen mehr, mein Junge."

Den Menschen und den Halbelfen verband die tiefe Zuneigung und Vertrautheit, die der Züchter gegenüber Pferden und Rovin sogar gegenüber Tieren im Allgemeinen empfand. Als Alvin ihn eines Tages in seinem Stall angetroffen hatte, war er nicht etwa feindselig auf ihn losgegangen, wie das andere vielleicht getan hätten. Das Bild, wie Rovin seine eigene Stirn an die einer haselnussbraunen Stute gelegt hatte und mit geschlossenen Augen dastand, war

Alvin, der sonst für seine misstrauische Art bekannt war, direkt ins Herz gegangen. Er hatte sofort vermutet, dass der Halbelf eine ganz besondere Verbindung zu den Tieren aufbauen konnte, die über gewöhnliche Einfühlsamkeit weit hinausging. Und auch Rovin war nicht etwa sofort davongestürzt, als er den Menschen bemerkt hatte, der ihn unverhohlen angestarrt hatte. Er war stehen geblieben und hatte erst einmal abgewartet. Irgendetwas an der Art und Weise, wie dieser Mann ihn betrachtet hatte, war ihm vertrauenserweckend erschienen. Im Lauf der Zeit hatte sich so etwas wie eine vorsichtige Freundschaft zwischen ihnen entwickelt. Alvin hatte Rovins unvergleichliche Art, mit den Pferden umzugehen, sehr geschätzt. Hatte eines der Tiere Beschwerden mit unbekannter Ursache, dann lies der Herr des Gestüts den jungen Halbelf mit dem Pferd eine Zeit lang alleine. Anschließend konnte dieser ihm stets erklären, was genau mit dem Tier nicht in Ordnung war. Im Gegenzug brachte er Rovin alles über die verschiedenen Rassen und Züchtungen bei, was er wusste.

Die Cahardiner waren eine unter den Adligen recht verbreitete Gangpferderasse, die sich sehr gut für den Passgang eignete, eine gerade für weite Reisen wesentlich angenehmere Gangart als der Trab, und diesem im Hinblick auf die Geschwindigkeit kaum unterlegen. Außerdem zeichneten sie sich durch ihre Trittsicherheit und Ausdauer aus. Pferde mit solchen Eigenschaften wurden auch Zelter genannt.

Dass er solche in den Stallungen einer Burg vorfand, war also alles andere als ungewöhnlich. Als Rovin jedoch die anderen drei Tiere sah, sog er scharf die Luft ein. Drei Destrier waren in den noch besetzten Boxen untergestellt, temperamentvolle, aggressive Hengste, gezüchtet und abgerichtet für den Kampf auf dem Schlachtfeld. Sie besaßen eine unerschütterliche Nervenstärke. Und wendig mussten sie sein, denn das schnelle Drehen auf der Hinterhand gehörte zu ihren wichtigsten Fähigkeiten. Deshalb waren sie in der Regel kleiner als die grobschlächtigen Kaltblüter, die den Bauern als Ackergäule und Zugtiere dienten. Nichtsdestotrotz hatten vor allem die kampferprobten Veteranen unter ihnen eine geradezu furchterregende Präsenz. Über die letzten tausend Jahre hinweg war es zudem drei verschiedenen Züchterdynastien gelungen, die Kraft und Größe ihrer Schlachtrösser immer weiter zu steigern, ohne allzu große Einbußen in der Agilität und des Temperaments hinnehmen zu müssen.

Die Namen dieser Pferderassen waren auf ganz Nin berühmt: Der Umarer aus den grasbewachsenen Weiten der Umajaden-Ebene in Argenas, das Trakhari, gezüchtet von den Nomadenstämmen in der Trockensavanne der schwarzen Lande, und das Larnische Warmblut aus den kalten Hochebenen Larnorans. Vierundzwanzig Handbreit Widerristhöhe waren ihr normales Stockmaß, manche erreichten sogar noch mehr, und ihr Gewicht konnte das von sieben gerüsteten Männern übertreffen.

Die einzigen zwei Schlachtrösser, die Rovin bislang gesehen hatte, waren Umarer gewesen, die bevorzugte Rasse am Hof des Ritterkönigs Erik im Reich Argenas. Die Soldaten der Siangarden, eine Einheit schwer gepanzerter Reiter, besaßen solche Kampfgefährten. Ihr hervorstechendstes Merkmal war ihre Farbe: Sie waren allesamt sogenannte Silberraben, Pferde, deren schwarze Grundfarbe durch eine Vielzahl eingestreuter weißer Haare ein silbern-anthrazit glänzendes Fell hervorbrachte. Laut Meister Alvin waren sie darüber hinaus die nervenstärksten Tiere, die man sich vorstellen konnte. "Bevor ein Umarer nervös wird, hat ihn der Drache schon gefressen", hatte dieser oft gesagt und zur Bekräftigung seiner Worte auf den Boden gespuckt.

Die Destrier hier waren zwar keine Umarer, doch Rovin erkannte sie dennoch auf den ersten Blick. Zu oft hatte er die Wörter in sich aufgesaugt, wenn der alte Pferdezüchter ihm von den anderen Schlachtrössern erzählt hatte. Der lange Kopf mit den klugen, ausdrucksstarken Augen, der auf einem muskulösen und mit einer üppigen Mähne geschmückten Hals saß, wies sie ebenso wie ihre breite Brust und die langen Fellfransen an ihren starken Hufen als Trakhari aus. Schwarz wie Ebenholz glänzte das Fell des größten Tieres, unter dem sich das ausgeprägte Spiel der wohlproportionierten Muskulatur abzeichnete, einer war haselnussbraun und der Dritte und bei Weitem kräftigste der drei war ein Graufalbe und zeigte neben seinem grauen Körper eine schwarze Mähne und gleichfarbige Beine.

Destrier, und dann gleich drei davon! Entweder Baron Gunthar ist urplötzlich sehr reich geworden, oder er hat Besuch, denn diese drei hier gehören ganz offensichtlich zusammen.

Er machte einen Schritt auf das erste Trakhari zu und blickte dem Rappen ohne jede Angst in die Augen. Der Hengst neigte sein mächtiges Haupt zu ihm herab und schnaubte leise. Rovin strich ihm über den Hals und legte seine Stirn an die des Pferdes. Dann verband er sich mit dem Geist des Tieres. Er wusste selber nicht genau, wie er das machte. Er konnte es einfach. Es passierte, wenn er es wollte, und wenn das Tier ihm nicht feindselig gesonnen war. Die Verbindung war nicht so stark, wie die zwischen ihm und Eanesja, aber sie ermöglichte eine einfache Art der Kommunikation. Zuerst übermittelte er dem Trakhari seine aufrichtige Wertschätzung und seine ehrliche Bewunderung. Er musste dazu keine Worte bilden. Die Verbindung war dazu gar nicht geeignet. Stattdessen sendete er Gefühle und streute dazu passende Bilder ein, die sein Geist instinktiv und ganz von allein bildete. Der Hengst antwortete ihm auf ähnliche Weise. Er zeigte sich zwar erfreut über die Begrüßung, empfand sie aber keineswegs als schmeichlerisch, sondern als durchaus angemessen. Keine Frage, ein stolzes Tier, durch und durch. Rovin wollte wissen, ob er mit seinem Herrn zufrieden sei, und ob er gut behandelt wurde. Der Trakhari überflutete ihn mit Bildern und Eindrücken, die dem Halbelf zum einen das ganze Ausmaß der Gefahr, in der sie hier in der Burg schwebten, mehr als klar machten. Zum anderen aber erfüllten sie ihn mit einer unbeschreiblichen Wut. Er beendete die Verbindung mit einer nochmaligen Bekundung seines Respekts für ihn und seine Artgenossen und zog sich einige Schritte zurück.

„Ichigo, bist du da?“, flüsterte er leise.

„Ja, Rovin. Was hast du erfahren?“

Manchmal verblüffte ihn der junge Mönch. Ichigo war nie zuvor Zeuge seiner speziellen Fähigkeit geworden, konnte also unmöglich wissen, was er gerade getan hatte, dass er in gewisser Weise mit dem Pferd gesprochen hatte, wenn auch ohne Worte. Und dennoch hatte er es erraten. Oder gespürt? Dieser Mensch war ungeheuer sensibel und feinfühlig. Fast wie ein Elf. Rovin sprach leise, eindringlich und schnell.

„Diese Pferde gehören nicht dem alten Gunthar oder seinem Sohn. Es sind Destrier, Ichigo, Schlachtrösser aus Ilios, und ihre Besitzer sind Angehörige der Ritterschaft der Schwarzen Lilie aus dem Süden. Der Hengst hier teilte mir mit, dass sein eigener Herr ein Magier ist! Außerdem gibt es noch einen Ritter mit einer Totenschädelmaske, der ebenfalls Zauber wirken kann. Ich glaube, es handelt sich dabei um einen Priester irgendeines bösen, unheiligen Kultes. Der Anführer aber ist wohl ein extrem gefährlicher Krieger mit einer silberfarbenen Rüstung. Und alle drei waren bei der bestialischen Ermordung der armen Bauersfrau zugegen, deren entsetzlich zugerichteten Leib wir erst vor kurzem beerdigt haben!“

Jemand packte seine Schultern und drehte ihn ein Stück zur Seite. Es war ein überaus merkwürdiges und beunruhigendes Gefühl, auf diese Weise von einem Unsichtbaren herum gezogen zu werden.

„Diese… Ungeheuer… sind hier?“

Rovin traute seinen Ohren kaum. Ichigos Stimme vibrierte geradezu vor Zorn. Und noch etwas anderem: Blanker Hass. Es war, als hätte der junge Mönch mit seiner Sichtbarkeit auch ein Stück seiner Selbstkontrolle abgelegt. Die Emotionen des Palaeraners übertrugen sich auf ihn, vermischten sich mit seinen eigenen und verstärkten sie. Seine Augen überzogen sich mit einem eisigen Glanz.

„Ja, sie sind vermutlich hier oben auf der Burg. Sie würden sicher nicht ohne diese Pferde von hier aufbrechen.“

Seine eigene Stimme war so kalt wie der erste beißende Frost eines neuen Winters.

„Keine Sorge, mein ungestümer Freund – wir werden sie zur Rechenschaft ziehen.“

Er griff dorthin, wo er Ichigos Handgelenke vermutete, fand sie und löste den Griff seines Freundes.

„Auch ich will sie bluten sehen! Ab jetzt sind wir im Krieg. Jeder, der hier Dienst tut, macht gemeinsame Sache mit den schlimmsten Mördern, die man sich nur vorstellen kann. Vorsicht und Gnade sind nicht mehr angebracht!“

Er huschte nach vorne zur Stalltür und drückte sie einen Spalt breit auf. Er konnte von hier den Großteil des inneren Burgplatzes einsehen. Zu seiner linken erhob sich der gewaltige Thorn, an den sich die Wehrmauer anschloss. Diese verlief erst in nordwestlicher Richtung, bis sie den ersten der beiden Wehrtürme erreichte, die in seinem Blickfeld lagen. Von diesem aus führte sie direkt nach Norden zum zweiten Turm und von da aus in nordöstlicher Richtung bis zur großen Toranlage. Das silberne Licht Vitaras beleuchtete die Szenerie auf eine Weise, dass die Wache gehenden Soldaten sich scharf umrissen dagegen abzeichneten. Rovin dachte kurz nach, dann fasste er einen Plan. Eine mutige, ja geradezu kühne Strategie, aber wenn sie erfolgreich sein wollten, mussten sie bereit sein, ein hohes Risiko einzugehen. Der Gegner war schließlich zahlenmäßig weit überlegen.

Rasch schlitzte er die Umschnürung von zwei an der Stallwand liegenden Strohballen auf und verteilte diese auf dem Weg von der Stalltür bis zu den Boxen der Destrier. Kaum hatte er damit begonnen, erhoben sich wie von Geisterhand Armladungen voll Stroh und schwebten auf noch nicht bedeckte Flecken des Gangs. Obwohl Rovin natürlich klar war, dass dafür nur sein unsichtbarer Freund verantwortlich sein konnte, der ihm bei der Arbeit helfen wollte, war es dennoch ein schauriger Anblick.

Als die Strohschicht schließlich dick genug war, um verräterisches Hufgetrappel zu dämpfen, öffnete der Halbelf die Boxen der gefährlichen Tiere.

Die Schlachtrösser waren nicht nur darauf trainiert, im dichtesten Kampfgetümmel unerschrocken ihren Dienst zu leisten, sondern konnten auch selbst mit brutalen Huftritten und Bissangriffen ihren Gegnern zusetzen. Sie folgten nur ihren jeweiligen Besitzern. Unvorsichtige oder ängstliche Stallburschen büßten oft genug einen Finger oder ein Ohr ein bei dem Versuch, einem Ritterpferd den Sattel anzulegen, und jeder Pferdekenner kannte ein paar Geschichten, in denen ein Pferdeknecht sein Leben unter den Hufen eines der mächtigen Tiere ausgehaucht hatte.

Rovin trat deshalb erneut mit den Destriern in geistigen Kontakt, noch bevor er sie erreicht hatte, übermittelte ihnen abermals seinen Respekt und seine Achtung und bat darum, sie aufsatteln zu dürfen, da sie schon bald in einem Gefecht gebraucht werden würden. Daraufhin ließen sie sich von ihm bereitwillig aus ihren Boxen führen und duldeten sogar den unsichtbaren Helfer Ichigo, denn sie waren es ohnehin gewohnt, sich beim Tragen von Scheuklappen auf ihren Reiter sowie auf ihre anderen Sinne zu verlassen. Als die mächtigen Tiere aufgezäumt waren, huschte Rovin zurück zur Stalltür und öffnete sie wieder ein Stück weit. Er stellte zehn Pfeile neben sich auf den Boden, indem er sie gegen die Stallwand lehnte, sodass er sie direkt in Reichweite hatte. Dann nockte er einen Pfeil ein und wartete.

Die beiden Krieger auf dem Mauerstück links von ihm hatten sich gerade getroffen und gingen nun wieder auseinander. Rovin ließ seinen Atem langsam und kontrolliert ein- und ausströmen. Er wollte abwarten, bis sie ihren Kampfgenossen auf den jeweiligen Türmen ihre Meldung gemacht hatten und sich wieder von diesen abwendeten, um von Neuem aufeinander zuzugehen. Er vertiefte sich in den Anblick und die Bewegungen der Beiden. Er machte seinen Geist frei von allem Wollen und aller Angst, von jeglichem bewussten Denken, und wurde eins mit seiner Waffe. Seine Atmung verlangsamte sich weiter, Ruhe breitete sich in seinem Inneren aus. Noch zwei Schritte. Der Erste rief seine Meldung hinauf zum Thorn, hörte die Erwiderung von oben und drehte sich zackig um.

Abstand - etwa fünfzig Schritte. Windstill. Langsam bewegtes Ziel.

In einer harmonischen Bewegung hob Rovin den großen Bogen aus schwarzgemasertem Arkenholz und zog die Sehne zurück bis an seinen Mundwinkel, dem Ankerpunkt. Einen Herzschlag später jagte der erste Pfeil durch die Nacht. Die Bewegung wiederholte sich, ruhig und sicher und fließend.

Abstand - 75 Schritte, Ziel seitlich gedreht. Ablass!

Das zweite Geschoss war unterwegs, gerade als das erste sein Ziel fand. Aber Rovin achtete bereits nicht mehr darauf, lenkte vielmehr seinen Blick hinauf zum Wehrturm.

Nur ein Soldat zu sehen. Abstand - neunzig Schritte. Steil hinauf. Ziel zu zwei Dritteln verdeckt. Ablass!

Ohne den Pfeil weiter zu beobachten drehte er sich ein Stück nach rechts. Um genug freie Sicht zu erhalten, drückte er die Stalltür halb auf.

Zwei Ziele auf dem Mauerabschnitt, beide langsam gehend. Abstand zum Ersten - 75 Schritte. Einnocken, ankern -

Ein langgezogener Hornstoß zerriss die Stille der Nacht! Er korrigierte seine Bogenhaltung.

Schnell jetzt. Stehendes Ziel. Ablass!

Rovin zog die Türe rasch wieder zu. Sein Herz hämmerte nach der tödlichen Ruhe, die ihn umhüllt hatte, nun wie wild in seiner Brust. Die unterdrückte Aufregung explodierte fast in seinem Inneren. Seine Stimme war ein heiseres Flüstern.

„Vier habe ich erwischt. Der Alarm ist ausgelöst. Jetzt warten wir und sehen, ob sie überhaupt schon begriffen haben, dass die Angreifer bereits in der Burg sind."

„Du hast jemanden getroffen? Im Dunkeln?"

Ja! Ja, das habe ich! Bei Mirat, Duven Idhnur en Faer zu finden war so leicht, wie den nächsten Atemzug zu tun.

Rovin schloss die Augen und beschwor die Bilder des Geschehens noch einmal herauf, allesamt Eindrücke, die er hauptsächlich aus den Augenwinkeln wahrgenommen hatte, die sich ihm jedoch ganz erstaunlich genau ins Gedächtnis eingeprägt hatten.

„Beim ersten Soldaten war es ein Treffer in den Rücken, zwei Finger links von der Wirbelsäule, zwei Handbreit unter der Schulterlinie. Müsste das Herz durchbohrt haben. Der zweite Pfeil schlug in der rechten Brustseite des nächsten Soldaten ein. Er stand erst seitlich zu mir, drehte sich aber herum, kurz bevor mein Pfeil ihn erreichte. Der dritte Schuss ging steil hinauf auf den Eckturm, sehr schwer zu schießen. Es war ein Kopftreffer. Ich konnte nur Brust, Hals und Haupt sehen, und zielte auf den Hals, in der Hoffnung, die Brust zu durchbohren, wenn ich zu tief, oder aber den Schädel zu treffen, falls ich zu hoch angehalten hätte. Letzteres trat denn auch ein. Beim vierten Pfeil bin ich mir nicht sicher, denn ich wendete mich ab, bevor er sein Ziel erreichte.“

Er öffnete die Augen wieder und huschte nach links an der Wand entlang, bis er zu einem der Fenster kam.

„Halte dich bereit, jeden anzugreifen, der durch die Tür gerannt kommt.“

Er spähte durch die Öffnung in der Wand. Es war noch nicht kalt genug, um die Fensterläden in der Nacht verschließen zu müssen. So hatte er eine gute Sicht. Allerdings fielen die Strahlen des Mondlichts von schräg oben so ungünstig herein, dass er sich seitlich in den Schatten aufhalten musste, wollte er von draußen nicht gesehen werden.

Ein zweites und drittes Mal hallte das Horn durch die Nacht. Zwei, drei Männer liefen herum und steckten Fackeln in Brand, eine davon genau neben der Stalltür.

Ausgezeichnet! Mit einer Lichtquelle so nahe beim Fenster wird es fast unmöglich, mich hier im Stall zu sehen, solange ich mich außerhalb des Fackelscheins aufhalte…

Der Hof begann sich mit Soldaten zu füllen. Rovin zählte sechzehn Mann, seine Schätzung in Bezug auf die Zahl der Wachen schien also akkurat gewesen zu sein. Vor sich hatte er die zweite Schicht, die vor dem Hauptmann angetreten waren. Dieser bellte einige Befehle, woraufhin zehn Männer nach oben auf die Mauern rannten. Ein grimmiges Lächeln breitete sich auf dem Gesicht des Halbelfen aus. Seine Hoffnung hatte sich erfüllt: Den Wachen auf den Mauern war noch nicht klar, dass der Angriff von innerhalb der Burg erfolgt war. Das bedeutete zweierlei: Erstens, weil es im Dunkel der Nacht so gut wie unmöglich war, einen fliegenden

Pfeil zu sehen und somit erkennen zu können, von woher er abgeschossen worden war, gingen die Soldaten also von der wahrscheinlichsten Bedrohung aus, einem Angriff von außerhalb. Zweitens, keiner der Getroffenen war noch dazu in der Lage gewesen, diese Fehleinschätzung zu korrigieren – alle seine Geschosse waren demnach tödlich gewesen.

In diesem Moment schritten zwei weitere Männer auf den Burghof. Der Kleinere war von Kopf bis Fuß mit einem schweren Feldharnisch aus geschwärztem Eisen gepanzert, wobei der Helm eine grausige Gesichtsmaske hatte, die einem Totenschädel nachempfunden war. Im bleichen Licht des Mondes war dies ein gespenstischer und furchteinflößender Anblick. Ein weit geschnittener, nachtschwarzer Umhang bauschte sich hinter ihm auf.

Dies muss der Priester sein. Welcher finstere Gott unterstützt wohl diesen verderbten Ritterorden?

Der Größere dagegen war in eine lange, wallende, schwarze Robe gehüllt und überragte seinen Mitstreiter um zwei Handbreit. Er hatte die Kapuze seiner Robe über den Kopf gezogen, sodass sein Gesicht wohl für alle, außer Rovin, unsichtbar im Dunkel dahinter verborgen war. Der Halbelf aber konnte mit seinen Katzenaugen dessen scharfe Züge, die große, schmale Adlernase und die harten Augen durchaus erkennen.

Er trägt keinen Helm. Genau wie in den Bildern des schwarzen Trakhari. Dann ist das also der Magier. Ich frage mich, wo der Anführer steckt! Ich war mir sicher, dass er sofort herausstürmen würde, sobald der Alarm geschlagen wird...

Die beiden Zaubermächtigen bauten sich vor dem Hauptmann auf und lauschten seinem Bericht. Keiner der beiden sprach ein Wort. Als der Soldat geendet hatte, gab ihm der Priester mit dem Schädelhelm einen Wink, und dieser schickte zwei seiner verbliebenen Männer Richtung Stall.

„Es hat funktioniert, Ichigo! Zwei Mann laufen auf den Stall zu, vermutlich sollen sie die Destrier satteln. Lass sie erst beide rein und schließe dann die Türe hinter ihnen!“

Rovin legte den Bogen zur Seite und zog seine Klinge, hütete sich aber, sie in Brand zu setzen – der Schein des Feuers hätte sie schließlich sofort verraten. Mit vier, fünf schnellen Schritten war er neben der Stalltür und kauerte sich gegen die Wand. Rasch zog er seine Kapuze über den Kopf und verschmolz mit den Schatten. Einen Herzschlag später wurde die Tür aufgestoßen, und zwei Männer trabten herein. Kaum waren sie im Stall, verlangsamten sie ihre Schritte. Der Vordere fluchte.

„Bei den öligen Huren Galimars, hier ist es so finster wie zwischen den Schenkeln deiner Mutter! Mach Licht, man sieht ja die Hand vor Augen nicht!"

„Ich hab´ dir schon oft gesagt, du sollst dein elendes Schandmaul hüten! Beschmutze noch einmal den Namen meiner Mutter und ich schlag dir den Schädel ein!", knurrte der Hintere.

Da schloss sich plötzlich die Stalltür hinter den Beiden mit einem dumpfen Geräusch, und die Dunkelheit im Stall vertiefte sich. Rovin sah, wie der Vordere wütend herumwirbelte.

„Warum machst du denn die Türe zu, du kopfloser Sohn eines… "

Seine Rede stoppte, als sein Kopf mit brachialer Wucht nach hinten geschlagen wurde. Im selben Augenblick wurde der Mönch sichtbar. Sein Bein hielt er nach seinem Tritt noch einen Moment lang seitlich hoch von sich gestreckt. Sofort richtete der Halbelf sich auf, packte den zweiten Soldaten mit der Linken an der Schulter und rammte ihm seine Klinge von hinten durch den Leib, gerade als dieser seinen Mund weit aufsperrte, um einen Alarmschrei auszustoßen! Gurgelnd und röchelnd hauchte er sein Leben aus, und Rovin ließ ihn zu Boden sinken.

„Rasch, Ichigo, ziehen wir uns um! Wir haben nur so viel Zeit, wie man braucht, um zwei Pferde zu satteln!"

In Windeseile streiften sie sich die Wappenröcke der Krieger über und legten sich deren schwere, rot-gelbe Umhänge um, auf welche der schwarze Greif der Ardarats eingestickt war. Zuletzt setzten sie sich die spitzkegeligen

Glockenhelme der Soldaten aufs Haupt. Ichigo betrachtete ihn zweifelnd.

„Du siehst nicht aus wie der da, und ich nicht wie dieser. Nicht wirklich."

„Es ist dunkel, und sie haben keinen Grund, genau hinzusehen."

„Dein Schwert! Du trägst es außen! Über dem Umhang, auf dem Rücken!"

„Bei den immergrünen Wäldern in Mirats Reich! Hör auf, dir in deine weiten Hosen zu pissen! Glaub mir, sie werden darauf gar nicht achten."

„Rovin! Diese da hatten Bärte!"

Der Halbelf seufzte.

„Also gut! Vielleicht hast du ja doch recht."

In diesem Augenblick hatte er einen wahren Geistesblitz! Sofort hellte sich seine betrübte Mine wieder auf.

„Warte hier einen Augenblick, mein Freund!"

Er rannte zur Stalltür, stieß sie auf und langte hinaus zur Fackel. Im Bemühen, seine Stimme so tief und kehlig klingen zu lassen, wie die des einen Wachsoldaten, brummte er dabei missmutig:

„Schon gut, ich hol sie ja schon!"

Die Krieger im Hof wandten sich ihm zu. Rovin war schon wieder im Begriff, im Stall zu verschwinden, da herrschte ihn der Hauptmann an.

„Skottas, Ajibar! Was dauert denn da so lang! Macht schneller! Oder ich reiße euch den Arsch bis zu den Ohren auf!"

Rovin verdrückte sich eiligst und zog die Tür hinter sich zu.

„Hier, Ichigo, Ruß! Schwärzen wir uns das Gesicht, sodass wir zumindest auf den ersten, unachtsamen Blick als Bartträger durchgehen. Und rasch jetzt! Sie werden sonst Verdacht schöpfen!"

So schnell wie möglich zeichneten sie sich gegenseitig schwarze Bärte ins Antlitz, packten dann die Zügel der Tiere und machten sich mit klopfenden Herzen auf den Weg, Rovin vorneweg. Kaum waren sie aus dem Stall heraus, da bellte der Hauptmann schon wieder los.

„Schneller, Mann! Wir werden angegriffen, ihr verdammten Narren!“

Rovin sah, dass die Wachsoldaten mittlerweile alle auf den Mauern Position bezogen hatten. Vier standen mit Fackeln neben dem mittlerweile geöffneten Tor in Bereitschaft. Auf dem Innenhof standen nur noch der Magier, der Priester, der Hauptmann der Soldaten und dessen Adjutant. Nach diesem kurzen Blick ins Rund senkte Rovin seinen Kopf wieder und trabte, den Destrier am Zügel hinter sich herziehend, zu dieser Vierergruppe hinüber.

Gerade, als er dem Magier mit der Adlernase den Riemen mit den Worten "Hier, mein Herr" übergab, trafen sich ihre Blicke. Voller Verwunderung weiteten sich die Augen des Zauberers, und Rovin begriff, dass dieser mindestens so gut im Dunkeln sah, wie er selbst.

Er handelte, bevor er selbst wusste, was er tat.

Er stieß seine linke Faust mitten hinein in die Kapuze seines Gegners, während seine Rechte mit einer fliegenden Bewegung das Schwert aus der Rückenscheide riss. Der Magier taumelte einen Schritt rückwärts.

Der Hauptmann brüllte noch: „SKOTTAS! WAS FÄLLT DIR EIN?“

Doch schon währenddessen hieb Rovin dem Mann vor ihm seine Elfenklinge quer durch das Gesicht. Zähne flogen und Blut spritzte umher, als der schwer Getroffene furchtbar kreischend zu Boden ging.

Der Trakhari stand zwischen dem Halbelf und den anderen, sodass sie nicht sofort an ihn herankamen. Rovin packte die Gelegenheit beim Schopf und schwang sich in den Sattel. Dem Schlachtross sandte er dabei ein Bild des Hauptmanns, wie dieser dem dunklen Zauberer eine Wurfaxt ins Gesicht schleuderte. Sofort wirbelte der gewaltige Hengst herum, um seinen Herrn zu beschützen und donnerte dem völlig überrumpelten Soldaten seine eisenbeschlagenen Hufe gegen Brust und Schädel. Der große Soldat kippte nach hinten und lag mehrere Augenblicke lang betäubt auf dem Innenhof.

Da erhob sich eine dunkle Stimme, Silben voll böser Macht wurden gesprochen und Rovins Haare stellten sich auf, als sich die magischen Energien um ihn herum sammelten. Panisch riss er das Pferd herum, um den Priester mit dem Schädelhelm angreifen zu können. Doch Ichigo war schneller. Ohne Rücksicht auf die Verletzungsgefahr für sich selbst, schlug der Palaeraner dem Zaubernden seine Fäuste viermal mit solcher Wucht gegen den Gesichtspanzer, dass sich der Stahl eindellte, als wäre er von schweren Hammerschlägen getroffen worden. Rovin ließ den Trakhari deshalb weiter kreiseln, bis er den Adjutanten des Hauptmanns vor sich hatte. Sofort schoss der große Kopf des Tieres nach vorne, und der gewaltige Hengst biss dem Soldaten ein großes Stück Fleisch aus dessen rechter Wange. Der Mann war durch den Schmerzschock mehrere Herzschläge lang vollkommen verteidigungsunfähig. Rovin nutzte den Vorteil des Augenblicks und stach ihm seine Klinge von schräg oben durch den Hals.

Gehetzt blickte sich der junge Halbelf um. Die Männer vom Burgtor rannten mit gezückten Schwertern auf sie zu. Die Wachen auf den Mauern hatten sich umgedreht und würden in den nächsten Sekunden das Feuer auf sie eröffnen. Der einzige Grund, warum noch kein Bolzen, Pfeil oder Speer auf sie zuflog, war vermutlich, dass die da oben nicht wussten, wer von den Männern da unten in den Uniformen der Garnison Feind, und wer Freund war.

Da beschloss Rovin, alles auf eine Karte zu setzen. Er richtete sich im Steigbügel auf, befahl Farthir, sich in Flammen zu hüllen, streckte das Schwert hoch in die Luft und ließ seine Stimme durch die Nacht hallen.

„Wir kommen im Namen König Eriks und des ehrwürdigen Abtes der Palaeraner, Meister Taz Tahars! Wir sind hier, um die blutgierigen Mörder aus dem Süden zu bestrafen, und dem Baronat Ardarat Recht und Ordnung zurückzubringen!“

Die Soldaten, die vom Tor herbeieilten, zögerten und blieben stehen, Armbrüste wurden halb gesenkt, oder zumindest noch nicht abgefeuert. Er hatte ihre

Aufmerksamkeit gewonnen, wenigstens für den Augenblick. Dennoch, alles lag auf Messers Schneide. Sollte nur einer sich entschließen, anzugreifen, würden wohl alle anderen mitmachen. Rovin war vollkommen klar, dass sie dann so gut wie verloren waren, und er dachte nicht daran, es so weit kommen zu lassen. Es galt nun, das von ihm begonnene Spiel schnell und mit aller Entschlossenheit fortzuführen! Mit seinen Schenkeln dirigierte er das Schlachtross neben den gefallenen Magier, der zu Schreien aufgehört hatte und dabei war, sich aufzurappeln.

„Wer uns unterstützt, darf auf Gnade hoffen!“

Er schaute sich um, zeigte ihnen eine geradezu unverfrorene Selbstsicherheit, versuchte, jeden Einzelnen mit seinem Blick zu erfassen und mit einzubeziehen. Er musste jetzt stark wirken, als wäre er unbesiegbar. Er nahm den Helm vom Kopf und schleuderte ihn weg. Seine langen, pechschwarzen Haare flossen über seine Schultern.

„Wer sich uns jedoch widersetzt – stirbt!“

Mit dem letzten Wort schlug er dem sich erhebenden Zauberer den Kopf ab.

Ein leises Raunen ging durch die Männer der Garnison. Ichigo, der die Brisanz des Augenblicks erkannt hatte, packte den am Boden liegenden Ritter mit dem Schädelhelm am Kopf und riss ihm mit einem Ruck die grausige Panzerung herunter. Zum Vorschein kam das schwer gezeichnete Gesicht eines Mannes in fortgeschrittenem Alter, dessen grauer Bart blutverschmiert war. Der junge Mönch hielt den eisernen Totenschädel hoch, zeigte ihn allen Soldaten auf den Mauern und Türmen und warf ihn dann mit einer Geste großer Verachtung zur Seite. Daraufhin packte er den stöhnenden Priester unter den Achseln und schleifte ihn auf die freie Fläche zwischen Rovin und den vier Soldaten mit den Fackeln. Dort legte er ihn sorgsam auf den Boden, sodass ihn alle im Schein der roten Flammen gut sehen konnten. Langsam, mit gemessenen Bewegungen legte er den Umhang ab und zog den Wappenrock aus. Nun trug er wieder die unverwechselbare Gewandung eines Palaeraners. Niemand sprach während der ganzen Zeit auch nur ein Wort. Der ganze

Burghof vibrierte förmlich unter der stillen Spannung, die in der Luft lag. Ein letztes Mal blickte er sich nach allen Seiten um, als wolle er sicher gehen, dass ihm auch wirklich uneingeschränkte Aufmerksamkeit zuteilwurde.

Dann trat er zu.

Seine nackte Ferse zerschmetterte den Kopf des dunklen Priesters, der wie eine überreife Melone auseinanderplatzte. Das Raunen wiederholte sich, diesmal deutlich lauter. Rovins Stimme hallte erneut über den Burghof.

„Heute ist die Nacht der Vergeltung! Heute ist die Nacht der Rache! Heute werden wir das Böse aus dieser Burg hinaustreiben, mit Eisen – und – mit – Blut!“

Ein ohrenbetäubender Schlachtruf antwortete ihm. An mehreren Stellen brachen Kämpfe aus. Ichigo blickte sich erschrocken um, aber Rovin lenkte sein riesiges Pferd neben seinen Freund und redete mit gesenkter Stimme beruhigend auf ihn ein. Genau darauf hatte er gezählt – dass unter den Männern der Garnison nicht nur solche waren, die ihren Vorteil suchten und allzu eilfertig auf die Seite der Schwarzen Ritter gewechselt waren, sondern auch diejenigen, die tief in ihrem Inneren dem alten Baron die Treue gehalten hatten. Diese Soldaten hatten nur auf eine solche Gelegenheit gewartet, wie Rovin und Ichigo sie ihnen nun geschenkt hatten. Nun säuberten sie ihre Reihen zumindest von den schlimmsten Mitläufern und Speichelleckern. So rasch, wie die Gefechte aufgeflammt waren, so schnell wurde es wieder ruhig. Abermals richteten sich alle Blicke auf die beiden zentralen Figuren in der Mitte des Burghofes. Dann senkten die ersten Männer die Waffen. Den Anfang machten die vier Soldaten, die mit ihren Fackeln Ichigos brutale Hinrichtung beleuchtet hatten. Ihnen folgten die Männer auf den Mauern und Türmen.

Bei Mirat! Wir haben es tatsächlich geschafft!

Rovin grinste über das ganze Gesicht.

In diesem Moment öffnete sich erneut die Tür des großen Thorn. Heraus trat der Letzte der Ritterschaft der Lilie. Seine Haltung und seine ganze Aura ließen ihn unschwer als den ranghöchsten Anführer hier in der Festung erkennen. Rovins feine Ohren filterten aus dem augenblicklich einsetzenden Gemurmel einzelne erschrockene, halblaute Ausrufe heraus, wie „Der Magnan!“ und „Magnan Sandjar!“ sowie „Sian steh uns bei!“.

Er war eine imposante Gestalt. Anders als die gänzlich schwarz emaillierten Panzer seiner Krieger, besaß sein fein und aufwändig gearbeiteter Feldharnisch einen strahlenden Silberton. Auf seiner Brustplatte war eine stilisierte rote Lilie mit drei Blütenblättern eingearbeitet, die gänzlich aus rotem Beryll, einem sehr kostbaren Edelstein, gefertigt und mit einem glänzenden, geschwärzten Metall eingefasst war. Das Flackern der Fackeln spiegelte sich in dunkelrotem Leuchten in dem heraldischen Emblem. Sein Kopfschutz war von ganz ähnlicher Machart. Der T-förmige Sicht- und Atemschlitz des ansonsten eher schlichten Topfhelms war ebenfalls mit Beryll-Splittern besetzt, die den Feuerschein auf die gleiche Weise reflektierten. Um seine ungeheuer breiten Schultern bauschte sich ein nachtschwarzer Umhang, der ihn mit den tintigen Schatten beinahe verschmelzen ließ.

Eine gespenstische Stille legte sich wie ein Leichentuch über den Burghof. Langsam drehte sich der gesichtslose, metallene Schädel von links nach rechts. Dann setzte sich der Magnan in Bewegung und seine tiefe, harte Stimme vibrierte vor nackter Wut, während er langsam vorwärtsschreitend sein Schwert zog, dessen Klinge ganz und gar glänzend schwarz war. Dunkel und furchteinflößend hallten seine Worte über den Platz.

„Diese ungeheuerliche Freveltat wird euch alle das Leben kosten!“

Einen lauten Kampfschrei ausstoßend stürmte er vor.

Er kam keine drei Schritt weit, bevor ihn die erste Welle von Armbrustbolzen traf und ruckweise hin und her zucken ließ. Er brach seitlich ein und landete auf seinem rechten Knie, die Schwerthand am Boden, den Kopf ungläubig zur Seite geneigt. Dann trafen ihn ein halbes Dutzend Pfeile, von denen aber nur zwei die schweren Stahlplatten seiner Rüstung durchdringen konnten. Der eine bohrte sich linker Hand durch das Kettengeflecht zwischen Armschiene und Brustpanzer, der zweite traf ihn hinten im rechten Oberschenkel.

Es schien allen, als müsste er nun endgültig fallen, aber weit gefehlt! Mit einem Knurren stemmte er sich wieder in die Höhe und stand auf. Da gingen vier Speere auf ihn hernieder. Zwei bohrten sich in seinen Schild, ein anderer prallte mit einem scharfen Klang gegen seinen Helm, sodass der Hüne kurz einen Schritt zur Seite taumelte, und einer verfehlte ihn ganz. Ärgerlich versuchte der Anführer die Speere aus seinem Schild zu schütteln, aber die Spitzen hatten sich verbogen, sodass sie nicht herauszubekommen waren. Mit einem brachialen Hieb seiner schwarzen Klinge durchtrennte er mit einem fürchterlichen Geräusch die metallenen Vorderschäfte, sodass die Spitzen im Holz blieben, der Rest aber auf den Burghof fiel. Rovin lief es kalt den Rücken hinunter.

Das ist ganz und gar unmöglich! Kein Schwert kann Metall auf diese Weise zerschlagen!

Mit einem rauen Brüllen rannte der Magnan los, um Rovin und Ichigo anzugreifen. Einem inneren Impuls folgend schlug der Halbelf dem Destrier die Hacken in die Seite und galoppierte auf den Angreifer zu. Aus den Augenwinkeln sah er, dass der Palaeraner ebenfalls losrannte. Der Hengst beschleunigte allerdings so rasch, dass er den Mönch rasch hinter sich ließ, und Rovin fast das Gefühl hatte, auf den unheimlichen Anführer zuzufliegen. Der Trakhari trug ihn links an seinem Gegner vorbei, sodass er mit der rechten Schwerthand zuschlagen konnte. Das gewaltige Reittier zu kontrollieren, und dabei Zeit und Geschwindigkeit so genau zu kalkulieren, dass der eigene Schwerthieb damit harmonierte, war jedoch eine Kunst, die ein langes Training erforderte. Rovin aber war das Kämpfen vom Pferd aus überhaupt nicht gewohnt. Magnan Sandjar sah seine Chance, erkannte, dass Rovins Streich zu spät kommen musste, und handelte. Er sprang erst leicht zur Seite, um nicht von dem herandonnernden Schlachtross zu Boden geschmettert zu werden, warf sich dann tollkühn in Richtung Reiter, sein

Schwert lang vor sich ausgestreckt und pfählte den jungen Halbelf mit seiner Klinge!

Das Momentum seiner eigenen Bewegung trieb Rovin das Schwert bis ans Heft in den Leib! Sofort danach wurde er herum und aus dem Sattel gehoben, als der große Krieger – seine Waffe in starkem Griff haltend – den ausgestreckten Arm mitkreiseln ließ und auf diese Weise Rovin wie einen Sack Lumpen von sich schleuderte. Das Schwert wurde dabei grausam aus Rovins Leib herausgerissen, und einen Herzschlag später krachte er mit großer Wucht auf dem gepflasterten Burghof auf.

Alles um ihn herum wurde schwarz.

Sie war ganz wund. Nicht nur, was ihren Körper anbelangte, sondern auch tief in ihrem Herzen. Sie fühlte sich von all den intensiven und widersprüchlichen Emotionen, die sie durchflutet hatten, regelrecht zerrissen. Furchtbare Angst, tiefe Trauer, immense Erleichterung und Freude, der kurze Augenblick voller Größe und Erhabenheit, als der fremde Ritter das Schwert nach oben gereckt hatte und in blendend helles Licht getaucht gewesen war – das alles war einfach zu viel gewesen. Und dann auch noch Gregor, der sie geküsst hatte! Was sie davon halten sollte, ging in dem brodelnden Kochtopf, in den sich ihre Gefühle verwandelt hatten, völlig unter.

Wo war ihre Ruhe hin? Ihre Unerschrockenheit? Ihr Mut? Fort, wie weggeblasen. Untergegangen in dem schwarzen Sumpf aus Hilflosigkeit und Angst, die der Kampf gegen den Darmak der schwarzen Mamba in ihr ausgelöst hatte. Nicht einmal dieses rothäutige, geflügelte Scheusal hatte gegen ihn bestehen können. Als Robert von Callen, ihr Hauptmann und Held, von diesem Ungeheuer besiegt dagestanden und Kokoru sich bereit gemacht hatte, ihm den Todesstoß zu versetzen, war eine Welt in ihr zusammengebrochen. Die Gewissheit seines Endes war so unverrückbar gewesen, dass sie innerlich in einen bodenlosen Abgrund gestürzt war, nur um sofort anschließend die Ankunft Gregors und der beiden Fremden zu bestaunen und mitzuerleben, wie der unbekannte Krieger mit der Hilfe des Taufans den schwarzen Riesen vernichtete. Es kam ihr vor, als könnte sie zur selben Zeit lachen und weinen, singen und schreien. Noch nie war sie so verwirrt gewesen. Es fühlte sich an, als würde ein Schwarm wütender Hornissen in ihrem Inneren toben.

Sie kniete auf dem Steinboden, den Kopf der Dämonin, die ihr Hauptmann zu ihrer Verbündeten bestimmt hatte, auf ihren Schoß gebettet.

Der Fremde hatte sich als ein Ritter aus dem Orden des Silberdrachens entpuppt. Sein Name war Ean Gomõnsson, Freiherr zu Argenas. Im Augenblick war er ihr näher, als ihr lieb war, denn er kniete zusammen mit Robert von Callen neben dem Scheusal. Irgendetwas an diesem Mann jagte ihr einen Schauer über den Rücken. Er strahlte eine todbringende Gefährlichkeit aus, die sogar diejenige des Taufans übertraf. Natürlich konnte dieser Eindruck auch der Tatsache geschuldet sein, dass sie den Hauptmann schon fast ihr ganzes Leben lang kannte.

Wenigstens ist sein Gefährte nicht hier. Bei allen guten Göttern – über welch todbringende Macht dieser Mensch gebietet... ein starker Arm, in der Hand ein Stück scharf geschliffener Stahl – davon verstehe ich etwas, damit komme ich zurecht. Aber dieser... dieser ungeheure Strahl knisternder Energie... versengte Haut, zerplatzte Augäpfel, schwarz verbranntes, aufgerissenes Fleisch... und dieser furchtbare Gestank nach Schwefel und noch etwas Anderem, Beißenderem...

Erneut wurde sie von einem eiskalten Schauer überrollt, geboren aus einer instinktiven Angst vor der Andersartigkeit der Macht, über welche dieser Mann verfügen konnte. Wo der Magier momentan weilte, der den Blitz geschleudert hatte, wusste sie nicht. Im Augenblick war es ihr auch egal, solange er nur weit genug weg war. Es war ihr vollkommen klar, dass diese irrationale Furcht einer Kriegerin aus der Garnison Thul Araans schlecht zu Gesicht stand, und sie schämte sich insgeheim dafür. Vor allem auch deshalb, weil er ihre Verletzungen wahrlich gut verarztet hatte.

Er war mir so nah, es war kaum zu ertragen! Ich saß mit geschlossenen Augen da und zitterte am ganzen Leib. Dabei wollte er mir nur helfen und hatte darüber hinaus einen erheblichen Anteil an unser aller Rettung. Dankbarkeit, das ist es, was ich empfinden sollte!

Stattdessen plagte sie diese törichte Furcht, so als wäre sie immer noch eine dumme, schnatternde Gans, die gerade einmal elf Winter zählte und beim bloßen Anblick eines Grimbolds in Ohnmacht fiel. Solange sie das völlige Chaos, in das sich ihre Emotionen verwandelt hatten, nicht wieder im Griff hatte, wollte sie diesem Meister der Künste lieber nicht unter die Augen treten. Ärgerlich schloss sie die Augen und zwang sich, zwei-, dreimal tief durchzuatmen. Tatsächlich beruhigten sich ihre flatternden Nerven ein klein wenig, und sie bemühte sich, ihre Konzentration wieder auf das Hier und Jetzt zu richten.

Mehr und mehr interessiert lauschte sie dem Zwiegespräch Eans und Roberts. Die beiden Männer unterhielten sich leise über das Wesen, wobei der Ritter die Fragen stellte, und der Hauptmann antwortete. Fasziniert stellte Selina fest, dass der Taufan eine Menge über die Frau wusste.

So, sie heißt also Ssil und ist eine Sa´ê´Sar. Bei den heiligen Teichen in Alias Reich! Und ich dachte immer, die Kinder des Zwielichts würden nur in den Geschichten alter, zahnloser Frauen vorkommen! Aber irgendetwas ist anders – er sagt, die Zähne, sowie die Farben der Augen und der Haut passten nicht in das Bild, das gemeinhin vom Geflügelten Volk gezeichnet wird... das wird ja immer rätselhafter...

Der Hauptmann behauptete, dass alle Sa´ê´Sar über eine natürliche Regeneration verfügten, und sie deshalb davon ausgehen könnten, dass sich der Körper des Wesens von selbst heilen würde.

Schwer vorzustellen bei der Vielzahl an Wunden, die ihren Leib übersähen.

Unwillkürlich berührte sie ihre eigene linke Schulter, wo sich ein Sarax in ihr Fleisch gebohrt hatte. Der schneidende Schmerz war dank der kühlenden Salbe unter ihrem straffen Verband zu einem erträglichen, dumpfen Pochen abgeklungen, aber ihr ganzer Arm fühlte sich steif an. Sie fragte sich, ob sie ihn wohl jemals wieder normal würde benutzen können.

Selina driftete wieder ab, hörte nur noch mit halbem Ohr zu und verlor sich erneut in ihren eigenen Gedanken. Behutsam strich sie über die seidigen, nachtschwarzen Haare der Kreatur und betrachtete ihre Gesichtszüge und die rituellen Narben.

Sie ist schön, auf eine finstere, dämonische Art, ja, aber wirklich schön. Wäre ihre Haut nicht rot und so voller Narben, dann würden die Männer Schlange stehen, nur um einen Blick auf sie zu erhaschen. Gut, vorausgesetzt, sie hielte

Mund und Augen geschlossen. Ihre Zähne sehen wirklich scheußlich aus, wie die einer Raubkatze – und gelbe Augen sind sicher auch nicht jedermanns Sache!

Doch nachdem sich die junge Kriegerin erst einmal auf diesen Weg begeben und anerkannt hatte, dass Ssil nicht einfach nur ein Scheusal und von Grund auf abstoßend war, fielen ihr noch mehr Dinge auf.

Bei Alias Reizen, wie lang und dicht ihre Wimpern sind! Manche Frau würde wer weiß was dafür geben, solch verführerische Wimpern zu besitzen. Und ihre Lippen, so voll und sinnlich, wahrhaft beneidenswert…

Selinas Blick glitt tiefer und streifte über die wohlproportionierten Rundungen der Frau.

Sie ist geradezu unverschämt weiblich! Alia steh mir bei, aber ich muss zugeben, dass selbst ich sie anziehend finde.

Sie dachte an ihren eigenen, schrecklich mageren Körper, dem wohl kaum ein Mann mehr als einen flüchtigen Blick schenken würde, an ihre kurzen, dünnen Wimpern und ihre viel zu schmalen Lippen. Jungenlippen, hatte sie ihr Vater immer genannt.

Ihr Vater… als sie an seine klaren, blauen Augen dachte, die so freudig funkelten, wann immer er sie ansah, und an seine großen, unsagbar starken Hände, die stets sanft und liebevoll im Umgang mit ihr gewesen waren und sie von klein auf beschützt und getragen hatten, da stieg dieses einzigartige, Herz erwärmende Gefühl von Geborgenheit in ihr auf, dass er ihr immer gegeben hatte. Er hatte sie geliebt, aus ganzem Herzen, uneingeschränkt.

Tränen strömten über ihr Gesicht, ohne dass sie es merkte.

Natürlich war er dagegen gewesen, dass sie in die Garnison eintrat. Er hatte auf sie eingeredet, ihr es mit Nachdruck verboten, er hatte sie angeschrien, und sie am Ende sogar mit feuchten Augen darum gebeten, es nicht zu tun. Es hatte alles nichts genützt. Sie war entschlossen gewesen, diesen Weg zu gehen. Über seine Ängste hatte sie hinweg gelächelt. Nur weil sie eine junge Frau war, bedeutete das schließlich nicht, dass sie gleich beim ersten Blutvergießen zerbrechen würde. Sie war stark gewesen, selbstsicher und tapfer.

Aber das war vor dem Angriff der Schattenkrieger gewesen, vor dem langen Marsch und der vollkommenen Finsternis der Tunnel des Unterreiches. Vor dem schwarzen Koloss.

Sie versuchte, sich daran zu erinnern, wie sich das angefühlt hatte, mutig und unerschrocken zu sein. Sie schaffte es nicht. Die Begegnung mit dem dunklen Darmak, der ihren schlimmsten Alpträumen entstiegen war, hatte sie zerrüttet. Noch nie in ihrem ganzen Leben war sie so vollkommen hilflos und verängstigt gewesen. Als sie daran zurückdachte, zitterte sie erneut. Erst ihre Hände, dann ihr ganzer Körper.

Eine Hand legte sich sacht, aber mit Bestimmtheit auf ihre Schulter. Gregors Hand. Der Junge setzte sich neben sie. Er schien nicht mehr so aufgewühlt zu sein, wie vorhin. Als er sie mit brennenden Augen angesehen und seine blutigen Lippen auf die ihren gedrückt hatte. Sie war sich immer noch nicht sicher, was sie davon halten sollte.

Wahrscheinlich geht es ihm ähnlich wie mir. Er ist komplett durcheinander. Wer weiß, was er alles durchgemacht hat. Wieso haben sie ihn eigentlich mitgenommen? Bei Alia, er ist doch noch fast ein Kind!

Sein Blick vorhin war jedoch alles andere als kindlich gewesen, das musste sie sich eingestehen. Sie wünschte sich nur, dass er sich nicht irgendwelche romantischen Hoffnungen machte. Sie konnte keinen verliebten Jüngling brauchen, der ausgerechnet sie ins Zentrum seiner ersten erotischen Fantasien setzte und hinter ihrem Rock herjagte. Sie sah ihm scharf in die Augen, stellte aber erleichtert fest, dass sie dort nichts anderes als eine tiefe und ehrliche Besorgtheit erkennen konnte, so wie es zwischen Freunden üblich war. Und nichts brauchte sie gerade so sehr, wie einen Freund. Dankbar lehnte sie sich an ihn. Ihr Zittern war verschwunden.

„Es ist in Ordnung, Angst zu haben, Selina."

Sie rückte von ihm ab, sah ihn ärgerlich an und machte den Mund auf, um ihm ein paar Takte zu erzählen. Was bildete er sich eigentlich ein, so mit ihr zu sprechen? Glaubte er ernsthaft, nun, da er die Aussprache eines zahnlosen Greises besaß, dürfte er sie bemuttern?

Aber er hob seine Hand, und der merkwürdige Ausdruck in seinem Blick ließ sie innehalten.

„Glaub mir, ich weiß, wovon ich spreche. Du warst überzeugt, dass alle um dich herum sterben würden, und dass du selbst ebenfalls den Tod finden würdest. Hab ich Recht?“

Sie forschte in seinen Augen nach seinen Beweggründen, fand jedoch abermals nur Anteilnahme und den Wunsch, ihr zu helfen. Sie dachte einen Moment über seine Worte nach.

Natürlich hatte er Recht.

Als Gold-Kriss gefallen war und der dunkle Krieger Robert von Callen mit einem Zauber gelähmt hatte, war in ihr der letzte Funken Hoffnung erloschen. Sie hatte nicht einfach nur *befürchtet*, dass Robert, Wolf und sie selbst nun ebenfalls sterben würden, nein, sie hatte es *gewusst*!

Sie senkte ihren Blick und nahm sich vor, ihn in Ruhe ausreden zu lassen. Aber Gregor schaute nur unruhig den Gang hinunter. Es kam ihr so vor, als versuchte er, sich an etwas zu erinnern. Vielleicht kämpfte er aber auch nur darum, seine eigenen Gefühle unter Kontrolle zu bringen. Immerhin wusste sie nicht, was er vielleicht alles hatte durchmachen müssen. Plötzlich kam ihr die Erkenntnis, was dieser merkwürdige Ausdruck in seinem Blick gewesen war, der sie hatte stutzen lassen: Lebenserfahrung – etwas, was sie bei Gregor einfach nicht erwartet hatte.

Er sagte, er wisse, wovon er spreche. Das bedeutet, er war in genau derselben Situation wie ich, durchlebte die gleiche Hoffnungslosigkeit, dieselbe Gewissheit, dass er sterben würde.

Sie fröstelte. Was für ein grausiges Schicksal hatte sie alle heimgesucht. Ihr aller Zuhause war zerstört, ihre Familien und Freunde tot oder auf der Flucht, und sie selbst saßen hunderte oder tausende Meter tief unter der Erde fest, umgeben von einer Heerschar fürchterlicher Gegner. Und einer der wenigen Freunde, die sie jetzt noch besaß, hockte hier neben ihr, um augenscheinlich etwas für ihn monumental Wichtiges loszuwerden.

Oh Alia, Göttin der Liebe und der Hoffnung, bitte lass es keine Liebeserklärung sein. Ich will ihm nicht wehtun müssen. Ich habe dazu gerade einfach keine Kraft.

Sie wartete, gab ihm die Zeit, die er brauchte. Als er sie wieder ansah, nickte sie ihm aufmunternd zu. Seine Selbstsicherheit von eben aber war ein Stück weit verflogen.

„Weißt du, dieses Gefühl verändert jeden Menschen, Selina. Als es passiert ist, warst du noch unerfahren. Ich meine damit jetzt nicht deine Kampffertigkeiten… und natürlich auch sonst nichts anderes…"

Er wurde rot bis hinter seine Ohren. Früher hätte sie ihm vorsorglich für diese angedeutete Unverschämtheit eine ordentliche Ohrfeige verpasst. Im Augenblick aber reichten diese wenigen Worte nicht, um ihr sonst so schnell aufflammendes Temperament zu wecken. Gregor murmelte noch etwas Unverständliches und nahm dann seinen Faden wieder auf.

„Versteh mich bitte nicht falsch. Was ich eigentlich sagen will, ist, auch wenn du es im Umgang mit Waffen schon weit gebracht hast: Du warst doch noch nie in echter Lebensgefahr! Darum spielt es keine Rolle, wie du dich dabei verhalten hast, als es passierte. Du warst Selina, das Kind. Jetzt aber bist du erwachsen geworden, eine wahre Kriegerin. Vorausgesetzt, dass du das immer noch sein möchtest."

Er atmete ruhig ein und wieder aus und bedachte sie mit einem ernsten, tiefgründigen Blick.

„Was du getan hast und was du dabei empfunden hast, ist ohne Bedeutung – entscheidend ist nur, wie du dich von nun an verhalten wirst. Es liegt an dir, Selina."

Die junge Frau schaute ihn sprachlos an. Es war nicht nur der Ausdruck in seinen Augen. Es war mehr, viel mehr. Ihr kam es so vor, als sähe sie ihn zum ersten Mal. Ja, er hatte sich verändert, war selbst erwachsen geworden, das konnte sie nun zweifelsfrei erkennen.

„So, wie du das sagst, klingt es, als hättest du dasselbe erlebt, Gregor, Haralds Sohn."

Da wandte er den Blick ab und starrte mehrere Herzschläge lang auf den Boden neben sich. Doch schließlich gab er sich einen Ruck und begann zu erzählen, ohne sie dabei anzusehen. Seine Stimme war leise, aber fest.

„Als ich am Morgen nach dem Überfall zur Burg zurückkehrte, stellte ich fest, dass vier Leichen fehlten. Robert, Wolf, Gold-Kriss und du, ihr wart nicht unter den Toten. Ich habe einen Blutschwur geleistet, nicht eher zu ruhen, als bis ich euch aus den Klauen der Kil-Rhai befreit hätte.“

Selina zuckte zusammen und starrte ihn an. Einen Blutschwur! Der törichte Junge! Niemand konnte einen solchen Eid brechen, ohne daran zu Grunde zu gehen. Hatte er das denn nicht gewusst? Doch ein Blick in seine jadegrünen Augen war ausreichend, um zu wissen, dass es ihm vollkommen klar gewesen war. Selina schüttelte leicht den Kopf. Gregor starrte wieder auf den Boden vor sich und fuhr fort.

„Eine ganze Zeitlang lief alles sehr gut. Doch dann wurde ich von zwei Schattenkriegern überrascht. Den Ersten konnte ich überrumpeln und mit mehr Glück als Verstand besiegen. Der Zweite aber…“

Er stockte. Sie spürte, wie schwer es ihm fiel, über das zu sprechen, was nun kommen würde. Dann sprudelte es aus ihm heraus.

„Ich war in einen kleinen Graben gefallen. Der erste Schattenkrieger lag auf mir drauf und vergoss sein ganzes Blut über mich. Als der andere Kil-Rhai mich entdeckte, versuchte ich zu fliehen, doch er rammte mir sein Schwert mitten durch den Leib und nagelte mich so auf dem Boden fest, über den ich gekrochen war.“

Gregor atmete tief durch. Selina nahm seine Hand in die ihre, um ihn zu trösten. Er schaute sie überrascht an, zog dann jedoch seine Hand sanft aber nachdrücklich aus ihrem Griff.

„Er ließ mich allerdings nicht sterben. Im Gegenteil, er verband meine Wunden, während ich bewusstlos war, und fesselte mich mit ausgestreckten Armen und Beinen an vier Holzpflöcke. Kaum war ich erwacht, begann er mich zu verhören. Immer wieder stellte er mir dieselben Fragen. „Wie heißt du? Woher kommst du? Warum bist du hier?“ Aber trotz aller Schmerzen, die er mir zufügte, weigerte ich mich, ihm zu antworten. Ich…“

Er sah sie zweifelnd an, so als fürchtete er, sie könnte seine Entscheidung missbilligen, und ihn einen Narren schelten. Doch Selina war einfach nur sprachlos. Sie glaubte zu verstehen, warum er so gehandelt hatte, warum er versucht hatte, die Schmerzen auszuhalten – er hatte seinen Schwur, seinen aus tiefstem Herzen kommenden Entschluss, sie zu befreien, nicht beschmutzen wollen. Er hatte seine Mitstreiter, seinen Hauptmann, mehr noch, seine Freunde, ja seine Familie, nicht verraten wollen. Dafür bewunderte sie ihn, während sie sich selbst ganz und gar nicht sicher war, ob sie die dafür nötige innere Stärke hätte aufbringen können. Diese aufrichtige Anerkennung konnte Gregor in ihrem Gesicht, in ihrem Blick ablesen und ein leichtes Lächeln huschte über sein Antlitz.

„Ich konnte nicht anders handeln. Aber ehrlich gesagt weiß ich nicht, wie lange ich seine Folter noch hätte ertragen können. Als Freiherr Ean und Meister Valator mich fanden und aus seiner Gewalt befreiten, war ich innerlich fast gebrochen. Aber eben nur fast. Sobald ich wieder bei Bewusstsein war und aufrecht stehen konnte, war mir klar, dass ich meine Mission fortführen musste, und es gelang mir auch, Herrn Ean und Meister Valator davon zu überzeugen.“

Er wandte sich ihr nun zu und richtete den Blick seiner großen Augen auf sie. Es waren schöne Augen. Bislang hatte sie immer gedacht, es seien Kinderaugen, voller Naivität und Unschuld. Vielleicht waren sie das tatsächlich einmal gewesen. Aber das war, wie sie nun feststellen musste, Vergangenheit. Sie schaute in die Augen eines jungen Mannes, deren harter Glanz Zeugnis ablegte von den Gräueln, die er erlebt und durchlitten hatte.

„Ich konnte mir nicht erlauben, wegzulaufen. Ich hatte ein Ziel. Eines, das wichtiger und größer war, als die Angst vor weiteren Schmerzen, sogar größer, als die Angst, zu sterben. Dich… euch alle… vor allem aber dich zu finden und zu befreien. Und jetzt, jetzt bin ich so unglaublich dankbar, dass ich es geschafft habe, dass ich dich gefunden habe… dich und die anderen. Auch wenn Gold-Kriss nicht mehr unter uns ist.“

Er drückte noch einmal sanft ihren Arm, dann stand er auf und ging.

Selina war einigermaßen fassungslos. Damit hatte sie nicht gerechnet. Es fiel ihr nicht schwer, das Unausgesprochene in Gregors Worten zu erkennen. Er hatte ihr in frappierender Offenheit sein Herz zu Füßen gelegt, und sie wusste nicht, wie sie damit umgehen sollte. Nie zuvor war sie damit konfrontiert worden, dass ein anderer Mann als ihr Vater sie liebte. Aufrichtig liebte. Das war kein dummes, jungenhaftes Liebesgeständnis gewesen, wie sie befürchtet hatte. Es gab keinen Zweifel, dass es eine tiefe, wahre Liebe sein musste, die ihn dazu gebracht hatte, so weit zu gehen. Für sie. Unwillkürlich traten Tränen in ihre Augen. Sie blinzelte, und einige Tropfen kullerten ihr über die Wangen.

Kurz flammte Wut in ihr auf. Sie hasste es, vor den anderen Soldaten zu weinen. Unter normalen Umständen kam das auch niemals vor, war sie doch alles andere als zart besaitet. Sie neigte eher zu einer überzogenen Härte gegenüber sich selbst und manchmal auch gegenüber anderen. Das brachte das Leben als Frau in einer Garnison nun einmal so mit sich, entsprach aber durchaus ihrem Naturell. Sie mochte den derben Umgangston in den Quartieren, die raue aber ehrliche Art miteinander umzugehen, direkt und ohne Umschweife zu sagen, was einem nicht passte, anstatt herum zu stottern und auf Höflichkeiten zu achten.

Früher wäre sie jetzt richtiggehend wütend auf sich selbst gewesen, weil sie ihre Gefühle nicht unter Kontrolle hatte, und wie ein kleines Mädchen heulte, aber diesmal richtete sich ihr Zorn eher auf dieses bösartige Schicksal, das ihr und all den anderen so viel Leid zugefügt und das allem Anschein nach immer noch nicht genug Schmerz aus ihrem Herzen herausgepresst hatte!

Gleichzeitig empfand sie eine wahrhaft tiefe Traurigkeit. Der Verlust ihres Vaters war wie ein ungeheurer, schwarzer Felsbrocken, der auf ihrer Seele lastete, und dessen erdrückendes Gewicht sie fast zu Boden zwang. Sie trauerte aber auch um Gold-Kriss, den Hünen der Westburg, der so tapfer gekämpft hatte. Den ganzen Weg bis hierher war er bei ihr gewesen und hatte versucht, ihr Mut zu machen, so gut das eben möglich gewesen war. Vor allem in der Anfangszeit des langen Marsches, als der Hauptmann in seinem ganz persönlichen Martyrium gefangen war und sie alle weitestgehend ignoriert hatte, war der riesige Soldat mit so essentiellen Kleinigkeiten wie einem verständnisvollen Blick oder einem knappen Wort für sie da gewesen. Er hatte ihr Hoffnung gegeben. Allein schon durch die beruhigende Wirkung seiner körperlichen Präsenz. Und auch wenn sie weder Gold-Kriss noch Truppführer Wolf vorher besonders gut gekannt hatte, die Zeit der gemeinsamen Gefangenschaft hatte ein Band zwischen ihnen geknüpft, dessen wahre Stärke sie erst jetzt spürte, als es gewaltsam zerrissen worden war.

War es mit ihren Gefühlen für Gregor ähnlich? Empfand sie womöglich mehr für ihn, als ihr selbst klar war? Sie horchte tief in ihr Herz hinein. Sie mochte ihn, ja, eigentlich schon immer, seit sie Kinder waren. Er war stets ein guter Freund für sie gewesen. Sie wusste, sie konnte sich auf ihn verlassen. Und er brachte sie zum Lachen. Aber ihr Herz stand nun wirklich nicht in Flammen seinetwegen. War seine Liebe, die er ihr entgegenbrachte, also hoffnungslos? Nach allem, was er für sie erlitten hatte? Sie spürte, wie eine neuerliche Welle von Traurigkeit in ihr hochbrandete.

Der tapfere Held zieht durch größte Gefahren bis in die tiefsten Katakomben, um seine Freunde zu befreien. Vor allem aber, um seine große Liebe zu retten. Aber wo ist das schöne Ende, wie es in den Liedern der Barden besungen wird? Warum liebe ich ihn nicht einfach, wie es die befreite Prinzessin immer tut? Warum muss bei mir immer alles so kompliziert sein?

Ärgerlich wischte sie sich mit dem Handrücken über die Augen. Ein anderer Wesenszug ihres vielschichtigen Charakters gelangte plötzlich an die Oberfläche und übernahm das Kommando: Ihr Pragmatismus. Jetzt war nicht die Zeit für ihre Trauer. Und schon gar nicht für irgendwelche romantischen Verwirrtheiten. Sie mussten jetzt so schnell wie möglich aus diesen Tunneln verschwinden. Je eher sie dieses Labyrinth des Schreckens hinter sich bringen konnten, desto besser. Sie fegte alles, was sie aufwühlte und beschäftigte, vom Tisch und verschloss das ganze Chaos an Gefühlen in einer Kammer ihres Herzens – zumindest so lange, bis sie genügend Zeit hatte, sich damit vernünftig auseinanderzusetzen.

Mit einem tiefen Atemzug richtete sie ihre Aufmerksamkeit wieder auf die Frau vor sich und stieß einen kleinen, spitzen Schrei völliger Überraschung aus. Ssil hatte ihre gelb leuchtenden Augen geöffnet und durchbohrte sie regelrecht mit ihrem stechenden Blick.

„Keine Angst, kleine Kriegerin, ich beiße nur meine Feinde… und meine Geliebten."

Sie richtete sich halb auf und drehte sich dann zu Selina um.

„Du aber bist im Moment weder das eine noch das andere, du hast also nichts von mir zu befürchten, zumindest, solange wir verbündet sind."

Sie wandte ihren Blick den beiden Männern zu, die sich erhoben hatten und sie nun überrascht musterten.

Robert wirkte sichtlich erfreut. Er streckte der Schattenpriesterin die Hand entgegen, um ihr beim Aufstehen zu helfen. Diese fixierte erst den Ritter, dann den Hauptmann mit ihren Dämonenaugen.

„Ich hoffe für euch zwei Träger des Schlangenspeers, dass wir nach wie vor auf derselben Seite kämpfen."

Ohne eine Antwort abzuwarten, stand sie in einer geschmeidigen und anmutigen Bewegung auf, wobei sie den dargebotenen Arm des Hauptmanns einfach ignorierte.

Selina sog scharf die Luft ein. Alle Wunden auf dem Körper der Sa´ê´Sar waren verschwunden.

Es grenzt an ein Wunder! Sie hat wirklich schrecklich ausgesehen, überall diese aufgeplatzten Stellen, aus denen das Blut sickerte… Und nun ist ihre Haut unversehrt!

Plötzlich wurde ihr klar, wie unverschämt unhöflich es aussehen musste, mit offenem Mund dazusitzen und Ssil anzustarren. Sie machte ihn so hastig zu, dass ihre Zähne mit einem hörbaren Klacken aufeinanderstießen. Nervös blickte sie sich um, doch niemand beachtete sie im Augenblick.

Wolf war ebenfalls aufgestanden und zupfte an seinem Verband herum. Robert sah die geflügelte Frau einen Moment lang auf eine ganz merkwürdige Art und Weise an, so als lausche er einer nur für ihn hörbaren Stimme. Dann nickte er der Chaya-Rhunay zu und wandte sich an Freiherr Ean, um ihr Gespräch fortzuführen. Gemeinsam gingen die beiden dorthin, wo der Magier neben dem toten Darmak kniete. Auch Gregor hatte sich zu Meister Valator gesellt, der offenbar den Leichnam des schwarzen Riesen untersuchte.

Selina beeilte sich, ebenfalls auf die Beine zu kommen, wäre jedoch beinahe wieder hingefallen, hätte Ssil sie nicht mit starkem Griff am Arm gepackt und festgehalten. Ihre Beine waren eingeschlafen. Energisch stieß sie die Hand des Wesens weg, besann sich dann aber auf ihre Umgangsformen und murmelte ein paar Dankesworte, während sie begann, energisch aufzustampfen, um ihre Blutzirkulation wieder in Gang zu bekommen.

Sie erstarrte mitten in der Bewegung, als sich ein nadelspitzer, klauenartiger Fingernagel unter ihr Kinn bohrte und ihr Gesicht so weit anhob, dass sie geradewegs in die gelben Augen des Halb-Dämons blickte.

„Wenn du mir danken willst, dann tu es mit der dazugehörigen Aufrichtigkeit und Ernsthaftigkeit und sieh mir dabei ins Gesicht! Wenn du es aber nicht für nötig erachtest, dann lass es einfach und erspare mir und dir die Peinlichkeit deiner halbherzig dahin genuschelten Höflichkeiten!“

Selina schluckte. Die Augen der Sa'ê'Sar waren schmal geworden, ein gefährliches Funkeln glomm in ihnen.

„Ich erbitte deine Verzeihung für mein respektlos erscheinendes Verhalten.“

Ssil fixierte sie, so wie eine Schlange ihr wehrloses Opfer, und es fiel Selina schwer, nicht den Blick abzuwenden.

„Es geschah jedenfalls nicht aus Respektlosigkeit.“

Die Sa'ê'Sar schaute ihr lange in die Augen, und Selina spürte, dass sie einer Art Prüfung unterzogen wurde. Sie wollte diese um jeden Preis bestehen und schaute das Kind des Zwielichts unverwandt an. Die junge Kriegerin merkte nicht, wie ihr Bewusstsein immer tiefer in den gelben Strudel gezogen wurde und verlor völlig das Gefühl für das Verrinnen der Zeit. Schatten wirbelten um sie herum, aber die junge Frau nahm sie nicht wahr, so vollkommen war sie gefangen im Zauberbann der großen Chaya-Rhunay. Lichtlose Fetzen einer fremden, halbmateriellen Substanz umhüllten sie von allen Seiten und hoben sie hoch, bis sie auf Augenhöhe mit Ssil schwebte, doch auch davon bemerkte die junge Soldatin nicht das Geringste.

Dein Schicksal wirft einen langen Schatten in die Zukunft, Selina, Lukarstochter. Eine schwere Entscheidung liegt vor dir, sobald du diese Tunnel verlassen hast. Wählst du den falschen Weg, so wird diese Welt ins Dunkel stürzen!

Die Schatten zogen sich zurück und Selina landete mit einem kleinen, spitzen Aufschrei auf dem Boden.

Sie öffnete ihren Mund und wollte gerade zu einer Frage ansetzen, doch als sie ihren Blick wieder hob, war das, was sie gerade erlebt und zutiefst beunruhigt hatte, wie weggeblasen. Verwirrt betrachtete sie den Rücken von Ssil, die sich mit wiegenden Hüften auf die neben der Leiche Kokorus stehenden Männer zubewegte. Allesamt wurden diese von der Chaya-Rhunay überragt. Robert von Callen, der nach dem verstorbenen Gold-Kriss am höchsten gewachsene Mann Thul Araans, reichte ihr zumindest bis zur Stirn. Der Magier, der sich mit einem schlichten, dunklen Metallreifen in der Hand soeben erhob und der Sa´ê´Sar zuwandte und sogar noch etwas größer war als Robert, wenn auch wesentlich schlanker, kam bis zu ihrem Scheitel.

Sieht so aus, als hätte sie meine Entschuldigung akzeptiert. Sian sei Dank! Ich will nicht, dass sie eine schlechte Meinung von mir hat. Alles, nur das nicht! Sie ist wahrhaft beeindruckend. Wie ein schwarz gefiederter Engel...

Ssil nahm den Metallreif entgegen, den ihr Meister Valator mit einem merkwürdigen Glanz in den Augen reichte. Dann blickte die Chaya-Rhunay noch einmal zu ihr zurück und entblößte ihre blitzenden, weißen Raubtierzähne in einem

Lächeln, welches Selina einen Schauer über den Rücken jagte.

Ohne ein Wort zu sagen, ließ er seinen Blick über die Gestalt des gedrungenen Kriegers wandern, der ihm nur knapp bis zur Brust reichte. Er maß dieser Tatsache jedoch nicht allzu viel Bedeutung bei. Erstens gab es nicht sehr viele Männer, die wesentlich höher kamen, und zweitens waren Größe und Kraft nur zwei von vielen Elementen, wenn es zum Tanz der Schwerter kam. Noch dazu sicherlich nicht die Entscheidendsten. Schnelligkeit und technische Brillanz waren da schon ganz andere Kaliber. Sie dominierten nahezu gleichauf seine persönliche Rangliste, einzig übertroffen noch von Mut und Willensstärke. Oder, treffender gesagt, der Bereitschaft zu töten und zu sterben, wie es Ean Gomōnsson, ebenso wie er selbst ein Ritter des Silberdrachens, einmal ausgedrückt hatte.

Ein harter Knochen, dieser Ean. Er wird es weit bringen, wenn er nicht zu früh in Sians Reich geht.

Der dunkelhäutige Mann vor ihm, der ganz offensichtlich aus Laikor stammte, einem Land weit im Süden von Nin, stand ihm im Weg und blockierte den Zugang zu der kleinen Pforte in der Außenmauer des Tempels. Anzahl und Art seiner Tätowierungen erzählten jedem, der etwas davon verstand, dass hier ein Mitglied der Kikoso dja Kifo stand – der Todesschwadron Kafuus, des Hochkönigs von Laikor. Diese diente als persönliche Leibwache und Besatzung der gewaltigen Sandzitadelle des Herrschers.

Mit großer Wahrscheinlichkeit ist es ein ehemaliger Angehöriger der Elitekrieger der großen Sandschlange. Der Hochkönig duldet es nicht, dass sich die Kikoso weiter von ihm entfernen, als ein Kamel an einem Tag rennen kann. Dieser hier ist aber sehr weit von seinem Zuhause entfernt. Welches Schicksal ihn wohl hierher verschlagen hat?

Selbst hier, in diesem abgeschiedenen Grenzdorf, das zwischen Argenas und Salsir lag, war der muskulöse Soldat bei Weitem nicht der Einzige, der auf Einlass in den Tempel wartete. Hinter ihm reihten sich weitere Gläubige ein, die alle auf ihren ganz persönlichen Zeitpunkt warteten, um ihren

Erlöserkorb abzuliefern und das Sühnegebet zu sprechen, auf dass Sian in seiner großen Gnade ihnen ihre Unzulänglichkeiten vergeben und sie mit seinem Segen beschenken möge.

Natürlich konnte Aaron es nicht zulassen, dass ihm jemand den Weg versperrte. Es war schlicht notwendig, dass er diesen Klotz von einem Kerl rasch dazu brachte, ihm als Ritter die nötige Ehre zu erweisen und beiseitezutreten. So wie es unabdingbar gewesen war, an der wartenden Schlange vorbeizumarschieren.

Ein Ritter wartete nicht, bis die gewöhnlichen Menschen ihren Erlöserkorb abgegeben hatten. Er harrte nicht aus, bis er an der Reihe war. Oder vielmehr – er war genau in dem Augenblick an der Reihe, in dem er auf den Platz trat. So war das Gesetz in Argenas. Und alle hielten sich daran. Zumindest in den anderen Grafschaften und Baronien des Reiches. Dies hier aber war der Chegara, der Grenzgürtel, ein eher dünn besiedeltes Gebiet an der Ostgrenze. Der Einfluss der Krone war hier bei Weitem nicht so stark und selbstverständlich, wie in den restlichen Provinzen. Die Menschen waren wie das Land, das sie umgab – wild und schwer zu bändigen.

Die gut zwölf Dutzend Augenpaare der Wartenden hatten seine Ankunft mit Hälse recken und halb aus der Reihe Heraustreten verfolgt. Aaron hatte ihnen aber auch ein grandioses Schauspiel geboten, das sich natürlich keiner der Anwesenden hatte entgehen lassen wollen. Zehn mit Lanzen bewaffnete Reiter, die Langschwerter gegürtet, waren vor ihm geritten, zehn hinter ihm, alle auf den gewaltigen Umarern, die mit schweren Wappendecken und metallenen, silbern glänzenden Stirnpanzern gerüstet waren. Jeder von ihnen trug ein mitternachtsblaues Tuch über dem Kettenhemd, auf denen mit Silberfäden der Drache von Argenas eingestickt war, sowie den hohen Langschild an ihrem linken Arm, auf dem ebenfalls auf blauem Grund das argenaische Wappentier in Weiß prangte. Den auf Hochglanz polierten Helm zierte ein hoher, weißer Federbusch.

Die zehn Gardisten vor ihm hatten in vollendeter Perfektion ihre Zweierreihe zu einer breiten Linie aufgefächert, die genau in der Mitte einen Durchlass für einen Reiter bot, während die Siankrieger hinter ihm das Manöver kopiert hatten, allerdings ohne eine Lücke zu lassen. Erst als der ganze Trupp nahezu gleichzeitig zum Halt gekommen war, hatte Aaron sein herrliches Streitross *Hathiro* mit hoch erhobenem Kopf durch die für ihn geschaffene Gasse schreiten lassen. Das Gemurmel der Gespräche war verstummt. Mit einem kraftvollen Schwung war er von seinem treuen Begleiter gesprungen und hatte sich ohne jedes Zögern in Bewegung gesetzt, begleitet von den Blicken der Menge. Nur das schwere Stampfen seiner genagelten Stiefel auf dem knochentrockenen Boden war zu hören gewesen.

Sie alle wussten, wer er war, selbst diejenigen, die ihn noch nie zu Gesicht bekommen hatten. Es konnte keine zwei Männer wie ihn in Argenas, womöglich nicht einmal in ganz Nin geben. Seine Größe, seine Kraft, seine Ausstrahlung, all das war vollkommen einzigartig.

Vom Geschehen in seinem Rücken schließlich doch alarmiert, hatte sich der dunkelhäutige Krieger an der Pforte umgedreht. Er trug durchaus einen Ausdruck von Verwunderung zur Schau, als ihre Blicke sich trafen, jedoch waren dessen Augen kalt und gefühllos.

Bei den runzeligen Hexen in Valtroes weißen Türmen! Der hier hat mehr gesehen, als gut für ihn war. Ein Veteran, womöglich ein guter Kämpfer. Aber innerlich leer. Ausgebrannt.

Aaron kannte diese Sorte Männer, und er kannte sie besser als diese sich selbst. Von seinen mittlerweile knapp vierzig Wintern, die er hier auf Ama weilte, hatte er mehr als die Hälfte als Ausbilder zugebracht.

Nachdem er die entbehrungsreiche und teils grotesk harte Knappenzeit auf der Burg des Kriegslords Siegwart von Eisenstein mit Bravour hinter sich gebracht hatte, war er - auf ausdrückliche Empfehlung seines Lords - dem Kommando des damaligen Ersten Ritters des Reiches und Oberkommandierenden der Siangarden, Herrn Joran Drachenlanze Baradsson, unterstellt worden. Viele Jahre lang war er für die Rekrutierung und Ausbildung neuer Gardisten zuständig, lehrte seinen Eleven die hohe Reitkunst und brachte ihnen das Kämpfen mit Lanze, Schwert und Schild bei. Schon nach wenigen Monden führte er bereits seine erste Hundertschaft an, und es dauerte nicht lange, da befehligte er als rechte Hand des Herren Joran die Kavallerie von Argenas in Dutzenden von Scharmützeln und auch großen Schlachten. Als vor nunmehr zehn Jahren sein Mentor in einer Schlacht sein Leben ließ, ernannte seine Majestät, König Erik, ihn zum Ersten Ritter.

Anders als sein Vorgänger aber gab Aaron die Aufgabe, neue Bewerber für die Siangarden zu prüfen, nie an jemand anderen ab. „Nur wer seine Männer kennt, vermag sie richtig einzuschätzen und zu führen“, das war stets sein Leitspruch. Einen Soldaten, wie den, der hier vor ihm stand, ohne Feuer, ohne Leidenschaft, ohne inneren Antrieb, einen solchen Mann würde er niemals in seine Truppe aufnehmen.

Als sich der Blick des fremden Kriegers mit dem des Drachenritters kreuzte, weiteten sich dessen Pupillen, denn vor ihm stand eine Gestalt, die dieser sehr wohl aus den Erzählungen und Liedern der Barden kannte – so zahlreich waren mittlerweile die Geschichten und Legenden, die sich um die rechte Hand des Königs, Aaron *Sturm* Sólonsson, rankten. Hell und klar funkelten die eisblauen Augen des gigantischen Kriegers unter seinen buschigen Brauen hervor, die in merkwürdigem Kontrast zum hellen Blond seines wallenden Haupthaares rabenschwarz waren. Sieben Fuß und eine Handbreit ragte er in die Höhe und degradierte damit selbst groß gewachsene Männer in seiner Gegenwart zu Zwergen. Seine Muskeln wölbten sich mächtig unter seinem edlen, tiefroten Wams und gaben Zeugnis ab von der unmenschlichen Kraft, über die dieser Hüne verfügte. An seiner Seite hing das legendäre Schwert Nurthûn, ein Anderthalbhänder, besser bekannt unter seinem Namen Sethalklinge. Ebenso wie sein Träger war die Waffe Mittelpunkt vieler Sagen und Erzählungen.

Auch ohne das Wappen erblickt zu haben, hatte der Krieger aus dem Süden mit einem einzigen Blick erkannt, wer ihm da gegenüberstand. Mit einer tiefen Verbeugung wich er demütig mehrere Schritte rückwärts und zur Seite, um dem Ersten Ritter des Silberdrachenordens den Weg freizugeben.

Aaron schritt sofort zügig und ohne einen weiteren Blick zurück durch das nun freie Tor in den Vorgarten des Siantempels. Sofort schloss einer der dort stehenden Tempeldiener die eiserne Pforte hinter ihm. Der mit verwitterten Granitplatten gepflasterte Weg mäanderte durch den in klaren Mustern angelegten Steingarten und führte ihn zu der großen, aus uralten, schweren Eichenbohlen gefertigten Doppeltür. Nachdenklich hielt er dort kurz inne und ließ seinen Blick über den grau verhangenen Himmel schweifen, deren schwere Wolken von einem baldig einsetzenden Regen kündeten.

„Wie ich sehe hast du keinen Erlöserkorb dabei, Sethalklinge."

Aaron wandte sich um. Die Türflügel hatten sich geöffnet, und vor ihm stand ein hochgewachsener Mann mit breiten Schultern, wuchtiger Stirn und haselnussbraunen Augen, über denen sich zwei gewaltige, dunkelblonde Brauen wölbten. Ein mächtiger Vollbart dominierte seine untere Gesichtshälfte und wallte ihm bis auf die fassförmige Brust herab. Trotz dessen recht beeindruckender Größe von sechseinhalb Fuß reichte er dem Than dennoch nur bis knapp unters Kinn.

„Blitz und Donner, Balthazar, selbst ich könnte keinen Korb tragen, der groß genug wäre, um mich von meinen Verfehlungen zu erlösen."

Die Falten um die Augen des anderen vertieften sich, als ein listiges Lächeln über dessen Antlitz huschte.

„Sian, in seiner überaus großen Gnade, nimmt auch gerne ein symbolisches Körbchen an, wenn es denn mit Golddrachen hübsch gefüllt ist."

Jetzt war es auch an Aaron zu schmunzeln.

„Du hast dich nicht verändert, alte Krämerseele. Wohl dem Tempel, der dich zum Vorsteher hat."

Damit zog er Balthazar in eine kurze, innige Umarmung, bevor er ihn wieder auf Armeslänge von sich schob. Der Bärtige ließ ein tiefes, volltönendes Lachen hören. Doch dann blickte ihm Aaron ernst in die Augen.

„Allerdings befürchte ich, dass deine ruhigen Tage als Laienabt hier an diesem gastlichen Ort vorerst gezählt sind.“

Balthazar führte ihn in den Tempel hinein und schloss die Tür hinter ihm.

„Dachte mir schon, dass dein Besuch nicht dazu dient, bei einem Humpen Wein in alten Erinnerungen zu schwelgen.“

Aarons Augen blitzten auf.

„Der Ritt war lang. Auf eine Pause verzichtete ich. Somit spricht nichts gegen deinen Vorschlag.“

„Ha! Wenn du den Rebensaft immer noch genießen darfst, so hast du das Angebot des Königs, dich in die Silberne Priesterschaft aufzunehmen, wohl abgelehnt, alter Schwerenöter!“

Aaron verzichtete auf eine Antwort. Balthazar wusste sehr wohl, dass er mit den Pflichten als Than und Oberbefehlshaber der Siangarden mehr als genug auf seinem Teller hatte. Er strebte nicht nach mehr.

„Nun, die harte Dienstpflicht lässt sich in diesem Fall trefflich mit einem vollmundigen Sarranti aus Laikor abmildern. Bei Siegwulfs langem Bart! Ohne Pause von Al´Thorim bis hierher – selbst dein lederner Arsch muss sich weich und empfindsam wie ein überreifer Pfirsich anfühlen, Sethalklinge! Was auch immer dich hergeführt hat – wenn du dich, wie ich in diesem Fall wohl annehmen darf, der Pferde des königlichen Kurierdienstes bedient hast, scheint es ja wahrhaft wichtig zu sein.“

Die ersten Regentropfen fielen vom Himmel und platzten mit einem erstaunlich lauten Platschen auf die Granitplatten.

„Genug geschwätzt – komm mit mir nach oben, bevor wir hier vollständig durchnässt werden, dort können wir ungestört sprechen.“

Mit einer einladenden Handbewegung bedeutete er seinem Gast, ihm zu folgen und marschierte mit energischen, kraftvollen Schritten voran ins Innere des Tempels hinein.

Aaron schmunzelte und folgte ihm. Nichts schätzte er an Balthazar so sehr, wie dessen schnelle Auffassungsgabe. Es war nicht nötig, die Dinge umständlich zu erklären. Plötzlich fiel ihm die lange Schlange vor dem Tor wieder ein. Er blieb stehen, und der Tempelvorsteher wandte sich mit einem fragenden Blick zu ihm um.

„Was ist mit den Opferwilligen, die draußen warten?“

„Immer das Wohl des einfachen Volkes im Sinn. Gut zu sehen, dass auch dies sich nicht geändert hat, Than. Keine Sorge, Raimund und Sieghart, meine beiden Laienbrüder, werden sich um sie kümmern. Ich habe ihnen vorhin schon ein entsprechendes Zeichen gegeben.“

Zufrieden klopfte Aaron dem Abt auf die massige Schulter.

„Dann lass uns gehen, Balthazar. Der Schmerz in meinen weichgerittenen Backen ist nichts gegen das Brennen in meiner Kehle!“

Beschwingt von der Aussicht auf den exzellenten Wein, von dem sein Gastgeber gesprochen hatte, folgte er dem Vorsteher die steile Wendeltreppe hinauf, die vom Vorraum aus in die Wohngemächer im ersten Stock führte.

Oben angekommen fanden sie sich in einem großen Raum wieder, der die vordere Hälfte der Tempelgrundfläche einnahm. Neben einem Tisch und vier Stühlen gab es zwei Betten mit jeweils zwei großen Truhen für persönliche Dinge und Habseligkeiten. Hier wohnten die beiden Laienbrüder, die zusammen mit Balthazar im Tempel lebten.

Das Besondere und überaus Beeindruckende des Raumes aber zeigte sich an den beiden Seitenwänden. Über eine Länge von jeweils gut zehn Schritten zogen sich Regale, Ständer, Haken und Halterungen. Eine recht umfassende Ansammlung an verschiedensten Waffen und Schilden war dort befestigt und zur Schau gestellt. Insgesamt ein beachtliches Arsenal, mit dem man eine kleine Armee ausrüsten konnte.

Die Tempel des Herren der Silbernen Reiche waren für das einfache Volk in vielerlei Hinsicht wertvoll. Sie fanden dort nicht nur spirituellen Beistand und einen Ort zum Beten und auch Feiern, sondern ebenso eine Stätte der Ausbildung in der vielfältigen Schule des Kampfes. Der Vorsteher einer solchen Abtei und seine Laienbrüder fungierten dabei als Lehrmeister.

Aaron und Balthazar durchquerten den Raum und marschierten durch die Tür an der hinteren Wand, um in das Gemach des Abtes zu gelangen.

Ein Bett suchte man dort vergebens. Balthazar Vandensax war ein Baschkore und stammte aus dem hohen Norden. Durch einen der wenigen Pässe im unzugänglichen Granitgratgebirge, das die Reiche südlich der unermesslichen Eisebenen der Alachai vom ewigen Frost des Nordpolargebietes abtrennte, gelangte man auf ein gigantisches Hochplateau. Dort befanden sich fünf Seen, die allesamt von heißen Quellen aus dem Amainneren gespeist wurden und auf diese Weise ein Mikroklima schufen, das schon vor vielen tausend Jahren eine Besiedelung möglich gemacht hatte. Es war ein zähes Volk, das diese Gegend seine Heimat nannte, und Balthazar war da keine Ausnahme, auch wenn er den kalten Gefilden seiner Geburt mittlerweile den Rücken gekehrt hatte. Immer noch verschmähte er die Bequemlichkeiten der „verweichlichten Südländer", wie er alle nannte, die südlich der Granitgratberge zu Hause waren, und schlief auf einem Filzteppich, den er auf die blanken Dielen geworfen hatte.

Dafür gab es einen großen, runden Tisch, der von acht hochlehnigen Stühlen umgeben war. Auf einem „stummen Heinrich" aus massivem Eichenholz, wie alle Ritter und Knappen das stilisierte, grob menschenähnliche Gestell zu nennen pflegten, war Balthazars Rüstung, ein blank polierter Feldharnisch, aufgezogen. Der Helm mit dem Symbol seiner Herkunft als Zier, einem herrlichen, weißen Fuchsschwanz, sprang einem dabei sofort ins Auge. Gegenüber der Türe an der hinteren Wand des Raumes befand sich ein großes Vorratsregal, in dem allerlei Kisten und Körbe, Tongefäße und -krüge und sogar eine beachtliche Anzahl an Glasphiolen verschiedenster Größe zu finden waren, nicht wenige davon nur so lang wie ein Finger.

Am auffälligsten aber waren die beiden weitläufigen Bücherregale an den Seitenwänden. Wohl an die hundert Folianten waren dort ausgestellt, wobei jeder Einzelne sorgfältig auf einem eigenen Ständer thronte und dem Betrachter die herrlich gearbeitete Vorderseite präsentierte. In Anbetracht der Tatsache, dass die handgeschriebenen Werke der Schriftgelehrten nicht besonders zahlreich und somit entsprechend wertvoll waren, konnte die hier zusammengestellte Bibliothek mit Fug und Recht als Schatzkammer bezeichnet werden. In der hinteren rechten Raumecke führte schließlich eine Wendeltreppe hinauf in den Turm, und an der Wand daneben befand sich ein kleiner Tisch mit Pergamenten, Schreibfedern, einem Tintenfass, Siegel und Wachsstangen.

Aaron setzte sich an den Tisch, während sein Gastgeber eine Amphore aus rot glasiertem Ton und zwei Krüge herbeischaffte. Er wäre viel lieber stehen geblieben – sein Hinterteil war in der Tat arg in Mitleidenschaft gezogen worden bei seinem langen, harten Ritt. Aber er wusste nur zu gut, wie unangenehm es seinen Gesprächspartnern in der Regel war, immer zu ihm aufschauen zu müssen. Selbst guten, alten Freunden, wie Balthazar, mochte er diese Situation nicht allzu lange zumuten. Im Sitzen war er zwar ebenfalls noch ein gutes Stück größer, aber es war immerhin deutlich erträglicher für sein Gegenüber.

Schwer und gemächlich mit tiefdunkler Farbe lief der Rebensaft in ihre Krüge. Der Duft nach Cassislikör, durchmischt mit den Aromen von Waldbeeren, Pflaumenkompott, schwarzem Pfeffer und einer Spur von Minze zog Aaron durch die Nase. Sie prosteten sich zu und genossen eine Zeitlang den wunderbaren Geschmack des erlesenen Weines, saftig, mild, weich und mit fein eingewobenen Holznoten.

Der Abt drängte ihn nicht. Er wusste, dass der Than ein Mann war, der einen Moment der Ruhe und des stillen, bewussten Erlebens des Augenblicks ganz besonders zu schätzen wusste. Auch dafür war ihm Aaron dankbar.

Als Balthazar ihm den Becher schließlich zum zweiten Male füllte, wandte er sich diesem zu.

„Bran Valchorra zieht seine Truppen zusammen. Mehrere tausend Mann Fußsoldaten, seine Reiterei, und vor allem seine Zirkeldiener."

Der Baschkore warf ihm einen überraschten und etwas ungläubigen Blick zu.

„Das ist kein Geheimnis, Sturm. Sein Sohn soll in seine Fußstapfen treten. Er bekommt die Befehlsgewalt über das ganze Heer Salsirs zugesprochen. Es wird deswegen diesmal bei ihrem Weißblumenfest eine riesige Zeremonie geben. Die Truppen sollen ihm gemeinsam ihren Eid leisten."

„Ja. So sagt man."

Die Augen des Laienabtes blitzten auf.

„Verstehe. Aber der Than sagt etwas anderes."

„Meine Quelle in Ruranhalla führt stets nur klares Wasser, mein Freund."

Aaron beobachtete den alten Haudegen aufmerksam. Als Than oblag ihm auch die Pflege des königlichen Spionagenetzwerkes. Bei ihm liefen die Fäden zusammen, er bekam nicht nur sämtliche beschaffbaren Informationen über die Taten und Pläne der feindlichen Warloks, sondern auch relevante Nachrichten aus den Elfenreichen Miratien und Kaltharia. Vor allem aber erhielt er all die wichtigen und unwichtigen Berichte aus den anderen Königreichen, freien Stadtstaaten und Herzogtümern, Grafschaften und Baronaten des Kontinents. In Argenas wurde die rechte Hand des Königs deshalb auch als Herr der Quellen bezeichnet.

Im Lauf der Jahre hatte Aaron Vieles über die Menschen gelernt. Er war ein geduldiger Beobachter und achtete nun auf ein verräterisches Zeichen von Nervosität, das ihm einen Hinweis darauf geben könnte, dass Balthazar etwas vor ihm verbarg. Kein Mensch konnte all die kleinen Signale vollständig unterdrücken, die einem aufmerksamen, geschulten Auge anzeigten, dass jemand versuchte, die Wahrheit zu verschleiern. Zwar verhielt es sich nicht so, dass er Vandensax wirklich misstraute. Es stand nur einfach zu viel auf dem Spiel. Deshalb war es unumgänglich, den Tempelvorsteher diesem Test zu unterziehen.

„Bei den Priesterinnen und Priestern Xeretes, möge ihre Weisheit uns alle erleuchten! Dann weiß deine Quelle mehr als ich, alter Freund. Du musst sie gut gewählt haben. Willst du wirklich andeuten, dass dieser Sohn eines stinkenden Frostriesen einen Feldzug plant?"

Nichts. Keine Unruhe, kein Zögern, kein Wegschauen. Er ist ganz er selbst geblieben. Gut so. Sian sei Dank.

„Wir sind noch nicht ganz sicher, wohin er sich wenden will, aber über eines gibt es keinen Zweifel: Er wird am Tag nach der Vereidigung seine Truppen in Marsch setzen."

Balthazar starrte ihm noch mehrere Augenblicke lang ins Gesicht, dann sprang er auf und durchquerte den Raum mit langen, energischen Schritten. Vor dem stummen Heinrich blieb er stehen. Aaron wartete geduldig. Er war sehr erleichtert, dass er sich immer noch auf den massigen Krieger verlassen konnte, und war gerne bereit, ihm die Zeit zu geben, um über diese Neuigkeiten nachdenken zu können. Schließlich wandte dieser sich wieder zu ihm um.

„Gierig ist sein Herz, und hochfliegend waren schon seit jeher seine Pläne. Er will mehr aus seiner Provinz machen, ihr mehr Bedeutung verleihen. Wenn er marschiert, dann um mehr Territorium zu erobern. Nach Norden ist ihm jeglicher Weg verwehrt, denn dort liegt Buors Reich, und mit seinem Lehensherren, dem Gottkaiser in Atlahan kann er sich nicht messen. Östlich liegt die Provinz Karathum, und auch hier hält der kaiserliche Schutz seine gierige Hand zurück. Gen Süden hin hat er seinen Einfluss bereits so weit wie nur möglich ausgedehnt – bis zum Weg der Erkenntnis, der als Protektorat der Mercator-Allianz seit fünfhundert Jahren neutrales Gebiet ist. Kein Herrscherhaus hat sich nach der Kesselschlacht diesem Diktat der Mercatoren widersetzt."

Aaron schnaubte.

„Kein Wunder. Die Pfeffersäcke würden auch heute wieder alle Söldner, Freischärler und Meuchelmörder Nins anheuern, um den Usurpator, der es wagen sollte, Hand an ihre Handelsroute zu legen, samt Familie auszulöschen und dessen Reich von der Landkarte zu tilgen."

Die mehr als viertausend Meilen lange und durchgehend gut in Stand gehaltene Straße, die als „Weg der Erkenntnis" auf ganz Nin berühmt war, führte von Marallonde an der Westküste quer durch den ganzen Kontinent bis Sonnendahl an der Ostküste. Seit fünf Jahrhunderten stand die ganze, ungeheure Strecke unter dem Schutz der mächtigsten Handelsgilde Nins, der Mercator-Allianz. Niemand außerhalb der Organisation wusste ganz genau, wie viele Stadtgilden, Bünde und vermeintlich freie Händler der Allianz angehörten. Sicher war nur eines: Es gab keine größere Handelsvereinigung auf dem gesamten Kontinent. Der ihr potentiell zur Verfügung stehende Reichtum galt als schier unermesslich. Deswegen spielte es auch keine große Rolle, dass sie kein stehendes Heer unter Waffen hatte – es gab genug Söldnervereinigungen, die für Gold zu kämpfen bereit waren. So wie es schon einmal, im Jahr 289 nach dem Feuer, geschehen war:

Der König Galbâthor von Gandor aus dem mächtigen Adelsgeschlecht der Bartharen besetzte den an seiner Nordgrenze verlaufenden Teil des Wegs der Erkenntnis, riegelte ihn ab und verlangte Wegzoll von allen, die darauf unterwegs waren. Er bekam eine schriftliche Abmahnung der Mercatoren, überbracht von einem Boten, den er jedoch unverzüglich köpfen ließ. Einen Mond später begannen die verheerenden Anschläge.

Es gab keine Kriegserklärung, keine Warnung, und keine Hinweise von seinen Informanten. Gedungene Mörder meuchelten seine Führungsoffiziere und alle hohen Beamten, die sich um die wirtschaftlichen und rechtlichen Belange im Reich kümmerten. Im ganzen Land wurden Brunnen vergiftet, und Kornspeicher gingen grundlos in Flammen auf. Gleichzeitig verendeten plötzlich an allen Orten des Reiches die Pferde – wie durch eine seltsame, unaufhaltsame Seuche wurden mehr und mehr davon dahingerafft.

Das gesellschaftliche Leben lag danieder, die Menschen ächzten und stöhnten unter Hungersnot und Krankheit. Als schließlich aus sämtlichen Himmelsrichtungen marodierende, plündernde, mordende und vergewaltigende Söldnerarmeen ins Land einfielen, war das königliche Heer ohne Führungsstab und zudem dem größten Teil seiner Reiterei, dem Prunkstück des Gandorschen Militärs, beraubt. Nur knapp sechstausend Mann konnte der Monarch unter Waffen stellen, fast alle zu Fuß, und dem Feind entgegenwerfen. Ohne Pferde aber waren sie zu träge, zu unflexibel und zu langsam und wurden bis auf den letzten Mann niedergemetzelt. Da es keine Aussicht auf ein Lösegeld gab, machten die Freischärler keine Gefangenen. Das Ziel war ganz augenscheinlich die vollständige

Vernichtung des gesamten Reiches. Wer von den Königlichen überleben wollte, hatte nur eine Chance – er musste den Rock wechseln und zu den Söldnern überlaufen.

Nach hundert Tagen sammelten sich die bis dahin verstreut operierenden Haufen vor den Toren der Königsstadt. Erst da wurde die wahre Größe des Feldzuges offenbar. Mehr als fünfzigtausend bezahlte Klingenträger umstellten die Stadtmauern. Kurz danach rollte eine schier endlose Reihe von Kutschen und Planwagen an. Neben Garküchen und Unmengen an Lebensmitteln brachten diese die Bauteile für eine Armada an Belagerungsmaschinen. In der sich daraufhin anschließenden Kesselschlacht wurden die Mauern, Tore und Gebäude eine volle Woche lang Tag und Nacht mit gewaltigen Katapulten, Ballistae und Trebuchets beschossen.

Dann marschierten die Söldner ein.

Was nun folgte, war ein schreckliches Manifest über die unvorstellbare Brutalität und Grausamkeit, zu der Menschen fähig sind. Der Widerstand der Stadtbevölkerung und der königlichen Soldaten wurde zermalmt und ein Schlachtfest fürchterlichen Ausmaßes begann.

Nach diesem Krieg gab es keine Bartharen mehr, und auch kein Königreich Gandor.

Balthazar wiegte nachdenklich den Kopf.

„Vermutlich hast du recht. Selbst Bran Valchorra ist nicht verrückt genug, das zu riskieren. Er ist schließlich nicht der Darson selbst."

Aaron nickte, während er mit seinem Becher spielte.

„In der Tat. Einzig der Gottkaiser in Atlahan könnte es wagen, die Mercatoren herauszufordern. Gegen die Darlords und ihre Armeen aus fanatischen Gotteskriegern wären auch die Pfeffersäcke machtlos. Valchorra aber ist nur der eingesetzte Verwalter einer der achtzehn Provinzen, die Buors Reich umgeben. Er würde von den Mercatoren ausradiert werden."

„Und diese hätten aller Voraussicht nach auch vom Darson nichts zu befürchten - wegen eines törichten und dummdreisten Provinzherrschers würde seine Strahlende Eminenz ganz sicher keinen Handelskrieg mit der Allianz riskieren. Gut, wir können getrost davon ausgehen, dass dem Hochmeister all das ebenso klar ist, wie uns. Aber dann bleibt ihm nur der Westen!“

Zwischen Salsir und Argenas lag ein gut hundert Meilen breiter Streifen Niemandsland, der Janoblar. Dort hatten sich mehrere Clans angesiedelt, die ihre Freiheit höher schätzten, als den Schutz durch die Hand eines Königs oder Kaisers. Einem gut organisierten, militärischen Angriff hätten sie jedoch nicht sehr viel entgegenzusetzen. Allerdings waren sie bislang unbehelligt geblieben – zu gering war der Wert des Landes, den sie bevölkerten. Schroffe, nur spärlich bewachsene Felsenhügel zogen sich in langen Ketten vom Waldreich Miratien aus bis kurz vor den Weg der Erkenntnis. Die Täler dazwischen waren zwar fruchtbarer als die kahlen Felsbuckel, aber unzugänglich und ohne zusammenhängende Fläche. Dazu kam der üble Ruf der Clans. Die Janoblaren galten als barbarisch und blutrünstig.

Aaron nickte.

„Der Westen. Du sagst es, alter Freund. Und wir wissen beide, dass sich sein Herz nicht nach den Clangebieten verzehrt.“

„Aber Aaron! Sich gegen Argenas zu wenden ist nicht so viel aussichtsreicher, als den Krieg mit dem Hochkaiser in Atlahan zu suchen!“

„Jetzt redest du Unsinn, Weißfuchs, und du weißt es. Kein Reich auf Nin kann sich derzeit anmaßen, mit der militärischen Macht von Buors Reich mithalten zu können. Siebenunddreißig Absolventen der Göttlichen Akademie hat seine Strahlende Eminenz bis heute in den Stand eines Darlords erhoben, und jeder einzelne dieser Generäle kommandiert eine Legion von über achttausend Gotteskriegern!“

Er hob die Hand, um Balthazar Einhalt zu gebieten, der bereits den Mund zum Protest geöffnet hatte. Prompt klappte dieser seinen Kiefer zu und schaute ihn mit einer Mischung aus mürrischem Gehorsam und interessierter Erwartung an.

„Dennoch stimme ich dir in der Richtung zu, die deine Gedanken eingeschlagen haben. Der Hochmeister ist mächtig und gebietet sowohl über eine schlagkräftige Armee als auch und vor allem über seinen dreimal verfluchten Zirkel aus

Kriegsmagiern – mögen sie alle an ihren eigenen Zungen ersticken! Nichtsdestotrotz kann er sich unter normalen Umständen nicht mit seiner Majestät, König Erik messen."

„Was bei allen schneefressenden Eiselfen willst du damit sagen, Sturm? Was für besondere Umstände fürchtest du?"

Aaron hielt es nicht mehr auf seinem Stuhl. Seine Hinterbacken schmerzten mehr als er es zugeben wollte, und in seinem Magen ballte sich eine kalte Faust zusammen. Es war natürlich keine Angst, die er empfand – er war dieses Gefühls gar nicht fähig – sondern Sorge. Langsam schritt er im Zimmer auf und ab und blieb schließlich vor einem der Folianten stehen. Gedankenverloren strich er mit dem Finger über die feinen Linien der Zeichnung eines Warloks, die den ledernen Einband zierte.

„Das Weißblumenfest der Provinz Salsir findet in knapp zwei Wochen statt, wenn Vitara mit voller Scheibe sein silbrig helles Strahlen über die Felder wirft. Gut möglich, mein alter Freund, dass es dann bereits kein Argenas mehr gibt. Ein Heer sammelt sich südlich und östlich der Nagarren, und es wird nicht mehr lange dauern, bis es über die Mariaden-Ebene marschiert."

Die starke Hand des Weißfuchses packte ihn am linken Oberarm und drehte ihn mit sanfter, aber bestimmter Gewalt herum. Er ließ es zu. Die Kiefer des Baschkoren mahlten wild und seine zusammengezogenen Brauen gaben beredt Zeugnis von der heißen Wut, die in dessen Eingeweiden toben musste.

„Wie ist der Name des Häuptlings, der sich diesmal in den Annalen der Grauhäutigen einen Ehrenplatz erstreiten möchte?"

„Du trägst einen klugen Kopf auf deinen Schultern, Balthazar. Dein Pfeil trifft auch diesmal seine Beute, wenn auch nicht ins Herz."

„Stuorraskávli cin'ná! Ein Bündnis? Ist es das? Der Warlok ist nur ein Teil des ganzen Körpers?"

Aaron legte seinem Gegenüber die Rechte auf die Schulter. Seine eigenen Gefühle drängten nun mit Macht an die Oberfläche. Als er sprach, war seine Stimme rau und belegt.

„Diese Allianz ist weit mehr als nur ein Bündnis zwischen ein paar Clans, mein Freund. Og´Ra´Fu hat stattgefunden. Das Haus des Leids wird neu gebaut.“

Balthazar erstarrte. Schock, Angst und Zweifel huschten wechselweise über sein Antlitz. Sturm nickte und lehnte sich wieder zurück.

„König Erik hat richtig vermutet – wie so oft. Vielleicht hättest du Xeretes Dienste suchen und dich der Göttin der Weisheit und Gelehrsamkeit verpflichten sollen, statt dich hier draußen um die Belange Sians zu kümmern. Du kennst also die Prophezeiung und die Historie der vier Säulen des Untergangs?“

„Die Historie?“

Der Baschkore war blass geworden.

„Eis und Schnee! Ich habe darüber gelesen, in der Tat, allerdings war es für mich immer nur ein Mythos, eine Legende, mehr nicht. Möglicherweise mit einem wahren Kern, ja, aber… all das soll sich tatsächlich ereignet haben? Und jetzt könnte es noch einmal geschehen?“

Balthazar machte einen Schritt zurück und schlug hastig das Zeichen des Schwertes, dann drehte er sich halb zur Seite.

„Beim frostigen Atem Raai´as´vuohtas, der Mutter aller weißen Drachen! Ich habe mit viel gerechnet, als gestern der Rabe mit dem Hinweis auf dein Kommen hier eintraf, aber das…“

Der Tempelvorsteher war sichtlich außer sich. Hektisch und ungläubig zuckten seine Augen hierhin und dorthin. Bei fast jedem anderen hätte er diese Neuigkeiten mindestens in Zweifel gezogen, eher jedoch rundweg abgelehnt. Dem Than aber schenkte er uneingeschränktes Vertrauen, und so versuchte er, das eben Gehörte einzusortieren und zu verarbeiten. Aaron legte ihm fast sanft den Arm um die Schultern und führte ihn zurück an den Tisch, wo sie sich beide wieder setzten. Er schenkte dem Abt den Krug voll, und dieser nahm einen tiefen Zug. Als er sich danach Mund und Bart mit dem Handrücken abwischte, schien er sich wieder einigermaßen gefasst zu haben. Aaron lehnte sich zurück und musterte ihn kritisch unter seinen buschigen Brauen hervor.

„Vielleicht erzählst du mir zuerst einmal, was genau du weißt, und ich verspreche dir, deine Fragen, soweit es mir möglich ist, zu beantworten. Was hältst du davon?“

„Soll mir recht sein, Sethalklinge. Und sorge dich nicht, mir ist durchaus bewusst, dass du mir nicht alles sagen kannst, was du weißt.“

Vandensax lehnte sich zurück und drehte gedankenverloren seinen Krug hin und her.

„Thesias von Messelia, der erste Geschichtsschreiber am Hof der Messaliden, berichtet über diese vier Säulen des Untergangs. Dort drüben steht die Abschrift seiner „Chroniken von Ama und Nin“, gebunden in Drachenhaut und bemalt mit Miniaturen magischer Bestien, Teufel und Dämonen. Hat mir immer gut gefallen.“

Er deutete auf einen der Folianten, und Aaron erhob sich und holte das Buch an den Tisch. Balthazar nahm es entgegen, blätterte zu einer bestimmten Stelle, und zeigte sie ihm. Neugierig beugte er sich darüber, denn tatsächlich hatte er dieses durchaus berühmte Werk der Geschichtsschreibung nur einmal kurz in Händen halten können. Interessiert lauschte er den weiteren Ausführungen des gelehrten Baschkoren, während er gleichzeitig seine Augen über die kunstvolle und elegante Handschrift vor sich gleiten ließ.

„Es ist eine stattliche Zahl von Jahren her, dass ich darin gelesen habe, aber dieses Kapitel ist mir aus irgendeinem Grund im Gedächtnis geblieben.

Als das Haus des Leids zum ersten Mal errichtet wurde, gab es vier mächtige Verbündete, die sich zusammenschlossen, um den ganzen Kontinent auf und unter der Oberfläche zu versklaven. Eintausend Jahre lang währte die Herrschaft dieser Tyrannen. Ich erinnere mich noch an ein oder zwei Namen. Da war die Tarul, eine Dunkelelfe, sie führte den Bund an. Dazu kam noch der Drache Orû, ein großer roter Wyrm – intelligente Bestien, die Drachen, aber fast alle sind sie gierig und achten unsere Leben kaum mehr, als wir das einer Ameise. Der Dritte im Bunde war ein untoter Erzmagier, den die Menschen den Herren des Wahnsinns nannten. Tja, und die Vierte hatte, soweit ich weiß, keinen Namen.“

Aaron brummte seine Zustimmung und warf ihm einen anerkennenden Blick zu.

„Den Weißfuchs nennen dich deine Männer. Wahrlich, ein treffender Name! Es geht mehr zwischen deinen beiden Ohren vor, als die meisten vermuten würden, die dich zum ersten Mal sehen. Auch diesmal bist du deinem Ehrentitel gerecht geworden."

Der Abt hatte seine Augen mittlerweile halb geschlossen und war gänzlich in tiefer Konzentration versunken. Ob er die lobenden Worte überhaupt vernommen hatte, war für Sturm nicht zu erkennen, denn er ließ sich nichts anmerken und fuhr fort.

„Sollte das Haus des Leids noch einmal erstehen, so würden eindrückliche Zeichen davon künden, um die Generationen zu warnen, die mit dieser schrecklichen Gefahr konfrontiert wären. In der Prophezeiung, die durch Thesias überliefert ist, werden die Säulen als Ereignisse beschrieben, die durch ihr Eintreten eine zweite allumfassende Gewaltherrschaft hervorrufen würden.

Und so vernehmt die Namen der Säulen des Untergangs: Og'Ra'Fu, „die dunkle Unterwerfung", Zésspa Larnach, „die Herrschaft der Nacht", Rúag E'llenach, „der Fall der geheimen Mauer" und U'rlioth Alachair, „das Erwachen der Eisschlange".

Er öffnete seine Augen und fixierte Aaron mit stechendem Blick.

„Wenn die erste Säule gebaut wurde, Sethalklinge, dann steht bedeutend mehr auf dem Spiel, als nur ein einzelnes Königreich. Dann sind alle Länder und alle Bewohner von ganz Nin bedroht, von der Südspitze in Laikor bis hinauf in die ewigen Eissteppen der Alachai!"

„Nun also verstehst du meine Sorge, meine Eile und meine Befehle für dich. Ein unfassbarer, gigantischer und durch und durch dämonischer Plan wurde ins Werk gesetzt, und obschon wir kaum mehr als die Bewegung der ersten Blätter gesehen haben, besteht kein Zweifel daran, dass ein furchtbarer Sturm auf uns zu rast. Unsere Lage in dem Krieg, der kommen wird, könnte schlechter kaum sein. Ich fühle mich wie der Spieler eines großen Ting-Spieles, dessen Gegner bereits eine Vielzahl von Zügen voraus ist, die wir aber nicht sehen können, weil seine Figuren noch größtenteils für uns unsichtbar sind."

„Ein Ting-Spiel? Ha! Ein schönes Bild, und treffend dazu. Wenngleich, bei allem Respekt, Than, selbst du in diesem Spiel wohl kaum mehr als eine Figur bist…"

Sie schwiegen eine Weile und saßen einfach zusammen an dem großen, runden Holztisch, jeder seinen eigenen schwermütigen Gedanken nachhängend, der Blick nach innen gerichtet – so wägten sie ihre Möglichkeiten ab, forschten nach Gefahren, nach Schwachstellen des Königreiches, das ihre Heimat war und in dem ihre Seele tiefgreifende Wurzeln gefasst hatte.

„Wie lauten meine Befehle, Sethalklinge?"

Die raue Stimme des Abtes riss Aaron aus seinen Grübeleien. Er beugte sich nach vorne und ergriff dessen Unterarm.

„Rufe die Silberlöwen zusammen. Es bedarf keiner Heimlichkeit. König Erik befiehlt die sofortige und totale Mobilmachung aller kampffähigen Männer. Sobald du deine Tauben auf ihre Reise geschickt hast, mache dich persönlich auf den Weg nach Salsir. Nimm zwei Dutzend deiner Männer mit, und putzt euch so strahlend heraus, wie ihr es vermögt. Nehmt euch Pferde zum Wechseln mit und reitet so schnell ihr könnt nach Ruranhalla. Dort verlangt ihr eine Audienz beim Hochmeister – und nur bei ihm. Lass dich nicht mit irgendeinem Untergebenen abspeisen. Sobald ihr bei Bran Valchorra seid, übergib ihm diese Rolle."

Aaron zog eine zylinderförmige Lederhülle aus seinem Wams und drückte sie Balthazar in die Hand.

„König Erik fordert darin vom Hochmeister das Recht auf Fürsprache ein. Valchorra muss darauf reagieren und beim Gottkaiser in Atlahan um eine Audienz im Namen König Eriks bitten, so befiehlt es sein Lehensschwur, den er diesem geleistet hat. Solange die Raben fliegen und er noch keine Antwort aus der Hellen Stadt erhalten hat, darf er keinerlei aggressive Handlungen gegen Argenas ausführen."

„Verstehe. So möchte der König Zeit gewinnen. Er kann unmöglich an zwei Fronten gleichzeitig bestehen. Hm, das Recht auf Fürsprache - wieso habe ich davon noch nie etwas gehört?“

„Es ist ein sehr altes Gesetz, das noch aus den Zeiten Buors stammt. Ich glaube nicht, dass es in den zurückliegenden Jahrhunderten jemals eingesetzt wurde.“

Beide Recken standen auf.

„Wenn du einen Platz für mich zum Ausruhen hast, wäre ich dir dankbar. Mein Geleit hat Anweisung, außerhalb der Mauern ein flüchtiges Lager zu errichten und auf mich zu warten. Dieses eine Mal aber würde ich es selbst doch vorziehen, ein Dach über dem Kopf zu haben. Ich werde in den frühen Abendstunden aufbrechen und zurück nach Al´Thorim reiten.“

„Streck dich gleich hier aus. Mein Lager ist dein Lager. Ich werde die Botschaften vorbereiten.“

Damit begab er sich zu dem kleinen Schreibtisch, holte besonders dünn gefertigte Pergamentstreifen hervor und begann mit dem Schreiben.

Aaron schenkte sich den Rest Wein aus der Tonamphore in seinen Krug, schwenkte ihn in sacht kreisenden Bewegungen und sog sinnend den wunderbaren Duft des Weins ein.

So beginnt das Spiel nun auch für uns Argenaer. Mögen unsere ersten Züge ausreichend sein, um diesen fürchterlichen Angriffsschlag abwehren zu können. Blitz und Donner, noch bleibt uns ein wenig Zeit, wenn auch nicht besonders viel! Wir müssen es einfach schaffen. Denn auch dieser Gegner wird keine Gefangenen machen. Egal ob Ritter, Krieger, Bauer oder Bäcker, wir müssen alle kämpfen und siegen – oder wir werden alle sterben.

Immer wieder fuhr er sich mit der Zunge über die wunden Löcher in seinem Oberkiefer, wo noch vor wenigen Stunden seine blitzend weißen Zähne gewesen waren. Der Rückhandschlag, mit dem der schwarze Koloss ihn wie eine lästige Fliege beiseite gewischt hatte, war voll unfassbarer Kraft gewesen, trotz der vermeintlichen Beiläufigkeit, mit der dieser ihn ausgeführt hatte. Seine beiden Schneidezähne, der rechte Eckzahn und der erste der Backenzähne rechts oben waren ihm durch die barbarische Wucht des eisernen Kampfhandschuhs herausgerissen worden, in seiner Oberlippe klaffte ein schlimmer Riss und sein Kopf fühlte sich an, als würde darin ein wütender Schmied mit seinem Hammer verrückt spielen. Zudem überspülte ihn immer wieder eine Woge tiefer Traurigkeit, wenn seine weit umherschweifenden Gedanken zum tragischen Tod des hünenhaften Gold-Kris zurückwanderten.

Und dennoch, trotz all seiner körperlichen und seelischen Schmerzen, empfand er ein kaum zu unterdrückendes Hochgefühl. Fast schämte er sich dafür, und das Grinsen, das sich immer wieder auf sein Gesicht stahl, unterdrückte er stets eilig, sobald er es bemerkte. Aber es war nun einmal eine Tatsache, dass er es geschafft hatte! Er hatte die Gefangenen gerettet! Ihm war vollkommen klar, dass es ihm allein niemals geglückt wäre, überhaupt bis zu den Überlebenden der Garnison Thul Araans vorzudringen. Und welche glorreiche Hilfe er im Kampf gegen den Darmak der schwarzen Mamba gewesen war, hatten ja alle mitangesehen. Nichtsdestotrotz war es zu einem nicht ganz unwesentlichen Teil sein Verdienst, dass Freiherr Ean und Meister Valator gerade noch rechtzeitig auf den Plan getreten waren, um den finsteren Anführer der Kil-Rhai zu vernichten.

Bei Sian, dem Silbernen, wer hätte das gedacht? Ich glaube kaum, dass besonders viele darauf gewettet hätten, dass ich meinen Schwur erfüllen kann! Almor hatte recht, in großer Not, und wenn sein Begehr rein und ehrenvoll ist, kann ein Mann die Macht Amas in Anspruch nehmen. Die alte

Eidformel des Blutschwurs hat mir den Schutz der Großen Mutter geschenkt – auch wenn es zunächst gar nicht danach ausgesehen hat.

Gedankenverloren kratzte er sich an der Stelle, an der ihn im Wald die Klinge des Schwarzen Mönches durchbohrt hatte.

Vielleicht musste es so sein. Vielleicht musste ich diesem folternden Scheusal in die Hände fallen, damit Herr Ean und sein Gefährte auf mich aufmerksam werden konnten. Möglicherweise war das der Preis, den ich zu zahlen hatte.

Er nickte ein paar Mal vor sich hin, fand regelrecht Gefallen an dieser Sichtweise und glaubte beinahe, die schicksalhafte Bedeutung seiner Handlungen neu bewerten zu müssen. Erneut huschte ein Lächeln über sein Gesicht. Egal, wie man auch dazu stehen mochte, am Erfolg seiner selbstgestellten Mission konnte es jedenfalls keinen Zweifel geben. Mit Wohlgefallen betrachtete er die vor ihm marschierenden, im Schein der Fackel nur schwach beleuchteten Personen. An der Spitze des kleinen Zuges befand sich der Ritter Ean Gomōnsson. Das legendäre Schwert Ukonnen an seiner Seite gegürtet und die Fackel in seiner linken Hand haltend, schritt er hoch aufgerichtet voran. Dahinter kamen Ssil und Selina, nach ihrem denkwürdigen Streit auf seltsame Weise verbündet.

Worüber, bei allen Dämonen des Abgrunds, tuscheln die beiden denn da ständig?

Immer wieder steckten sie kurz die Köpfe zusammen und tauschten sich über irgendetwas aus, was nicht selten ein kurzes Kichern Selinas zur Folge hatte. Gregor wurde das Gefühl nicht los, dass dieses Lachen mitunter einen Hauch von Hysterie an sich hatte, wie bei einer zwölfjährigen Göre, die zum ersten Mal einen nackten Mann in seiner ganzen Pracht sieht.

Seine Augen wanderten einmal mehr über Selinas Rücken hinab und verharrten schließlich auf ihrem wohlgerundeten Po, dessen herrliche Backen sich auf geradezu hypnotische Art hin und her wiegten.

Er war ganz und gar versunken in diesen Anblick und tauchte ein in seine wertvollste Erinnerung, als er vor vier Monden Selina völlig überraschend beim Baden in einem kleinen, versteckt gelegenen Teich entdeckt hatte, der sich nicht weit von der Festung entfernt am Rand des Grauen Forns befand und von den ersten Bäumen des unheimlichen Waldes vollständig umschlossen war. Dass sich die junge Soldatin ganz allein dorthin gewagt hatte, erstaunte Gregor dabei in keinster Weise, er kannte ihren überschäumenden Übermut nur zu gut. Mit einer Mischung aus geradezu gieriger Erregtheit und einem furchtbar schlechten Gewissen war er näher und näher ans Ufer herangeschlichen und hatte schließlich hinter den Blättern eines Holunderbusches verborgen den Anblick ihrer nackten, nassen Haut in sich aufgesogen. Vor seinem inneren Auge erhoben sich jetzt erneut die Baumriesen des alten Waldes, in deren kleinem Rund sich die vom Licht der Sonne beschienene, golden funkelnde Oberfläche des Gewässers abzeichnete.

Sie wendet ihm den Rücken zu. Ihre Bewegungen elektrisieren ihn, Gänsehaut bedeckt seine Arme und seine Sinne sind auf das Äußerste angespannt – er ist sich sicher, ihren zarten Duft zu riechen, der ihm schier den Verstand raubt, sieht die feinen Härchen auf ihrem unteren Rücken, wie sie sich durch die kühle Luft stimuliert aufrichten und winzige Wassertröpfchen an ihnen hinabgleiten, hört das leise Plätschern, als sie in dem nicht besonders tiefen Wasser langsam aufsteht, das nur knapp über ihre Knie reicht, und versinkt in ihrem Anblick. Die Anmut ihrer weichen, unfassbar sinnlichen Bewegungen bringt all sein Denken zum Stillstand. Selbst die Zeit hört auf, in ihrer gewohnten Geschwindigkeit zu fließen, sie verlangsamt sich, die Augenblicke dehnen sich aus, und während sich seine Pupillen mehr und mehr weiten, erhebt sie sich in ihrer ganzen göttlichen Schönheit aus den Fluten. Sanft fließt das Wasser in kleinen Rinnsalen über die Innenseiten ihrer Schenkel und tropft in lichtdurchsprenkelten Tropfen aus den dunklen Locken zwischen ihren leicht gespreizten Beinen.

So wie Selina im Wasser des Teichs hatte er in der Glorie dieser Augenblicke gebadet. Ihr sofort zurück zur Festung zu folgen, als sie schließlich wieder angekleidet und auf dem Weg nach Thul Araan gewesen war, das hatte er nicht gewagt. Mehr als eine Stunde war er noch dortgeblieben, in träumerischem Sinnieren und wilden, erotischen Fantasien gefangen, aus denen drei hintereinander folgende Höhepunkte hervorgegangen waren, als er seiner unerträglichen Spannung selbst Abhilfe verschafft hatte.

Da drückte plötzlich sein hart werdendes Glied gegen den Stoff seiner Hosen und holte ihn zurück aus der Vergangenheit ins Hier und Jetzt. Erschrocken blickte er sich um, aber niemand achtete auf ihn. Die beiden Männer hinter ihm, Hauptmann von Callen und Meister Valator, waren in ein leises, aber angeregt geführtes Gespräch vertieft, und neben ihm schritt Wolf Hartmann, dessen eigentümlich starrer Blick geradeaus gerichtet war, auf…

Bei allen Dämonen des Abgrunds! Was fällt diesem räudigen Sohn einer läufigen Hündin ein?

Die sofort in ihm aufsteigende Wut ließ seine eigene Erregung wie eine Seifenblase zerplatzen, als ihm klar wurde, dass sein Truppführer mit einem wohlgefälligen Ausdruck im Gesicht genau dasselbe Hinterteil musterte, wie er noch wenige Atemzüge zuvor.

Noch bevor er recht wusste, was er tat, rammte er diesem seine rechte Schulter in die Seite. Das aber brachte nicht nur Wolf aus dem Tritt, sondern auch ihn selbst. Gemeinsam gingen sie zu Boden, und die ganze Gruppe kam mit abrupter Plötzlichkeit zum Stehen. Der einzigartige Klang blitzartig gezogener Schwerter hallte durch das Dunkel des Tunnels, als der Hauptmann und auch Freiherr Gomōnsson, die einen womöglich unsichtbaren Angreifer vermuteten, sich kampfbereit machten. Doch selbstverständlich war da niemand. Fragend starrten fünf Augenpaare auf ihn herab, während der Truppführer ganz ruhig dalag und offensichtlich unschlüssig war, was er davon halten sollte, dass Gregors Messer eine feine, rote Blutspur auf seinen Hals zeichnete.

Dem jungen Krieger schoss die Röte ins Gesicht. Er konnte sich überhaupt nicht daran erinnern, die kleine Waffe aus seinem Gürtel gerissen, geschweige denn, sie gegen seinen eigenen Kameraden gerichtet zu haben. Mit zitternder Hand zog er die Klinge zurück und rollte sich von Wolf herunter, bevor er sich mit wackeligen Beinen aufrichtete. Sofort trat der Hauptmann zwischen ihn und Hartmann, der sich mit immer noch verwundertem Blick ebenfalls erhob, allerdings mit einer deutlich geschmeidigeren Bewegung.

„Was ist hier gerade passiert? Berichte, Soldat!"

Zum ersten Mal in all den Jahren hatte die voller Autorität vibrierende Stimme Robert von Callens nicht den beabsichtigten und auch von Gregor erwarteten Effekt. Die körperliche Nähe und persönliche Ansprache des Hauptmanns erfüllten ihn sonst immer mit Kraft und Zuversicht, wischten jede Unsicherheit beiseite und gaben seinen flatternden Gedanken Halt und Struktur.

Nicht aber dieses Mal.

Fahrig fuhr er sich mit der Hand durch sein Haar, das struppig und widerspenstig in alle Richtungen abstand. Sein unsteter Blick wanderte von einem zum anderen. Er konnte unmöglich schildern, was sich eben tatsächlich abgespielt hatte.

Gütiger Sannakus, ich begreife es ja selber kaum.

Gregor war wahrhaftig nicht als Heißsporn bekannt. Dass sein Temperament derart mit ihm durchgegangen war und er offenbar seinen vermeintlichen Widersacher im Kampf um die Gunst Selinas hatte abstechen wollen, kam ihm nun vollkommen abwegig vor. Er konnte es nicht fassen, dass er von einem derart heißen Zorn übermannt worden war. Und doch wenn er seinen Blick über das überhebliche Gesicht Wolf Hartmanns gleiten ließ, wenn er dessen abschätzigen Ausdruck in den Augen sah, und er daran zurückdachte, wie dieser sich am Anblick der jungen Frau geweidet hatte, spürte er dieselbe Wut erneut in sich aufsteigen. Verwirrt senkte Gregor den Blick zu Boden, während er undeutlich vor sich hin stammelte.

„Tut mir leid… ich weiß nicht, was da eben… ich verstehe das alles selber nicht…“

Der Truppführer legte Robert die Hand auf die Schulter.

„Lass gut sein, Hauptmann. Er hat viel durchgemacht, und ist nach wie vor verwundet. Wahrscheinlich hat er einfach nur kurz die Nerven verloren und sich irgendwas eingebildet. Womöglich glaubte er etwas zu sehen, das gar nicht vorhanden war.“

Gregor hatte überrascht aufgesehen, als Wolf zu sprechen begann, aber mit seinen letzten Worten schaute dieser Gregor derart wissend in die Augen, dass der junge Soldat seinen Blick erneut beschämt auf seine Füße richtete.

„Möglich, alter Freund, möglich. Aber selbst, wenn du Recht haben solltest, so war seine Reaktion alles andere als normal für ihn. Was, wenn er noch einmal die Nerven verliert? Wird er dann zu Ende führen, was er eben nur begonnen hat?“

Robert wandte sich wieder Gregor zu.

„Solange wir dies nicht mit Sicherheit verneinen können, werde ich deine Waffen an mich nehmen. Aber keine Sorge, Soldat, sollten wir Feindkontakt bekommen, erhältst du sie sofort zurück.“

Mit diesen Worten streckte er seinen Arm aus, und Gregor händigte ihm sein Messer und die zwei erbeuteten Sarax aus, die er an sich genommen hatte. Als sich die ganze Gruppe anschließend wieder in Marsch setzte, fiel sein Augenmerk auf Ssil. Das Kind des Zwielichts hatte gerade offenbar den Truppführer aufmerksam gemustert, und nun richtete die Sa´ê´Sar ihre verstörend gelben Augen auf ihn. Als sich ihre Blicke kreuzten hatte er für einen flüchtigen Moment den Eindruck, dass sich zwischen ihnen eine Art mentaler Tunnel öffnete, durch den all seine Gedanken und Gefühle zu strömen drohten. Er war angefüllt mit einem merkwürdigen, grau schimmernden Nebel, in dem sich alles verlor, der jeden Gedanken umschloss und in sich aufzusaugen schien, doch noch bevor er die Situation vollends erfassen konnte, war der Augenblick bereits wieder verstrichen. Und auch, wenn er glaubte, ein Aufblitzen von Wut in ihren Dämonenaugen zu sehen, so war er sich doch nicht sicher, ob er sich das alles nicht einfach nur eingebildet hatte.

Es dauerte eine Weile, bis sich der Tumult in seinem Inneren etwas legte. Sie waren bereits wieder mehrere tausend Schritte marschiert, als Gregor plötzlich auffiel, dass weder Robert noch der Freiherr ihre Schwerter wieder weggesteckt hatten. Sie bildeten – ähnlich wie bei einer Armee – die Vor- und die Nachhut ihres kleinen Trupps und bewegten sich deutlich aufmerksamer und angespannter als vor seinem plötzlichen Angriff auf den Truppführer, so als fürchteten sie einen Überfall.

„Du hast vorhin eine Menge Lärm verursacht, Gregor, Haralds Sohn."

Sein Herzschlag setzte einen Moment aus, als sich die große Gestalt der Chaya-Rhunay direkt neben ihm aus den Schatten schälte. Unwillkürlich wich er zur Seite aus, woraufhin Wolf seinen Schritt beschleunigte und, sehr zu Gregors Missfallen, zu Selina aufschloss. Ssil beugte sich zu ihm herab und flüsterte ihm direkt ins Ohr. Obwohl er keine Berührung spüren konnte, hatte er das Gefühl, die Wärme ihrer Lippen wahrnehmen zu können.

„Der Schall trägt weit in den Tunneln des Unterreiches. Und hier leben Kreaturen mit sehr empfindlichen Ohren."

Sian steh mir bei! Diese dämonische Hexe jagt mir eine Heidenangst ein. Ich kann Selina nur zu gut verstehen. Wie sollte jemand, der bei klarem Verstand ist, einer solchen Ausgeburt der neun Höllen jemals vertrauen können?

Ssils Kopf ruckte zurück, und ein merkwürdiger, nachdenklicher Ausdruck legte sich über ihr Gesicht.

„Wenn du nicht mächtiger bist, als du uns alle glauben lässt, solltest du dem Beispiel deiner Anführer folgen."

Die Sa´ê´Sar warf ihm noch einen letzten, unergründlichen Blick zu, dann tippte sie der vor ihr gehenden Selina mit dem stumpfen Rücken der blankgezogenen, großen Dai-Katana, die sie einem der getöteten Kil-Rhai abgenommen hatte und seitdem in ihrer linken Hand trug, auf die Schulter und bedeutete ihr, den Platz mit ihr zu tauschen.

Gregor atmete erleichtert durch. Das war endlich eine Änderung der Marschordnung ganz nach seinem Geschmack. Selina musterte ihn gründlich und beinahe mit einer Spur Misstrauen, so als könnte er auch sie jeden Augenblick angreifen.

„Keine Angst, der Hauptmann hat meine Klingen, schon vergessen?“

Er ahmte Ssil dabei nach und beugte sich zu ihrem Ohr hinüber, vermeintlich, um so leise wie möglich flüstern zu können. In Wahrheit genoss er es einfach unbeschreiblich, ihr so nahe zu sein, und alles in ihm gierte geradezu danach, ihre Haut zu berühren. Wie gerne würde er ihr Ohr küssen, und seine Lippen danach langsam, oh ganz langsam, ihren Hals hinab wandern lassen. Stattdessen aber zwang er sich zurück in eine aufrechte Position und begnügte sich damit, ihren Duft in der Nase zu haben, wobei er nicht umhinkam, festzustellen, dass sie, genauso wie alle anderen, ein Bad durchaus gebrauchen könnte.

Ich ja sicherlich auch. Ha! Wir könnten zusammen baden... und uns gegenseitig den Dreck von unseren Leibern bürsten...

Erneut reagierte sein Körper augenblicklich auf die vor seinem inneren Auge vorüberziehenden Bilder. Er spürte, wie ihm das Blut nicht nur ins Gesicht schoss, wie das wohlige Ziehen in seinen Lenden anschwoll und heftete seinen Blick auf die Sa´ê´Sar vor ihm. Krampfhaft versuchte er, die herrlichen, lüsternen Visionen aus seinem Schädel zu bekommen.

Sian steh mir bei, nicht schon wieder! Was ist denn nur mit mir los? Was stimmt nicht mit mir?

Aber Selina hatte gar nicht länger auf ihn geachtet. Ihr Blick war voraus gerichtet. Sie wirkte nachdenklich.

„Weißt du, ich frage… “

Ihre leisen geflüsterten Worte endeten urplötzlich. Gregors Kopf ruckte herum. Seine Augen weiteten sich vor Entsetzen. Ein tintenschwarzer Tentakel baumelte von oben herab und hatte sich um ihren Hals geschlungen. Er presste ihr die Luft ab und nur einen Herzschlag später wurde sie nach oben gerissen.

„NEIN!“

Gregors Schrei durchschnitt die Stille des Tunnels, während er ohne jede bewusste Überlegung reagierte. Er sprang hoch und griff nach dem Fangarm!

Gleichzeitig ertönte das charakteristische, metallische Sirren, als die Anderen ihre Schwerter aus den Scheiden zogen. Ssil fuhr mit einem wütenden Knurren herum.

Gregor bekam den Tentakel mit seiner linken Faust knapp über Selinas Nacken zu fassen. Heißer Zorn explodierte in seinem Herzen. Dieses Ding trachtete seiner Geliebten nach dem Leben! Mit eisernem Griff hielt er das überraschend harte Gewebe gepackt, das von einer schmierigen Substanz überzogen war. Kaum hatte er diese berührt, da bohrten sich bereits brennende Nadeln blanken Schmerzes durch seine Haut, und die Muskeln in seinem Unterarm wurden taub. Doch der Sturm der Wut, der in seinem Inneren tobte, machte ihn gegen all dies unempfindlich. Er achtete nicht auf die beißenden Rauchfäden, die zwischen seinen Fingern empor waberten, sondern starrte mit wachsender Besorgnis nach oben in Selinas Gesicht, das sich bereits bedrohlich verfärbte. Hektisch ließ er seinen Blick den Tentakel entlang zur Tunneldecke wandern, um den Angreifer auszumachen. Doch was er dort sah, verwirrte und verstörte ihn gleichermaßen.

Bei allen Dämonenfürsten des Abgrunds! Der Tentakel ragt direkt aus den Felsen!

Der Anblick widersprach seinem gesunden Menschenverstand. Gregor blinzelte heftig, versuchte, seinen Blick zu klären – er begriff nicht, was er da in dem vom Fackellicht nur dürftig beleuchteten Halbdunkel an der Tunneldecke erblickte. Der mattschwarze Fangarm baumelte nicht nur aus dem harten Felsgestein heraus – er glitt mit der leichten Pendelbewegung, die Gregors Sprung verursacht hatte, durch die raue Oberfläche, so als wären dort nicht hunderte Meter harten Gesteins, sondern nichts als Nebel und Rauch. Immerhin hatte das zusätzliche Gewicht des jungen Soldaten die Aufwärtsbewegung von Selinas Körper für den

Moment gestoppt. Da begann der Fangarm in seiner Faust zu zittern, und ein merkwürdiges Geräusch drang an seine Ohren, eine Mischung aus Schmatzen und dumpfem Knall, so als löste sich etwas mehrere Meter über ihnen aus der Felswand. Augenblicklich stürzten sie zurück auf den Tunnelboden. Auch wenn der Fall nicht gerade tief war, kam er doch so überraschend, dass Gregor beim Aufprall das Gleichgewicht verlor und zusammen mit Selina zu Boden fiel. Geistesgegenwärtig stieß er dabei die junge Frau mit aller Kraft von sich weg, sodass sie fast zwei Schritte von ihm entfernt zum Liegen kam. Nur einen Herzschlag später krachte ein schwerer, massiger Leib auf ihn herab und begrub ihn unter sich.

Gregor wurde die Luft aus dem Brustkorb gepresst, und er hörte in seinem Inneren ein grässliches Knacken, als mehrere Rippen wie dürre Zweige entzweibrachen. Ein höllischer Schmerz bohrte sich durch seinen Körper, der jedoch fast unmittelbar von einem viel entsetzlicheren Gefühl ausgestochen wurde: Er bekam keine Luft mehr. Das Gewicht seines Gegners drückte ihn mit übermächtiger Gewalt auf den harten Felsboden und machte jedes Atemholen, jede noch so kleine Ausweitung seines Brustkorbes unmöglich. Panik krallte sich in seinen Eingeweiden fest, Adrenalin peitschte durch seine Adern und mit einer verzweifelten Kraftanstrengung brachte er irgendwie seine Hände unter sich, stemmte sich gegen den todbringenden Fleischberg und presste ihn mit all seiner übrig gebliebenen Kraftreserven gerade so weit zur Seite, dass er einen minimalen Atemzug holen konnte. Sofort rasten erneut stechende Schmerzen durch seinen Brustkorb, und trotz aller Anstrengung brachte er einfach nicht genug Luft in seine Lunge. Die Tränen rannen ihm aus den Augen, und in seinem Mund war Blut, von dem er nicht wusste, wo es herkam.

Mit wachsender Verzweiflung und rasch schwindenden Kräften versuchte Gregor, sich noch ein Stück weiter unter dem Wesen hervorzuwinden. Doch da schlangen sich zwei der dicken Tentakeln um seinen Oberkörper und quetschten ihm die Arme mit solcher Gewalt an den Leib, dass seine gebrochenen Rippen sich durch seinen Brustkorb bohrten und unter unvorstellbaren Schmerzen Fleisch und Haut durchstießen. Er heulte auf, doch er hatte kaum Luft im Leib, und sein Schrei erstarb rasch in einem grausigen Röcheln. Sein Gesichtsfeld verengte sich, die Schmerzen verebbten und er blickte wie durch einen Tunnel auf die plötzlich vor ihm aufragende Gestalt Ssils, die ihn mit blankem Hass anstarrte, die große Katana hoch über ihrem Kopf erhoben. Ein Gedanke huschte durch sein sich eintrübendes Bewusstsein, *jetzt wird sie mich hinrichten... Sian nimm mich auf in dein Reich...* , dann sauste der tödlich geschliffene Stahl heran, schnitt durch die beiden dicht beieinander liegenden Ansatzstellen der Fangarme und trennte sie mit einem einzigen Hieb vom massigen Leib der Bestie. Nahezu zeitgleich bohrten sich die Klingen von Robert und Wolf in den schneckenartigen Körper des Ungeheuers, den daraufhin ein Zucken überlief, bevor er zur Seite kippte und still dalag. Die Sa´ê´Sar aber hatte sich bereits auf Gregor gestürzt.

Was passiert hier... was tut sie... sie will mich wohl mit ihren eigenen Händen abschlachten...

Rote Schlieren schoben sich durch das Fenster seiner Wahrnehmung, als sich sein Blick mehr und mehr verschleierte. Ein merkwürdiges Rauschen dröhnte in seinen Ohren und überdeckte die Geräusche, die von außen zu ihm drangen.

Ssil riss das tote Fleisch, das Gregor noch immer eng umschlungen hielt, auseinander und befreite ihn von den grässlichen Fangarmen. Mit einem Zischen sog sie die Luft zwischen ihre Zähne, als sie die aus seiner Brust ragenden Knochenenden sah. Ein Blick in sein Gesicht zeigte ihr, dass er sie bereits nicht mehr sehen konnte. Er hatte die Augen geöffnet, aber er war in einer anderen Wirklichkeit gefangen.

Da ist ja Selina... sie badet im Waldteich... wie sind wir denn dorthin gekommen? Oh, wie schön sie ist...

Der junge Soldat hatte den Kontakt zur Außenwelt verloren und war eingetaucht in eine schönere, träumerische Innenwelt, ohne Schmerzen, ohne Sorgen und Ängste.

Ssils gelbe Augen verengten sich zu schmalen Schlitzen. Sie zögerte keinen Moment. Mit Wucht rammte sie ihre Handflächen gegen die spitzen Rippenknochen, die ihre Haut durchdrangen und sich tief in ihr Fleisch bohrten. Schwarz floss ihr Blut über das bleiche Gebein und rann über die fürchterlichen Wunden des jungen Soldaten. Sie schloss ihre Augen.

„Ban-thu! Nir´Rha Uzdrav ho!“

Die gemurmelten Silben rollten wie Wellen über ihre ausgestreckten Arme in den vor ihr liegenden Leib und drangen tief hinein in die Fasern und Zellen, suchten das sich mehr und mehr zurückziehende Gewebe des Lebens, fanden es und verstärkten dessen Energie, brachten es erneut zum Leuchten, Pulsieren und zum Wachsen. Die Kraft ihres eigenen Seins und die ihr innewohnende Macht der Erneuerung strömten aus ihrem Körper und ihrer Seele, die sie dafür weit geöffnet hatte, in den Leib des Menschenjungen. Knochen zogen sich zurück, richteten sich wieder ein, Wunden schlossen sich und wurden von neuer, zarter, aber fester Haut bedeckt.

In seiner Vision hatte Gregor sein Mädchen endlich eingeholt und sie von hinten umschlungen, atmete den herrlichen Duft ihrer nassen Haut ein und bedeckte ihren Nacken mit Küssen. Genießerisch langsam bewegte sich ihr schlanker Körper in seinen starken Armen und rieb sich an seinen harten Muskeln, während sie sich zu ihm umdrehte, doch als sie ihm schließlich ins Gesicht blickte, starrte er plötzlich in das narbenbedeckte Antlitz der Chaya-Rhunay, deren gelbe Dämonenaugen ihn wütend anfunkelten.

Er riss die Augen auf. Heftig atmend stellte er fest, dass Ssil zwar tatsächlich vor ihm kniete, ihre Miene aber weniger Wut oder gar Hass widerspiegelte als vielmehr eine wilde Zufriedenheit. Sie packte ihn mit starkem Griff, wuchtete ihn auf die Beine und drückte ihm die Katana in die Hände. Hektisch sah er sich um und entdeckte Selina zusammen mit dem Magier kniend an der linken Tunnelwand. Meister Valator gab ihr gerade den Inhalt einer kleinen Phiole zu trinken, als die Feldherrenstimme Eans durch das Dunkel donnerte.

„NURE HAGHIGHAT BEDARACHSCH!“

Gregor sah, dass der Recke sein Schwert Ukonnen nach oben gerichtet hatte. Die mächtige Klinge leuchtete in einem unheimlichen Licht. Als Ean die letzte Silbe gesprochen hatte, schoss ein blau-grüner Strahl aus dem Schwert und prallte gegen die Tunneldecke. Geheimnisvoll irrlichterte die magische Eruption über den Stein und knisterte zu ihrer Rechten die Wand hinab, die augenblicklich genauso wie die Felsdecke über eine Länge von mehr als drei Dutzend Metern aufglühte und sich in nichts auflöste! Sofort ertönte Gamrons warnender Ruf.

„Gebt Acht! Wand und Decke waren nur eine Illusion! Ein Hirngespinst!“

Und tatsächlich – nun erst offenbarte sich ihren entsetzten Blicken die wahre Realität: Über ihnen erstreckte sich eine gewaltige, sechs bis sieben Schritt breite Spalte im Fels, deren Höhe in der lichtlosen Finsternis ebenso wenig abzuschätzen war, wie die Tiefe, die zu ihrer Rechten gähnte. Sie selbst standen auf einer Art Sims, der lediglich drei Schritte breit war, und starrten fassungslos auf die ihren Augen bis dato verborgene, wahrhafte Umgebung. Schatten bewegten sich an den senkrechten Wänden des Spalts, unkenntlich und gerade außerhalb des Lichtscheins der Fackel. Gamrons Ausruf wurde beantwortet von furchtbaren, langgezogenen Schreien aus vielen Kehlen, triefend vor Hass und Aggressivität! Sie löschten jedes andere Geräusch aus und bohrten sich angsteinflößend in Gregors Herz. Dann ging alles rasend schnell.

Robert, Ean und Wolf bildeten mit Ssil und Gregor einen Halbkreis um Gamron und Selina, als aus der Dunkelheit ein weiterer Tentakel heranpeitschte und dem Freiherren die Fackel aus der Hand schlug. Diese rollte über den Sims und fiel hinab in die Schlucht. Gleich darauf senkte sich die tintige Dunkelheit des Unterreichs wie ein schwarzes Leichentuch über sie alle herab. Für einen Moment war es so still, dass Gregor fürchtete, sein Gehör verloren zu haben.

„Nuithār prohîbita Utûm!“

Die klare Stimme des Magiers beschwor einen dünnen, weißen Lichtstrahl, der aus seiner nach oben gereckten Faust in die vollkommene Dunkelheit hinein jagte. Etwa dreißig Schritte über ihren Köpfen explodierte dieser in einer riesigen, taghellen Lichtkugel. Für zwei, drei Herzschläge war die Spalte ausgeleuchtet, und was sie dabei zu sehen bekamen, ließ ihnen allen das Blut in den Adern gefrieren.

Die nahezu senkrecht nach oben ragenden Wände der Felsspalte waren auf beiden Seiten von den gut zwei Schritt langen Leibern schneckenartiger Geschöpfe übersät, die sich an dem rauen Gestein festgesaugt hatten. Aus ihren Buckeln ragten Fangarme hervor, die mal träge, mal mit peitschenartiger Geschwindigkeit umher pendelten und zuckten. Ean erfasste die Situation sofort und donnerte seinen Befehl.

„LAUFT!“

Ssil versetzte ihm noch einen derben Stoß in den Rücken, und er stolperte Meister Valator hinterher, der dem vorauseilenden Ritter dicht auf den Fersen war. Noch im Losrennen verzauberte der Magier offenbar den erloschenen Fackelstock, den er aus einer Falte seiner Robe hervorgeholt hatte, sodass dieser wie ein heller Stern erstrahlte und die Dunkelheit um sie herum vertrieb. Direkt hinter ihm lief die Sa´ê´Sar, gefolgt von Robert und Wolf, die Selina zwischen sich genommen hatten. Gregor war unendlich dankbar dafür, dass sie noch am Leben und - soweit er das erkennen konnte - weitgehend unverletzt war. Auch ihm selbst ging es erstaunlich gut. Die Schmerzen waren wie weggeblasen, und sogar das dumpfe Ziehen in seinen ausgelaugten Muskeln war fort. Der ganze Druck und die Strapazen der letzten Tage nagten nicht mehr an ihm, stattdessen fühlte er sich energiegeladen wie lange nicht mehr.

Er hatte gerade sein Gleichgewicht wiedererlangt, da sah er mehrere Fangarme auf die vor ihm Rennenden zu peitschen. Der Ritter war dadurch nicht aufzuhalten – ohne sein Tempo zu verringern, schnitt er mit rasend schnellen, kreiselnden Bewegungen seiner Klinge durch die heransausenden Tentakel wie der Bauer durch das Korn auf dem Felde. Zu beiden Seiten klatschten die abgetrennten Gliedmaßen auf den Felsboden oder rutschten über die Kante und wurden von dem lichtlosen Abgrund verschluckt. Gregor war sich nicht sicher, da der Freiherr auch in den vorherigen Kämpfen gegen die Schattenkrieger mit blitzartiger Geschwindigkeit agiert hatte, aber es schien ihm, als ob Tempo und Präzision der Schläge Ean Gomõnssons sogar noch zugelegt hätten, seit er das Schwert der Reinen Macht in seiner starken Rechten führte. Gamron Valator dagegen wurde von einer Art Schutzschild vor den Angriffen bewahrt – Gregor beobachtete fasziniert, wie ein Fangarm kurz vor dem Magier gegen eine unsichtbare Wand prallte, die daraufhin für einen kurzen Moment bläulich schimmernd aufleuchtete, bevor sie wieder verschwand.

Als wäre zusammen mit seinen Verletzungen auch sein Pech der letzten Zeit verschwunden, wurde er selbst auf dem wilden Sprint entlang der Felsspalte von keinem der grausigen Wesen mehr attackiert.

Sian! Hoffentlich haben die anderen ebensolches Glück! Hoffentlich gelingt uns allen die Flucht aus dieser Todesfalle! Ihr guten Götter, steht uns bei! Helft uns! Helft Selina!

Doch nicht nur er selbst, alle rannten, was ihre müden Beine hergaben, und schließlich wurden die grausigen, langgezogenen und unmenschlichen Schreie, die Gregor unaufhörlich Schauer über den Rücken jagten, leiser, bevor sie mit einem letzten, klagend hohen Ton verstummten.

Freiherr Gomõnsson verringerte sein Tempo zu einer angenehmeren Dauerlaufgeschwindigkeit, die er ihnen noch eine Zeitlang abverlangte. Als der Gang, den sie entlangeilten, sich auf etwa fünf Schritte aufweitete, ließ er sie anhalten und rasten.

Meister Valator stützte die Hände auf die Knie und rang keuchend nach Luft. Der Hauptmann und Wolf gingen sofort zu Boden. Robert von Callen setzte sich mit ausgestreckten Beinen auf das Felsgestein, lehnte Haupt und Rücken an die Wand und schloss die Augen, während Wolf sich sogar bäuchlings hinwarf und die Stirn in seiner Ellenbeuge barg.

Selina und Ssil dagegen schienen, ähnlich wie er selbst, nicht besonders angestrengt zu sein, wobei die gerade durchlebten Schrecken sich mehr als deutlich im Gesicht der jungen Soldatin abzeichneten. Im steinernen Gesicht des Drachenritters war nicht zu erkennen, ob dieser erschöpft war oder womöglich dazu bereit, den ganzen Tag weiter zu rennen.

Selina trat auf ihn zu. Er wollte gerade den Mund aufmachen, um sich für seinen ziemlich missglückten Rettungsversuch zu entschuldigen, als sie ihre Arme um seinen Hals schlang und ihn lange und fest umarmte. Ihre Stimme war kaum mehr als ein leises Flüstern, doch ihre Worte brachten seine Seele zum Singen.

„Danke, mein Held. Zum zweiten Mal hast du mir das Leben gerettet."

Sie küsste ihn auf beide Wangen und auf seine Stirn. Dann schaute sie ihm in die Augen. Er sah den feuchten Schimmer zurückgehaltener Tränen glänzen, bemerkte das leichte Zittern ihrer Unterlippe und erkannte schlagartig, dass sie eine tiefe Traurigkeit erfüllte. Fassungslos und unfähig, etwas zu sagen, erwiderte er stumm ihren Blick. Er war völlig verwirrt. Wieso war sie so unglücklich? Freute sie sich denn nicht, am Leben zu sein? Empfand sie keine Euphorie, nicht mal ein simples Glücksgefühl darüber, dem fürchterlichen Angriff dieser abscheulichen Bestien entronnen zu sein? Er spürte instinktiv, dass es keine Freudentränen waren, dass sie nicht deswegen kurz davor war, hemmungslos zu weinen, weil sich ein schlimmer Angstknoten in ihrem Inneren gelöst hatte, sondern dass sie von einer bösen Last niedergedrückt wurde, die ihre ansonsten so frohgemute Natur beschwerte. Doch noch während er darüber nachdachte, küsste sie ihn plötzlich auf den Mund. Alles Denken setzte aus. Für einen wunderbaren, einzigartigen Moment gab es nur noch ihre weichen Lippen auf den seinen. Aber schon bevor er sie seinerseits in den Arm nehmen konnte, löste sie sich bereits wieder von ihm und trat einen Schritt zurück. Die Tränen liefen ihr nun ungehemmt über die Wangen, was seine Verwirrung perfekt machte.

„Das ist das Mindeste, was du verdient hast, Gregor, und eigentlich noch so viel mehr – aber ich bin schlicht die Falsche dafür, auch wenn es mir unendlich leidtut. Ich kann dir nicht geben, wonach du dich sehnst. Alles, was ich dir anbieten kann, ist meine ehrliche und zutiefst empfundene Freundschaft. Vielleicht kannst du sie irgendwann annehmen. Wenn dir das nicht möglich sein sollte, könnte ich das verstehen. Auch wenn es mir großen Schmerz bereiten würde. Glaub mir, ich wünschte, es wäre anders. Aber wenn du eines wirklich verdient hast, dann ist das die Wahrheit."
Damit entfernte sie sich von ihm und suchte die Nähe und das Gespräch mit dem Kind des Zwielichts. Für Gregor aber war es, als würde mit ihr auch das Licht fortgehen und ihn in einer ganz persönlichen Finsternis zurücklassen.

Die Nacht war mittlerweile hereingebrochen, und die Arbeiten zur Errichtung ihres ersten, gemeinsamen Sammelplatzes waren abgeschlossen. Es war sehr ruhig in seinem Lager. Unfassbar ruhig. Er glaubte, nein, er wusste, dass diese besondere Art der Disziplin von keiner anderen Rasse Nins aufgebracht werden konnte. Das Natterngezücht der Elfen vielleicht ausgenommen. Aber das war auch nicht weiter verwunderlich. Blutleer, wie sie nun einmal waren, fehlte ihnen schlicht das heiße Feuer des Lebens in den Eingeweiden. Würden fünfhunderttausend von ihnen auf einem Haufen zusammensitzen und schweigen, so wäre das kaum eine Leistung. Aber die anderen Völker, deren innere Flammen ebenso heiß brannten, wie die der Warloks, wären zu solch einer grandiosen Zurschaustellung militärischen Drills nicht in der Lage. Achtzigtausend Köpfe zählte seine Horde – vierhundert Banner unter der Führung der sechzig Clanhäuptlinge Mittnins, des gewaltigen Gebietes im zentralen Sektor des Kontinents. Und bis auf die Feuer der Oger und der Riesen hielten sich seine Toa an das ausgegebene Diktat der Stille. Er wollte kein Aufsehen erregen. Noch nicht. Der Feind wusste nichts von seiner Armee. Das war vor allem der exzellenten Ausbildung seiner Krieger zu verdanken.

Dennoch war er wütend. Mehr noch als sonst. Die Wut war seit den verfluchten Tagen seiner Kindheit sein ständiger Begleiter. Sie siedete auf leiser Flamme in seinem Innersten und konnte beim geringsten Anlass explodieren. Augenblicklich aber war seine Situation zu delikat für einen Zornesausbruch. Er konnte sich keine Fehler erlauben. Wenn sein Plan funktionieren sollte, dann musste er jetzt mit äußerster Disziplin und Selbstkontrolle alles ins Werk setzen. Eine Wutattacke, die ihn mit ihrer brachialen Heftigkeit vollkommen beherrschte, war hochgradig gefährlich. Denn eine unbedachte Handlung seinerseits war durchaus in der Lage, die feinen Fäden des Netzes zu zerreißen, das er geduldig und behutsam zu weben begonnen hatte. Seit er von dem einen Astaniel versklavt worden war, strebte er danach, seine Fesseln zu zerreißen.

Schwarzes Blut und weiße Knochen! Sein Anblick, seine Präsenz – erschütternd. Niederschmetternd. Der Bringer der Ketten... der Erste der fünf... der Astaniel der Unterwerfung...

Kaum hatten seine Gedanken diese ganz spezielle Erinnerung berührt, überfiel ihn ein eisiger Schauer. Sofort zwang er seinen Geist zurück ins Hier und Jetzt. Sein Kopf ruckte herum und er starrte den gewaltigen Oger an, der vor ihm auf Händen und Knien lag. Demütig hielt dieser seinen Kopf gesenkt. Er betrachtete die schreckliche Wunde am Hinterkopf des Halbriesen, eine handtellergroße Stelle ohne Haare, Haut und Fleisch, das getrocknete Blut, den dort sichtbaren, bleichen und geborstenen Schädelknochen. Weiter wanderte sein nachdenklicher Blick, verharrte auf dem halben Dutzend tiefer Stichwunden in dessen Rücken und streifte schließlich den frischen Stumpf knapp oberhalb der Stelle, an der das Handgelenk hätte sein müssen.

Es war Ûxmal ein Rätsel, wieso dieser Unhold namens Gog Thun nicht tot war. Seine Rasse war zwar berühmt und berüchtigt für ihre Zähigkeit, trotzdem hätte er diese Verletzungen niemals überleben dürfen. Eigentlich. Dennoch war er hier, besudelt mit seinem eigenen Blut und seinen Exkrementen, grotesk stinkend, keuchend und am ganzen Leib zitternd, aber nichtsdestotrotz am Leben.

Dabei hatten die anderen fünf Rückkehrer seines Jagdtrupps bei ihrer Ankunft vor einigen Tagen erzählt, sie wären in einen Hinterhalt einer Übermacht der heimtückischen Elfen geraten, angeführt von einem überaus mächtigen Krieger und Zauberer, der ein flammendes Schwert schwang, sich unsichtbar machen und sogar fliegen konnte. Sowohl der Riese Grrm als auch Gog Thun, der Oger, wären zusammen mit den anderen Warloks niedergemacht worden. Nur ihnen sei die Flucht geglückt. Schon da war er misstrauisch gewesen. Nach seiner Erfahrung und persönlichen Einschätzung waren derart schicksalhafte Fügungen wie eine gemeinsame Flucht bei einem derart überlegenen Gegner höchst zweifelhaft. Aber er hatte andere, dringendere Dinge erledigen müssen.

Doch nun war er plötzlich da, der Totgeglaubte. Kurz nachdem sie ihr Lager aufgeschlagen hatten, war er von den Wächtern des äußersten Ringes gesichtet worden, wie er taumelnd und strauchelnd herangewankt kam. Wie war das möglich? Und was noch viel wichtiger war: Wie sollte sich das mit den Aussagen der anderen Überlebenden decken? Für ihn roch das regelrecht nach Lügen und feigem Verrat. Er hatte deshalb die Fünf auf der Stelle herbringen und fesseln lassen. Langsam ließ er seinen Blick abermals über die Wunden des Halbriesen wandern.

Ja, da war er wieder, sein Zorn. Mit seiner stetig ansteigenden Hitze vertrieb er die letzte Reminiszenz an die Astaniel, an jegliche Kälte und alle Furcht.

„Wer hat den Riesen getötet, Gog Thun? Wer war der Unbekannte?“

Seine Stimme war ruhig und nur ein klein wenig leiser und kälter geworden. Das war gut.

Kontrolle war wichtig.

Der solcherart angesprochene Hüne hob seinen Schädel und schielte zu ihm hinauf.

„Ein Elf, Tei-Ruā. Sehr schnell, großer Krieger, großer Ruānuku! Trägt ein Feuerschwert! Hat Grmms Kopf gespalten!“

Ûxmals Lider senkten sich ein klein wenig herab. Seine Stimme wurde noch eine Nuance leiser.

„Und was hast du gemacht, Gog Thun, während Grmm um sein Leben kämpfte?“

„Hab den Hauer-und-Treter bewacht. Gefährlicher Mensch! Muss immer gut gefesselt sein!“

Bis hierhin deckte sich die Geschichte des Ogers mit den Aussagen seiner fünf Warlok-Krieger, die er bereits befragt hatte, und die der Unterhaltung mit aufgerissenen Augen folgten – auf dem Rücken liegend, Arme und Beine an Pflöcke gefesselt und jeweils mit einem Klingenjungen auf dem Bauch, der sich seine ersten Blutzähne verdienen und in den Rang eines Toa aufsteigen wollte. Die Augen der

Gefangenen zuckten immer wieder zwischen dem Oger und den langen, gebogenen Messern der Klingenjungen hin und her.

Blut und Knochen! Ihr seid nicht mal ansatzweise nervös genug! Feiges Pack! Ehrloser Abschaum!

Für Ûxmal erklärte sich die Sache auf recht einfache Art und Weise. Die Halbriesen waren formidable Kämpfer, dank ihrer großen Kraft. Aber sie waren nicht sonderlich schlau. Gerissen, ja, aber eher in der Form einer verschlagenen, hinterhältigen Grausamkeit. Große, auf die Aussagen anderer abgestimmte Lügenkonstrukte waren ihre Sache nicht. Die Krieger hatten das natürlich gewusst. Wenn sie also den Schwanz eingezogen hatten und davongelaufen waren, obwohl sie möglicherweise doch eine Chance zum Kampf, zum Widerstand gehabt hatten, so wäre der Oger eine Gefahr gewesen. Denn um bei ihm, dem Tei-Ruā, nicht in Ungnade zu fallen, wäre genauso eine Geschichte notwendig gewesen, wie sie sie ihm ja auch tatsächlich aufgetischt hatten. Eine solche Lügennummer durchzuhalten, auch bei kritischem Nachfragen durch ihren gestrengen Schamanenkönig, dazu war der Halbriese schlicht und ergreifend zu dumm. Was also tun mit dem einzigen Zeugen ihrer eigenen Unzulänglichkeit?

Er drehte sich halb herum und betrachtete die fünf Toa, die auf dem Boden lagen und trotz der Kühle der Nacht am ganzen Körper schwitzten.

„Und was geschah dann, Gog Thun, nachdem Grmms Kopf wie ein reifer Kürbis zerplatzt ist?“

Nur weil es ringsherum so still war, konnte man seine jetzt recht leisen Worte noch gut vernehmen.

Alle Augen waren nun auf den Oger gerichtet. Die Spannung war regelrecht mit Händen greifbar.

„Hab furchtbare Angst bekommen, Tei-Ruā. Grmm war viel größer, viel stärker als Gog Thun! Aber jetzt – tot! Tot! TOT!“

Der Oger zitterte am ganzen Leib. Er begann zu schwitzen.

„Der Elf greift uns an, greift Gog Thun an! Mit Feuerschwert! Rennt auf uns zu!“

Die verbleibende Hand des Unhods ballte sich zur Faust, öffnete sich und schloss sich erneut. Schaumiger Speichel troff ihm aus dem halb geöffneten Maul. Seine Augen rollten wild hin und her, doch sein Blick war glasig geworden. Ganz offenbar war er in seinen Erinnerungen gefangen. Die Mundwinkel des Tei-Ruā zogen sich verärgert nach unten. Möglicherweise war der Halbriese doch bereits mehr tot als lebendig. Er beschloss, ihm etwas unter die Arme zu greifen.

„Er rennt also auf euch zu. Seine Flammenklinge hoch erhoben."

Der Blick des Ogers klärte sich wieder. Er reckte seinen Schädel vor, um das Flüstern des großen Propheten zu verstehen.

„Er ist allein, nur ein einziger Mann. Habe ich recht? Und doch schrecklich und über alle Maßen mächtig. War es so, Gog Thun?" Da nickte dieser eifrig, und sein sabbernder Speichel tropfte herab auf den Boden, als er sich beeilte, dem Schamanenkönig der Warloks Recht zu geben.

„Ja, Tei-Ruā! Allein, aber furchtbar und mächtig! Ja! Genau so war es!"

Die Gesichter der ehemaligen Toa waren zu bleichen, verängstigten Fratzen erstarrt. Ûxmal wandte sich angewidert zu Gog Thun um. Er sagte nun nichts mehr. Doch das war auch nicht mehr nötig. Der Rest sprudelte jetzt geradezu aus dem Unhold heraus.

„Ich renne, renne weg! In den Wald, tief in den Wald! Höre Schritte hinter mir! Stiefel stampfen, stampfen, schaue zurück, aber ah! Nicht der Elf! Nein, die Toa, sie rennen auch, rennen mit Gog Thun! In den Wald, tief hinein, fort von dem Zauber-Elf. Aber dann – auf einmal – BUMM! Harter Schlag! Grausam hart! Von hinten! Gehe zu Boden! Und dann – Stich! Stich! In den Rücken! Es tut weh! So weh! Werfe mich herum, da brennt meine Hand! Wie Feuer! Auf einmal wird alles dunkel. Gog Thun sieht nichts mehr! Alles schwarz. Irgendwann… wache ich auf… alles tut weh… so weh… und meine Hand… meine Hand IST WEG!"

Langsam, unendlich langsam drehte sich Ûxmal wieder herum, den Gefangenen zu. Seine Augen waren kalt wie Eis.

Blankes Eis. Mehrere Herzschläge lang war außer den hektischen, flachen Atemzügen des Ogers nichts zu hören, und die Stille dehnte sich aus und zerrte wie ein straff gezogenes Geflecht, gewoben aus Schuld, Angst und Entsetzen, an den bloß liegenden Nerven der Totgeweihten. Dann nickte er.

Fünf lange, gebogene Messer fuhren hernieder und zerschnitten die Bauchdecke der Gefesselten. Die Schreie setzten ein. Mit bloßen Händen wühlten sich die jungen Henker tief hinein in die eröffneten Wänste und rissen und zerrten die langen, weißlich-gelben Därme heraus, weiter und immer weiter. Mark- und beindurchdringende Schreie, hoch und schrill, hallten durch die Nacht. Blutige Hände krallten sich in die Augen der Totgeweihten, drückten die Köpfe auf die Erde. Mit schnellen Schnitten trennten die Messer Ohren ab und Nasen, danach die Lippen. Rasch wurden die Waffen gedreht, denn nun kam der Eisenknauf am Griffende zum Einsatz. Mit wuchtigen Schlägen brachen die Klingenjungen die Zähne aus den Kiefern der einstigen Toa, die sie sich in einer Kette geflochten um den Hals hängen würden.

Ûxmal wandte sich wieder dem Halbriesen zu. Die Wut war noch da, aber nicht mehr ganz so heiß. Er war sehr zufrieden mit sich.

Kontrolle war wichtig.

Gog Thun mochte ein Feigling sein. Aber er war kein Warlok. Und er durfte das fragile Bündnis zu den Ogern nicht gefährden. Dazu nahmen sie in seinen Plänen eine zu wichtige Rolle ein.

Doch dann stach ihm der beißende Geruch des Scheusals machtvoll in die Nase. Den Schädel zur Seite gedreht verfolgte dieser Haufen Dreck die Hinrichtung, und Ûxmal sah das hasserfüllte, gierige Glitzern in den kleinen Schweinsaugen, sah das bestialische Grinsen und das pralle, dick mit Blut angeschwollene Glied – ein mehr als deutlich sichtbares Zeichen der Befriedigung tiefsitzender Rachegelüste!

Plötzlich wurde sein Abscheu gegenüber diesem Geschöpf, diesem feigen, elenden Wesen ohne jede Ehre, ohne jeden

Mut, übermächtig. Der Anblick dieser Made beleidigte seine Augen. Der ekelhafte Gestank verursachte ihm Übelkeit. Seine Wut wuchs mit jedem Herzschlag, den er in der Anwesenheit dieses zu groß geratenen Wurms zubringen musste, der genau wie seine Toa weggerannt war. Er hatte dieselbe Strafe verdient. Die gerechte Strafe für sein Davonlaufen. Die Wut wallte in ihm hoch wie eine alles verschlingende Woge. Mit der ganzen Wucht seiner mehr als dreihundert Pfund Körpermasse rammte er seine Faust geradewegs hinein in die fürchterliche, offene Kopfwunde, direkt gegen den sichtbaren und von schweren Bruchlinien gezeichneten Schädelknochen, der augenblicklich mit einem fürchterlichen Knacken wie eine zu dick geratene Eierschale zerbrach. Unaufhaltsam drang seine Faust vor, durchstieß auf ihrem Weg die ledrige Hirnhaut und fraß sich tief in das gallertartige Organ dahinter. Der eben noch grinsende und geifernde Gog Thun krampfte sich zusammen und zuckte noch mehrmals, während der rasende Warlok seinen Arm herausriss, nur um sogleich erneut zuzuschlagen, wieder und wieder und wieder. Erst nachdem er mit seinen mächtigen Hieben das Gehirn des Ogers, der sich längst schon nicht mehr bewegte, zu einer undefinierten Masse zermanscht hatte, wich der Druck in seinem Brustkorb. Tief atmete er ein und wieder aus, wischte sich die gröbsten Spritzer aus dem Gesicht und wandte sich an die fünf neuen Toa, die ebenso wie er selbst mit ihrer grausigen Arbeit fertig waren. Laut und tief donnerte seine Stimme über die Szenerie hinweg und schickte an alle Umstehenden eine unmissverständliche Botschaft.

„Ich bin Ȗxmal, der Tei-Ruā! Ich bin der Schamanenkönig der Clans Mittnins! Ich bin der Prophet! Feigheit wird bestraft! Weglaufen wird bestraft! Wer kein Rückgrat hat, DEN ZERTRETE ICH WIE EINEN WURM!“

In der sich anschließenden Stille wandte er sich an die ehemaligen Klingenjungen und herrschte sie an.

„Wenn ihr wahre Toas seid, gebt mir euren Schwur!“

Voller Genugtuung und tiefer innerer Zufriedenheit lauschte er sodann den Worten seiner jüngsten Krieger.

Sie lagerten in den östlichen Randgebieten des Whenua-Ngaro-Gebietes, das die Menschen Daitya nannten und das sich von den Glidonen bis zu den südwestlichen Ausläufern der Nagarren hinzog. Er hatte den Ort mit Bedacht gewählt. Es handelte sich um eine riesige Senke mit knapp 1300 Schritten Durchmesser, die von einem natürlichen Wall umgeben war. Kaal-Kāna´an wurde dieser Ort in seinem Volk genannt.

Zum ersten Mal hatte er die gesamte Horde an einem einzigen Punkt zusammengeführt. Bislang waren sie in einzelnen Haufen von untergeordneter Größe marschiert. Die kleinste militärische Einheit einer Warlokhorde war ein Zahn, gebildet von sechs Kriegern mit einem Einzahnführer. Ein Sturmhaufen bestand in der Regel aus acht Zähnen, angeführt von einem Sturmzahnführer, und je vier Sturmhaufen bildeten ein Sturmbanner mit einem Bannerführer.

Ein Clan stellte in der Regel vier Banner ins Feld, wobei es einige Ausreißer in beide Richtungen gab. So war der Clan der Unurunga zahlenmäßig kleiner als alle anderen und brachte gerade mal ein und ein halbes Banner an Toa unter Waffen. Allerdings waren die Krieger der Unurunga größer und stärker als ihre Verwandten – und blutrünstiger. Ihre Wildheit war sprichwörtlich in seinem Volk. Dass sie nicht mehr erwachsene Männer auf das Schlachtfeld führen konnten, obwohl ihre Frauen als besonders schön und fruchtbar galten, war eine direkte Folge der unerbittlich innerhalb ihres Clans geführten Duelle, die jedes Jahr einen hohen Blutzoll forderten. Sein eigener Leibwächter, Tor´Ghol der Schlächter, war ein Unurunga, und er war unbesiegt in mittlerweile fünfhundertdreißig Duellen. Auf der anderen Seite gab es dafür zum Beispiel den Baori-Clan, dessen Krieger am zahlreichsten unter allen Warlok-Clans waren, und der deshalb sogar elf Banner ins Feld führen konnte.

Als er die Clans gerufen hatte, war diesen verboten worden, in größeren Formationen zu marschieren. Höchstens fünf Zähne sollten gleichzeitig miteinander laufen. Das war mit ein Grund, warum ihre Bewegungen den Grenzwächtern von Argenas weitgehend verborgen geblieben waren.

Möglicherweise wunderte sich der ein oder andere von ihnen über die vermehrt gesichteten Oger und auch Riesen.

Andererseits – das hier war die Daitya, die von den Warloks Whenua Ngaro genannt wurde, was in der Sprache seines Volkes so viel bedeutete wie das verlorene Land. Ihre Wildnisgebiete waren voller unwegsamer Sümpfe sowie dichter, dunkler Wälder, durchzogen von tiefen Erdspalten und schroffen, felsigen Anhöhen gleichermaßen. Hier lebte weder Mensch noch Elf, und selbst die Oger meideten so manche Gebiete – Moore mit schwarzen, verkrüppelten Bäumen, über deren Wassern grün schimmernde Nebelschwaden waberten; Schluchten, deren Wände in gähnenden, bodenlosen Abgründen verschwanden; und natürlich die Gräberfelder, tote Gegenden, in denen selbst die Bäume und Sträucher verendet waren, karge, leblose Wüsteneien mit nichts als blanker Erde, aus der sich nachts untote Bestien wühlten, um auf die Jagd zu gehen nach allem, was atmete und lebte.

Dennoch waren sowohl die Halb- als auch die wahren Riesen dafür bekannt, die Daitya zu durchstreifen. Deshalb war Ûxmal davon überzeugt, dass sein Vordringen bis hierher weitgehend unbemerkt verlaufen war. Nun aber näherte sich der Zeitpunkt seines Siegeszuges, der alles vorher Gewesene in den Schatten stellen würde. Die Macht der Horde, die er befehligte, war beispiellos. Jene fünfundachtzig Clans, die weit verstreut im zentralen Drittel des Kontinents beheimatet waren, hatten sich unter seiner Führung versammelt und ihm mehr als achtzigtausend Toa geschenkt, die alle begierig darauf waren, ihren Anteil an der Geschichte seines Triumphes mit dem Blut ihrer Feinde in die Annalen der Geschichtsbücher zu schreiben.

Die Geschichte der sechsfachen Hinrichtung verbreitete sich wie ein Lauffeuer in seiner Armee. Noch vor Morgengrauen verlangten die fünf Jarl, die Häuptlinge der unter seinem Banner vereinigten Oger-Clans, eine Unterredung mit ihm. Anders als von ihm befürchtet forderten sie jedoch keine Wiedergutmachung, oder kamen gar, um ihn vom Bruch ihres Bündnisses in Kenntnis zu setzen. Vielmehr sprachen sie ihm ihren Respekt und ihre Dankbarkeit dafür aus, dass er Warloks und Oger völlig gleichbehandelte. Ja, sie zeigten sich sogar geehrt darüber, dass er das Urteil über Gog Thun mit seinen eigenen Händen vollstreckt hatte. Damit hätte er ihnen gezeigt, dass er sie anerkenne und respektiere und sie also alle auf der gleichen Stufe stünden.

Außerordentlich befriedigt und mit dem richtigen Gespür für eine gute Gelegenheit, den fragilen Bund zwischen Warloks und Halbriesen weiter zu stärken, stellte der Schamanenkönig den Kriegern seiner Armee ein erstes Schlachtfest in Aussicht. Sie waren bislang gut vorangekommen und benötigten ohnehin eine Gelegenheit, um ihre Vorräte aufzufüllen. Deshalb änderte er die Marschroute, die sie seit ihrem Sammelpunkt im Herzen der Daitya bislang strikt nach Osten geführt hatte, um gut fünfundvierzig Grad nach Norden ab. Auf diese Weise würden sie am frühen Abend des nächsten Tages die Stadt Degenstein am südwestlichen Ende der Nagarren erreichen. Eigentlich hatte er auf die Verstärkung warten und erst nach der Vereinigung aller Truppen einen ersten Angriff befehligen wollen. Nun aber entschied er sich für ein anderes Vorgehen.

Er teilte seine Toa und schickte zwei große Haufen in einer Zangenbewegung voraus. Er wählte für diese Aufgabe die Wuruhi, die Steppenwölfe, die schnellsten und ausdauerndsten seiner Krieger nach den Unurunga. Jene hatte er in der Senke Kaal-Kāna´an zurückgelassen. Sie sollten am westlichen Wall ein geheimes Rückzugslager errichten und unter allerstrengster Bewachung halten. Eine Vorsichtsmaßnahme, die er sich aus bitteren Lektionen seiner frühesten Gefechte heraus zu Eigen gemacht hatte. Er würde die paar hundert Krieger in der Schlacht ohnehin nicht benötigen. Die Wuruhi sollten die Stadt umgehen und diese sodann von Norden her aus den Ausläufern der Berge kommend abriegeln, während er gedachte, mit breitgefächerter Aufstellung die Stadt aus südlicher Richtung mit der Hauptmasse seiner Krieger, sowie den Ogern und Riesen frontal anzugreifen.

Um zu verhindern, dass eine Nachricht über die Vernichtung der Stadt den widerwärtigen Priesterkönig des Reiches, diesen Sohn einer Gossenhure und eines stinkenden Borstenrückenschweins, allzu rasch erreichte, ließ er seine Hornbogenschützen ebenfalls vorauseilen und westlich sowie östlich von Degenstein Stellung beziehen. Sie hatten keinerlei weitere Aufgabe, als sich auf etwaige Flüchtlinge zu konzentrieren und diese zu liquidieren. Dann zog er sich zurück in das weiträumige und luxuriös eingerichtete Zelt des Tei-Ruā, des Anführers der Horde, und begann eine mächtige Beschwörung.

Er holte seinen Beutel mit Silberstaub und zeichnete einen hochkomplexen Runenkreis auf den Boden. Die Arbeit fiel ihm leicht. Selbst die komplizierten Schutzrunen entlang des äußeren Randes schrieb er mit ruhiger Hand und ohne jede Pause in der erforderlichen Exaktheit und Perfektion. Nach nur drei Stunden war er damit fertig und begann, die 49 Einleitungsformeln zu intonieren, an deren Ende jeweils eine dicke Stumpenkerze an einer bestimmten Position des Kreises zu platzieren war. Mit der letzten Formel wirkte er einen kleinen Zauber, der alle Kerzen gleichzeitig in Brand steckte. Kritisch betrachtete er ein letztes Mal sein Werk und nickte schließlich befriedigt. Alle Vorbereitungen waren nun abgeschlossen, und er fühlte sich nach wie vor frisch genug, um das Ritual der Herbeirufung sofort durchzuführen. Er stellte sich an die korrekte Stelle, setzte seine Füße in genau dem richtigen Winkel zueinander auf die entsprechenden Runen und entspannte sich. Dann öffnete er das erste Tor, das ihm den Zugang zu den Ebenen der Elemente ermöglichte. Ohne Zögern bewegte er sich aus seinem Körper heraus und glitt mit seinem silbrigen Astralleib durch die geöffnete Pforte.

Das Gefühl, das beim Lösen seines Seelenkörpers von seiner fleischlichen Hülle entstand, und das er selbst einmal gegenüber einem seiner Schüler mit dem Durchqueren eines eiskalten Wasserfalls verglichen hatte, nahm er kaum noch wahr. Was für andere, weniger erfahrene Magiewirker einen sogar gefährlichen Prozess darstellte, war für ihn nichts mehr als das Ablegen eines Mantels. Dabei war sein eigener Vergleich durchaus sehr treffend. Wer von dem, gerade am Anfang als sehr unangenehm, ja sogar schmerzhaft empfundenen Gefühl zurückschreckte und somit den Prozess der Ablösung selbstverschuldet hinauszögerte, dessen Leib war auch entsprechend länger dem Sog des Nichts ausgesetzt, das zwischen den Ebenen lauerte. Dabei konnte es gar geschehen, dass es einen solchen Eleven der Zauberkunst hinüber zerrte in das Reich der Schatten, dessen Gott von manchen als der Mächtigste von allen gepriesen wurde – Ban-Thu, der Älteste.

Nach all den Aberhunderten von Astralreisen, die er bereits gemeistert hatte, bestand eine solche Gefahr für ihn allerdings nicht mehr. Unverzüglich betrat er die Ebene der Luft und schwebte für einen kurzen Moment über seinem zurückgelassenen Leib.

Er verzichtete auf seinen normalen Avatar, den eines riesenhaften Schreckensbären aus leuchtend roter Energie. Für seine heutige Mission benötigte er etwas anderes. Behutsam nahm er Kontakt mit den Strömen der Magie auf, die hier draußen wesentlich gewaltiger, roher und ungebremster flossen, schöpfte daraus und verwandelte sich in einen zügig höher und höher aufsteigenden Wirbel aus Luft und Energie – er wurde zu einem Aurothau, einem älteren Luftelementar, schraubte sich hinauf in die Wolkendecke, durchstieß sie und sandte seinen Ruf hinaus in die Weite der Ebene. Er musste nicht lange warten. Gehorsam eilten die niederen Geschöpfe der Luft herbei, bereit, einem der mächtigsten Wesen dieser Existenzebene zu dienen.

Ûxmal empfing die Immothay und Azurieli, kleine und mittlere Elementare, deren Form kaum sichtbar war, da sie wenig mehr als stärker verdichteter Dunst zu sein schienen, mit der ihnen gebührenden Nichtachtung. Der von ihm ausgewählte Avatar gaukelte ihnen allen eine von so großer Macht und Autorität erfüllte Wesenheit vor, dass es unter seiner Würde gewesen wäre, diese niederen Kreaturen zur Kenntnis zu nehmen. Nichtsdestotrotz freute er sich über ihre Anzahl. Kurz darauf aber verdichtete er seine Substanz zu einem gut zwanzig Schritte langen Tornado, um mehrere, wie bedrohlich dunkle Gewitterwolken wirkende Belkanay zu begrüßen, deren Augen an bläulich knisternde elektrische Entladungen erinnerten. Als auch noch zwei Ifarathau erschienen, deren vier Schritte große und schlanke, halbdurchsichtige Körper aus eisglänzenden Kristallen zwar kleiner und weniger imposant waren, als die der finsteren Belkanay, die aber dennoch eine kältere, tödlichere Aura als diese besaßen, war Ûxmal vom Gelingen seines Plans endgültig überzeugt. Die mächtigen und intelligenten Ifarathau zu täuschen war natürlich aussichtslos. Nichtsdestotrotz vertraute er darauf, dass sie erst einmal abwarten würden, um zu sehen, wer er wirklich war und was er vorhatte. Es gab schließlich nicht viele Wesen, die imstande waren, hier auf der Elementarebene der Luft die Form eines Aurothau anzunehmen und eine solch mächtige Herbeirufung zu wirken, wie er es getan hatte. Deshalb wandte er sich zunächst einmal den niederen Geschöpfen zu und verkündete ihnen in reinem Aurisch seinen Willen.

„Sucht den Himmel von hier bis zu den Bergen nach Vögeln ab, fangt und fresst sie, zerreißt oder erwürgt sie, aber tilgt sie aus unserer Domäne des Seins. Gleitet hinab in die Nester aus Stein, in denen die Menschen wohnen, spürt die Gefiederten auch dort unten auf und tötet sie alle. Danach seid ihr frei. Rasch nun und tut, wie ich euch befohlen!“

Ûxmals Stimme war, ebenso wie seine Gestalt, ein exaktes Spiegelbild eines Aurothau – dröhnend tief und klagend, wie die schweren Seufzer eines über das Meer ziehenden Sturms, durchzogen von dem schrillen Pfeifen peitschender Orkanböen. Sofort jagten die Elementare davon, alle bis auf die zwei Ifarathau, die ihn mit ihren Augen aus gesplittertem Glas musterten. Ihm war klar, diesen beiden musste er etwas anderes anbieten, um ihnen eine Zusammenarbeit schmackhaft zu machen: Die Lebensenergie intelligenter Wesen aus Fleisch und Blut. Es war das Einzige, was diese seelenlosen Wesen der Luft seiner Erfahrung nach schätzten. Er wusste selbst nicht wirklich genau, wie die Ifarathau das bewerkstelligten, aber sie schienen in der Lage zu sein, diese in sich aufzusaugen und sich daran zu berauschen, wenn sie im Moment des Sterbens zugegen sein konnten. Dies jedoch war ihnen normalerweise nicht möglich, denn anders, als die niederen Elementarwesen, die zu einem gewissen Teil auch auf der materiellen Welt existierten und deswegen jederzeit mit den dort beheimateten Kreaturen interagieren konnten, waren die Ifarathau reine Geschöpfe der Elementarebene der Luft. Der Zugang zur Welt Ama war ihnen verwehrt – es sei denn, ein mächtiger Zauberwirker öffnete ihnen ein Tor.

Ûxmal fällte einen Entschluss, wandte sich zu ihnen um und veränderte die Form seines Avatars. Mit einem inneren Seufzen schrumpfte er zusammen und nahm die Gestalt eines massigen, rot pulsierenden Schreckensbären aus knisternder Energie an, seine ihm vertraute und gewohnte Erscheinungsform.

„Ich bin Ûxmal. Dient mir, und ich werde euch schon bald ein Bankett anrichten, das den Appetit im eisigen Loch eurer Seele zu stillen vermag."

Auch seine Stimme hatte sich verändert und klang nun wieder mehr wie seine eigene, lediglich noch etwas tiefer und begleitet von einem bedrohlichen Knurren. Befriedigt stellte er fest, dass die Ifarathau an Ort und Stelle verharrten und weiter abwarteten. Er hatte zweifellos ihre Neugier geweckt. Gut so.

Mit großer Kunstfertigkeit beschrieb nun sein Avatar die nötigen Gesten und Bewegungen, die so gar nicht zu diesem gewaltigen Bären passen wollten. Er fing die Ströme der Magie ein, kanalisierte sie und murmelte die Silben eines Zaubers, der einen schwarz-golden schimmernden Riss zwischen den Existenzebenen schuf.

„Delkhiin z'orilgo neeltay odoo!"

Die Elementare glitten an das Tor heran, begierig darauf, hindurchzufliegen. Der alte Hexenmeister lächelte, sein Avatar aber bleckte knurrend die Zähne. Die Ifarathau verharrten schwebend und wandten sich ihm zu. Der Handel war so gut wie abgeschlossen. Mit einem Wink seiner gewaltigen Pranke ließ er eine Kerze aus Energie entstehen, die langsam abbrannte. Gemeinsam betrachteten sie das Bild eine kurze Weile, bevor er seinen Auftrag formulierte.

„In Degenstein, der Stadt der Menschen nördlich von hier, lebt in der Burg oben auf dem Hügel ein Magier. Bringt mir seinen Kopf und das Amulett, das er um den Hals trägt. Wenn die Kerze verlischt, schließe ich das Tor. Seid ihr bis dahin noch nicht zurück, wird sich euer kristalliner Leib Stück für Stück zersetzen. Erfüllt ihr aber euren Auftrag und bringt mir, was ich verlange, so werde ich euch morgen Nacht, wenn meine Toa die schwächlichen Bewohner von Degenstein abschlachten, über dem Kampfgebiet schweben lassen."

Die fremdartigen Kreaturen stießen ein grauenhaftes Zischen aus, das in seinen Ohren schmerzte, dann rasten sie durch den Riss hinüber in die Welt Ama.

Vergeblich versuchte er, in der nahezu vollkommenen Dunkelheit die große Gestalt an der Spitze ihres kleinen Trupps besser zu sehen. Wie tief sie immer noch unter der Erdoberfläche waren, vermochte keiner von ihnen zu sagen. Aber das Gefühl, hunderte oder gar tausende Tonnen von Fels und Erde über sich zu haben, ließ sich einfach nicht abschütteln und wurde, je länger ihre Reise dauerte, zu einer immer größeren Belastung.

Entgegen all seiner zur Schau getragenen, tapferen Unerschütterlichkeit und dem nach außen hin stets gezeigten Glauben an das Gelingen ihrer Flucht, hatte er tief in seinem Herzen keinerlei Hoffnung gehegt, wahrhaftig noch einmal die wunderbaren, wärmenden Strahlen der Sonne auf seinem Gesicht spüren zu dürfen. Ein weiteres Mal den Klauen der Schattenkrieger entrinnen zu können, war ihm gar zu unglaublich, ja beinahe vermessen erschienen. Und nun hatten sie es tatsächlich geschafft!

Gut, wir sind immer noch tief unten in den Tunneln des Unterreiches. Aber wir zählen mittlerweile den vierten Tag ohne weiteren Feindkontakt. Das Risiko, dass die schwarzen Mönche uns noch erwischen könnten, ist nunmehr recht überschaubar geworden.

Zwei kleinere Gruppen und ein größerer Kampfverband der Schattenkrieger waren ihnen nach dem Sieg über den Darmak Kokoru noch begegnet. Gemeinsam waren sie jedes Mal erfolgreich gewesen. Es war wohl offenbar sein Schicksal, immer wieder mit dem tödlichen Kult der Dunklen Göttin aneinander zu geraten, in seine Machenschaften verstrickt zu werden und so manchen seiner Pläne zu durchkreuzen, ohne dafür mit dem eigenen Leben bezahlen zu müssen. Grund genug also, sich wahrhaft und uneingeschränkt zu freuen.

Doch dem war nicht so.

Zum Einen trauerte er um Gold-Kriss. Der hünenhafte Soldat der Westburg war ihm treu ergeben gewesen. Er hatte ihm, Robert, vertraut, war ihm gefolgt und letztlich dafür gestorben. So wie viele andere mehr. Natürlich war ihm prinzipiell bewusst, dass nicht er die Verantwortung für den Tod all der Männer aus der Garnison zu tragen hatte. Aber dennoch fühlte er die Last all der Entscheidungen, die er als Hauptmann getroffen hatte, auf seinen Schultern.

Sein Kopf sagte ihm, dass er das Richtige getan hatte. Dass er stolz sein durfte, den einfachen Bewohnern der Burg die Zeit erkauft zu haben, die sie für ihre Flucht benötigt hatten. Dass es an ein Wunder grenzte, dass er selbst und Selina und Wolf überlebt hatten. Genauso wie Gregor, den er fortgeschickt hatte, und der plötzlich im entscheidenden Moment zurückgekehrt war, um ihnen in der Hölle der Tunnel beizustehen.

Aber in einem dunklen Winkel seines Herzens haderte er mit seinem Anteil an all den Ereignissen und schrieb sich eine gewisse Portion Schuld zu. Immerhin war es sein persönliches Fest gewesen, das die Kil-Rhai genutzt hatten, um anzugreifen. In der Abwesenheit des Ritterfürsten und Kriegslords Sir Hallamir hatte die Verantwortung für die Sicherheit und Gesundheit der gesamten Burgbesatzung bei ihm gelegen. Und es war nun einmal eine unbestreitbare Tatsache, dass die Burg unter seiner Führung, unter seinem Befehl gestanden hatte, als sie eingenommen und erobert worden war.

Hatte er also versagt? Waren seine Überlegungen wirklich richtig gewesen, seine Befehle unanfechtbar? Wie würden Sir Hallamir und seine Majestät, König Erik, die Dinge einschätzen? Er war sich nicht mehr vollkommen sicher, dass sie seine Entscheidungen uneingeschränkt gutheißen und mittragen konnten, so wie das früher stets der Fall gewesen war. Der Zweifel hatte Einzug gehalten in seinem Herzen. Sein Vertrauen in sich selbst hatte gelitten. Das war der Grund, warum er sich nicht einfach nur freuen konnte.

Welchen Anteil seine Selbstzweifel an seiner Entscheidung hatten, dem entehrten Ritter Ean Gomõnsson zu vertrauen und sich unter dessen Kommando zu stellen, war schwer zu sagen. Zwar sagte ihm sein Herz, dass er dessen Worten Glauben schenken konnte. Aber es blieb ein letzter Rest des

Unbehagens zurück. So wie seinen eigenen Fähigkeiten insgesamt, misstraute er leider auch seiner Intuition. Als Entehrter war Ean einem Schwerverbrecher gleichgestellt, er galt als vogelfrei und hätte von ihm und seinen Männern nach Recht und Gesetz an Ort und Stelle erschlagen werden dürfen.

Selbstverständlich war das keine Option gewesen, nachdem er zusammen mit dem Hofmagier uns allen den Arsch gerettet hat. Und dann war da noch dieses… unglaubliche Licht… voller Reinheit und Schönheit. Ja, das hat alles für mich verändert…

Welch unfassbarer Augenblick, als die Klinge der Reinen Macht erstrahlt war und sie alle, vor allem aber den Freiherren in ihrem Licht gebadet hatte! Es war mit das Erhabenste gewesen, das er bislang hatte erleben dürfen. Und dennoch – auch wenn diese Manifestation von Magie ein guter Hinweis sein mochte, dass er durchaus richtig lag mit seiner Einschätzung, so kannte er sich letztlich mit diesen Dingen einfach nicht gut genug aus. Wer – außer vermutlich dem Zauberkundigen – vermochte schon zu sagen, ob sich daraus die unumstößliche Wahrheit der Behauptungen des Ritters ableiten ließ oder nicht. Und Gamron Valator schied als Urteilswächter aus. Immerhin war dieser schließlich der beste Freund Gomõnssons.

Sian! Ich komme mir vor, wie ein altes Waschweib! Dreh und wende es, wie du willst, alter Narr. Du hast dich entschieden. Jetzt hör auf zu hadern und lebe danach.

Er beschloss, diesen Gedanken sofort in die Tat umzusetzen und konzentrierte sich wieder auf die Gegenwart.

Zwei Tage, nachdem sie in den schrecklichen Hinterhalt der schleimigen Tentakelbestien gelaufen waren, hatten sie die sorgfältig bearbeiteten Tunnel der Kil-Rhai verlassen und marschierten seither durch einen Komplex aus miteinander verbundenen Höhlen und Kammern natürlichen Ursprungs. Manche davon wurden von einem leuchtenden Flechten- oder Moosbewuchs in ein schwach schimmerndes Licht getaucht, das in seiner Farbgebung von schwach grün über fahlgelb bis hin zu violett verschiedene Tönungen aufwies. Die meiste Zeit über aber musste der Magier mit seinen Zaubern die undurchdringliche Finsternis so weit erhellen, dass sie nicht über ihre eigenen Füße stolperten. Dreimal waren sie noch in Patrouillen der Schwarzen Mönche gelaufen, und dreimal waren sie siegreich geblieben. Sie arbeiteten mittlerweile hervorragend zusammen, sodass sogar der dritte und bislang letzte Kampfverband, der ihnen zahlenmäßig drei zu eins überlegen gewesen war, keine ernsthafte Gefahr für sie dargestellt hatte. Der bedrohlichste Angriff war derjenige der Gusanarra gewesen. Laut Gamron waren diese schneckenartigen Geschöpfe in der Lage, jahrelang ohne Nahrung in einer Art steinernen Starre zu verharren und auf Beute zu warten. Dass es in der Felsspalte so extrem viele gab, ließ dessen Ansicht nach darauf schließen, dass sie auf einer stark frequentierten Strecke unterwegs waren. Gamrons Ausführungen zufolge – die allerdings vollständig aus Büchern stammten und keineswegs auf seinen persönlichen Erfahrungen aufbauten – lebten so einige Wesen und sogar ganze Völker in den unergründlichen Tunneln unter der Erde. Das waren meist eher harmlose Tiere wie die Essuru, flugunfähige Laufvögel mit langen Barteln, die ihnen neben ihren gefährlichen Schnäbeln aus dem Kopf wuchsen. Aber es gab auch so finstere Gestalten wie Schattentrolle, intelligente Pilze, Basilisken mit sechs Beinen und schrecklichen Augen, die ein Opfer mit einem Blick bewegungsunfähig machen konnten, das Volk der Tsuschuks, enge Verwandte der Grimbolds mit einer graugrünen, ledrigen Haut und großen, bleichen Augen, sowie natürlich die grausamen Dunkelelfen.

In den tagelangen Märschen seit ihrem letzten Feindkontakt waren sie, wann immer sich eine Möglichkeit dafür ergeben hatte, aufwärts gegangen, um wieder an die Oberfläche zu gelangen. Allerdings kannte sich keiner von ihnen wirklich hier unten aus. Die Einzige, die über etwas mehr Erfahrung mit den Tunneln des Unterreiches verfügte, war Ssil, weshalb sie ganz natürlich die Führung übernommen hatte und an der Seite Eans voranmarschierte. Damit war Robert die Aufgabe zugefallen, die Nachhut zu bilden und der Gruppe Rückendeckung zu geben. Nicht, dass er damit strategisch betrachtet ein Problem gehabt hätte. Ihm war klar, dass es die einzig sinnvolle Aufstellung war, um das Überleben von hoffentlich allen Gruppenmitgliedern zu gewährleisten.

Aber das bedeutete noch lange nicht, dass es ihm gefallen musste. Tat es auch nicht. Und das lag vor allen Dingen an der verfluchten Dunkelheit. Er hatte einfach keinen guten Blick nach vorne. Er konnte Ssil kaum erkennen, geschweige denn ihre Bewegungen ausmachen. Und er würde im Ernstfall einfach nicht schnell genug bei ihr sein können, um sie zu beschützen. Das gefiel ihm ganz und gar nicht – er war schlicht zu weit weg von diesem unglaublichen, geflügelten und wunderschönen, aber auch gefährlichen Wesen.

Ssil. Wie sehr sie seine Gedanken dominierte, erstaunte ihn immer noch. Seine Gefühle für die Sa´ê´Sar waren stärker, als er es sich selbst eingestehen wollte.

Wo soll das nur enden? Sie ist kein Mensch. Sie ist ja noch nicht einmal ein richtiges Kind des Zwielichts – wobei ich mir nicht sicher bin, ob das die Sache vereinfachen oder womöglich noch komplizierter machen würde. Aber ein Halbdämon? Bei Sians silbernem Bart – ich muss den Verstand verloren haben! Ich kenne weder ihr Volk, noch ihre ganze Kultur, und diese andere, dämonische Hälfte ihres Erbes macht mir einfach nur Angst! Wie viel davon steckt wirklich in ihr? Was sind ihre Wurzeln? Ihre Prägungen? Was hat sie alles erfahren, was erleiden müssen? Pah! Ich weiß NICHTS über sie!

Dennoch – wenn er sie sah, spürte er ein schmerzhaftes Ziehen in seinem Bauch, so sehr verlangte es ihn nach ihrer Nähe. Wenn sie ihn ansah, durchströmte ihn ein Brennen, als würde flüssige Lava durch seine Adern fließen. Eigentlich war er nun wahrlich kein Jungspund mehr, der bei den ersten Wallungen in seinen Lenden den Kopf verlor. Ja, er hatte tatsächlich geglaubt, das alles bereits hinter sich zu haben. Er war sich sicher gewesen, der Schmerz, den er durch seine erste große Liebe hatte durchleiden müssen, wäre zu groß gewesen und zu tief gegangen, als dass er jemals wieder in den Taumel blinder Verliebtheit geraten könne.

Viel zu jung war er damals den Bund mit Alina eingegangen, seiner bisher einzigen Frau. Hals über Kopf hatten sie sich vor nunmehr siebzehn Wintern ineinander verliebt. Kein Verbot und erst recht keine Regeln des Anstands waren stark genug gewesen, um die Finger voneinander zu lassen. An einem schwülheißen Sommernachmittag im grünen Schatten einer alten Eiche war es schließlich passiert. Als er zusammen mit ihr seine Unschuld verloren hatte, war er sofort zu ihrer Mutter gegangen, um sie um die Hand der Tochter zu bitten, und im Jahr darauf, am ersten Tag des Frühlings, seinem sechzehnten Namenstag, hatte er den Bund mit ihr geschlossen. Gerade einmal ein halbes Jahr später war Rhiana auf die Welt gekommen, und Alina bei der Geburt verblutet. Nur etwas mehr als ein Jahr war ihnen vergönnt gewesen. Als dann auch noch seine wunderbare Tochter mit elf Wintern unter den eisenbeschlagenen Hufen eines durchgehenden Trakharis ihr Leben aushauchte, war er innerlich zerbrochen. Sian war sein Zeuge, es war ein verflucht langer Prozess gewesen, bis er den Weg zurück ins Leben gefunden hatte.

Und nun, am denkbar unmöglichsten aller Orte, verzaubert mich ausgerechnet eine rothäutige Schattenpriesterin mit spitzen Zähnen und gelben Dämonenaugen?

Unwillkürlich versuchte er abermals, ihre hochgewachsene, schlanke und athletische Gestalt vorne an der Spitze ihrer Gruppe in der Dunkelheit auszumachen. Vergeblich. Da die Wände und auch der Boden des Tunnels, in dem sie gerade entlangwanderten, grün phosphoreszierende Flechten aufwies, verzichtete Gamron Valator auf seine Lichtzauberei. Es war zwar hell genug, um nicht zu stolpern, aber es reichte nicht, um bis nach vorne sehen zu können.

Ärgerlich schüttelte er den Kopf und richtete seinen Blick auf die beiden Männer in seiner Nähe. Vor ihm ging Wolf Hartmann, und immer, wenn dieser so wie jetzt in Gedanken versunken dahin marschierte, zog er sein verwundetes Bein ein kleines Stück nach.

Wir haben alle unseren Blutzoll gezahlt für diese Flucht.

Er selbst hielt sich dank seines eisernen Willens ganz gut, wusste aber, dass er nicht gerade in Bestform war. Auch Ean hatte mehrere Schnittwunden, von denen zwei ziemlich tief waren. Selbst wenn der Ritter wirkte, als wäre er aus Granit gemeißelt, und Robert sich davon hatte überzeugen können, dass die Verletzungen dessen Kampfkraft nicht wirklich geschwächt hatten, war auch er nur ein Mensch. Er mochte gelernt haben, Schmerz zu ignorieren, aber irgendwann würde sich auch bei ihm der Blutverlust bemerkbar machen. Selina konnte nach einem Stich in die Schulter ihren linken Arm kaum noch gebrauchen. Wolfs Beinwunde sah zwar ganz ordentlich aus, nachdem der Magier sie wieder zugenäht hatte, machte ihm jedoch offensichtlich nach wie vor zu schaffen. Und sogar Meister Valator hatte einen Wurfstern abbekommen und humpelte deswegen ein wenig. Ja, sie waren alle von ihrer Flucht durch die unterirdischen Tunnel gezeichnet.

Alle, bis auf Ssil. Ihre Verletzungen heilten so schnell, dass sie die katzenhafte Eleganz in ihren Bewegungen kaum je verlor. Nach der Begegnung mit dem Darmak Kokoru hatte er mehr als einmal die Gelegenheit gehabt, ihre äußerst beeindruckenden Kampffähigkeiten zu bewundern. Sie war gut, besser als Selina und Wolf zusammen. Gemeinsam mit dem Freiherren und ihm selbst, sowie der verheerenden Gewalt der Zauber Meister Valators, besaßen sie eine Schlagkraft, die ihn sprachlos gemacht hatte.

Und dann war da noch Gregor. Zuerst hatte Robert sich über alle Maßen gefreut, ihn lebend in ihrer Mitte zu haben. Aber dann war er Zeuge der unfassbaren Verletzungen geworden, die ihm der Gusanarra zugefügt hatte.

Sein Brustkorb war vollständig zerquetscht, und seine zerbrochenen Rippen ragten aus seinem Leib – bei Sians silbernem Bart, ein wahrhaft grauenvoller Anblick!

Doch dann hatte sich Ssil über ihn gebeugt, hatte ihre Handflächen gegen die gesplitterten Knochenenden gerammt und sie sich selbst in ihr Fleisch getrieben. Ihr Blut war über seine Verletzungen geflossen, während sie mit geschlossenen Augen fremde Silben gemurmelt hatte, und das Wunder war geschehen – die Rippen zogen sich zurück, die Wunden schlossen sich, und der Todgeweihte öffnete die Augen.

Angeblich hat sie das nur deshalb getan, weil wir auch ihr Leben retteten, als die Kil-Rhai sie außer Gefecht gesetzt hatten. Damit sei ihre Blutschuld getilgt, behauptet sie. Lang und breit hat sie mir von diesem Gesetz ihres Volkes erzählt. Pah! Als ob sie es nur deswegen getan hätte. Mir kann sie nichts vormachen. Ich glaube ihr nicht. Denn kurz, bevor sie ihn heilte, sah sie mich an, voller Wut und Trauer und Verzweiflung. Ich sah in diesen gelben Katzenaugen ein tiefes und echtes Mitgefühl aufleuchten. Nur das zählt für mich.

Und während er gleichzeitig nach hinten lauschte, richtete er seinen Blick ein weiteres Mal nach vorne in die Dunkelheit, als plötzlich die schimmernden Flechten endeten und die vollkommene Finsternis des Unterreiches sie von Neuem umschloss. Sogleich verzauberte der Magier die längst kalt gewordene Spitze ihrer letzten Fackel und schuf somit ein Licht, das deutlich heller war als das diffuse Leuchten der Pflanzen, und welches ihm endlich wieder den Blick auf die hochgewachsene, wohlgeformte Gestalt der Sa´ê´Sar ermöglichte. Zusammen mit der Umgebung hellte sich auch seine Mine auf. Sein Schritt wurde leichter und beschwingter.

All ihre Sinne waren angespannt. Sie spürte etwas da draußen, eine bislang für sie noch nicht genauer zu definierende Bedrohung, die sich über die letzten vielleicht tausend Schritte hinweg mehr und mehr aufgebaut hatte. Kurz nachdem sie den Bereich natürlichen Lichts verlassen hatten und wieder mithilfe der Magie Valators einherschritten, waren die ersten, leisen Ahnungen von einer lauernden Gefahr an ihr vorbeigestrichen. Als Chaya-Rhunay und Eingeweihte des fünften Elements vermochte Ssil besondere Ereignisse, die eng mit ihrem persönlichen Schicksal verwoben waren, vorauszuahnen. Duogášš´geahči nannten die Kinder des Zwielichts diese Art der Wahrnehmung. Es handelte sich dabei allerdings nicht um einen wirklichen Blick in die Zukunft. Dafür waren ihre Kräfte nicht groß genug.

Eadni-dušše! Die wenigsten Schattenpriester in der schier endlosen Reihe geweihter Chaya-Rhunays vermochten tatsächlich in die Zukunft zu blicken. Und selbst ihnen war kein besonders weiter Blick möglich. Zu schnell ändern sich fortlaufend die Bedingungen, die für die Entstehung eines ganz bestimmten Ereignisses maßgeblich sind. Ja sogar die nahe Zukunft hat Atu´dimiszu, die letzte derer, die mächtig genug gewesen sind, um ihren Blick durch die Nebel der Zeit streifen lassen zu können, als sehr verwirrend beschrieben... flimmernde und sich gegenseitig überlagernde Visionen, manches Mal Bilder der wahren Welt, dann wieder nur Symbole und Metaphern, die es korrekt zu deuten gilt. Wahrlich, dabei herauszulesen, welches Geschehen eintreten wird, bedarf großer Weisheit und Erfahrung. Ich bin nicht traurig darüber, dass mein inneres Auge nicht klar genug sieht, um bis dorthin vorzudringen. Viele von denen, die es vermochten, haben sich im Strom der Bilder und Eventualitäten verloren, den Bezug zur realen Welt eingebüßt und sind unserem Volk keine Hilfe mehr gewesen.

Nichtsdestotrotz warfen unmittelbar bevorstehende Ereignisse, die mit ihr ganz persönlich verflochten waren, ihren Schatten so deutlich voraus, dass sie diese wahrnehmen konnte. Es war eine Art Gespür, das sie mal leiser, mal lauter vernahm und das ihr im Augenblick einen mehr als deutlich vernehmbaren Warnruf zusandte.

Sie blieb stehen und hob ihren rechten Arm, die Hand zur Faust geballt, das alte, militärische Zeichen für einen sofortigen Stopp. Die Marschgeräusche hinter hier verstummten, alles wurde still. Sie öffnete ihre Hand und schwenkte den Unterarm zweimal zur Seite, das vereinbarte Signal für den Magier, das Licht zu löschen. Nur einen Herzschlag später senkte sich erneut die rabenschwarze Finsternis des Unterreiches über die Gruppe. Ssils Augen, eines der Erbstücke ihres dämonischen Erzeugers, wechselten auf ihre eigentliche, angestammte Art des Sehens um. Sofort wurde für sie der Gang vor ihr in aller Schärfe und Klarheit sichtbar, wenngleich etwas verändert. Sie sah Kanten, Zacken und Spitzen klar und deutlich hervortreten, und Texturen von ganz rau bis vollkommen glatt erzeugten gewisse Effekte, die zwar nicht wirklich bunt, dem Konzept unterschiedlicher Farben aber durchaus ähnlich waren. Die Aura lebender und belebter Wesen aber, wie diejenigen ihrer Mitstreiter, schimmerten in dieser Art des Sehens hell und deutlich. Sie beschloss, diese für das Spähen hinderlichen Koronen hinter sich zu lassen und huschte ein Stück weiter in den Gang hinein.

Ssil? Was siehst du? Warum halten wir an? Ist da eine Gefahr vor uns? Soll ich zu dir nach vorne kommen?

Sie war kurz davor, amüsiert zu schnauben, unterließ es jedoch in Anbetracht der Situation. Auf keinen Fall wollte sie sich durch eine solche Unachtsamkeit verraten. Dennoch war sie abgelenkt, denn sie konnte die Gefühle lesen, die diese mentale Botschaft Robert von Callens begleiteten – Besorgnis, Anteilnahme, Verlustängste… und noch etwas, das sie nicht ganz erkennen konnte, etwas Tiefes, Unterschwelliges. Für einen kurzen Moment wechselte ihr Duogášš´geahči und bescherte ihr einen solch heftigen und gleichzeitig verwirrenden, aber auch betörenden, leidenschaftlichen und ihre Knie weichmachenden Sturm an

Empfindungen, dass sie sich für zwei, drei Herzschläge an der Wand des Tunnels abstützen musste. Schockiert bemühte sie sich, ganz ruhig ein- und auszuatmen. Was sie gerade empfunden hatte, war ein Echo aus der Zukunft, und es betraf ihre Gefühle für diesen Menschen – für diesen Mann.

Kann das denn möglich sein? Werde ich tatsächlich so tief und so leidenschaftlich für ihn fühlen? Er ist doch nur ein Mensch…

Ssil war verwirrt. In all den Jahren ihrer Existenz war sie noch nie verliebt gewesen. Kein Kind des Zwielichts und auch sonst kein Angehöriger einer der intelligenten Rassen auf Ama hatte bislang ihr Herz rühren können, und nur wenigen war es gelungen, die Feuer der Leidenschaft in ihren Lenden zu entzünden. Ihre engste Herzens-Bindung hatte sie zu Ss´assalú, ihrer Schattenmutter geknüpft, jene Chaya-Rhunay, die sie in den sechzig Jahren ihrer Lehrzeit geführt und ausgebildet hatte. Seit sie vor über neunzig Jahren gestorben war, gab es niemanden mehr, den sie einen Freund oder eine Freundin nennen konnte. Und auch wenn ihre Rabenschwingen zu den prächtigsten zählten, die je einem Kind des Zwielichts zu eigen gewesen waren, interessierten sich nur sehr wenige Männer für sie.

Dabei galt es beim geflügelten Volk unter Alleinstehenden als ganz natürlicher Vorgang, sich gegenseitig Lust zu schenken, was gesellschaftlich völlig akzeptiert und mit viel Wohlwollen seitens der in Partnerschaft lebenden Sa´ê´Sar abgesegnet wurde. Es spielte auch keine Rolle, ob es nun verschieden- oder gleichgeschlechtliche Begegnungen waren. Es war ein allgemein anerkanntes Wissen, dass dieser freizügige Umgang mit Sex wesentlich zum Abbau sozialer Spannungen und Aggressionen beitrug. Ungewollte Schwangerschaften konnte es dabei, anders als zum Beispiel bei den Menschen, nicht geben, denn die Frauen wurden nur wenige Male im Laufe ihres Lebens empfängnisbereit, und zwar stets nur dann, wenn sie in einer langdauernden Partnerschaft lebten.

Ssils Mutter Zraï, die als Ss´avvit-niszû ihrer Gemeinschaft für das körperliche und auch seelische Wohlbefinden der

Sa´ê´Sar sorgte, war da keine Ausnahme gewesen. Zwanzig Jahre lang hatte sie an der Seite ihres Li´n Arpar gelebt, ehe sie ihre längsten Schwungfedern verlor – das untrügliche Zeichen dafür, dass sie nun ein Kind empfangen konnte. Allerdings war sie damit der Möglichkeit beraubt gewesen, weiterhin voller Anmut und schnell wie ein Pfeil durch die hohen Lüfte zu jagen. Der „kleine Federtod“ wurde dieses Ereignis genannt, und er reduzierte ihre Flugfähigkeiten auf ein eher unbeholfenes und darüber hinaus sehr anstrengendes Flattern. Unglücklicherweise war sie zu dieser Zeit mit ihrem Gatten auf dem Rückweg einer langen Reise in den Süden gewesen.

Ihr Mann Gûrthal war der Chaya-Rhûn ihrer Gemeinschaft und hatte den Auftrag erhalten, an einer großen Zeremonie aller Schattenpriester in den Schwarzen Landen teilzunehmen. Ban-Thu hatte das Ende des Krieges der acht Dekaden prophezeit, wie der seit Jahrzehnten tobende Konflikt später genannt werden würde, der sich zwischen den Warloks und den wilden, kleinwüchsigen Bergclans entzündet hatte. Aus anfänglichen, kleineren Scharmützeln war ein gigantischer und verheerender Flächenbrand entstanden, der auch die Völker der Grimboldts, Menschen und Elfen in die Wirrnisse dieses Krieges hineingerissen hatte. Die Aussicht auf ein Ende der verwüsteten Landschaften und zerstörten Ansiedlungen, sowie der stets im Gefolge großer Kriege einhergehenden massenhaften Verstümmelungen und Vergewaltigungen, die jede sonst übliche Rassentrennung ignorierten, hatte die Gemeinschaft der Chaya-Rhûn elektrisiert.

Voller Vorfreude hatten auch Zraï und Gûrthal den Weg angetreten und allen Gefahren der Reise mutig die Stirn geboten, um am Versammlungsort im Herzen der Schwarzen Lande schließlich die Zeremonie zur Befriedung der Schatten durchzuführen. Angeführt von Th´randoraz, dem Hohepriester ihres Volkes, hatten sie einen großen Meditationskreis gebildet und sich telepathisch miteinander verbunden. Sechs Tage lang hatten sie ihre Kräfte gesammelt und diese in einer eigens dafür vom Hohepriester geschaffenen Säule aus schwarzem Basalt gebündelt. Am siebten Tag schließlich hatte Th´randoraz einen wahrhaft überwältigenden, empathischen Impuls erschaffen und über den Kontinent gesandt, der die Rachegelüste, geboren aus den Schatten der Vergangenheit, in den Herzen der Anführer aller Völker besänftigen und den Weg zu Verhandlungen ebnen sollte. Nur zwei Monde später war es so weit gewesen – ein Friedensabkommen wurde geschlossen, das im Wesentlichen bis heute Bestand hatte.

Nach der Zeremonie hatten sich Ssils Mutter und ihr Gemahl wieder auf den Weg gemacht, als bei ihr der „kleine Federtod" eingesetzt hatte. Es war ihnen nichts anderes übriggeblieben, als entweder zu Fuß weiterzumarschieren oder aber sich direkt vor Ort ein vorübergehendes Zuhause zu suchen. Sie hatten sich für Letzteres entschieden.

Das weite Tal, in dem sie gestrandet waren, wurde von hohen Bergen flankiert. Ein kleiner Fluss zog blau mäandernd seine wasser- und lebenspendende Bahn. Dunkle Wälder, durchbrochen von grünen, felsgesprenkelten Wiesen boten Schutz und Jagdrevier gleichermaßen, und bald hatten sie einen schönen Platz gefunden, an dem sie sich niederlassen und eine Unterkunft bauen wollten.

Doch es hatte alles ganz anders kommen sollen.

Über die Details hatte Ssil nie besonders viel erfahren. Und heute, mehr als dreihundert Jahre nach den schrecklichen Ereignissen jener Tage, wusste sie kaum mehr, als dass die beiden in die Hände eines Dämons gefallen waren – eine Begegnung, die Gûrthal sein Leben kosten und die strahlende Seele ihrer Mutter zerbrochen und verkrüppelt zurücklassen sollte.

Bei Ban-Thus heilenden Schatten – mein Leben hätte so wunderbar werden können.

Das Kind des Chaya-Rhûn und der Ss´avvit-niszû der nördlichen Gemeinschaft wäre von allen hochangesehen und ihr Werdegang mit großem Interesse und ebensolchem Wohlwollen verfolgt worden. Stattdessen kam sie als dämonisches Halbblut zur Welt, gezeugt in Angst, Schmerz und unendlicher Trauer. Ihre Mutter empfand keine Liebe für dieses Kind, dessen äußere Erscheinung eine niemals endende Erinnerung an ihr Martyrium war. Stattdessen brachte sie ihrer Tochter eine Mischung aus Abscheu und tiefstem Misstrauen entgegen, die durchzogen war von Spuren aus Hass und Furcht. Mehr als dreißig Jahre lang glich Ssils Existenz einem fortwährenden Alptraum, geprägt von einer schier endlosen Kette an Zurückweisungen, seelischer Kälte und immer wieder auch physischer Gewalt.

Dann kam Ss´assalú, die Chaya-Rhunay der großen Eiswüste. Von diesem Tag an änderte sich Ssils Dasein. Die ehemalige Hohepriesterin, die Th´randoraz ihr Amt aus unbekannten Gründen überlassen hatte, nahm das vollkommen verängstigte und vernachlässigte Kind des Dämons bei sich auf. Denn als Einzige erkannte die uralte Schattenpriesterin, dass der Kern des Mädchens noch nicht verdorben und voller Potential war, trotz all der Narben auf Leib und Seele. Zraï ließ ihre Tochter, die in ihren Augen ein durch und durch verderbtes Geschöpf war, nur zu gerne ziehen. Ss´assalú lehrte sie alles, was ihr großer Geist zu geben imstande war.

Ssil entwickelte sich körperlich langsamer als die anderen Kinder des Zwielichts, doch ihr Verstand und ihre Persönlichkeit erfuhren unter der weisen Führung ihrer Schattenmutter eine ungeahnt rasche Entfaltung. Sechs Jahrzehnte blieb sie in der Obhut der Priesterin, beinahe dreimal so lange, wie die normalen Schüler und Schülerinnen einer Chaya-Rhunay, bevor schließlich in ihrem 90. Lebensjahr doch noch ihre Schwingen zu sprießen begannen. Erst, wenn mit dem Beginn des Übergangs vom Kind zum Erwachsenen die Flügel der Kinder des Zwielichts zu wachsen begannen, endete die Ausbildung gemeinhin, ein Prozess, der sich normalerweise zwischen dem 30. und dem 35. Lebensjahr ereignete.

Durch ihre körperlich stark retardierte Entwicklung war dieser Prozess bei Ssil so viel später eingetreten, dass bis auf Ss´assalú selbst alle geglaubt hatten, sie würde für immer flügellos bleiben. Viele hatten darin bereits die Strafe Ban-Thus dafür gesehen, dass sie es als Halbdämon gewagt hatte, die heilige Dienerschaft beim Herrn der Schatten anzutreten. Diese Stimmen waren jedoch rasch verstummt, als sich die ganze Pracht ihrer Schwingen abzuzeichnen begann: Alle ihre Federn wiesen eine tiefschwarze Färbung auf, die von einem metallisch-blauen Glanz umspielt wurde. Dicht an dicht formierten sich die Reihen an herrlich geschwungenen Fahnen, sich gegenseitig in verschwenderischer Pracht überlappend, und schon nach wenigen Wochen wurde die spätere, atemberaubende Größe offenbar.

Die Flugfähigkeiten der Sa´ê´Sar waren zwar nicht ausschließlich von der Form und der Spannweite ihrer Schwingen abhängig, denn ähnlich wie bei wahren Drachen hatte eine ihnen innewohnende magische Kraft einen entscheidenden Anteil an der individuellen Geschwindigkeit und Manövrierfähigkeit, sodass auch diejenigen mit weniger imposanten Flügeln schnell wie ein Pfeil durch die Lüfte jagen konnten. Doch in der Gesellschaft der Kinder des Zwielichts galten große und stattliche Schwingen als Schönheitsideal mit hohem erotischem Potential. Weil zusätzlich die selteneren, dunklen Farbtöne als besonders attraktiv angesehen wurden, waren Ssils Rabenflügel eine wahre Sensation und hätten ihr im Normalfall eine Flut an Bewerbern beschert.

Doch fast alle potentiellen Interessenten wurden von ihren gelben Augen, der roten Haut und ihren Raubtierzähnen abgeschreckt. Alle, bis auf einen – Th´runar, der Sturmsegler, ein gefährlicher und schwer gezeichneter Krieger, dessen rechtes Auge fehlte. Dort, wo es sitzen sollte, zog sich eine grauenhafte, extrem tiefe Narbe vom Haaransatz bis zum Unterkieferknochen herab.

Aber das hatte Ssil nie gestört. Im Gegenteil. Gerade seine wilde Erscheinung und seine offen zur Schau getragene Arroganz, die auf einer brutalen Kraft und meisterhaften Kampffähigkeiten basierten, verschmolzen in ihren Augen zu einer animalischen Anziehungskraft und machten ihn zu einem für sie geradezu perfekten Partner: Er stillte ihr sexuelles Verlangen mit seiner gnadenlosen Härte, ohne dass bei ihr die Gefahr bestand, sich in ihn zu verlieben.

Auch seinerseits bestand kein Wunsch nach einer festen Partnerschaft. Er war mit gerade einmal sechzig Jahren Witwer geworden, nachdem seine Frau und sein zehn Jahre alter Sohn bei einem Überfall einer großen Banditenhorde menschlicher Söldner auf seine Gemeinschaft im Osten Nins grausam dahingemetzelt worden waren. Der Schmerz über seinen Verlust hatte ihn davongetrieben und über drei Jahrzehnte lang zu einem eremitischen Sonderling gemacht, der gnadenlos und mit stoischer Geduld und Akribie jeden Einzelnen der Angreifer gesucht hatte, bis schließlich auch der Letzte dieser Bande menschlichen Abschaums von ihm gerichtet worden war.

Es waren noch weitere zwanzig Jahre vergangen, ehe er Ssil kennenlernte. Damals war sie ihm fast zu jung erschienen, obschon sie an Jahren doppelt so alt gewesen war, wie er. Doch auch wenn die Kinder des Zwielichts eine langlebige Rasse waren, deren Lebensspanne etwa dreimal so groß war, wie die der Menschen, und sie deshalb auch nur langsam alterten, so schien die Zeit auf Ssil so gut wie keinen Einfluss zu haben. Bis zu ihrem 91. Lebensjahr dauerte ihr Erwachsenwerden und die vollständige Ausreifung ihrer Schwingen, und sie wirkte dennoch äußerlich mehr wie ein junges Mädchen, denn wie eine erwachsene Frau. Und selbst 130 Jahre später, als sie schließlich die Bekanntschaft des Sturmseglers machte, hatte sie sich in ihrem Erscheinungsbild kaum verändert. Innerlich allerdings besaß sie nach den Jahren ihres kindlichen Martyriums, ihrer langen Lehrzeit und den darauffolgenden vielen Jahrzehnten ihrer Dienerschaft im Tempelhorst Ss´assalús, als deren rechte Hand und engste Freundin, eine überraschend hohe Reife und eine ebenso große Weisheit – sowie nach der entbehrungsreichen Zeit ihres körperlichen Erwachens einen schier unstillbaren sexuellen Appetit.

In Summe war Th´runar von dieser Kombination schlicht überwältigt gewesen und konnte sein Glück oft kaum fassen. Durch seine Narbe auf grausige Weise entstellt, war er ein Schicksalsverwandter, der ohne Schwierigkeiten in der Lage war, ihre Gefühle und die für andere oft befremdlichen Reaktionen korrekt zu lesen und zu verstehen.

Ssil ihrerseits war immer sehr gern von ihm besucht worden, aber sie war auch jedes Mal froh, wenn er wieder davonflog. In seiner Seele fand sich ein bösartiges Geschwür aus untrennbar miteinander verflochtenem Schmerz und eisigem Zorn, für dessen Heilung ihr die Mittel fehlten. Der Sturmsegler blieb ihr deshalb trotz der intimen, körperlichen Nähe, die sie miteinander teilten, doch auch fern und fremd. Niemals hätte sie ihn zu ihrem Li´n Arpar erwählt, selbst dann nicht, wenn Th´runar das gewollt hätte.

Jetzt reiß dich zusammen, alte Närrin. Die Zeit, sich wie ein junges, dummes Mädchen zu verhalten, ist für dich bereits lange abgelaufen…

Unwirsch schüttelte sie ihr Haupt und befreite ihren Geist von dem Nachhall der kurzen, aber intensiven Vision Robert von Callens als Geliebten und richtete ihre Sinne nach vorne. Dann huschte sie, leise wie ein Gedanke, tiefer in den Gang hinein.

Bereits nach wenigen Schritten baute sich das Gefühl einer gefährlichen Bedrohung von Neuem auf, diesmal jedoch deutlich stärker. Ssil zögerte. Sie hatte keinerlei Kenntnis über die Natur der Bedrohung. Es war jedoch mehr als wahrscheinlich, dass es sich um feindlich gesinnte Wesen handelte, die hier im Unterreich dauerhaft lebten und somit eine ähnliche Dunkelsicht besaßen, wie sie selbst. Rasch konzentrierte sie sich auf ihre innige und starke Verbindung zum Reich Ban-Thus und hüllte sich in tiefe, lichtlose Schatten, die ihre Lebensenergie und auch ihre Körperwärme für alle Sinnesorgane dieser materiellen Ebene abschirmten. Nur direkt vor ihren Augen schwächte sie den nachtschwarzen Schirm so weit ab, dass sie gerade noch schemenhafte Umrisse des Tunnels vor sich erkennen konnte. Dann schlich sie weiter.

Ein Schauer lief über ihren Rücken. Die winzigen, feinen Härchen auf ihrer tiefschwarzen Haut richteten sich auf. Mit schnellen, sicheren Bewegungen ihrer langen Finger flocht sie sich eine Strähne, die sich gelöst hatte, zurück in ihr streng nach hinten frisiertes, weißes Haar – eine automatisierte Handlung, die kein bewusstes Denken erforderte. Ihre volle Konzentration war dabei nach vorne auf den Tunnelabschnitt gerichtet, den sie für ihre Jagdrotte ausspähte. Ihr weicher, geschmeidiger Gang wurde noch raubtierhafter. Narasthanaelle dor s´Ombreth war nicht nur eine Schwarze Hexe der Dunkelelfen, sondern sie gehörte zu den gefürchtetsten Meuchelmörderinnen Nins – den Schemen. Sie hatte gelernt die Botschaften ihrer Instinkte wahrzunehmen, sie zu verstehen und ihnen zu vertrauen.

Ohne ersichtlichen Grund hatte sie eine merkwürdige Unruhe befallen. Beinahe so, als wäre sie von ihrer Gnädigen Mutter bei einem Fehler ertappt worden. Das war natürlich lächerlich. Seit ihrem Eintritt in die Gilde der Schemenklingen war es Crûrauté sehr schwergefallen, ihren offensichtlichen Stolz gegenüber ihrer Tochter zu verbergen. Die uralte Patronin des Hauses dor s´Ombreth, immerhin das elfte Haus in der gewaltigen Dunkelelfenstadt Thanutarram, hielt nicht viel davon, einem ihrer Kinder zu viel Aufmerksamkeit zu zeigen. Bei einer Tochter, deren Fähigkeiten nicht ausreichten, um in den Tempel Eakarris aufgenommen zu werden, galt dies noch viel mehr. Erst als sich zeigte, dass Narasthanaelle eine ausgezeichnete Schwarze Hexe werden konnte, hatte sich das bis dahin erschreckend düstere Verhältnis zu ihrer Gnädigen Mutter wieder etwas gebessert. Gerade noch rechtzeitig, denn die junge Dunkelelfe hatte nicht zu Unrecht gefürchtet, bei nächster Gelegenheit der finsteren Göttin ihres Volkes geopfert zu werden. Als sie dann nur wenig später auf der Akademie der Schwarzen Magie sogar noch die unfassbar schweren Tests für die Aufnahme in die elitäre Gilde der Schemen zu meistern verstand, war ihr ein großer Sprung nach vorne in der häuslichen Hierarchie der Nachkommenschaft Crûrautés gelungen.

Dass sie dennoch fast jedes Gefühl außerhalb ihrer inneren Stille, die sie bei den Schemen zu finden gelernt hatte, mit der Angst vor Schmerzen assoziierte, hatte einen Grund – die grausamen Konsequenzen jedes noch so kleinen Fehlers hatten sich tief in ihre Haut und ihre Seele gefressen. Die Patronin bevorzugte nämlich für ihre Rituale der Läuterung eine Geißel mit elf der ledrigen Stiele des Urticaire-Strauches, dessen harte, weiße Brennhaare sich tief in die nackte Haut bohrten, um dort ein purpurnes, gallertiges Sekret abzusondern. Dabei handelte es sich um ein hochpotentes Nesselgift. Die Haut überzog sich daraufhin mit unzähligen kleinen Bläschen, und ein unfassbares Brennen erzeugte eine fürchterliche Agonie, die wochenlang in Wellen die Gepeinigten immer wieder aufs Neue heimsuchte. Um zu verhindern, dass Abwehrgesten und Schutzhaltungen die kreativen Impulse Crûrautés während der Bestrafungen behinderten, wurde das zu läuternde Kind nackt zwischen zwei Steinpfeiler gebunden. Für Narasthanaelle gehörte dieser Alptraum zu ihrem Leben, seit sie denken konnte.

Diesmal hatte ihre Unruhe allerdings nichts mit einem Vergehen ihrerseits zu tun. Zumindest noch nicht. Ihr intuitives Gespür für eine kommende Gefahr schlug Alarm, und sie hatte in den gefühlt unzähligen dunklen Momenten ihres Lebens gelernt, ihrem Instinkt zu vertrauen. Sie blieb stehen. Keine zwei Herzschläge später kam der gesamte Trupp, der genau fünfzehn Schritte Abstand zu ihr hielt, ebenfalls zum Stillstand.

Gut aufgepasst, Sillinor.

Ohne sich umzudrehen, signalisierte sie dem Anführer der schwer beladenen Jagdrotte zu warten, da sie fünfzig Schritte weit spähen gehen wolle.

Möglicherweise irre ich mich, und da ist nichts. Meine Sinne könnten überreizt sein. Die Verantwortung ist wahrlich groß genug dafür. Scheitern ist keine Option.

Ein Schaudern überlief sie, als sie sich einen Lidschlag lang ausmalte, welche Bestrafung bei einem Versagen ihrerseits über sie hereinbrechen würde. Doch dank der mentalen Disziplin, die sie im Verlauf ihres harten Trainings gemeistert hatte, riss sie ihre Gedanken von diesem gefährlichen Weg fort, der nur geradewegs in ihre persönliche Apokalypse führte, und konzentrierte sich auf ihre Aufgabe. Weit öffnete sie all ihre Sinne und schlich los.

Ihre Stiefel und Beinkleider gingen ineinander über und waren aus Dunkelelfenleder hergestellt. Sie schmiegten sich wie eine zweite, deutlich stärkere und widerstandsfähigere Haut als ihre eigene an ihren Körper. Dazu trug sie eine weit geschnittene Seidenbluse aus den Fäden der Nurrit-Raupe. Das hochfeine Gewebe war nahezu unzerreißbar und verursachte, ebenso, wie das Leder, absolut kein Geräusch. Um so merkwürdiger erschien ihr das Gefühl, entdeckt worden zu sein, das sie plötzlich nach etwa zwanzig Schritten überkam. Sie blieb stehen und suchte die Wände, den Boden und die Decke des Tunnelabschnitts vor ihr mit der ihrer Rasse eigenen Fähigkeit, im Dunklen sehen zu können, ab. Nichts.

Dabei konnte sie nicht nur die verschiedenen Strukturen auf den Oberflächen von Boden, Decke und Wänden gut erkennen, sondern auch jeden Wärmeunterschied einzelner Objekte zur Umgebung registrieren. Selbst die hochgradig gefährlichen Felsenkriecher, deren insektoider Chitinpanzer exakt dieselbe Temperatur wie das Felsgestein ausstrahlte, verrieten sich vor den empfindlichen Augen der Dunkelelfen durch die ausströmenden Gase an ihren Körperseiten, da deren minimal höhere Temperatur einen hauchzarten Schimmer erzeugten, den ein erfahrener Kundschafter wahrnehmen und so die tödliche Gefahr erkennen konnte.

Bei Yrn und Kuthûn, den Seelenklingen von Thyx, wer oder was du auch sein magst, du spielst ein gefährliches Spiel!

Sie legte ihre rechte Hand an die Tunnelwand und begann in Gedanken eine Beschwörung zu rezitieren.

Dolgiony daraa davalgåa chichirgee!

Die Macht des Zaubers erzeugte nach und nach eine unendlich feine Vibration, die sich nach vorne über die gesamte Tunneloberfläche ausbreitete und eine hauchdünne

Schicht kleinster Staubpartikel hervorrief. Lediglich dort, wo jemand stand oder gerade entlang gegangen war, würde die Vibration keinen Effekt haben und somit sowohl den Standort, als auch die kürzlich hinterlassenen Fortbewegungsabdrücke eines jeden Wesens mit einer nennenswerten Köpermasse offenbaren, gleich, ob an der Decke, den Wänden oder dem Boden.

Nun werden wir sehen…

Gespannt verfolgte die Dunkelelfe die Ausbreitung ihres Zaubers. Und tatsächlich! Nur zehn Schritte den Tunnel hinein gewahrte sie Fußspuren, die in ihre Richtung zeigten, aber mitten im Gehen aufhörten!

Entweder bist du genauso überrascht worden wie ich und stehst dort unsichtbar in diesen tiefen Schatten verborgen, oder aber du bist bereits dabei wegzulaufen… oder…

…ANZUGREIFEN!

Dieser letzte Teil ihres Gedankens wurde ihr von einer fremden Präsenz mit brachialer Gewalt in ihr Gehirn getrieben, begleitet von einem stechenden Schmerz, der sie unwillkürlich zurückzucken ließ. Im nächsten Augenblick materialisierte sich ein direkt auf sie zurasender Vortex aus kalten, schwarzen Schattenfetzen und vor Wärme leuchtenden Haut- und Körperpartien. Ohne jede Verzögerung übernahmen ihre bis zur Perfektion eingeschliffenen Kampfreflexe die Kontrolle. Mit übernatürlicher Geschicklichkeit warf sie sich mit einer Vierteldrehung nach hinten und zur Seite, während sie gleichzeitig ihre Linke in einem Halbkreisbogen herum schwang und mit einer Hexenbeschwörung ihrem Schlag die Wucht eines zustoßenden Widderbullens verlieh!

Ariessaynuu TSOCHROL!

Knisternde, weiß-violette Energie-Entladungen irrlichterten über ihren Unterarm, als sie ihren Angreifer genau in dem Moment in der Flanke traf, als dieser von seinem eigenen Angriffsschwung getragen haarscharf an ihr vorbeirauschte. Mit einem Geräusch, als würde ein vierhundert Pfund schwerer Schafbock seine mächtigen, gebogenen Hörner in einen Kartoffelsack rammen, hämmerte sie ihrem Gegner die Faust in den Leib. Die Schlagwirkung war so stark, dass beide Kontrahenten gegen die jeweils gegenüberliegenden Tunnelwände geschmettert wurden. Allerdings hatte Narasthanaelle den Vorteil, über viel Erfahrung mit der ungeheuren Wucht ihres Zaubers zu verfügen, und so war sie auf diesen Effekt vorbereitet. Beweglich wie eine Katze rollte sie sich in der Luft herum, fing mit vorgestreckten Armen und Beinen den Aufprall ab und stieß sich augenblicklich wieder von dem harten Fels ab. Ihre Landung und das sich anschließende, geschmeidige Hochschnellen, waren eins. Als sie jedoch ihren Blick auf ihren Gegner richtete, weiteten sich ihre Pupillen. Die Schattenfetzen waren verschwunden. Ihre purpurnen Augen erfassten eine große, athletisch gebaute Frau mit gefiederten Flügeln, die mitnichten gegen die gegenüberliegende Wand geprallt war. Stattdessen musste sie ihre übergroßen Schwingen blitzartig ausgebreitet und auf diese Weise ihren Sturz gegen das Felsgestein verhindert haben. Der rechte Flügel war oben gegen die Decke gedrückt und an der Spitze abgeknickt, der linke bauschte sich wie eine Art riesiges Kissen unter ihrem Leib. So hing sie, zwischen Boden und Decke eingespannt, eine Handbreit vor der Tunnelwand, während sie sich zusätzlich mit ihrem linken Knie vom Boden abstützte. Beide Hände aber hatte sie gegen ihre rechten kurzen Rippen gepresst. So verharrten sie beide für einen winzigen Moment, sich gegenseitig taxierend, immer noch überrascht aufgrund des unerwarteten Zusammentreffens, und verschränkten ihre wütenden Blicke ineinander, als wollten sie die jeweils andere mit diesem einen Augenkontakt für immer auslöschen.

Die Dunkelelfe reagierte als Erste. Mit einer für das Auge kaum sichtbaren, rasend schnellen Bewegung riss sie einen der an ihrem breiten Gürtel angebrachten Wurfsterne an sich und schleuderte diesen gegen ihre Widersacherin. Gleichzeitig beschwor sie den Hexenspruch, den sie mit dem Metall verwoben hatte, und der die kleine Waffe in einem mächtigen Feuerball detonieren lassen würde.

„GALYN DEL…“

Noch während sie die Silben intonierte, registrierte sie, wie ihre Gegnerin sich zu Boden warf und ihren hoch zur Decke gerichteten Flügel herunterriss.

Federn werden dir dagegen nichts nutzen!, schoss es ihr sofort durch den Kopf. Dann krachte die Spitze der schwarzen Schwinge von schräg oben gegen ihren Hals und schlug sie hart zu Boden.

Ach, ist das so? Dann willst du wohl schon schlafen? Dabei fangen wir doch gerade erst an!

Abermals ertönten die fremden Gedanken direkt in ihrem Kopf, begleitet von Hohn und Spott, sowie der Bereitschaft, sie wie einen Wurm zu zertreten. Noch bevor sie in der Lage war, einen eigenen klaren Gedanken zu fassen, wurde sie von einer unsichtbaren Kraft gepackt und durch die Luft geschleudert. Nicht einmal einen Herzschlag später prallte sie – diesmal allerdings vollkommen unvorbereitet – doch noch gegen die Felswand des Tunnels. Hart schlug ihr Schädel gegen den Stein, und sofort breitete sich eine warme Nässe unter ihren weißen Haaren aus und floss in kleinen Rinnsalen ihren Hals hinab. Halb von Sinnen vor Wut verengten sich ihre Augen zu schmalen Schlitzen. Doch fast augenblicklich reagierten ihre antrainierten Reflexe. Sie atmete ein, versenkte sich in ihre innere Stille und während sie ausatmete, beschwor sie die Macht der Schemen.

Er stürzte. Aus großer Höhe fiel er schneller und immer schneller herab in einen tiefen Schlund, dessen Wände sich mehr und mehr zusammenzogen, bis sie ihn schließlich von allen Seiten einschlossen. Kopfüber raste er mit immenser Wucht in diesen sich stetig verengenden Flaschenhals. Seine Arme wurden nach hinten gerissen und mit erbarmungsloser Gewalt gegen seinen Körper gedrückt. Der linke Unterarm brach wie ein trockener Zweig auseinander und der spitze, aus seinem Fleisch herausragende Knochen wurde ihm in den eigenen Bauch gerammt, wo er seine Eingeweide durchbohrte und aufschlitzte. Er war vollkommen bewegungslos, von allen Seiten drückten die Felswände ihm den Körper zusammen. Plötzlich erzitterte der Stein und brach, Spalten taten sich auf und sein Leib ruckte ein Stück nach vorn, wobei er sich wie ein Fötus zusammenkrümmte. Rovin wollte schreien, aber Blut sprudelte in seinen Mund und füllte ihn. Es blieb ihm gar nichts anderes übrig, als zu schlucken, wenn er nicht ersticken wollte. Er schmeckte Eisen, aber seltsamerweise auch Tannennadeln und den würzigen Geschmack von Birkenrinde. Ein kühles, wohltuendes Fluidum rann ihm die Kehle hinunter, und sofort breitete sich ein ungeheuer warmes Gefühl in seinem ganzen Körper aus. Der Druck wich von seinen Gliedern, und das grausame Stechen und Schneiden in seinem Bauch ließ nach, milderte sich mehr und mehr ab und verebbte schließlich ganz. Verwundert schlug er die Augen auf.

Er lag auf einem Feldbett in einer Wachstube. Neben seinem Lager stand Ichigo, und auf seiner Pritsche saß eine Frau, die er nicht kannte. Sie hielt seinen Kopf fest in ihrer linken Hand, während sie ihm mit der Rechten offensichtlich einen Trank eingeflößt hatte, denn ihre schlanken, feingliedrigen Finger umfassten noch den Becher aus gebranntem Ton, aus dem ihm derselbe würzige Duft in die Nase stieg, den er soeben gekostet hatte.

Ihre Haare, welche die Farbe von dunklem Nussbaum hatten, fielen ihr in Wellen auf die Schultern und über ihren

Rücken. Sie zählte wohl an die zwanzig Winter, war also etwa im selben Alter wie er. Ihr Kleid war verblüffenderweise von elfischer Machart, obwohl sie selbst ganz offensichtlich ein Mensch war. Es war aus den Fäden der Cûronraupe gewebt, denn es zeigte den typischen, bronzenen Glanz und schmiegte sich, all ihre weiblichen Formen umschmeichelnd, eng an ihren Körper an – ein Anblick, dessen Anziehungskraft ihn verwirrte und der ihn auf völlig überraschende Weise erregte. Es fühlte sich wie ein elektrischer Schlag an, der von seiner Körpermitte ausgehend in Wellen über seinen Leib lief. Hastig riss er seinen Blick los und zwang seine Augen nach oben. Ihr Gesicht war zwar nicht von der unnachahmlichen Harmonie gesegnet, die Rovin von den Elfenmädchen aus Silma Ethella gewohnt war. Stattdessen lag in ihrem Antlitz eine gewisse Strenge, ein ernster, ja sogar harter Zug, der ihr aber einen geheimnisvollen Ausdruck verlieh. Dann gewahrte er die Farbe ihrer Augen – ein geheimnisvolles, tiefes Braun, durchzogen von rotgoldenen Tönen, so als würde darin ein dunkles Feuer lodern.

Als sein Blick den ihren fand, hielt die Welt für ihn den Atem an. In diesem kostbaren Moment, der sich für ihn zu einer kleinen Ewigkeit ausdehnte, erstarben alle Geräusche, und die Szenerie um ihn herum fror ein. Es gab nichts, absolut nichts anderes mehr, als ihre tiefbraunen Augen, in denen sich der seidig-glänzende Ton ihres Kleides widerspiegelte, und in die er eintauchte, wie ein Delphin in die Unendlichkeit des Ozeans. Er erhaschte einen Blick auf den Grund ihrer Seele und das Wesen ihrer Persönlichkeit, in dem ein leidenschaftliches Feuer brannte, denn während dieses Bruchteils eines Wimpernschlages war sie ganz und gar offen für ihn. Er sah aber auch einen tiefliegenden Schmerz in ihr, dunkel und kalt – und sofort flog ihr sein Herz zu. Er erahnte in ihr eine Seelenverwandte. Sie hatte Schlimmes durchlitten und verbarg es, ähnlich wie er selbst, tief in ihrem Inneren.

Doch der Augenblick der Offenheit, den sie ihm unwillentlich geschenkt hatte, war vorüber, als sie bemerkte, dass ihr Zaubertrank gewirkt hatte und er weitestgehend geheilt war. Ihr Gesicht verschloss sich seinem forschenden Auge und eine kalte Unnahbarkeit legte sich über ihre Züge.

„Deine Wunden haben sich geschlossen, aber die Verletzungen waren schwer. Du brauchst noch Ruhe, um wieder ganz gesund zu werden."

Auch ihre Stimme war kalt, so als habe sie gespürt, wie tief sie ihn hatte schauen lassen. Sie wollte aufstehen. Rasch fasste er sie am Arm und fragte sie das Erstbeste, das ihm in den Sinn kam, nur um zu verhindern, dass sie sich von ihm entfernte.

„Woher habt ihr dieses Kleid? Es stammt von meinem Volk, hab ich Recht? Und… wer seid Ihr? Ich meine, wie heißt Ihr?"

Sie warf einen kurzen Seitenblick auf die Hand, mit der er sie gepackt hatte, und blickte ihn dann so finster an, dass er diese auf der Stelle zurückzog. Er senkte schuldbewusst die Augen, woraufhin sein Blick auf ihre Brüste fiel. Sofort schoss ihm das Blut ins Gesicht. Verwirrt, beschämt und zerknirscht zugleich wandte er seinen Kopf ab und starrte die Decke an.

Er verstand selbst nicht, was da mit ihm passierte, denn auch wenn er unter den Elfen oftmals als ungehobelter Klotz gegolten hatte, so waren seine Umgangsformen durch sein Leben in Silma Ethella doch weiterentwickelt, als bei den meisten jungen Männern seines Alters. Es war ihm selbstverständlich bewusst, dass es sich nicht schickte, eine Frau auf diese Weise anzustarren. Unter normalen Umständen hatte er seine Augen auch durchaus im Griff. Den Verlockungen dieses herrlichen, weiblichen Körpers vor sich schienen sie jedoch nicht widerstehen zu können. Er räusperte sich.

„Ah, ich erbitte Eure Verzeihung, es war nicht meine Absicht Euch zu bedrängen. Meine Manieren lassen gerade wahrlich zu wünschen übrig."

Er schnaufte einmal tief durch.

Und zwar in vielerlei Hinsicht! Reiß dich jetzt endlich zusammen! Sie muss dich für einen vollkommenen Idioten halten…

„Ich befürchte, ich bin noch nicht so ganz bei Sinnen. Mir scheint, ich war wohl wirklich schwer verwundet."

Die Andeutung eines Lächelns umspielte ihre Mundwinkel.

„Gewährt."

Er schaute sie fragend und recht ratlos an.

„Meine Verzeihung, darum hast du mich doch gebeten. Ich gewähre sie dir. Und ja, du warst sehr schwer verwundet. Es ist ehrlich gesagt ein kleines Wunder, dass du nicht von uns gegangen bist. Ich heiße Rani, und es ist nicht nötig, dass du mich wie eine Hofdame ansprichst."

Mit diesen Worten erhob sie sich und ging zur Tür, wo sie allerdings noch einmal kurz stehenblieb und ihm mit einer atemberaubenden Drehung ihres Kopfes einen Blick über ihre rechte Schulter zuwarf, der ihm erneut einen Schauer über den ganzen Leib jagte. Dieses Bild von ihr, wie sie dort stand und vom wunderbaren Licht eines neuen Tages umstrahlt wurde, den rechten Arm angewinkelt, die Finger ihrer Hand leicht auf das raue Holz des Türrahmens gelegt, das linke Bein etwas nach hinten gestellt und ihn ansah, brannte sich unauslöschlich in sein Gedächtnis ein. Nie wieder würde er es vergessen. In ihren Augen lag eine eigentümliche Note, als wäre sie überrascht und ein klein wenig verwirrt. Ihren Mund hatte sie leicht geöffnet, als wollte sie ihm noch etwas sagen oder ihn etwas fragen, ohne zu wissen was genau. Abrupt wandte sie sich ab und ging festen Schrittes hinaus in den Burghof.

Ichigo trat nun ganz an seine Liegestatt heran. Ein leises Lächeln spielte um seine Mundwinkel und in seinen dunklen Augen spiegelte sich eine tiefe Freude darüber, seinen Freund am Leben zu sehen.

„Taz Tahar sagt, alles, was blüht, vergeht. Aber Ichigo sagt, es ist gut, dass du lebst und weiter blühen kannst."

Aber Rovin achtete diesmal nicht sonderlich auf seinen Freund und versuchte, an ihm vorbeizusehen.

„Na, da sind wir zwei ja mal einer Meinung."

Ichigo versperrte ihm dummerweise den Blick zur immer noch offenen Tür. Also schwang Rovin kurzerhand die Beine über die Bettkante und richtete sich in eine sitzende Position auf. Er erschauerte, als er den schmerzvollen Stich in seinen Eingeweiden spürte, den diese Bewegung hervorrief. Mit zusammengebissenen Zähnen sackte er ein klein wenig nach vorne und kreuzte die Arme vor seinem Bauch. Trotz der Schmerzen freute er sich – sein Blickfeld zur Tür, die seinem Bett gegenüberlag, war frei. Fasziniert schaute er Rani hinterher, die über den Hof marschierte. Es war ihm vollkommen unmöglich, die Augen von ihrem herrlichen Po abzuwenden, der genauso wie der ganze Rest ihres Körpers auf einzigartige Weise von dem dichten Seidenstoff liebkost wurde, während er auf geradezu hypnotische Art und Weise von einer Seite zur anderen wippte. Erst als sie sich nach einem Dutzend Schritte zur Seite wandte und somit seinen Blicken entzogen wurde, brach der Bann, der ihn gefangen hielt. Er seufzte.

„…mir ja gar nicht zu!“

Verwundert hob Rovin den Kopf und schaute zu einem sichtlich erzürnten Mönch auf.

„Hast du mit mir gesprochen?“

„Meine Worte fallen wie Herbstblätter in einen Fluss. Ich kann zusehen, wie sie hineinfallen und wegtreiben!“

„Ah, Ichigo, tut mir leid, ich war in Gedanken. Das musst du verstehen, bitte, ich bin schließlich erst vor Kurzem wie ein Festtagsbraten aufgespießt worden… da fällt mir ein, wie lange war ich eigentlich ohne Bewusstsein?“

Nun war es am Mönch einen tiefen Stoßseufzer von sich zu geben. Er schüttelte seinen Kopf und lächelte.

„Ja, ich sehe, du denkst ans Aufspießen. An eine ganz besondere Art davon.“

„Ichigo! Ich bin einigermaßen entsetzt über die Unbotmäßigkeit deiner Fantasie! Du solltest dich schämen, solche Gedanken zu haben, vor allem wenn du dabei an… nicht dass ich nicht verstehen könnte, dass du bei ihr sofort… bei den scharlachroten Augen der grünen Drachen, was ist denn nur mit mir los?! Ach, egal. Komm, reich mir deine Hand und hilf mir auf. Und erzähl mir noch einmal, was du mir vorhin gesagt hast.“

Ein kalter Luftzug strich über seine Haut, und erst jetzt wurde ihm bewusst, dass er bis auf einen sauberen Verband über seinem Bauch nackt war. Seine Augen weiteten sich. Wer hatte ihn entkleidet? Und wer hatte ihm den Verband angelegt? Doch nicht etwa… ?

„Du warst eine Nacht, einen Tag und noch eine Nacht fort. Der Anführer sprang auf das Pferd und entkam. Er ritt nach Norden. Wir legten dich hier herein. Dein Atem war flach und sehr schwach. Die Männer befreiten inzwischen die Gefangenen. Eine war Rani. Sie versorgte die Verwundeten, auch dich. Sie sprach einen Zauber. Erst dann kamst du zurück."

In Rovins Stimme lag eine Spur von Panik.

„Sie hat mich verbunden? Du meinst, sie hat mich so gesehen?"

Aber dann drang der Rest von Ichigos Botschaft in sein Gehirn vor. Alarmiert ergriff er die Hand seines Freundes und stemmte sich hoch. Sein Verstand sagte ihm, dass es dafür mittlerweile eigentlich keinen Grund mehr gab, dennoch packte ihn eine unerklärliche Furcht. Er machte sich fürchterliche Sorgen um sie.

„Halt! Moment! Sie war hier im Kerker eingesperrt? Aber warum? Wie kam sie überhaupt hierher?"

„Sie sagt, die schwarzen Ritter haben sie gefangen. Sie wollte sie belauschen, wurde aber entdeckt. Sie waren gerade dabei, sie zu verhören, als wir angegriffen haben."

Rovin schnappte sich seine Hosen, die auf dem Stuhl neben seinem Bett lagen und stieg vorsichtig hinein. Jede Bewegung erzeugte ein hässliches Stechen in seinen Eingeweiden. Es passte hervorragend zu den Stichen der Sorge, die ihn nun plagten.

„Wieso um Mirats Willen wollte sie die Ritter belauschen?"

Ichigos Gesicht war ebenfalls voller Sorge, als er sprach.

„Sie sagt, die Natur wurde schwer verletzt. Die Bäume schrien ihren Schmerz hinaus in die Welt. Alle Druiden hörten ihr Wehklagen. Die bösen Mächte wollen das Haus des Leids errichten auf Nin. So wie vor zehntausend Jahren."

Der Halbelf schlüpfte in sein beschlagenes Lederwams.

„So, so, das Haus des Leids. Hört sich recht theatralisch an, wenn du mich fragst."

Er hatte keine Ahnung, wovon Ichigo da erzählte, aber eine Sache faszinierte ihn.

„Sie ist wirklich eine Druidin? Rani folgt dem mystischen Pfad der Großen Mutter?"

Ichigo nickte. Nachdenklich gürtete Rovin sein Schwert.

Sie liebt also die Natur. Genau wie ich.

Schlagartig besserte sich seine Laune. Sie hatten etwas gemeinsam. Das war einfach großartig! Er hatte keine Ahnung, was sie alles im Schilde führte, wie ihre Pläne aussahen oder wohin sie gehen wollte. Aber er wusste, er würde sie begleiten. Egal wohin. Und wenn sie dieses Haus des Leids unbedingt besuchen wollte, würde er auch dorthin gehen.

I*ch werde ihr meine Dienste anbieten. Sie braucht dringend jemanden, der auf sie aufpasst. Der sie beschützt auf ihrer... Reise... Unternehmung... Mission, was auch immer.*

„...kam auch Jugarri... Rovin!"

Ein ziemlich harter Schlag gegen seinen Hinterkopf ließ ihn herumwirbeln, woraufhin er von einem starken Schwindel gepackt wurde. Er fiel dem baumlangen Palaeraner genau in die Arme, und Ichigo hielt ihn fest, bis sich die Welt nicht mehr um ihn herumdrehte.

„Was sollte das denn, du Klotz? Ich bin gerade von den Toten auferstanden! Findest du nicht, du solltest mich etwas pfleglicher behandeln?"

„Ich finde, du solltest mit deinen Augen sehen, mit deinen Füßen gehen und mit *deinen Ohren hören*!"

Rovin kratzte sich halbwegs schuldbewusst an der schmerzenden Stelle, wo sein Freund ihm eine Kopfnuss verpasst hatte, und brummte etwas von Dingen, die man als Mönch offensichtlich nicht verstehen könne. Ichigo seufzte.

„Du irrst. Liebe ist uns Mönchen sehr nah. Taz Tahar sagt, widme dich der Liebe und dem Kochen mit deinem ganzen Herzen."

Rovin musste lächeln. Diese Zusammenstellung gefiel ihm. Einen Augenblick lang malte er sich aus, wie er sich Rani mit ganzem Herzen widmen würde, da traf ihn die ganze Wucht der Worte des jungen Palaeraners. Das Lächeln verschwand von seinem Gesicht, das von einer tiefen Röte überzogen wurde.

„Was redest du denn da von Liebe? Du glaubst doch nicht im Ernst, dass ich mich verliebt habe? Ha! Komm schon, lass den Unsinn."

Verrückter Mönch! Als ob ich mich auf so einen Unfug einlassen würde... noch dazu wäre das sowieso aussichtslos! Wer interessiert sich schon für einen Halbelfen? Ich bin weder Fisch noch Fleisch. Kein Mensch, aber auch kein Elf. Einfach nur eine Missgeburt, gezeugt in Gewalt und Schmerz, geboren aus Schmerz. Was hab ich meiner Mutter schon anderes gebracht als Schmerzen? Nein. Geh mit deinen Füßen, hat er gerade gesagt. Genau das werde ich tun – am Boden bleiben. Was soll denn so ein Wolkenschloss aus Wünschen und Fantasien anderes bringen als neues Leid?

Für einen Moment spiegelte sich seine innere Pein auf seinem Antlitz, dann verhärteten sich seine Züge.

„Mirat sei mir gnädig, Ichigo, das ist einfach lächerlich! Erzähl mir lieber, wer jetzt der Befehlshaber über die Burg ist und was du über das Schicksal des Barons in Erfahrung gebracht hast."

Sein Freund überging seinen Stimmungswechsel. Ob es an dessen besonderer Feinfühligkeit lag, die er schon oft unter Beweis gestellt hatte, oder ob er das Wechselbad der Gefühle gar nicht mitbekommen hatte, wusste Rovin nicht.

Wie sich nun herausstellte, war Ichigo tatsächlich alles andere als untätig gewesen. Er hatte in vielen Gesprächen mit verschiedenen Soldaten der Garnison herausgefunden, dass Jugarri, der jüngere Sohn des Barons, vor etwa fünf Monden von einer Reise in den Süden zurückgekehrt war. Er hatte dort bei einem Freund Ardarats gelebt, einem Ritter des Weißbandordens, um diesem ein Jahr lang als Knappe zu dienen. Sollte er sich als würdig erweisen, so hätte er dort weiter dienen und schließlich selbst ein Ritter werden können.

Er war in Begleitung von mehr als einem Dutzend schwer Gepanzerter in schwarz glänzenden Rüstungen gekommen, und mit dem alten Baron im kleinen Herrenzimmer verschwunden. Danach war Gunthar Ardarat von keinem aus der Garnison noch einmal gesehen worden. Jugarri hatte am nächsten Tag das Kommando übernommen und erklärt, sein Vater sei in der Nacht schwer erkrankt und habe ihm die Befehlsgewalt übertragen. Das Schlafgemach des Herren aber hatte keine der Wachen mehr betreten dürfen.

„Willst du damit sagen, dass Jugarri sich ganz allein um seinen angeblich schwer kranken Vater UND das ganze Baronat gekümmert hat?"

„Der Ritter, der dich - aufgespießt - hat, war ihr Anführer: Magnan Sandjar. Das ist sein Name. Er gab alle Befehle. Jugarri war bei seinem Vater. Fast immer."

Rovin stutzte. Das passte nicht wirklich zu dem Bild, das sich in seinem Geist formte. Er war überzeugt davon, dass der Sohn für das, was seinem Vater widerfahren war, verantwortlich war. Warum hatte er dann anschließend eine solche Fürsorge an den Tag gelegt? Natürlich gab es da die Möglichkeit, dass der Junge selbst ein Opfer war, sozusagen der Passierschein für die schwarzen Ritter, mit dem sie in die Burg kampflos hatten eindringen können. Aber er glaubte nicht so recht daran. Sein Bauch sagte ihm, dass Jugarri eher Täter als Opfer war. Vielleicht nur ein Mittäter, möglicherweise verführt und zur Tat gedrängt, aber dennoch letztlich willig.

„Leben außer den Soldaten noch andere Menschen in der Burg? Bedienstete, Köche, Stallknechte und so weiter?"

„Ja. Sie sind… voll Angst. Es ist sehr schlimm. Sie haben lange Zeit kaum geschlafen. Und zu wenig gegessen. Es gab genug, aber sie hatten keinen Appetit. Es geht ihnen schlecht. Sehr schlecht. Sie tun mir leid."

Rovin marschierte aus dem Raum, der Mönch folgte ihm.

„Ich will sie sehen, Ichigo. Ich muss mit ihnen reden. Irgendetwas stimmt hier nicht, und ich will herausfinden, was es ist. Sorg du dafür, dass sie sich alle in der Burgküche einfinden. Gut möglich, dass Jugarri für den Alten gesorgt hat, als er krank wurde, wenn dem wirklich so sein sollte. Aber Erstens: Er hat sicher nicht dessen Bettzeug gewechselt und hinausgetragen, oder es gar selbst gewaschen, geschweige denn den Nachttopf ausgeleert. Nein, mein Freund, dafür haben die hohen Herren ja ihre Diener, und zumindest einer von denen muss folglich Einlass zu diesem Zimmer gehabt haben. Und Zweitens: Wenn Jugarri dieses Zimmer tatsächlich so selten verlassen hat, dann wurde das Essen dorthin gebracht. Irgendjemand hat die Speisen ja zubereitet. Ich will mit diesem Jemand sprechen und fragen, für wie viele Personen gekocht werden musste. Deshalb gehe ich jetzt gleich in die Küche. Bring du die anderen auch dorthin."

Er warf dem Palaeraner einen Seitenblick zu. Ichigo hatte verstanden. Er nickte dem Halbelfen zu und zeigte ihm zuerst die enge Pforte, die vom Innenhof aus zur Küche führte, bevor er loslief, um die kleine Schar der Dienerschaft zusammenzurufen.

Rovin stieß die hölzerne Schwingtüre auf und betrat die geräumige und blitzsaubere Burgküche. Vier Stufen führten hinab in die bemerkenswert tief angelegten Räumlichkeiten. Den Mittelpunkt bildete ein einzigartiger Küchentisch – mehr als zehn Schritte lang und zweieinhalb Schritte breit war er aus einer einzigen, massiven Eichenholzplatte gefertigt. Zahlreiche Küchenutensilien, wie Kupfer- und Zinnteller, Krüge, Kannen und Töpfe verschiedenster Größe, Schöpfkellen und Rührlöffel waren in Regalen über die Wände verteilt untergebracht oder hingen an langen Haken und Ketten direkt von der hohen Decke herab. Mitten in der Küche standen drei Personen beisammen, die offensichtlich gerade eben noch in ein Gespräch vertieft gewesen waren, deren Köpfe sich nun jedoch gleichzeitig nach ihm umwandten. Verblüfft blickte er in die bronzefarbenen Augen Ranis.

„Du? Was machst du hier? Ich meine… entschuldige, nicht dass mich das wirklich etwas angeht! Ich will dich… ah, …also,… ich wollte nicht schon wieder unhöflich sein…"

Nach seinem ersten hitzig erregten Ausbruch stammelte er schließlich peinlich berührt vor sich hin und hob dabei beide

Hände in einer abwehrenden und besänftigenden Geste vor die Brust, während er spürte, wie ihm das Blut ins Gesicht schoss.

Na großartig! Ich benehme mich wie der letzte Dorftrottel! Was soll sie denn da von mir denken? Wenigstens hab ich ihr nicht schon wieder auf die Brüste gestarrt... Nein! Blick oben halten! Schau ihr in die Augen, Mann! In ihre Augen!

„Schon gut, Rovin. Keine Sorge, ich nehme es dir nicht krumm, dass du dich für mich interessierst.“

Da war es wieder, ihr amüsiertes, leicht spöttisches Lächeln. Sein Mund klappte auf, aber er brachte kein Wort heraus. Am liebsten hätte er sich genau in diesem Augenblick in Luft aufgelöst. Die Situation war nun wahrlich peinlich genug gewesen, aber sie musste noch eines draufsetzen! Seine Gedanken überschlugen sich.

Ich interessiere mich für sie? Großer Schütze! Ist das wirklich so verflucht offensichtlich? Und wenn schon! Warum muss sie mir das überhaupt auf die Nase binden? Ha! Salz in die Wunde reiben. Mirat sei mir gnädig, genau das ist es, was sie hier tut. Sie hat einen miesen Charakter, so ist das, ich sollte mich von ihr fernhalten, wenn ich mir nicht die Finger verbrennen möchte... aber andererseits, was sind schon ein paar Brandblasen...

Er machte seinen Mund wieder zu und richtete sich zu seiner ganzen Größe von immerhin sechs Fuß auf. Befriedigt stellte er fest, dass er sie um einige Fingerbreit überragte. Um mindestens zwei! Gut, vielleicht nur einer. Es war nicht viel, aber gerade jetzt war er für jede Kleinigkeit dankbar.

„Das höre ich wirklich gern, und auch wenn du damit das Ziel in der Mitte getroffen hast, so interessiere ich mich im Augenblick dennoch mehr für den Koch und die Köchin hier.“

Rovin schenkte ihr sein schönstes Lächeln. Er war einigermaßen zufrieden mit sich, dass er es am Ende doch noch geschafft hatte, ein wenig Würde zu wahren. Mit festen Schritten ging er zu den Dreien hinüber.

Rani musterte ihn mit einem eingehenden Blick von oben bis unten. Er hatte den Eindruck, sie mit seiner Äußerung eben zum Nachdenken gebracht zu haben. Das gefiel ihm. Das gefiel ihm sogar außerordentlich. Sein Hochgefühl verflog jedoch augenblicklich, als er seine Aufmerksamkeit auf die beiden mit einer langen, weißen Schürze bekleideten Menschen vor ihm richtete. Der Mann und die Frau, mit denen die Druidin gesprochen hatte, als er eingetreten war, schauten ihn mit großen Augen an, in denen sich eine Vielzahl von Emotionen spiegelte, und alle waren sie niederschmetternd. Da war eine festsitzende, alles andere überlagernde Angst, die ihn in ihrer Intensität überraschte. Sie strahlte von ihnen ab und wirkte wie eine eiskalte Dusche auf ihn. Darunter lagen Bitterkeit, eine selbst jetzt noch vorhandene Hoffnungslosigkeit, vermischt mit Verzweiflung und eine große Traurigkeit, weit und tief wie ein dunkler See. Er war erschüttert und froh darüber, dass Rani erneut das Wort an die beiden richtete, um ihn vorzustellen, denn auf diese Weise gewann er ein paar Herzschläge Zeit, um sich zu fangen und zu sammeln.

Wie grausam musste das Regiment der Schwarzen Ritter gewesen sein, welche Gräueltaten mochten sie auch hier wieder begangen haben? Ihm wurde klar, dass diese Menschen eine sehr lange Zeit über in beständiger Furcht gelebt hatten, vor Schmerz, körperlichem wie seelischem, womöglich vor Verstümmelungen, ganz sicher vor dem Tod. Vermutlich hatten sie alle den Verlust eines geliebten Menschen durchleiden müssen und konnten sich nie sicher sein, wann dies das nächste Mal passieren mochte. Rovin versuchte sich vorzustellen, wie das sein musste, tagein, tagaus in einer derartigen Hölle sein Dasein zu fristen, während diese gewaltigen Mühlsteine emotionaler Trostlosigkeit einem die Seele zerquetschten. Ihm wurde übel. Er wusste instantan, dass er dazu nicht fähig gewesen wäre. Er hätte gekämpft, hätte wenigstens versucht, eine dieser Bestien mit in den Tod zu reißen! Aber als er die beiden erbarmungswürdigen Kreaturen vor sich betrachtete, deren Augen immer wieder angstvoll zu ihm herüber zuckten, wurde ihm klar, dass es für diese Menschen undenkbar gewesen war, Widerstand gegen die schwarz gepanzerten Knechte des Grauens zu leisten.

Sie kommen mir vor wie Kaninchen, denen jeglicher Fluchtweg abgeschnitten ist. Zwar ist der Kampf ein Grundgesetz der Natur, das in allen lebenden Wesen verankert ist, aber wenn der Gegner übermächtig scheint, verfallen viele Geschöpfe, egal wie klug oder dumm sie sein mögen, in eine Angststarre, in eine lähmungsgleiche Akzeptanz des Unabänderlichen. In der Natur dient der Kampf nicht dazu, zu zerstören oder zu quälen, sondern hinter ihm steht die Suche nach einem Gleichgewicht, einer immer wieder neu zu findenden Balance der Dinge. Ein solches Gleichgewicht war hier nicht zu erringen, Kämpfen demnach keine sinnvolle Option.

Wieso also hätte ich gekämpft?

Ich denke, die bessere Frage ist, wofür hätte ich gekämpft? Mein Kampf hätte ja nicht für mich selbst sein können, wenn mir der Tod als Ausgang gewiss gewesen wäre. Und dennoch hätte ich es getan. Ja, ich verstehe jetzt warum. Ich würde für die Gemeinschaft derer antreten, die wie ich eine derartige Tyrannei und Willkür aus ganzem Herzen verabscheuen. Ich würde kämpfen, um ein Zeichen zu setzen, ein Fanal des Widerstands. Und in der Hoffnung, es denen, die meinem Beispiel folgen wollen, dadurch leichter zu machen, dass ich wenigstens einen der Höllenbastarde mit mir in den Tod reiße. Mein Kampf hätte nicht das Ziel, einen Vorteil für mich selbst zu erstreiten, sondern einen für all diejenigen, die auf derselben Seite stehen wie ich, die für das Gute einstehen, die sich nach Frieden und Freiheit sehnen. Freiheit, ja, das vor allem anderen! Ich würde für dieses Leitbild von einem selbstbestimmten Leben und einer sinnerfüllten Existenz kämpfen, denn genau das ist das Ideal, das ich in mir trage. Und ich würde tatsächlich lieber sterben, als dieses Ideal aufzugeben!

Mit großer innerer Befriedigung hatte Ssil die Macht der Schatten eingesetzt und den schlanken Leib der dunklen Elfe gegen die Höhlenwand geschmettert. Ihr Ss´eavdnja´dathoy, ein durch mentale Fokussierung auf die Macht Ban-Thus hervorgerufener telekinetischer Stoß, konnte einem Gegner zwar nicht direkt, wohl aber auf indirektem Weg beträchtlichen Schaden zufügen.

Sie fühlte sich wieder in der Kontrolle der Situation und fragte sich, ob ihr mentaler Warnruf, den sie vor ihrem Losstürmen in Richtung ihrer neuen Gefährten abgesetzt hatte, nicht doch ein wenig übereilt gewesen war. Sie würde mit diesem offenkundig noch sehr jungen und wohl auch nicht besonders erfahrenen Exemplar der sonst hochgradig tödlichen Elfen des Unterreiches auch ohne die Hilfe der anderen fertig werden. Voll grimmiger Genugtuung verdrängte sie die Schmerzen ihrer gebrochenen Rippen und blendete das wütende Stechen des Wurfsterns aus, der sich tief in ihren rechten Oberschenkel gebohrt hatte. Entschlossen packte sie zu, bleckte die Zähne und zog sich das scharf geschliffene Metall aus ihrem Fleisch.

Rasch erhob sie sich daraufhin, ohne ihre Gegnerin aus den Augen zu lassen. Sie wollte gerade erneut zum Angriff übergehen, als sich diese plötzlich in Luft auflöste. Von einem Augenblick auf den anderen war die Schwarzelfe schlicht verschwunden.

Bei der ewigen Dunkelheit zwischen den Welten und Sternen! Unsichtbarkeit – das ändert alles.

Ohne zu zögern, warf sich Ssil herum, um den Tunnel entlang zurück zu ihrer Gruppe zu spurten. Doch sie hatte gerade einmal zwei, drei Schritte gemacht, als sich ein grausam scharfer Schmerz in ihren unteren Rücken bohrte. Sie kam aus dem Tritt und stolperte noch eine kurze Wegstrecke dahin, verlor aber mehr und mehr das Gefühl in ihren Beinen.

Gift! Das Drecksstück hat Gift gegen mich eingesetzt! Irgendein schnell wirkendes Lähmungsgift…

Wie sehr sie die Enge in diesen schrecklichen Tunneln verfluchte! Auf offenem Feld hätte sie sich nun in die Luft geschwungen und wäre einfach weggeflogen. Doch bei einer Breite von gerade einmal drei bis vier Schritten war an einen Einsatz ihrer Schwingen nicht zu denken, zumal sie sich ohnehin bei ihrem Bremsmanöver vorhin an der Tunneldecke die Spitze ihres rechten Flügels gebrochen hatte. Hastig murmelte die Chaya-Rhunay eine Gift neutralisierende Beschwörung. Als sie spürte, wie die wärmende Welle der heilenden Energie durch ihren Leib floss, wollte sie sich umdrehen und sich ihrer unsichtbaren Gegnerin stellen. Doch noch bevor sie diesen Gedanken in die Tat umsetzen konnte, versagten ihr die Beine schlagartig den Gehorsam, und sie stürzte zu Boden. Mühsam drückte sie ihren Oberkörper mit ihren Händen vom felsigen Grund hoch und blickte sich nach hinten um.

Langsam und genießerisch kam die wieder sichtbare Dunkelelfe mit wiegenden Hüften und einem mordlüsternen Lächeln auf ihren Lippen heran, wobei sie die Spitze eines überlangen Dolches an der Wand entlangkratzen ließ. Die dünne Klinge der Waffe war von einem schlierigen Film überzogen – ohne jeden Zweifel eines der potenten Gifte, für welche diese Rasse eine schaurige Berühmtheit genoss. Ssil wollte den Rücken noch weiter nach oben durchbiegen, aber da war eine Art Blockade, ziemlich genau dort, wo noch vor wenigen Momenten dieser scharfe Schmerz gewesen war. Und plötzlich begriff sie.

Ban-Thu, steh mir bei! Diese schwarzhäutige Missgeburt hat mir einen ihrer Dolche in den Rücken geschleudert!

Panik krallte sich in ihren Verstand. Sie hatte gehofft, den Kampf noch einmal aufnehmen zu können. Der Zauber hätte ihr genau diese Möglichkeit geben müssen. Aber offensichtlich hatte die scharfe Klinge ihrer wohl doch recht erfahrenen Gegnerin ihre Nervenbahnen verletzt, als sie mit dem Dolch im Rücken einfach weitergelaufen war. Aber ohne Kontrolle über ihre Beine war ein Kampf völlig aussichtslos. Da beschloss sie, alles auf eine Karte zu setzen. Wenn sie schon sterben musste, dann sollte der schwarze Todesengel den Weg gemeinsam mit ihr antreten! Sie taxierte das Kratzen der Dolchspitze hinter sich und schätzte die Entfernung ein. Fünf oder vier Schritte war die Dunkelelfe noch entfernt, wenn überhaupt. Scheinbar entkräftet, als würde das Lähmungsgift immer noch in ihrem Körper arbeiten, ließ sich die Sa´ê´Sar nach vorne auf ihr Gesicht fallen und ignorierte die letztlich unbedeutenden Schmerzen, die sie sich dabei selbst zufügte.

Noch drei Schritte.

Ssil sammelte all ihre mentale Kraft und fokussierte sich auf ihr Gesicht, ihre Brust, ihren Bauch.

Noch zwei Schritte.

Ssil schloss ihre Augen, bereit, einen Schattenschlag größtmöglicher Intensität gegen sich selbst zu wirken.

Das Kratzen hinter ihr stoppte.

Jetzt oder nie…

„DJUCONBAK ARCANTIR ATASH!“

Die Stimme Gamron Valators hallte noch in ihren Ohren, als mit einem sausenden Rauschen eine infernale Hitze über sie hinweg raste und dabei eine Vielzahl ihrer Federn ansengte. Einen Herzschlag später ertönte ein Geräusch, als würde ein ganzer Eimer siedendes Öl direkt in ein Lagerfeuer gegossen. Gleichzeitig wurde die tintige Schwärze des Unterreiches von einer Stichflamme erhellt, die sie selbst mit geschlossenen Lidern wahrnehmen konnte, und deren Gluthauch wie der heiße Atem eines Drachen über sie hinwegrollte. Ein intensiver Geruch nach Schwefel und verbranntem Stoff drang in ihre Nase.

Ban-Thu sei mir gnädig! Einen Augenblick später, und der Zauber hätte MICH erwischt…

Für einen Moment fühlte sich Ssil unsagbar verletzlich und müde. Da legte sich eine Hand auf ihre Schulter. Sie öffnete die Augen und sah Robert neben sich knien. Als er ihren Blick gewahrte, huschte ein Ausdruck unendlicher Erleichterung über sein markant geschnittenes Antlitz. Doch gleich darauf kehrte eine große Besorgtheit, seltsamer Weise gepaart mit einer unbeugsamen Härte in seinen Blick zurück.

„Da steckt ein widerlich aussehender Dolch in deinem Rücken. Ich weiß, das wird dir jetzt nicht gefallen, aber es muss…"

Ssil schrie auf. Sie konnte nichts dagegen tun. Der plötzliche Schmerz, der von ihrem Rücken aus durch ihren Körper jagte, als er die kurze Klinge mit einem Ruck aus ihrem Leib zog, war überwältigend. Dann war es vorbei, und das weiß-glühende Brennen ebbte ab und verwandelte sich in ein dumpfes, pochendes Ziehen.

„…leider sein. Wir wissen nicht, was uns noch erwartet. Ein Dunkelelf kommt selten allein, und…"

Er brach ab, denn Ssil hatte sich hochgedrückt und einen Finger auf seinen Mund gelegt. Wieder versanken ihre Blicke ineinander, und abermals kommunizierte dieser ungewöhnliche Mensch mit ihr über den direkten Austausch ihrer Gedanken – eine Fähigkeit, die er in unverschämt kurzer Zeit gemeistert hatte.

Jetzt glaube ich, dass dein Vater ein Dämon war, denn nur ein solches Wesen könnte die unfassbare Frechheit besitzen, nach oben in den Himmel zu steigen, um zwei Sternen ihren Glanz zu rauben, nur um ihn seiner Tochter in die Augen zu legen.

Ssil war völlig überrascht, ja perplex – zum einen, weil sie Robert eine derart poetische Ader schlicht nicht zugetraut hätte, und zum anderen, weil sie spürte, wie unfassbar geschmeichelt sie sich fühlte. Doch da war sogar noch mehr: Nach vielen, vielen Jahren spürte sie, dass sie tatsächlich dazu bereit war, einem anderen Wesen zu vertrauen, ihm einen kleinen Einblick in ihr Herz und ihre Seele zu gestatten und die eigene Verletzlichkeit offenzulegen. Obwohl sie sich noch kaum kannten, wurde ihr immer klarer, dass er ein Mann war, bei dem sie sich sicher und geborgen fühlen durfte. Überwältigt von ihren Gefühlen senkten sich Ssils Lider halb herab.

Bitte, beschütze mich noch eine kleine Weile, Robert von Callen. Nur so lange, bis ich wieder in der Lage bin, an deiner Seite zu kämpfen.

Der Krieger nickte ihr zu und erhob sich ohne Zögern und ohne weitere Worte. Geschmeidig schritt er, während er seine eigene Klinge zog, an ihr vorbei, dicht gefolgt von dem mittlerweile aufgerückten Ean. Wolf und Selina kamen nur wenig dahinter, während Gregor, die letzte Fackel hoch über seinen Kopf erhoben, die Nachhut bildete. Lediglich Meister Valator verharrte bei ihr, ging auf ein Knie herab und brachte seinen Mund in die Nähe ihres Kopfes. Dann wisperte er so leise, dass sie ihn kaum verstehen konnte:

„Die Dunkelelfe ist meinem Angriffszauber auf irgendeine höchst mysteriöse Weise entronnen. Ich kann sie zwar nirgends sehen, aber wir sollten dennoch wachsam sein. Wenn ihr gestattet, Chaya-Rhunay, werde ich euch zu einer aufrechten Sitzposition verhelfen und sodann eure Wunde nähen, während ihr eure formidablen Nachtsichtorgane einsetzen könntet, um nach dieser pestilenzialischen Ausgeburt des reinen Bösen Ausschau zu halten.“

Ssil nickte, drehte sich mit des Magiers Unterstützung in Rückenlage und ließ es dankbar zu, dass Gamron ihr mit festem Griff unter den Achseln dabei half, ihren Oberkörper aufzurichten. Nervös wie selten in ihrem Leben beobachtete sie, wie die fünf Krieger langsam und vorsichtig den Tunnel entlang schlichen.

Sie lag nach ihrem halsbrecherischen Sprung, der sie außerhalb der Reichweite des Vernichtungszaubers gebracht hatte, zwei, drei Herzschläge lang benommen auf dem Boden. Narasthanaelle hatte den Spruch sofort erkannt. *Suunas Sengende Strahlen* wurde er in der Akademie der Schwarzhexen genannt. Ein Zauber des vierten Meistergrades, der in der gerade eben gegen sie gewirkten hohen Potenz ohne weiteres genug Kraft besessen hätte, um sie vollständig auszulöschen.

Wieder hatten ihre unfassbaren, hochentwickelten Reflexe sie gerettet. Mit der Rechten ihren Dolch herumwirbelnd und gegen die heranrasenden, weißglühenden Energiebänder schleudernd war sie gleichzeitig mit einer halben Schraube nach links gehechtet, um dem explodierenden Inferno zu entrinnen. Weite Teile ihrer Bluse waren sofort in Flammen aufgegangen, denn die Fäden der Nurrit-Raupe waren leider leicht entzündlich. Sie hatten allerdings den Vorteil, dass sie unheimlich schnell verbrannten, sodass sich der Schaden auf ihrer Haut in Grenzen hielt, wenn auch in doch sehr schmerzhaften. Dummerweise war sie jedoch bei der Landung mit der Stirn gegen die Höhlenwand geprallt. Ein harter Schlag, der sie für einige Augenblicke außer Gefecht gesetzt hatte.

Als sie sich endlich wieder einigermaßen konzentrieren konnte, öffnete sie erneut einen Spalt zwischen der materiellen Ebene und dem ewigen Reich der Schatten und glitt halb hinein. Ganz dort einzutauchen war nur den erfahrensten Schemen möglich. Doch auch der Grenzbereich zwischen den beiden Existenzebenen barg einige mächtige Vorteile. So konnte sie dort nur von sehr mächtigen Wesen entdeckt werden, während sie selbst im Stande war, die Ereignisse auf der materiellen Ebene nach wie vor gut zu verfolgen. Lediglich eine Art grauer Schleier behinderte ihre Wahrnehmung geringfügig. Gleichzeitig war es ihr möglich, einige schnelle Schritte zu gehen, ohne durch materielle Hindernisse aufgehalten zu werden. Eine Tür, ja selbst eine massive Steinwand stellten für eine Meuchelmörderin der Schemen kein Problem dar. Die Verweildauer in dieser Grenzregion zwischen den Ebenen war jedoch recht eingeschränkt. Selbst nach ihren schier unendlichen Perioden des Trainings vermochte sie es nicht, länger als wenige Atemzüge dort auszuharren, bevor der unwiderstehlich an ihr ziehende Sog der materiellen Ebene sie zurück zerrte.

Für einen Moment zögerte die junge Dunkelelfe, welchen Weg sie einschlagen sollte. Zurück zu ihrem Jagdtrupp wäre die normale und vermeintlich selbstverständliche Entscheidung.

Doch einerseits war die Explosion der Magie Licht und Lärm genug gewesen, um Sillinor, ihren Anführer, in allerhöchste Alarmbereitschaft zu versetzen. Der Sinn dieser Richtung wäre also sicherlich nicht, ihren Trupp zu warnen, sondern sich zusammen mit den anderen ihrer Rasse tief in die Tunnel des Unterreiches zurückzuziehen.

Und andererseits war da die in ihr schlummernde, tief verborgene Sehnsucht – ein Verlangen nach Freiheit, nach Selbstbestimmtheit, nach einem Ende von Tyrannei, Qualen und Selbstverleugnung. Also nach Dingen, die in ihrer Welt, im Reich der Nunórëa, der Dunkelelfen, so wenig existierten wie die goldenen Strahlen der Sonne, die sie vor vier Tagen zum ersten Mal in ihrem Leben hatte schauen dürfen.

Der Jagdzug auf der Oberfläche hatte zu lange gedauert, die stinkenden Grimbolds hatten ihnen zu lange Widerstand geleistet, und zu allem Überfluss waren sie auf ihrem Rückweg gezwungen gewesen, eine Gruppe von fünf schwer gepanzerten Menschen zu beseitigen, die ausgerechnet in der Höhle, in der sich der Eingang zu den Tunneln des Unterreiches befand, ein Lagerfeuer entzündet hatten. Sillinor war vor Wut völlig außer sich gewesen und hatte aufgrund der fortgeschrittenen Zeit auf einen direkten Frontalangriff bestanden. Sie waren zu zehnt, Sillinor und sie selbst, sowie acht erfahrene Angehörige der Salamander, einer der fünf Elitekämpferschulen in Thanutarram, und damit deutlich in der Überzahl. Außerdem hatten sie den Vorteil der Überraschung auf ihrer Seite. Allerdings war ihnen nichts anderes übriggeblieben, als den vierzehn Grimboldsklaven, die sie in ihre Stadt hatten mitschleppen wollen, die Kehlen durchzuschneiden. Die Gefahr, dass diese versuchen würden, sie zu verraten, war dem Rottenführer zu groß erschienen. Als sie dann schließlich über den felsigen Hang nach oben geschlichen waren, hatte sich ausgerechnet unter Sillinors Fuß ein Stein gelöst und war den Abhang hinuntergepoltert. Die Menschen waren somit gewarnt gewesen und hatten ihnen ein blutiges Gefecht geliefert. Vier der Salamander waren dabei verwundet worden, einer sehr schwer, und Rinizzt, der jüngste ihrer Rotte, hatte den überhasteten Angriff mit seinem Leben bezahlt.

Vor allem aber war Narasthanaelle durch die vielen Verzögerungen der überwältigendste Moment ihres Lebens beschert worden. Noch während des Kampfes waren plötzlich über dem Grat des Berges die goldenen Strahlen der Sonne emporgeschossen. Als sie die Männer überwältigt hatten, war sie wie von einem Magnet angezogen noch einmal aus der Höhle hinausgetreten. Die sinnverwirrende, blendende Helligkeit war durchaus beängstigend gewesen. Zudem hatte sie ihre Augen zu schmalen Schlitzen zusammengekniffen, um die Schmerzen für ihre lichtempfindlichen Sinnesorgane erträglich zu halten. Aber dennoch: Die überall explodierenden Farben, das satte, tiefe Grün der Wälder, die Rot-, Violett- und Gelbtöne der zahllosen Blumen auf der Wiese vor dem Eingang und das strahlende Blau des Himmels hatten sie komplett überwältigt und einen unauslöschlichen Eindruck tief in ihrer Seele hinterlassen, bevor Sillinor sie schließlich wieder zurück in die Höhle hatte scheuchen können.

In den zurückliegenden vierzig Stundengläsern seit ihrem Abstieg von der Oberfläche hatte sie viel Zeit in stiller Kontemplation verbracht und versucht, den Aufruhr ihres Herzens zu ordnen und sich über sich selbst und ihre Ziele klar zu werden. Und sie war zu der Erkenntnis gelangt, dass sie in der Gesellschaft der Dunkelelfen keine Erfüllung finden konnte.

Ja, sie hatte andere verletzt und auch getötet. Aber sie hatte nie Freude dabei empfunden, so wie die anderen Dunkelelfen. Immer war sie dazu gezwungen gewesen, um sich selbst vor dem Tod oder vor noch Schlimmerem zu bewahren. Im Gegenteil – sogar trotz dieses rechtfertigenden Umstands hatte sie unter ihren Taten gelitten. Früh schon war ihr klar geworden, dass sie die Dinge anders sah und bewertete als die anderen Nunórëa, und dass sie mehr unter der Gewalt und der Verderbtheit ihrer Kultur litt als der ganze Rest ihres Volkes zusammen.

All das zuckte blitzartig durch ihren Verstand, als sie in diesem besonderen Moment der Entscheidungsfindung urplötzlich erkannte, dass sie eine echte, tatsächliche Chance vor sich hatte – wegzugehen, für tot geglaubt zu verschwinden und niemals zurückzukehren. Der Moment des Zögerns war vorüber.

Verborgen in der Ebene der Schatten machte sie vier schnelle Schritte, vorbei an den Menschen, die gerade die auf dem Boden liegende, geflügelte Frau passierten, und auch vorbei an dem großen Magier, der sie mit seinem Zauber angegriffen und beinahe zu Asche verbrannt hätte. Dann glitt sie zurück in die materielle Ebene.

Sie befand sich nun exakt hinter dem Meister der Künste, der gerade damit begann, die Frau zu verarzten. Wie von selbst huschte ihre Hand an den Schaft ihres Stiefels und zog die dort untergebrachte Klinge hervor, die überzogen war mit einem der tödlichsten Gifte, die ihr Volk kannte.

Es wäre so leicht für sie, ihm den kalten Stahl genau an der Stelle in den Rücken zu stoßen, wo die rasiermesserscharfe Spitze sich bis ins Herz hineinfressen konnte.

Ein grimmiges Lächeln huschte über ihr schwarzes Antlitz.

Wie leicht es doch ist, den Funken des Lebens auszulöschen, selbst bei jemandem wie diesem Meistermagier. Mein Verstand sagt mir, dass ich nicht zögern darf, dass ich diesen Menschen hier töten muss. Er stellt die höchstwahrscheinlich größte Gefahr für mich dar, mein Vorhaben noch scheitern zu lassen. Seine Möglichkeiten, einen Gegner aufzuspüren und auszuschalten, dürften recht vielfältig und effizient sein. Und je mehr Zeit er hat, sich auf eine Begegnung mit mir vorzubereiten, desto gefährlicher, ja tödlicher wird er sein.

Und doch – mein Herz sagt mir, dass ich es nicht tun darf. Wenn mein Vorhaben, mein eigenes Volk zu verlassen und künftig neue, andere Wege zu beschreiten, einen Sinn haben soll, dann muss ich JETZT damit anfangen. Der erste Schritt darf nicht entlang der alten Pfade verlaufen. Ich muss MEINEN Weg finden! Und sollte ich wirklich dabei scheitern, dann wird dies wenigstens in der Gewissheit geschehen, es zumindest versucht zu haben.

Einer plötzlichen Eingebung folgend ergriff sie eine Strähne der rabenschwarzen Haare des Magiers und trennte diese mit einem schnellen, aber überaus geschickt geführten Schnitt ihres Dolches ab. Mit heftig pochendem Herzen glitt sie sofort anschließend ein letztes Mal zwischen die Ebenen der Realität und der Schatten und hastete so schnell und so lang, wie sie es vermochte, an der Grenze entlang. Dabei empfand sie eine seltsame Hochstimmung, während ihre Gedanken aufgeregt wie ein Schwarm Schmetterlinge herumflatterten. Ihr Blut pulsierte wild und sang in ihrem Körper. Was für eine Tat nahe am Wahnsinn, welch ein vollkommen unnötiges Risiko, das sie dabei eingegangen war! Dieser Akt stand in hartem Gegensatz zu all ihrem Training und ihrer Ausbildung, und gerade deswegen war die Strähne in ihrer Faust ein Unterpfand für ihren Aufbruch, ein Symbol ihrer inneren Revolution. Trotz ihrer stark in Mitleidenschaft gezogenen Kräfte schaffte sie es mithilfe der Euphorie, die sie durchströmte, bis zur nächsten Biegung des Tunnels. Außer Sicht des Magiers und der Frau mit den Rabenschwingen wurde sie aus der Schattenregion zurückgerissen in die materielle Ebene und rannte anschließend, so schnell ihre Beine sie trugen, den Gang entlang, weg von den Anderen hinter ihr.

Ich bin frei! Möglicherweise vollkommen verrückt, aber frei! Zum allerersten Mal in meinem Leben kann ich allein entscheiden, was ich tun werde, und was nicht! Ich habe dem Magier das Leben geschenkt, der geflügelten Frau ebenso, und ich spüre nicht den leisesten Hauch des Bedauerns, im Gegenteil! Noch nie empfand ich eine so tiefe Befriedigung über ein gefälltes Urteil! Ich tue das Richtige, das spüre ich! Egal, welchen Preis auch immer ich zahlen muss für meine Freiheit, ich werde es mit Freuden tun, denn dieses Gefühl ist jedes Opfer wert!

Er empfand es als überraschend angenehm, ihre neue Verbündete zu verarzten. Zum ersten Mal spürte er ihre Haut unter seinen Händen und ertastete dabei ohne bewusste Absicht die vielen, ornamentartigen Narben. Ihr Körper war warm und fühlte sich auf eine für ihn verblüffende Weise feminin an, trotz der beeindruckenden Muskeln, die sich unter seinen Fingern ab und an zu stahlharten Strängen verspannten.

Die Flügel entsprangen ihrem oberen Rücken, etwa auf Höhe der Schulterblätter, und nur die Schwingen selbst waren mit Federn überzogen. Der Rücken dagegen war bis auf die rote Hautfarbe gleich dem eines Menschen. Damit er sich um ihre Wunde kümmern konnte, hatte Ssil, die mit gestreckten Beinen am Boden saß, ihre Rabenflügel nach vorne zu ihren Füßen hin geschwungen. Allerdings waren ihre Haare so lang, dass diese die Einstichstelle verdeckten. Behutsam strich er die schwarze Pracht über ihre Schultern nach vorne. Die Sa´ê´Sar warf ihm daraufhin einen verblüfften Blick zu, der ihm einen weiteren, kleinen Einblick in ihre Seele gewährte. Eine so einfache und harmlose Geste, wie sein vorsichtiges Zurückstreichen ihres Haares, konnte sie nur dann überraschen, wenn sie es schlicht nicht gewohnt war, von jemandem fürsorglich behandelt zu werden. Ihr Blick hatte ihm darüber hinaus aber auch gezeigt, dass sie dies sehr wohl zu schätzen wusste.

Zählte er alle Taten und Verhaltensweisen zusammen, die er bislang von der Chaya-Rhunay gesehen hatte, so fiel sein Urteil eindeutig aus: Ssil mochte nach außen hin furchterregend wirken, in ihrem Inneren aber war sie durch und durch gut.

Cambion, so werden Halbdämonen gemeinhin genannt, egal ob sie nun männlich oder weiblich sind. Sie gelten als ebenso verderbt und böse, wie ihre außerweltlichen Elternteile. Ein Dämon vererbt stets seine Natur, so lautet die allgemein anerkannte Gesetzmäßigkeit, die bislang als unumstößlich galt. Nun, bei allen vertrockneten und runzeligen Priesterinnen der Xerete, hier vor mir liegt der wahrhaft verlässliche und – Sian sei Dank – atmende Beweis dafür, dass diese vermeintlich eherne Regel neu geschrieben werden muss.

Nadel und Faden hatte er stets griffbereit in einer seiner vielen Innentaschen, mit denen seine Robe praktischerweise ausgestattet war. Seit er mit Ean unterwegs war, hatte es stets in seinem Verantwortungsbereich gelegen, den Ritter nach einer Verwundung wieder zusammenzuflicken. Die Heilkunde war eines der Wissensgebiete, in denen er es nicht nur in der Theorie, sondern auch in der Praxis zu großer Meisterschaft gebracht hatte. Mit einem Wink seiner Rechten und einem kurzen Gedanken befahl er der verzauberten Spitze der erloschenen Fackel, die er sich unter die Achsel geklemmt hatte, mehr Licht abzustrahlen. Vorsichtig und behutsam untersuchte er sodann die Einstichstelle des Dolches und runzelte verblüfft die Stirn.

Ihre Regeneration ist wahrlich beachtlich. Die tiefer liegenden Anteile der Verletzung haben sich bereits wieder weitgehend geschlossen. Offensichtlich greift ihre Selbstheilungskraft zuerst an den Stellen an, die das größte Bedrohungspotential für ihre Vitalfunktionen besitzen. Äußerst bemerkenswert. Ich werde dennoch ein paar Stiche setzen, einfach als solide Wundversorgung für den Fall, dass wir erneut angegriffen werden, noch bevor sich ihr Fleisch von selbst vollständig schließen kann.

Er rückte die Fackel so zurecht, dass er einigermaßen gut sehen konnte und trotzdem beide Hände frei hatte. Dann fädelte er den dünnen Seidenfaden ein. Routiniert und mit geschickten, sicheren Bewegungen führte er anschließend die halbkreisförmige Wundnadel durch die tiefrote Haut der Sa´ê´Sar und sorgte mit einem Kreuzknoten für einen sicheren Halt. Er entschied sich für eine einfache Laufnaht, um schnell einen sauberen Verschluss der Stichwunde zu erreichen. Der Schnitt war nicht besonders breit, so dass vier Stiche ausreichten. Nachdem er einen weiteren Kreuzknoten zur abschließenden Fixierung seiner Arbeit gesetzt hatte, trennte er die überstehenden Fadenreste mit seiner rasiermesserscharfen Dolchklinge ab.

In diesem Moment nahm er einen besonderen Geruch wahr. Es war ein Duft, wie er ihn noch nie in seinem Leben gerochen hatte – ein Gerüst aus blumigen Noten und Zitrusfrüchten, frisch und intensiv, vermischt mit einem komplexen Ton Moschus, das Ganze umweht von einem Hauch Vanille. Es war betörend, anregend und sinnlich, aber auch verwirrend und ablenkend. Während er noch ganz irritiert versuchte, diese Eindrücke zu verarbeiten, spürte er einen leichten Luftzug in seinen Haaren. Instinktiv hob er den Kopf und drehte ihn leicht nach links und rechts, um die Richtung des kleinen Windstoßes über seine empfindlichere Gesichtshaut ausmachen zu können, doch da war nichts.

Ssil drehte sich zu ihm um und betrachtete ihn aufmerksam.

„Was ist? Irgendetwas beunruhigt dich. Hast du etwas gehört, Magier?“

Gamron sah ihr in die Augen, erkannte den alarmierten Ausdruck darin und schüttelte leicht konfus sein Haupt.

„Ich… weiß es selbst nicht, Ssil. Da war plötzlich ein eigenartiger Duft, den ich hier in den Tunneln vorher nicht gerochen habe, und auch sonst noch nie in meinem Leben, wenn ich recht darüber nachdenke. Gleich darauf war mir, als streifte mich ein Luftzug…“

Er fuhr sich geistesabwesend mit der Hand durch seine Haare am Hinterkopf.

„Hast du nichts dergleichen wahrgenommen?“

„Nein, aber das muss nichts bedeuten.“

Mit einer fließenden Bewegung stand sie auf und blickte in den Tunnel, aus dem sie gekommen waren.

„Düfte sind wie die Seelen der Dinge und Lebewesen – man kann sie fühlen, selbst im Reich der Schatten. Und es ist schwer, sie zu unterdrücken oder unkenntlich zu machen.“

Auch Gamron stand auf und nickte ihr anerkennend zu.

„Das stimmt, es gibt zwar durchaus Zauber, die dergleichen vermögen, aber oft werden sie als unwichtig erachtet oder zugunsten anderer Sprüche mit offensichtlicheren Vorteilen ignoriert. Zudem ist die Wirkungsdauer bei den mir bekannten Varianten eher gering und…“

Er stoppte seinen leise und schnell gesprochenen Vortrag, als die Chaya-Rhunay ihm einen Finger auf die Lippen legte. Verblüfft beobachtete er, wie sich Schattenfetzen aus dem nachtdunklen Schwarz außerhalb des Scheins seines behelfsmäßigen Zaubersteckens in rasender Geschwindigkeit um die Sa´ê´Sar herum ansammelten und diese binnen weniger Augenblicke vollständig umhüllten. Für einen kurzen Moment wurde sein Lichtzauber fast völlig ausgelöscht. Dann jagte Ssil den Tunnel entlang, und beinahe augenblicklich stand Gamron wieder voll ausgeleuchtet im Zentrum seines Lichtzaubers.

Devi und Planetare! Sie hat Recht! Jetzt ist keine Zeit für derlei Geschwätz! Was, wenn die Dunkelelfe hinter all dem steckt?

Da er selbst in der Dunkelheit nichts sehen konnte und somit gegenüber ihrer möglichen Angreiferin im Nachteil war, maximierte er den Schein seiner Zauberfackel auf die volle Reichweite von gut an die zwölf Schritte, holte einen kleinen, präparierten Wurfpfeil aus einer seiner Taschen und bereitete sich darauf vor, einen Zauber zu wirken, sollte er die schwarze Elfe zu Gesicht bekommen. Dann eilte er Ssil hinterher. Doch die Sa´ê´Sar hatte die Biegung des Tunnels erreicht, ohne auf ihre vorherige Gegnerin gestoßen zu sein. Dort wartete sie, bereits wieder ohne ihren Schattenmantel, bis er zu ihr aufgeschlossen hatte. Sie warf ihm einen frustrierten Blick zu.

„Es macht wenig Sinn, der schwarzen Schlampe weiter hinterher zu rennen, oder?“

Gamron zögerte einen Augenblick lang, bevor er schließlich den Kopf schüttelte.

„Nein, das macht es in der Tat nicht, so leid mir das auch tut. Auch wenn ich geneigt bin, eurem blitzartig gezogenen Schluss Folge zu leisten, dass sowohl der Duft als auch der Luftzug durch jenes finstere Geschöpf entstanden sind, das euch diesen grausigen Dolch in den Rücken gestoßen hat, so besteht nichtsdestotrotz die Möglichkeit, dass wir uns irren und nun einem Phantom hinterherjagen, während der Rest unserer Truppe möglicherweise auf sehr reale Gefahren trifft. In diesem Fall könnten wir ihnen keinerlei Hilfe gewähren."

Ssil blickte noch einmal in die Dunkelheit des Tunnels, dann nickte sie, nahm Gamron am Arm und zog ihn mit sich.

„Ich stimme dir zu, auch wenn sich mein Herz nach Rache verzehrt. Aber diese kleine, schwarzhäutige Hexe ist es nicht wert, Robert… und alle anderen einer unnötigen Gefahr auszusetzen."

Der junge Magier war ein ausgesprochen aufmerksamer Zuhörer. Die kleine Pause nach Roberts Name war ihm nicht entgangen. Er schmunzelte.

Devi und Planetare! Ssil und Robert? Wer könnte so etwas vermuten? Das ist ja geradezu unerhört abwegig und also schlicht sensationell! Da hoffe ich doch sehr, dass der Hauptmann ebenfalls in der Lage ist zu erkennen, welch gutes Herz in ihrer Brust schlägt.

Als er zu ihr hinüberblickte, stellte er überrascht fest, dass sie ihn beobachtete. Zeitgleich ertönte eine Stimme in seinem Kopf, die eindeutig nicht seine eigene war.

Mach dir keine Sorgen, Robert empfindet ebenso wie ich. Ich bin mir nicht sicher, ob du dir das vorstellen kannst, aber es tut unendlich gut, zu wissen, dass es außer uns beiden noch Andere gibt, die uns wohl gesonnen sind.

Gamron verschlug es die Sprache – zum Einen, weil es kaum etwas gab, das ihn mehr wurmte, als wenn jemand ungefragt in seinen Gedanken herumstöberte. Zum Anderen aber deshalb, weil ihm sofort klar war, dass die Sa´ê´Sar gerade einen großen Vorteil ihm gegenüber aufgegeben hatte. Dadurch, dass sie ihm diese mentale Fähigkeit offenbarte, war er nun gewarnt und in der Lage, Maßnahmen zu ergreifen, die es der Chaya-Rhunay in Zukunft schwer oder gar unmöglich machen würden, ihn auszuspionieren. Ein weiterer Beweis dafür, dass sie wahrhaftig auf ihrer aller Seite stand. Nicht, dass er einen solchen noch benötigt hätte.

Wahrlich, ich wünsche euch eine Zeit, in der ihr frei seid, zu tun, was euch beliebt, und einen Ort, an dem euer beider

Herkunft keine Rolle spielt. Möget ihr beides finden, bevor das Maß eurer gemeinsamen Tage gezählt ist!

Ssil richtete ihren Blick nach vorne, dorthin, wo Robert gerade mit Ean, Selina und Gregor den Tunnel auskundschaftete. Sie nickte, doch für einen Moment konnte Gamron Zweifel, Ratlosigkeit und sogar Angst über ihr Antlitz huschen sehen. Während sie sich eilig auf den Weg machten, zu dem Rest ihrer Gemeinschaft aufzuschließen, ließ der Magier den Schein seiner Fackel nahezu verlöschen, um die Anderen nicht unnötig in Gefahr zu bringen, schließlich wussten sie nicht, wie sich die Dinge da vorne weiterentwickelt hatten. Er gestattete sich nur einen minimalen Schimmer, um nicht über seine eigenen Füße zu stolpern. Da Ssil jederzeit seine Gedanken lesen konnte, teilte Gamron seinen Geist, um einen Augenblick lang ungestört über diese neue Entwicklung zwischen der Sa´ê´Sar und dem Hauptmann nachdenken zu können. Er rezitierte an der Oberfläche seiner Gedanken die erste Regel der Zauberlehrlinge als ein sich stetig wiederholendes Mantra: „Geduldig, ruhig und doch bereit, erwarte ich des Meisters Zeit." Auf diese Weise wusste er sich vor allzu neugierigen Blicken in seine Überlegungen geschützt und konnte Ssil damit auf höfliche Weise und ohne beleidigenden Unterton zu verstehen geben, dass er gerade mit Dingen beschäftigt war, die sie nichts angingen.

Die Chaya-Rhunay weiß natürlich sehr genau, was auf Robert wartet, wenn er sich für sie entscheidet. Sie hatte ein Leben lang Zeit, sich mit der Ablehnung auseinanderzusetzen, die ihr aufgrund ihres Aussehens und ihres dämonischen Erbes entgegenbrandet. Robert dagegen ist nicht nur ein vollständig integriertes Mitglied der menschlichen Gesellschaft, sondern hat sich darüber hinaus eine ehrenhafte und angesehene Position erarbeitet. Seine Mitmenschen begegnen ihm mit Respekt und Hochachtung. Es ist ohne Weiteres denkbar, dass er das alles aufs Spiel setzt, wenn er sich mit Ssil ein gemeinsames Leben aufbauen möchte. Wie wird er reagieren, wenn die Menschen, die vorher zu ihm aufgesehen haben, ihn plötzlich keines Blickes mehr würdigen oder gar offen ablehnen und beleidigen? Wie viele von denen, die ihren Abscheu gegenüber seiner Frau offen zur Schau tragen – und das werden nicht wenige sein – wird er zur Rede stellen und herausfordern, bekämpfen oder gar töten? Wird er sich genötigt fühlen, sein altes Leben völlig aufzugeben? Und wenn ja, ist er bereit dazu, diesen Preis zu bezahlen, Tag für Tag, Mond um Mond, Jahr für Jahr?

Mehr und mehr wurde Gamron bewusst, dass die Herausforderungen, die auf Robert und Ssil warteten, sollten sie sich am Ende tatsächlich füreinander entscheiden, enorm waren.

Aber bevor es dazu kommen konnte, mussten sie zunächst einmal aus diesen Tunneln herauskommen!

„Da vorne sind sie."

Ssils Stimme war ein leiser Hauch an seinem rechten Ohr. Er blickte auf, konnte jedoch nichts erkennen, die Finsternis außerhalb seines winzigen, matten Lichtkegels war für seine Augen undurchdringlich. Gleich darauf hielt die Sa´ê´Sar an. Gamron tat es ihr gleich, und einen Herzschlag später gewahrte er einen Schemen, der sich aus der Dunkelheit herausschälte und zu Eans vertrauter Gestalt wurde. Das Flüstern des Drachenritters war nur um ein Weniges lauter als das der Chaya-Rhunay, offenbar vermutete sein alter Weggefährte die Dunkelelfen in unmittelbarer Nähe.

„Wir haben uns für einen Überraschungsangriff entschieden. Das Ass, das die Nunórëa derzeit im Ärmel haben, ist ihre Fähigkeit, im Dunkeln sehen zu können. Der Tunnel biegt fünf Schritte von hier nach rechts ab. Ssil, könntest du überprüfen, wie er sich von da an weiterentwickelt?"

Die Priesterin setzte sich augenblicklich in Bewegung.

„Gamron, ich möchte der schwarzen Elfenbrut ihren Vorteil entreißen! Kannst du den Tunnel möglichst hell ausleuchten?"

„Das kann ich in der Tat, aber ich gebe zu Bedenken, dass auch wir dadurch geblendet würden – unsere Augen haben sich längst an die Finsternis des Unterreiches gewöhnt. Meiner Meinung nach wäre Feuer die bessere Wahl, denn die

Augen der Nunórëa sind weitaus empfindlicher als die der Menschen. Sie dürften auch von hellem Feuerschein beeinträchtigt werden. Darüber hinaus schaffe ich uns möglicherweise die Ausgeburten der neun Höllen vom Hals, ohne dass wir kämpfen müssen."

„Sehr gut, ich bin einverstanden. Lass uns diese seelenlosen Ungeheuer rösten."

Ein riesenhafter Schatten verfinsterte plötzlich auch noch das kleine Leuchten von Gamrons Stecken. Im selben Moment hörten sie den Flüsterhauch von Ssils Stimme.

„Der Tunnel erstreckt sich nach der Biegung gut fünfzig Schritte geradeaus. Die ersten zehn bis fünfzehn Schritte ist der Gang leer. Ob sich weiter hinten Dunkelelfen versteckt halten oder nicht, kann ich über eine solche Distanz nicht mit Sicherheit sagen. Dein kleines Licht aber wirft einen erkennbaren Schein vier, fünf Schritte voraus, Magier. Du solltest es löschen, bevor du an den Abzweig herantrittst."

„Dann werdet ihr mich führen müssen, Chaya-Rhunay." Er streckte ihr seine Linke entgegen, und Ssil ergriff sie. Dann führte sie ihn an den Anderen vorbei nach vorne.

Versonnen betrachtete er die unfassbar wohlgeratenen Linien ihres Gesichts – die leicht erhöhten Wangenknochen, die etwas stärker gewölbte Stirn, den atemberaubenden Schwung ihrer Augenbrauen und die sinnesbetörende Fülle ihrer Lippen – und lauschte dabei fasziniert den letzten Worten Ranis. Zu seiner Überraschung stellte sie seine Taten bei der Befreiung der Burg von den finsteren Besatzern als die eines Helden heraus, dem sie alle zu Dank verpflichtet seien, und blickte ihn schließlich gespannt und erwartungsvoll an.

Bei Mirats grüngefiederten Pfeilen! Eben hat sie mich noch mit jedem einzelnen ihrer Blicke verspottet, weil ich mich angeblich so offensichtlich für sie interessiere, und jetzt schwärmt sie diesen Leuten vor, wie toll ich bin. Wie passt das bitte zusammen?!

Die beiden Köche vor ihm warteten mit großen Augen und respektvollem Schweigen darauf, dass er nun das Wort an sie richtete. Rovin schüttelte leicht den Kopf und räusperte sich. Er hatte jetzt keine Zeit, über die Bedeutung ihrer Worte und die Widersprüchlichkeit ihres Verhaltens nachzudenken. Er wollte ein Rätsel lösen, und dafür brauchte er seine ganze Konzentration.

„Verzeiht mir mein unangekündigtes und plötzliches Eindringen, ich wollte euch nicht erschrecken. Allerdings gibt es für mein impulsives Verhalten einen Grund. Ich benötige eure Hilfe."

Beide verbeugten sich mehrmals und stammelten dabei gleichzeitig etwas von der großen Ehre, die es für sie bedeute, ihm, dem großen Krieger, ihrem Retter und Erlöser helfen zu dürfen. Allerdings könnten sie sich nicht vorstellen, wie das für zwei so unbedeutende Bedienstete möglich sein sollte.

„Nun, zunächst einmal ist es mir wichtig, zu betonen, dass eure Unterwürfigkeit mir gegenüber nicht angebracht ist. Ich bin nur ein -"

Rovin zögerte einen Augenblick. Es war tatsächlich nicht so einfach zu sagen, was er denn eigentlich war. Er war sicher kein *Gwedeir in laiss*, kein Bruder der Blätter, auch wenn das immer sein Ziel gewesen war. Aber er hatte sich von den Elfen abgewandt. Darüber hinaus waren die Brüder immer zu dritt. Da fiel ihm wieder ein, wie Gilrond die Menschen genannt hatte, die den Weg von Baum und Blatt suchten: *Waldläufer*. Auch wenn dieser damals recht abfällig geklungen hatte, als er über sie sprach, beschloss der junge Halbelf, diesen Titel für sich zu beanspruchen.

„- einfacher Waldläufer, dem niemand eine solche Ehrerweisung schuldig ist. Hier, ich bitte euch beide, nehmt meine Hand, und nennt mich einfach nur Rovin."

Er streckte erst der Frau, und danach dem Mann seine Rechte hin, und beide ergriffen sie nach anfänglichem Zögern und schüttelten sie, wobei sie ihm auch ihre Namen nannten.

„Man nennt mich Ilonai, möge Issanu, die Strahlende Mutter, dich segnen, mein Sohn."

„Und mein Name ist Tibor, junger Freund, und ich werde für dich beten, dass Sian seine schützende Hand über dich halte."

„Habt Dank, Ilonai und Tibor. Ich bitte euch nun, mir zu sagen, ob ihr für Jugarri gekocht habt, als er im Zimmer des alten Barons verweilte, ob ihr Essen für eine Person oder für mehrere Personen zubereiten musstet und wer die Mahlzeiten dorthin gebracht hat."

Die beiden sahen sich zuerst überrascht an, dann ergriff Tibor das Wort.

„Selbstverständlich haben wir die Speisen für den jungen Baron zubereitet. Das haben wir ja immer getan, all dic Jahrc lang, als er hier in der Burg lebte. Wir wussten, was er gerne mochte, und wie wir es zubereiten mussten, damit es ihm am besten schmeckte. Allerdings stellten wir fest, dass er sich in der Zeit im Süden sehr verändert hatte."

„Wie das? Was hatte sich verändert?"

„Nun ja, früher waren ihm Mehlspeisen am liebsten, mit Fleisch konnte er nicht so viel anfangen, und wenn, dann musste es immer schön weichgekocht sein, damit es schon fast zerfiel. Und es durfte nur immer das zarteste Stück sein, ohne Knorpel und ohne Fasern. Selbst die Fettränder musste ich ihm immer abschneiden, obwohl die meisten anderen davon gar nicht genug bekommen können. Seine Leibgerichte aber waren Reibekuchen und gebackenes Col Ris – das sind dünne Eierpfannkuchen, die in Stücke geschnitten in süßer Milch zusammen mit weißem Brot und Eidottern vermengt werden, dann kocht man sie etwas auf und gibt ein ordentliches Stück Fett hinzu…"

„Ja, ja, wirklich sehr interessant, ich komme ein andermal gerne darauf zurück! Doch nun würde ich doch lieber hören, wie es war, als Jugarri wiederkam?"

Der alte Koch wirkte etwas enttäuscht, dass er sein Rezept nicht zu Ende ausführen durfte, befolgte aber Rovins Wunsch augenblicklich, so als hätte dieser ihm einen Befehl gegeben.

„Er bevorzugte nun plötzlich Fleisch. Und je länger er dort im Zimmer mit seinem Vater, dem alten Baron, allein war, um so merkwürdiger wurde das Ganze."

„Merkwürdiger? Was meinst du damit?"

„Jugarri wollte immer herzhaftere Brocken, wechselte von der Lende zur Keule, verlangte, dass ich es nicht länger ausbeinte, und es musste von Mal zu Mal blutiger sein. Gegen Ende..."

Er brach und rang seine Hände, sein Gesichtsausdruck spiegelte seinen Widerwillen, fortzufahren, so als sei er als Koch dafür verantwortlich, welche Speisen sein Herr essen wollte.

„Du kannst nichts dafür, Tibor. Ich weiß noch nicht, welche Teufelei hinter all dem steckt, aber ich werde es herausfinden, das verspreche ich dir. Sag also beruhigt, was passiert ist."

„Nun, also, gegen Ende hin bereitete ich sein Fleisch kaum noch zu. Eine Prise Salz, ein Mal kurz über das Feuer, mehr durfte ich nicht tun, ohne… ohne, dass…"

„Lass mich das erzählen, Tibor."

Ilonai legte ihre Hand auf seinen Arm. Dankbar schaute er sie an und nickte ihr zu.

„Er brachte es zuerst nicht über sich, das Fleisch auf diese barbarische Weise zum Baron hochzuschicken. Er legte es in einen Sud aus Kräutern ein und briet es kurz von beiden Seiten an, achtete aber darauf, dass es innen noch blutig war.

Trotzdem kam einer der Krieger mit dem Fleisch in der Hand in die Küche, schlug es ihm so hart ins Gesicht, dass er umfiel und herrschte ihn an, dass er das Essen des Barons habe verbrennen lassen. Er knurrte, er würde ihm jetzt zeigen, wie es sich in Zukunft immer für ihn anfühle, wenn er Fleisch verbrennen ließe, packte seine Hand und hielt sie über das Feuer. Hier, seht euch das an!"

Sie nahm die linke Hand des Kochs und hielt sie Rovin vor das Gesicht. Schwerste Verbrennungen hatten die Hand verunstaltet. Die Haut war stark gefleckt, unnatürlich stark gespannt und sehr ledrig. Das Gewebe sah aus, als wäre es zerlaufen und wieder erstarrt, der kleine Finger war zu einem Stummel zusammengeschmolzen. Rani nahm die Hand in die ihre und zog die Stirn in Falten.

„Diese Ungeheuer! Die Vernarbung ist bereits zu weit fortgeschritten, normale Heilzauber wirken da nicht mehr. Es tut mir leid, Tibor."

„Das ist schon in Ordnung, ehrenwerte Amastochter, es ist ja nun schon lange her und tut kaum noch weh."

Rovin schluckte. Eine eiskalte Wut breitete sich in seinem Magen aus.

„Und wer hat das… Essen… für den Baron nach oben gebracht?"

„Das war ich, Herr."

Der Halbelf drehte sich um. Ichigo war mit den anderen Bediensteten eingetroffen, zwei Männer und drei Frauen. Alle machten einen ähnlichen Eindruck wie die beiden Köche. Es war niederschmetternd. Vor allem die zwei jüngeren Frauen sahen ihn mit leeren, ausdruckslosen Augen an. Vor den Erwachsenen stand noch jemand, ein Kind, ein drahtiger, kleiner Junge mit hellbraunen Haaren und Sommersprossen und schaute ihn mit seinem einen, blauen Auge an. Das andere fehlte. Wo es hätte sein müssen, klaffte ein dunkles Loch.

„Ich war der Laufbursche von Baron Jugarri."

Rovin winkte ihn zu sich.

„Komm her, Junge, komm, hab keine Angst. Ich tue dir nichts. Ich glaube, ich hasse diese schwarze Brut mittlerweile genauso wie du es tust. Alles was ich will, ist, dir ein paar

Fragen zu stellen. Ich will herausfinden, was genau Jugarri in diesem Zimmer gemacht hat."

„Das glaube ich nicht."

Rovin blickte überrascht auf.

„Ich meine, ich glaube nicht, dass du sie so hasst, wie ich."

Der Junge war vielleicht zehn oder elf Winter alt. Er war ein hübscher Kerl gewesen, bevor er sein Auge verloren hatte. Rovin schaute ihn voller Mitgefühl an.

„Das mit deinem Auge tut mir leid. Das war einer von denen, nicht wahr?"

„Mein Auge? Ja, das auch. Aber das ist es nicht. Nicht nur. Das… ist nur der kleinere Teil."

Er richtete den Blick auf den Boden vor seinen Füßen. Und dann erzählte er.

Sein Name war Tamás. Er lebte seit seiner Geburt auf Burg Hohengraufels. Seine Mutter war die Frau des Jagdaufsehers. Sein Vater, Zoltan, kümmerte sich neben den wildreichen Wäldern des Baronats auch um die Pferde des Barons und beaufsichtigte die Pferdeknechte der Burg. Er war ein stolzer und aufrechter Mann und liebte den alten Baron Ardarat.

Als dessen Sohn Jugarri mit den schwarzen Rittern nach Hohengraufels kam, seinen Vater handstreichartig entmachtete und sich selbst zum neuen Baron ausrief, war Zoltan nicht in der Burg. Als er zwei Tage später zurückkehrte und erfuhr, was sich zugetragen hatte, stürmte er mit gezogenem Schwert die Treppen hinauf zum Turmzimmer, in das Jugarri sich mit seinem Vater zurückgezogen hatte. Doch er wurde von den beiden schwarzen Rittern, die vor dem Zimmer Wache standen, nach kurzem, heftigem Kampf überwältigt und fast erschlagen. Er hatte zwar einen der beiden schwer verwundet, aber der Priester mit dem Schädelhelm wirkte einen Zauber und heilte sowohl den Schwarzgepanzerten als auch Zoltan. Letzteres geschah auf ausdrücklichen Befehl des neuen Barons, denn Jugarri wollte sichergehen, dass der aufsässige Jagdaufseher lange genug lebte, um gebührend bestraft werden zu können. Doch damit nicht genug: Er ließ Tamás Mutter und den Jungen zu sich bringen. Was dann folgte, war ein Alptraum, der Rovins Mund trocken werden ließ. Die Ritter rissen den Eltern des Knaben die Kleider vom Leib, dann nagelten sie Zoltan an die massiven Bettpfosten des großen Baldachins, der über dem Herrenbett angebracht war. Nacheinander wurde Tamas Mutter von allen zehn sogenannten Rittern vergewaltigt, während sein Vater zusehen musste. Zoltan rief dem Jungen zu, er solle wegsehen. Doch davon wollte Jugarri nichts wissen. Er befahl ihm, zuzusehen und sich genau einzuprägen, was mit denen geschah, die sich gegen ihn auflehnten. Tamás aber gehorchte seinem Vater und machte die Augen fest zu. Da packte ihn Jugarri, schrie ihn an, dass er noch lernen werde, zu gehorchen, bohrte seine Finger in sein linkes Auge und riss es ihm heraus.

„Was danach in dem Zimmer geschah, habe ich nicht mehr mit eigenen Augen gesehen. Ich wurde ohnmächtig. Aber ich kann es mir denken. Sie haben meinen Vater in Stücke gehackt. Ich bete jeden Tag zu Sian, dass er schnell gestorben ist, aber in meinen Träumen schreit er jede Nacht so lange, bis sie ihm ganz am Schluss den Kopf abschneiden. Eigentlich werden ja nur Mädchen ohnmächtig. Aber Bolek und die anderen Jungs meinten, in diesem Fall wäre es nicht schlimm, da könnte man schon mal ohnmächtig werden. Sie sagten, das Auge und alles, das würde schon zählen. Die Stücke jedenfalls hängten sie an Fleischerhaken von den Turmzinnen, zur Warnung an alle anderen. Mit meiner Mutter durfte von da an jeder in der Burg machen, was er wollte. Sie war sehr hübsch, meine Mutter – die schönste Frau der Welt. Ich begreife nicht, wie sie das alles ertragen konnte. Wahrscheinlich wollte sie mich nicht allein in dieser Hölle zurücklassen. Eines Tages schlug ihr jemand den Schädel ein, ich weiß bis heute nicht genau, wer und warum. Es kümmerte niemanden. Sie durften tatsächlich mit ihr machen, was immer sie wollten."

Er schaute hoch. Seine Stimme war nicht laut geworden, nicht erregt, noch zitterte sie. Sie war einfach nur hart und kalt wie Eis.

„Verstehst du jetzt? Ich kann mir nicht vorstellen, dass du sie so hasst, wie ich es tue."

Es war still in dem Raum. Rani hatte die Hand vor ihren Mund gelegt und schaute Tamás mit großen, entsetzten Augen an, aus denen Tränen herabliefen. Rovin fehlten vollkommen die Worte. Da trat Ichigo an den Jungen heran und legte ihm seine Hand auf die Schulter.

„Taz Tahar sagt: Hass mit sich herumzutragen, Rache üben zu wollen, das ist wie ein Stück glühende Kohle in der Hand zu halten, weil man es nach jemandem werfen möchte."

„Ichigo, ganz ehrlich, ich glaube nicht, dass jetzt der richtige Zeitpunkt für eine deiner Belehrungen ist."

„Für Weisheit gibt es keine falsche Zeit, Rovin."

Der Mönch ging neben Tamás auf die Knie herab und hockte sich auf seine Fersen. Die Hände legte er auf seinem Schoß ineinander, der Rücken war kerzengerade gestreckt, die Schultern aber waren entspannt. Er sprach langsam und ruhig, ohne Aufregung und ohne jeden Zwang, seinen Äußerungen Folge leisten zu müssen. Er bot dem Jungen etwas an, ob dieser allerdings davon Gebrauch machen wollte, war ganz alleine dessen eigene Entscheidung.

„Taz Tahar sagt: Nichts ist von Dauer, auch nicht der Schmerz, den du jetzt spürst. Wenn du verstehst, dass du loslassen musst, um Frieden zu erlangen, wirst du mit immer weniger Leiden und immer größerer Ruhe deinen Weg gehen können."

„Ich weiß nicht, ob das geht, ob ich das kann. Der Schmerz in meinem Herzen – er ist so groß. So… unglaublich… groß."

„Taz Tahar sagt: Jedes Leben hat sein Maß an Leid. Manchmal bewirkt genau das unser Erwachen."

Der Junge starrte ihn unsicher an. Aber es war unverkennbar, dass er neugierig geworden war.

„Wer ist dieser Tasdahan?"

„Der oberste Meister. Von meinem Orden. Er ist sehr weise."

„Wenn er mit dir hierhergekommen wäre, hätte er die schwarzen Ritter getötet? So, wie du und Rovin es getan hast?"

„Ja. Er lässt nicht zu, dass jemand gefangen gehalten wird. Niemals! Er dient Palaeron. Ich auch."

„Und wer ist dieser Palaeron?"

Ichigo erhob sich und sprach jetzt nicht mehr nur zu Tamás. Vielmehr richtete er sein Wort nun an alle, die dort beieinanderstanden. Ganz offensichtlich war es ihm einerlei, ob jemand hochgeboren war oder von niederem Stand. In diesem Punkt war der Halbelf mit seinem Freund völlig einer Meinung. Der junge Mönch mochte nicht über die Geistesgaben eines Elander verfügen, aber Rovin war wieder einmal beeindruckt von seiner Präsenz, seiner Aura, die ihn wie eine Hülle aus Energie umgab – unsichtbar, aber auf einer anderen, den fünf Sinnen nicht zugänglichen Ebene deutlich wahrnehmbar.

„Palaeron ist der Gott der Freiheit. Er sprengt alle Ketten. Er zerstört alle Gefängnisse. Er zerschneidet alle Fesseln. Palaeron befreit die Gefesselten! Palaeron befreit die Eingekerkerten! PALAERON BEFREIT UNS VON UNSEREN KETTEN! HAI!"

Genau wie bei ihrer ersten Begegnung im Wald hatte er vor seinem Kampfschrei die geballten Fäuste vor der Brust gekreuzt, und diese dann, als würde er imaginäre Fesseln zerreißen, nach unten und zur Seite gerissen, linke Faust an die linke Hüfte, die rechte Faust an die rechte Hüfte. Breitbeinig stand er nun da, während das Echo seines Kampfschreis im Raum verhallte. Die Männer und Frauen blickten ihn ehrfurchtsvoll an, einige verneigten sich vor ihm, andere gingen herab auf die Knie und manche wiederholten murmelnd den letzten Satz Ichigos. Tamás Augen leuchteten.

„Ich will auch ein Diener Palaerons werden. Nimmst du mich mit? Zeigst du mir, was ich tun muss?"

„Nein, Tamás. Ich bin noch kein Meister. Du aber brauchst einen Meister. Geh nach Norden. Geh zum Stein der Freiheit. Geh zu Meister Taz Tahar. Aber nicht jetzt. Und nicht allein. Gehe mit jemandem mit. Deine ersten Übungen zeige ich dir. Wenn ich gehe, kommt deine erste Prüfung: Warten."

„Warten? Aber worauf denn? Und wie lange muss ich warten?"

„Warte, bis ich wiederkomme. Oder bis du mit jemandem gehen kannst."

Der Junge nickte. Er sah gleichzeitig sehr entschlossen und recht verzagt aus, so als wüsste er, dass ihm gerade das ungemein schwerfallen würde. Rovin räusperte sich.

„Tamás, wenn du nicht mehr an das denken und nicht darüber sprechen willst, was du erlebt hast, kann ich das mehr als nur verstehen. Ich würde es sogar gutheißen. Du musst versuchen, darüber hinwegzukommen, denn du lebst, und du darfst nie vergessen, dass in dir auch deine Eltern weiterleben. Mach sie stolz. Lebe ein Leben, auf das sie mit Wohlgefallen blicken können, egal, wo sie jetzt auch hingegangen sein mögen."

Der Junge richtete sein blaues Auge auf ihn und schaute ihn ernst an.

„Ich glaube nicht, dass ich jemals vergessen werde, was ich erlebt habe. Zu leben bedeutet für mich, immer und immer wieder daran zu denken. Aber ich will versuchen, zu tun, was du gesagt hast. Ich will versuchen weiterzuleben. Also frag: Was willst du wissen?"

Rovin war sprachlos. Er nickte dem Jungen zu, legte seinen Arm um dessen Schultern und führte ihn aus der Küche heraus in den Burghof. Gemeinsam gingen sie hinauf auf die äußere Burgmauer, suchten sich einen ruhigen Platz, wo sie einen herrlichen Blick über die sich vor ihnen erstreckende Landschaft hatten, und setzten sich dann oben auf die Zinnen. Während ihres stummen, kleinen Spaziergangs dachte Rovin über diesen einfachen Jungen aus dem Volk nach.

Mut. Ich bin ihm schon bei vielen Anlässen begegnet. Als mein Dorf überfallen wurde, und sich die Krieger mit Todesverachtung dem übermächtigen Feind entgegenwarfen, um ihre Lieben zu verteidigen, die Frauen und die Kinder, die bedroht wurden von den grausamen Ogern und Warloks! Als sich Gilrond dor Elenath mit gezogenem Schwert zwischen meine Mutter und den bestialischen Troll stellte! Ich fand ihn in mir selbst, als ich gegen eben dieses Monster kämpfte und zu Ende führte, was Gilrond begonnen hatte, oder als ich Ichigo aus den Händen des Hügelriesen befreite.

Aber diese Art von Mut, obschon so oft in den Liedern und Epen der Barden besungen und gepriesen, ist der Art von Mut unterzuordnen, die Tamás gerade unter Beweis stellt. Denn er ist bereit, sich den Dämonen seiner Vergangenheit zu stellen, den Erinnerungen an die alptraumhafte Zeit, die er monatelang unter der Herrschaft Jugarris und der Schwarzen Ritter erleiden musste. Diese Art von Mut besitze ich nicht.

Ich bewundere Tamás dafür. Ich wünschte, ich könnte es ihm gleichtun. Aber mir fehlt dafür die Kraft - oder eben der Mut. Ich schiebe fort, was ich erlebt habe, weigere mich, darüber nachzudenken, mich wirklich daran zu erinnern. Ich kann nur hoffen, dass ich eines Tages ebenfalls so viel wahre Tapferkeit in mir finden werde, wie dieser Junge hier neben mir. Und ich hoffe, dass sie Tamás erhalten bleibt, denn er wird sie brauchen in den kommenden Tagen, Wochen und Monaten, wenn ihn diese Dämonen des Gestern heimsuchen, tagsüber und vor allem nachts, in seinen Träumen. Ich hoffe, dass er ihnen weiterhin die Stirn bieten und weiterleben kann, dass ihn sein Mut nicht verlässt. Ich hoffe es.

Rovin erfuhr von Tamás, dass der alte Baron tatsächlich in dem Turmzimmer gelegen hatte. Er war nicht sofort von Jugarri ermordet und beseitigt worden. Aber er hatte sich verändert. Seine Haut hatte nach und nach ihre rosige, lebendige Farbe verloren und war immer grauer geworden. Seine Haare waren erst vollständig grau, dann weiß geworden und ihm schließlich sogar ausgefallen. Seine Hände hatten sich auf noch grausigere Art verwandelt. Sie waren beständig schmäler und länger geworden, vor allem die Finger, und seine Nägel hatten sich zu wahren Krallen umgebildet. Er lag fast immer mit geschlossenen Augen und tief schlafend im Bett, sodass Tamás deswegen in den ersten Tagen gedacht hatte, er wäre tot. Aber ab und an, wenn er im Zimmer gewesen war, um das Essen zu bringen oder die Teller abzuräumen, hatte der alte Baron gezuckt. Und jedes Mal, wenn der Junge die Bettwäsche hatte wechseln müssen, waren die Lider des Alten aufgeflattert und sein Blick war unstet im Raum hin und her gewandert. Anfangs hatte Tamás sich darüber gefreut, auch wenn der Baron ganz offensichtlich nicht wirklich bei sich war, denn es war immerhin ein klares Lebenszeichen. Später dann hatte er diese Tage gefürchtet.

Denn auch die Augen des ehemaligen Burgherren veränderten sich. Sie wurden erst grün, dann gelb und die Pupillen verengten sich zu langen Schlitzen. Er verlor mehr und mehr seine Menschlichkeit. Etwa eine Woche vor Rovin und Ichigos Eintreffen war Tamás dann mitten in der Nacht ins Turmzimmer gerufen worden.

„Ich hatte furchtbare Angst. Ich war noch nie nachts dort oben gewesen, Rovin, noch nie! Der Ritter, der mich geholt hatte, trug seine Rüstung. Da fragte ich mich natürlich, warum braucht er die? Sogar seinen Helm hatte er auf. Ehrlich, ich wusste nicht, was ich davon halten sollte und malte mir die schlimmsten Dinge aus. Ich hatte ja keine Ahnung, dass er sie gar nicht wegen mir trug oder dem, was im Turmzimmer auf uns wartete. Sondern weil er gleich aufbrechen wollte, mit Jugarri und den anderen. Das wusste ich aber nicht. Ich dachte, es wäre wegen des Barons. Weil das, was aus ihm geworden war, so schrecklich war, dass er sich ohne Rüstung nicht mehr hineinwagte… Sian, ich hatte solche Angst! Meine Knie zitterten und meine Zähne, die klapperten wie im Winter, wenn es richtig kalt ist und du zu wenig anhast. Wir hatten auch keine Fackel oder Laterne dabei. Es war stockfinster, darum hatte er mich am Arm gepackt und zerrte mich hinter sich her. Für ihn schien es hell genug zu sein. Dabei schwöre ich, dass ich die Hand vor meinem Auge nicht sehen konnte! Naja, irgendwann waren wir oben. Er machte die Tür auf und stieß mich hinein. Es stank entsetzlich! „Räum auf hier drinnen, kleine Made, und melde Hauptmann Ákos, wenn du fertig bist. Den Unrat auf dem Bett sollst du gleich hier oben aus dem Fenster werfen." Mit diesen Worten ließ er mich allein und warf die Tür hinter sich ins Schloss. Ich hörte, wie seine schweren, genagelten Stiefel die Treppe hinunter stampften. Erst später erfuhr ich, dass er noch in derselben Nacht zusammen mit Jugarri und allen Rittern in den Norden aufbrach. Nur Magnan Sandjar, das ist der Große, der dich mit seinem Schwert durchbohrt hat, und der Magier und der Priester sind drei Tage später zurückgekommen. Du weißt schon, die beiden, die du und Ichigo abgeschlachtet habt."

„Ja, ich weiß. Jugarri und diese schwarzen Bestien haben einen der Höfe an der Grenze zur Daitya überfallen!“

„Tut mir leid, Rovin, wie gesagt, davon weiß ich nichts.“

„Nein, natürlich nicht, woher solltest du das auch wissen? Das Anwesen liegt so abseits und einsam, dass sich die Nachricht über das Unglück, das den Bewohnern widerfahren ist, wohl eher noch nicht herumgesprochen hat.“

„Ein einsamer Hof an der Nordgrenze, sagst du? Da kommen natürlich einige in Betracht. Welcher Ort liegt denn in der Nähe davon?“

„Hm, warte, die erste Ansiedlung, die wir danach erreicht haben, bestand aus vielleicht zwanzig Häusern. Ah, und einem Gasthof mit dem hübschen Namen *Zur Wilden Sau*.“

„Haha, ja, den kenne ich. Der Ort heißt Pomáz. Die Legende sagt, dass das Geschlecht der Ardarats von dort stammt. Ob das stimmt, weiß ich aber nicht. Augenblick, dann gehört der Hof, den du meinst, wahrscheinlich Tomek und seiner Frau Aniela. Sie haben drei Töchter, die mittlerweile alle verheiratet sind und nicht mehr auf dem Hof leben. Welches Unglück ist ihnen denn widerfahren?“

„Sie sind tot, Tamás. Aniela, Tomek und all ihre Tiere, die sie gehalten haben. Auch dafür ist Jugarri verantwortlich.“

Beide schwiegen eine Zeit lang. Jeder hing seinen eigenen, dunklen Gedanken nach. Schließlich ergriff der Junge noch einmal das Wort.

„Der Sohn des Barons ist kein Mensch, Rovin. Er ist ein Monster. Und er hat auch seinen Vater in ein Monster verwandelt. Als der Ritter mich allein gelassen hatte, stand ich in kompletter Dunkelheit im Turmzimmer. Die Angst war jetzt riesengroß, sie drückte auf mein Herz, ganz fest, und ich weiß noch, dass ich dachte, es würde zu schlagen aufhören. Ich tastete mich zu dem kleinen Beistelltisch vor, neben dem Bett des Barons. Da steht immer eine Öllaterne. Ich holte Feuerstein und Stahl heraus und schlug sie aneinander, um die Lampe zu entzünden. Das kann ich ziemlich gut, ehrlich, du kannst fragen, wen du willst! Aber in dieser Nacht schaffte ich es einfach nicht, meine Hände zitterten wie verrückt. Irgendwann brachte ich es schließlich doch fertig,- die

Öllaterne begann zu brennen. Was ich aber dann sah, erschreckte mich so sehr, dass ich wie ein Mädchen laut zu schreien anfing und aus dem Raum rennen wollte. Aber die Tür war ja zu, und ich krachte mit voller Wucht dagegen! Als ich mich von dem Schlag erholt hatte, war die erste Panik verflogen und ich drehte mich noch einmal um. Der Anblick war grausig, wirklich. Auf dem Bett lag der nackte, fürchterlich zugerichtete Leichnam des Wesens, in das sich der alte Baron verwandelt hatte. Ohne die Zudecke bemerkte ich erstmals, wie schrecklich dünn seine Arme und Beine geworden waren, so dünn wie die eines Kindes. Dagegen war sein Leib fürchterlich aufgedunsen, so richtig geschwollen. Und dieser Leib war… er war… aufgeplatzt! Genau so sah es aus, als wäre er von innen heraus vom Hals bis zum Bauchnabel aufgeplatzt!"

Tamás war jetzt sehr erregt, seine Stimme überschlug sich. Rovin nahm ihn fest in die Arme und drückte ihn.

„Es ist schon gut, Tamás. Du bist jetzt in Sicherheit. Dieser ganze, schreckliche Alptraum liegt hinter dir. Es ist vorbei. Sag jetzt nichts mehr. Du hast mir sehr geholfen, wirklich. Alles ist gut. Es ist vorbei."

Der Junge atmete noch ein paar Mal heftig und schwer, beruhigte sich dann aber.

„Warum gehst du nicht in die Küche und holst dir erst einmal etwas zu essen?"

Tamás warf ihm einen kurzen, fragenden Seitenblick zu. Die Mahlzeiten auf der Burg waren stets streng reglementiert gewesen.

„Das hast du dir mehr als verdient. Wenn du Ichigo und Rani siehst, dann frag sie bitte, ob sie vielleicht zu mir hier herauskommen wollen, ich würde sehr gerne mit ihnen reden."

Sein Gesicht hellte sich auf, als er merkte, dass der Halbelf es mit dem Essen ernst gemeint hatte.

„In Ordnung, mach ich, Rovin. Weißt du, irgendwie hab ich eigentlich immer Hunger!"

Der junge Waldläufer schaute Tamás noch eine Weile hinterher, dann ließ er seinen Blick über die Wiesen und

Felder des Baronats unter sich schweifen und dachte über alles nach, was er heute erfahren hatte. Ein furchtbarer Verdacht stieg in ihm auf. Bislang hatte er geglaubt, sie hätten das Böse besiegt, das ihnen im Wohnhaus des abgelegenen Bauernhofes begegnet war. Nun war er sich nicht mehr so sicher. Es mochte zwar sein, dass die schrecklichen Dinge, die der Junge hatte erleiden müssen, ihn in eine düstere Stimmung versetzt hatten. Dennoch wurde er das Gefühl nicht los, dass sie nicht den Baum gefällt, sondern lediglich einen Ast abgebrochen hatten. Er brannte darauf, zu hören, wie die Druidin und der Mönch all das beurteilten.

Es dauerte gar nicht lange, da gesellten sich die beiden zu ihm. Schweigend lauschten sie seinem Bericht.

„Ichigo, erinnerst du dich noch, was du mir auf dem Hof gesagt hast, bevor wir ins Haus gegangen sind? Was du da gefühlt hast? Ein Dämon aus Ishruq, der Ebene der Knechtschaft. Du hast ihn gespürt."

„Ja. Eine dunkle Kälte. Die Auserwählten Palaerons können sie spüren.

Rovin begann unruhig auf und ab zu schreiten.

„Als wir hineingingen, trafen wir dort auf eine Kreatur, die aus todbringender Kälte und Schatten geformt schien. Natürlich dachten wir, den Dämon vor uns zu haben. Wir haben seitdem nicht mehr darüber gesprochen, mein Freund. Nachdem wir ihn besiegt hatten, schien es nicht mehr notwendig zu sein. Wir waren beide überzeugt, die Kreatur aus Ishruq vernichtet zu haben."

Er fuhr plötzlich herum, starrte Ichigo mit stechendem Blick an.

„Aber was, wenn wir uns geirrt haben? Wenn das gar nicht der Dämon war?"

Der Mönch wirkte verunsichert, wusste nicht so recht, was er davon halten sollte. Er brauchte erst einmal Zeit, um über diese neue Idee nachzudenken. Rovin legte nach.

„Du sagtest selber, dass du noch nie einen gesehen hast! Wie können wir also sicher sein, dass wir die Wurzel des Bösen, die für die Grausamkeiten dort wie hier verantwortlich war, ausgerissen haben? Und was, mein Freund, wenn diese

Verkörperung von Tod und Hass nach wie vor auf Nin wandelt?“

„Halt! Wartet!“

Rani hatte sich ihm in den Weg gestellt und am Arm gepackt. Ihr Griff war überraschend stark und löste bei ihm einen Moment lang ein elektrisierendes Hochgefühl aus, das sich jedoch sofort wieder verflüchtigte, als er ihren Gesichtsausdruck sah. Er schob die aufkeimenden Gedanken von leidenschaftlichem, festem Zupacken energisch beiseite und hörte ihr stattdessen aufmerksam zu.

„Über die Bewohner des Abgrunds weiß ich Einiges. Ich glaube, ich kann euch sagen, ob ihr tatsächlich einem Dämon gegenüberstandet. Wie sah das Wesen aus? Könnt ihr es beschreiben?“

Ichigo wandte sich ab und entfernte sich ein paar Schritte. Rani blickte den Halbelf fragend an, aber Rovin schüttelte nur kurz den Kopf, folgte dann seinem Freund und legte ihm eine Hand auf die Schulter. Er konnte gut verstehen, dass der Mönch nicht besonders erpicht darauf war, die Ereignisse dieses Tages wieder aufleben zu lassen.

„Lass nur, Ichigo, ich mach das schon. Berichtige mich einfach, wenn du es anders als ich in Erinnerung hast.“

Er wandte sich wieder zu Rani um und fand sie nur einen Schritt hinter sich stehend. Für einen kurzen Moment drohte er in den dunklen Feuern, die im tiefen Braun ihrer Augen schimmerten, zu verglühen. Rasch senkte er den Kopf und den Blick, konzentrierte sich und beschwor die Bilder der schrecklichen Ereignisse an jenem Tag noch einmal herauf.

„Wir standen in einem großen Wohnraum, als wir auf das Wesen trafen. Es war dunkel, deshalb befahl ich die Flammen herbei, die mein Schwert Farthir in sich trägt. Aber die Helligkeit, die dadurch nun den Raum durchflutete, vermochte die Dunkelheit nicht vollständig zu vertreiben. Schatten, tiefschwarz und tintenartig, huschten herum, so als hätten sie ein Eigenleben. Da geschah es. Als würden sie von einem finsteren Bewusstsein angetrieben, zogen sie sich an einem Punkt zusammen, verdichteten sich und formten eine Art Körper, in dem sich plötzlich zwei purpurne, schlitzartige

Augen öffneten, die voller abgrundtiefer Bosheit zu uns herüberstarrten. Das Wesen richtete sich zu seiner vollen Größe auf, es war gut und gern acht Fuß hoch und besaß vier Tentakel, mit denen es furchtbare Hiebe austeilte."

Ranis Augen hatten sich geweitet.

„Ein Palaxu der Chāẏā! Bei der Großen Mutter! Wie seid ihr entkommen? Hat er euch nicht verfolgt?"

Rovin schlug die Augen auf und glaubte in ihrem Blick dieselbe irrationale Sorge zu sehen, die ihn ergriffen hatte, als er von ihrer Gefangenschaft durch die schwarzen Ritter erfahren hatte. Es war eine Sorge, die sich den Regeln der Vernunft und der Logik entzog und bei der es keine Rolle spielte, ob die Gefahr schon vorüber war, denn die Vorstellung, dass die geliebte Person sich in einer derartig brenzligen Lage befunden hatte, genügte. Die Welt um ihn herum leuchtete plötzlich in den schönsten Farben. Er lächelte

Die geliebte Person… könnte das wirklich möglich sein? Sollte sich Rani etwa in mich… Ach was! Hör jetzt auf mit diesem Unsinn, alter Tagträumer!

„Wir haben es besiegt, was immer es auch war. Ichigo landete einen verheerenden Fersendrehschlag gegen seinen Kopf, woraufhin das Wesen zu Boden ging. Da packte ich mein Schwert und nagelte es damit an die Bodendielen."

Rovins Augen wurden schmal, als er sich an ein weiteres Detail erinnerte, das er damals beobachtet hatte.

„Für einen Moment schien die schattenartige Substanz seines Körpers gegen die Flammen von Farthir zu kämpfen, dann verschwand es plötzlich."

„Feuer! Ja, mit Feuer kann man ein Chāẏā vernichten. Trotzdem hattet ihr mehr Glück als Verstand – jede Berührung eines Schattenscheusals raubt einem Stärke und Lebenskraft."

Ichigo trat zu ihnen und schaute Rani überrascht an.

„Du weißt viel. Was ist das? Ein Schattenscheusal? Wo kommt es her? Und wieso war es in dem Haus?"

Nun war es Rani, die einer inneren Rastlosigkeit anheimfiel und damit begann, hin und her zu gehen.

„Ich hatte eine wirklich gute Lehrerin: Yrrinea, die Große Druidin von Inassar. Sie war streng…“, ein bitteres Lächeln huschte über ihr Gesicht, „…sehr streng, aber ich habe viel von ihr gelernt. Leider liegen diese Lektionen über die Dämonen und die Chāẏā schon einige Jahre zurück.“

Sie schlang ihre Arme um ihren Körper und hielt den Kopf gesenkt, während sie mit leiser, aber eindringlicher Stimme sprach.

„Die Chāẏā sind Geschöpfe der Dunkelheit. Sie entstehen, wenn ein Dämon sich in der Welt der Lebenden materialisiert. Der Dämon ist die Antithese zum Leben, zum Licht und zur Liebe. Seine ganze Existenz gründet sich in Tod, Dunkelheit und Hass, einem dreifaltigen Pfuhl des Bösen. Überschreitet er die Grenze zu unserer Ebene, reißt er einen Teil der Energien des Abgrunds mit sich. Diese werden durch das Wesen und das Bewusstsein des Dämons beseelt und können hier bei uns eine eigene Existenz als Schattenwesen entwickeln. Deswegen lässt die Kenntnis über diese Kreaturen Rückschlüsse auf die Art und das Wesen des Dämons zu. Grob gesagt, je mächtiger der Dämon ist, um so mächtiger ist das Schattenwesen, das er bei seiner Ankunft erzeugt.“

Rovins Stimme war belegt, als er die offensichtliche Frage stellte, die ihm sofort auf der Seele brannte.

„Und was sagt dir die Geburt dieses einen Schattenscheusals über den Dämon, der es zur Welt brachte?“

„Ein Palaxu zählt zu den mächtigsten Schattenwesen. Damit gibt es nicht mehr viele Optionen.“

Rani war nun sehr nachdenklich und konzentriert, als sie tief in ihren Erinnerungen wühlte.

„Dieser Jugarri hat seinen Vater geopfert und dessen Körper in eine Art Brutstätte verwandelt. Das ganze Fleisch in immer roherem Zustand war mit Sicherheit für den alten Ardarat, beziehungsweise wohl eher für die Larve, die in seinem Leib heranwuchs. Als diese schließlich ihren Wirtskörper verließ, brachte der junge Baron das Geschöpf zu dem Hof, den ihr gefunden habt, und beschwor dort den Dämon. Warum dort? Warum nicht hier, in der Burg?“

Rovin kratzte sich am Hinterkopf.

„Tamás erzählte mir, es gebe da eine alte Legende, nach der das Geschlecht der Ardarats von dort stammt."

Rani packte ihn hart am Oberarm. Das Licht einer plötzlichen Erkenntnis funkelte in ihren Augen.

„Aber natürlich! Genauso heißt es in dem geheimen *Werk über die Wurzeln der Welt*:

Dreimal muss der Samen fallen, aufgehen und gedeihen.
Dreimal muss die Saat vergehen, verdorren in großer Pein.
Zuerst entsteht die Larve, hernach des Dämons Schrein.
Sodann wird SarûÇûÇarrãq dem Untergang uns weihen.

Der erste „Samen" steht für den Vater, in dem die Larve heranwuchs, der zweite vermutlich für einen entfernten Verwandten auf dem Hof, der als des Dämons Schrein diente – was immer das auch heißen mag – und der dritte für Jugarri selbst, den Sohn Ardarats! Das bedeutet…"

Rani stockte. Alle Farbe wich aus ihrem Antlitz. Zu Rovins großer Bestürzung lehnte sie sich wie schutzsuchend an seine Brust. Verwirrt und erschüttert legte er sachte einen Arm um sie und drückte sie ganz sanft an sich. Ihre Stimme war nur noch ein Flüstern.

„Möge die Große Mutter uns alle in ihre Obhut nehmen. Sie haben einen *SarûÇûÇarrãq* beschworen."

Sie begann leicht zu zittern.

„Es gibt keinen Zweifel mehr. Es ist ein Seelenverschlinger, Rovin."

Vier bis fünf Schritte breit war der Tunnel und ebenso hoch. Gerade genug Platz, sodass Ean neben ihm hätte laufen können. Der Ritter aber blieb etwa zwei Schritte seitlich hinter ihm und hielt sich also an das knappe Handsignal, mit dem Robert allen angezeigt hatte, dass er die Spitze allein übernehmen wollte.

Seine Bewegungen waren schnell, geschmeidig und präzise, seine Sinne wach und aufs Äußerste angespannt. In seiner Rechten hielt er das Katana, die er nach dem Kampf gegen den Darmak Kokoru aus den erbeuteten Waffen ausgewählt hatte, in seiner Linken einen der zwei Sarax, die er Gregor abgenommen hatte. Den anderen hatte er dem jungen Soldaten zurückgegeben. Rasch und konzentriert huschte er vorwärts. Die magischen Flammen, die Meister Valator beschworen hatte, waren einem der Nunórëa zum Verhängnis geworden. Fünfzehn Schritte von der Abzweigung des Tunnels entfernt war er an dessen verkohltem Leichnam vorbeigelaufen. Die Feuerzungen verlöschten nun langsam, nachdem sie noch eine kurze Zeit an Wänden und Boden des Tunnels gelodert hatten. Im Augenblick war der Bereich vor ihm noch von schwachem Feuerschein erhellt, doch schon bald würde sich die ewige Dunkelheit des Unterreiches von Neuem herabsenken.

Schnell jetzt, alter Mann! Wenn die anderen Dunkelelfen in der Nähe sind, müssten sie von der blendenden Helligkeit des Feuerzaubers kurzfristig in ihrem Sehvermögen beeinträchtigt worden sein. Diesen Vorteil werden wir aber nicht lange nutzen können, bevor die Situation sich wieder zu deren Gunsten ändert.

Zehn rasche Schritte konnte Robert noch vordringen, dann wurde er plötzlich in pechschwarze Finsternis gehüllt. Den Bruchteil eines Lidschlages lang dachte er, die letzten züngelnden Flammen aus Valators Hand wären erloschen, da gewahrte er ein Stück voraus die Präsenzen mehrerer Wesen.

Das ist magische Dunkelheit, hervorgerufen von den Dunkelelfen!

Augenblicklich warf er sich zu Boden, während er zeitgleich einen Befehl bellte.

„RUNTER!"

Seine Kasernenhofstimme rollte wie Donner durch den stillen Tunnel. Aber trotz seines enorm schnellen Reagierens, kam sein eigenes Ausweichmanöver einen Herzschlag zu spät.

Ein scharfer Schmerz an seiner rechten Schulter ließ ihn kurz zusammenzucken, als ein Geschoss ihn streifte und einen brennenden Riss hinterließ. Er holte einmal tief Luft, dann sprang er auf, ließ den Sarax am Boden liegen und benutzte die Fingerspitzen seiner linken Hand, um Kontakt zur Tunnelwand zu halten. Mit dem Katana in der Rechten jagte er blind vorwärts, fünf, zehn, fünfzehn Schritte.

Ihm war bewusst, dass er für die Nunórëa ein wunderbares Ziel abgab, aber er baute darauf, dass sie eine Salve abgeschossen hatten und nun mit Nachladen beschäftigt waren. In diesem Fall hatte er durchaus eine Chance, wenn sie nicht zu weit weg waren. Und tatsächlich! Direkt vor sich erspürte er die Auren von knapp zwei Handvoll Kreaturen, die sich zum Teil rasch, im Fall des Letzten aber nur eher langsam zu entfernen versuchten. Roberts Herz sang, und er beschleunigte sein Tempo noch weiter, flog regelrecht den Gang entlang.

Ha! Sie haben nicht einmal nachgeladen, um eine zweite Salve abzufeuern! Vermutlich hofften sie darauf, dass wir uns nicht in ihre magisch hervorgerufene Dunkelheit wagen, aus Angst, weiter unter Beschuss zu geraten. Somit hätten sie genug Zeit für einen raschen, aber dennoch geordneten Rückzug besessen. Diesen Plan habe ich ihnen gründlich verdorben! Als sie mich kommen sahen, sind sie Hals über Kopf davongestürzt. Das könnte bedeuten, dass sie geschwächt sind und befürchten, gegen uns nicht bestehen zu können. Der Hinterste kann bereits mit seinem Trupp nicht mehr Schritt halten, und dennoch rennt der Rest einfach weiter, keiner bleibt bei ihm, sie überlassen ihn seinem Schicksal…

Der Letzte der Fliehenden blieb stehen und stellte sich dem offensichtlich unvermeidlichen Kampf, ohne seinen Kameraden einen Hilferuf hinterherzuschicken, zumindest keinen, den der Taufan gehört hätte.

Robert baute darauf, dass der Dunkelelf davon ausging, dass er, ein Mensch, hier unten normalerweise nichts sehen konnte und auf irgendeine Lichtquelle angewiesen war. Das entsprach grundsätzlich auch der Wahrheit. Aber er war fast ein Jahr lang der persönliche Sklave und Gladiator des Kil-Rhai-Darmaks Kokoru gewesen. In dieser langen Zeit, die er in der vollständigen Finsternis des Unterreiches verbracht hatte, waren seine anderen Sinne geschärft worden. Er war seither imstande, die Präsenz von Lebewesen zu erspüren. Entscheidend für sein Vorgehen war die Annahme, dass der Nunórëa jedoch damit rechnete, dass der Hauptmann im Unterreich blind war. Denn dann würde dieser instinktiv reagieren und auf die Finte hereinfallen, die Robert plante. Er achtete darauf, dass er knapp links an seinem Gegner vorbeirennen würde. Mit einem heiseren Brüllen, mit dem er die sicher vorhandenen Vorurteile des schwarzen Elfen gegenüber den Menschen noch weiter zu bedienen gedachte, hob er sein Schwert hoch über seinen Kopf, als wollte er einen wilden Überkopfhieb in das Nichts vor ihm führen. Doch im allerletzten Moment kippte er die Klinge seitlich ab. Mit einem grausig schnellen, horizontal geführten Streich fraß sich der hundertfach gefaltete Stahl der Katana durch gut ein Drittel des Halses des Nunórëa und zerschnitt Muskeln, Blutgefäße und Kehle. Der Widerstand dieser körperlichen Strukturen war jedoch so gering, dass Robert sich nicht einmal sicher war, ob er überhaupt einen Treffer erzielt hatte. Er stoppte seinen wilden Sturmangriff deshalb so rasch wie möglich und wirbelte herum, die Katana in Abwehrhaltung schräg nach vorne gestreckt. Sein ruhiger Geist erspürte zwar eine schwache Aura, doch der zugehörige Körper lag offenbar bereits auf dem Boden. Er drehte sich seitlich und lauschte mit seinen Sinnen den Tunnel hinab, konnte jedoch nichts mehr wahrnehmen. Die anderen Dunkelelfen waren geflohen.

Du bist in Sicherheit, roter Rabe. Die Nunórëa haben es vorgezogen, zu fliehen.

Die Antwort kam sofort, und entlockte ihm ein amüsiertes Lächeln.

Ich bin versucht, sie intelligent zu nennen. Andererseits braucht es keinen großen Verstand, um zu erkennen, dass gegen dich zu kämpfen nichts anderes als eine schnelle Art zu sterben bedeutet.

Kurze Zeit später betrachteten sie alle den Dunkelelfen im Schein des magischen Lichts, das Gamron Valator auf die erkaltete Fackelspitze zauberte. Ean stellte überrascht fest, dass dieser zwei weitere schwere Wunden aufwies, einen tiefen Schnitt im linken Oberschenkel und eine hässliche Stichverletzung im oberen Bauchraum.

„Robert, sagtest du nicht, nur der Halstreffer wäre dein Werk? Woher stammen dann diese Wunden?“

Der Magier, der von ihnen allen am meisten in der Kunst der nichtmagischen Heilkunde bewandert war, kniete sich daraufhin neben die Leiche, legte die Wunden des Nunórëa frei und untersuchte sie. Ean ging neben Gamron in die Hocke, um einen länglichen Gegenstand an sich zu nehmen und genauer anzusehen, den der Tote an einer feinen Seidenkordel um die Schulter gehängt hatte. Schließlich sah Meister Valator einigermaßen verwundert zu ihnen auf.

„Diese Schnitte sind älter als die tödliche Halswunde, allerdings nicht sonderlich viel. Ich würde sagen, dass sie dem Dunkelelfen vor etwa zwei Tagen zugefügt worden sind.“

Ean runzelte die Stirn und besah sich nun seinerseits die Verletzungen genauer. Mit Daumen und Zeigefinger maß er die Breite des Stiches aus und erhob sich mit gefurchten Brauen.

„Bei den stinkenden Furunkeln auf den Ärschen der Dämonen! Das hier war kein Langschwert! Ich kenne nur wenige Klingen, die so breit sind, dass sie einen solchen Stich verursachen können. In dieser Gegend Nins müsste ich mich schon sehr täuschen, wenn das hier kein ymbronischer Biddenhänder gewesen war. Wenn ich Recht habe, dann sind diese unsäglichen Zerrbilder des schönen Volkes auf Thorlander gestoßen!"

Robert nickte nachdenklich.

„Ich glaube, euer Pfeil hat ins Schwarze getroffen, Freiherr."

Sein Gesicht hellte sich auf.

„Das sind, zusammen mit Meister Valators Einschätzung, ganz hervorragende Neuigkeiten! Denn es bedeutet, dass der Ausgang aus diesen dreimal verfluchten Tunneln nur noch zwei Tagesreisen von hier entfernt liegt!"

Alle schauten sich einen langen Augenblick lang voller Hoffnung gegenseitig in die Augen. Dann, ohne die Zeit mit weiteren Worten zu vergeuden, machten sie sich mit neuer Kraft auf den Weg, denn die Aussicht, diesem Alptraum womöglich bald entronnen zu sein, verlieh ihnen neuen Schwung und Energie.

Bereits nach knapp einer Stunde kamen sie an eine Gabelung. Ein Abzweig führte leicht abschüssig nach links, der andere dagegen mit einem kräftigen Anstieg nach rechts und nach oben. Diese Wahl zu treffen fiel ihnen wahrhaftig nicht schwer. Von dort ab dauerte es tatsächlich nur noch zwei Tagesmärsche. Schon lange, bevor sie in die Nähe des Ausgangs kamen, stach ihnen ein übler Geruch in die Nasen. Es war ein süßlicher Duft, leicht moschusartig und vermischt mit dem Geruch nach altem Fett. Der Tunnel weitete sich am Ende zu einer stattlichen Höhle. Der Gestank wurde immer intensiver und fauliger, Noten von Schwefel und Eisen traten hinzu. Sie alle kannten diesen Geruch. Wer ihn einmal in der Nase hatte, der vergaß ihn nie wieder, denn er war einzigartig – verwesendes Fleisch.

Kurz hinter dem Eingang zur Höhle stießen sie schließlich auf die Spuren des Kampfes zwischen den Dunkelelfen und den Thorlandern. Fünf der großen Krieger, alle schwer gepanzert und mit Zweihändern bewaffnet, lagen mit leeren Augen auf dem felsigen Boden, und auch der leblose Leib eines jungen Nunóréa-Kämpfers war hier zurückgelassen worden.

Wolf Hartmann drehte den ersten Thorlander auf den Rücken, faltete dessen Hände über dem Bauch, wobei er ihm seinen Zweihänder in die Finger drückte und schlug das Zeichen des Schwertes über ihm, bevor er dessen Lider schloss. Gregor und Selina taten es ihm mit dem zweiten toten Krieger gleich, den sie zuvor neben seinen Kameraden betteten. Ean und Robert beteiligten sich ebenso, und gemeinsam legten sie auch die übrigen drei Thorlander in die begonnene Reihe und erwiesen ihnen die letzte Ehre, während Ssil und Gamron sich leise miteinander unterhielten. Erst als ihre wichtige Arbeit getan war, gestatteten sie es sich, die Höhle und damit den furchtbaren Gestank hinter sich zu lassen.

Draußen angekommen atmeten sie erst einmal alle kräftig durch und versuchten, den üblen Geruch aus den Nasen zu bekommen.

Robert trat an den Ritter heran.

„Ihr seid doch unter den Thorlandern aufgewachsen, Freiherr Gomōnsson. Sollen wir sie verbrennen? Oder vergraben? Wenn wir sie dort drin liegen lassen, werden sie sicher von Wölfen oder Schlimmerem gefressen."

Ean nickte nachdenklich. Dem Stand der Sonne nach zu urteilen war es früher Nachmittag.

„Ihr habt Recht, Hauptmann. Die Thorlander verbrennen normalerweise ihre Toten. Das ist für uns aber ein zu großes Risiko. Schaut selbst, wenn wir hier oben ein Feuer entfachen, wird der Rauch aus der Höhle nach draußen wehen und allen in weitem Umkreis davon berichten, dass wir hier oben sind. Vor allem der Armee dort unten dürfte ein solches Rauchzeichen schwerlich entgehen."

Der Ausgang der Höhle lag gut hundert Schritte über der von Wäldern überzogenen Ebene der nordwestlichen Wildnisgebiete und befand sich im unteren Teil eines Berghanges, der sich wohl an die tausend Schritte hoch hinaufschraubte. Vor ihnen erstreckte sich eine von dichten Wäldern durchzogene Ebene. Und dort unten, auf einem breiten, baumlosen Feld, hatte ein Heer sein Lager aufgeschlagen. Sofort wurde ihm klar, dass der Freiherr absolut Recht hatte, und er ärgerte sich nicht gerade wenig darüber, dass ihm dies nicht selbst aufgefallen war.

Bei Sians silbernem Bart! Es steht einem Hauptmann nicht gerade wohl an, wie ein Waschweib vor sich hinzuplappern, ohne erst einmal nachzudenken und sich einen Überblick über die Situation zu verschaffen... ich muss erschöpfter sein, als ich gedacht hätte!

Der Ritter legte ihm mit einem wissenden Ausdruck auf dem Gesicht die Hand auf die Schulter, nickte ihm kurz zu und machte sich anschließend daran, den Berghang noch ein Stück höher hinaufzuklettern.

Robert blickte ihm nach. Er hatte eine sehr gute Vorstellung davon, wessen Kriegshaufen dort unter ihnen in Stellung gegangen war. In diesem Augenblick kehrten seine Zweifel zurück.

Nun haben wir also das Gebirge zwischen uns und dem Königreich und mehrere tausend Thorlandbarbaren direkt vor uns. Weil Gomōnsson und Valator das so wollten.

Den beiden kam das sicher sehr gelegen. Ihr Ziel war es gewesen, die Grenze nach Thorland zu überschreiten und dort den Kuningaz, den Barbarenkönig Elarich Ergansson, aufzusuchen. Angeblich war dies ein Teil des Geheimauftrages, den König Erik dem Drachenritter erteilt hatte. Die Entehrung Gomōnssons war demnach ein weiterer Baustein des Plans gewesen – eine bittere, aber gleichwohl notwendige Finte, um ihm das Verlassen Thul Brassars zu ermöglichen, ohne dass sich die Späher der Kil-Rhai an seine Fersen hefteten. Alles zusammen eine bizarre Geschichte, die der Freiherr ihm da aufgetischt hatte, und die auch eine andere Lesart zuließ.

Was, wenn Gomōnsson schlicht deswegen entehrt worden war, weil er sich wirklich des Hochverrats schuldig gemacht hatte? Es war durchaus denkbar, dass der Barbarenherrscher Kontakt zu ihm aufgenommen hatte, um vor seinem Angriff auf das Silberreich die Verteidigungspläne der Argenaer herauszubekommen. Ja, es war sogar möglich, dass er seinen Sohn vor einigen Jahren nur aus dem Grund nach Argenas geschickt hatte, damit dieser sich in das Vertrauen des Königs und seiner Ritter einschleichen konnte. Einen Feldzug dieser Größenordnung führte man nicht aus einer Laune heraus. Was, wenn Elarich schon vor Jahren begonnen hatte, die ersten Dinge dafür in die Wege zu leiten? Seinen eigenen Sohn dort zu positionieren, wo er Zugang zu allen Informationen über das Heerwesen seines Gegners hatte, wäre ein mehr als gelungener, strategischer Schachzug gewesen. Nun war der Spion aufgeflogen und vom Hof gejagt worden. Natürlich würde er sich dann jetzt auf den Weg zurück zu seinem Vater und König machen.

Aber Robert glaubte ihm dennoch. Er wollte ihm einfach glauben. Ean Gomõnsson war für ihn die Inkarnation eines Ritters. Charismatisch, stark, furchtlos und voller Ehrgefühl. Ein geborener Anführer. Wenn er diesem Mann nicht glauben durfte, wem dann? Außerdem passte das Erscheinen des Freiherren in der Brutstätte der Kil-Rhai und sein gnadenlos entschlossenes, feindliches Auftreten den Schattenkriegern gegenüber, das einen derartigen Blutzoll gefordert hatte, nicht ins Bild des heimtückischen Spions. Die Kinder Eakkaris waren die Verbündeten der Thorlander in dem bevorstehenden Krieg. Welchen Sinn sollte es machen, viele Dutzend Kil-Rhai-Krieger abzuschlachten? Von Kokoru, einem ihrer wichtigsten und mächtigsten Anführer, ganz zu schweigen. Darüber hinaus war da noch dieser unvergleichliche, erhabene Moment gewesen, als Ean das uralte, magische Schwert Ukonnen in die Hand genommen und aus der Scheide gezogen hatte, um Anspruch auf diese legendäre Klinge zu erheben. Wie hätte er die überwältigende Reinheit und Wahrhaftigkeit dessen, was sich dabei vor seinen eigenen Augen abgespielt hatte, ignorieren können?

Dennoch muss König Erik so schnell wie möglich von alldem hier erfahren. Am liebsten würde ich sofort nach Al'Thorim aufbrechen.

Doch er wusste, dass dies unter den gegebenen Umständen kaum möglich war. Er hatte sich dem Freiherren unterstellt und damit dessen Befehlsgewalt akzeptiert. Auch wenn dieser seine Befugnisse ihm gegenüber auf die Zeit in den Tunneln begrenzt hatte, konnte der Ritter das natürlich jederzeit wieder revidieren. Im Augenblick war ihm das Zepter des Handelns aus den Händen genommen.

Einigermaßen ernüchtert schaute Robert sich um. Selina und Wolf hatten sich auf einen der Felsblöcke gesetzt, die den gesamten Hang bedeckten und von den Strahlen der Sonne aufgewärmt waren. Die Findlinge hatten recht unterschiedliche Formen und Größen, die von runden, kopfähnlichen Steinen über tischgroße Quader bis hin zu Felsen reichten, die wie kleine Häuser wirkten.

Als hätte ein kindlicher Gott seine übergroßen Bauklötze hier liegen gelassen.

Selina hatte sich an Wolfs Schulter gelehnt, und beide hatten die Augen geschlossen. Robert runzelte überrascht die Stirn. Die Szenerie hatte beinahe intimen Charakter. Robert spürte den Stich väterlicher Eifersucht. Zwar war er biologisch betrachtet überhaupt nicht mit der jungen Frau verwandt, andererseits hatte er die Rolle des Ersatzvaters nun schon so lange inne, dass sie für ihn wie eine Tochter war.

Natürlich sind die zwei mittlerweile sehr vertraut miteinander, sie haben immerhin eine Menge zusammen durchgemacht.

Ein solch gemeinsam durchlebtes und durchlittenes Abenteuer brachte die Menschen einander näher. Das war nun einmal so. Und wenn es sich dann noch um eine junge Frau und einen ungebundenen Mann handelte – aber Selina war doch noch ein Kind!

Unsinn. Wach auf, alter Mann und mach dich nicht lächerlich. Siebzehn Winter zählte sie am Mittsommertag. Bei den schrumpeligen Eiern der Dämonenfürsten, dieses "Kind" könnte ohne Weiteres schon ein oder zwei eigene Sprösslinge auf ihren Knien schaukeln!

Aber Selina und Wolf? Er schaute den Truppführer neugierig an und versuchte, ihn mit den Augen einer jungen Frau zu sehen.

Er maß knapp sechs Fuß, war also weder zu groß noch zu klein. Er war Mitte zwanzig, hatte breite Schultern und einen flachen Bauch, beides Dinge, die seiner Erfahrung nach durchaus Eindruck beim weiblichen Geschlecht machten.

Seine dunkelblonden Haare waren wie die der meisten Soldaten der Garnison schulterlang und im Nacken zu einem Schwanz zusammengebunden. Er trug keinen Bart, war aber eigentlich immer unrasiert. Auch das fanden viele Frauen eher anziehend als abstoßend. Sein Gesicht konnte er nicht beurteilen. Er hatte nie verstanden, was die Frauen in den meist hässlichen Visagen ihrer Männer an Schönem zu erblicken glaubten, warum sie den Einen "gutaussehend" nannten, einen Anderen aber nicht. Wobei selbst er Wolf nicht gerade als hässlich eingestuft hätte. Seine dunklen, ein wenig tiefliegenden Augen blickten klar und mit lebendiger Intensität in die Welt, und er strahlte eine ruhige Überlegenheit aus, die nur den Unsicheren überheblich vorkam. Gut möglich also, dass er Selina gefiel. Darüber hinaus war er Truppführer. Er hatte Männer unter seinem Kommando. Und er war ein ausgezeichneter Kämpfer, einer der Wenigen, die Selina bislang noch nie besiegt hatte, wenn die Soldaten zu Trainingszwecken gegeneinander antraten. Vermutlich sah sie zu ihm auf und bewunderte ihn ein Stück weit.

Je länger Robert darüber nachdachte, umso wahrscheinlicher erschien es ihm, dass sich zwischen den beiden etwas anbahnte, oder womöglich bereits im Gange war. Er drehte sich zur Seite - und sah Gregor mit einer grimmigen Miene hinter einem großen Findling stehen. Er starrte Wolf und Selina an, und es war wahrhaftig nicht schwer zu erkennen, was er dabei durchmachte. Robert seufzte. Der Junge tat ihm natürlich leid, es gab kaum etwas Schlimmeres in diesem Alter, als eine unerwiderte Liebe. Gleichzeitig sorgte er sich. Gregor hatte bereits einmal in den Tunneln die Beherrschung verloren und den Truppführer attackiert. Robert hegte nun keinerlei Illusionen mehr darüber, dass es genau das gewesen war – ein aus heißem Jähzorn geborener Angriff. Der Junge war zwar noch rechtzeitig wieder aus seiner blinden Wut erwacht und hatte – Sian sei Dank – nicht zu Ende geführt, was er begonnen hatte. Dennoch war sich der Hauptmann nicht sicher, ob er dem verliebten Heißsporn in dieser Hinsicht trauen konnte.

Mit einem Mal wandte sich Gregor abrupt von dem für ihn so schmerzhaften Anblick der beiden Anderen ab und ging zu Meister Valator hinüber, der seine Schriftrollen studierte. Der Magier blickte kurz auf und nickte dem Jungen zu, dann widmete er sich wieder seinen mysteriösen Runen, Diagrammen und Schriftzeichen, während er gleichzeitig eine Frage Gregors beantwortete. Der Junge schaute zwar angestrengt auf das Pergament in den Händen des Zauberers, war aber ganz offensichtlich mit seinen Gedanken woanders.

Er wird lernen müssen, damit zu leben, falls wir beide die Situation richtig eingeschätzt haben.

Natürlich konnte es auch ganz harmlos sein, was sich da zwischen Selina und dem Truppführer abspielte. Vielleicht waren sie einfach nur gute Freunde, zwei Soldaten, die einer großen Gefahr entronnen waren und Trost in der gegenseitigen Nähe suchten. Ein ganz normales Verhalten, das Robert nach einer Schlacht auch zwischen Männern vielfach erlebt hatte. Dass Gregor und er selbst die Szenerie sofort in die eine Richtung gehend interpretiert hatten, war auch nicht unbedingt ein Argument dagegen. Sowohl Gregor als verliebter Jüngling, als auch er in seiner Rolle als Ersatzvater hatten sicherlich eine eifersüchtig gefärbte Sichtweise – sie litten beide unter einer diffusen Angst, dass sie Selina verlieren könnten. Das war ein mehr als ausreichender Grund, manche Dinge schlicht falsch einzuschätzen. Nachdem er sich das alles bewusst gemacht hatte, musste er über sich selber lächeln.

Du bist wahrhaftig ein alter Narr, Robert. Willst du denn, dass sie als einsame Jungfer endet?

Unwillkürlich schüttelte er den Kopf. Davon konnte natürlich keine Rede sein. Er wollte sein Mädchen glücklich wissen. Mit allem anderen konnte er leben.

Er verbannte Selina für den Augenblick aus seinen Gedanken, als er aus dem Augenwinkel eine Bewegung wahrnahm, kurz bevor sich die Gedanken Ssils direkt in seinem Kopf manifestierten.

Dein Kopf wackelt so oft hin und her, dass ich langsam befürchte, er könnte herunterfallen. Das wäre schade, Li'n Arpar.

Er fuhr herum. Eine große Frau schlenderte auf ihn zu, jung und wild, mit feuerroten Haaren, die blass-goldene Haut mit Sommersprossen übersät. Verwirrt machte er einen Schritt zurück. Seine Hand legte sich auf den Griff seines Schwertes.

Ich kann dich wohl kaum in meiner wahren Gestalt in die Welt der Menschen begleiten, Hauptmann. Willst du mich deswegen etwa bestrafen?

Sie fuhr sich mit der Zunge über die vollen Lippen, und ein Schauer der Erregung rollte seinen Rücken hinab. Ihre Blicke trafen sich, und er hatte das Gefühl, in ihren Augen zu ertrinken. Sie waren beinahe ein bisschen zu groß für ihr Gesicht, mit unfassbar langen, nachtschwarzen Wimpern, und sie funkelten in einer schier unheimlichen Intensität – auch wenn sie gerade grün waren, statt gelb, diese Augen würde er immer und überall erkennen.

„Ssil? Wie ist das möglich? Du siehst aus wie eine Frau! Ich meine…"

Ich weiß, was du meinst…

Sie war nun direkt vor ihm, presste ihren Körper an den seinen und küsste ihn, hart und so voller Hunger, dass sein Körper sofort reagierte. Gierig stöhnte sie auf und rieb sich mit kreisenden Hüftbewegungen an seiner Erregung. Sie stieß ihre Zunge zwischen seinen Zähnen hindurch, spielte mit der seinen, ihre Klauen gruben sich in seinen Rücken, wanderten tiefer und packten zu, drückten seine Hüften gegen die ihren, während sie gleichzeitig ihr linkes Knie seitlich an ihm vorbeischob und dann genüsslich langsam in die Höhe zog, sodass die Innenseite ihres Oberschenkels an seinem Bein entlangwanderte. Seine Augen weiteten sich, und atemlos stieß er sie weg. So war er noch nie geküsst worden, noch nie hatte ihm eine Frau so unmissverständlich zu verstehen gegeben, dass sie ihn wollte, und dass sie gewillt war, sich zu nehmen, was sie begehrte. Ihre Stimme war ein einziges laszives Gurren.

„Das war ganz wunderbar, L´in Arpar. Oh, wir werden eine Menge Spaß zusammen haben."

Plötzlich durchlief sie ein Schauer. Robert konnte noch sehen, wie sie die Augen schloss, dann verzerrte sich flirrend die Luft, um sie herum tanzte ein Kaleidoskop wirbelnder Farben und hüllte sie für einen Herzschlag in einen undurchsichtigen Kokon. Dann war es vorbei. Vor ihm stand wieder die ihm bekannte Ssil mit ihrer faszinierenden, roten Haut voller Narben und ihren pechschwarzen Haaren. Am auffälligsten aber waren natürlich ihre Rabenschwingen, die sie nun weit nach links und rechts von sich abspreizte, während sie den Kopf in den Nacken legte, die Arme leicht angewinkelt und die Hände zu Fäusten geballt. Das leise Rauschen vieler Federn, die sich streckten und bauschten, wisperte durch die Luft. Der Anblick raubte Robert den Atem, und das Bild von ihr, wie sie in dieser stolzen und unbeugsamen Pose im Glanz der untergehenden Sonne am Hang des Berges stand, brannte sich in sein Gedächtnis ein. Dann war der Moment vorüber. Während einer langsamen Drehung, die sie wie eine Königin zelebrierte, bedeckte sie ihren gesamten Körper mit ihren herrlichen Flügeln und wandte sich zur Seite, wo Meister Valator stand und sie beide mit ausdruckslosem Gesicht beobachtete. Ihre Stimme spiegelte ihren Stolz und ihre Zufriedenheit, und sie versuchte gar nicht erst, dies zu unterdrücken.

„Ausreichend, Magier?"

„In Bezug auf Wirksamkeit und Undurchschaubarkeit des Zaubers durchaus, Chaya Rhunay. Verzeih mir meine Aufdringlichkeit, ich möchte deine Geduld nicht über Gebühr strapazieren, aber Sicherheit geht nun mal vor Höflichkeit – wie lange wird die Verwandlung anhalten?"

Ssil schnaubte.

„Ich diene dem Herrn der Schatten, Magier, dem Gebieter der Großen Leere zwischen den Welten und Ebenen. Ich zaubere nicht. Ich lenke die unermesslichen Energien aus dem Dazwischen."

Der Magier ließ sich ganz offensichtlich nicht aus der Ruhe bringen. Im Gegenteil, seine Stimme blieb nicht nur vollkommen ruhig, es schwang sogar ein Hauch Ehrerbietung darin.

„Und wie lange werden dir diese Energien zur Verfügung stehen, Ssil?“

„Für die Veränderung meines Aussehens drei Tage und Nächte, wenn ich die Flügel behalte. Sie wie gerade eben verschwinden zu lassen, ist ungleich viel kräftezehrender. Ich glaube nicht, dass ich eine solche Verwandlung länger als ein paar Stunden aufrechthalten könnte.“

Für Robert gänzlich unerwartet, stieß der sonst oft so reserviert wirkende Meister Valator daraufhin einen Pfiff aus, der seine Überraschung und seinen Respekt gleichermaßen bekundete. Gleich darauf folgte eine Anzahl merkwürdigster Silben, deren Anzahl an Konsonanten und Zischlauten beängstigend war. Robert konnte zwar nicht verstehen, was er sagte, aber er vermutete, dass der Zauberer Ssils Sprache zumindest ansatzweise beherrschte.

Verblüffend, davon habe ich in den Tunneln überhaupt nichts mitbekommen.

Sie antwortete ihm in der Gemeinsprache.

„Danke, Gamron, ich weiß deine Anerkennung zu schätzen. Und nein, ich denke nicht, dass eine Illusion ausreichend wäre. Die Manipulation der Schatten hält einer Berührung nicht stand, egal, ob absichtlich oder versehentlich.“

Der Magier nickte ihr noch einmal zu, dann entfernte er sich. Ssil blickte ihm noch kurz nach, dann wandte sie sich wieder zu Robert um. In seinem Kopf erklang ihre Nachricht mit einer Unterströmung von solch großer Wärme und Nähe, dass seine Knie weich wurden und ihm das Herz dabei aufging.

Hier trennen sich vorerst unsere Wege, mein L'in Arpar. Die Mission meines Gottes wird überschattet von meiner eigenen Unkenntnis. Ich brauche Antworten auf einige wichtige Fragen. Deshalb werde ich nach Süden reisen.

Mit einer für sie überraschenden Zärtlichkeit strich sie ihm mit ihren Fingerspitzen über seine rechte Wange.

Wahrlich, noch nie hat mich mein Duogásš'geahči in die Irre geführt. Es gab keinen Grund, an der Wahrhaftigkeit meiner Vision zu zweifeln – doch wie hätte ich ahnen sollen, dass ausgerechnet ein Mensch diesen Platz in meinem Leben einnehmen würde?

Robert wusste nicht, wovon sie da sprach, aber er begriff, dass ihr beider Schicksal ineinander verwoben worden war, und dass seine Gefühle für sie keineswegs einen Irrweg seines Herzens bedeuteten, sondern von dieser seltsamen, gefährlichen und wunderschönen Kreatur geteilt wurden. Er war überrascht, als sie plötzlich die mittlerweile auch für ihn so viel einfachere und schnellere Kommunikation mittels Gedanken abbrach und ihn direkt ansprach.

„Bist du bereit, dein Blut für mich zu vergießen, L'in Arpar?"

„Wenn nötig tränke ich damit den Boden, bis er so rot ist wie deine Haut."

„So sei es, im Licht, im Dunkel und in den Schatten."

Sie vollführte im Einklang mit ihren Worten drei Gesten – zunächst zeichnete sie mit ihrer Rechten zwei gerade Linien in die Luft, eine von seinem rechten bis zu seinem linken Auge, die andere von seinem Mund hinunter bis zu seiner Männlichkeit. Zum Abschluss streckte sie ihren Arm mit ihrer Handfläche zu ihm gerichtet in gerader Linie nach vorne, exakt auf Höhe seines Herzens, stoppte die Bewegung aber einen Fingerbreit vor seinem Leib.

Verblüfft starrte er sie an. Er hatte das Gefühl, gerade Teil eines Rituals geworden zu sein, das eine enorm große Bedeutung besaß, ihm jedoch vollständig unbekannt war. Dennoch glaubte er zu erspüren, um was es dabei ging: Ssil wollte sich ihm versprechen, wollte einen Bund mit ihm schließen. Und ohne auch nur einen Hauch des Zweifels erkannte er, dass es genau das war, was auch er wollte. Er überlegte nicht lange.

Wenn das Herz klar ist, muss der Kopf schweigen.

Er packte ihr Handgelenk und machte einen kleinen Schritt nach vorne, sodass sich ihre Hand gegen seine Brust drückte. Seine Stimme war rau, aber fest.

„So sei es, mein roter Rabe, im Licht, im Dunkel und in den Schatten."

Es hatte ihn anfangs gestört, dass sie größer war als er. Das war nun einmal Neuland für ihn. Für gewöhnlich überragte er nicht nur die Frauen, sondern auch die meisten Männer, sogar oft um Haupteslänge. Er war fast ebenso groß wie Meister Valator, aber deutlich kräftiger und athletischer gebaut, wenngleich ihm die hünenhafte Massivität eines Ean Gomōnssons fehlte. Dass er fortan kleiner als seine neue Partnerin war, schien ihm nicht richtig zu sein, fast als wäre es gegen die natürliche Ordnung der Dinge. Aber als er in diesem Augenblick zu ihr aufschaute und in die leuchtend gelbe Welt ihrer Katzenaugen eintauchte, spielte das alles einfach keine Rolle mehr. Was auch immer noch auf ihn warten mochte in diesem Leben, er ahnte, dass es sehr aufregend werden würde.

Das Sehrohr des Dunkelelfen war außergewöhnlich gut gearbeitet. Die feinen Übergänge entlang der leicht und stufenlos ineinander verschiebbaren, dunkelanthrazitfarbenen Metallzylinder zeugten von einer überaus großen Kunstfertigkeit. Das Fehlen jedweder Verzierungen erhöhte in seinen Augen sogar noch den Eindruck handwerklicher Perfektion. Was er sich allerdings nicht erklären konnte, war die Verwendung von Glas am Anfangs- und Endstück des Gegenstands. Die Rohre, die er bislang in Händen gehalten hatte, verzichteten auf derlei Ausschmückungen. Er konnte sich auch nicht wirklich erklären, warum die Öffnungen damit verschlossen worden waren.

Vielleicht dient das Glas dazu, Regenwasser davon abzuhalten, einem ins Auge zu laufen?

Der Gedanke war naheliegend, und gleichzeitig doch recht abwegig. Immerhin diente ein Sehrohr dazu, Streulicht auszublenden und auf diese Weise bei hellem Sonnenschein Dinge gezielter beobachten zu können. Wer käme demnach bei Regen überhaupt auf die Idee, ein solches Hilfsmittel einzusetzen?

Nachdenklich betrachtete er sein außergewöhnliches Beutestück. Das glatte Metall lag kühl in seinen Händen. Einem Impuls folgend drückte er es zusammen, hob es hoch, blickte hindurch und fing an, es langsam wieder auseinanderzuziehen. Anfangs sah er nur verschwommenen Nebel. Er fürchtete bereits, dass das Glas beim Kampf Schaden genommen hätte. Doch dann klärte sich seine Sicht plötzlich, und Ean riss überrascht das Teufelsding herunter und stolperte einen Schritt rückwärts. Vollkommen verblüfft starrte er auf die Szenerie um sich herum, die sich jedoch in keiner Weise verändert hatte. Er war immer noch dort, wo er vorher gewesen war. Langsam nahm er das Rohr wieder hoch und versuchte es von Neuem. Wieder kristallisierte sich am Ende des Zylinders ein Bild, das um ein Vielfaches so groß war, wie dasjenige, das er mit bloßem Auge zu sehen imstande war.

Ein Lächeln machte sich auf seinem Gesicht breit.

Sian steh mir bei! Es ist ein magisches Instrument zum Weitsehen! Welch unfassbar wertvoller Fund!

Sofort machte er sich daran, den größtmöglichen Nutzen aus seinem neuesten Besitz zu ziehen und richtete das Weitsichtrohr auf das Meer aus Zelten in der Ebene unter ihm. Aufmerksam musterte Ean die Konturen des riesigen Heerlagers. Es war nach einem strengen, ihm wohl bekannten Plan errichtet worden. Und nun, da er die Bilder auf den Standarten, die dort unten vorher als winzige Wimpel kaum noch auszumachen gewesen waren, gut erkennen konnte, wusste er mit Sicherheit, wessen Armee sich dort befand.

Die Berge erstreckten sich zu seiner Linken, so weit sein Auge reichte. Er schätzte, dass ihr Standort gegenwärtig etwa hundertzwanzig Schritt über der Ebene gelegen war, die sich vor ihnen in nordwestlicher Richtung ausdehnte. Alarich, der zweitälteste Sohn seines Ziehvaters Elarich, hatte ihm als Halbwüchsigem einmal erklärt, wie man seine Sichtweite im Gelände abschätzen konnte. Sie waren, wie so oft damals, zusammen auf die Jagd gegangen. Im Gegensatz zu Rodon, dem Ältesten der fünf Söhne des Königs, der ähnlich groß und schwer wie sein Vater war und auch dessen ernstes Gemüt geerbt hatte, war Alarich nur einen halben Kopf größer als Ean und trotz seiner beeindruckenden Muskulatur eher athletisch als massig gebaut. Er war der mit Abstand schnellste der Brüder, und das nicht nur körperlich, sondern auch mit dem Kopf. Ean genoss die gemeinsamen Jagdausflüge sehr, zum einen, weil er dessen Gesellschaft sehr schätzte, und zum anderen, weil Alarich ihm immer etwas Neues beibrachte.

„Wenn du in der Ebene stehst, siehst du etwa so weit, wie du mit einer Einheit in einer Stunde marschieren kannst. Sitzt du beim Ausschau halten auf einem Pferd, reicht dein Blick sogar noch etwas darüber hinaus. Lässt du einen Späher auf einen hohen Baum klettern, kannst du deine Sicht auf das Drei- bis Vierfache steigern. Und von einem Hügel aus, der drei bis vier Baumlängen hoch über die Ebene ragt, überblickst du bereits alles, was du in einem Tag in normalem Marschtempo erreichen kannst."

Nachdem er sich gerade in einer solchen Höhe von annähernd vier Baumlängen befand, reichte sein Auge demnach gut einen Tagesmarsch weit. Er sah einen beachtlichen Strom, der sich etwa zwei Wegstunden von ihrem Standort entfernt aus den Hängen heraus in die große, von dichten Wäldern bedeckte Ebene vor ihnen ergoss. Zu seiner Rechten folgte ebenfalls Gipfel auf Gipfel, ohne dass er ein Ende erblicken konnte. Jedoch wusste er nun recht gut, wo er war, und dass die schroffen und steilen Hänge der Korruthen nach vier bis fünf Tagesritten Richtung Nordosten auf den unermesslichen Wald von Miratien stießen, wo sie schließlich in einer langgezogenen Hügelkette ausliefen. Denn er erkannte in dem Fluss, der dort linkerhand seinen Anfang nahm, den Grønnarm, einen Zustrom des Kongevann. Letzterer war der größte Strom Thorlands und hatte seinen Ursprung irgendwo tief im Inneren des gigantischen Waldelfenreiches. Nachdem er einige Tagesritte weit nach Westen Richtung Meer floß, wandte er sich in einer gewaltigen Schleife nach Süden und traf zunächst auf den Albiz, den weißen Fluss, der einerseits die Südgrenze Thorlands markierte und andererseits die nördliche Begrenzung Balgardaschs darstellte.

Dort lebten die tausend Stämme der Balgaren, eine eher kleinwüchsige Rasse der Menschen, die sich in den unzähligen Mooren und Sümpfen dieser sehr wasserreichen Region angesiedelt hatten. Sie waren eng mit den Teaheanak auf der anderen Seite der Berge verwandt, mit denen sie auch in einem regen Austausch standen.

Sie waren eigenbrötlerisch, aber friedfertig, solange man sie in Ruhe ließ. Wurden sie angegriffen, zogen sie sich in die unwegsamen Gebiete ihres Landes zurück und beschossen ihre Gegner aus dem Hinterhalt mit Giftpfeilen. Die Thorlander schauten auf dieses primitive Volk zwar herab, achteten aber aufgrund der zahlreichen und sehr potenten Gifte, derer sich die Balgaren bedienten sorgsam darauf, den Kongevann nur ohne Helm und mit einem hochgehaltenen

Fisch zu überschreiten - das von den Balgaren anerkannte Signal für eine friedliche Absicht. Diese Vorsicht galt auch für die Zuflüsse des Kongevann, den Albiz und den Grønnarm.

Um die thorlandische Armee nach Argenas führen zu können, gab es für Elarich nur zwei Möglichkeiten – durch das Waldelfenreich Miratien, oder aber durch Balgardasch und von dort aus über die Korruthen. Ersteres schied aufgrund des seit vielen Jahrhunderten angespannten Verhältnisses zwischen dem Volk der Eisenmänner und den Elfen aus. Der Grund für die zerrütteten Beziehungen war ein tragisches Ereignis, das sich vor mehr als sechshundert Jahren ereignet hatte. Die einzige Tochter der erhabenen Elfenkönigin Liliuvara war damals unter mysteriösen Umständen ums Leben gekommen. Ohne wirklich die Schuld daran zu tragen, hatte ein thorlandischer Prinz dabei seine Hand im Spiel gehabt. Der Riss, der sich dadurch zwischen den benachbarten Reichen gebildet hatte, sollte nie wieder heilen. Die Elfen gedachten des schrecklichen Vorfalls im *Lied des gespaltenen Pfeils* und weigerten sich seither, den Thorlandern das Betreten Miratiens zu gestatten.

Elarich hätte sein Heer auch westlich an den Korruthen vorbeiführen können, ohne das Territorium der Elfen zu betreten. Allerdings lag dann der Rassgalur zwischen ihm und Argenas, jene lebensbedrohliche und überaus tückische Sumpflandschaft, die sich bis zur Grenzfestung Thul Araan erstreckte. Der Korridor zwischen Bergen und Sumpf aber war die Heimat der Teaheanak, die wesentlich aggressiver und hinterhältiger waren als die Balgaren diesseits der Korruthen.

Deshalb war es wesentlich einfacher für den Thorlandkönig, sich den Weg durch Balgardasch freizukaufen und dann das Gebirge über den Ragnar-Pass zu überqueren. Wie Ean wusste, war der Einstieg zum Pass nur etwa eine Wegstunde östlich von seiner augenblicklichen Position gelegen.

So war es für ihn prinzipiell nicht weiter verwunderlich, dass er die Armee Elarich Erganssons vor sich in der Ebene lagern sah. Dass er allerdings bereits hier auf den Clankönig der Thorlander stoßen würde, damit hatte er vorher nicht gerechnet.

Bei Sian, er hat wahrhaftig alle neun Clans versammelt. Ich sehe die Wappen der Aduaker, Ymbronen und Ascomannen, Vikistaren, Daruden und Gaulingas, der Lemovarden, Meromannen und natürlich des Clans Elarichs, der Vyrdalen. Nach der Anzahl der Banner zu urteilen sind sie in ganzer Stärke angetreten – siebentausend wilde, schwer gerüstete Männer und Frauen! Ich setze meine Schwerthand gegen eine rostige Kupfermünze, dass sie von den blutdürstigen Priestern Garwors zum Krieg aufgehetzt wurden. Aber warum gegen Argenas? Warum auf der Seite der verdammten Kil-Rhai?

Ean schüttelte seinen Kopf. Er würde es bald herausfinden. Sehr bald. Er machte sich an den Abstieg. Er musste zurück zu den anderen und mit dem Hauptmann reden.

Die Ankunft der rothaarigen Frau war ein Schock gewesen, und er hatte ihre Annäherung an Robert mit allerhöchster Gespanntheit beobachtet, war aber zu diesem Zeitpunkt bereits schlicht zu weit entfernt gewesen, um eingreifen zu können. Außerdem vertraute er auf die wunderbar vielseitigen magischen Möglichkeiten seines stets aufmerksamen Freundes Gamron, der die Fremde ebenfalls mit angestrengter Konzentration beäugt hatte, sowie auf die Fähigkeiten des überaus kampferprobten Soldatenführers selbst. Als sie sich dann schließlich als das Wesen Ssil zu erkennen gegeben hatte, war er einigermaßen beruhigt gewesen. So beruhigt, wie es in diesem Fall nun eben möglich war. Wenn er ganz ehrlich zu sich selber war, fühlte er sich in ihrer Nähe etwa so entspannt, wie bei dem Versuch, einem roten Drachenweibchen ihre Eier zu stehlen. Immerhin hatte sich in den Tunneln herausgestellt, dass das Kind des Zwielichts voll und ganz auf ihrer Seite war – eine Tatsache, für die er Sian aus ganzem Herzen dankbar war.

Ha! Vermutlich sollte ich wohl eher diesem Ban-Thu dankbar sein, dem Gott der Schatten, dem sie dient. Er scheint nicht so böse und grausam zu sein, wie mir das Ulfhild in meinen Kindertagen erzählt hat.

Ean war genau wie seine Adoptivbrüder von deren Salafrōwōn, der Haushüterin des Königs, zu Bett gebracht worden, einer für thorlandische Verhältnisse sehr kleinen Frau von wohl an die sechzig Winter. Ulfhild mochte nicht besonders groß sein, aber sie war zäh wie die Wurzeln einer alten Steinarke. Sie kannte mehr Geschichten, als sie Haare auf dem Kopf hatte. Und unter den älteren Frauen gab es nicht wenige, die sie für den vollen Schopf beneideten, den sie nach wie vor auf dem Haupte trug. Die meisten ihrer Erzählungen waren düster und unheimlich – mit anderen Worten genau das, was kleine Jungs gleichzeitig lieben und fürchten. Einige dieser Geschichten handelten vom geflügelten Volk, den Kindern des Zwielichts, und ihrem finsteren Gott, dem Schattenkönig Skyrigh. Als der Hauptmann ihn nach der Schlacht in den Tunneln und dem Tod des Darmak Kokoru bezüglich seiner Verbündeten Ssil ins Bild gesetzt hatte, war Ean deshalb voller Zweifel gewesen, ob man diesem Wesen wirklich trauen konnte. Schließlich sah sie auch genauso finster und dämonisch aus, wie er sich eine Dienerin Skyrighs immer vorgestellt hatte. Alle seine Vorbehalte hatten sich aber als grundlos erwiesen. Die Sa′ê′Sar hatte Roberts Vertrauen durch ihre Heldentaten in den Tunneln mehr als gerechtfertigt.

Die Überlebenden Thul Araans sind aus den Kerkern der Schwarzen Mönche entkommen, und gemeinsam konnten wir dieser unterirdischen Hölle entrinnen. Ich bin im Besitz Ukonnens. Nun muss es mir gelingen, das Heer meines Vaters auf der Seite König Eriks in den Krieg ziehen zu lassen, und nicht gegen die silberne Armee von Argenas. Ein schwieriges, wenn nicht sogar unmögliches Unterfangen!

Dennoch hatte er nun einen Plan. Einen verwegenen Plan, zugegeben, aber dennoch einen voller Hoffnung. Allerdings gab es noch eine ganze Reihe von unbekannten Variablen, die er noch nicht wirklich berechnen konnte. Es galt nun, sein Möglichstes zu tun, um diese zu seinen Gunsten zu beeinflussen. Und mit Robert würde er anfangen.

Der Hauptmann hat eine sehr spezielle Beziehung zu der Chaya-Rhunay. Es erscheint abwegig, ja schlicht verrückt zu sein, aber dennoch denke ich, dass Ssil sich in Robert von Callen verliebt hat. Und wie es aussieht, erwidert der Taufan ihre Gefühle.

Er fragte sich, wie das überhaupt möglich war. Er selbst empfand Ssil als viel zu dominant in ihrem Auftreten. Sie wirkte auf ihn mehr wie ein Mann. Eine wirklich feminine Seite, eine weibliche Sanftmut, die einen Mann an Zärtlichkeiten und Intimitäten denken ließ, konnte er in ihrer Persönlichkeit nirgends entdecken. Was also war es, dass Robert an der Chaya-Rhunay faszinierte?

Merkwürdig, dass sich die Wege der beiden überhaupt gekreuzt haben! Und dann noch dazu auf diese ganz spezielle Weise: Sie waren in derselben Situation, waren aufeinander angewiesen und konnten sich so vollkommen losgelöst von irgendwelchen vorgefassten Rollenbildern und Vorurteilen kennenlernen – ohne die Kil-Rhai wäre das niemals möglich gewesen...

Allerdings waren ihre jeweilige Vergangenheit und ihre Lebensentwürfe extrem andersartig. Robert war ein in sich ruhender, besonnener Anführer, der sich voller Verantwortungsbewusstsein dem Wohlergehen seiner Soldaten und der Pflichterfüllung gegenüber seinem König widmete. Ssil dagegen war eine Einzelgängerin. Wenn überhaupt, so arbeitete sie nur mit den anderen Priesterinnen und Priestern Ban-Thus zusammen. Ihr Leben und wohl auch ihre Seele hatte sie dem Dienst an ihrem Gott verschrieben. Der Taufan war stets kontrolliert, höflich und diszipliniert. Ssil aber kam ihm vor wie ein Vulkan, der jederzeit explodieren konnte. Darüber hinaus war sie noch nicht einmal ein Mensch. Wie würde sie wohl in der menschlichen Gesellschaft aufgenommen werden? Er musste dazu nur an seine eigene Reaktion auf ihr dämonisches Äußeres denken, und jegliche Hoffnung auf eine wie auch immer geartete Akzeptanz schmolz dahin wie Schnee in der Sonne. War bei derartig großen Unterschieden eine gemeinsame Zukunft überhaupt denkbar? Und wenn ja, wie würde eine solche aussehen? Müsste nicht einer der beiden sein vorheriges Leben aufgeben? Selbst dann waren Schwierigkeiten und Probleme wohl nicht zu vermeiden. Würden sie sich dieser Herausforderung überhaupt stellen wollen?

Fragen über Fragen. Ich persönlich könnte mir so etwas nicht vorstellen. Allerdings verstehe ich auch gar nicht, wie man dieses Wesen attraktiv finden kann. Selbst ihre Brüste sind von diesen rituellen Narben übersät…

Ean merkte, dass er sich nicht wirklich in Roberts Situation hineinversetzen konnte. Seine eigenen Traumbilder von einer schönen, anziehenden Frau waren schlicht zu weit von denen des Hauptmanns entfernt.

Da tauchte aus seinem Verstand eine Erinnerung auf, und ein Ausspruch seines Ziehvaters Elarich klang ihm von neuem in den Ohren: „Ist das Weib ganz anders als du, willst du unbedingt in ihr Bett. Ist sie dir aber sehr ähnlich, willst du sie für immer in deinem Haus."

Das würde erklären, warum Robert sie begehrt. Aber es wäre leider auch keine gute Grundlage für eine gemeinsame Zukunft.

Als er sich dem Hauptmann näherte, trennten sich dieser und die Sa'ê'Sar. Roberts Gesichtsausdruck verriet in ungewöhnlicher Offenheit, wie emotional aufgewühlt er war.

Das wird jetzt nicht leicht werden.

Als der Taufan ihn bemerkte, verschloss dieser seine Gefühle wieder tief in seinem Inneren und wandte sich mit dem ihm eigenen Ausdruck unerschütterlicher Ruhe und Gelassenheit zu Ean um.

Er hat sich meiner Befehlsgewalt unterstellt. Ich hoffe, er bleibt dabei.

"Ich weiß, dass ihr so schnell wie möglich nach Argenas zurück wollt, Hauptmann, um König Erik über alles, was geschehen ist, Bericht zu erstatten. Ich weiß auch, dass ihr mir noch immer nicht vollständig vertraut, und dass euch die Zweifel darüber plagen, ob ihr Recht daran getan habt, euch meinem Kommando zu beugen."

Als Robert etwas sagen wollte, hob Ean die Hand, und der Hauptmann schwieg.

"Ich brauche dazu weder eure Zustimmung, noch euren Widerspruch. Es ist lediglich das, was jeder halbwegs vernunftbegabte, leidlich fähige Anführer denken würde. Ihr seid jedoch wesentlich mehr, Robert von Callen. Euer Ruf als Großmeister der Schwertkunst reicht weit über Argenas hinaus, und auch eure Verdienste als Kommandant der königlichen Truppen legen mehr als nahe, dass ihr ganz selbstverständlich von derartigen Gedanken gequält werdet. Nichtsdestotrotz kann ich eurem Wunsch, mich nun zu verlassen, nicht entsprechen. Die Dinge haben sich geändert. Ihr würdet ohne mich nicht lebend über den Pass kommen, und das kann ich nicht zulassen. Das Heer meines Vaters lagert dort drüben, keine zwei Stunden Fußmarsch von hier entfernt. Ihre Späher dürften uns bereits entdeckt haben, oder werden es jedenfalls jeden Moment tun. Seine Vorhut, die einen Vorsprung von wenigstens einem halben Tag gegenüber dem Hauptheer hat, wird den Pass mittlerweile gesichert haben. Es gibt dort kein Durchkommen mehr für Euch. Darüber hinaus kann ich eure Hilfe gebrauchen."

Robert sah nicht besonders erbaut aus, schien jedoch auch alles andere als überrascht zu sein. Es war ihm klar anzumerken, dass er mit dieser Entwicklung der Situation mehr als unzufrieden war, es aber durchaus bereits vorausgeahnt hatte.

"Euch helfen, Freiherr Gomōnsson? Vergebt mir meine geistige Schwerfälligkeit, aber ich vermag nicht zu erkennen, wie ich euch bei der Begegnung mit eurem Vater und seiner Armee von Eisernen behilflich sein könnte."

Wortwahl und Tonfall des Hauptmanns grenzten nicht nur an Subordination, vielmehr hatte von Callen diese Grenze mit festem Schritt bewusst übertreten. Ean lächelte. Er hatte von diesem Mann nicht weniger erwartet.

"Das ist auch nicht nötig, Soldat. Für den Augenblick reicht es, wenn ihr mir einfach euren Gehorsam leistet."

Er nickte Robert noch einmal zu, so als hätte der Hauptmann ihm dies auch soeben zugesichert, und wandte sich dann ab, um an dem Hauptmann vorbei zu Ssil hinüberzusehen.

"Ich brauche sie, und sie hört auf euch, Robert. Sie ist die Einzige, die rechtzeitig und ohne von unseren Feinden gestoppt werden zu können, zum König gelangen kann."

Er wandte sich wieder zu seinem widerwilligen Verbündeten um. Diesmal starrte ihn der Taufan mit ehrlicher Überraschung an.

"Das meint ihr nicht im Ernst, Freiherr! Ihr habt sie doch kennengelernt! Sie hört auf nichts und niemanden, außer auf sich selbst. Sie hat sich uns angeschlossen, weil unsere Hilfe für sie ein Vorteil war, nicht mehr und nicht weniger."

"Ich denke, ihr unterschätzt euren Einfluss, Hauptmann. Überzeugt sie, bittet sie darum, fleht sie meinethalben an, euch diesen Gefallen zu leisten, aber bringt sie dazu, nach Argenas zu fliegen!"

"Aber warum? Weshalb sollte sie ein derartiges Risiko eingehen? Und erzählt mir nicht, dass es nicht gefährlich wäre, in Schussreichweite der königlichen Bogen- und Ballista-Schützen herumzufliegen!"

"Wie gesagt, Soldat, sie ist die Einzige, die König Erik rechtzeitig mit einer Botschaft von mir erreichen kann."

Robert machte jetzt ein sehr nachdenkliches Gesicht.

"Und was genau soll sie dem König mitteilen, Freiherr Gomōnsson?"

Ean streifte einen unbedeutend aussehenden, eisernen Ring vom Finger, den er vom König genau für eine solche Situation erhalten hatte und der neben dem prachtvollen Siegelring, der ihn als Freiherren von Argenas auswies, nicht weiter auffiel. Er überreichte Robert das Kleinod.

"Mit diesem Ring wird sie beim König Gehör finden. Damit er keine unnötigen Risiken eingeht, muss Erik wissen, dass meine Mission erfolgreich war. Er muss erfahren, dass es mir gelungen ist, Ukonnen den finsteren Klauen der Kil-Rhai zu entreißen. Und er muss in seine Planung der Verteidigung des Königreiches eine wesentliche und schlachtentscheidende Information einarbeiten: Die eiserne Armee Thorlands wird auf unserer Seite in den Krieg ziehen, aber Elarichs Truppen werden ihre wahre Gesinnung bis zum allerletzten Moment verborgen halten. Wir werden mit den

Schattenkriegern und den grauhäutigen Warloks marschieren, und nach Beginn der Schlacht dem Feind in den Rücken fallen."

Er konnte sehen, wie es im Gesicht des Hauptmanns arbeitete. Ihm war klar, dass er damit den Zweifel im Herzen Roberts nicht direkt beseitigt hatte. Wenn überhaupt, so hatte er ihm vermutlich zunächst eher neue Nahrung gegeben. Denn einmal angenommen, er würde wirklich ein falsches Spiel spielen und beabsichtigen, den König tatsächlich zu verraten, so wäre die Botschaft Ssils ein brillanter Schachzug: Wenn der König die Tatsache des Überlaufens der Thorlander in seine Schlachtstrategie einarbeitete und sich darauf verließ, so würde dies das Schicksal der Argenaer endgültig besiegeln. Andererseits basierte ein Großteil des Zweifels, den der Hauptmann gegen ihn hegte, auf der Annahme, dass der König ihn wahrhaftig entehrt hatte und die ganze Geschichte von einer geheimen Mission nur erstunken und erlogen war. Unter diesem Gesichtspunkt wäre der Auftrag für die Sa´ê´Sar völlig unsinnig, sodass die Botschaft an den König also doch für ihn, Ean, sprach.

Er überließ es der Scharfsinnigkeit Roberts, diese Schlussfolgerung selbst zu ziehen und wandte sich ab, um zu Gamron zu gehen. Dieser stand mit Gregor, der einen missmutig-gereizten Eindruck machte, bei Wolf und Selina, die zusammen auf einem der Findlinge saßen. Alle blickten sie zu ihm, als er sich zu ihnen stellte, und schauten ihn erwartungsvoll an.

"Die Ereignisse schreiten rascher voran, als ich gedacht habe. Mein Vater, der Clankönig der Thorlander, hat mit seinen Truppen die Korruthen erreicht. Er ist es, der mit seiner Armee dort unten am Fluss lagert. Ich gehe davon aus, dass sie uns bereits gesichtet haben."

Wolf richtete sich auf und warf einen Blick zu seinem Hauptmann hinüber.

Guter Mann. Ich bin mir sicher, dass Robert ihm nichts von seinen Zweifeln erzählt hat, das bedeutet also, dass er sich entweder seine eigenen Gedanken gemacht oder dessen Zwiespalt gespürt hat. Vielleicht sogar beides. Nun will er wissen, wie sich sein Anführer entscheidet. Zu ihm hat er vollstes Vertrauen, zu mir offensichtlich nicht.

Selina sah mit geweiteten Augen von Ean zu Gamron und wieder zurück. Gregor dagegen hatte seine Augen auf seine Füße gerichtet und warf lediglich hin und wieder einen Blick auf die junge Frau.

Sie ist wirklich clever, sie hat begriffen, dass die Entscheidungen in dieser Gruppe zwischen Gamron und mir getroffen werden. Aber Gregor macht mir Sorgen. Woher kommt diese Teilnahmslosigkeit? Er wirkt traurig und niedergeschlagen. Natürlich hat er Schreckliches erlebt in der letzten Zeit, aber gerade jetzt? Nachdem wir glücklich aus den Tunneln entkommen sind? Merkwürdig...

Wie Ean sehen konnte, beendeten Robert und Ssil ihr leise geführtes Gespräch und umarmten sich noch einmal. Erneut sah es dabei so aus, als würde die Sa´ê´Sar den Hauptmann auffressen wollen, auch wenn es sich vermutlich doch eher um einen leidenschaftlichen Kuss handelte. Dann stieß sie den Hauptmann von sich weg, breitete ihre riesigen Schwingen aus, erhob sich mit mächtigen Flügelschlägen in die Luft und eilte in südwestlicher Richtung davon. Robert sah ihr noch eine Zeitlang nach, wie sie schneller und schneller die Bergflanke hinaufflog und kam dann zu ihnen herüber. Ean wartete, bis er sich zum Rest der Gruppe gesellt hatte. Gamron nickte Robert zu, ein Zeichen dafür, dass sein hochintelligenter Freund bereits wieder die Hintergründe für Ssils plötzlichen Aufbruch vollständig entschlüsselt hatte. Der Rest der Garnisonssoldaten schien ohnehin eher erleichtert zu sein.

Wer sollte ihnen das verdenken? Vor allem das offensichtlich innige Verhältnis der Chaya-Rhunay zu ihrem Hauptmann muss sie alle stark aufgewühlt haben. Sie kennen, schätzen und lieben Robert. Es ist nur natürlich, dass sie sich bei dieser Liebesbeziehung allergrößte Sorgen machen.

Ean musterte den Taufan fragend, woraufhin dieser ihm einmal knapp mit verschlossener Miene zunickte. Der Drachenritter ließ es dabei bewenden und fuhr fort.

"Ich kann nicht für ein friedliches Verhalten der Thorlander garantieren. Möglicherweise werden sie uns zunächst in Gewahrsam nehmen. Bitte behaltet alle einen kühlen Kopf und überlasst mir das Reden bei den Verhandlungen. Ich werde..."

Aber weiter kam er nicht, denn ein Armbrustbolzen schlug mit lautem Knall in den Felsen ein, auf dem Wolf und Selina gesessen hatten. Sofort gingen alle hinter den großen Findlingen in Deckung.

Alle, bis auf Ean.

Er zog sein Schwert, ging zwei Schritte in die Richtung, aus der das Geschoss gekommen war und brüllte mit lauter Stimme:

"Eure Mütter müssen vor Scham und Schande gestorben sein, als sie die feigen Maden erblickten, die sie auf die Welt gesetzt haben!"

Er spuckte neben sich auf den Boden und hörte, wie Robert hinter ihm Gamron etwas zuraunte, das er nicht ganz verstand. Die Worte "einen kühlen Kopf behalten" waren jedoch deutlich zu vernehmen.

Ean trat noch einen Schritt auf die angenommene Position der Thorlander zu und formte mit dem Zeigefinger und dem Daumen seiner hochgestreckten Linken einen Ring, den er dann fest zusammenpresste.

"Wenn ihr das Loch in euren Ärschen so zuziehen müsst, um euch nicht vollzuscheißen, dann rennt zurück zu eurer Mutter! Aber passt auf, dass ihr nicht über eure Nabelschnur stolpert! Und wenn nicht, dann kriecht aus euren Löchern und zeigt euch!"

Die Sonne, deren unterer Rand nun die Spitzen der Bäume weit im Westen berührte, tauchte alles in ein orangerotes Licht, als sich die schwarzen Silhouetten von mehr als einem Dutzend Männern etwa fünfzig Schritt von ihnen entfernt aus der Deckung einiger großer Felsblöcke schoben. Einer Eingebung folgend warf Ean einen raschen Blick in alle Richtungen und sah, wie sich überall schwer Bewaffnete erhoben und auf sie zuschritten. Sie waren bereits vollständig eingekesselt.

Ihr Herz sang. Mit kräftigen Flügelschlägen schraubte sie sich die Bergflanke empor und genoss die kühle Luft, die über ihre Schwingen strich und die schwarzen Federn auf diese einzigartige Weise zum Rauschen brachte.

Fast hatte sie in der Enge ihrer steinernen Zelle die Hoffnung aufgegeben, jemals wieder den Wind auf ihrer Haut zu spüren und mit den Luftströmungen zu tanzen. Die vermeintliche Ausweglosigkeit ihrer Situation war erdrückend geworden. Sie hatte die Last der abertausenden Tonnen Fels über ihrem Haupt gespürt, die ihre Brust umklammernde Enge ihres Gefängnisses immer stärker empfunden und sich verzweifelt nach Freiheit, nach der unendlichen Weite des Himmels gesehnt.

Vor allem aber war sie kurz davor gewesen, aufgrund des bevorstehenden Scheiterns ihrer Mission innerlich zu zerbrechen.

Während sie höher und höher stieg, zogen vor ihrem geistigen Auge die Erinnerungen an die letzten Wochen vorbei, bis zu jenem schrecklichen Tag, an dem sie Kokoru aufgesucht hatte – Hohepriester und Yokoman, Darmak der schwarzen Mamba, des mächtigsten Clans der Khil-Rhai nördlich des Weges der Erkenntnis:

In der Vision, die Ban-Thu ihr geschenkt hatte, als sie auf der kristallenen Plattform der heiligen Stätte im Zwielicht der beiden Monde badete, hatten die Kil-Rhai das magische Schwert Ukonnen in ihren Besitz gebracht. Es war das zentrale Element des gigantischen magischen Netzes, das die Roten Meister von Kwo-Rhai vor über zehntausend Jahren über Nin gespannt, und dem diese Magier den Namen Ki-Rin gegeben hatten. Sollte sich das Haus des Leids von Neuem erheben, um alle Völker und Reiche des Kontinents auf ewig unter das Joch einer grausamen Tyrannei zu zwingen, so würde dieses Netz aktiv werden, die nachfolgenden Generationen warnen und sie im Kampf gegen die drohende Schreckensherrschaft leiten und unterstützen.

Wenn sie die verstörende Flut visionärer Bilder richtig interpretiert hatte, war Kokoru im Besitz der Klinge und würde nun dafür sorgen, dass sie jenem Wesen in die Hände fiele, den Ban-Thu den *lichtverhüllenden Giganten* genannt hatte. Diese Tat würde das Ende aller Hoffnungen bedeuten und den Sieg der dunklen Mächte für immer unabwendbar machen. Kokoru allerdings würde diesen Schritt mit seinem Leben bezahlen.

Ssils Mission war es, alles daran zu setzen, die neuerliche Errichtung des Hauses des Leids abzuwenden. Den ersten Schritt hatte sie bereits getan – sie hatte die Druiden, die bei ihrem Volk auch die Wächter des Ausgleichs genannt wurden, ins Spiel gebracht, ganz so, wie es Ban-Thu ihr aufgetragen hatte.

Seit tausenden von Jahren bestand zwischen den Chaya-Rhunay und den Priestern der Natur ein Blutsbund. Geschaffen von Ioa, dem Hierophanten und damaligen obersten Druiden Nins, sowie dem Chaya-Rhûn Gûrjar, dem Ältesten, im Jahr 5455 vor dem Feuer, sollte dieser Bund dafür Sorge tragen, dass kein zweites Haus des Leids auf Nin errichtet werden könnte. Denn Gûrjar hatte in der Zukunft gelesen und vorausgesehen, dass in fernen Tagen die beiden großen Priesterschaften Seite an Seite kämpfen mussten, um eine ewig währende Tyrannei zu verhindern. Jeder große Druide und jede große Druidin schworen zusammen mit einem Kind des Zwielichts, das dem Gott der Schatten diente, einen heiligen Eid, den Bund einzuhalten. Ssils Blutsschwester war die Halbelfe Yrrinea gewesen.

Warum ihr Gott ausgerechnet sie, die von ihrem eigenen Volk verachtete Halbdämonin, die Ausgestoßene, ausgewählt hatte, um sein Werkzeug auf Ama zu sein, blieb ihr ein Rätsel. Dennoch hatte sie sich unsagbar geehrt gefühlt und war buchstäblich zu allem bereit, um sich als würdig zu erweisen. Nachdem sie den heiligen Berg aller Sa´ê´Sar verlassen hatte, war sie zu ihrem einsam gelegenen eigenen Tempelhorst geflogen.

Eigentlich wäre sie die prädestinierte Nachfolgerin der ehrwürdigsten Schattenmutter gewesen und auch von dieser dazu auserkoren, den Dienst als oberste Chaya-Rhunay der nördlichen Horste anzutreten. Ssil aber hatte von Anfang an gewusst, dass der alte Argwohn und die nie wirklich zur Gänze abgelegte Abscheu gegenüber einer Halbdämonin zurückkehren würden, sobald die mächtige Hand der von allen verehrten Ss´assalú sie nicht mehr schützen konnte. Die Älteren hatten all ihre Vorurteile, ihre Lügen und falschen Anschuldigungen an die Jüngeren weitergegeben, sodass selbst Ssils mehr als hundert Jahre aufopferungsvolle und treue Dienerschaft nichts daran hatte ändern können, dass die Gemeinschaft der Sa´ê´Sar sie schlicht und ergreifend nicht wollte. Also hatte sie ihren Platz einem zwar sehr viel unerfahreneren, dafür aber von allen anerkannten und beliebten Schattenpriester überlassen.

In der Stille und Abgeschiedenheit ihres Tempelhorstes hatte sie vierzig Tage lang über den Inhalt, all die verstörenden Bilder ihrer Vision und die dunklen Worte Ban-Thus meditiert. Dann war sie aufgebrochen. Doch als sie sich zu der Heiligen Stätte Yrrineas begeben hatte, war sie dort lediglich auf ein blutjunges Mädchen aus dem Volk der Menschen gestoßen.

Eine Nestbeschmutzerin! Das war es, was mir durch den Kopf schoss. Aber als ich sie dort sah, nackt im heiligen Teich Yrrineas badend, was hätte ich anderes denken sollen? Ich war mir sicher, dass dieses frisch geschlüpfte Küken, hinter deren Ohren noch Reste ihrer Eierschale glänzten, dort nichts zu suchen hat!

Wie sich herausgestellt hatte, war das Küken mit dem Namen Rani aber tatsächlich die Nachfolgerin der verstorbenen großen Druidin – eine Tatsache, die für Ssil nur schwer zu fassen war. Dennoch hatte sie es als schicksalhafte Gegebenheit akzeptieren können, denn trotz der fehlenden Erfahrung schlummerte ein überaus beachtliches Potenzial in der jungen Seele der Druidin, und Ssil hatte nicht nur deren durchaus starkes Rückgrat bewundern können, sondern auch ein eindrucksvolles, wenn auch zwiegespaltenes Traumbild über die Zukunft Ranis empfangen. Ihr stets wachsames, inneres Auge, das sie als Eingeweihte des fünften Elements gelernt hatte zu öffnen, hatte ihr eine Mutter gezeigt, die *ihr Kind verlor, um ihre Kinder zu retten*.

Sie wusste nicht, wie sie diese rätselhafte Vision zu deuten hatte. Aber eines war Ssil klar geworden – dass Rani ein bedeutungsschweres Schicksal trug.

Aber Ssil war sich auch noch aus einem anderen Grund sicher, mit Rani die richtige Person auf die Reise zu Una Ea´jana geschickt zu haben. Denn nachdem sie den Wald der schimmernden Schatten verlassen hatte, war sie von einem Shadoral, einem mächtigen Diener Ban-Thus, aufgesucht worden. Ssil erschauerte innerlich, als sie sich mit großer Lebhaftigkeit an dieses nervenaufreibende Ereignis erinnerte.

Nach sechs Tagen ununterbrochenen Fluges war sie in den frühen Abendstunden müde und ausgepumpt am nordwestlichen Ende der Korruthen gelandet. Der Abgesandte Ban-Thus hatte sich dort aus den Schatten der umstehenden Bäume manifestiert, gerade als sie ihren brennenden Durst aus einem kleinen Bergbach stillen wollte, an dessen Ufer sie ihr kleines Nachtlager aufgeschlagen hatte. Ssil war den Dienern ihres Gottes schon mehrfach begegnet, deswegen hatte sie nicht vollständig die Beherrschung verloren. Nichtsdestotrotz brachte die Erscheinung ihre Nervenenden zum Vibrieren.

Der dunkelanthrazitfarbene Körper, der in fließende Schattengewänder gehüllt war, erhob sich volle fünf Schritte hoch. Beine waren keine zu erkennen, wohl aber vier armähnliche Gliedmaßen, die jeweils aus vier Segmenten bestanden und unaufhörlich bizarr anmutende Bewegungsmuster formten. Der Schädel reckte sich an den Seiten wie ein überbreites V steil nach oben, sodass es von weiter weg den Anschein hatte, als ob die Gestalt zwei gewaltige Hörner besäße. Von Nahem aber wurde sichtbar, dass es sich vielmehr um eine groteske Verzerrung des gesamten Hauptes handelte. Zwei schräg gestellte Augenschlitze leuchteten in einem fahlen, weißlich-gelben Licht, ohne von einem Augapfel oder einer Pupille durchbrochen zu werden. Am verstörendsten aber war seine Aura – der Shadoral strahlte eine Eiseskälte aus, die mehr umfasste als lediglich die körperliche Empfindung. Ssil erzitterte bei seinem Anblick bis tief in ihre Seele hinein.

Dann nahm der Diener Ban-Thus mental Kontakt mit ihr auf. Es war nicht schmerzhaft, wie bei den telepathischen Gesprächen mit ihrem Gott selbst, dessen Worte sich stets wie glühende, mentale Lanzen durch ihr Gehirn fraßen. Es war im Gegenteil zu Anfang immer überaus angenehm. Die Begleitmusik, die jeder nur durch Gedanken übermittelten Botschaft anhaftete, war bei einem Shadoral besänftigend und trügerisch zart, sie lullte einen ein, umschloss ganz sanft alle Barrieren und Mauern, die jeder geschulte Telepath zu errichten wusste, um seine innersten Wünsche und Sehnsüchte, Träume und Ziele zu verbergen. Hatte er jedoch erst einmal die Abwehrriegel fest in seiner Hand, so drückte er diese mit unwiderstehlicher Kraft beiseite und erforschte den Geist seines Gegenübers, ein Akt, der nichts anderes war als eine grausame, psychische Vergewaltigung. Auch wenn die Absichten eines Shadoral nicht wirklich böse waren, so konnte man sie jedoch, gerade im Hinblick auf das mögliche Resultat, auch nicht als gut bezeichnen. Vielmehr entsprang dieses Vorgehen schlicht dessen Natur.

Du hast die Wächter des Ausgleichs ins Spiel gebracht.

Ssil kämpfte darum, die Augen offen und ihre Barrieren oben zu halten.

Finde nun deinen L'in Arpar und trinke seine Blutschuld bis zur Neige.

Sie erzitterte, einerseits vor Anstrengung, ihre Mauern nicht zu verlieren, andererseits vor den Implikationen, die diese Botschaft beinhaltete.

Dann trat der Shadoral auf sie zu. Unwillkürlich wollte sie zurückweichen. Eine namenlose Angst drohte ihre eiserne Selbstbeherrschung hinwegzuwischen. Nur mit allergrößter Mühe gelang es ihr, an Ort und Stelle zu verweilen. Noch nie war ihr einer der Diener Ban-Thus so nah gekommen. Oder war es ohnehin jedesmal derselbe gewesen? Sie vermochte es nicht zu sagen. Die Luft kühlte sich in wenigen Augenblicken stark ab, und Ssil gewahrte zunächst einen dezenten, eigentümlichen Geruch, der in der Hauptnote dem vanilleähnlichen Duft der Tigerorchidee glich, unter den sich aber bald ein Hauch von modrigem Schimmel begleitet von einer scharfen Fahne Salpeter mischte.

Empfange das Zwielicht-Diadem unseres Herren!

Zwei der Arme streckten sich schlangengleich zu ihr hin. In den Händen hielten sie einen Reifen aus anthrazitfarbenem Metall, der zwei fingerbreit gearbeitet, aber so dünn ausgewalzt war, dass er den Eindruck erweckte, vom kleinsten Kind verbogen werden zu können.

Als sie das Diadem in Empfang nahm, berührte sie mit der Kuppe ihres linken Zeigefingers die Hand des Shadoral. Eine eisige Schmerznadel fuhr stechend durch ihr Fleisch und jagte durch den gesamten Unterarm hindurch bis zu ihrem Ellenbogen. Hastig ruckte sie ihren Finger weg, doch der betäubende Schmerz blieb. Sie schalt sich selbst eine Närrin, dass sie nicht besser auf ihre Bewegungen achtete und zwang sich, das pochende Toben in ihrem Arm zu ignorieren.

Als sie ihre Aufmerksamkeit erneut auf das Diadem fokussierte, sog sie überrascht die Luft ein – der Reif war deutlich schwerer als erwartet und vermittelte ihr eine unfassbare Stabilität. Sie war sich nicht im Geringsten sicher, ob ihre Kraft ausreichen würde, das hauchdünne Schmuckstück zu verformen.

Ban-Thu steh mir bei! Das ist Nachtstahl!

Nur die erfahrensten Schattenpriester waren in der Lage, dieses spezielle Metall herzustellen.

Ihr Gott war der Herr des Dazwischen, des unendlichen Raums zwischen allen Dingen, egal ob groß oder klein. Ssil erinnerte sich noch gut an eine der ersten Lektionen ihrer Schattenmutter. Ss´assalú hatte versucht, ihr die verblüffende Größe des Reiches ihres Herren zu erklären. Dazu hatte sie eines der durchsichtigen Glasgefäße in ihrem Wohnhorst mit großen Steinen gefüllt, bis kein einziger mehr hineingepasst hatte. Noch immer konnte sich Ssil an jedes einzelne Wort erinnern, das damals gesprochen worden war.

„Sieh genau hin, kleine Ssil. Was sagst du, ist das Gefäß nun voll?“

„Ja, ehrwürdige Mutter, das ist es.“

„Kannst du die Räume sehen, die sich zwischen den Steinen auftun?“

„Ja, ehrwürdige Mutter, das kann ich sehr gut.“

„Dann pass nun gut auf.“

Die alte Chaya-Rhunay hatte zwei Säcke neben das Gefäß gestellt, den einen geöffnet und die darin enthaltenen kleinen Steine vorsichtig in das Gefäß gleiten lassen, bis kein einziger mehr Platz hatte.

„Was sagst du jetzt, ist das Gefäß nun voll?“

Ssil hatte gelächelt, da sie gedacht hatte, bereits verstanden zu haben, worauf Ss´assalú hinauswollte.

„Ja, das Gefäß ist jetzt voll, ehrwürdige Mutter.“

„Dann sieh noch einmal genau hin, kleine Ssil. Kannst du noch immer Räume zwischen den Steinen erkennen?“

Ssil war ganz nah an das Glas herangetreten und hatte es von allen Seiten mit zusammengekniffenen Augen ganz genau betrachtet.

„Ja, ehrwürdige Mutter, du hast Recht, ich kann immer noch kleine Zwischenräume erkennen. Heißt das, es ist noch gar nicht voll?“

Ss´assalú hatte den zweiten Beutel geöffnet, in dem feiner Sand enthalten war. Ohne ein Wort zu sprechen hatte sie diesen in das Gefäß geschüttet, bis alle Steine vollständig davon umhüllt gewesen waren und der Sand an den Seitenwänden herabrieselte.

„Was sagst du nun, kleine Ssil? Ist das Gefäß jetzt voll?“

Ssil hatte bereits sagen wollen, dass es so sei, aber sie war sich nun nicht mehr wirklich sicher gewesen. Sie war ihrer Lehrerin bereits zweimal in die Falle getappt und hatte eigentlich nicht vor, noch einmal falsch zu antworten. Aber so sehr sie sich auch anstrengte, es wollte ihr nichts einfallen, das noch kleiner sein sollte als ein Sandkorn.

„Ehrwürdige Mutter, das Gefäß ist so voll, dass kein einziges Sandkorn mehr hineinpasst. Sieh nur, sie fallen ja schon von den Rändern herab. Und ich kann auch keine Räume mehr zwischen den winzigen Sandkörnern erkennen."

Ss´assalú hatte genickt und ihren Versuch, richtig zu antworten, obschon sie die Lösung nicht kannte, dadurch honoriert. Sie war aufgestanden und hatte einen Ziegenlederbeutel geholt, der voller Wasser gewesen war. Schon als sie sich mit dem Beutel in der Hand zu Ssil umgedreht hatte, waren deren Augen in der Erkenntnis des nächsten Schrittes groß geworden. Die alte Chaya-Rhunay hatte den Korken gezogen und das Gefäß langsam und bedächtig mit Wasser gefüllt. Voller Verwunderung hatte Ssil beobachtet, wie viel Wasser noch in das Gefäß hineingepasst hatte.

„Obwohl du die Räume zwischen den Sandkörnern nicht mehr sehen konntest, so müssen sie dennoch da gewesen sein, kleine Ssil. Denn wo sonst soll all das Wasser Platz gefunden haben, wenn nicht im Raum zwischen diesen?"

Ssil hatte staunend genickt.

„Aber nicht nur zwischen den einzelnen Körnern ist das Wasser hingeflossen, mein Kind. Es ist auch IN die Körner geflossen. Der Sand hat das Wasser in sich aufgenommen. Weißt du, warum ein Sandkorn das kann?"

„Weil es in sich selbst auch noch leere Räume hat, die gefüllt werden können?"

Nun war es an Ss´assalú gewesen, zu lächeln.

„Ja, kleine Ssil. Genauso ist es. Jedes Ding und jedes Lebewesen, jeder Stein, sei er auch noch so hart, und sogar winzig kleine Sandkörner, bestehen zu großen Teilen aus Leere. Und unser Gott, Ban-Thu, ist der Herr dieses gähnenden Nichts."

Sie hatte das Gefäß genommen und es Ssil in die Hände gegeben. Es war schwer gewesen, schwerer als sie gedacht hatte.

„Glaubst du, du kannst es halten, wenn ich all die Räume, die immer noch in dem Glas sind, mit Schattenmaterie fülle?"

Ssil war sehr still geworden. Die Frage hatte nahegelegt, dass es ihr nicht möglich sein würde. Aber sie hatte schon mit halbrealen Schattenfetzen gearbeitet. Sie waren nicht ganz und gar ohne Substanz, aber so leicht wie die Luft selbst. Wie viel von der subätherischen Materie würde schon in das vollgestopfte Glas hineinpassen? Und wieso sollte dabei eine nennenswerte Gewichtsveränderung entstehen? Sie hatte es unbedingt herausfinden wollen. Als sie stumm und mit ernstem Gesicht genickt hatte, war Ss´assalú an das Gefäß herangetreten und hatte ihre Hände darüber ausgestreckt.

Schatten hatten sich gebildet, noch dunkler, dichter und stofflicher als normale Schatten. In wogendem, fließendem Spiel waren sie auf ganz und gar unnatürliche Weise um ihre Finger und Arme geglitten, bevor sie hinabschossen und in das Gefäß hineintauchten, als wären sie aus hochflüssigem Pech. Fasziniert und mit großen Augen hatte Ssil zugesehen, wie mehr und mehr davon entstanden waren und in dem Gefäß in ihren Händen verschwanden. Verblüfft hatte sie schließlich gemerkt, dass die Last immer größer wurde. Ihre Arme, die sie anfangs noch leicht gebeugt gehalten hatte, waren schon bald unter dem Gewicht gestreckt worden. Schweißtropfen hatten sich auf ihrer Stirn gebildet und ihre Arme hatten zu zittern begonnen.

„Ehrwürdige Mutter, ich glaube nicht, dass ich es noch lange schaffe…"

Aber Ss´assalú hatte nicht geantwortet, hatte den reißenden Strom an Schattenmaterie weiter und immer weiter in das Gefäß fließen lassen, bis Ssils zitternde Muskeln das Gewicht schließlich nicht mehr halten konnten. Das Glas war ihr aus den Händen gerutscht und auf dem Steinboden in tausend Stücke zerborsten. Eine Wolke aus abertausenden Schattenfetzen hatte in einer lautlosen Explosion das Zimmer in tintige Schwärze gehüllt.

„Der Raum zwischen den Dingen ist weitaus größer als die Dinge selbst, kleine Ssil."

Die Stimme ihrer Schattenmutter war aus der Dunkelheit an ihr Ohr gedrungen, seltsam gedämpft und merkwürdig heiser. Erst viel später hatte Ssil begriffen, wie ungeheuer anstrengend die Kanalisierung derart großer Mengen an Schattenmaterie für die alte Chaya-Rhunay gewesen sein musste. Nur wenige Priesterinnen Ban-Thus waren überhaupt dazu imstande, die Schatten so weit zu verdichten, dass sie eine nennenswerte Substanz erhielten. Und noch bedeutend weniger waren stark genug, um so viel davon generieren zu können. Allerdings war es ohnehin ein flüchtiges Unterfangen, denn es gab kein Material, das die Schattenmaterie dauerhaft binden konnte. Mit einer Ausnahme: Adamantit. Das aus diesem überaus seltenen Erz gewonnene, dunkelanthrazitfarbene Metall besaß die Fähigkeit, hochkonzentrierte Schattenmaterie in seine Struktur aufzunehmen. Es wurde dadurch noch härter und nahezu unzerstörbar. Deswegen war die Infusion des Metalls in aller Regel der letzte Veredelungsschritt bei der Erschaffung eines Werk- oder Schmuckstücks aus Nachtstahl, die so selten waren, dass in der Historie der zwanzig Jahrtausende zurückreichenden Geschichte der Kinder des Zwielichts nur vierundfünfzig solcher außergewöhnlicher Kunstwerke bekannt waren, und allesamt waren sie magische Artefakte voll wundersamer Macht. Ssil kannte all ihre Namen und Geschichten. Von diesem hier aber hatte sie noch nie gehört.

Als sie das Diadem drehte, offenbarte sich ein taubeneigroßer, rautenförmig geschliffener Edelstein, der auf irgendeine geheimnisvolle Weise auf dem Metall angebracht war.

Die Farbe des Steins zog sie sofort in ihren Bann – nicht rot oder orange, nicht purpur, nicht violett, etwas dazwischen. Die Farbe des Zwielichts.

Noch während sie gebannt auf den Reif starrte, kam etwas unendlich sanft ihrem Geist nahe. Diesmal allerdings war die Quelle eine andere, und es war eine wahrhaft zarte Liebkosung ihres Verstandes und ihrer Seele. Sie stöhnte leise auf vor Wohlbehagen. Sodann begann etwas, sich in ihren Gedanken zu formen. Silben, begleitet von einer vollkommenen Harmonie und einem allumfassenden Frieden, entstanden und flossen ineinander. Noch während dies geschah, zogen sich die Augenschlitze des Shadoral eine Spur enger zusammen und das Wesen wich vor ihr zurück.

...Alÿassil...

Kaum war das Wort vollendet, erstarrte der Shadoral. Verblüfft hob Ssil den Kopf. Nicht nur der Diener ihres Gottes war still geworden, auch der Bach hatte seinen munter dahinplätschernden Fluss angehalten, und kein Blatt raschelte mehr leise im Abendwind. Nur sie selbst war weiterhin im Stande, sich ganz normal zu bewegen und zu handeln.

Es ist die Zeit – sie steht still. Nur nicht für mich! Wie ist das möglich?

Die nächste Erkenntnis traf sie genauso unvorbereitet, und ihre Verwunderung wandelte sich mehr und mehr in ehrfurchtsvolles Staunen: Sie war nicht länger müde oder hungrig oder durstig. Sie fühlte sich frisch und so voller Energie, als hätte sie einen ganzen Mond lang nichts anderes getan, als viel zu schlafen und sich zu erholen. Zudem verspürte sie keine Schmerzen mehr. Das taube Gefühl in ihrem Arm war verschwunden. Offensichtlich hatten die Geschichtsschreiber geirrt. Denn sie hielt das fünfundfünfzigste magische Nachtstahlkunstwerk in ihren Händen!

Das Zwielicht-Diadem! Es ist ein Artefakt! Und es hat mir das Befehlswort übermittelt, mit dem ich seine Kraft erwecken kann!

Sie ging um den Diener Ban-Thus herum, um ein Gefühl dafür zu bekommen, wie lange der Zeitstopp anhalten würde. Als sie in seinem Rücken stand, setzte der Lauf der Welt wieder ein. Sie hörte den Bach wieder plätschern und das leise Rauschen der Blätter in den Bäumen. Der Shadoral wandte sich zu ihr um als wäre er eine Statue auf einer Drehscheibe, so fließend, ja schwebend waren all seine Bewegungen – alle, bis auf die seines unteren rechten Arms. Dieser war zur Hälfte paralysiert…

Nur in höchster Not ist es dir gestattet, die Macht des Diadems zu erwecken. Hüte dich, diese Warnung in den Wind zu schlagen, und eitel Gebrauch von seiner Kraft zu machen. Unser Herr ist kein verzeihender Gott!

Er hatte mit seinen ersten Worten begonnen, zurückzugleiten zu den Schatten unter den Bäumen. Ssil war zwei, drei schnelle Schritte auf ihn zugetreten.

Warte! Mein L'in Arpar – wer soll das sein? Ich habe keinen erwählt…

Doch der Shadoral war schon dabei, sich in den Schatten aufzulösen. Dann, als er bereits mehrere Herzschläge lang verschwunden gewesen war, tauchte ein letzter Gedanke in ihrem Geist auf, leise, wie aus großer Entfernung.

Höre auf dein Herz, und du wirst es wissen.

Ssil schüttelte ihr Haupt, während ihre Schwingen sie auf einer kräftigen Strömung den Ragnar-Pass entlang trugen. Sie hatte zu diesem Zeitpunkt ja nicht ahnen können, dass sie schon so bald ihren Lebenspartner erwählen würde! Allerdings war dieser wunderbaren Bekanntschaft mit Robert von Callen eine durch und durch grausame Begegnung mit Kokoru vorausgegangen. Noch einmal gestattete sie es sich, in ihre Erinnerungen einzutauchen. Sie hatte sich nämlich während ihrer vierzigtägigen Meditation einen Plan zurechtgelegt, wenngleich sich dieser völlig anders entwickeln sollte als von ihr beabsichtigt.

Die Diener der Dunklen Göttin Eakkari waren einer Chaya-Rhunay Ban-Thus nicht unbedingt feindlich gesonnen. Vor allem aber wussten sie, dass eine Schattenpriesterin über die Gabe der Prophezeiung verfügen konnte. Wenn es ihr also gelang, Kokoru klarzumachen, dass er das Schwert Ukonnen auf keinen Fall diesem Barbarenkrieger geben durfte, könnte sie auf diese Weise den Lauf der Ereignisse verändern und ihren Auftrag erfüllen, obwohl sie keinen L'in Arpar an ihrer Seite hatte.

Trinke bis zur Neige die Blutschuld deines L'in Arpar!

Eadni! Wie soll ich das tun, wenn ich keinen in Aussicht habe?

Natürlich war ihr klar, dass die einfachste Antwort auf diese Frage lautete, genau dies zu tun – sich einen zu erwählen. Aber das war in der Gesellschaft der Kinder des Zwielichts auch unter besten Umständen wahrlich keine einfache Angelegenheit. Immerhin mussten beide Betroffenen in sich die tiefe, innige Verbundenheit spüren, die ihre Seelen in Harmonie erklingen ließ. Sie mussten bereit sein, den Bund miteinander zu schließen und den Rest ihres Lebens aufeinander aufzupassen, füreinander verantwortlich zu sein und einander Frieden, sexuelle Erfüllung und den Freiraum zur persönlichen Entfaltung zu schenken. Weder kannte sie einen Sa´ê´Sar, mit dem sie ihr restliches Leben teilen wollte, noch gab es da irgendjemanden, der um sie geworben hätte. Th´runar, der Sturmsegler, ihre Daueraffäre, kam ebenfalls nicht in Betracht, denn zum Einen wählten sich die Kinder des Zwielichts nach dem Tod ihres Partners nur sehr selten eine neue Vertrauensperson, und zum Anderen wurde selbst dann kein offizieller Bund mehr geschlossen – es gab nur einen L´in Arpar und nur eine Nisu D´avvir im Leben eines Kindes. Nein, es musste einen anderen Weg geben, ihren Auftrag zu erfüllen! Also hatte sie beschlossen, trotz allem bei ihrem ursprünglichen Plan zu bleiben.

Zum Äußersten entschlossen flog sie damals zum Eingang des Tunnels, der ins Herz der Korruthen und zur geheimen Basis der Kil-Rhai-Clans des Nordens führte. Ssil war im Besitz eines Schuldpfands – einer Schattenmünze der Kil-Rhai. Sie hatte diese von Ss´assalú schon lange vor deren Ableben überreicht bekommen. Die Worte ihrer Lehrmeisterin waren ihr noch gut im Gedächtnis.

„Jede Schattenmünze ist einzigartig, kleine Ssil. Sie steht für einen großen Gefallen, die ein Darmak der Schattenkrieger dem Besitzer der Münze schuldet. Ich werde diese hier nicht mehr einlösen können, aber vielleicht ist sie dir irgendwann einmal von Nutzen."

Sie gedachte nun, die alte Schuld einzutreiben.

Kaum war sie gelandet, wurde sie von einem halben Dutzend Kil-Rhai umringt. Sie richtete sich zu ihrer vollen Größe auf und blickte auf die Schattenkrieger vor sich herab.

„Bringt mich zu Darmak Kokoru."

Mit diesen Worten hielt sie die Münze dem Schwarzen Mönch, der sich vor ihr aufgebaut hatte, vor die Nase. Dieser warf einem der Krieger, die hinter ihr standen, einen fragenden Blick zu, dann nahm er das schwarzsilberne Geldstück an sich und bedeutete ihr, ihm zu folgen. Von den sechs Kriegern begleitet und bewacht, marschierte Ssil eine gute Stunde lang durch ein sich immer weiter verzweigendes Labyrinth an Gängen und Kammern, kleineren und beeindruckenden, größeren Höhlen, bis sie schließlich in eine kerkerähnliche Zelle geführt wurde. Mit einem ominösen, dunklen Klang krachte die eiserne Tür hinter ihr ins Schloss, und es begann eine lange und nervenaufreibende Zeit tagelangen Wartens. Sie hatte sich schon unzählige Male eine Närrin und Schlimmeres geschimpft und war bereits mehrfach drauf und dran gewesen, einen Ausbruchsversuch zu wagen, als sich die Tür doch endlich wieder öffnete, und ein schwarzer Koloss von einem Mann eintrat, dessen physisches Erscheinungsbild einzigartig unter den Kil-Rhai war. Ssil wusste, sie hatte ihr erstes Ziel erreicht – sie stand Kokoru gegenüber.

Er überragte selbst sie um mehr als einen halben Fuß und war sicher so schwer wie ein ausgewachsener Rothirsch. Schwarze Seide wallte und bauschte sich um die ungeheuren Umrisse des Darmak der schwarzen Mamba. Trotz seiner gewaltigen Leibesfülle bewegte er sich mit einer Anmut, die beredt Zeugnis gab über seine unvergleichliche Körperbeherrschung. Kokorus Kampffähigkeiten waren legendär. Er galt als der gefährlichste Krieger in den Reihen der schwarzen Dienerschaft Eakkaris.

Eine geraume Zeit lang stand er nur da und betrachtete die Chaya Rhunay. Sein rundes, faltenloses Gesicht, das ihm mit den dicken und leicht geröteten Pausbacken eine groteske Ähnlichkeit mit einem verhätschelten, fetten Kind verlieh, behielt die ganze Zeit über einen fast gütigen, wenngleich leicht gelangweilten Ausdruck bei. Nur seine Augen verrieten Ssil, welch fürchterliches und gnadenloses Raubtier hinter dieser Fassade wohnte – schwarz wie zwei kleine Kohlenstücke strahlten sie eine kalte, berechnende Grausamkeit aus, die der Sa´ê´Sar einen Schauer über den Rücken jagte.

Schließlich hob er die rechte Hand, die einen merkwürdigen, fingerlosen Panzerhandschuh aus geschwärztem Stahl trug und ließ Ssils Münze über die Rückseite seiner Finger wandern, vom Zeigefinger bis zum kleinen Finger und zurück. Der Tanz der Münze zwischen seinen Fingern war geschmeidig und ohne jede Unterbrechung, voller Harmonie und beinahe hypnotisch anzusehen. Nach einem weiteren Dutzend Herzschlägen sprach er sie an, und seine Stimme war tief und sanft.

„Du bist also gekommen, um eine alte Schuld einzufordern, Chaya-Rhunay."

Sein Tonfall verriet, dass er ein wenig überrascht war. Aber es schwang noch etwas anderes mit. Ohne die Reaktionen seiner beiden Begleiter hätte sie die feinen Nuancen in seiner Modulation falsch interpretiert und gedacht, er wäre etwas enttäuscht von ihrer Absicht. Doch als sie aus den Augenwinkeln wahrnahm, wie sich die ohnehin angespannte Körperhaltung der beiden Schattenkrieger, die ihren Darmak in die Zelle begleitet hatten, noch weiter versteifte, korrigierte sie ihre Meinung.

Nicht enttäuscht, nein, er ist verärgert. Bei der großen Leere! Die beiden sind ja kurz davor sich einzunässen!

Sie beschloss, ihre Taktik zu ändern.

„Du irrst, Darmak. Ich bringe dir nur zurück, was dir gehört. Ich komme aus einem ganz anderen Grund."

Die Münze stoppte ihren Tanz.

„Ist das so?"

Oh, diese trügerische Sanftheit in seiner Stimme – als würde er mit einem ihm ans Herz gewachsenen Kind sprechen.

„Und was führt dich dann hierher, Schattentochter Ss´assalús?"

Ssil war mehr als nur beeindruckt. Wäre sie weniger erfahren, weniger geübt in Selbstbeherrschung und Körperkontrolle, wäre ihr Unterkiefer heruntergeklappt wie bei einer Marionette.

Er kennt nicht nur mich selbst, sondern auch meine Lehrmeisterin! Bei der ewigen Dunkelheit zwischen den Sternen, diesen Menschen darf man nicht unterschätzen!

„Ich bin hier, um dich zu warnen."

Kokoru ließ die Münze verschwinden und drehte sich halb zur Seite. Sein Blick wanderte gedankenverloren über die

Wand zu ihrer Linken, als könne er dort etwas lesen, das sich nur seinen Augen offenbarte. Nachdem Ssil mehrere Herzschläge lang gewartet hatte, begann sie, ihm von ihren Visionen zu erzählen, die sie erhalten hatte. Sie sparte allerdings alles aus, was ihn nicht direkt betraf, und beschränkte sich auf die Bilder, die mit ihm in Zusammenhang standen. Er ließ sie gewähren, ohne eine Reaktion zu zeigen. Auch als sie geendet hatte, stand er völlig bewegungslos, sodass sie sich bereits fragte, ob er ihr überhaupt zugehört hatte. Dann atmete er einmal tief ein und wieder aus. Seine Schultern sackten eine Nuance nach vorne.

„Der Lord der Nacht wird mich also unter seinem eisernen Stiefel zermalmen."

Er wirkte wahrhaftig betroffen, als hätte er mit vielem gerechnet, aber nicht mit einer solchen Entwicklung.

So nennt sich der Gigant aus meiner Vision also – der Lord der Nacht. Kokoru sieht zum ersten Mal nachdenklich aus. Das ist gut. Letzten Endes sind die wenigsten der Mächtigen dazu bereit, ihr Leben zu opfern.

Ssil entspannte sich ein klein wenig. Der Darmak der schwarzen Mamba wandte sich ihr zu, und in seinen Augen lag Traurigkeit, eine Emotion, die sie mit diesem Mann einfach nicht in Verbindung bringen konnte.

„Das ist in der Tat bedauerlich. Auch wenn es…"

Ein derart scharfer, schneidender Schmerz fuhr durch ihren Brustkorb, dass ihr Denken aussetzte. Sie hatte die Bewegung seines linken Armes nicht einmal wahrgenommen, da er den Schlag ohne den geringsten Ansatz mit einer unfassbaren Geschwindigkeit geführt hatte und ihr Blick von dem seinen gebannt war.

„…nicht das Geringste ändert."

Mit weit aufgerissenen Augen sah sie an sich herab, schaute verständnislos auf die drei langen Klingen, die aus dem Rücken des Panzerhandschuhs ragten und sich bereits tief in ihre Brust gebohrt hatten, genau auf Höhe ihres Herzens. Als sie ihren Blick wieder hob, war das feiste Antlitz Kokorus plötzlich genau vor ihrem eigenen. Riesengroß füllte es ihr Gesichtsfeld aus. Seine Lippen bewegten sich, murmelten fremde Worte, die sich in ihr Gehirn schlichen und zarten Berührungen gleich über ihren Körper streichelten. Sie spürte, wie sich ein Kokon aus magischen Fäden um ihren Körper spannte und ihr jede Möglichkeit raubte, auch nur die kleinste Bewegung zu vollführen. Sie wusste, es gab da etwas, dass sie tun konnte, tun musste, wenn sie das hier überleben wollte, aber es wollte ihr nicht einfallen. Ihr Kopf war voller Nebel, und irgendwo tief in dieser undurchdringlichen, wabernden Wolke versteckte sich der eine, entscheidende Gedanke, der sie retten würde. Aber sie konnte ihn nicht finden. Wie aus weiter Ferne hörte sie die trügerisch sanfte Stimme Kokorus.

„Als Chaya-Rhunay ist dein Leben sakrosankt. Deswegen werde ich es deinem Dämonenkörper erlauben, zu regenerieren. Aber bis auf Weiteres kann ich es dir nicht gestatten, mich zu verlassen. Du wirst vorerst meine Gastfreundschaft genießen müssen."

Und dann, einfach so, schob er seinen Arm nach vorne und durchbohrte ihr Herz. Der Schmerz war unbeschreiblich. Er durchdrang jeden einzelnen Fingerbreit ihres Körpers, fraß sich tief hinein in ihre Seele und löschte jeden bewussten Gedanken aus.

Seine kleinen Kohlenaugen wurden größer und größer, bis sie zu zwei schwarzen Höhlen wurden, die sich zu einer einzigen lichtlosen Finsternis vereinigten, in die sie hineinstürzte. Als ihr Kopf auf dem felsigen Zellenboden aufschlug, ertönte ein metallischer Klang, als ihr Nachtstahldiadem über den Stein rollte und vor Kokorus Füßen zu liegen kam.

Als sie sich an diesen schrecklichen Moment zurückerinnerte, erfasste ein Aufwind ihre starken Schwingen. Ssil jagte in die Höhe, ließ sich kurz treiben, und glitt dann mit einem eisigen Fallwind die letzte Bergflanke hinab. Mit hoher Geschwindigkeit fegte sie aus dem Pass heraus und sah die Wipfel des Grauen Forns vor sich. Dahinter erstreckten sich die weiten Ebenen der nordwestlichen Gebiete von Argenas.

Sie war damals irgendwann wieder erwacht. Die Schatten der entsetzlichen Schmerzen hatten noch schwer auf jeder Faser ihres Leibes gelegen. Viel grausamer aber war die Erkenntnis gewesen, versagt zu haben. Sie hatte ihren Herren und Gott enttäuscht. Das Diadem war fort gewesen. Kokoru hatte es an sich genommen. Sie hatte sich niedergekauert und die Flügel eng um ihren Körper geschlungen. Niemals zuvor war sie derart verzweifelt gewesen. Auf ihre Magie, ein Geschenk Ban-Thus für seine treuen Dienerinnen und Diener, hatte sie nicht zuzugreifen gewagt. Noch nicht. Erst hatte sie ihre innere Stärke und Entschlusskraft zurückerlangen müssen. Doch es sollte noch geraume Zeit verstreichen, in der sie mit ihren Taten und ihren Entscheidungen haderte. Immer wieder waren regelrechte Wogen tiefster Depression über sie hinweggespült. Erst nach und nach war es ihr gelungen, das Geschehene zu verarbeiten. Sie hatte begonnen, wieder zu meditieren. Und schließlich war ihr Kampfgeist wieder erwacht.

Und dann kam er. Die Kerkertür ging auf, und da stand er, eine Fackel in der Hand, und blickte mir in die Augen. Ich sah seine Ungläubigkeit, spürte, wie sein Blick über meinen Körper wanderte, wie er meine Brüste streifte, meinen Bauch und meinen Schoß, wie er meine rote Haut mit all den Narben begutachtete. Ich sah die Erkenntnis in seinen Augen aufblitzen, das Wissen darüber, was ich bin. Und die Verwirrung, da ich anders war, als er das erwartet hätte von einer Chaya-Rhunay des geflügelten Volkes. Und ich sah seine Entschlusskraft, seine Fähigkeit, auf seine Intuition zu vertrauen und alle Zweifel und Unsicherheiten wegzuwischen. Vor allem anderen aber gab es keinen einzigen Moment, in dem er auch nur die geringste Angst vor mir verspürt hat. Im Gegenteil – er trat mir voller Hoffnung gegenüber! Und als ich meine Flügel so weit es ging entfaltete, war in seinem Geist nur eine Emotion zu spüren – Bewunderung. Mein L'in Arpar, du hast mich schon damals tief beeindruckt, auch wenn ich es zu dieser Zeit selbst noch nicht bemerkt habe…

Mit kräftigen Flügelschlägen schraubte sich Ssil höher und höher und überquerte mit klopfendem Herzen den alten Wald.

Sie war auf dem Weg nach Thul Brassar, um dem König von Argenas eine Botschaft zu überbringen. Für ihn, Robert, ihren Geliebten, ihren Zukünftigen. Es war sein Wunsch gewesen, nach ihrem gegenseitigen Treueschwur.

Gerade, als sie gedacht hatte, er würde keine Bitte formulieren, würde ihr in Unkenntnis der Bräuche des geflügelten Volkes keine wahre und einer großen Chaya-Rhunay würdige Aufgabe stellen, da hatte er sie zu sich gerufen und genau das getan. Hocherfreut und gleichzeitig voll böser Vorahnung hatte sie seinem Begehr zugestimmt und damit ihre eigenen Pläne über den Haufen geworfen.

Sie würde sich ihrem Schicksal stellen, den großen und legendären König Erik aufsuchen und ihm ihre Hilfe anbieten, so wie es ihr Geliebter von ihr gewollt hatte. Sie wusste, dass eine große Blutschuld auf sie wartete. Hoffend und betend, dass sie in der Lage war, dies würdig und voller Stolz zu vollbringen, wollte sie diese bis zur Neige trinken, so wie es Ban-Thu von ihr gefordert hatte.

Die Spur des schwarzen Kriegers zog sich über die rollenden Hügel dahin, und sie folgten ihr. Wie an einer Schnur gezogen galoppierte der Magnan nach Süden, geradewegs auf die sich in der Ferne auftürmenden Pirjen zu, deren weiße Gipfel noch drei bis vier Tagesreisen entfernt waren. Die gewaltigen Berge vor sich im Sonnenlicht schimmern zu sehen, erfüllte Ichigos Herz mit einem Gefühl von Demut. Er betrachtete schon längst nicht mehr den Boden vor ihnen. Schon sehr bald war ihm klar geworden, dass er die zum Teil winzigen Veränderungen einfach nicht schnell genug erkennen konnte, um seinem Freund Rovin beim Lesen der Fährte behilflich zu sein. Nach einem Anflug von Ärger ob dieser Unzulänglichkeit, hatte er in sich hineingelächelt, die ihm gegebenen Grenzen seiner Begabung und Fähigkeiten akzeptiert und seine Aufmerksamkeit stattdessen auf ihre Umgebung gerichtet. Ohnehin hatte der junge Halbelf seine Hilfe nicht nötig. Mit schlafwandlerischer Sicherheit folgte dieser den für seine trainierten Augen gut sichtbaren Hufspuren und fand dabei sogar immer wieder die Zeit für ein kurzes Gespräch mit Rani.

Ichigo, der es sich zur Angewohnheit gemacht hatte, leicht schräg hinter Rovins wunderschöner Laikorer-Stute zu laufen, empfand diese Unterhaltungen mittlerweile als besonders amüsant. Er hatte nämlich entdeckt, dass die spitzen Ohren des Waldläufers bereits nach wenigen Augenblicken begannen, ihre Farbe von einem hellen Braunton mehr und mehr hin zu einem tiefen Rot zu verschieben. Ein faszinierendes Schauspiel, das sich bei jedem Gespräch zwischen den beiden von Neuem beobachten ließ. Allerdings dauerte es immer unterschiedlich lang, bis das verblüffend intensive Erglühen einsetzte. Das hatte Ichigo anfangs verwirrt. Nicht zu wissen, woran es lag, dass Rovins Ohren manchmal schon vor dem ersten gesprochenen Wort zu leuchten begannen, ein anderes Mal dagegen erst, nachdem der Halbelf und die schöne Druidin schon einige Sätze gewechselt hatten, bescherte dem jungen Mönch einen wunderbaren Nervenkitzel.

Er liebte es, die Ursachen hinter dem Verhalten der Menschen herauszufinden. Dafür bedurfte es auch keiner besonderen Geistesgaben. Vielmehr galt es, hinter die Gefühle der Beteiligten zu kommen. Menschen handelten so gut wie immer aus ihrem Bauch heraus, auch wenn sie ihr Tun hinterher vor sich selbst und dem Rest der Welt mit gedankenschweren Begründungen rechtfertigten. Nicht wenige belogen sich dabei mit schöner Regelmäßigkeit selbst – etwas, das Ichigo nie verstanden hatte. Aber der Palaeraner war ein geduldiger und genauer Beobachter. Und er stellte fest, dass auch der junge Halbelf von seinen Emotionen gelenkt wurde.

Es sind ihre Augen. So einfach ist das. Er schaut in ihre Augen und seine Ohren werden rot. So wie reife Erdbeeren.

Er lächelte. Erdbeeren waren etwas Wunderbares. Rovins Ohren zeigten nicht nur ihm, sondern auch dem Mädchen, ja, der ganzen Welt: Sein Freund war verliebt. Das war gut. Das neue Gefühl hatte die alten, dunklen Emotionen weitgehend abgelöst. Ichigo konnte es sehen. Er hatte schon immer sehen können, was in den Herzen der Menschen war.

Taz Tahar sagt: „Das ist eine wunderbare, aber unter den Menschen sehr seltene Begabung." Wir sind wenige, heißt das. Nur sehr wenige können in die Herzen schauen.

Er konnte selbst nicht wirklich erklären, was genau er sah. Es war schwer zu beschreiben. Es passierte auch nicht immer. Vor allem dann nicht, wenn er wenig Zeit hatte, um sich ein Bild zu machen, oder wenn ihm die innere Ruhe fehlte. Hatte er jedoch die Gelegenheit, jemanden genau zu beobachten, geschah es fast jedes Mal. Er sah dann, was dieser Mensch fühlte. Ja. So einfach war das.

Als er das erste Mal mit dem ehrwürdigen Abt seines Klosters über diese Dinge gesprochen hatte, war dieser einfach nur ruhig vor ihm auf seiner Bambusmatte gesessen, hatte ihn mit seinen klaren, alles durchdringenden Augen angesehen und ihm zugehört. Obwohl er bereits da schon großes Vertrauen zu dem alten Mann gefasst hatte, waren ihm die Worte nur langsam und zögerlich über die Lippen gekommen. Er hatte oft gestockt, sich verhaspelt und die Fäden seiner Erzählungen verloren oder durcheinander gebracht. Das war ihm zu der damaligen Zeit immer passiert, wenn er etwas sagen wollte oder musste. Alle, mit denen er bis dahin zu tun gehabt hatte, waren leider sehr ungeduldig mit ihm gewesen. Die Bösartigeren unter ihnen hatten ihn verspottet und nicht selten auch geschlagen. Die Gleichgültigen waren einfach weggegangen, hatten ihn stehen und weiter stottern lassen. Aber auch diejenigen, die beteuert hatten, sie würden ihm nur helfen wollen, waren rasch am Ende ihrer Geduld gewesen. Sie hatten ihn korrigiert, waren ihm ins Wort gefallen und hatten ihn noch mehr verwirrt. Es war offensichtlich für die meisten Menschen sehr schwer abzuwarten, bis er seine Sätze von allein beendet hatte. Immer hatten sie ihm die Wörter, an denen er hängenblieb, vorgesagt oder gar gleich den ganzen Rest des Satzes, egal, ob er das wollte oder nicht. Es war ihnen auch gleichgültig, ob sie mit ihrer Wahl richtig lagen – manches Mal hatte er durchaus etwas anderes sagen wollen. Das hatte dann alles noch schlimmer gemacht.

Nein. Sie wollten mir nicht helfen. Nicht wirklich.

Taz Tahar war anders. Er hatte zugehört. Wahrhaft zugehört. Einfach so. Und immer, wenn Ichigo schließlich derart aufgewühlt war, dass er nicht mehr weiter erzählen konnte, wenn ihn die Gefühle überwältigten und ihm die Sprache raubten, war der alte Abt aufgestanden, hatte ihm einen Arm um die Schultern gelegt und war mit ihm zu einem der vielen besonderen Orte gegangen, die rund um das Kloster lagen.

Da war die verträumte Waldlichtung, deren grasbewachsener Boden voll hunderter weißer Blumen schimmerte, als wären winzige Sterne vom Himmel gefallen. Oder der kleine Wasserfall, dessen Sprühregen gegen das Licht der untergehenden Sonne einen zauberhaften, kleinen Regenbogen ins Blau des Himmels malte. Oder der kahle, nackte Felsblock, der nur ein paar Meilen außerhalb der Klostermauern allein auf einer großen Weide lag. Eines jedenfalls war all diesen Orten gemein: Sie waren durchdrungen von einem tiefen, alles umfassenden Frieden.

Auch dort sprach der alte Meister nichts, sondern setzte sich mit ihm an eine schöne Stelle und teilte ein Stück Brot mit Ichigo. Nach einiger Zeit konnte der junge Mönch dann seine Erzählung wieder aufnehmen und zum Abschluss bringen.

Nichtsdestotrotz blieben seine Geschichten anfangs bruchstückhaft und oft genug ohne rechten Zusammenhang. Er erzählte sie, wie er sie erinnerte. Sein Gedächtnis war aber nun einmal seine größte Schwachstelle – immer wieder ließ es ihn im Stich. Oh, es war mittlerweile besser geworden. Viel besser. Nun, da er seine innere Ruhe gefunden hatte, ordneten sich die Puzzleteile hübsch und von alleine in der richtigen Reihenfolge an. Sie flogen nicht länger wie hektische Schmetterlinge herum und gerieten durcheinander. Das machte es leichter, sich etwas zu merken. Allerdings waren die Puzzleteile in seinem Kopf viel größer, als bei anderen. Und es waren weniger Teile. Die Bilder und Geschichten, die daraus entstanden, waren immer klein und sehr schlicht.

Nicht so wichtig, sagt Taz Tahar: Schätze die einfachen, kleinen Dinge, denn wenn du einmal zurückblickst, wirst du erkennen, wie groß sie waren.

Das, was die Puzzleteile der Anderen von den Seinen unterschied, waren die Details. Es gab so viele Menschen, die fast nur an diesen interessiert waren. Als ob die Verzierungen und Ausschmückungen das Wichtigste an einer Sache oder einer Geschichte wären. Dabei kam es auf sie gar nicht an. Allenfalls waren sie amüsant und dienten der Erheiterung oder dem Gewinnen von Aufmerksamkeit, um dann den Blick auf das Wesentliche richten zu können. Ichigo war da ganz anders. Details waren ihm einfach nicht wichtig. Er interessierte sich nicht für sie. Der Kern einer Sache, das Wesen eines Menschen, der Hintergrund einer Tat, das waren die Dinge, die für ihn Bedeutung hatten.

Ein Baum war für ihn ein starkes, in ruhiger Beständigkeit existierendes Wesen. Und auch wenn es ihm nicht möglich war, diese Erkenntnis auf diese Weise in Worte zu kleiden, so empfand er dennoch in seinem Herzen, dass dies der Kern, die wesentliche Essenz dieser Kreaturen war. Farbe und Form seiner Blätter waren ihm diesbezüglich egal, auch wenn er sich wie ein Kind daran erfreuen konnte. Ebenso verhielt es sich mit dem Aussehen von Menschen. Die Länge und Farbe ihrer Haare, die Form einer Nase oder die Größe der Ohren, eben genau all die unbedeutenden Einzelheiten, die offensichtlich für die meisten Anderen von so entscheidender Wichtigkeit waren, spielten für ihn überhaupt keine Rolle. Aufrichtigkeit, Mut, Humor, selbstloses Verhalten oder Barmherzigkeit, ja, das waren für ihn erinnernswerte Merkmale einer Persönlichkeit.

Er blickte auf Rovin und Rani, die nebeneinander ritten und alle diese Charaktermerkmale besaßen.

Ein schönes Paar. Wenn Rani es möchte.

Doch ob dem so war oder nicht, vermochte er nicht zu sagen. Er wusste nicht, woran es lag, dass er ihr Herz nicht lesen konnte. Vielleicht, weil sie eine Druidin war. Er hatte noch nie eine Priesterin oder einen Priester der Natur kennengelernt. Er wusste also nicht wirklich viel über die junge Frau. Aber er mochte sie. Und er spürte, dass sie ihn auch mochte.

Das war gut, und es war besser, als eine Bibliothek voll Wissen. Letztlich war das alles, was zählte.

Ob Rani allerdings auch seinen Freund mochte, darüber hatte er sich noch kein abschließendes Urteil bilden können. Er war sich da ehrlicherweise nicht ganz sicher. Sie sah ihn immer so… zweifelnd an. Ja, genau das war es. Als ob sie sich fragte, ob mit ihm alles in Ordnung war. Oder als ob sie sogar schon wüsste, dass etwas *nicht* in Ordnung war, und sie darüber nachgrübelte, was genau mit ihm nicht stimmte. Allerdings warf sie Rovin diese Blicke immer nur dann zu, wenn dieser nicht herschaute. Nachdem er aufgrund seiner eigenen Vita auf diesem Feld überhaupt keine Erfahrungen vorweisen konnte, war er sich letztlich nicht sicher, ob die Tatsache, dass sie Rovin offensichtlich etwas vorenthielt, ein gutes oder doch eher ein schlechtes Zeichen war. Konnte es sein, dass sie sich selbst nicht sicher war, was sie für seinen Freund empfand?

Ichigo blickte auf Rovin, der fröhlich und aufgekratzt vor sich hin plapperte und Rani dabei immer wieder einen schnellen Blick zuwarf.

Für ihn zumindest ist alles klar. Er weiß, was er fühlt. Da sind keine Zweifel. Er will sie.

Ichigo seufzte. Nun, dieses Rätsel würde er wohl nicht so schnell lösen können. Rani vermutlich auch nicht. Aber das spielte keine so große Rolle, denn sie hatten Zeit. Sie würden noch lange miteinander unterwegs sein. Der Ritter, den sie verfolgten, hatte immer noch einen großen Vorsprung.

Sandjar. Das ist sein Name. Rani kennt ihn. Sie war in seiner Gewalt.

Der Magnan war weit vor ihnen. Wenn auch nicht mehr so weit, wie am Anfang.

Sein Pferd ist groß. Und sehr stark. Aber nicht besonders schnell.

Rovin hatte ihnen erklärt, dass die Ritter ihre Drakhari normalerweise nur in der Schlacht als Reit- und Kampftiere einsetzten. Für lange Reisen verwendeten sie ausdauerndere Pferde und führten die wertvollen Schlachtrösser am Zügel mit sich. Vor allem aber hatte Rovin an der Art der Abdrücke erkennen können, dass das Pferd des Ritters lahmte. Möglicherweise hatte es einer der Pfeile oder Armbrustbolzen getroffen, welche die Soldaten auf den Magnan abgefeuert hatten, als dieser in gestrecktem Galopp aus der Burg geprescht war.

Wie auch immer, darin lag natürlich nun ihre größte Chance, den Vorsprung des dunklen Ritterlords aufzuholen. Für Rani war es von höchster Wichtigkeit, den geflohenen Sandjar, der die graue Festung zusammen mit seinen Mitstreitern eingenommen hatte, einzuholen und unschädlich zu machen.

Unschädlich machen, genau so hat sie es genannt. Aber gemeint hat sie etwas anderes. Sie will ihn töten. Genau das sagten ihre Augen. Vielleicht ist es für sie dasselbe. Vielleicht glaubt sie das. Dass er nur dann keinen Schaden mehr anrichten kann, wenn er tot ist. Ob Rovin das weiß?

Diese Frage kam ihm ganz plötzlich in den Sinn. Für ihn selbst war es ganz offensichtlich gewesen. Und er hatte kein Problem damit. Der dunkle Ritter war gefährlich. Sehr gefährlich. Er hatte Rovin fast getötet. Obwohl er bereits stark verwundet gewesen war. All die Pfeile. Und die Speere. Und er hatte gar nicht wirklich gegen den Waldläufer kämpfen wollen. Er wollte nur sein Pferd. Trotzdem hatte Rovin seinen Angriff beinahe mit dem Leben bezahlt. Darüberhinaus war der Magnan schuld am Leid so vieler. Rani hatte ihr Urteil gefällt. Der Ritter hatte sein Recht zu leben verwirkt.

Wie ein tollwütiger Wolf. Auch der muss getötet werden. Sonst bringt er alle Schafe um.

Aber Ichigo wusste, dass Rovin da möglicherweise eine andere Meinung dazu hatte. Der Halbelf war längst nicht so hart, wie er selbst glaubte, zu sein. Im Kern seines Wesens war er eher das Gegenteil – weich und gut. Den Ritter im Kampf zu töten, würde ihm zwar nicht schwerfallen. Aber was, wenn sie ihn überwältigen könnten, ohne ihn zu töten? Wäre er dann in der Lage den Mann hinzurichten? Und wenn nicht, würde er Rani gestatten, genau das zu tun?

Schwere Fragen, auf die er keine Antworten hatte. Aber noch hatten sie Zeit.

Als sie in dieser Nacht rasteten, hatten sie den Abstand auf den Ritter nach Rovins Schätzung um lediglich zwei bis drei Stunden verkürzt.

„So kann das nicht weitergehen. Obwohl er den Spuren nach zu urteilen mittlerweile fast die meiste Zeit über den Drakhari am Zügel führt, kommen wir einfach nicht schnell genug voran. Wenn wir ihn wirklich einholen wollen, dann müssen wir unser Vorgehen ändern."

Rani schaute den Waldläufer erwartungsvoll an.

„Und was schlägst du vor?"

„Dass wir mehr Risiko wagen. So wie es derzeit aussieht, versucht er so schnell wie möglich nach Süden zu kommen. Er hat seine Richtung über die gesamte Etappe bis hierhin nicht ein einziges Mal geändert. Also werden wir erstens nur sehr kurz rasten, und zweitens werden wir morgen über weite Strecken Tempo machen, ohne nach Spuren Ausschau zu halten, denn das verlangsamt uns zu stark. Stattdessen werde ich nur immer etappenweise nach seiner Fährte suchen."

Rani nickte, stellte dann aber dennoch eine kritische Frage.

„Wird es nicht sehr lange dauern, bis du seine Spur anschließend, nachdem wir wie die wilden Wölfe hinter ihm hergejagt sind, wieder gefunden hast? Immerhin könnten wir uns im Verlauf von ein, zwei Stunden schnellen Laufens ganz schön weit von seiner Marschroute entfernt haben."

„Das stimmt. Ein guter Einwand."

Rani sah durchaus zufrieden und in Ichigos Augen sogar ein kleines bisschen stolz aus.

„Aber selbst, wenn ich eine halbe Stunde lang bräuchte, bis ich sie wiedergefunden habe, wird uns das insgesamt dennoch einen zeitlichen Vorteil verschaffen. Ich werde die Methode des Kreuzens benutzen, um auch beim Suchen nach seiner Spur weiter voranzukommen."

„Kreuzen? Wie funktioniert das?"

Der Palaeraner war froh, das auch die junge Druidin das seltsame Wort offensichtlich nicht kannte. So war er nicht in der Verlegenheit, selbst danach fragen zu müssen.

„Da ich weiterhin davon ausgehe, dass er nach Süden reitet, geht es letztlich nur darum, ob wir bei einem Halt zu weit westlich oder östlich von seiner Fährte sind. Also werde ich einige Minuten in südwestlicher Richtung suchen. Wenn ich dabei nicht auf seine Spur treffe, wende ich mich in südöstliche Richtung. Dabei kann ich zunächst ein hohes Tempo vorlegen, denn erst nachdem ich wieder unsere eigene, vorherige Route gekreuzt habe – natürlich immer vorausgesetzt, wir hätten sie beibehalten – kann ich wieder auf seine Fährte stoßen. Finde ich sie aber auch in dieser Richtung nicht innerhalb weniger Minuten, wende ich mich wieder nach Südwesten, diesmal allerdings doppelt so lange wie beim ersten Mal. Und immer so fort. In kurzer Zeit werde ich auf diese Weise seine Spur wiederfinden, wenn unsere Beute ihre südliche Richtung wirklich beibehält."

Rani nickte zufrieden.

„Ich verstehe. Eine Art Zick-Zack-Kurs, wobei du mit jedem „Kreuzen“ auch Boden in südlicher Richtung gutmachst. Sehr gut.“

Der Blick, den sie dem Halbelfen zuwarf, war voller Anerkennung. Ichigo lächelte, als er Rovins Ohren betrachtete, die in dem schönsten Rotton vor sich hin funkelten.

Nachdem der Halbelf selbst nur sehr wenig Schlaf benötigte, einigten sie sich darauf, dass Ichigo die erste Wache übernehmen und nach drei Stunden von Rovin abgelöst werden sollte. Auf diese Weise konnte Rani die für ihre Magie dringend erforderliche Ruhezeit einhalten. Wie alle Zauberwirker brauchte sie eine ungestörte Schlafperiode, um geistig ausreichend erholt zu sein. Nur dann war es ihr möglich, die magischen Energien in ihren Verstand und ihre Seele aufzunehmen und zu speichern, um sie bei Bedarf wirken zu können. Der Halbelf brauchte nicht mehr als drei Stunden Schlaf, und Ichigo selbst wusste aus eigener Erfahrung, dass er acht bis zehn Tage mit drei bis vier Stunden Schlaf täglich sehr gut auskommen konnte.

Rovin und Rani wickelten sich in ihre Decken, während Ichigo sich im Schleichen übte und ihren Lagerplatz großräumig und nahezu geräuschlos umrundete. Als er zurückkehrte, hörte er schon bald die leisen Stimmen der beiden anderen, die sich immer noch unterhielten. Ihre Decken hatten sie nun nebeneinander positioniert. Rani lag auf dem Rücken, während sich Rovin auf einen Ellenbogen aufgestützt hatte und die junge Druiden unverwandt betrachtete. Ichigo rügte seine Gefährten und erklärte ihnen, dass ihre Einteilung auf diese Weise keinen Sinn machen würde. Beide reagierten überrascht, da sie sein Kommen nicht gehört hatten. Das schlechte Gewissen war ihnen regelrecht ins Gesicht geschrieben. Aber als er zum nächsten Rundgang aufbrach, hörte er sie hinter sich wie zwei Kinder kichern. Er lächelte.

Taz Tahar sagt: „Wenden wir uns in die richtige Richtung, müssen wir nur noch losgehen.“ Rani und Rovin sind schon losgegangen.

Die folgenden Tage vergingen im immer gleichen Rhythmus. Sie schliefen fünf bis sechs Stunden, danach jagten sie den Magnan Sandjar. Rovin nutzte beide Pferde abwechselnd. Ichigo benötigte kein Pferd. Seine hohe Kontrolle des Chi erlaubte ihm eine übermenschlich schnelle Fortbewegungsweise. Er konnte problemlos mit den Vierbeinern Schritt halten. Rani hatte ein Reittier ohnehin nicht nötig. Sie ritt nur dann, wenn sie sich mit Rovin unterhalten wollte. Im Gegensatz zu ihrem allerersten Tag der Verfolgung des schwarzen Ritters kam das nun nur noch sehr selten vor. Sie ordneten all ihre eigenen Wünsche dem Erfolg ihrer gemeinsamen Jagd unter. Die Druidin wechselte tagsüber zwischen verschiedenen Tiergestalten. Hin und wieder war das die Form eines Wildpferds, braun und weiß gescheckt, mit schlankem Hals, kräftigen Hinterläufen und langer, weißer Mähne. Dann wieder – wenn auch zu Ichigos maßloser Verwunderung, der sich kaum etwas Schöneres als Fliegen vorstellen konnte, stets nur sehr kurz – in einen Bussard oder eine Eule, wobei sie auffällig dicht über dem Boden blieb, sodass selbst Eanesja, der auch nur selten wirklich hoch in die Lüfte stieg, sie stets unter sich hatte.

Meist jedoch wählte sie die Gestalt einer Wölfin.

Zu Anfang hatten die beiden Pferde sehr nervös reagiert, als das große, schlanke Raubtier mit ihnen zusammen gelaufen war. Mittlerweile hatten sie aber begriffen, dass von diesem speziellen Wolfweibchen keine Gefahr ausging, und duldeten seine Gegenwart mit stoischer Gelassenheit.

Rovin gelang es jedes Mal in kürzester Zeit, die Fährte des Magnan wieder aufzunehmen, wenn sie einige Stunden in schnellem Tempo zugebracht hatten. Wie er selbst nicht müde wurde zu betonen, lag dies wohl aber nicht so sehr an seinen großartigen Fähigkeiten im Spuren lesen, als vielmehr an der Tatsache, dass der Ritter bislang seine streng nach Süden gerichtete Route beibehalten hatte. Die anfänglich gut 36 Stunden Vorsprung hatten sie mittlerweile auf lediglich noch fünf bis sechs Stunden verkürzen können. Nun aber, am Ende ihres vierten Tages der Verfolgung, waren sie am Fuß des Gebirges angekommen. Zumindest hatte das Gelände begonnen anzusteigen. So richtig sehen konnten sie die Berge vor sich nicht mehr, denn seit den frühen Morgenstunden befanden sie sich in einem Wald.

„Heute ist es dafür nun bereits zu spät, aber morgen möchte ich im Morgengrauen Eanesja vorausschicken. Wir sind nun nahe genug herangekommen. Gut möglich, dass er den Magnan erspähen kann."

Ichigo schaute seinen Freund überrascht an. Er hatte gedacht, dass dieser seinen geliebten Tiergefährten nach den Erzählungen der jungen Druidin nicht der Gefahr einer Entdeckung aussetzen würde.

„Wird das nicht gefährlich? Für Eanesja?"

„Ich habe die letzten Tage lange darüber nachgedacht, Ichigo. Ich kann mich nicht daran erinnern, dass der Ritter eine Armbrust getragen hatte. Wir beide aber waren es, die seinen Trakhari aufgesattelt haben. Deshalb wissen wir mit Sicherheit, dass er keine Satteltaschen dabei hat – wir haben diese nämlich im Stall hängen lassen. Somit wäre Eanesja vollkommen sicher vor ihm. Aber sogar wenn er eine kleine Handarmbrust sein Eigen nennt, dann wird ihm ein Vogel, der in dieser Bergregion heimisch ist und demnach auch häufig vorkommt, kaum verdächtig erscheinen."

„Verzeih, Rovin, aber Eanesja ist nicht häufig. Er ist einzig."

Nun war es am Halbelfen, überrascht dreinzublicken. Natürlich hatte der junge Mönch Recht. Der Turmalinhabicht des Waldläufers war ein überaus seltener Anblick. Und auch wenn Ichigo das nicht hätte beschwören können, so kam es ihm dennoch so vor, als wäre der Vogel in den Wochen der gemeinsam verbrachten Zeit ein Stück gewachsen.

„Ja, vermutlich hast du Recht, Ichigo, wie so oft."

Sein Freund lächelte ihm zu.

„Nichtsdestotrotz glaube ich, dass in diesem unwegsamen Gelände, das nun auf uns wartet, der Vorteil, den Standort des Ritters tatsächlich zu kennen, so manches Risiko aufwiegt."

Damit war das weitere Vorgehen zunächst entschieden, und Rovin und Rani machten sich bereit zu schlafen, während Ichigo sich auf seinen ersten Rundgang begab. Er war aufgewühlt, und fragte sich, ob sie nun schon bald am Ende ihrer Jagd angelangt sein könnten. Und für einige Augenblicke beschäftigte er sich mit den möglichen Problemen und Schwierigkeiten, die nun auf ihn und seine Gefährten zukamen. Sie hatten einen wahrhaft gewaltigen Feind vor sich. Würden sie gegen diesen bestehen können? Was, wenn nicht?

Aber gerade, als er vor der schieren Schwere dieser Fragen zu verzweifeln drohte, erinnerte er sich an die Worte seines Meisters.

Unsere Verabredung mit dem Leben findet stets im gegenwärtigen Moment statt. Und der Ort des Treffens ist immer genau da, wo wir uns gerade befinden.

Plötzlich ragte vor ihm ein dunkler Schatten auf. Noch während sein Gehirn hektisch damit beschäftigt war, die zahllosen Kleinigkeiten, die seine Augen in diesem ersten Bruchteil einer Sekunde einfingen, zu ordnen, zu einem Gesamtbild zusammenzufügen und zu bewerten, begann sein Körper bereits, eine Ausweichbewegung einzuleiten.

Zu spät.

Ein unbeschreiblicher Schmerz bohrte sich in seine Körpermitte, als sich die Klinge eines Langschwerts durch Stoff, Haut, Fleisch und abermals Haut und Stoff schnitt. Noch bevor er überhaupt in der Lage war, die nicht zu ertragende Agonie in die Nacht hinauszuschreien, riss der in bleich glänzendes Silber gerüstete Hüne die Waffe wieder heraus aus seinem Leib und schmetterte ihm in derselben Bewegung die Metallkante eines schweren Langschilds gegen den Schädel. Sein Kopf ruckte zur Seite, und wie ein gefällter Baum stürzte der Palaeraner zu Boden.

Schwärze umfing den jungen Mönch und Ichigos Geist schwebte in diesem Nichts. Er wusste nicht, wo er sich befand, nur, dass er schnell zurück musste, dahin, woher er gekommen war. Dieser Drang, so rasch wie nur irgendwie möglich zurückzukehren, hatte für ihn noch nicht einmal eine Ursache, an die er sich erinnern konnte.

Dennoch war die Richtung, in die es für ihn zu gehen hatte, vollkommen klar. Also ging er los. Natürlich war das kein richtiges Gehen. Schließlich besaß er keinen Körper mehr. Aber sein Geist machte sich nichtsdestotrotz auf den Weg, schwebte durch die ihn umfassende Dunkelheit.

Es war, als hätte er mit seiner Entscheidung, sich auf zu machen, gleichzeitig seine Augen geöffnet. Selbstverständlich waren auch dies nicht seine wirklichen Augen. Es handelte sich vielmehr um eine Art inneres, geistiges Sehen. Sofort, nachdem er sich in Bewegung gesetzt hatte, gewahrte er um ihn herum eine schimmernde Aura, ein Leuchten aus unzähligen, winzigen Sternen, die so dicht gedrängt waren, dass er sie kaum voneinander unterscheiden konnte. Ohne recht zu begreifen, woher dieses Wissen kam, war ihm unmissverständlich klar, dass es sein eigenes Chi war, das ihn trostspendend umgab, ihm Kraft verlieh und ihn schneller und schneller werden ließ. Diese machtvolle Energie so klar und deutlich wahrzunehmen, war eine einzigartige, wunderbare Erfahrung. Er begriff, dass er noch so viel mehr mit dieser in ihm wohnenden Macht erreichen konnte, als er bisher auch nur geahnt hatte.

Je weiter er kam, um so mehr konnte er erkennen. Er glitt auf einer silbern glänzenden Bahn entlang, die ihn aus den Tiefen des Nichts herausführte. Sein Chi pulsierte, trieb ihn mit unvorstellbarer Kraft vorwärts, schneller und schneller, bis er mit atemberaubender Geschwindigkeit auf ein Gewebe zuraste, das sich vor ihm aufblähte, bis es den gesamten schwarzen Kosmos vor ihm ausfüllte. Mit einem gewaltigen Ruck überwand er die Trennung von Raum und Zeit und durchstieß die äußere Hülle der sich vor ihm aufspannenden Ebene materieller Existenz.

Verblüfft stellte er fest, dass er über seinem eigenen Körper schwebte, keine zehn Schritte von dem Lagerplatz entfernt, den er sich mit Rovin und Rani teilte. Seine Erinnerungen waren zurückgekehrt. Er war Ichigo, der Palaeraner, und er war von dem schwarzen Ritter, den sie verfolgten, überrumpelt und niedergestreckt worden. Er sah, wie sich aus dem klaffenden Spalt in seinem Leib das Blut auf den Boden

Amas ergoss. Sein Körper war tödlich getroffen. Er musste diese fürchterliche Wunde verschließen, ansonsten würde er nicht zurückkehren können. Und plötzlich begriff er, was er zu tun hatte. Er erinnerte sich an die tröstliche Stimme seines Lehrmeisters, wie dieser ihm eine wichtige Frage beantwortete. Er hatte wissen wollen, wie ein Palaeraner einen schweren Treffer durch eine Axt oder ein Schwert überleben konnte, denn genau das hatte Taz Tahar damals behauptet.

Schwere Zeiten schmieden starke Charaktere, mein junger Minaran. Wenn du Erleuchtung erlangst, wird dein Chi dich heilen.

Ichigos Verbundenheit mit dieser ihm innewohnenden Kraft war stärker und tiefer geworden, als je zuvor. Er wusste nun, was er zu tun hatte. Behutsam lenkte er seine schimmernde Aura, sein Chi, mitten hinein in sein zerschnittenes Fleisch. Sofort stoppte die Blutung auf magische Weise, und was zertrennt worden war, fügte sich wieder zusammen. Mit einem leisen, inneren Seufzen glitt sein Geist zurück in seinen Körper.

Er schlug die Augen auf. Kampfeslärm drang an sein Ohr. Mit einer peitschenartigen Bewegung schnellte er auf die Beine und wirbelte herum.

Rovin hatte sein Schwert Rúnya in Brand gesetzt und versuchte gerade, einen Treffer gegen den Hals seines Gegners zu setzen, doch der parierte den hart und schnell geführten Schlag mit einer geradezu aufreizend lässigen Bewegung aus dem Handgelenk heraus. Pfeifend vollführte das ganz und gar schwarze Schwert des Hünen einen Halbkreis um Rovins Klinge herum, stoppte dabei deren Vorwärtsdrängen und führte auf für Ichigo völlig mysteriöse Weise die Schwungimpulse beider Bewegungen zusammen, um sie mit einer weiteren Halbdrehung gegen die Schwerthand des Halbelfen zu lenken. Dem jungen Waldläufer wurde seine Waffe aus den Fingern gerissen. Immer noch mit derselben Aktion ließ der Ritter sein Schwert mit nun weit ausgestrecktem Arm ein weiteres Mal herumkreiseln. Doch gerade, als es heranzischte, um den betäubten Arm Rovins knapp oberhalb des Ellenbogens abzutrennen, prallte ein großer, gut vierhundert Pfund schwerer Widder mit seinen zweifach umeinander gebogenen Hörnern gegen die rechte Flanke des Hünen und brachte ihn zu Fall! Noch während dieser sich wieder aufrichtete, drehte sich der Widder um, veränderte dabei bereits seine Form und seine Größe, nahm die Gestalt eines umarischen Schlachtrosses an und schmetterte dem Gepanzerten beide Hinterläufe gegen die Brust. Die Wucht des Aufpralls hob den sieben Fuß großen Mann samt Rüstung in die Luft und ließ ihn beinahe zwei Schritte nach hinten fliegen, wo er schwer gegen den Stamm der Bergulme krachte, unter deren Zweigen sie heute ihr Lager aufgeschlagen hatten.

Unbeeindruckt von den bereits eingesteckten Treffern nutzte ihr Gegner das Momentum des Zurückprallens vom unnachgiebigen Holz des großen Baumes und schnellte der Druidin entgegen, die jedoch geistesgegenwärtig in ihrer Pferdegestalt einen großen Satz nach vorne machte und an Ichigo vorbeigaloppierte. Noch bevor der Mönch reagieren und den nun frei gewordenen Korridor zum Angriff nutzen konnte, rauschte von rechts der Waldläufer heran und ließ eine Serie von harten, schnellen Schlägen seiner Flammenklinge auf den Ritter herniedersausen, die dieser jedoch allesamt mit erschreckender Leichtigkeit abwechselnd mit Schwert und Schild parierte. Allerdings musste er dafür Rovins Bewegungen folgen, die ihn zu einer Vierteldrehung weg von Ichigos Position zwangen.

Der Palaeraner erkannte die Gunst des Augenblicks. Der Anführer der Schwarzen Ritter, die den Baron Ardarat in seiner Burg Hohengraufels überwältigt hatten, wandte ihm die rechte Schulter und den halben Rücken zu. Ichigo handelte instinktiv. Mit einem Anlauf von drei Schritten sprang er hoch in die Luft, wirbelte einmal um seine eigene Längsachse und landete einen Drehfersenschlag gegen den Hinterkopf ihres Gegners. Dessen Schädel wurde brutal nach vorne geschmettert, sodass dieser sein Gleichgewicht verlor und dem Waldläufer vor die Füße fiel.

Der Halbelf zögerte keinen einzigen Augenblick und rammte sein magisches Schwert Rúnya dem gewaltigen Krieger in den sich nun zeigenden Spalt zwischen Helm und Brustharnisch.

Der Ritter zuckte noch mehrere Male, dann lag er still.

Die immer noch flammenüberzogene Klinge ragte aus dem Nacken ihres Angreifers, und die Luft füllte sich mit dem Gestank verbrannten Fleisches, während ein Zischen und Brutzeln zu hören war, als würde jemand ein großes Stück Braten zubereiten.

Ichigo und Rovin starrten sich schweigend an, unfähig, etwas zu sagen oder zu tun.

„Rovin, bitte zieh dein Schwert aus seinem Nacken. Der Geruch ist unerträglich, mir dreht sich gleich der Magen um."

Rani war zu ihnen getreten, mittlerweile wieder in ihrer eigenen Gestalt. Alle drei schauten sich im flackernden Licht der gespenstisch lodernden Flammenzungen aus Rovins Schwert in die Augen. Alle waren sie entsetzt, über das, was eben geschehen war, aber da war auch eine unsagbare Erleichterung in ihren Blicken darüber, dass niemand von ihnen diese Begegnung mit dem Leben bezahlt hatte.

Rovin erfüllte Ranis Bitte, zog sein Schwert aus der Leiche des Ritters und entzündete anschließend damit die Reste ihres kleinen Lagerfeuers, ehe er die magischen Flammen der Klinge verlöschen ließ. Alle drei waren noch viel zu aufgekratzt, um sich zu setzen, also stellten sie sich rund um das Feuer und Rani nickte dem Waldläufer dankbar zu, bevor sie erneut das Wort an ihn richtete.

„Woher wusste er, dass er verfolgt wird? Und wie hat er uns hier im Nirgendwo gefunden?"

„Alas! Ich fürchte, das war verhältnismäßig leicht. Uns zu finden, meine ich. Er musste schließlich nur unserer Spur folgen. Und was deine erste Frage anbelangt – ich denke, er hat uns gesehen."

„Aber wie? Und warum jetzt?"

Rovin knetete seine Unterlippe und betrachtete einen Moment lang gedankenverloren den Leib des Hünen. Dann schaute er die anderen beiden an, die geduldig gewartet hatten.

„Es tut mir unendlich leid. Es war mein Fehler. Ich hätte diese Entwicklung voraussehen müssen. Sobald er den ersten höheren Anstieg heute hinter sich gebracht hatte, muss er sich eine längere Pause gegönnt haben. Diese benutzte er wohl dazu, den Norden abzusuchen."

Rani sah ganz und gar nicht überzeugt aus.

„Aber Rovin, den ganzen Tag über waren wir in diesem Wald unterwegs. Wie sollte er uns denn da sehen können?"

Nun sah der junge Halbelf vollends zerknirscht aus.

„Du hast Recht, Rani. Deswegen ist es ja auch meine Schuld. Ich wurde nervös, wollte einfach schneller Gewissheit haben über unsere Situation, und habe Eanesja immer wieder über den Baumwipfeln kreisen lassen. Ich dachte, dass er mit seinen scharfen Augen womöglich unsere Beute irgendwo vor uns erspähen könnte."

„Verstehe. Und jetzt glaubst du, dass der Ritter den Habicht, der merkwürdigerweise und durchaus artuntypisch über dem Wald kreiste, verdächtig fand."

Rovin schaute die junge Druidin so schuldbewusst und niedergeschlagen an, dass Ichigo ihm am Liebsten zur Seite gesprungen wäre. Aber dummerweise machte die Erklärung des Halbelfen sehr viel Sinn. Das sah wohl auch Rani so.

„Gut. Ich denke, dass du damit wohl den Nagel auf den Kopf getroffen hast. Dennoch – das ist kein Grund, sich zu schämen, denn es war definitiv kein Fehler, Rovin. Du hast schließlich nur versucht, deine Möglichkeiten gewinnbringend einzusetzen. Unser Pech war lediglich, dass unser Feind sehr erfahren war und fast fehlerlos agiert hat."

„Alas, Rani! Wo hat er denn deiner Meinung nach einen Fehler gemacht?"

„Ist das nicht offensichtlich? Er hat uns unterschätzt und uns angegriffen."

Rovin starrte sie an. Doch just in dem Augenblick, als er den Mund öffnete, um ihr seine Meinung zu sagen, hob die junge Frau die Hand und fauchte ihn wütend an.

„Spar dir deine Worte! Ich kann sehen, was du denkst! Deiner Meinung nach hatten wir mehr Glück als Verstand, und ICH hätte mich sowieso vom Kampf fernhalten sollen."

Rani trat einen Schritt auf ihren Freund zu, stemmte die Fäuste in ihre Hüften und senkte bedrohlich ihre Stimme.

„Oh ja, ich habe deinen zornerfüllten Blick wahrgenommen, den du mir hinterhergeschickt hast, als ich dieses Monster erst zu Boden und danach gegen den Baum geschmettert hatte. Was du ganz offensichtlich zu vergessen scheinst, ist die Tatsache, dass ich dir damit nicht nur deinen Arm sondern höchstwahrscheinlich auch den Arsch gerettet habe!"

Über Rovins Antlitz huschten in rascher Folge verschiedenste Emotionen – Überraschung, Wut, Scham, Selbstzweifel und Hilflosigkeit. Schließlich wandte er sich zu dem Palaeraner um, ganz offensichtlich in dem Bestreben, sich Unterstützung zu holen.

„Ichigo, bitte sag dieser größenwahnsinnig gewordenen Jungdruidin, dass…"

Doch da sah er zum ersten Mal bewusst das Antlitz des Mönchs.

„Dein Gesicht! Es ist voll Blut! Du hast eine schlimme Platzwunde an deiner Schläfe."

Jetzt spiegelte sich nur noch aufrichtige Sorge in dessen Augen, als er sich entschlossen in Bewegung setzte, um sich die Wunde aus der Nähe anzusehen. Rovin war ein guter Freund. Er verdiente eine ehrliche Einschätzung, auch wenn er diesmal nicht seiner Meinung war. Ichigo stellte sich breitbeinig hin, straffte seine Schultern und suchte den Blickkontakt mit dem Waldläufer. Der Halbelf blieb überrascht stehen und sah ihn verwundert an.

„Rani hat Recht. Gemeinsam war unser Chi stärker als das Seine. Du musst etwas lernen: Sorge ist gut. Aber Vertrauen ist besser."

Dann fasste er sich vorsichtig an den Schädel. Die Haut war dort oben fast einen Finger lang aufgerissen. Und genau in diesem Moment setzte auch der Schmerz ein. Er zuckte mit einem lauten „Au!" zusammen.

Die Situation war so absurd, dass er plötzlich herzlich lachen musste.

Rovin und Rani sahen ihn noch einen Herzschlag lang perplex an, doch dann fielen sie in das Lachen des Mönchs ein. Sie konnten gar nicht anders.

Sie lachten über das Grauen, das sie überfallen hatte, und das ihnen noch tief in den Gliedern steckte. Sie lachten über die Angst hinweg, die sie befallen hatte, einen aus ihrer Gruppe zu verlieren, und sie lachten, weil es ihnen gelungen war, diesen schrecklichen Gegner mit vereinten Kräften zu besiegen!

Was für ein fürchterlicher Überfall, und was für ein glorreicher Sieg!

Er ließ sein Schwert wieder sinken, behielt es aber in der Faust.

"Schon viel besser! Und wer befiehlt diesen ganz und gar jämmerlichen Haufen disziplinloser Jünglinge?"

Ein graubärtiger Hüne, mit Schultern, so breit wie die eines Warlokhäuptlings, trat auf ihn zu und blieb gute fünf Schritte von ihm entfernt stehen.

"Diese Ehre obliegt mir, Fremder. Ich frage mich, ob…"

"Und ich frage mich, seit wann Morbad aus dem Stamm der Meromannen es zulässt, dass ein Soldat unter seinem Bannon seinen Vater vergisst?"

Der Graubart starrte Ean durchdringend an, die Stirn furchte sich auf beängstigende Weise, und plötzlich riss er seine Augen vor ungläubiger Überraschung weit auf.

"Ean Gomōnsson, Elarichs Bearn! Nateshwon na cunno forgitan!"

"Das freut mich, Morbad, alter Klingenbruder! Auch ich werde dich nie vergessen, so lange noch Blut in meinem Herzen ist!"

Sie schritten aufeinander zu und umarmten sich herzlich, wobei sie einander so derb auf den Rücken schlugen, dass Geringere davon in die Knie gegangen wären.

"Nimm es Arnhild nicht übel, Ean. Glaube mir, sie hat ihren Vater nicht vergessen. Der Bolzen hat nur den Felsen gekratzt, daran magst du erkennen, dass sie nicht auf euch gezielt hat. Sie ist noch jung, gerade einmal siebzehn Winter, da zittern einem noch manches Mal die Finger."

Eans kleiner Trupp kam hinzu. Sie alle wollten hören, was gesprochen wurde. Der graue Hüne, der den Ritter um mehr als eine Haupteslänge überragte, hielt ihn auf Armeslänge vor sich und musterte ihn nachdenklich.

"Dein Erscheinen hier ist wohl eher kein Zufall."

"Nein. Ich muss zum Kuningaz. Mein Vater und ich haben einiges zu besprechen. Du weißt sicher, warum."

"At skohsla! Kann es mir denken."

Er blickte sich um und reckte seine Faust in den Himmel. Seine tiefe Stimme dröhnte befehlsgewaltig über den Hang.

"Hwarbam!"

Sofort setzten sich die Thorlander in Bewegung und marschierten zum Heerlager zurück. Morbad nickte Ean zu.

"Folgt mir. Ich bringe euch zu Elarich."

Er wandte sich ebenfalls um und ging voraus.

Eans Gedanken rasten. Es war jetzt an der Zeit, herauszufinden, was oder vermutlich eher wer hinter diesem unseligen Feldzug der Eisernen gegen Argenas stand. Elarich war es sicher nicht, das stand für ihn fest. Für Ausländer mochte das verwirrend sein, aber in Thorland war dies durchaus nichts Ungewöhnliches. Denn auch wenn es dem Namen nach einen König gab, so hatte dieser doch nicht die unumschränkte Befehlsgewalt über die anderen. Vielmehr wurden alle Dinge gemeinsam im Tehuthing, dem Rat der Zehn entschieden. Dort besaß der Kuningaz eine Stimme, der Durinwīhōn, der Hohepriester des Kriegsgottes Garwor, hatte eine und alle anderen Clanführer zusammen brachten ebenfalls eine Stimme in die Abstimmung ein. Unter diesen entschied das Mehrheitsrecht. Waren also König und Hohepriester verschiedener Meinung, kam es darauf an, wer von beiden die Clanoberhäupter auf seine Seite ziehen konnte.

Ean beschleunigte seine Schritte und trat neben Morbad. Gamron folgte ihm.

"Sage mir, Morbad, Merobalds Sohn, fiel die Entscheidung für diese Heerfahrt gegen den Willen des Kuningaz?"

Morbad sah ihn von der Seite unter seinen buschigen Augenbrauen heraus an, und der Ritter sah ein verschwörerisches Glitzern in dessen Augen. Er senkte seine Stimme so weit, dass Ean ihn gerade noch verstehen konnte.

"Jai, Ean! Dein Verstand ist so scharf wie eh und je. In der Tat, und davor stritten die Clans fürchterlich lange darum, wen sie auf ihren Schild heben sollen. Ich sage dir, sie taten sich schwer mit ihrer Entscheidung. Aber Vadomar, der Durinwīhōn, hat sich letztendlich durchgesetzt."

Ean traute seinen Ohren kaum. Seine Stimme nahm deutlich an Schärfe zu.

"Vadomar ist der Durinwīhōn? Wie kommt es, dass dieser einfältige Wicht Hohepriester geworden ist? Was ist mit Hortar geschehen? Ah, bei Sian! Ich kann es mir denken. Langsam beginnen die Dinge einen Sinn zu machen."

Er ließ seinen Blick über das vor ihnen liegende Lager schweifen. Dann nickte er mehrmals.

„Lass mich raten, alter Freund, der Hohepriester Hortar hatte einen Unfall, vermutlich bei der Jagd."

"At skohsla! Woher weißt du davon? Blut und Asche! Das alles ereignete sich doch in deiner Abwesenheit vor gut einem Jahr!"

Morbad blickte sich um, so als wolle er sicher gehen, dass ihnen keiner der anderen Thorlander zuhörte.

"Hortar war mit Irmina und Vadomar, den beiden Ranghöchsten nach ihm selbst unter den Priesterinnen und Priestern Garwors, ausgezogen, weil man die Spuren von drei Eulenbären am Ufer des Arver gefunden hatte."

"Eulenbären?", mischte sich Gamron ein. "Das sind doch vollkommene Einzelgänger. Es kann als Paradoxon betrachtet werden, eine Gruppe von drei Exemplaren vorzufinden. Ihre ihnen innewohnende Aggressivität würde dazu führen, dass sie sofort und unweigerlich aufeinander losgingen. Nur der Stärkste der drei würde mit dem Leben davonkommen, und selbst dieser könnte noch hinterher an seinen Verletzungen zu Grunde gehen."

Morbad blickte Ean überrascht und ein wenig fragend an.

"Das ist Gamron, ein sehr guter Freund von mir. Sein Wissen ist umfangreich, breit gefächert und absolut zuverlässig."

"Habe nichts dagegen zu sagen. Blut und Asche! Er hat den Biddenhänder mit beiden Händen geschwungen! Nun ist der Eulenbär aber auch ein heiliges Tier Garwors, denn er kennt keinerlei Furcht. Aus diesem Grund wurde das Erscheinen von gleich drei der Bestien als Zeichen des Kriegsgottes gedeutet. Und um dieses genau zu untersuchen, haben sich die drei Priester auf den Weg dorthin gemacht. Da sie nicht zurückkehrten, wurden Suchtrupps ausgesandt. Schließlich fand man sie, furchtbar zugerichtet. Hortar und Irmina waren in die Halle der Vorväter gegangen, Vadomar aber lebte noch und konnte gerettet werden. Er sagt, sie seien von einem ganzen Dutzend der Bestien angegriffen worden! Das erschien nun vielen äußerst unglaubwürdig, aber die Spuren vor Ort bestätigten seine Geschichte."

"Verstehe, und so übertrug ihm der Tehuthing das Amt des Hohepriesters. Obwohl ihr alle ebenso gut wisst wie ich, dass Vadomar ein erbärmlicher Feigling ist."

"Was hätten die Väter und Mütter der Clans anderes tun sollen? Die erfahrensten Jäger und Fährtenleser der Ymbronen schworen, dass es mindestens zehn der riesigen Bestien gewesen waren, und es sah immerhin so aus, als hätte er tapfer gekämpft. Zudem gab es niemand anderen mehr, der das Amt hätte übernehmen können. Heilrun vom Clan der Aduaker zählt zwar schon dreißig Winter, sie war aber noch nicht in der dritten Weihe. Hortar hätte diese wichtige Zeremonie drei Tage nach seinem furchtbaren Tod abhalten wollen, doch dazu kam es nicht mehr. Darüberhinaus ist sie die Tochter Elarichs! Auch wenn sie durch ihre Heirat mit dem Häuptlingssohn Witterich nun als Aduakerin gilt, hätten ihrer Ernennung wohl kaum genügend viele der Clanoberhäupter zugestimmt. Einzig Vadomar erfüllte die Voraussetzungen."

Er knirschte mit den Zähnen, als er das sagte. Ean erinnerte sich, dass Morbad ein guter und sehr alter Freund von Hortar gewesen war. Unverkennbar hatte der alte Haudegen seine Schwierigkeiten damit, die Version Vadomars zu glauben. Dass die Fährtenleser aus Vadomars eigenem Clan stammten, trug sicherlich das Übrige dazu bei.

Ean selbst hatte seine eigene Geschichte mit dem jetzigen Hohepriester. Im Alter von gerade mal dreizehn Wintern war er zufällig Zeuge geworden, wie der damals Zwanzigjährige ein junges Mädchen namens Fraena in eine Scheune zerrte. Es war mitten im Winter, ein Schneesturm tobte in der thorlandischen Königsstadt Akrokur und niemand hörte ihre Schreie – niemand außer Ean. Er war blind für sein eigenes Risiko in die Scheune gestürmt und hatte den Kampf gegen den wesentlich größeren und stärkeren Mann aufgenommen, sodass Fraena entkommen und weglaufen konnte. Vadomar schlug Ean schließlich mit einem Holzprügel fast den Schädel ein, hatte aber zuvor von diesem ein langes Jagdmesser in den hinteren Oberschenkel bekommen. Seitdem zog er das linke Bein ein klein wenig nach. Zu einer Verhandlung war es nie gekommen, weil das Mädchen aus Angst und Scham die ganze Angelegenheit rundheraus abstritt und Ean noch als Kind galt. Gegen die Aussage eines Mannes war sein Wort nach Recht und Gesetz nachrangig. Zwei Winter später jährte sich zum fünfzehnten Mal sein Wiegenfest, und erst da ging er in den Wald und kehrte fünfzehn Tage später als Mann zurück.

Ean schüttelte ärgerlich seinen Kopf.

"Und was ist die Begründung des feigen Mädchenschänders für den Krieg gegen Argenas?"

Ein kaltes Lächeln huschte über Morbads zerfurchtes Antlitz, als er Ean unter buschigen Brauen heraus wissend ansah. Es lag wie immer viel Zustimmung in seinen Augen, als sich ihre Blicke trafen. Der alte Haudegen kannte die Geschichte genauso gut wie jeder andere Thorlander, und so wie die meisten hatte auch er irgendwann für sich persönlich entschieden, wessen Version er für glaubwürdiger hielt. Im Gegensatz zu vielen Anderen hatte er aus seiner Ansicht dazu noch nie ein Geheimnis gemacht. Ein Grund mehr, weshalb Ean den bulligen Hünen tief in sein Herz geschlossen hatte.

"Er sagt, es wäre Garwors Wille. Zu lange schon hätten die Thorlander die Bequemlichkeiten des Friedens genossen, als wären sie träge, feige Pfeffersäcke. Außerdem behauptet er, König Erik hätte die Gunst Sians verloren."

Ean hielt überrascht inne. Das war ja geradezu ungeheuerlich.

"Und womit begründet dieser Wurm von einem Ymbronen diese unsägliche Behauptung?"

"Er sagt, das mächtige Schwert Ukonnen sei wieder gefunden worden. Es soll sich in den Händen der Schattenkrieger befinden. Der Befehlshaber der Kil-Rhai, ein gewaltiger Krieger mit dem Namen Kokoru, soll es Elarich morgen feierlich übergeben. At skohsla, Ean, Vadomar behauptet, Garwor, der Gott des Krieges selbst, habe dafür gesorgt, dass der Kuningaz das Schwert bekommt! Er wird die Klinge als Erster nach mehr als zehntausend Jahren für sich beanspruchen können und damit zum größten Krieger Amas werden. Dass die legendäre Klinge der Reinen Macht in die Hand des Königs der Thorlander gelegt wird, und nicht in die des Königs von Argenas, zeige überdeutlich, dass dieser dafür in den Augen der Götter nicht würdig genug sei, dass er die Gunst Sians verloren habe."

Eans Faust schloss sich um das Heft eben jenes Schwertes, von dem Morbad sprach, und das nunmehr seit einigen Tagen an seinem Schwertgurt hing. Seine Gedanken rasten. Ein verwegener Plan kristallisierte sich in seinem Geist. Er barg ein tödliches Risiko – entweder würde er alles gewinnen, oder aber die nächsten Stunden nicht überleben. Ein Gefühl eisiger, gnadenloser Kälte machte sich in seinem Herzen breit.

"Bring mich direkt zum Tehuthing, Morbad."

"Tut mir leid, Ean, aber es ist Sonnenuntergang. Du weißt doch, dass der Rat sich jetzt versammelt hat und die nächste Stunde niemanden empfangen wird."

"Du irrst dich, Morbad. Du vergisst, dass ich immer noch ein Thorlander und somit mittlerweile kein einfacher Eorl mehr bin. Ich, Ean, vom Clan der Vyrdalen, befehlige derzeit in der Schlacht mehr als Hundert Soldaten und bin damit im Rang eines Arnan. Ich beantrage deshalb eine sofortige Anhörung im Tehuthing!"

Morbad sog hörbar die Luft ein, seine Augen weiteten sich.

"At Arsaz, Mann, du sprichst hier von Argenaern, nicht von Thorlandern! Du weißt ebenso gut wie ich, dass dich das deine Schwerthand kosten kann!"

Er blickte wild um sich und stieß weitere derbe Flüche in seiner Muttersprache aus. Ean sagte nichts weiter. Er ließ ihn gewähren, achtete nicht auf die Vergleiche, mit der ihn der andere schmähte. Er wusste, er schritt hier auf extrem dünnem Eis. Nach einer kurzen Weile blieb Morbad stehen, legte den Kopf in den Nacken und stieß ein lautes, brüllendes Lachen aus.

Ein kleines Lächeln stahl sich auf die gemeißelten Züge des Ritters. Den ersten Kampf hatte er gewonnen.

Morbad schlug ihm zweimal mit der flachen Hand auf den Rücken, dass seine Knochen knirschten.

"Beresi ermana balthin en thina hertam! Du kannst auf mich zählen, Arnan Ean!"

Damit beschleunigte er seinen Schritt und setzte sich an die Spitze des kleinen Zuges. Gamron trat neben Ean und schaute dem davoneilenden Thorlander nach.

"Große Kühnheit trägst du also im Herzen, tja, da will ich nicht widersprechen. Allerdings wäre mir bedeutend wohler, wenn sich zu dieser auch eine Prise Verstand gesellen würde."

Ean warf seinem Freund einen scharfen Blick zu.

"Zwar überrascht es mich nicht wirklich, aber ich wusste ja gar nicht, dass du die Zunge Thorlands sprechen kannst."

"Ich würde nicht so weit gehen, zu behaupten, dass ich sie sprechen kann, denn diese merkwürdigen Töne, die man im tieferen Teil des Rachens bilden muss, irritieren mich doch ein wenig. Aber sie verstehen, ja, das kann ich in der Tat. Wobei ich zugeben muss, dass die Bildhaftigkeit der Flüche, tja, wie soll ich mich ausdrücken, ein wirklich belebendes, sprachliches Element für mich ist. Wie war das nochmal? Du gehst, als würden die Eier eines Straußes zwischen deinen Beinen schaukeln?"

Ean verzog keine Miene.

"Morbad hatte einfach nur Bedenken, ich würde mehr abbeißen, als ich kauen kann. Letztendlich hat er sich aber dazu entschlossen, sich auf meine Seite zu schlagen, und das allein zählt."

"Hm. Und in was genau beabsichtigst du, deine Zähne hineinzuschlagen, *Arnan* Ean?"

Eans Brauen zogen sich bedrohlich zusammen. Dann atmete er einmal tief durch und beschloss, die etwas zu starke Betonung des von ihm beanspruchten Titels zu ignorieren. Vorläufig.

"Ich habe nicht genug Zeit, dir die Situation mit all ihren kulturellen Facetten und den Verhaltensregeln, denen wir Thorlander unterworfen sind, zu erklären. Es muss genügen, dass auch der Kuningaz davon nicht frei ist. Elarich war gegen diesen Feldzug, oder zumindest gegen die Wahl der Verbündeten. Vadomar aber hat sich durchgesetzt. Durch mein Erscheinen hat sich die Lage aber wieder komplett geändert, denn ich bringe wichtige Kunde über Kokoru und Ukonnen. Damit wird dieser Hund von einem Priester seine Position nicht mehr halten können, der Tehuthing wird neu entscheiden müssen. Die Thorlander ziehen also auf Seiten Argenas´ in den Krieg und kämpfen gegen die Schattenkrieger."

"Könnten sie den eingeschlagenen Weg nicht trotzdem fortsetzen wollen? Was, wenn Vadomar ein zweites Mal Erfolg mit seinen Überredungskünsten hat?"

"Das wird nicht geschehen."

"Wie kannst du dir da so sicher sein?"

Ean zögerte. Dann gab er sich einen Ruck.

"Weil er die neuerliche Begegnung mit mir nicht überleben wird."

"Was?! Du… Augenblick, hat Morbad das gerade auch schon durchschaut? Hat er dich deswegen als rasenden Stier bezeichnet, dem man an beiden Schwänzen Feuer gelegt hat?"

"Morbad hat einen sehr hellen Verstand in seinem harten Schädel. Ich denke schon, dass er begriffen hat, dass ich den Priester herausfordern werde."

"Aber wird dieser denn darauf eingehen? Ich meine, es muss ihm doch klar sein, dass er damit sein eigenes Todesurteil unterschreibt. Vermutlich wird er sich vor der ganzen Sache drücken."

"Oh, du irrst dich. Vadomar ist der Hohepriester des Kriegsgottes. Es ist für ihn gänzlich unmöglich, sich der Herausforderung eines Anführers nicht zu stellen. Außerdem hat er eine glänzende Reputation als Kämpfer, hält sich selbst für nahezu unbesiegbar und darf die Macht Garwors in einem solchen Duell gegen mich einsetzen."

"Wie bitte?! Ean, das… Devi und Planetare! Morbad hatte vollkommen Recht! Ach was sage ich! Jeder einzelne seiner Vergleiche war ja geradezu hoffnungslos untertrieben! Hast du denn…"

Ean wirbelte zu ihm herum, seine Stimme war nicht wirklich laut, eher schneidend und kalt.

"Ruhe, Magier! Besinne dich deiner Stellung!"

Gamron zuckte zusammen. In seinen Augen spiegelte sich der Schmerz über diese demütigende Zurechtweisung. Beinahe taten Ean seine scharfen Worte schon wieder leid. Allerdings nur beinahe. Sie waren nach wie vor umringt von thorlandischen Soldaten, die zwar Abstand hielten und vermutlich nicht verstehen konnten, was sie miteinander sprachen. Aber wenn sein Plan gelingen sollte, dann durfte er nicht mehr aus seiner Rolle als Heerführer fallen. Alles hing davon ab, dass sein Rang als Arnan allgemein anerkannt wurde. Deshalb durfte er es unter keinen Umständen dulden, in der Öffentlichkeit auf respektlose Art und Weise angesprochen zu werden. Er wollte eben anfangen, es seinem Freund zu erklären, da kam dieser ihm zuvor. Und diesmal sprach er deutlich leiser als zuvor.

"Schätze, das habe ich eben mehr als verdient. Tut mir leid, ich vermute mal, ich hätte ums Haar deine gerade begonnene Karriere als Arnan früher als dir lieb ist wieder beendet."

Ean nickte ihm knapp zu, und sie setzten sich wieder in Bewegung. Gamron schüttelte seinen Kopf und brachte seine Bedenken nun mit ausgesprochen kontrollierter Höflichkeit vor.

„Dennoch, mein Freund, es muss dir doch klar sein, dass deine Aussichten gegen einen Hohepriester, der sich auf ein solches Duell mit seinem gesamten Arsenal an priesterlicher Magie vorbereiten darf, mir keinen Anlass zu Jubel und Freudengesängen geben."

"Er wird keine Gelegenheit bekommen sich mit Zaubern vollzustopfen."

"Moment! Eben hast du doch gesagt…"

"Er und ich, wir sind alte Feinde. Sehr alte Feinde. Versetze dich in seine Lage. Du bist Vadomar. Vor vielen Jahren hast du einen sorgfältig ausgedachten Meisterplan ins Werk gesetzt. Nach und nach hast du ihn Stück für Stück in die Wirklichkeit umgesetzt. Vor einem Jahr hast du endlich dein erstes großes Ziel erreicht: Du bist Durinwīhōn geworden, der zweite Mann im Land! Jetzt gibt es nur noch einen, der über dir steht: Der Kuningaz. Nun gilt es, das zweite Ziel zu erreichen. Und jetzt, jetzt bist du kurz davor!"

"Halt, Ean, halt! Glaubst du im Ernst, dass dieser Vadomar den ganzen Heereszug nur herbeigeführt hat, um Elarich loszuwerden? Und wenn ja, was bezweckt er damit?"

"Elarich ist seit mehr als zwanzig Jahren Kuningaz, Gamron. Seine Machtstellung ist nahezu unangreifbar. Wenn er ihn also nicht stürzen kann, muss er ihn töten. Dazu gäbe es natürlich viele Möglichkeiten. Gift, zum Beispiel. Dies aber ist die Waffe der Schwachen. Vadomar ist - bei all seiner Erbärmlichkeit - immer noch ein Thorlander. Wir verabscheuen Gift. Dazu kommt, dass er ein Hohepriester Garwors ist. Nach allem, was ich über diesen Gott weiß, würde eine solche Tat wohl für ihn das Ende seiner Priesterschaft bedeuten. Was sollte es also für einen besseren Weg geben, Elarich aus dem Weg zu schaffen, als im Rahmen eines großen Krieges?

Vadomar hat es geschafft, dass sich die Thorlander mit den Kil-Rhai verbünden – für die Schattenkrieger ein äußerst wertvoller Pakt. Dem Volk mag er glaubhaft versichern, dass dieser Feldzug von Garwor gewollt ist und dass die Krieger ihre Belohnung in dem Ruhm erhalten, den sie auf dem Schlachtfeld vor den Augen des Kriegsgottes gewinnen werden. Doch den Kil-Rhai gegenüber wird er ein anderes Lied gesungen haben. Welchen Preis mag er wohl ausgehandelt haben für die Unterstützung der Eisenmänner? Ich gehe davon aus, dass Kokoru ihm Elarichs Kopf versprechen musste."

Gamron warf ihm einen anerkennenden Blick von der Seite zu.

"Nun gut. Zugegeben, das hört sich nicht gerade unlogisch an. Also schön, ich spiele das Spiel mit! Ich bin Vadomar! Jetzt, wo ich kurz davor bin, mein zweites Ziel zu erreichen, taucht plötzlich mein alter Feind auf, von dem ich dachte, er wäre hunderte Wegstunden von hier entfernt."

"Und er taucht nicht irgendwo auf. Er platzt mitten hinein in die letzte Ratssitzung, bevor das von dir geschmiedete

Bündnis besiegelt wird. Seine Gegenwart ist dir unerträglich. Seine Arroganz ist unerträglich. Seine Beliebtheit beim Kuningaz ist unerträglich. Und dann behauptet dieser größenwahnsinnige Wicht, Kokoru sei tot. Aber damit nicht genug, nein, er prahlt, er habe ihn selbst getötet!"

"Unmöglich! Ich habe Kokoru kennengelernt. Dieses arrogante Großmaul hat nicht das Zeug dazu, einen Kokoru zu töten. Das ist eine Lüge, das muss einfach eine Lüge sein!"

"Völlig richtig, mein Freund! Genau das werden tatsächlich Vadomars Gedanken sein. Er wird toben, und mich einen Lügner heißen."

"Und dann?"

"Werde ich ihn so beleidigen, dass er gar nicht anders kann, als mich an Ort und Stelle zu vernichten, wenn er in den Augen der Häuptlinge nicht sein Gesicht verlieren will."

Gamron blieb eine Weile still. Sie waren dem Lager des thorlandischen Heeres mittlerweile schon sehr nah gekommen. Unmittelbar vor ihnen ragte eine frisch errichtete Palisadenwand in die Höhe. Der Trupp steuerte auf das einzige Tor zu, das auf dieser Seite des Schutzwalls zu sehen war.

"Und wenn ihm genau das gelingt?"

Morbads Stimme hallte durch die Luft. Der Anführer des Kundschaftertrupps rief Eans Namen. Der Drachenritter legte seinem Freund kurz die Hand auf die Schulter.

"Nicht in diesem Leben, Gamron."

Dann eilte er nach vorne.

Mit bewunderndem Blick begutachtete er das hervorragend errichtete Heerlager der Thorlander.

So wie es den Anschein hatte, war es auf allen Seiten von einem gut fünf Fuß tiefen und etwa drei Fuß breiten Graben umgeben. Die beim Aushub angefallene Erde hatten die Eisernen verwendet, um auf der Innenseite einen Erdwall aufzuschütten, der an die sechs Fuß hoch war und auf seiner Krone mit einem Palisadenzaun aus angespitzten Holzpfählen versehen war, die weitere vier Fuß hochragten. Jeder Angreifer hatte somit mit einem Höhenunterschied von sechseinhalb Schritt vom Boden des Grabens bis zur Spitze der oberen Brustwehr zu kämpfen. Eine stabile Brücke, die genau wie die Palisadenpfähle deutliche Gebrauchsspuren aufwies, war vor dem Tor, auf das sie zuhielten, über den Graben gelegt worden.

Die Brücke führen sie ebenso mit sich, wie das Holz für die Brustwehr. Wenn sie ihr Feldlager aufschlagen, heben sie den Graben aus und befestigen ihn oben mit dem Zaun. Nachdem sie dafür eine gewaltige Menge an Pfählen benötigen, muss diese Aufgabe auf vielen Schultern ruhen. Vielleicht ist jede Zeltgemeinschaft für einen Mauerabschnitt des Lagers verantwortlich und muss sich um das Holz dafür kümmern.

Er schritt durch das gut bewachte Tor und registrierte, dass der Erdwall eine Breite von etwas mehr als drei Schritten hatte. Als sie hindurch waren, schickte Morbad seine Soldaten bis auf ein Geleit von zehn Eisernen wieder an ihre Aufgaben und machte sich dann mit den Argenaern auf den Weg zum Tehuthing. Ean bildete zusammen mit dem graubärtigen Truppführer die Spitze ihres kleinen Zuges. Er selbst hatte sich mit seinem Truppführer Wolf Hartmann direkt dahinter eingereiht, wobei sie Selina in ihre Mitte genommen hatten. Dahinter folgten Gregor und Gamron. Den Abschluss bildeten die zehn Eisernen, die ebenfalls in Zweierreihen marschierten.

Das thorlandische Heerlager breitete sich weit in der Ebene am Fuß der Berge aus und nahm den freien Platz zwischen

Fels und Wald, immerhin eine Fläche von etwa fünfhundert mal dreihundert Schritt, fast vollständig ein. Zu den Bäumen hin war lediglich noch ein schmaler Streifen von vielleicht zwanzig bis dreißig Schritt Breite frei geblieben. Das Lager war grob rechteckig angelegt worden. Robert studierte interessiert die streng geordnete Organisation im Inneren der Befestigungsanlage. Morbad, dem die aufmerksamen Blicke des Hauptmanns nicht entgangen waren, winkte ihn zu sich nach vorne und beantwortete bereitwillig seine Fragen, sodass sich ihm die genau festgelegte Struktur nach und nach vollständig erschloss. Außerdem geizte der bullige Krieger nicht mit Geschichten rund um die thorlandischen Spezialeinheiten, sehr zur Freude des Hauptmanns.

Nahe des Zentrums befand sich das Tendadomaz, das große Zelt des Kuningaz, des Clankönigs Elarich, Eans Ziehvaters. Es war auf drei Seiten von den Mannschaftszelten der Brodored umgeben. Sie waren die Leibgarde des Kuningaz, hundertzwanzig Köpfe stark, und sie galten als nahezu unüberwindlich. Die offizielle Bezeichnung der Bruderschaft, Eorlas sinaz heolforas, bedeutete „Krieger seines Blutes“, und wie überall in der thorlandischen Gesellschaft gab es auch bei den Elitekriegern einige Frauen in ihren Reihen.

Gegenüber dem Königszelt befand sich das Tendawisaz, ein ebenso großes, jedoch deutlich prachtvolleres Zelt. Dort trafen sich die acht Clanväter und -mütter, sowie der oberste Priester Garwors, um zusammen mit dem Clankönig zu beraten und Entscheidungen zu fällen. Zwischen dem Tendawisaz und dem Tendadomaz verlief die Kuningazstrata, die große, fünfzehn Schritt breite Querstraße des Lagers, auf der sie gerade unterwegs waren und die schließlich in den Rumam rōkō mündete, einen großen freien Platz genau im Zentrum der Anlage. Dort traf sie sich mit den anderen der vier Hauptstraßen des Lagers, die das gesamte Areal in acht etwa gleich große, keilförmige Sektoren unterteilten: der Angarstrata, die das Feldlager der Länge nach durchschnitt, der Awestrata, die eine der beiden schräg verlaufenden Straßen war und am Tendawisaz vorbeiführte und der

Garworstrata, der anderen Diagonalstraße, die am Tempelzelt der Priester vorbeiführte. In den acht Keilen waren jene Clans untergebracht, die nicht den König stellten und von denen jeder seine eigene Ordnung pflegte, während der Königsclan, derzeit die Vyrdalen, mit seinen Mannschaftszelten den äußersten Ring an der Innenseite des Palisadenwalls bildete. Somit war der König umgeben von den Bürgerclans und abgeschnitten von seinem eigenen, eine uralte Tradition bei der Heerfahrt der Thorlander. Der Kuningaz sollte stets daran erinnert werden, dass er lediglich der Erste unter Gleichen war, und dass er sich den Respekt und die Anerkennung der anderen Clanhäuptlinge jeden Tag aufs Neue zu verdienen hatte.

Schräg gegenüber vom Zelt des Königs befand sich das Tempelzelt Garwors, in dem der Durinwīhōn residierte. Wie Morbad ihm auseinandersetzte, als sie die Kuningazstrata von Osten nach Westen entlangschritten, lagerte nun Vadomars Clan der Ymbronen in dem Sektor, in dem sich auch das Tempelzelt befand, ein klarer Verstoß gegen die Tradition, denn was für den Kuningaz galt, hatte stets auch für den Hohepriester gegolten. Normalerweise suchte der Kuningaz den Clan aus, der das Tempelzelt bewachte, und legte zudem den Sektor fest, in dem dessen Clan sich niederzulassen hatte. Dass sich Vadomar hier mit seinem Clan umgeben durfte, war – vorsichtig ausgedrückt – ungewöhnlich. Eans Miene sprach Bände. Der Einfluss des Hohepriesters schien außerordentlich hoch zu sein, höher zumindest, als es dem Drachenritter lieb war. Robert wusste zwar nicht, warum das ein Problem war, nahm sich aber dennoch vor, mehr über diese offenbar konfliktträchtige Machtkonstellation herauszufinden.

Die Organisation ihres Feldlagers scheint mir ein Spiegel ihrer Gesellschaft zu sein. Alle Parteien der Macht haben einen genau festgelegten Platz und damit ein ihnen zustehendes Gewicht. Wenn es also dem Hohepriester gelungen ist, seine Position hier im Lager auszubauen und zu verstärken, so reflektiert das vermutlich seinen gewachsenen Status im Zusammenspiel mit den Stämmen und dem König. Das kann nur bedeuten, dass entweder die Clans oder die

Krone im Gegenzug an Macht und Einfluss verloren haben – oder beide.

Sie näherten sich nun allmählich dem Zentrum des riesigen Lagers. Schon von Weitem konnte man die beiden Doppelspitzen des zehn Meter hohen Tempelzeltes des Kriegsgottes sehen. Der Anblick löste in Robert einen Wirbel gemischter Gefühle aus.

Es war aus einem dunklen, fast schwarzen Leder gefertigt. Wie ihm Morbad erklärte, stammte es von mehr als zweihundert Eulenbären, deren Kopf, Schultern und Arme mit einem Federkleid bedeckt waren, die massigen Beine der ungeheuerlichen Bestien aber mit einem ölig glänzenden Fell. Man hatte die Häute so zurechtgeschnitten und vernäht, dass die eine Spitze mit den silbergrau schillernden Federn geschmückt war, die andere aber mit dem schwarzen Fell.

Der Effekt war verstörend. Rohe, ungezügelte Kraft schien sich an diesem Ort mit einer dunklen, fremdartigen und überlegenen Macht zu paaren. Die Frekâ Draugr, Krieger, die ihr Leben ganz in den Dienst des Kriegsgottes gestellt hatten, waren auf ihren Posten und standen Wache. Sie waren die einzige Einheit in den Reihen der Thorlander, die einen Schild verwendeten. Bewaffnet mit einem mannshohen Stoßspeer und einem langen, gebogenen Kampfmesser setzten sie sich auch hier von den regulären Truppen ab, die gewaltige Biddenhänder schwangen. Vor allem aber war ihre Rüstung gänzlich anders. Während die Eisenmänner sich in schwere Plattenrüstungen hüllten, auf dem Kopf aber nur die stählerne Feldhaube trugen, verwendeten die Templâ, wie sie auch genannt wurden, ein viellagiges Verbundmaterial aus schwarzer Seide, in welches verstärkende, gehärtete Lederplatten eingenäht waren. Ihren Kopf schützten sie dagegen mit einem Vollhelm, gefertigt aus dem Schädelknochen eines Eulenbären. Der kurze, orange-rote Schnabel war dabei am Kopfschutz belassen worden und verlieh ihnen ein unmenschliches, beinahe dämonisches Äußeres.

„Sie sehen wahrhaft furchteinflößend aus, Morbad. Vermutlich habt ihr euch längst an ihren Anblick gewöhnt, aber mir treiben sie einen kalten Schauer über den Rücken."

Der alte Haudegen nickte bedächtig.

„Xertôn gaángwjedai, Robert, und das, obwohl wir Thorlander von Kindesbeinen an mit ihrem Erscheinungsbild vertraut sind! Ja, sie erwecken auch in uns das beunruhigende Gefühl, einer außerweltlichen Kreatur von unbekannter Macht gegenüber zu stehen. Das ist selbstverständlich genau das, was die Garworpriester damit bezwecken. Und vermutlich gehen auch ein Großteil der Schauergeschichten über ihre übermenschlichen Fähigkeiten als Kämpfer auf deren Kerbholz! Schon immer waren sie eifrig darauf bedacht, an der Legende der Unbesiegbarkeit ihrer Freka Draugr zu stricken."

Er lehnte sich ein wenig zu ihm herüber und senkte seine Stimme.

„Aber glaube mir, du solltest dich eher vor den Brodored in Acht nehmen, als vor den Draugr."

Er richtete sich wieder auf und fuhr mit normaler Stimme fort.

„Aber Ean hier kann dir da besser Auskunft erteilen, hab ich Recht, Arnan?"

Der Ritter warf dem lächelnden Thorlander einen grimmigen Blick zu, kam aber nichtsdestotrotz der Aufforderung nach.

„Habt ihr schon einmal einen Eulenbären gesehen, Hauptmann?"

„Bislang ist mir noch keiner begegnet."

„Sie sind schrecklich. Vier Schritte sind sie groß, manche von ihnen sogar bis zu fünf Schritte. Sie bringen das Gewicht von fünf großen Männern auf die Waage, und ihre Wildheit ist beispiellos. Die Freka Draugr müssen einen töten, um seinen Schädel als Helm tragen zu können. Es ist ihre letzte Prüfung, und sie gilt gemeinhin als unmöglich."

Ean machte eine kurze Pause, um diese Worte wirken zu lassen.

„Als Kind bewunderte ich sie. Ich saugte jede Geschichte über sie auf und wollte schließlich nichts sehnlicher, als selbst einmal zu diesen übermenschlichen Kämpfern zu gehören. Dafür übte ich und trainierte meinen Körper von morgens bis abends. Als Sohn Elarichs war mir ein solches Leben gestattet – immerhin würde sein Haus von einem herausragenden Kämpfer in jedem Fall profitieren. Die meiste Zeit über arbeitete ich mit den Brodored des Kuningaz, immer im festen Glauben, die wahren Meister der Kampfeskunst würde ich erst später kennenlernen.

Erst, als ich schließlich im Alter von fünfzehn Wintern für geeignet erklärt worden war und für die Dauer von drei Jahren in den Dienst Garwors eintreten durfte, erkannte ich die Wahrheit. Ich besuchte die Razna Dulgas, die Ausbildungsstätte der Templâ in unserer Hauptstadt Akrokur. Das riesige Gebäude wird auch das Haus des Kampfes, der Wunden und der Pflicht genannt. Viele junge Männer versuchten, einen der wenigen Plätze dort zu erlangen. Aber um zu verhindern, dass die Priesterschaft des Kriegsgottes die Macht in Thorland an sich reißen kann, sind die Frekâ Draugr seit achthundert Jahren auf zweihundert Mann beschränkt. Nur zehn Schüler werden pro Jahr in die Akademie aufgenommen, obwohl sich jedes Jahr Hunderte dafür bewerben. Entsprechend streng sind die Lehrer bei der Auswahl ihrer Eleven. Es bedeutet eine große Ehre, zu der kleinen Schar handverlesener Talente zu zählen."

Ean berichtete davon, ohne dass in seiner Stimme auch nur ein Funken Stolz mitgeschwungen wäre. Im Gegenteil, Robert hatte sogar eher das Gefühl, eine bittere Note herauszuhören. Und noch etwas war ihm aufgefallen.

„So wie ihr es erzählt, sind dort nur Männer zugelassen. Wie kommt das?"

„In der Tat, laut einer Tradition werden nur Männer zu Frekâ Draugr ausgebildet. Angeblich, um jedwede Ablenkung auf dem harten Weg zu verhindern und eventuellen Rivalitäten vorzubeugen. In Wahrheit handelt es sich aber, so wie ich mir das denke, lediglich um einen dieser alten Zöpfe, der längst abgeschnitten werden müsste. Aber niemand wagt es, das Messer anzulegen."

Robert nickte gedankenverloren. Seiner Erfahrung nach waren viele Menschen eher hartnäckig im Verfolgen eines einmal eingeschlagenen Weges, und nur wenige in Bezug auf das Ziel. Eans grimmiger Mine nach zu urteilen, war der Drachenritter derselben Meinung, schüttelte dann aber seinen Kopf und fuhr fort.

„Wie dem auch sei, es dauerte nicht lange, bis mir aufging, dass außer ihrer vollkommenen Gehorsamspflicht, die bis zur totalen Selbstaufgabe ausgereizt wurde, nichts Außergewöhnliches oder gar Übermenschliches an der Akademie zu finden war. Keiner meiner Ausbilder dort war meinen vorherigen Lehrern überlegen, weder in Kraft oder Schnelligkeit, noch in der Kampftechnik. Und dem Arnan der Brodored, Borl, Harals Sohn, konnte keiner dort das Wasser reichen. Lediglich im Bereich der Strategie und Kriegstaktik lernte ich vieles, was ich bis dahin noch nie vernommen hatte."

Der Drachenritter atmete einmal tief durch. Er schien recht bewegt zu sein von seinen Erinnerungen.

„Nachdem ich drei Jahre lang unentwegt mit mir selbst im Unreinen gewesen war, weil ich mich diesem Diktat unbedingter Folgsamkeit nicht so recht hatte beugen können, trat ich aus dem Orden aus."

Robert war berührt. Er hatte nicht erwartet, bei dieser Erzählung einen so klaren und tiefen Einblick in Eans Herz zu erhalten.

„Borl, Harals Sohn. Diesen Namen kenne ich sehr wohl. Er zählt zu den besten Schwertkämpfern Nins, wenn man den Barden Glauben schenken darf. Es heißt, er hat Undomir, den gewaltigen Jarl des Felsspalterclans, bezwungen. Einen Häuptling der Bergriesen – allein und ohne Hilfe! Schwer vorstellbar."

Vor ihnen mündete die Kuningazstrata in den Rumam, und Morbad hob den linken Arm und stoppte ihren kleinen Zug. Um diese Zeit war dort, wie auch schon auf der großen Querstraße, kaum Betrieb. Für die Soldaten war jetzt

Essenszeit. Sie saßen um die Lagerfeuer vor ihren Zelten, redeten und lachten miteinander, und warteten auf den Besuch ihrer Truppführer, die ihnen die Beschlüsse des Tehuthing verkünden würden. Bis auf ein paar wenige Boten, die in schnellem Trab vorübereilten, war der Platz deshalb verlassen. Auf der gegenüberliegenden Seite, zwischen der Awestrata, der Straße der ehrenwerten Vorfahren, und der Verlängerung der Königsstraße, lag das Tendawisaz. Morbad ließ seinen Blick über ihre Gesichter streifen und wandte sich dann dem Drachenritter zu.

"Hier werden wir uns nun trennen. Deine Leute werden sich zusammen mit meinen Soldaten hier die Zeit vertreiben. Lingulf hier wird ihnen unsere Lagerstellen zeigen. Du aber kommst mit mir. Du brauchst jemand, der den Clanoberhäuptern deinen Auftritt ankündigt. Das werde ich für dich übernehmen."

Robert vermutete, dass dies keine kleine Geste des grauhaarigen Hünen war. Wenn die Sache für Ean schlecht ausging, würde dies sicherlich auf den Arnan zurückfallen und seine Stellung in der Gemeinschaft der Krieger schwächen. Gomõnssons Antwort bestätigte seine Gedanken.

"Ich danke dir für dein Vertrauen, Morbad, Merobalds Sohn. Das werde ich dir nicht vergessen."

Morbad nickte dem Ritter grimmig zu, woraufhin Ean sich noch einmal zu Gamron umwandte. Robert erschrak, als er den arkanen Meister ansah. Der Magier hatte einen seltsam unmenschlichen Ausdruck in seinen Augen. Unwillkürlich musste Robert an einen Raubvogel denken, so intensiv und bar jeglicher Gnade war dessen Blick.

"Wenn er dich da drin abschlachtet, werde ich seine Asche in einer Urne aus Blei im Arischen Ozean versenken."

"Ich weiß, Gamron. Danke, dass du mir immer ein treuer Freund warst."

Die Hand des jungen Magiers schoss wie der zornige Kopf einer Viper nach vorne und sein ausgestreckter Zeigefinger kam eine Haaresbreite vor dem Gesicht des Drachenritters zum Stehen.

"Und wenn du dich da drinnen abschlachten lässt, dann wird deine Asche neben der seinen liegen."

Ean schaute seinem Freund fest in die Augen, nickte ihm zu und machte sich dann mit Morbad daran, den Rumam zu überqueren und zu dem riesigen Rundzelt zu gehen, das zwischen den Straßen der Vorfahren und des Königs errichtet worden war.

Der Mann, der Lingulf hieß, bedeutete ihnen, ihm zu folgen. Sie wandten sich nach rechts und folgten dem schnurgeraden Verlauf der Angarstrata in nördlicher Richtung. Zu ihrer Linken lagerte der Stamm der Meromannen, zu ihrer Rechten hatten die Gaulingas ihre Behausungen errichtet. Schließlich, als sie wieder in die Nähe des Palisadenzauns kamen, erreichten sie den äußeren Ring – eine lange Reihe schwarz und gelb gestreifter Zelte. Dies war die Heimstatt der Vyrdalen, der Männer und Frauen des Königsclans. Kurz vorher bogen sie nach links ab und marschierten auf dem freien Streifen zwischen dem Clan Morbads und dem des Kuningaz. Auf dem Weg zu ihrem Lagerplatz verließen sie nach und nach die Kriegerinnen und Krieger ihrer Eskorte, um ihre eigenen Feuerstellen aufzusuchen. Robert wandte sich an ihren Führer.

„Wie viele Köpfe zählt euer Clan hier im Lager, Lingulf?"

„Wir sind einer der größten Clans hier. Achthundert Arkenspeere und Zweihänder brachten wir zur Heerschau, dazu kommen das rote Dutzend, die Leibgarde unseres Clanführers Goderich, je acht Standartenträger, Arnans und Schildmänner, sowie die vier Feldboten des Kuningaz."

Robert nickte nachdenklich. Die Frauen wurden in Thorland normalerweise im Umgang mit dem Arkenspeer ausgebildet, einer knapp drei Schritte langen Stangenwaffe aus massivem Arkenholz mit einer zweischneidigen Blattspitze, die Männer dagegen in der Regel in der Handhabung des Zweihänders, einem riesigen Schlachtschwert, das sowohl zum Zustoßen als auch für beidhändig geführte Hiebe gebraucht werden konnte. Ausnahmen gab es aber hin und wieder auf beiden Seiten. Die daraus resultierenden Einheitenklassen wurden schlicht nach ihren Waffen benannt. Allesamt aber trugen sie den einheitlichen Kriegernamen „die Eisernen“, der auf ihre extreme Panzerung zurückzuführen war. Es gab Roberts Wissen nach keine bessere oder massivere Rüstung, als den thorlandischen Panzerharnisch. Allerdings war er auch noch einmal ein Stück schwerer, als selbst die aufwendigen Ritterrüstungen aus Argenas.

Somit summiert sich die Streitmacht des Meromannen-Clans auf 840 schwerstgepanzerte Kriegerinnen und Krieger. Das Heer der Thorlander dürfte also insgesamt eine Stärke von an die siebentausend Soldaten besitzen. Beeindruckend.

Die Zelte, an denen sie vorüberkamen, waren samt und sonders nach einem einheitlichen Muster gefertigt. Alle wiesen einen Grundriss von etwa vier Schritten im Geviert auf und boten drei Soldaten ein Dach über dem Kopf. Ein paar der Zelte waren für Proviant und andere Güter bestimmt. Von diesen räumte man auf Lingolfs Anweisung hin zwei frei und stellte sie ihnen zur Verfügung. Noch während sie ihre Schlafdecken dort ausbreiteten sowie ihre Rucksäcke und andere Ausrüstungsgegenstände verstauten – Gamron und Wolf Hartmann teilten sich ein Zelt mit Ean, der Hauptmann aber hatte Gregor und Selina zu sich ins Zelt beordert – sorgten ihre Gastgeber draußen für genügend Brennholz.

Bald schon loderten in ihrer Feuerstelle wärmende Flammen empor, und sie nahmen darum herum Platz. Nach und nach kamen von den anderen Feuern Männer und Frauen zu ihnen herüber, um sie zu begrüßen und ihre Geschichte zu erfahren. Man bot ihnen reichlich zu essen und zu trinken an, und als Morbad kurze Zeit später zurückkehrte, da waren sie alle in gute Unterhaltungen eingebunden, mit viel Gelächter, wilden Liedern und ungezwungener Freundlichkeit. Der Bart des hünenhaften Recken war mehr als halbiert – statt wie zuvor bis auf seine Brust herab zu wallen, endete er knapp oberhalb seines Adamsapfels. Doch bevor Robert ihn darauf ansprechen konnte, übertönte dessen Bassstimme bereits alle anderen Gespräche, sodass sich alle Augen ihm zuwandten.

„Blut und Asche! Ihr habt euch schnell eingelebt, Argenaer! Dass ihr beim Feiern mit uns Meromannen mithalten könnt, will ich euch also gerne glauben, nun aber sollt ihr euren Wert beim Ting-Spiel unter Beweis stellen!“

Dieser Vorschlag wurde mit großer Zustimmung seitens der Thorlander aufgenommen. Rasch hatte man einen kleinen Tisch leer geräumt und auf einen freien Platz gestellt. Zwei Fackeln wurden links und rechts davon in den Boden gerammt, und Morbad holte Figuren und Brett aus seinem Zelt. Robert staunte über die hohe Handwerkskunst, mit der diese aus herrlichem Marmorstein gefertigt worden waren. Natürlich drängten ihn die Seinen, die Herausforderung ihres Gastgebers anzunehmen, und so saß er schon bald in ein wahrhaftes Gefecht vertieft dem graubärtigen Hünen gegenüber, der sich als sehr erfahrener und überaus gerissener Gegner erwies.

Um sie herum hatte sich ein Kreis aus mehr als dreißig Köpfen formiert, die mit großer Disziplin und Ruhe dem Verlauf der Auseinandersetzung gebannt folgten. Bereits früh wurde dem Taufan bewusst, dass er es nicht mit einem gewöhnlichen Tingspieler zu tun hatte. Einen solchen Gegner hätte er ohne Schwierigkeiten in Grund und Boden gespielt. Nein, diesmal saß ihm ein echter Arion, wie man die Tingmeister nannte, gegenüber.

Das Tingspiel war auf ganz Nin verbreitet und sehr beliebt. In allen größeren Städten gab es Vereinigungen von Spielern, die sich untereinander in Wettkämpfen und Turnieren maßen. Die besten Spieler wurden in den Rang eines Arion, eines Meisters, erhoben. Zwar gab es dafür keine allgemein gültigen Kriterien, aber keine Stadt und kein Land vergab diesen Ehrentitel leichtfertig. Stattdessen hatte sich irgendwann im Lauf der Jahrhunderte eine Tradition entwickelt, der auf dem gesamten Kontinent Folge geleistet wurde: Nur wer einen Arion in einem offiziellen Duell besiegte, durfte sich fortan mit diesem Ehrentitel schmücken. Dazu galt es, in einer lediglich von Schlafen und Essen unterbrochenen Spielzeit als erster zwei Partien für sich zu entscheiden.

Robert war in seinem Leben viel herumgekommen und hatte in vielen Städten und Ländern gegen amtierende

Tingmeister gespielt. Bis auf sehr wenige Ausnahmen hatte er seine Partien immer gewinnen können. Ja, er war nicht nur als Schwertkämpfer, sondern auch als Tingspieler berühmt und gefürchtet.

Doch gegen den so behäbig wirkenden Morbad musste er all sein Können aufbieten. Mehr als einmal stand das Spiel auf der Kippe, und es fehlte nicht viel, dann wäre der Hauptmann in eine möglicherweise aussichtslose Situation geraten. Doch jedes Mal schaffte er es, sich der tiefgründigen Winkelzüge des Meromannen zu erwehren. Schließlich gelang es ihm mit einer Finte, die er sich vor einigen Jahren bei Meister Valator abgeschaut hatte, die Reihen seines Gegners zu durchbrechen. Als er gleich nach seinem entscheidenden Zug aufblickte und den Magier Pfeife rauchend in der zweiten Reihe der Zuseher stehend entdeckte, nickte dieser ihm leise lächelnd zu. Morbad aber schüttelte ungläubig den Kopf. Obwohl das Spiel offiziell noch nicht entschieden war, hatte sein Gegenüber erkannt, dass es nun keinen Ausweg mehr gab – er würde dieses Spiel verlieren.

„At skohsla, Mann! Das letzte Tingspiel, das ich gegen einen Soldaten verloren habe, liegt sieben Jahre zurück! Wer bist du, Robert aus Argenas, dass du einen thorlandischen Arion vom Brett fegen kannst?“

Nach diesen Worten des Graubarts erhob sich ein lautes Palaver. Die Thorlander sprachen alle gleichzeitig. Die einen verstanden nicht, warum Morbad das Spiel verloren glaubte und diskutierten lautstark mit denen, die entweder tatsächlich erkannten, dass Roberts Sieg unvermeidlich war, oder die Morbads Urteil uneingeschränkt vertrauten und sich bemühten, diese Erkenntnis auch selbst nachzuvollziehen. Inmitten all des einsetzenden Trubels legte sich Valators Hand auf die Schulter des Meromannen.

„Gräme dich nicht, Morbad, Merobalds Sohn. Du hast gegen keinen Geringeren, als Robert von Callen verloren. Dieses Schicksal teilst du mit vielen anderen Tingmeistern quer durch den gesamten Kontinent.“

Morbad blickte ihn an, als sähe er ihn gerade zum ersten Mal. Langsam erhob er sich. Auch Robert stand auf.

„Robert von Callen? Der Hauptmann? Der Taufan?“

Stille senkte sich herab. Alle Augen waren nun auf ihn gerichtet. Robert wartete ab. Er hatte oft genug erleben müssen, dass eine vorher durchaus wohlwollende Atmosphäre durch eine Niederlage bei einem Tingspiel in eine feindselige Haltung umgeschlagen war. Dennoch vertraute er darauf, dass ihn das Gastrecht, dem in fast allen Ländern Nins große Bedeutung beigemessen wurde, auch hier in diesem Feldlager beschützen würde.

Morbad ging um den kleinen Tisch herum und baute sich vor dem Hauptmann auf. Dann legte er ihm seine schweren Pranken auf die Schultern, schaute ihm tief in die Augen und schüttelte sacht seinen gewaltigen Schädel.

„Es ist mir eine Ehre, Meru-Arion. Die Kunde über deine Anwesenheit wird sich ohne Zweifel in Windeseile über das Lager verbreiten.“

Mit lauter Stimme wandte er sich daraufhin an die Umstehenden.

„Es wäre für uns alle eine große Ehre, wenn der Taufan sich bereit erklären würde, uns auf dem Exerzierfeld eine Probe seiner Schwertkunst zu geben!“

Ein Jubelschrei brandete unter den Kriegern auf, bevor sich eine erwartungsvolle Stille über die Szenerie breitete. Dutzende Augenpaare schauten ihn mit großer Hoffnung an. Robert konnte sich eines Schmunzelns nicht erwehren. Zum Einen, weil er sich sehr geschmeichelt fühlte, dass er unter den berühmt-berüchtigten Eisernen aus Thorland nicht nur bekannt war, sondern sogar in besonders hohem Ansehen stand. Und zum Anderen, weil die Aussicht auf eine Fechtvorführung diesen kampfbegierigen Soldaten offensichtlich auch zu später Stunde und nach einem langen Tag, der mit Marschieren und dem Errichten des Heerlagers reichlich angefüllt gewesen war, noch solche Freude in ihre Herzen zauberte.

„Männer und Frauen Thorlands! Gerne begleite ich euch auf den Fechtplatz und werde versuchen, eure Erwartungen nicht allzu sehr zu enttäuschen. Aber ich möchte nicht verhehlen, dass die letzten Tage unserer Reise uns alle sehr ermüdet haben. Sieben kurze Gefechte mit Übungswaffen bis zum ersten Treffer will ich dennoch gerne mit jenen bestreiten, denen das Losglück hold ist. Ich habe nur eine Bedingung – Morbad hier muss sich als erster meiner hölzernen Klinge stellen!"

Der Schrei, der daraufhin in den Himmel hallte, war sogar noch lauter als der vorherige, und noch während die ganze Gesellschaft sich aufmachte zu einem der Übungsplätze, begannen die Krieger bereits Lose zu ziehen, um die sechs Kontrahenten für Robert zu ermitteln.

Tatsächlich sollte Morbad Recht behalten – wie ein Lauffeuer verbreitete sich die Kunde über die Anwesenheit des Taufan im Lager der Meromannen. Als Robert und der große, massige Krieger sich mit Holzschwertern bewaffnet gegenüberstanden, drängten sich mehrere hundert Schaulustige um den Platz herum. Der Hauptmann hatte sich für ein Langschwert entschieden, der Thorlander dagegen für einen Zweihänder.

Der Arnan wollte offenbar den Seinen demonstrieren, dass er seinen Rang als oberster Kämpfer des Clans zu Recht trug, und ging mit einer ganzen Serie von wilden, gnadenlos hart und mit brutaler Wucht geführten Schlägen zum Angriff über. Robert, der zum Einen sehr wohl mit einer starken Offensive seines Gegners gerechnet hatte und dessen Fähigkeiten kennenlernen wollte, zum Anderen aber auch den Graubart auf keinen Fall vor dessen Truppe deklassieren wollte, beschränkte sich in dieser Anfangsphase auf leichtfüßiges Ausweichen und Parieren. Obwohl er stets darauf Bedacht war, den Hieben Morbads entweder mit schräg gestellter Klinge oder aber durch geführtes Nachgeben die Wucht zu nehmen, gelang es dem Thorlander mehrmals, diese Taktik zu unterlaufen und dem Hauptmann nach gelungener Finte die Klinge des Holzschwertes mit solch brachialer Gewalt gegen dessen Parade zu schmettern, dass Roberts Arm von der Hand bis zum Ellenbogen fast taub wurde.

Genug gespielt, Morbad, alter Haudegen, nun bist du an der Reihe zu zeigen, wie gut du dir eine feindliche Waffe vom Leib halten kannst!

Er begann mit einfachen Kontern im Anschluss an seine Ausweichbewegungen. Schon bei seinem ersten Gegenangriff blitzten die Augen des Hünen wachsam auf. Statt wie bisher einem wilden Stier gleich auf den Taufan loszugehen, setzte er seine Angriffe nun kontrollierter, achtete auf seine Defensive und wehrte Roberts Stiche und Schläge mit hoher Konzentration ab.

Dann wollen wir deinen Kriegern nun ein würdiges Schauspiel bieten, Arnan!

Er veränderte seinen kompletten Kampfstil, beginnend mit der Körpersprache. An die Stelle seiner Defensivhaltung, die vor allem durch einen auf dem jeweils hinteren Bein liegenden Körperschwerpunkt und eine beständige seitliche Drehung gekennzeichnet war, trat ein aggressiver, breiter Stand, der dem Gegner Brust und Gesicht provokativ zuwandte, wobei die Arme lässig-arrogant seitlich herabhingen. Eine in der klassischen Fechtschule geradezu unmögliche Stellung, bot sie dem Gegner doch schlicht viel zu viel Angriffsfläche. Der Graubart roch förmlich die Herausforderung, seine Nüstern blähten sich entrüstet auf, allerdings zögerte er, die Einladung anzunehmen – zu perfekt schien die Gelegenheit zu sein, das Duell für sich zu entscheiden. Doch mehr als einen Herzschlag lang konnte er gar nicht über eine vermeintliche Falle des Taufan nachsinnieren, denn Robert begann nun seinerseits mit einer Angriffsserie, die jegliches Denken aus Morbads Gehirn blies. Schneller und immer schneller folgte Schlag auf Schlag, Stich auf Stich, bis der gewaltige Recke in einer kontinuierlichen Rückwärtsbewegung gefangen war, die ihn einmal rund um den gesamten Platz herum trieb. Aber jeden einzelnen der Streiche des Hauptmanns verstand er zu parieren, wenngleich ihm mittlerweile der Schweiß in Strömen über sein Gesicht lief, das sich zu einer Maske höchster Konzentration verfestigt hatte. Schließlich ließ Robert von ihm ab und wich mehrere Schritte zurück. Geschrei und Gejohle brandete auf! Die Männer, die vorher den Atem angehalten und jedes einzelne Manöver der beiden hervorragenden Kämpfer gebannt verfolgt hatten, jubelten ihrem Anführer zu, dass er diesem unvergleichlichen Angriffswirbel Stand gehalten hatte.

Beide Recken lockerten ihre Schultern und Arme und bewegten sich, ohne den Blick voneinander zu wenden, zurück in die Mitte des Kampfplatzes. Kaum hatte der Meromanne seine defensiv ausgerichtete Grundhaltung wieder eingenommen, deckte ihn Robert mit einer neuerlichen Serie von Schlägen ein, diesmal aber war sein eigentliches Ziel die Waffe seines Gegners. Bevor dieser recht begriff, was vor sich ging, hatte er seinen guten Griff bereits verloren und die lange Klinge war ihm weit zur Seite weggeschlagen worden. Hektisch versuchte er, das Holz zurück in eine schützende Position vor seinen Körper zu bringen, doch da spürte er bereits den Treffer des Taufan in seiner linken Achselhöhle. Robert war pantherartig zur Seite geglitten und hatte seinen Stich angebracht, noch bevor der Thorlander sein Missgeschick ausgleichen konnte. Sofort hielt Morbad in seiner Bewegung inne, und Robert ließ seine Klinge sinken. Der Arnan wandte sich an das Publikum, wissend, dass längst nicht alle der Zuschauenden den rasend schnell geführten Streich hatten sehen können, und teilte den Anwesenden mit lautem Ruf die Entscheidung über das Duell mit.

„Stich in die Achselhöhle! Ein Treffer, vor dem mich selbst mein geliebter Panzerharnisch nicht bewahrt hätte! Sieg für Robert von Callen! Ein Hoch dem Taufan!“

Da brüllten die Männer und Frauen seinen Namen und feierten seine hohe Kunst des Schwertkampfes, denn sie waren Zeuge geworden, mit welcher Kontrolle und Sicherheit er dieses Treffen für sich entschieden hatte. Der hünenhafte Krieger aber umarmte ihn, und sie schlugen sich gegenseitig kräftig auf den Rücken. Beide gratulierten sie einander zu dem wunderbaren Kampf und lobten den jeweils anderen für dessen Technik, Stärke und Gewandtheit.

Sodann machte der Arnan Platz für den nächsten Herausforderer. Robert, der nun keinerlei Grund mehr sah, seine Gegner zu schonen, beendete die folgenden Duelle mit kühler, sachlicher Effizienz und Schnelligkeit. Weder die drei

Kriegerinnen, noch die drei anderen Männer vermochten sich länger als wenige Herzschläge gegen ihn zu behaupten. Dann war es vorüber, und während die Zuschauer zu ihren Lagerstätten zurückgingen, diskutierten sie aufgeregt die geschauten Manöver, die besonderen Schläge und ausgefallenen Paraden. Morbad aber, der die letzten sechs Kämpfe aufmerksam verfolgt hatte, nickte ihm mit einem wissenden Lächeln zu und klopfte ihm ein weiteres Mal mit Anerkennung und auch Dankbarkeit auf den Rücken.

Ihre Finger zitterten ein wenig, als sie ihm den Helm vom Schädel zog. Das bleiche Silber des Kopfschutzes war kalt und schwer und löste sich mit einem ekelerregenden Schmatzen von dem stark verbrannten Fleisch. Leider stieg ihr der grässliche Bratengeruch nun noch stärker in die Nase und drückte sich wie eine große, starke Faust in ihren Magen. Nur mit Mühe konnte sie den aufwallenden Brechreiz zurückdrängen.

Holz und Stein! Reiß dich zusammen, du Närrin!

Die fürchterlichen Brandwunden zogen sich über die gesamte Halspartie und ein Stück weit den Hinterkopf hinauf, das Gesicht aber war unversehrt geblieben. Sie hatte ihn damals zunächst nicht sehen können, denn die maskierte Hexe hatte ihr nicht nur ihre magischen Fähigkeiten genommen, sondern sie auch mit Blindheit geschlagen.

Malukai. Für Rani bestand kein Zweifel, dass sie einer wahrhaftigen Mor Muín begegnet war, einer dunklen Druidin, ausgestoßen aus ihrem eigenen Orden, verachtet und gefürchtet für ihre Taten und unheimlichen Fähigkeiten. Es war beschämend für Rani, wie leicht die maskierte Hexe sie überwältigt hatte. Gefesselt und von der fremden Magie Malukais völlig hilflos gemacht, war sie wie ein Sack Mehl auf dem Rücken eines Pferdes festgebunden in die Burg Hohengraufels gebracht und dort in eine Zelle geworfen worden.

Unweigerlich flammten die Erinnerungen an jenen Moment wieder auf, als der Befehlshaber der schwarzen Ritter in ihren Kerker gekommen war. Sie hatte das Gefühl, als könnte sie seine Stimme immer noch hören, und ehe sie es sich versah tauchte sie von Neuem ein in die grausigen Szenen, die sich erst vor wenigen Tagen abgespielt hatten.

Mit je einer eisernen Schelle waren ihre Handgelenke mit einer straff gespannten Kette verbunden, die durch einen Ring hoch über ihrem Kopf gezogen war. Die Ketten liefen sodann über verschiedene Rollen die gesamte Decke entlang und an der gegenüberliegenden Wand wieder hinab, wo sie mit Hilfe einer Winde aufgewickelt werden konnten. Schwere Eisenkugeln mit Zughaken konnten dort in die Kettenglieder eingehängt werden, um den Folterknechten das Hochziehen eines schweren Gefangenen zu erleichtern. Knapp über dem Boden waren hinter ihr zwei weitere Schellen in die Wand eingelassen, vermutlich, um auch die Beine fixieren zu können. Was dann beim Aufwickeln der Eisenketten passieren würde, wollte sie sich erst gar nicht vorstellen. Aber auch ohne diese zusätzliche Schinderei peinigten sie mittlerweile starke Schmerzen. Nachdem ihr die Handschellen angelegt worden waren, hatten ihre Wachen sie hochgezogen, bis sie nur noch auf ihren vorderen Zehenballen stand. Immer wieder wurden die Wadenmuskeln von Krämpfen geschüttelt, ihre Schultern brannten wie Feuer, und die Eisen hatten ihre Gelenke längst wundgescheuert.

Seit sie ihr Bewusstsein wieder erlangt hatte, war sie gefangen in völliger Dunkelheit – die maskierte Hexe musste sie mit Blindheit geschlagen haben. Da sie keinerlei Schmerzen an ihren Augen empfand, vermutete sie einen Zauber oder einen Hexenfluch als Grund. Viel schlimmer aber war, dass sie von den magischen Energien abgeschnitten war. Sie konnte diese zwar nach wie vor spüren, war aber nicht mehr in der Lage, die Portale zu öffnen, die es ihr normalerweise erlaubten, die pulsierenden Ströme anzuzapfen und Magie zu wirken. Die Mor Muín hatte eine Barriere um diese herum erschaffen, und Rani war vergeblich dagegen angerannt. Je verzweifelter sie sich mit ihrem geistigen Avatar gegen den Schild geworfen hatte, desto lauter hatte Malukais hämisches Lachen die nachtschwarze Finsternis um sie herum erfüllt.

Den absoluten Tiefpunkt markierte schließlich die Erkenntnis, dass sie auch ihrer Gabe beraubt worden war, Tiergestalt anzunehmen. Gleichzeitig war dies für Rani auch das größte Rätsel, denn ihre körperliche Form zu verändern entsprang nicht etwa einem Zauberspruch. Vielmehr hatte die kontinuierliche Arbeit mit den Kraftlinien und Energiefeldern der Natur ihre materielle Substanz so sehr verändert, dass diese übernatürliche Fähigkeit ein Teil ihres Selbst geworden war. Niemals hätte sie es für denkbar gehalten, dass ihr jemand dieses Vermögen entziehen konnte. Doch genau das war passiert! Als sie versucht hatte, sich in eine Fledermaus zu verwandeln, um trotz fehlenden Augenlichts eine Chance zur Flucht zu besitzen, war ihr linkes Bein plötzlich kraftlos unter ihr weggeknickt, während sie gleichzeitig von einer Woge schwindelerregender Übelkeit heimgesucht worden war. Schweißüberströmt hatte sie sich auf dem Boden liegend wiedergefunden, ohne sich an einen Sturz erinnern zu können. Brechreiz und Schüttelfrost waren noch über Stunden ihre Begleiter gewesen und hatten sie all ihrer Kraft beraubt. Ihre Häscher waren gezwungen gewesen, sie quer über einen Sattel zu binden, da ihre Beine ihr Gewicht nicht mehr tragen konnten. Seither hatte sie keinen weiteren Versuch mehr unternommen, den Rittern und der Hexe zu entfliehen. Irgendwann waren sie in der Burg angekommen, und ihre Wachen hatten sie hierher geschafft und angekettet.

Als sie dann nach endloser, quälender Warterei die kalte Stimme des Lilienritters hörte, packte sie die nackte Angst, befürchtete sie doch, dass nun alles noch viel schlimmer würde.

„Du bist uns gefolgt, kleine Druidin. Das war kein unbedeutendes Wagnis für dich. Auch wenn du erfahrener sein magst, als du aussiehst, so dürfte dir doch klar gewesen sein, in welcher Gefahr du schwebtest. Ich frage mich also, warum du das getan hast."

Sie spürte, wie er näher kam und sich direkt vor ihr aufbaute. All die feinen Härchen auf ihrem Körper richteten sich auf.

Der Magnan strich ihr mit einem seiner Finger über die Wange. Sie war überrascht, wie sanft, ja beinahe zärtlich, seine Berührung war.

„Vor allem aber frage ich mich, woher du kommst, kleines Eichhörnchen. Du bist nicht von hier, so viel wissen wir schon."

Ranis Gedanken rasten. Sie musste einen Ausweg aus dieser Situation finden, koste es, was es wolle. Auf keinen

Fall durfte sie diesen Ausgeburten des Bösen ihren Auftrag preisgeben. Er war ihr jetzt so nah, dass sie seinen fauligen Atem riechen konnte.

„Ich werde dir helfen, mein Kind, und dir deine Widerspenstigkeit vom Leib schälen."

Sie spürte die Spitze eines Dolches an der empfindlichen Stelle unterhalb ihres Kinns, die sich augenblicklich mit erschreckender Leichtigkeit in ihre Haut bohrte, obwohl sie beim Versuch, dem Druck zu entkommen, ihren Kopf weit in den Nacken bog. Ein Tropfen ihres Blutes rann ihr den Hals hinab, über ihre Kehle und weiter hinein in den Ausschnitt ihres Gewandes, wo er zwischen ihren Brüsten verschwand. Nach einem kurzen Moment des Verharrens begann die Klinge der roten Linie zu folgen. Sie hinterließ einen stetig wachsenden, glühenden Schmerzstreifen, bis sie die Stelle zwischen ihren beiden Schlüsselbeinen erreicht hatte, und schickte dabei auf ihrem Weg dem allerersten Tropfen ein kleines Rinnsal Blut hinterher, das ihren Leib hinabfloss, sich kurz in ihrem Nabel sammelte und schließlich im dunklen Dreieck zwischen ihren Beinen verschwand.

„Wer bist du? Woher kommst du? Warum bist du uns gefolgt?"

Sie spürte seinen Atem auf ihrer Haut, und der eisenhaltige Duft ihres Blutes mischte sich mit dem üblen Gestank aus seinem Mund. Die Klinge setzte ihren Weg fort und traf drei Fingerbreit später auf den Saum ihres Kleides. Ein, zwei Herzschläge lang leisteten die eng gesponnenen Fäden Widerstand, bevor sie von dem rasiermesserscharf geschliffenen Stahl zertrennt wurden. Ihr Lebenssaft floss nun rascher, und das Rinnsal fand seinen Weg durch ihre Scham und begann, die Innenseite ihres rechten Oberschenkels hinabzulaufen. Blut. Einer der mächtigsten Transmitter für die Kräfte von Mutter Natur. Behutsam streckte sie ihre mentalen Sinne zu den Feldern der magischen Energien aus. Sie war sich der Tatsache wohl bewusst, dass die Mor Muín der Befragung mit wachsamem Auge beiwohnte, und es war ihr vollkommen klar, dass sie nur eine Chance bekommen würde.

Da war er, der Schild Malukais, der sie von ihrer Fähigkeit, Zauber zu wirken, abschirmte. Sie hatte keine Ahnung, wie die Hexe diesen erschaffen hatte, und ob sie es bemerken würde, wenn sie ihn durchbrach. Trotzdem musste sie es zumindest versuchen! Doch was sie da gerade tat, hatte ihr niemand beigebracht. Sie war wie ein Entenküken, das zum ersten Mal vor dem silbernen Spiegel eines unergründlichen Sees steht und nur einen einzigen Versuch hat, um in die Tiefe des Wassers hinabzutauchen und eine Kaulquappe zu erbeuten, ohne dabei die Aufmerksamkeit eines gewaltigen Hechtes zu erregen, der in unmittelbarer Nähe seine Bahnen zieht. Sie würde keinen Pfifferling auf das arme Küken setzen. Dennoch musste sie es versuchen. Unendlich sanft ließ sie ihre energetischen Finger über Malukais Schild gleiten, erspürte seine Beschaffenheit und seine Stärke. Aus ihrem eigenen Blut, das über ihren Körper rann, schöpfte sie die Energie und formte eine hauchdünne Lanze, mit der sie den Schild perforierte, einmal, zweimal, noch einmal, wieder und immer wieder, so schnell und leicht, dass es die Hexe nicht bemerkte.

Die Vielzahl der winzigen Löcher erzeugte schließlich einen Strom an Kraft, der ausreichend war für ihr Vorhaben. Sie nahm ihn in sich auf und formte ihn neu, atmete ein und wieder aus. Ihre Schultern hoben und senkten sich, gefolgt von ihren Brüsten, und ihre Hüften wiegten sich kaum merklich in einer vollendet harmonischen Bewegung. Ihr Körper folgte dem Fluss der Magie und spann einen Zauber daraus, voller Verführung und Betörung.

Inzwischen hatte sein Dolch ihr Gewand und ihre Haut bis kurz oberhalb ihres Nabels aufgeschnitten, als der Stoff plötzlich aufklaffte und ihre Rundungen enthüllte. Tief sog der Magnan die Luft ein und ließ sie langsam und genießerisch durch seinen geöffneten Mund entweichen, während er sich an ihrem Anblick weidete. Dann riss er die Klinge in einer schnellen, gewalttätigen Bewegung nach unten. Ihr Kleid wurde ebenso wie ihre Haut bis unterhalb des dunklen Dreiecks ihrer Scham aufgeschlitzt. Die sengende Pein, als die scharfe Schneide den empfindsamsten Teil ihres ganzen Körpers ritzte, die kleine Knospe unterhalb ihres Venushügels, raubte ihr beinahe die Besinnung. Verzweifelt kämpfte sie darum, jetzt nicht die Konzentration zu verlieren. Ihr rechter Fuß stand mittlerweile in einer kleinen roten Lache. Mit einer kaum wahrnehmbaren Bewegung schob sie das Bein nach vorne, bis ihre blutverschmierten Zehenspitzen den Ritter berührten. Der Kreis war geschlossen.

„Mein Name ist Rani, Magnan Sandjar."

Die überwältigenden Schmerzen brachten ihre Stimme zum Zittern. Doch noch während sie sprach, warf sie die magischen Fäden ihres Zaubernetzes aus und hüllte den Mann darin ein. Nun hing alles von der inneren Widerstandskraft des Ritters ab. Wenn er stark genug war, würde sich ihre Magie einfach auflösen, ohne etwas auszurichten. Allerdings hatte sie einen entscheidenden Vorteil auf ihrer Seite – er rechnete im Augenblick ganz sicher nicht mit einem magischen Angriff, denn er ging davon aus, dass Malukai ihr diese Möglichkeit genommen hatte. Darüber hinaus war er von ihrem jungen, voll erblühten Körper abgelenkt. Sollte ihr Zauber an seinen inneren Barrieren vorbeigleiten und sich in seinen Verstand senken, dann würde er sie fortan für seine beste Freundin und wertvollste Verbündete halten. Inwiefern er dadurch sein Verhalten änderte, war jedoch nicht vorhersehbar, denn dies lag einzig und allein an seinem Charakter. Die von ihr gewählte Bezauberung war sehr subtil – sie gewährte ihr keinerlei Befehlsgewalt über ihn, denn das damit verbundene Risiko der Entdeckung war ihr viel zu groß gewesen. Stattdessen hatte sie versucht, lediglich seine eigene Einstellung zu ihr zu manipulieren. Nun blieb ihr nichts anderes übrig, als abzuwarten und zu hoffen. Sacht zog sie ihr Bein wieder eine Winzigkeit zurück und zwang sich, ganz ruhig weiter ein- und auszuatmen, als wäre nichts geschehen. Der Magnan trat einen Schritt zurück, und wandte sich der Hexe zu.

„Glaubt ihr mir nun? Ich sagte euch ja, das hier wird ein Kinderspiel."

„Ja. Eines, das euch offensichtlich großes Vergnügen bereitet."

Die Stimme der Mor Muín war tief und schnarrend. Es schwang eine metallene Kälte darin, die einem das Blut in den Adern gefrieren lassen konnte. Doch diesmal glaubte Rani, eine Art zufriedene Belustigung darin zu erkennen. Es kostete sie all ihre Selbstbeherrschung, kein äußerliches Zeichen ihrer tiefen Erleichterung zu zeigen. Sie hatte es geschafft – die Kaulquappe gehörte ihr, und der Hecht hatte sie nicht bemerkt!

„So spielt euer Spiel, Magnan. Unser Herr erwartet meine Präsenz. Ich werde euch deshalb nun verlassen. Ergötzt euch an dem Lamm, solange es euch gefällt, aber tilgt es vom Antlitz Amas, sobald ihr euch gelangweilt fühlt."

„Euer Wunsch ist mir Befehl, Malukai."

Sie hörte die leichten Schritte der Hexe Richtung Kerkertür gehen.

„Eine Bitte hätte ich noch."

Die Mor Muín blieb stehen.

„Und die wäre, Magnan?"

„Gebt ihr das Augenlicht zurück. Ich will, dass sie mich sehen kann – und auch alles, was ich mit ihr tun werde."

Diesmal konnte sie nicht anders. Sie sog scharf und hörbar die Luft ein.

„Mit dem größten Vergnügen, Magnan."

Für einen Moment brannten ihre Augen, dann wurde es plötzlich hell, und sie erblickte einen von vier Fackeln erleuchteten Raum, der etwa sechs Schritte breit und fünf Schritte tief war. Sie war in der Mitte der breiteren Wand angekettet, und gegenüber von ihr stand sie, bekleidet mit jener grauen Robe, die bei jeder Bewegung auf verwirrende Weise die Schattierungen von dunkel zu hell und wieder zurück veränderte. Das grau-weiße, dünne Haar umrahmte eine silberne Gesichtsmaske mit einer einzigen, runden Öffnung für den Mund, die so perfekt an die Konturen der Hexe angepasst war, dass sie mit dem darunterliegenden Fleisch zu verschmelzen schien. Das Verstörendste aber war die völlig fehlende Augenpartie. Dort, wo sich eine solche normalerweise befand, spannte sich das Metall wie ein silberner Hautlappen in einem Stück bis zum Haaransatz. Die

Mundöffnung dagegen war groß genug, einen Teil der echten Haut preiszugeben. Diese war faltig und von einem so blutleeren Weiß, dass man sich unweigerlich an eine Leiche erinnert fühlte. Die dünnen Lippen wurden von einer Narbe zerteilt. Auf diese Weise war der Blick freigegeben auf ein paar zu groß geratene, gelbe Zähne, und es machte den Anschein, als würde einem die Hexe mit unverhohlener Verachtung entgegengrinsen.

Kaum hatte Ranis Blick die Mor Muín erfasst, da wandte sich diese um und verließ den Kerkerraum. Unfähig, ihre Erleichterung weiter zu verbergen, stieß Rani ihren angehaltenen Atem aus. Ein kräftig gebauter Kerl trat ein, gekleidet in eine derbe Lederrüstung. Als Sandjar diesem jedoch mit einer knappen Geste bedeutete, sich zu entfernen, machte er auf dem Absatz kehrt und ließ die schwere Holztür mit den wuchtigen Eisenbeschlägen hinter sich ins Schloss fallen.

Der dumpfe Knall fuhr Rani durch Mark und Bein. Nun würde sich weisen, ob sie mit ihrem verzweifelten Manöver Erfolg gehabt hatte oder nicht. Langsam drehte sich der Magnan der Schwarzen Lilie zu ihr um.

„Es war sehr leichtsinnig von dir, dich von der maskierten Hexe fangen zu lassen."

Er hatte ein faszinierendes Antlitz, ganz anders, als sie es sich vorgestellt hatte. Sie hatte geglaubt, das Böse, welches sie in seiner Seele erkannt hatte, müsste sich auch in seinen Zügen widerspiegeln. Sie hatte sich geirrt.

Ihr Blick fiel als Erstes auf die hohe Denkerstirn. Da er seine eisengrauen Haare sehr kurz trug, wirkte diese Stirn noch höher und prägnanter. Überraschend tiefe Falten durchzogen sie und erweckten in Rani den Eindruck einer großen Intelligenz. Seine tief in ihren Höhlen liegenden Augen verloren sich etwas unter den buschigen, schwarzen Augenbrauen, doch das mochte der Tatsache geschuldet sein, dass sie von dunklen Augenringen umgeben waren – einem offensichtlichen Zeugnis fortgesetzten Schlafmangels. Seine Nase war groß, ohne dass es störend wirkte. Sein Mund war eher unscheinbar. Es schien ihr unfassbar, dass die ganz und gar emotionslose und kalte Stimme, die sich in ihre Erinnerung eingebrannt hatte, aus diesem Gesicht gekommen sein musste – denn die ebenmäßigen Linien seiner Wangen und seines Kinns ließen diesen Mann sehr weich, ja gütig wirken.

Das war er also. Das war der Mann, dessen Präsenz sie bis in ihre Seele hinein hatte erbeben lassen, seit sie ihn das erste Mal auf seinem riesigen Streitross gesehen hatte: Der gefürchtete Magnan Sandjar. Sie wagte kaum zu atmen. Nun würde es sich weisen, ob sie mit ihrem Zauber erfolgreich gewesen war.

Mit ausdrucksloser Mimik musterte er ihre Gestalt. Dann trat er plötzlich auf sie zu und umfasste sie mit seiner Linken grob am Unterkiefer, während seine Züge sich vor Wut verzerrten.

„Um ein Haar hätte sie deine Existenz ausgelöscht! Sie hasst und verachtet Druiden! Ohne mich wärest du nun tot, törichtes Balg!“

Mit einem Ruck ließ er von ihr ab und wandte sich um, wie ein zorniger Vater.

„Den Kratzer auf deiner Haut hast du mehr als verdient, meine Liebe, und bevor ich nicht sicher bin, dass Malukai uns wirklich verlassen hat, wirst du hier unten bleiben und Gelegenheit haben, über dein unvorsichtiges und dummes Verhalten nachzudenken!“

Er schlug mit der flachen Hand gegen die Holzspeiche der Winde, die daraufhin eine Fingerlänge nachgab. Der grausame Zug an den Ketten, der Rani auf ihre Zehenspitzen emporgehoben hatte, ließ etwas nach, sodass sie nun wieder auf ihren ganzen Sohlen stehen konnte. Ihre Arme aber waren immer noch hoch über ihren Kopf erhoben.

Mit schnellen Schritten kam er zu ihr zurück, packte sie mit der einen Hand an einer ihrer Brüste, während sich seine Rechte in ihr Haar krallte und ihren Kopf in den Nacken riss. Er war stark. Sehr stark. Und er tat ihr weh. Er quetschte ihr empfindliches Fleisch so brutal zusammen, dass sie einen Schmerzensschrei nicht ganz unterdrücken konnte. Ihr Wimmern aber bereitete ihm offensichtlich erst recht

Vergnügen. Sie konnte sehen, wie in seinen Augen die Lust funkelte. Offensichtlich genoss er es, sich an ihrem Leid zu ergötzen. Dann ließ er plötzlich von ihr ab und trat einen Schritt zurück. Sein Blick streifte über ihr Gesicht und ihre Gestalt, abschätzend, kalkulierend, als betrachte er ein besonders wertvolles Werkzeug.

„Vergiss nie, wer hier das Sagen hat, kleine Rani. Du bist mein Geschöpf, meine Dienerin. Du lebst, weil du mir nützlich bist. Die Zeit, gegen Malukai anzutreten, ist noch nicht gekommen, kleine Närrin. Ihre Macht übertrifft die deine bei Weitem."

Wieder schnellte seine Rechte nach vorne, diesmal genau zwischen ihre Beine. Die schwieligen Finger krallten sich in ihr weiches, empfindsames Fleisch, suchten und fanden das kleine Portal in ihr Innerstes und bohrten sich mit roher Gewalt hinein.

Rani wusste nicht nur über die theoretischen Aspekte ihrer Körpermitte Bescheid. Yrrinea hatte nach dem Einsetzen ihrer Monatsblutungen dafür gesorgt, dass sie alle sachlich notwendigen Informationen darüber besaß. Sie hatte ihr erklärt, was Sex war. Allein das Konzept hatte ihr damals mit dreizehn Wintern einfach nur Übelkeit bereitet. Allerdings war damit endlich klar gewesen, was die verschiedenen Tiere wirklich taten, wenn das Männchen sich auf ein Weibchen stürzte. Seit dieser Zeit hatte sie dieses Schauspiel auf der Grundlage ihres erweiterten Wissensstandes mit wesentlich größerer Neugier beobachtet. Es schien ihr so zu sein, dass die Männchen mit geradezu bemitleidenswerter Verzweiflung solange versuchten, die Weibchen von sich zu überzeugen, bis sich diese dazu herabließen, der Kopulation zuzustimmen. Danach ließen diese in Ranis Augen den Akt über sich ergehen, ohne diesen in irgendeiner Form zu genießen. Bei den Luchsen war es sogar so, dass die Weibchen ganz offenbar Schmerzen hatten. Zumeist bissen sie ihre Partner hinterher weg und jagten sie fauchend davon. Sie hatte ihre Beobachtungen mit Yrrinea geteilt in der Hoffnung, mehr über das Thema zu erfahren. Ihre Mentorin hatte ihr all die unausgesprochenen Fragen im Gesicht abgelesen, sich auf eine Wurzel gesetzt und ihr bedeutet, es ihr gleichzutun. Doch alles, was die alte Halbelfe schließlich dazu gesagt hatte, war wenig erbaulich gewesen, zudem sehr rätselhaft und geheimnisvoll – alles in allem so ziemlich das Gegenteil von dem, was das junge Mädchen sich erträumt hatte.

„Liebe ist Schmerz, Rani. Je mehr du liebst, desto größer der Schmerz. Manchmal kommt er früher, manchmal später. Aber er ist unausweichlich. Ob die Liebe den Schmerz wert ist, wirst du selbst herausfinden müssen. Der Akt, der dich gerade so interessiert, hat damit nicht unbedingt etwas zu tun. Diese Art des Zusammenseins kann schön sein, oder bitter, fesselnd oder langweilig, lustvoll oder schmerzhaft. Manchmal auch beides. Er kann banal und unbedeutsam sein – oder eine mystische Erfahrung jenseits deiner Vorstellungskraft.“

Als sie den verwirrten Ausdruck auf Ranis Antlitz entdeckt hatte, war ein Lächeln über ihre Züge gehuscht. Es war einer jener seltenen Momente gewesen, wo die Halbelfe ihr plötzlich sehr nahe gewesen war. Yrrinea hatte ihr eine Hand auf die Schulter gelegt und sie ernst angesehen.

„Wie bei so vielen Dingen bedarf es einer gewissen Übung, bis du weißt, was deinem Körper gefällt. Wenn du es herausfinden willst, dann berühre und streichle dich, überall dort, wo es sich gut anfühlt, sogar zwischen deinen Beinen.“

Rani hatte einige Zeit gebraucht, diesen Rat zu befolgen. Aber im Lauf der Monate und Jahre hatte sie gemerkt, dass die alte Druidin mit vielem Recht gehabt hatte. Anfangs war alles so neu und aufregend gewesen. Irgendwann hatte sie dann auch ihre Lust entdeckt. Später war es meist angenehm und entspannend geworden. Den Schmerz aber hatte sie dabei noch nicht kennengelernt. Dafür sorgte schließlich der Magnan.

Als dessen Finger an ihrer Schnittwunde herumzerrten und sich mit roher Gewalt in sie hineinbohrten, war für Rani sofort klar, dass Yrrinea sich in einem Punkt geirrt hatte. Lust und Schmerz konnten nicht gemeinsam auftreten. Diesmal schrie sie, bis er schließlich nach einer gefühlten Ewigkeit seine Hand zurückzog.

„Glaube nicht, dass wir hiermit schon fertig sind… wenn ich zurückkehre, werden wir unser kleines Spiel fortsetzen.“

Er steckte die Finger in seinen Mund und kostete ihren Geschmack. Dann endlich ließ er ab von ihr und verließ mit energischen Schritten ihren Kerker.

Ein kalter Schauer lief Rani über den Rücken, als sie sich an die Angst erinnerte, die sich nach diesen Worten in ihr Herz gekrallt hatte. Entgegen seiner Ankündigung und ihren Befürchtungen war er jedoch nicht wieder zurückgekehrt. Stattdessen hatten die Männer sie schließlich viele Stunden später in genau dieser Position gefunden, nachdem Rovin und Ichigo die Burg befreit hatten. Und endlich, endlich hatte sie es gewagt, die heilende Kraft der Großen Mutter in sich einströmen und zumindest die körperlichen Wunden vollständig schließen zu lassen.

Sie legte den Helm beiseite und öffnete die kleinen Lederriemen, mit denen die Schulterstücke der silbernen Rüstung befestigt waren. Anschließend kamen die breiteren Riemen des Brustharnischs an die Reihe, um die vordere, schwere Rüstungsplatte abnehmen zu können. Der massige, durchtrainierte Leib des Hünen zeugte von der gewaltigen Kraft, die der Magnan zu Lebzeiten gehabt hatte und erinnerte die junge Druidin an den Drachenritter Ean, dessen nicht weniger beeindruckende Physis ihr noch gut im Gedächtnis war. Mit geschickten Händen tastete sie den Leichnam ab und fischte nach wenigen Herzschlägen einen kleinen Beutel aus dem wollenen Untergewand.

Rovin und Ichigo knieten sich neben die junge Druidin und schauten ihr zu, als sie die seidene Kordel öffnete und den Inhalt in ihre linke Hand schüttelte. Ein weißer, von goldenen Adern durchzogener Stein in der Form eines hühnereigroßen Wassertropfens lag auf ihrer Handfläche.

„Was ist das, Rani?“

Sie drehte den Kopf und schaute Rovin kurz in die Augen, bevor ihr Blick wieder von dem Objekt in ihrer Hand angezogen wurde, welches zwar das Aussehen eines Steins hatte, aber leicht wie eine Feder in ihrer Hand lag.

„Das, Rovin, ist der *Telja Graën*, der Seelenstein. Seit unzähligen Generationen hat das Geschlecht der Ardarats diesen Stein bewacht. Er ist ein Rufstein – seine Macht wird es mir ermöglichen, den Auftrag der rothäutigen Chaya Rhunay zu erfüllen, von der ich dir erzählt habe.“

„Das Kind des Zwielichts? Die Sa´ê´Sar? Wie war noch ihr Name – Ssil?“

„Ja, so sollte ich sie nennen. Nun, da der Stein in meinem Besitz ist, muss ich aufbrechen, um Una Ea´jana herbei zu rufen.“

„Was meinst du damit, du wirst aufbrechen? Wohin willst du denn gehen?“

„An einen Ort, an dem ihr nicht willkommen seid. Versteh das jetzt bitte nicht falsch, Rovin, das hat nichts mit euch beiden persönlich zu tun. Es ist nur so, dass ihr keine Druiden seid, und nur die Priester und Priesterinnen der Natur dürfen einen heiligen Hain betreten.“

Rovin und Ichigo sahen sich etwas ratlos an. Doch während der junge Halbelf einen leicht panischen Ausdruck in seinen Augen hatte, wirkte der Mönch eher nachdenklich.

„Ist der Hain weit weg?“

„Ja, Ichigo. Ich kann es zwar nicht genau sagen, da ich ihn erst noch finden muss. Aber ich spüre, dass er mehrere Tagesreisen entfernt ist, so wie der Vogel fliegt.“

Das Gesicht des Palaeraners hellte sich auf.

„Dann gehen wir mit. Bis zum Hain.“

Rani überlegte nur kurz. Die beiden würden sie nur geringfügig verlangsamen, brachten ihr aber im Gegenzug zwei unschätzbare Vorteile – Schutz und Gesellschaft. Und als sie in die erwartungsfroh funkelnden Augen des Waldläufers blickte, fiel ihr die Entscheidung überaus leicht.

Das Tendawisaz war ein Rundzelt mit einem Durchmesser von etwa fünfundzwanzig Schritt. Es war aus dem blau gefärbtem Leder der Thorlandziege gefertigt. Es gab auf Nin kein besseres, weicheres und geschmeidigeres Leder als dasjenige der Thorlandziege. Bei einigen der Felle war das dichte, seidig-weiße Haarkleid an der Haut belassen worden. Diese zur Verzierung äußerst kunstvoll in die Außenhaut eingenähten Stücke verliehen dem Zelt eine edle Eleganz.

Vor dem Eingang standen vier Eorlos sinaz heolforas Wache. „Krieger seines Blutes“ bedeuteten diese Worte, und sie kennzeichneten die Mitglieder der Brodored, der königlichen Leibgarde. Sie sorgten für einen störungsfreien Verlauf der Ratsversammlung. In regelmäßigen Abständen von einem Dutzend Schritten waren rund um das Zelt herum weitere Angehörige der Bruderschaft postiert. Ean wusste, dass sich dies auch im Inneren des Zeltes fortsetzen würde.

Sie trugen mehrlagige, rotgefärbte Lederrüstungen, die an besonders kritischen Stellen mit schwarz emaillierten Metallplatten verstärkt waren, in die man goldene Schlingenmuster eingearbeitet hatte. Zusammen mit dem langen, roten Umhang aus schwerem Tuch sahen die Königswächter prachtvoll und gefährlich zugleich aus. Der Schulterbereich war ebenso wie der Übergang zu den Beinen mit einander überlappenden Stücken geschützt, ein Verfahren, das auf ausgezeichnete Weise Schutz mit Bewegungsfreiheit kombinierte. Sie waren mit zwei Kurzschwertern bewaffnet, die sich durch starke und ungewöhnlich lange Parierstangen von gewöhnlichen Klingen unterschieden. Besonders auffällig waren ihre Maskenhelme, Grīmōn genannt: Rechteckige Platten, die mit einer Kettenpanzerung untereinander verbunden und auf doppellagige, mit Lammwolle gepolsterte Lederstreifen aufgebracht waren, bedeckten das Haupt und den Nacken. Diese Art der Herstellung sorgte dafür, dass die Konstruktion des Helmes leichter als bei vollen Plattenhelmen war und ermöglichte es sogar, den Helm zum Transport zusammenzufalten. Die Eisenstücke waren rot lackiert, was sie vor Nässe schützte. Komplettiert wurde der Grīmōn durch den Skohsla aīzina, den eisernen Unhold, wie man die stählerne Halbmaske nannte, welche das Gesicht der Krieger von den Augen abwärts schützte. Für jeden einzelnen Soldaten von den besten Meisterplattnern des Landes maßgefertigt, schirmte er Schädel und Hals der Kämpfer auf ideale Weise ab, wobei Augen und Gehörgang frei blieben.

Morbad trat auf den Anführer am Zelteingang zu, während er selbst einen Schritt hinter dem hünenhaften Graubart blieb und den Mann vor dem Tendawisaz nachdenklich musterte, der als einziger der Brodored keine eiserne Maske trug und dessen Rüstung nicht rot sondern schwarz gefärbt war. Die Thorlander nannten ihn Phantazma oder Pukan, beides bedeutete so viel wie Geist, Hirngespinst oder Alptraum, und beide Wörter galten unter den Eisernen als Ehrentitel. Er hatte sich so gut wie gar nicht verändert und war noch genauso, wie ihn Ean in Erinnerung hatte. Borl, Harals Sohn, war eine Handbreit größer als er selbst, wenn auch nicht ganz so muskulös. Wie immer erweckte er den Eindruck eines Panthers in Menschengestalt, der kurz davor stand, seine Zähne in jemandes Kehle zu schlagen. Seine Mutter stammte aus Laikor – auch wenn seine Haut nicht dieselbe rabenschwarze Färbung aufwies, wie es die ihre getan hatte, so war sie doch tief dunkelbraun. Obwohl sein tiefschwarzes Haar an den Schläfen bereits grau wurde, hatte er doch keine Falten im Gesicht. Dafür war dieses von drei gewaltigen Narben gezeichnet: Eine führte an seiner rechten Wange bis zum Kieferknochen herab, die zweite verlief unterhalb seiner Augen quer über seinen Nasenrücken und eine dritte hatte seine Lippen auf der linken Seite des Mundes gespalten, sodass er stets die Maske eines abfällig-arroganten Lächelns zur Schau trug.

Morbad überragte auch diesen Krieger und zeigte, wie stets, keinerlei unnötige Demut. Er trat vor den Arnan der Brodored, welcher sich breitbeinig vor den Eingang stellte und seine Daumen vor seinem flachen Bauch in seinen Gürtel hakte.

"Welche Kunde bringst du, Morbad, Merobalds Sohn?"

"Nicht ich bringe die Kunde, Borl, Harals Sohn, sondern dieser Arnan. Er trägt unaufschiebbare Neuigkeiten mit sich, die augenblicklich dem Tehuthing vorgetragen werden müssen."

Der Schwertmeister betrachtete Ean nachdenklich. Langsam wanderte dessen Blick zu dem Schwert, das in der schäbigen, alten Lederhülle an seiner Hüfte baumelte. Sodann schaute ihm der Arnan der Brodored mehrere Herzschläge lang tief in die Augen, bevor er ihm schließlich zunickte. Nichtsdestotrotz richtete er das Wort aber weiterhin an den Meromannen.

"Ich kenne diesen Mann gut. Es ist Ean, Elarichs Sohn. Allerdings ist mir nicht bekannt, dass er den von dir genannten Rang bekleidet. Bürgst du aber für ihn, Morbad, so genügt mir dein Wort."

"At skohsla! Das habe ich gerade getan, und tue es auch weiterhin. Wo hast du deine Ohren, Mann? Jetzt geh mir aus dem Weg, oder ich packe dich an deinen dünnen Ärmchen und schleudere dich hinüber zu den Speichelleckern der Priester!"

Borl wandte seinen Blick nun dem gewaltigen Recken direkt vor ihm zu, stand aber ansonsten so unbeweglich wie aus Granit gemeißelt. Seine schwarzen Augen funkelten und bohrten sich in die tiefblauen seines Gegenübers. Niemand sprach mehr ein Wort. Die Spannung war regelrecht greifbar. Ean und die anderen Gardisten hielten die Luft an und harrten der Entscheidung, die der Anführer der Brodored fällen würde. Dessen rechter Mundwinkel zog sich zuerst eine Spur nach oben. Dann begann sich langsam ein Lächeln auf seine Züge zu stehlen. Es wurde breiter, und Borl zeigte seine Zähne. Schließlich lachte er ein tiefes, herzliches Lachen, in das nach und nach alle einstimmten. Dann trat er zur Seite. Sein Blick kreuzte sich erneut mit dem Eans.

"In Ordnung. Er kann gehen. Mögen die Clanhäuptlinge und sein Vater entscheiden, ob er zu weit gegangen ist oder nicht."

Morbad nickte und schritt auf den Eingang zu.

Borl bewegte sich mit unfassbarer Geschwindigkeit. Eben noch hatten seine Schwerter in ihren Scheiden verharrt, nun zeigte eine Klinge auf Eans Herz, während die andere an Morbads Hals lag. Der graubärtige Hüne verharrte mitten in der Bewegung, während der Großteil seines Bartes in lautlosem Flug zu Boden fiel, einen halben Fingerbreit unter seinem Kinn durchschnitten von Borls rasiermesserscharfer Klinge, deren Schneide nun so zart wie die Lippen einer Geliebten knapp oberhalb des Adamsapfels auf seiner Haut ruhte. Seine Stimme war blankes Eis.

"Du nicht, Morbad. Nur er."

Behutsam, in größtmöglicher Ruhe bog der alte Krieger seinen Rücken nach hinten, brachte eine Handbreit Luft zwischen sich und den tödlichen Stahl und machte erst danach einen ebenso angemessen langsamen Schritt nach hinten. Ean schluckte. Der Arnan der Brodored hatte sich nicht nur schnell wie ein Gedanke bewegt, sondern während seines in höchster Präzision ausgeführten Angriffsschlages die Augen die gesamte Zeit über unverrückbar in die des Drachenritters gebohrt. Für den Argenaer stand fest, dass auch er diesem Klingenmeister nicht das Wasser reichen konnte.

Mit einer aufreizend langsamen Bewegung ließ der Anführer der Leibgarde seine Waffen in die Scheiden zurückgleiten. Ean nickte Borl in Anerkennung seiner gezeigten Meisterschaft zu und machte sich auf den Weg ins Zelt. Daraufhin folgte dieser ihm hinein ins Tendawisaz.

Das Innere des großen Beratungszeltes wurde von drei eisernen Feuerkörben, in denen jeweils ein halbes Dutzend größere Scheite Holz brannten, erhellt und erwärmt. Die Clanhäuptlinge saßen auf massiven und reich beschnitzten Scherenstühlen, die in einem Viertelkreis angeordnet waren und um einen gleichermaßen gebogenen Tisch herum angeordnet waren, auf dem die Steinkrüge der Männer Platz gefunden hatten. Nur zwei Stühle unterschieden sich von dem Rest. Vom Eingang aus gesehen am rechten Ende des Bogens stand ein hochlehniger Steckstuhl aus rotgebeiztem Arkenholz. Schlicht und ohne jedweden Zierat bestach er lediglich durch seine Form und das aufgelegte Fell eines

Höhlenbären. Dort saß Elarich, der Clankönig der Thorlander. Am linken Ende des Bogens befand sich genau genommen gar kein Stuhl. Vielmehr steckte dort der Stiel einer Doppel-Axt schräg im Boden, an deren Blatt eine hölzerne Plattform aufgesteckt war. Der Mann, der diesen Platz innehatte, saß auch nicht wirklich, er lehnte sich vielmehr mit ausgestreckten Beinen gegen das Holz. Einerseits überragte er damit alle anderen Teilnehmer der Ratsversammlung, andererseits wirkte er auch seltsam unbeteiligt, als gehörte er nicht so recht dazu. Der alte Hortar hatte aus dieser Haltung eine wahre Kunst entwickelt. Er hatte stets den Eindruck erweckt, als interessierten ihn die vom Rat oftmals mit großer Vehemenz und Zähigkeit verhandelten Streitpunkte der Clanhäuptlinge in keinster Weise, und wenn er seine Stimme ans Tehuthing richtete, dann sprach er wie ein Vater zu seinen groß gewordenen Kindern – mit einer manchmal tadelnden, manchmal lobenden, stets aber mit einer sachlich distanzierten Art und großer Weisheit. Ein Blick reichte Ean, um zu erkennen, dass Vadomar, der gerade das Wort an die Ratsversammlung richtete und über das baldige Zusammentreffen mit ihren Verbündeten in diesem von Garwor geforderten Krieg gegen die verweichlichten Argenaer sprach, seine Stellung vollkommen anders interpretierte. Er saß mit kerzengeradem Rücken, den Kopf hoch erhoben und thronte auf diese Weise geradezu über den Clanhäuptlingen.

Sein Blick streifte wohlwollend über die Gesichter der ihm gewogenen und ihm anerkennend zunickenden Oberhäupter der Ymbronen, Lemovarden, Ascomannen und, wie Ean zu seinem Missfallen feststellte, Vikistaren, Aduaker und Daruden. Somit hatte er also sechs der Clans auf seiner Seite, was ihn im Fall der Aduaker doch unangenehm überraschte. Andererseits war ein starker Rückhalt zu erwarten gewesen. Dennoch schmerzte es ihn, dass offenbar nur noch die Meromannen und Gaulingas dem König die Treue hielten, zumal Irma, die Clanmutter der Aduaker, stets eine enge Freundin von Ermlinde, der Clanmutter der Gaulingas, gewesen war.

Nun, als sie sein Eintreten gewahrten, wandten sich die Köpfe der Clanoberhäupter ihm zu. Vadomar, der zunächst seine Gegenwart gar nicht bemerkte hatte, blickte sich daraufhin um. Er war sichtlich verärgert über die Störung, aber als er erkannte, wer für die Unterbrechung seiner Ausführungen verantwortlich war, verdunkelte sich sein Antlitz und seine Stimme bebte vor Zorn. Er herrschte Borl an.

"Wie kannst du es wagen, Arnan, diese Ratsversammlung zu unterbrechen, um diesen nichtswürdigen…"

Der Hohepriester richtete diese Worte an den Anführer der Königsgarde. Jeder, der Augen im Kopf hatte, konnte das sehen. Ean aber tat so, als wäre er der Angesprochene und fiel dem Mann ins Wort.

"Weil ich wichtige Kunde bringe, Frumaz Raedingaz, welche die Beschlüsse des Tehuthing gravierend beeinflussen werden. Als Arnan der Thorlander ist es deswegen meine Pflicht, die Awe Theudeo darüber zu unterrichten."

Ean hatte sich breitbeinig vor dem Halbrund der Häuptlinge aufgepflanzt und sprach direkt zu ihnen, obwohl seine Rede formal an den Oberpriester gerichtet war. Er verwendete in seinen Worten einen sehr, sehr alten Titel für Vadomar, der vor Hunderten von Jahren gebräuchlich gewesen war, als die Priester noch längst nicht so viel Macht und Befugnisse in der Gesellschaft der Thorlander inne gehabt hatten, wie dies mittlerweile der Fall war. Er bedeutete so viel wie "Erster Berater" und zeigte somit deutlich an, wes Geistes Kind der nun vor der Ratsversammlung Stehende war. Gleichzeitig aber hatte er den Anführern mit der alten Anrede Awe Theudeo, was soviel wie "Hohe Häupter der Clans" bedeutete, auf besondere Weise seinen Respekt für ihre Position gezollt. Es war Vadomar deswegen kaum möglich, ihn für den Gebrauch der alten Titel offen zu rügen. Der Priester schäumte zwar regelrecht vor Wut, gleichzeitig aber hatte die Unverfrorenheit des Drachenritters ihn sprachlos gemacht. Mehr als ein ohnehin eher zu sich selbst gesprochenes "Arnan?", brachte er nicht über die Lippen. Ean donnerte mit der befehlsgewaltigen Stimme eines Feldherren über ihn hinweg.

"Ihr seid betrogen worden, Hohe Häuptlinge! Hintergangen von einem, dem ihr Euer Vertrauen geschenkt habt! Wie immer in einem solchen Fall seid ihr dabei nicht ganz frei von Schuld! Ihr habt Euch einlullen lassen von seinen geschmeidigen Reden und habt Euren eigenen Vorteil gesucht in der Lösung des Granôn! Aber Eure Schuld ist klein, denn den Willen der Götter zu deuten ist nicht Eure Aufgabe!"

Der Argenaer wandte sich nun dem Priester zu, stellte sich breitbeinig hin, die Linke locker auf dem Griff seines Schwertes ruhend und blickte diesem fest in die Augen.

"Der, den ich meine, hat seine Stellung missbraucht! Ihr folgtet seinem Ratschlag in dem Glauben, er würde Euch den Willen Garwors verkünden! Aber er verkündete nur einen Willen: Seinen eigenen! Ich, Ean, Sohn des Elarich, beschuldige die Schlange Vadomar, den Hohepriester Garwors, des Hochverrats am Volk der Thorlander!"

Ein unbeschreiblicher Tumult folgte den Worten des Ritters. Die Häuptlinge erhoben sich und schrien wild durcheinander, die einen forderten Beweise, andere verlangten die sofortige Hinrichtung des unverschämten Irren. Goderich, das Oberhaupt der königstreuen Meromannen, stemmte seine haarigen Fäuste auf den Tisch und starrte ihn mit einer Mischung aus Ungläubigkeit sowie grimmiger Hoffnung an, und Ermlinde, deren Gaulingas seit jeher mit den Vyrdalen eng verbunden waren, forderte lautstark jeden, der es wagen sollte, die Hand gegen einen Arnan im Tehuthing zu erheben, zum Zweikampf auf Leben und Tod heraus! Einzig Elarich, der Clankönig, Häuptling der Vyrdalen und oberster Befehlshaber der Eisernen in Kriegszeiten, war sitzengeblieben und starrte Ean unter seinen buschigen Augenbrauen hervor an. Seine Miene verriet nichts von seinen Gefühlen. Dann stand er langsam auf. Wie eine Welle verbreitete sich von diesem neu entstandenen Fixpunkt aus eine eigentümliche Ruhe, wie vor einem ungeheuren Sturm. Nacheinander verstummten die

Clanhäuptlinge und warfen gespannte Blicke zwischen Elarich und Vadomar hin und her. Die beherrschende Präsenz des Kuningaz führte dazu, dass Ean in den Hintergrund gedrängt wurde. Das durfte er unter keinen Umständen zulassen. Rasch spielte er seine nächste Karte.

"Das Schweigen des Priesters kommt einem Schuldgeständnis gleich! Er verdient es nicht länger, auf diesem ehrenvollen Platz zu sitzen! Ich fordere die Brodored auf, ihn in Gewahrsam zu nehmen!"

Da lachte Vadomar. Erst ganz leise, dann etwas lauter. Er applaudierte dem Ritter, spendete ihm langsam und laut klatschend Beifall, erhob sich schließlich, griff in seinen Beutel und warf ihm eine Silbermünze vor die Füße. Seine Stimme war wie Samt, unter dem sich der kalte Stahl einer scharf geschliffenen Klinge verbirgt.

"Bravo. Bravo, eine wirklich köstliche Vorstellung. Ich werde nachher noch einmal herzlich darüber lachen, wenn dir meine Frekâ Draugr erst die rechte Hand und danach den Kopf vom Leibe trennen."

Ohne die Augen von Ean zu nehmen, winkte er einmal knapp mit der Rechten nach hinten. Zwei Krieger in den Uniformen der Tempelkämpfer erhoben sich aus ihrer knienden Stellung hinter dem Platz des Priesters und gingen auf den Argenaer zu. Beide waren sie gut und gerne sieben Fuß groß. In der Rüstung aus schwarzer Seide, auf dem Kopf den grausigen Helm, wirkten sie wahrhaftig wie Wesen aus der Anderswelt, stark und übermächtig, neben denen gewöhnliche Menschen wie Kinder aussahen. Doch da trat Borl vor den Ritter, die Hände locker auf den Griffen seiner Kurzschwerter und blickte zu Elarich, der ihm fast unmerklich zunickte. Daraufhin wandte sich der Arnan der Brodored den herannahenden Frekâ Draugr zu. Er sprach nur ein einziges Wort.

"Halt."

Als hätte er einen besonders mächtigen Zauber gewirkt, verharrten die beiden riesenhaften Krieger mitten in der Bewegung.

Elarichs Stimme hallte nun voll und tief durch das Zelt.

"Ein Arnan der Eisenmänner hat eine schwere Anschuldigung gegen dich erhoben, Vadomar. Wir warten auf deine Antwort."

Die Wirkung dieser wenigen Worte, mit denen Elarich handstreichartig Eans Anspruch auf den von ihm verwendeten Titel legitimiert hatte, war gewaltig. Abermals brach ein Tumult aus, alle Clanhäuptlinge sprachen gleichzeitig, zwei versuchten mit gesteigerter Lautstärke, sich beim Kuningaz Gehör zu verschaffen, vier der anderen riefen Vadomar ihre Meinung und Ratschläge zu, während Goderich und Ermlinde sich untereinander gestenreich austauschten.

Der Hohepriester aber war stumm. Er war aschfahl im Gesicht geworden. An seiner Schläfe pochte eine dicke Ader. Auch er stand nun auf. Sofort brüllten seine Anhänger alle anderen an, sie sollen leise sein, Vadomar wolle sprechen.

Schließlich wurde es wieder still im Tendawisaz. Die Stimme des Priesters war anfangs nur ein Flüstern, doch jeder konnte sie vernehmen und verstehen, mit solcher vor Wut bebenden Intensität sprach er jedes einzelne seiner Worte.

"Eine Antwort? Ihr fordert eine Antwort? Ein Nichts, ein Niemand aus dem Land unserer Feinde, ein Verräter und ehrloser Überläufer kommt angekrochen und stört diese ehrwürdige Zusammenkunft mit haltlosem Unsinn, und ich, Vadomar, Sohn des Vaefar, Durinwīhōn Garwors in Thorland, soll darauf antworten? Ihr habt Euren Verstand verloren, Elarich, Ihr habt Eure…"

Eans Feldherrenstimme schmetterte durch das Flüstern des Priesters wie die Faust eines Sturmriesen durch eine kelatanische Papierwand.

"Wage es nicht, mich einen Verräter zu nennen, feige Schlange!"

Abermals wandte sich der Ritter sofort anschließend an die Versammlung und schritt den Halbkreis der Häuptlinge ab.

"Ihr fordert Beweise? Ihr sollt sie bekommen! Er behauptet, König Erik hätte die Gunst Sians verloren! Lüge! Kokoru, der Schlächter, wäre im Besitz Ukonnens! LÜGE! Und Elarich würde die legendäre Klinge aus dessen Händen erhalten! ABERMALS LÜGE!"

In der neuerlichen Stille, die sich diesen Worten folgend über die Versammlung senkte, erklangen die nächsten Worte des Drachenritters, obgleich deutlich leiser gesprochen als vorher, dennoch wie Hammerschläge.

"Kokoru - ist - tot!"

Vadomar, die Augen weit aufgerissen, machte einen Schritt auf den Argenaer zu. Ean wirbelte zu ihm herum, reckte ihm die ausgestreckte Linke entgegen und presste sie fest zur Faust zusammen.

"Und ich habe diesen schwarzen Wurm zerquetscht!"

Da umwölkte sich die Stirn des Hohepriesters vor unbeschreiblichem Zorn.

"Du Hund! Du - wagst - es! Du erdreistest dich, hierher zu kommen, und solche Ungeheuerlichkeiten zu behaupten, du Sohn einer räudigen Hündin! Santho! Ich nehme dich zur Kenntnis! Ich erkenne ihn an, deinen Rang, den zu tragen dir nicht zukommt! Denn ich, Vadomar, Durinwīhōn aller Thorlander, fordere dich heraus! Ich werde dich strafen für deine niederträchtigen und erbärmlichen Märchen, die du diesen ehrenwerten Häuptlingen aufgetischt hast! Ich werde dich vernichten für die Unverschämtheit deiner Existenz! Und wenn ich mit dir fertig bin, werde ich deine kümmerlichen Überreste den Schweinen zum Fraß vorwerfen!"

Es war vollbracht!

Ean hatte den Priester nun genau dort, wo er ihn haben wollte. Außer sich vor Wut war Vadomar jegliches vorsichtige Taktieren gleichgültig. Getrieben von seinem alten Hass auf den Ziehsohn Elarichs hatte er die Herausforderung ausgesprochen. Nach Recht und Gesetz lag es nun einzig und allein in der Hand des Geforderten, den genauen Zeitpunkt und den Ort des Geschehens festzulegen. Er aber hatte nicht vor, seinem Gegner Zeit zur Vorbereitung zu lassen. Sollten die Götter lieber gleich entscheiden.

"So sei es!"

Er zog Ukonnen aus der Scheide.

Ein Raunen ging durch den Raum, als die erfahrenen Veteranen unzähliger Kämpfe das meisterhaft geschmiedete Schwert erblickten. Seine zweifarbige Klinge aus nachtschwarzem und elfenbeinfarbenem Stahl stellte einen ewigen Tanz zwischen Licht und Dunkelheit, Reinheit und Gewalt dar, dessen symbolische Kraft sich unweigerlich in die Herzen aller einbrannte, die ihre Augen auf diese Waffe richteten. Ein Staunen erfüllte die Häuptlinge, eine Ahnung des kosmischen Ringens zwischen den Mächten des Guten und des Bösen erleuchtete ihre Seelen und ließ sie innehalten und über ihr Leben und ihre Einstellungen reflektieren.

All dies geschah in wenigen Momenten. Vadomar allerdings hatte der Waffe in der Hand des Ritters keine Beachtung geschenkt. Er hatte seine Augen geschlossen und sich zurückgezogen in seinen innersten Kern und seine ganze Aufmerksamkeit auf die immensen magischen Energien gerichtet, die er dort während seiner unzähligen Gebete und Meditationen angesammelt hatte. Von Garwor, dem mächtigen Gott des Krieges, der von allen gefürchtet und von vielen angebetet wurde, die ihr Leben dem Kampf verschrieben hatten, wurde ihm die Macht gewährt, mit Hilfe dieser Energien Zauber zu wirken. Er war der Durinwīhōn. Er konnte Wunder tun! Als er nun begann, die uralten Worte eines Spruches zu intonieren, der ihm den Sieg in diesem Duell sichern sollte, begann das Amulett aus neunfach gehärtetem Stahl, das er um den Hals trug, in silbrigem Glanz zu erstrahlen.

"NUUKH BOLNO KHATUU KHERKHEN CHULUU!"

Mit jeder Silbe, die er sprach, verstärkte sich das Leuchten. Eine Aura umhüllte ihn, die matt und gesprenkelt war wie der eisengraue Granit der Berge. Sie flimmerte über seinen Leib, bauschte sich auf und erzeugte Wirbel, dann drang sie in sein Fleisch ein. Seine Haare wurden aufgesogen und verschwanden, seine menschlichen Züge wurden grober und erstarrten zur Maske, als sich seine Haut in grauen, glatten und eisenharten Fels verwandelte. Er packte seine riesige Doppelaxt mit beiden Händen und schwang sie hoch über seinen Kopf, ohne sich auch nur um irgendeine Art der Verteidigung zu kümmern. Er war Stein! Er war unverwundbar!

Die Häuptlinge hatten in der Zwischenzeit Tisch und Stühle an den Rand des Zeltes gebracht und sich zusammen mit den im Inneren des Tendawisaz befindlichen Mitgliedern der Brodored zu einem Kreis aufgestellt. Als sie nun Zeuge der Macht des Priesters wurden, saugten sie vernehmbar die Luft ein. Einige stöhnten sogar laut auf. Sie kannten diesen Zauber. Sie wussten, was er bedeutete. Der Zweikampf war für Ean verloren. Es war nun nur noch eine Frage der Zeit, bis die furchtbare Axt Vadomars ihr Ziel finden würde. Auf den Gesichtern der Häuptlinge spiegelte sich diese Gewissheit wieder. Diejenigen, die dem Priester treu ergebenen waren, zeigten offen ihre tiefe Befriedigung, wohingegen im Antlitz der Königstreuen sich Hoffnungslosigkeit breit machte.

Auch Ean war erschüttert. Er hatte schon öfter von diesem Zauber gehört, wenngleich er ihn noch nie selbst gesehen hatte. Zweifel stiegen in ihm auf und kratzten an seiner Ruhe und Selbstsicherheit. Wie sollte er seinen Gegner besiegen, wenn er ihn nicht verwunden konnte? Es war ihm allerdings nicht vergönnt, lange darüber nachzudenken, denn mit zwei, drei schnellen Schritten kam Vadomar jetzt auf ihn zu, die Axt zum Schlag hoch über dem Kopf erhoben.

So möge sich nun mein Schicksal und das von Argenas erfüllen!

Entschlossen starrte er in die Augen des Priesters,- sie waren das einzig Menschliche, das in der steinernen Fratze verblieben war, ein wahrhaft schrecklicher Anblick.

Die Augen!

Ean handelte ohne zu zögern, riss die Klinge hoch und führte einen blitzartigen Stich gegen Vadomars Gesicht. Doch der Erzpriester riss seinen Schädel im letzten Moment zur Seite, sodass der Angriff des Argenaers ins Leere ging. Die Axt konnte er nun nicht mehr einsetzen, da er bereits zu nah war. So rammte er dem Ritter kurzer Hand mit dem ganzen Schwung seiner Angriffsbewegung den eigenen Schädel ins Gesicht. Als sie beide daraufhin zu Boden gingen, schaffte es Ean gerade noch, sich zur Seite zu drehen, um nicht vom Leib des Thorlanders begraben zu werden. Alles drehte sich um ihn, schwarze Flecken tanzten bedrohlich am Rand seines

Gesichtsfeldes, eine Woge von Übelkeit rollte über ihn hinweg. Hektisch schluckte er die aufsteigende Galle hinunter und kämpfte sich hoch. Eine gewaltige Platzwunde klaffte über seinem rechten Auge, das herabströmende Blut nahm ihm die Sicht. Er wischte sich mit dem Ärmel über sein Gesicht, versuchte das Auge frei zu bekommen.

Sian sei mir gnädig, seine Haut ist wahrhaftig so hart wie Granit, und er wiegt mindestens dreimal so viel wie vorher!

Auch Vadomar erhob sich, allerdings waren seine Bewegungen nicht mehr so schnell und anmutig wie vor seiner Verwandlung. Als er die fleischige, rote Masse sah, die einmal Eans rechte Augenbraue gewesen war, blitzte es in seinen Augen gierig auf. Sich um seine eigene Achse drehend kreiselte er auf den Ritter zu und schwang dann seine Axt in einem tückischen Bogen von oben nach schräg unten. Ean wartete bis zum allerletzten Augenblick. Als der Durinwīhōn seine Waffe herunter donnern ließ, machte er einen blitzartigen Ausfallschritt nach links, tauchte mit seinem Oberkörper knapp unter der Flugbahn des Axtblattes hindurch und riss sein Schwert in einem diagonal von unten nach oben ansteigenden Bogen empor. Parallel, doch zeitversetzt und gegenläufig zum Streich der Axt raste die Klinge hoch. Ean wappnete sich bereits für den gnadenlosen Aufprall des Stahls auf der Granithaut des Priesters.

Doch er kam nicht.

Mit einem scharfen, aber leisen Zischen schnitt Ukonnen durch die versteinerten Hautplatten als wären sie aus angewärmter Butter und öffnete Unterleib und Bauchraum, sodass aus dem klaffenden Loch die zerfetzten Gedärme herausplatzten und sich auf den gestampften Boden des Versammlungszeltes ergossen.

Mit einem Ausdruck absoluter Ungläubigkeit auf seinem Gesicht taumelte Vadomar und brach dann in die Knie. Die Axt entglitt seinem Griff. Unglauben, gepaart mit nackter Angst stand in seinen Augen, als er zu Ean aufschaute. Das Hämmern des Blutes während des Kampfes hatte ihn unempfindlich gemacht, doch nun explodierte der brutale Schmerz förmlich in seinem Leib und verschleierte seinen

Blick. Ein entsetzlicher Laut entrang sich seiner Kehle, während er verzweifelt versuchte, seine Eingeweide zurück in seine zerstörte Bauchhöhle zu stopfen. Ean trat neben ihn, ebenfalls fassungslos. Die Haut des Durinwīhōn war immer noch fast überall aus blankem Fels, jedoch einen halben Fingerbreit neben der Wunde schimmerte sie rosig.

Die Klinge - dort, wo sie auf den Zauber des Priesters traf, muss sie dessen Magie gebannt haben!

Jäh erfüllte ihn eine hell lodernde, grimmige Befriedigung. Der Ritter betrachtete kurz die besiegte Kreatur und richtete dann seinen Blick auf die Häuptlinge. Diese lasen im feurigen, bernsteinfarbenen Glanz seiner Augen die gnadenlose Härte seines Richterspruchs, doch keiner wagte es, seine Stimme zu erheben. Fließend, perfekt in seinem harmonischen Schwung ließ er die Schneide des mächtigsten Schwertes, das jemals geschmiedet worden war, auf den Nacken des Hohepriesters niedersausen. Mit einem einzigen, sauberen Hieb trennte er Vadomars Kopf von dessen Leib.

Nur mit Mühe gelang es ihm, seinen Blick von dem elenden Haufen Fleisch, Blut und Gedärm abzuwenden.

So also geht Vadomar in die Halle der Vorväter, kopflos und auf allen Vieren kriechend, begleitet von dem furchtbaren Gestank seiner heraushängenden Eingeweide – überaus passend, wie ich meine.

Schließlich wandte er sich zu den anderen Oberhäuptern der Clans um. Seine Augen streiften kurz seine beiden wichtigsten und treuesten Verbündeten, Goderich, den Meromannen, und Ermlinde, die Clanmutter der Gaulingas. Beide zeigten unverhohlen eine tiefe, grimmige Befriedigung auf ihren Gesichtern. Ganz anders verhielt es sich natürlich beim Rest der Versammelten. Er sah wachsende Verzweiflung bei Athaulf, dem Oberhaupt der Ymbronen, dessen Einfluss im Tehuthing nunmehr auf Sandkorngröße zusammenschrumpfen würde. Dasselbe galt für die bislang lauteste Unterstützerin des Toten, Svea, die Clanmutter der Ascomannen, die mit ihrer schrillen Stimme seine Nerven schon viel zu lange strapaziert hatte. Nun stand sie da wie erstarrt, die Lippen zu einer schmalen Linie zusammengepresst, die Augen schreckgeweitet.

Beide werden für geraume Zeit bedeutend leiser auftreten. Ihr Held ist gefallen – hingemetzelt von niemandem Geringeren als meinem Sohn! Und nun werden sie von mir den nächsten Schmetterschlag erhalten.

„Der Durinwīhōn ist tot! Geht hinaus, Väter und Mütter Thorlands, und bringt den Clans diese Kunde: Vadomar, der Hohepriester, starb heute im ehrenvollen Zweikampf durch das Schwert des Arnans Ean Gomōnsson. Da wir uns im Krieg befinden, erkläre ich hiermit im Einklang mit unseren Gesetzen und kraft der mir von unserem Volk und unserem Gott Garwor verliehenen Macht als Kuningaz aller Thorlander Heilrun vom Clan der Aduaker zur Durinwīhōn!“

Stille lag über der Versammlung des Rates nach diesen Worten. Jetzt spiegelte sich blankes Entsetzen auf den Gesichtern seiner ärgsten Widersacher, während sich auch die anderen vormaligen Unterstützer Vadomars fassungslos anstarrten. Natürlich war ihnen allen bewusst, dass es nicht nur sein gutes Recht, sondern im Augenblick sogar seine dringende Pflicht war, das Amt des Hohepriesters neu zu besetzen. Das Gesetz war eindeutig – auf einem Kriegszug musste das Heer der Eisernen vom Hohepriester begleitet werden. Kam dieser zu Tode, so hatte der Kuningaz ohne Verzögerung – und vor allem ohne Anhörung des Tehuthings – die Nachfolge zu regeln.

Ja, nicht einmal an seiner Wahl der Person selbst konnte sich diesmal Kritik entzünden – es kam schlicht und ergreifend niemand sonst in Frage.

Es dämmert ihnen langsam, was das für ihre Zukunft bedeutet. Sie werden nun nichts mehr zu entscheiden haben. Zusammen mit meiner Tochter Heilrun werde ich fortan die Geschicke des Reiches lenken, denn solange wir mit einer Stimme sprechen, muss der Rat folgen.

Er drehte sich zu seinem Sohn um. Ean stand ruhig und äußerlich vollkommen gelassen einen Schritt neben dem Hingerichteten. Zwei Dinge aber straften die vermeintliche Unbekümmertheit Lügen – Ean hielt sein Schwert nach wie vor fest in seiner Rechten, und er war auf die andere Seite des toten Vadomar getreten. Elarichs Ansicht nach hatte sein Junge somit den Ernst der Lage sehr wohl erkannt, denn auf diese Weise waren Goderich, Ermlinde und er selbst auf der rechten Flanke des Drachenritters, während die restlichen Clanführer als potentielle Angreifer geschlossen vor diesem sowie auf dessen linker Flanke positioniert waren. Und noch eine Kleinigkeit stach ihm ins Auge: Borl hatte die Ortsveränderung seines Sohnes mitvollzogen und sicherte erneut dessen linke Seite. Darüber hinaus lagen die fürchterlichen Kurzschwerter des Pukans in dessen Händen. Wie immer hatte Elarich den Moment verpasst, in dem dieser seine Waffen gezogen hatte.

Zusammen mit den beiden Frekâ Draugr zählen sie acht Köpfe. Da ich nur einen der Brodored mit ins Zelt genommen habe, sind wir lediglich zu sechst. Damit könnten sie Borl zu dritt angehen, wenn sie genug Mumm dafür besitzen. Aber das würde bedeuten, dass sie gegen alle Anderen im Zweikampf antreten müssen. Svea würde sicher gerne gegen Ermlinde ihr Glück versuchen, und Berengar wartet schon lange darauf, dem alten Goderich die Haut abzuziehen. Irma wird wohl Hildeprand, meinen guten, alten Leibwächter, angreifen. Aber wer wird es wagen, mit mir die Klingen zu kreuzen? Und wer traut sich, gegen Ean anzutreten, nachdem dieser ihren Helden abgeschlachtet hat? Sollten sie jedoch gegen ihn oder gegen mich zu zweit antreten, könnten sie Borl ebenfalls nur mit zwei Angreifern attackieren. Eine Wahl zwischen Tod und Sterben…

Elarich wusste, dass er diese Unsicherheit ausnutzen könnte, um mit einigen wohlgesetzten Worten der Situation die Spannung zu nehmen und damit die in der Luft liegende Rebellion abzuwenden.

Genau das aber wollte er nicht.

Sie sollten sich jetzt dazu entscheiden und für ihre Überzeugungen kämpfen, oder aber bewusst und aus eigenen Stücken heraus darauf verzichten.

Er trat zwei Schritt nach vorne, pflanzte sich breitbeinig vor den anderen auf, seinen mächtigen Zweihänder *Hrumōn*, der noch in seiner Knochenscheide steckte, in der Linken und blickte ihnen der Reihe nach offen und herausfordernd in die Augen. Alle wendeten sie nach kurzer Zeit den Blick ab, bis auf Athaulf, den Berserker, vom Clan der Ymbronen. Dessen Gesicht war hart geworden und seine Augen sprühten Feuer, als er sich anschickte, auf den Kuningaz zuzutreten. Doch genau in diesem Moment legte Irma, die Clanmutter der Aduaker, ihre Hand auf dessen Schulter, hielt ihn zurück und ging nun ihrerseits zwei Schritte auf Elarich zu.

„Der Clan der Aduaker ist stolz, dem thorlandischen Volk die nächste Durinwīhōn stellen zu können! Wir stehen Schulter an Schulter mit Heilrun! Jeder, der gegen sie ist, ist auch gegen uns!“

Damit trat sie zur Seite und stellte sich neben Ermlinde, die ihr einen wohlwollenden Blick zuwarf.

Die Phalanx der vormaligen Unterstützer Vadomars war damit faktisch zerbrochen. Athaulfs Antlitz war aschfahl geworden. Er senkte die Augen. Elarich nickte, packte seinen Zweihänder mit der Rechten, ohne ihn aus der Scheide zu ziehen, und hielt ihn mit dem Heft nach oben vor sich in die Höhe.

„Möge Garwor unserer neuen Hohepriesterin seinen Segen geben. Möge sie lange und voller Stärke und Weisheit uns allen mit Rat und Tat zur Seite stehen. Für Heilrun!"

Mit vereinten Stimmen schmetterten Goderich, Ermlinde und Irma ihr „Für Heilrun!" Als Antwort in den Raum, dicht gefolgt von Aglarech und Rekkared. Mit einer kleinen Pause folgte auch Svea den anderen Clanoberhäuptern und gab damit Berengar das entscheidende Beispiel, der nun ebenfalls seine Unterstützung für Heilrun kundtat. Einzig Athaulf, der Ymbrone, schwieg noch immer.

Elarich sprach kein Wort. Der Blick jedoch, mit dem er den Clanhäuptling in eine eiserne Umarmung fasste, war kalt und abschätzend.

Ich habe genug von deinen Mätzchen, Athaulf, Aranureds Sohn.

Doch gerade, als er seinen Arm mit dem hochgehaltenen Zweihänder sinken lassen wollte, um den anderen herauszufordern, spuckte dieser förmlich sein „Für Heilrun!" heraus, drehte sich auf dem Absatz um und verließ das Zelt. Goderich explodierte und begann, dem Davonschreitenden einige wüste Flüche hinterherzuschicken, doch der König gebot ihm Einhalt.

„Lass ihn gehen, Goderich. Vadomar war sein Neffe. Es war viel Bitterkeit in ihm in diesem Augenblick. Wir wollen ihn nicht danach beurteilen, wie er sich im Moment seines Verlustes gebärdet hat, sondern anhand dessen, wie er sich künftig verhält."

Er wandte sich ein weiteres Mal an alle Anwesenden.

„Geht nun, ihr alle. Bringt die Kunde dessen, was sich heute hier zugetragen hat, an die Feuerstellen. Lasst unsere Kriegerinnen und Krieger wissen, was geschehen ist. Borl, bringe Heilrun zu mir."

Die Väter und Mütter der Clans verließen eilig das große Versammlungszelt, ebenso wie die beiden Frekâ Draugr. Borl folgte den beiden Garworkriegern. Schließlich waren nur noch Ean, der Brodored Hildeprand und er selbst übrig.

„Ean, du kommst mit mir."

Als er das prachtvolle Tendawisaz verließ, sang Elarichs Herz, auch wenn ihm das kaum jemand angesehen hätte. Seine gute Frau Ferun natürlich ausgenommen. Ihr Name bedeutete „die, die Freude zaubert". Und wahrhaftig, genau das war ihre Bestimmung, zumindest, was ihn betraf. Dreizehn Kinder hatte sie ihm geschenkt, sieben wunderbare Töchter und sechs herrliche Söhne. Leider waren die Götter grausam zu ihnen beiden gewesen und hatten ihnen jeweils bereits drei wieder genommen. Nun hatten sie noch sieben eigene Kinder, und natürlich Ean, seinen Ziehsohn.

Achtundzwanzig Winter war es mittlerweile her, dass er den Jungen in der Wildnis gefunden hatte. Entsetzliche Schreie hatten ihn zu der Stelle geführt, und es war wahrhaftig ein überaus verstörender Anblick gewesen, der sich ihm damals geboten hatte.

Rund um ein gutes Lagerfeuer herum lagen die verkohlten und ausgetrockneten Leichen von vier Männern, die er aufgrund ihrer Kleidung als Banditen erkannte, auf die er schon länger hatte Jagd machen lassen. Direkt bei den Flammen aber lag ein kleiner Junge auf dem reglosen Körper einer jungen Frau und schlief so tief, dass er zuerst gedacht hatte, er wäre ebenfalls tot. Er wusste nicht, was sich dort zugetragen hatte. Bis heute hatte er es nicht herausfinden können. Das Alter des kleinen Bengels schätzte er auf etwa zwei Winter.

Als er Zeuge geworden war, wie der hilflose, kleine Wicht auf der Leiche seiner frisch ermordeten Mutter gelegen hatte, war ihm klar geworden, warum er zu dieser merkwürdigen Reise weit ins thorlandische Grenzgebiet hinein aufgebrochen war. Es hatte dafür keinen wirklichen Grund gegeben, nur ein unbestimmtes, drängendes Gefühl, dort gebraucht zu werden. So, als ob sich etwas sehr Bedeutsames und Wichtiges ereignen würde, das seine Anwesenheit erforderlich machte. Hortar, mit dem er sich vor der Abreise beraten hatte, war zuversichtlich gewesen, dass er den Grund dafür vor Ort erkennen würde, und hatte ihm empfohlen, ein kleines Geleit mitzunehmen. So war er denn zusammen mit acht seiner Brodored aufgebrochen und mit Ean zurückgekehrt.

Der Junge war anfangs extrem verstört gewesen. Ein Jahr hatte es gedauert, bis er zum ersten Mal gesprochen hatte. Elarich war sich sicher, dass der Knabe ohne Feruns Liebe, die ihn wie ihr eigenes Kind bei sich aufgenommen hatte, und ohne die Zuwendung seiner vielen Stiefbrüder und -schwestern, an seiner tiefen Trauer gestorben wäre.

Die vor dem Tendadomaz postierten Brodored schlugen die Zeltklappe für den König zurück, und er trat ein. In seinem eigenen Zelt herrschte eine pragmatische Gemütlichkeit. Für Prunk und Protz hatte er kein Gespür, noch erkannte er darin einen Sinn.

Ein Dutzend rasch aufbaubarer Scherenstühle, allesamt breit und massiv genug, um sein ungeheures Gewicht zu tragen, standen in einem losen Kreis oder reihten sich an der Wand auf. Auf einem niedrigen Tisch aus wunderschönem Nussbaumholz waren mehrere Karten ausgebreitet und das ganze Innere des Zeltes wurde von Öllampen erhellt.

Kaum waren sie im Inneren des großen Zeltes, drehte sich der König zu seinem Sohn um, legte ihm seine riesigen Pranken auf die Schultern und musterte ihn lange und ausgiebig. Dann zog er ihn in eine ebenso lange und herzliche Umarmung, die Ean so gut, wie er es vermochte, erwiderte. Als er den jungen Krieger schließlich wieder auf Armeslänge von sich schob, fühlte er, dass seine Augen feucht geworden waren, doch das störte ihn nicht im Geringsten.

Elarich holte rasch zwei große Trinkgefäße, gefertigt aus den gewaltigen Hörnern des thorlandischen Weiderindes, und schenkte sich selbst und seinem Sohn eine Mischung aus Wein und Wasser ein, in die er jeweils einen großzügig bemessenen Löffel seiner bevorzugten Gewürzmischung einrührte. Er reichte Ean eines der beiden Gefäße und bedeutete diesem, sich zu ihm zu setzen. Dann erst machte er es sich auf seinem Lieblingsstuhl bequem, auf dem ein dickes Bärenfell lag.

„Ich trinke auf dich, mein Sohn. Selten hat mich eines meiner Kinder mit so viel Stolz und Ehre erfüllt, wie du heute."

Er gönnte sich einen großen Schluck, dann schaute er Ean erwartungsvoll an.

„Jetzt bin ich begierig, alles zu erfahren, was du mir erzählen möchtest, mein Sohn. Denn wie mir scheint, weißt du bedeutend mehr über die Hintergründe meines eigenen Feldzuges, als ich selbst."

Sein Sohn, der ebenso den verräterischen Glanz seiner leicht feuchten Augen gar nicht erst zu verhehlen trachtete, nickte ihm zu und blickte dann eine Weile zu Boden, um seine Gedanken zu sammeln, bevor er schließlich mit seiner Erzählung begann. Doch Ean kam nicht besonders weit in seinen Ausführungen. Er hatte gerade erst damit begonnen, ihn in dessen vertrauliches Gespräch mit dem König Erik von Argenas einzuweihen, als Heilrun ins Tendadomaz gestürmt kam. Ihre langen, blonden Haare bauschten sich wie eine Löwenmähne um ihr Haupt, und ihre Augen sprühten Feuer. Ohne Ean auch nur eines Blickes zu würdigen, baute sie sich vor Elarich auf und stemmte die Fäuste in ihre kräftigen Hüften. Borl, der normalerweise niemanden auf Armeslänge an den Kuningaz heranließ, versuchte gar nicht erst, die wütende Priesterin aufzuhalten. Er beschränkte sich darauf, mit vor der Brust verschränkten Armen und einem angestrengt entspannten Ausdruck auf dem Gesicht den Zelteingang zu bewachen.

„Wie konntest du es wagen? Hast du den letzten Rest an Verstand verloren, der sich noch irgendwo da drinnen in deinem harten Schädel versteckt hat? Vadomar aus dem Weg zu räumen! Das ist –"

Sie rang sichtlich nach Worten, welche die Ungeheuerlichkeit des Vorfalles treffend beschreiben würden. Ean vollendete den Satz für sie.

„– leider vollkommen unvermeidbar gewesen, Schwester."

Heilrun fuhr herum. In ihren Augen stand die pure Mordlust.

„Du sei still, Gomōnsson! Zu dir komme ich später!"

Sie wollte sich schon von ihm abwenden, da stand sein Sohn mit einer derart explosiven Bewegung auf, dass der schwere Scherenstuhl einen Schritt nach hinten rutschte. In seiner ausgestreckten linken Faust hielt er das seltsame Schwert, mit dem er den Hohepriester filetiert hatte. Es steckte nach wie vor in seiner abgetragenen Lederscheide, und dennoch erfasste ihn ein unbestimmtes, merkwürdiges Grummeln in seinen Eingeweiden.

At skohsla! Die Macht dieser Waffe bringt mein Innerstes zum Vibrieren. Es ist fast wieder so, wie vorhin, als er die Klinge im Tendawisaz blank gezogen hat. Als wäre eine fremde Präsenz im Raum.

Auch Heilrun schien vor dieser Empfindung nicht gefeit, denn ihr Blick krallte sich regelrecht an dem Heft des Schwertes fest. Langsam umschloss Eans rechte Hand den Griff und zog den herrlich gearbeiteten Stahl aus seiner schäbigen Umhüllung. Was sich ihrer aller Augen darbot, war schwer mit Worten zu beschreiben, denn es schien gänzlich unmöglich zu sein. Eine beidseitig geschliffene Klinge aus einem weiß glitzernden Stahl barg in seinem Inneren eine nachtschwarze, gebogene Dai-Katana. Wie diese dort hineingeschmiedet worden war, verschloss sich dem König der Thorlander, obschon er selbst ein Waffenschmied von beachtlichem Ruf war.

Nur mit handwerklichem Geschick ist eine solche Verbindung nicht herzustellen, macht es doch den Anschein, als wären hier zwei vollständig verschiedene Klingen zu einer einzigen verschmolzen worden.

Den weißen Stahl aber, in dem tausende winzig kleiner Lichtreflexe funkelten, kannte der Kuningaz sehr wohl.

„Lichtstahl… eine weiße Klinge, durchzogen von goldenen Sonnenfunken – das muss das legendäre Schwert Inaris sein. Nur viermal hat Issanu, die Herrin des Lichts, die Essenz ihrer Domäne in ein Gewebe gegossen, das härter als Eisen und doch leichter als eine Daunenfeder ist. Und nur einmal wurde aus dem dabei entstandenen Material ein Schwert geschmiedet.“

Die Priesterin des Kriegsgottes nickte bedächtig.

„Du hast recht, Vater. Und diese einzigartige Waffe wurde später dazu verwendet, ein furchtbares Werkzeug des Bösen zu umhüllen: Djarsho Dai-Voo. Niemand weiß, woraus diese Klinge geschaffen wurde, doch es heißt, sie sei geschmiedet aus Schmerz."

„Jai, Tochter, so sagt es die Legende. Die Waffe in deines Bruders Hand ist Ukonnen, die Donnerklinge, das Schwert der reinen Macht."

Für einige Herzschläge wurde es still im Tendadomaz. Sie alle spürten sowohl die Erhabenheit, die von der Waffe ausging, als auch die tödliche Bedrohung, die sie ausstrahlte. Als sich Heilrun schließlich zu ihm umwandte, war sie wie ausgewechselt.

„Ich erbitte deine Verzeihung, Kuningaz. Mein Auftritt war ungerechtfertigt. Vadomar hat uns belogen. Nachdem er von Ean gerichtet wurde, konntest du nicht anders handeln. Du hast getan, was getan werden musste. Ich respektiere das. Dennoch ist meine Stellung als neue Hohepriesterin durch das Band zwischen uns geschwächt. Das Volk wird sich immer fragen, wie groß dein Einfluss auf die Geschehnisse des heutigen Tages war und wie schwer dein Anteil am Tod Vadomars wiegt. Der Vorwurf, ihn loswerden zu wollen, um eine dir gewogene Figur an seine Stelle zu setzen, wird nicht so bald verstummen."

„Das Volk, Durinwīhōn, will genug zu essen, ordentlich scheißen und gut schlafen. Die Jüngeren wollen viele Kinder machen und diese gesund aufwachsen sehen, die Älteren Respekt und Ruhe. Das Volk singt das Lied desjenigen, der seine Bedürfnisse stillt. Wir beide werden eine neue Ära begründen. In Zukunft werden Kuningaz und Durinwīhōn mit einer Stimme sprechen. Der Rat wird unseren Entscheidungen folgen. Streit und Rivalität im Tehuthing werden der Vergangenheit angehören."

Heilrun ließ sich auf einem der Scherenstühle nieder. Der harte, nachdenkliche Ausdruck auf ihrem Gesicht wurde langsam etwas weicher, und Elarich staunte einmal mehr darüber, wie attraktiv seine Tochter war, wenn sie nicht versuchte, jemandem den Kopf abzureißen.

Fast die ganze, restliche Nacht hindurch unterhielten sie sich miteinander. Nachdem er, genauso wie seine Tochter, zunächst aufmerksam den Worten seines Ziehsohnes gelauscht und nur hin und wieder eine Frage eingestreut hatten, gingen sie beide im Anschluss ebenso offen mit Eans Wünschen um und standen diesem bereitwillig Rede und Antwort. Gemeinsam entwickelten sie einen Plan, wie sie sich beim Treffen mit den Kil-Rhai verhalten und mit welcher Strategie sie im bevorstehenden Feldzug kämpfen wollten. Schließlich verabschiedeten sich seine Kinder kurz vor Morgengrauen. Eine Zeit lang stand er vor dem Tendadomaz und blickte ihnen nach.

Ehrenvoll kämpfen und ehrenvoll sterben. Das zumindest werden wir erreichen. Denn gegen dieses Heer, das wir nun zum Feind haben, wird es keinen Sieg geben. Meine geliebte Ferun – wie gerne hätte ich dich noch einmal umarmt, deine Hand gehalten und deinen Worten gelauscht. Wenn es nun hier auf Ama nicht mehr sein soll, so werde ich mit der Erinnerung an dein Lächeln aufrecht und stolz dem Tod gegenübertreten und in der Halle unserer Ahnen auf dich warten.

Ssil ließ ihren Blick über die Soldaten vor ihr schweifen. Laut, tief und kehlig hallten ihre Worte über die Köpfe der Männer hinweg, die einmal mehr voller Hoffnung und Bewunderung zu ihr aufblickten. Selbst der Klang ihrer Stimme fügte sich allem Anschein nach perfekt in das Bild ein, das die Krieger von ihr hatten. Sie konnte es in ihren Augen lesen, in den Blicken, die sie sich gegenseitig zuwarfen und aus dem ehrfurchtsvollen Gemurmel heraushören, das sie hinter ihrem Rücken über sie anstimmten: Die Soldaten hielten sie für einen Engel, der gekommen war, um ihnen den Sieg zu bescheren, um die Horden ihrer Feinde hinwegzufegen und sie alle vor dem Untergang zu bewahren. Das konnte gefährlich werden. Sie war schließlich ebenso verwundbar und sterblich, wie die Menschen vor ihr. Es war wichtig, ihnen genau das noch einmal vor Augen zu führen.

"Männer von Argenas! Krieger des silbernen Löwen! Heute und hier wird sich euer Schicksal erfüllen! Heute und hier werden wir für das Überleben des Silbernen Königreiches kämpfen!"

Ein hundertfacher Kampfschrei erscholl und jagte ihr einen wohligen Schauer über den Rücken.

"Ganz sicher werden wir dafür bluten! Und viele von uns werden den höchsten Preis dafür bezahlen und ihr Leben geben müssen! Aber bei Sian, wir werden die stinkenden Grauhäuter zurücktreiben in die Höhlen, aus denen sie gekrochen sind! Wir werden nicht brechen! Wir werden SIE brechen!"

Der Schrei ertönte erneut, und sie begann ihre Rolle mehr und mehr zu genießen. Es war ein gutes, ein sehr gutes Gefühl.

"Wir sind das Band aus Eisen, das die Warlokbrut nicht durchschlagen kann! Wir werden ihren Ansturm aufhalten! Wir werden langsam zurückweichen, Schritt für Schritt! Aber wir werden nicht brechen! NIEMALS!"

Jetzt brüllten die Krieger und schlugen mit der flachen Seite ihrer Schwerter fünfmal gegen ihre Schilde, alle gleichzeitig. Fünf infernalisch laute Hammerschläge, die auch die anderen Einheiten links und rechts von ihnen noch in ihren Mägen spürten.

"Wir werden zusammenstehen! Uns gegenseitig schützen! Und kämpfen, bis zum letzten Atemzug! Das schwöre ich…", sie zückte ihren Dolch, schnitt sich in ihren linken Unterarm, streckte diesen hoch in die Luft und einem inneren Impuls folgend entfaltete sie ihre Flügel und breitete sie nach beiden Seiten aus, "...bei meinem Blut!"

Diesmal gab es keinen Schrei. Mehrere Herzschläge lang herrschte Stille. Dann gingen die fünfhundert Krieger vor ihr auf die Knie und rammten ihre Schwerter vor sich in den Boden. Sie schlugen ihre rechte Faust gegen ihre linke Brust und reckten diese dann als Zeichen der Annahme ihres Schwurs gen Himmel. Stolz und mit durchgestrecktem Rücken stand sie da, mehr als einen Kopf größer als die anderen Soldaten, in silberhell glänzende Panzerplatten gehüllt, die schwarzen Rabenschwingen zu ihrer vollen Spannweite von acht Schritten gespreizt und genoss den Moment. Wieder jagte ihr ein Schauer über den Rücken.

Bis jetzt schlage ich mich ganz gut!

Ssil nickte den Männern noch einmal zu, dann zog sie ihre Schwingen ein, drehte sich um und blickte nach vorne. Zum hundertsten Mal rollte sie ihre Schultern. Mit dem Eisen am Leib fühlte sie sich unangenehm eingeschränkt in ihrer Bewegungsfreiheit. Die Rüstung, die sie trug, war zwar extra für sie angefertigt worden, und zwei Schmiedemeister hatten mit all ihren Gesellen und Gehilfen alle anderen Arbeiten zurückgestellt und sich nur noch ihrer Rüstung gewidmet, damit sie rechtzeitig fertig würde. Unzählige Male hatten sie Maß genommen, und immer wieder hatte sie das ein oder andere Stück Probe getragen. Aber trotz dieser ganzen Arbeit war sie nicht glücklich damit. Oh, sie passte so gut, wie eine Rüstung nun eben passen konnte. Sie hatte wahrlich keinen Grund, sich zu beschweren. Auch das Metall war von allerhöchster Qualität, und das verarbeitete Leder stammte von einer Thorlandziege, war wunderbar fein gegerbt und geschmeidig.

Außerdem hatte sie keinen Rückenpanzer, sodass ihre Flügel nicht eingeengt waren. Das allein war eine gewaltige Herausforderung für die Schmiedemeister gewesen, und sie hatten all ihre Kunstfertigkeit benötigt, um den sicheren Sitz von Brustplatte, Schulterstücken und Halspanzerung gewährleisten zu können – alles spezielle Anfertigungen, um dieser Besonderheit Rechnung zu tragen. Trotzdem fühlte sie sich fürchterlich eingeengt. Sie war es einfach nicht gewohnt, in Rüstung zu kämpfen.

Der weitaus größere Nachteil aber war, dass sie, derart eingehüllt in Metallplatten, nur sehr eingeschränkt auf die Macht Ban-Thus zugreifen konnte. Eisen interferierte aufgrund seiner Beschaffenheit auf besonders negative Art mit der Manipulation der Schatten. Kleinere Illusionen, die auf ihre eigene Person beschränkte Veränderung ihres Aussehens und ihrer Erscheinung, waren noch möglich, wenngleich auch diese erheblich schwieriger zu bewerkstelligen waren und ein deutlich höheres Ausmaß an Konzentration erforderten, als normalerweise. Größere und mächtigere Effekte heraufzubeschwören aber war mit einem Harnisch ausgeschlossen.

Dennoch hatte sie dem Angebot des Königs, ihr einen solchen schmieden zu lassen, selbstverständlich zugestimmt und war trotz aller Beschränkungen mehr als froh darum. Denn als sie ihren Blick nach vorne richtete, stockte ihr einmal mehr der Atem.

Vor ihr erstreckten sich die endlosen Grasflächen der Umajaden-Ebene, getaucht in das zarte Licht des neuen Morgens. Doch darüber hinweg rollte in einer Breite von annähernd achthundert Schritten eine ungeheure Woge von Tausenden und Abertausenden von Warloks heran, deren schiere Zahl das Grün der Wiesen und Weiden schwarz färbte. Die Angreifer waren mittlerweile so nah, dass sich die unförmige, dunkle Masse in einzelne Wesen auflöste und Ssil die verschiedenen Banner und Standarten unterscheiden konnte. Unter den schweren Schritten ihrer genagelten Stiefel erzitterte die Erde!

Das Heer des Königs hatte etwa tausend Schritt vor dem Hochwall Aufstellung genommen, jener gewaltigen Festungsmauer, welche die Lücke zwischen den beiden "Felswürmer" genannten Ausläufern der Drachenberge schloss, die den Kessel von Heors Tal von der Ebene abschirmten. In einer langen Linie, welche die Breite der gegnerischen Armee sogar noch nach Osten und nach Westen hin um hundert Schritte übertraf, waren die Fußsoldaten aufmarschiert. Da sie den Warloks zahlenmäßig so eklatant unterlegen waren, bedeutete eine derart lange Frontlinie jedoch, dass die Soldaten nur sechs Reihen tief gestaffelt waren. Ein vermeintlich strategischer Fehler, denn auf diese Weise konnten die Argenaer von einem feindlichen Heer mit genügend Stoßkraft entweder schlicht überrannt oder aber zurückgedrängt und gegen ihr eigenes Festungsbollwerk gedrückt werden. Dort würden sie wie zwischen Hammer und Amboss zerquetscht werden!

Und genau darauf beruhte die Strategie des Königs. Sie war gewagt, zweifellos, und sie setzte ein völliges Vertrauen auf die eigene Überlegenheit bei ihren Gegnern voraus, denn nur wenn der feindliche Heerführer sich seiner Sache vollkommen sicher war, würde er seine Truppen auf die von Erik antizipierte Art und Weise einsetzen und gnadenlos vorwärtspeitschen. Und nur dann würde sein Plan aufgehen und die zahlenmäßige Überlegenheit bedeutungslos machen.

Ssil war einer Truppe von mehreren hundert Mann zugeteilt worden, deren Aufgabe darin bestand, langsam und geordnet zurückzuweichen, ohne dass die verfluchten Grauhäuter ihre Reihen durchbrachen. Es war der heikelste Teil des gesamten Schlachtplans, den der Hohepriester Sians, König Erik von Arnanfels, einer der brillantesten militärischen Köpfe der letzten Jahrhunderte, entworfen hatte, um die erdrückende Übermacht der gegnerischen Streitkräfte wirkungslos zu machen. Zumindest weitgehend. Als sie die groben Züge seiner Strategie erfahren hatte, war sie einigermaßen fassungslos und von ihren Gefühlen überwältigt gewesen, so sehr hatte sie sich einerseits darüber gefreut, andererseits aber auch davor gefürchtet, dass ihr L´in

Arpar eine Blutschuld von derartigem Ausmaß von ihr forderte.

„Trinke seine Blutschuld bis zur Neige." Das waren die Worte des Shadoral. Nun, so wie es aussieht, steht mir genau das nun bevor.

Als Robert an dem Berghang in den Korruthen zu ihr kam und sie fragte, was es ihn kosten würde, wenn sie ihm einen Gefallen täte, war sie ehrlich verblüfft gewesen. Sie hatte sich bereits auf jede Menge langwierige Erklärungen und unnötiges Warten eingestellt. Immerhin hatte sie kurz zuvor das Ritual der Erwählung begonnen und ihren Part gespielt.

Die Frage, die ich ihm dabei stellen musste, war genauso schlicht, wie brutal: „Bist du bereit, dein Blut für mich zu vergießen, L'in Arpar?" Seine Antwort war unvergleichlich, schonungslos ehrlich und ohne jedes Zögern: „Wenn nötig tränke ich damit den Boden, bis er so rot ist wie deine Haut." Ich nannte ihm die Bestätigungsformel und lehrte ihn die drei Elemente einer glücklichen Verbindung: Der Verstand, der Körper und die Freundschaft. Und er sprach mir nach: „So sei es, im Licht, im Dunkel und in den Schatten."

Doch er hatte sie dann stehen lassen, um mit dem Ritter zu sprechen. Natürlich war sie darüber erst schockiert gewesen, rief sich dann aber sogleich ins Bewusstsein, dass er die Sitten und Gepflogenheiten ihres Volkes kaum kennen konnte. Also hatte sie angenommen, sie würde ihm bei Gelegenheit zunächst einmal alles genau auseinandersetzen müssen. Aber nur wenig später hatte er sie erneut aufgesucht, um ihr die Herausforderung zu nennen, die ihn für immer in ihre Schuld bringen würde.

"Wird mich dieser Gefallen in Gefahr bringen?", hatte sie Robert gemäß dem Ritual gefragt. Und er hatte seine Rolle ganz hervorragend und mit allem gebotenen Ernst ausgefüllt und ihr versichert, dass die Gefahr real sei und sie sogar ihr Leben aufs Spiel setzen würde. Wie hatte sie da jubiliert, und wie hatte gleichzeitig ihr Herz wie rasend geschlagen vor Spannung, als sie ihm die alles entscheidende Frage gestellt hatte, mit deren Antwort er den Bund in aller Form beschließen und sie zu seiner Nisu D'avvir machen würde.

"Wenn es so ist, L´in Arpar, wird dich nur dein Blut rein waschen von deiner Schuld, im Jetzt und im Danach. Ist das dein Wille?"

Sie hatte ihm tief in die Augen geblickt und war in diesem Moment fast gestorben vor Aufregung. Niemals zuvor hatte sie sich so verletzlich gefühlt, niemals zuvor hatte sie so viel von sich selbst preisgegeben, denn mit dieser Frage hatte sie ihm ihr Herz in die Hand gegeben, für jetzt und für immer. Und ganz unwillkürlich hatte sie – obwohl es als unschicklich galt – ihre mentalen Fühler ausgestreckt und auf seine Gedanken gelauscht. Seine Antwort hatte sich fast augenblicklich in seinem Geist gebildet, klar und unmissverständlich, und nur einen Herzschlag später hatte er sie laut ausgesprochen: "So sei es, mein Rabe, im Licht, im Dunkel und in den Schatten."

Ganz wie es die Tradition verlangte, war sie mit einem letzten Nicken sofort aufgebrochen. Sie wäre ohnehin außer Stande gewesen, zu antworten. Zum ersten Mal seit mehr als zweihundert Jahren hatten sich ihre Augen wieder mit Tränen gefüllt. In diesem Zustand konnte sie sich ihrem Angeschworenen einfach noch nicht zeigen. Also war sie losgeflogen, um dem König von Argenas Eans Worte zu übermitteln.

Aber wer hätte ahnen können, dass die Überbringung einer Botschaft lediglich der Auftakt war zu einer Schlacht von solch epischem Ausmaß?

Sie war außerhalb der Königsstadt Al´Thorim gelandet, nachts und ungesehen. Im Morgengrauen eines kühlen und wolkenverhangenen Tages hatte sie sich dann auf den Weg zum äußeren Tor gemacht, allerdings nicht, ohne zuvor ihre Erscheinung zu verändern – eine Kunst, die auf einer Weiterentwicklung einer ihrer ältesten Fähigkeiten beruhte. Anders als Gamron Valator und all die anderen Zauberwirker benötigte sie dazu keine magischen Silben oder komplizierten Gesten.

Sie manipulierte die Schatten.

Seit ihren ersten bewussten Gedanken vor nunmehr über dreihundert Jahren konnte sie auf die vom Licht geborene

Dunkelheit zugreifen. Damals war ihr Umgang damit von spielerisch-kindlicher Natur gewesen, doch im Verlauf ihres Heranwachsens war sie immer versierter und geschickter geworden. Ihre Weihe zur Chaya-Rhunay, einer Schattenpriesterin der Kinder des Zwielichts, war die natürliche Konsequenz ihrer angeborenen Affinität zu dem Dazwischen. Sie selbst war ein Kind dieses Zustands: Ein Cambion, halb Sa´ê´Sar, halb Daêmon, gezeugt in brennender Lust und sengender Pein, von ihrer Mutter geliebt und gehasst, vom Rest ihres Volkes verehrt und gefürchtet.

Anfangs hatte sie mit ihrer Fähigkeit hauptsächlich verbergen oder aufdecken können. Irgendwann war sie darüberhinaus in der Lage gewesen, das Spektrum des Lichts zu manipulieren und Farben zu erzeugen oder zu verändern, wenn auch nur im direkten Umfeld ihres Körpers. Letztendlich handelte es sich dabei um eine Art von Illusion. Es sah nur so aus, als wäre sie plötzlich einen Kopf kleiner, rothaarig und rein menschlich. In Wirklichkeit blieb sie selbst dabei unverändert. Das barg gewisse Risiken. Denn wenn jemand zum Beispiel den Bereich über ihren illusorischen, roten Haaren berührte, so könnte er dort ihren echten Kopf ertasten und dem Trugbild dadurch auf die Spur kommen. Ja, bereits eine herzliche Umarmung wäre in der Hinsicht gefährlich und würde möglicherweise ihren schönen Schein auffliegen lassen. Aber wer umarmte schon eine Frau, ohne dazu eingeladen zu sein? Selbst die barbarischen Menschen hielten von derlei unzivilisiertem Gebaren Abstand.

Getarnt als normale Menschenfrau hatte sie nach der Öffnung der Tore ohne von den Wachen behelligt zu werden den inneren Talkessel betreten können. Ssil dachte daran zurück, wie sie anschließend staunend die Silberallee entlang gewandert war, wie die breite, gepflasterte Hauptstraße genannt wurde, die sich durch Al´Thorim hindurchwandt.

Rasch erwachte das Leben innerhalb der Mauern, und Fußgänger, Fuhrwerke und Berittene, Lieferanten mit Handkarren, Scherenschleifer und Bettler bevölkerten die Wege, Straßen und Plätze. Sie alle gingen ihren Tätigkeiten nach und brachten mit ihrem Lärm und ihrer Geschäftigkeit die Stadt zum Pulsieren. In den Außenbezirken standen kleine Arbeiterhäuschen, von Handwerkern zwar schlicht und zweckdienlich, aber doch sorgfältig und mit Geschick zusammengezimmert. Kleine Kinder saßen nahe den Eingängen auf der Erde und buddelten im Dreck oder spielten lärmend Kinderspiele, während die Älteren mit verhärmtem Ausdruck auf ihren hageren Gesichtern auf sie aufpassten und gleichzeitig irgendwelche kleineren Arbeiten verrichteten. Die Kleidungsstücke der Menschen, die Ssil entgegenkamen, befanden sich in unterschiedlichen Stufen des Zerfalls, von abgetragen und geflickt bis hin zu zerlumpt und verschlissen war alles dabei. In den Augen derer, die hier lebten, lag oft ein Ausdruck voller Sorgen und Nöte.

Je weiter die Sa´ê´Sar allerdings in die Stadt vordrang, desto mehr änderte sich das Bild. Die Häuser wurden größer, und das vorher das Bild beherrschende Holz wurde nach und nach von Stein abgelöst. Gleichzeitig wurden Flicken und ausgebesserte Stellen an den Kleidern immer seltener, Risse waren kaum noch zu entdecken. Die Gewandungen der Bewohner waren sowohl sauberer als auch aus hochwertigeren Materialien gefertigt. Gutes Tuch und Leder in verschiedensten Färbungen kennzeichneten nun die Szenerie.

Schließlich begann die Silberallee in Richtung der felsigen Anhöhe anzusteigen, auf der die Königsburg Thul Brassar errichtet worden war. Genau in diesem Moment ging die Sonne auf und ließ die senkrecht hinter der Festung aufragende Steilwand in einem wunderschönen, rötlichen Leuchten erstrahlen. Nach einigen hundert Schritten erreichte Ssil das innere Mauerwerk, welches die Hochstadt von den Fundamentvierteln abgrenzte, wie die Menschen die Bezirke der gewöhnlichen und der ärmeren Bevölkerung nannten. Die Hochstadt war das Zuhause der Reichen – erfolgreiche, meist alteingesessene Meister der Handwerksgilden und der Händlervereinigungen, sowie die Vertreter der Adelsschicht residierten hier in kleineren und größeren Stadtvillen, Prachthäusern und Palästen, teilweise mit Gärten in der Größe von kleineren Parkanlagen. Ein steter Strom von Bediensteten, Arbeitern und Lieferanten wälzte sich auch zu dieser frühen Stunde bereits durch das Perlentor. Diese wurden von den Silberhemden, den Soldaten der hiesigen Stadtwache, scharf beäugt und kontrolliert. Als Ssil beobachtete, wie die Männer und Frauen in schlichten Gewändern allesamt befragt wurden, während diejenigen mit kostbarer Garderobe unbehelligt passieren konnten, entschied sie sich, ihre Kleidung der Situation gemäß anzupassen. Sie trug einen Umhang aus dunkelgrünem Tuch und darunter ein schlichtes, hellgrünes Kleid. Während sie auf das Tor zuging, veränderte sie den visuellen Eindruck ihrer Erscheinung. Der Umhang wurde weicher und fließender, das Material dicker und bekam einen changierenden Glanz, sodass er nun wie aus kostbarem Samt geschneidert wirkte. Die Spange, die ihn vor ihrer Brust zusammenhielt, wurde dicker und länger und schimmerte golden auf. Dazu ließ sie auf ihrem Kleid eine Vielzahl kostbarer Silber- und Goldfäden erscheinen, die herrliche, florale Muster auf den prächtigen Seidenstoff zauberten. Kurz vor dem Tor streifte sie die Kapuze ab und enthüllte ihre vollen, roten Haare, die nun unter einem Netz aus schwarzer Spitze, besetzt mit Perlen, hervorlugten. Die Wachen warfen ihr bewundernde Blicke zu, verbeugten sich bei ihrem Vorüberschreiten und steckten die Köpfe zusammen, um sich gegenseitig zu fragen, wer diese wunderschöne Frau sein mochte, die es wagte, alleine durch die Straßen Al´Thorims zu wandern. Nur wenige Herzschläge später hörte sie hinter sich das Hufgeklapper eines galoppierenden Pferdes und wandte sich um. Ein hochgewachsener Soldat der Stadtwache mit Helm und blauem Umhang, offensichtlich ein Offizier, hielt vor ihr an, und erkundigte sich nach ihrer Herkunft und ihrem Begehr. Er schien ihr durchaus geeignet für ihre Zwecke, also erklärte sie ihm, dass sie eine dringende Angelegenheit in der Burg zu erledigen hätte und willigte ein, seine Hilfe anzunehmen. Anders als von ihm beabsichtigt, ignorierte sie seine ausgestreckte Hand und nahm nicht vor ihm Platz, sondern schwang sich hinter ihm auf sein Ross. Dadurch stand nicht zu befürchten, dass er durch eine wie auch immer geartete Umarmung ihre Illusion durchschauen könnte.

Auf dem Weg zur Festung konnte sie nicht umhin, voller Staunen und Bewunderung immer wieder auf den mächtigen, steinernen Drachen zu schauen, der sich hoch über dem Mauerwerk thronend über dem gleichnamigen Drachentor erhob. Die Kreatur war noch einmal genauso hoch wie die Burgmauer selbst und schien eben erst dort oben Platz genommen zu haben, die Flügel noch von der Landung weit zu den Seiten abgespreizt. Metallisch glänzende Klauen, lang wie Schwerter, bohrten sich in den Rand der Brüstung, und der schuppenbedeckte Brustkorb reckte sich in einer Haltung voll Kraft und Stolz nach vorne. Auf dem anmutig nach hinten durchgebogenen, langen Hals saß ein gewaltiger Schädel. Ssil hatte den Eindruck, als würde dessen silbern funkelnder Blick sie schon von Weitem erfassen und den ganzen Weg hinaufbegleiten.

Oben am Burgtor angekommen, präsentierte sie den Wachen Eans Ring, welchen Robert ihr übergeben hatte, woraufhin sie von vier Soldaten unverzüglich zu einem prunkvoll gekleideten Beamten geleitet wurde, der sich als Gunath, zweiter Kastellan von Thul Brassar, vorstellte. Den Offizier der Stadtwache aber schickte man zurück in die Hochstadt.

Bis zu diesem Punkt lief alles sehr glatt und nach Plan. Ihre Eskorte führte sie über den Hof der Burg zum Palas, dem größten Bau innerhalb der Festungsanlage. Durch ein acht Schritte hohes Tor aus blau lackiertem Holz, über und über versehen mit einem silbernen Metallrelief, das einen Ritter und einen Drachen zeigte, die sich voreinander verneigten, betrat Ssil die Eingangshalle. Ein Sterngewölbe, getragen von acht hellbeigen Sandsteinpfeilern mit oktagonalem Querschnitt, erhob sich vierzehn Schritte über ihren Köpfen. Die Deckenmalereien zeigten auf einem blauen Hintergrund die ersten acht Könige und Königinnen des Reiches, welche mit würdevoller Strenge auf die Eintretenden herabblickten. Mehrere Türen zweigten von hier ab, doch der Blick wurde unwillkürlich von einem neuerlichen Kunstwerk eingefangen:

Gegenüber dem Eingangstor schloss sich eine zweite, doppelflügelige Türe an, deren Oberfläche gänzlich aus getriebenem Silber bestand. Die herausgearbeiteten Reliefs waren so zahlreich, so detailliert und von so hoher Kunstfertigkeit, dass Ssil sich wünschte, sie könnte verweilen und in staunender Betrachtung versinken. Doch der Eingang zum dahinter liegenden Herzstück des Palas öffnete sich sogleich bei ihrem Näherkommen, und die Sa´ê´Sar musste feststellen, dass die Silberarbeiten lediglich ein Auftakt waren für die Pracht des argenaischen Thronsaals.

Schritt man durch das Eingangsportal, so befand man sich zunächst auf einer Empore, die von einem kunstvoll gearbeiteten Geländer aus weißem Marmor umgeben war. Sie öffnete sich zu einer großzügig ausgeführten Treppe hin, deren Stufen von zehn Schritten Breite hinabführte auf den verschwenderisch mit goldenen Ornamenten durchzogenen Boden aus schwarzglänzendem Obsidian. Durch den scharfen Kontrast aus schwarz und weiß schien die Empore mitsamt der Treppe regelrecht im Raum zu schweben.

Ssil blieb oben auf der ersten Stufe stehen und betrachtete den gewaltigen Raum, der sich über insgesamt drei Geschosse und den gesamten Westteil des Palas erstreckte. Ihre Entourage ließ sie gewähren und drängte sie nicht. Rechts und links an den Wänden befanden sich je zwei durch rote Marmorsäulen vom zentralen Bereich abgetrennte und übereinander liegende Arkadengänge. Die neunfach gestaffelte Basis und das mit Drachen reich verzierte Kapitell jeder Säule waren mit Blattgold belegt. Am Anfang des Saales und vor dem Apsisbereich im hinteren Drittel erlaubten schmale, aus durchscheinendem Alabaster gearbeitete Wendeltreppen den Auf- und Abstieg zwischen den Gängen. Die Geometrie der Bögen zwischen den Säulen wiederholte sich in einem Mosaik aus Gold und Silber, welches in der Breite der Säulen ausgeführt die Architektur der Arkade in der jeweils darüber liegenden Wandfläche weiter betonte. Der Effekt war nichts anderes als atemberaubend. Die Wandgemälde, die sich oberhalb des zweiten Arkadenganges bis zur Decke hinauf erstreckten, zeigten Ritter des

Silberdrachenordens, überlebensgroß, zehn auf jeder Seite, in strahlend silbernen Rüstungen, verziert mit weißen und goldenen Ornamenten, und mit prächtigen Umhängen in mitternachtsblau, allesamt hoch zu Ross auf mächtigen Umarern.

Die Linienführung des gesamten Saales lenkte den Blick des Betrachters auf das letzte Drittel, die Apsis. Der sakral wirkende Prunkraum mit dem mächtigen, vier Schritte hohen Kronleuchter, der von der hohen Decke der Kuppel herabhing, ließ mehr als alles andere an einen Tempel denken. Die Verbindung von Kirchenraum und Thronsaal zeugte von der Einheit des Königtums mit der obersten religiösen Instanz in Argenas – dem Hohepriester Sians. Der Herrscher, der hier auf dem Thron saß, war nicht nur ein weltlicher König, dem sich seine Untertanen zu beugen hatten, er verkörperte auch die Verbindung zwischen den Bewohnern und dem Gott der Ehre und der Tapferkeit, dem Beschützer der Schwachen und der Hilflosen. Dieser Gedanke fand sich auch in den prachtvollen Mosaiken der Kuppel und des von ihr überwölbten Fußbodens wieder, welche die Welt mit ihren Pflanzen und Tieren, mit bestellten Feldern und darauf arbeitenden Menschen zeigten, sowie darüber den sternengeschmückten Himmel mit einem silberhell glänzend ausgeführten Mond und einer golden funkelnden Sonne.

Alles andere überstrahlend aber präsentierte sich die nördliche Wand der Apsis. In perfekter Harmonie ins Zentrum der gewaltigen Fläche gesetzt befand sich ein gigantisches Fenster aus buntem Glas, das einen gottgleichen Silberdrachen vor einem titanischen, lichtdurchfluteten Wolkentrichter darstellte. Streng, doch wohlgefällig schien dieser auf eine zweite Empore zu blicken, die sich dort vor der hinteren Wand erhob, und auf der ein großer, reich verzierter Thron stand, vollständig aus massivem Silber gearbeitet.

Ssil atmete einmal tief durch, dann ließ sie sich über die Treppe hinab in den Saal und bis unter den Kronleuchter geleiten. An mehreren Stellen standen Wachen, und einzelne Diener huschten durch Seitentüren oder eilten, so unauffällig wie möglich, an den Wänden entlang, um ihren Arbeiten nachzugehen. Zehn Schritte von den Stufen zur nördlichen Empore entfernt, kündigte der Kastellan sie nach einer tiefen Verbeugung vor dem Mann, der oben auf dem Thron saß und mit einem Anderen in ein Gespräch vertieft war, als Überbringerin einer wichtigen Botschaft aus Thorland an. Dabei sprach er den einen mit "Euer Majestät", den anderen mit "Ehrenwerter Than" an. Später sollte sie erfahren, dass es sich bei dem Letzteren um Aaron Sólonsson handelte, den Ersten Ritter im Reich und die rechte Hand des Königs.

Kaum waren die Worte des Kastellans verklungen, schickte Erik alle Wachen und Diener hinaus und stieg zusammen mit seinem Than bis zur untersten Treppenstufe herab. Unten angekommen zog Aaron sein Schwert.

Sólonsson war einer von drei Menschen, denen sie bislang begegnet war, der noch größer war als sie selbst. Die beiden anderen waren der Hüne mit den goldenen Zähnen gewesen, der Robert begleitet hatte, und natürlich der gewaltige Darmak Kokoru. Beide waren mittlerweile tot. Der Than aber hätte beide noch um einen halben Kopf überragt. Selbst in ihrem Volk gab es nur wenige, die diesem Recken gleichkamen. Sein breiter Rücken und die massigen Schultern gaben beredte Auskunft über das gewaltige Maß an Körperkraft, das diesem menschlichen Riesen zu Eigen sein musste. Das Ziehen seiner Klinge hatte von großer Gewandtheit gezeugt und einer über die Jahrzehnte hinweg erlangten, gelassenen Selbstverständlichkeit im Umgang mit dieser Waffe. Ssil glaubte in ihm einen Schwertmeister zu erkennen, der möglicherweise selbst Robert das Fürchten lehren konnte.

Aber auch wenn es nur schwer vorstellbar schien, war seine Erscheinung hinter der Präsenz des Mannes verblasst, unter dessen Blick die Sa´ê´Sar einer gnadenlosen, mentalen Prüfung unterzogen wurde.

Als sie sich an diesen Moment zurückerinnerte, lief ein Frösteln über ihre Haut. Erik von Arnanfels, Großmeister des Ritterordens vom Silberdrachen, König von Argenas und

Hohepriester Sians, hatte dunkle, mit silbergrauen Strähnen durchzogene Haare, die ihm in leichten Wellen auf die Schultern fielen. Ein fein ausrasierter Vollbart zierte sein Gesicht mit den ebenmäßigen, edel geschnittenen Zügen. Seine Stirn und sein Kinn waren breit und kantig, die Wangenknochen etwas erhöht, und seine scharf geschnittene Nase verlieh ihm einen leicht bedrohlich wirkenden Zug. Er war von hohem, schlankem Wuchs, hatte aber die Schultern und Arme eines Schwertkämpfers. Seine Bewegungen waren geschmeidig und hätten raubtierhaft wirken können, wäre da nicht eine edle Gemessenheit gewesen, die ihn jedoch nicht weniger gefährlich erscheinen ließ.

Seine stahlblauen Augen ruhten auf mir, durchdrangen jede Illusion und sahen durch alle Schattenspiele hindurch bis auf den Grund meiner Seele. Es gab nichts mehr für mich als diese Augen, zwei riesige, blaue Seen, in die ich hineingezogen wurde und in denen ich versank. Ich fühlte, wie ich gemessen und gewogen wurde, wie er den Kern meines Wesens betrachtete und bewertete.

Plötzlich war da eine Stimme in diesem allumfassenden Blau gewesen, seine Stimme, und sie hatte das Gefühl gehabt, aus einem Schlaf zu erwachen.

"Zeige dich, ehrenwerte Chaya-Rhunay des Geflügelten Volkes. Es gibt keinen Grund mehr, dich hinter deinen Schatten zu verbergen."

König Eriks Stimme war tief und angenehm, ruhig und selbstsicher gewesen. Da hatte sie ihre Schattenschleier fallen lassen. Ihre Haare veränderten ihre Farbe von rot zu pechschwarz. Wild und unzähmbar, wie ihre Seele, waren sie ebenso wieder in ihrer ganzen Pracht erkennbar, wie ihre von den vielen Ritualnarben gezeichnete, blutrote Haut. Ihre Gestalt zeigte nun ihre ganze Größe von gut sechs und einem halben Fuß, so dass sie den König überragte. Vor allem aber wurden ihre herrlichen, schwarzen Rabenschwingen sichtbar, und mit einem erleichterten Aufatmen breitete Ssil sie vollständig zu beiden Seiten aus. Stolz und unbeugsam, mit erhobenem Haupt, präsentierte sie sich in ihrer wahren Form.

"Hier in diesem Raum vermag ich alle Schleier zu durchdringen. Hier in diesem Raum erkenne ich alle Dinge so, wie sie sind. Und ich kann sehen, du kommst als Verbündete. Welche Botschaft bringst du mir in diesen schweren Stunden, da das größte Heer, das Argenas jemals angegriffen hat, auf dem Weg zu den Toren der Königsstadt ist?"

Und endlich, in diesem Moment, hatte sie die ganze Tragweite des Gefallens begriffen, um den Robert sie gebeten hatte.

"Sag dem König alles, was ich dir gerade gesagt habe, und hilf ihm und uns!"

Genau das waren seine Worte gewesen.

Sie war nach vorne getreten, um Erik als Erstes den Ring des Ritters Ean zu überreichen. Als sie in seine Nähe gekommen war, hatte ein Schauer ihren Körper überlaufen, so ungeheuer machtvoll war seine Aura.

Dieser Mensch besitzt eine innere Kraft, wie ich sie selbst in der Gegenwart von Z'sam K'zar, dem Schattenmeister meines Volkes, nicht wahrgenommen habe.

Nachdem Erik den Ring in Empfang genommen hatte, war er eine ganze Zeitlang in stille Meditation versunken. Plötzlich hatte sie eine weitere Präsenz in dem Thronsaal gespürt. Ein Bewusstsein, das gänzlich anders war, als das der Menschen. Weiter und offener und älter, und das in einem Ausmaß, dass auch jeder Elf oder Sa´ê´Sar sich wie ein Kind gefühlt hätte. Gleich darauf war diese Wahrnehmung wieder verblasst, und der König hatte aufgeblickt.

"Du bringst mir wahrlich frohe Kunde. Eine, auf die ich schon fast nicht mehr zu hoffen gewagt habe. Ean lebt, also auch unsere Hoffnung. Und er ist im Besitz von Ukonnen. Du ahnst nicht, was das für uns alle bedeutet."

Der König hatte sie daraufhin zusammen mit dem Than in sein Arbeitszimmer geleitet, wo auf einem großen Tisch in der Mitte des Raumes eine fein gearbeitete Karte von Heors Tal und den angrenzenden Abschnitten der Umajaden-Ebene ausgebreitet war. Bis zum Abend hatten sie dort gesessen und geredet, hatten sich gegenseitig unterstützt und teilhaben lassen an den Wissensfragmenten über die Wiedererrichtung des Hauses des Leids und das Ki-Rin.

Ssil hatte dem König auch alles berichtet, was sich in den Tunneln zugetragen hatte. Er war mehr als erfreut gewesen, als sie ihm schließlich ihre Dienste angeboten hatte. Ohne das geringste Zögern hatte er ihr eine ungeheuer verantwortungsvolle Aufgabe übertragen. Er wusste um ihre außerordentliche Fähigkeit zur Regeneration und stellte sie als Standartenführerin in die erste Reihe der Frontlinie, und zwar genau dort, wo der Hammerschlag des Angriffs am schwersten und härtesten fallen würde. Deswegen hatte er sie in seinen Plan für die bevorstehende Schlacht eingeweiht. Figuren in verschiedenen Größen, welche die einzelnen Heeresteile der Warlokarmee und der Argenaer symbolisierten, waren zum Einsatz gekommen, um sie in die wesentlichen Züge seiner beabsichtigten Strategie einzuführen. Je länger der Großmeister redete, desto sprachloser war Ssil geworden. Eriks Schlachtplan war nichts anderes als grandios. Sie konnte nicht umhin, als diesen Menschen zu bewundern.

Wer der General des feindlichen Heeres war, entzog sich ihrer aller Kenntnis, wie Ssil im Verlauf des Nachmittags erfahren hatte. Nach der Einschätzung des Thans war es einer der Häuptlinge der Warloks, der sich in die kriegsgetränkten Überlieferungen seines Volkes eintragen wollte. Aber der König hatte auf Ssil den Eindruck gemacht, als wäre er nicht vollständig überzeugt. Also hatte sie ihn, wie es ihre Art war, direkt darauf angesprochen. Eine Zeitlang war er schweigsam geblieben, und sie hatte sich schon gefragt, ob ihre Frage ungebührlich gewesen war. Doch dann hatte er ihr von seinem Verdacht erzählt.

"Weit entfernt im Süden ist eine Dunkle Macht erstarkt. Eine Kreatur namens Ashuur hat in dem Gebiet der Schwarzen Lande die Macht an sich gerissen. Zu Anfang hatten alle gedacht, dieses Wesen wäre ein vielversprechender junger Bursche namens Wolfhart, der eines Tages im zarten Alter von sieben Jahren in der Ordensburg Thul Baran aufgetaucht war und um die

Aufnahme in den Weißband-Ritterorden gebeten hatte. Wie es dort Brauch ist, war er zunächst lange und hart geprüft worden, bevor er schließlich mit zwölf seine Lehrzeit hatte beginnen dürfen. Ohne zu wissen warum, hegte ich von Anfang an einen tief aus meinem Herzen kommenden Argwohn gegen ihn. Zu Recht, wie sich noch zeigen sollte. Allerdings sollte sich seine wahre Natur erst viel später offenbaren.

Schon sehr früh waren die Augen der Großmeister der Ritterorden Nins auf ihn gerichtet gewesen, denn Herr Dietrich von den Lanzenfeldern hatte ihm das Privileg des Adjuveniats gewährt, den Ritterschlag vor Vollendung des siebzehnten Lebensjahres – eine Rarität, die sich nur alle paar hundert Jahre ereignete. Für eine derartige Ausnahme von den Heiligen Regeln brauchte er aber die Zustimmung von sieben der acht anderen Großmeister. Da nur ich allein gegen sein Begehren votierte, wurde sein Vorschlag angenommen.

So trat Wolfhart als Jüngling von gerade mal fünfzehn Wintern in den Orden der Weißbandritter ein, dem ältesten Ritterorden Nins. Zwanzig Monate lang häufte er eine Ruhmestat an die andere und schien das Adjuveniat mehr als zu rechtfertigen. Er wurde groß in dieser Zeit, ein Riese, und an Körperkräften allen anderen überlegen. Aber auch seine Intelligenz und seine Weisheit wurden landauf, landab gerühmt. Er hatte eine Gruppe von vierzehn jungen Gefolgsleuten um sich geschart, die Nurnidonen. Es waren sieben Männer und sieben Frauen, denn anders als hier in Argenas können dort auch junge Mädchen den Weg von Ehre und Tapferkeit einschlagen. Sie waren die Blüte des Weißbandordens und ihrem Anführer treu ergeben, ihm hörig, ihm verfallen. Er nahm sie genauso mit sich, wie die heilige Reliquie des Ordens, einen Gegenstand von ungeheurer Macht, ein Teil des sagenumwobenen Chronozepters. Bei Nacht und Nebel verließ er die Ordensburg.

Herr Dietrich setzte alle Hebel in Bewegung und forschte zusammen mit all seinen Verbündeten und auf alle erdenklichen Weisen nach dem Verbleib sowohl des Verführers und seiner Anhängerschar als auch des entführten

Schatzes, doch alle Bemühungen waren vergebens. Kein Mensch hat jemals wieder etwas von Wolfhart, dem Weißbandritter gehört oder gesehen."

Eine Note von Bitterkeit hatte sich in die Stimme des Königs geschlichen. Ssil war sich nicht sicher gewesen, ob diese von einer Art grimmiger Befriedigung hergerührt hatte, am Ende doch Recht behalten zu haben, oder ob sie nicht eher dem Gefühl geschuldet gewesen war, zu wenig getan zu haben, um das Schlimmste zu verhindern. Vielleicht war es auch eine Mischung aus beidem gewesen.

Erneut hatte Erik den Raum mit seinen langen, gemessenen Schritten durchquert. Vor seinem Tisch war er stehengeblieben.

"Die Nurnidonen aber tauchten einige Jahre später wieder auf, nun jedoch ganz in Rüstungen aus schwarz glänzendem Metall gehüllt, und verbreiteten Angst und Schrecken. Sie kamen im Gefolge eines gänzlich unbekannten Wesens von erschreckender Macht und Größe – sie folgten nun Ashuur, dem Lord der Nacht.

Da endlich gingen den Ritterfürsten des Weißbandordens die Augen auf. Sie erkannten, dass sie einen Feind an ihrem Busen genährt hatten, dass er bei ihnen gewohnt und gelebt hatte, und dass sie ihn alles gelehrt hatten, was es bei ihnen zu lernen gab. Denn dieser Ashuur war niemand anderer als der junge Bursche, den der Ritterabt des Weißbandordens wie einen Sohn bei sich aufgenommen hatte."

Der König hatte einmal schwer und tief ein- und ausgeatmet.

"Herr Dietrich ist seit diesen Tagen nicht mehr derselbe wie früher. Vor allem war er es, der verraten worden ist. Die ganze Last der Verantwortung für die furchtbare Täuschung und all ihren Konsequenzen lag auf seinen Schultern. Ohne Unterlass kämpft er seitdem gegen dieses finstere Ungeheuer, seinen einstigen Schüler."

Erik hatte sich umgewandt, die Hände auf die schwere Tischplatte gestützt und schweigend durch das große Rundfenster hinaus auf diesen kalten und mittlerweile auch regnerischen Tag geblickt. Es war die rumpelnde Bassstimme des Thans gewesen, die den Faden seiner Erzählung weitergesponnen hatte.

"Stück für Stück suchten wir nach den fehlenden Puzzleteilen, bis wir schließlich die meisten davon ergründet hatten. Ashuur setzte mit einer kleinen Flotte von dem benachbarten Kontinent Ruan über, wo er die Jahre seines selbstgewählten Exils zugebracht hatte. Er war dort nicht untätig gewesen und brachte seinen eigenen, bereits recht mächtig gewordenen Orden mit.

In kurzer Zeit eroberte er dort unten in Ilios ein großes Gebiet, das treffenderweise die Bezeichnung die Schwarzen Lande trägt, wenngleich dieser Name schon lange vorher bestand und auf die dunkle und sehr fruchtbare Erde zurückzuführen ist, und nicht auf seinen neuen Herren.

Die als Erstes von ihm eingenommene Stadt war Westabul, eine freie Handelsstadt, die er vollständig dem Erdboden gleichmachte. Die Bürger hatten sich geweigert, seinem Heer die Tore zu öffnen. Alle Bewohner wurden gepfählt, gleich ob Männer oder Frauen und egal welchen Alters, ob nun Greis, Erwachsener oder Kind.“

Der Than war angesichts dieser unvorstellbaren Grausamkeit für einen Moment unfähig gewesen, fortzufahren. In der kurzen Pause, die er benötigt hatte, um sich erneut zu sammeln, hatten die von seinen Worten hervorgerufenen Bilder schwer wie Blei auf ihre Seele gedrückt.

„Keine der anderen Städte wiederholte den Fehler Westabuls. Alle unterwarfen sich in bedingungsloser Kapitulation dem Lord der Nacht, und mit jeder Stadt wuchs seine Armee. Seine Krieger sind zahlreich und stark im Kampf. Die Ritter der Schwarzen Lilie sind sie, ein Ungeheuer mit drei Köpfen: Zum Einen die Nurnomanten, ungepanzert, gehüllt in lange, wallende, schwarze Roben – die Kampfmagier des Ordens. Sie lassen Feuer, Blitz und Tod auf ihre Feinde herabregnen.

Zum Zweiten die Nuronater, die Priester der Nacht, mit Helmen aus Knochen, grausam und durch und durch böse. Sie nähren und fördern den Verrat, verführen und bezaubern diejenigen im einfachen Volk, die den Keim zum Unheil schon in sich tragen. Von dieser Sorte finden sich unter den Menschen leider überall genug. Sie haben eine neue Religion eingeführt und die Verehrung aller anderen Götter bei Todesstrafe verboten. Sie bringen den Verletzten und Kranken aber auch Heilung durch ihre priesterliche Magie.

Und zum Dritten die Ritter der Schwarzen Lilie selbst, schwer gepanzerte Elitekämpfer, eingeschworen auf ein Zerrbild des Heiligen Kodex, der die Angehörigen der Schwarzen Lilie über alle anderen erhebt und ihnen uneingeschränkte Verfügungsgewalt über die Untertanen des Reiches gewährt. Auf sie ist der Name Nurnidonen übergegangen. Sie bilden das Rückgrat der Armee des Feindes und befehligen die Abertausenden von Leichtbewaffneten, die sogenannten Nachtlanzen, aus denen das Heer von Ashuur besteht. Unter den dunklen Bannern der Lanzen versammeln sich all diejenigen, die es nach Kampf und Blutvergießen dürstet, seien es nun Menschen, Warloks oder andere Rassen."

Der König hatte sich wieder ihnen zugewandt und seine Stimme war nachdenklich gewesen.

"Ich glaube, dass er hinter diesem Angriff steckt. Ich war damals der Einzige der Großmeister gewesen, der gegen das Adjuveniat gestimmt hatte. Ich konnte nicht einmal begründen, warum ich es tat. Irgendetwas an dem Jüngling missfiel mir. Nach der Zeremonie kreuzten sich durch Zufall unsere Blicke, und ich gewahrte, wie Wolfhart, oder vielmehr Ashuur, mich für den Bruchteil eines Herzschlages mit unverstelltem Hass ansah. Doch der Moment ging rasch vorüber, der Schleier seiner Maske fiel erneut über seine Züge, und er war wieder die Demut selbst. Der Augenblick, in dem er sein wahres Gesicht gezeigt hatte, währte zu kurz, um mir sicher zu sein.

Und erneut sagte ich mir, dass ich zu misstrauisch wäre, dass ich schon anfinge, mir Dinge einzubilden. Schon allein deswegen, weil der Knabe mit allen bekannten Mitteln der Magie durchleuchtet worden war. Seitdem ich weiß, dass mich mein Gefühl damals nicht getrogen hat, warte ich auf seine Rache, die er mir damals geschworen hat. Denn genau das war es, was ich in seinen Augen hatte lesen können – Hass und das Verlangen nach Rache!"

"Und jetzt glaubt ihr, dass der Tag seiner Vergeltung gekommen ist."

"Ja. Genau das glaube ich. Auch wenn es dafür keine Anzeichen gibt. Der Heerführer, der sich nun anschickt, mein Königreich auszuradieren, mag ein Warlok-Häuptling sein, doch ich denke nicht, dass er aus freiem Willen und aufgrund seiner eigenen, hochfliegenden Ambitionen heraus handelt."

Fanfaren ertönten von hoch oben und holten Ssil ins Hier und Jetzt zurück. Sie drehte sich um und blickte über die Köpfe ihrer Silberlöwen hinweg zurück zum Hochwall.

Dreißig Schritte erhob sich die gewaltige Mauer in den Himmel. Große Felsquader waren dazu innen und außen aufeinander getürmt worden. Den Zwischenraum hatten die Ingenieure des Königs mit Erde verfüllen lassen. So war eine zehn Schritt breite Dammkrone entstanden, auf der hinter Zinnen und Schutzbrüstungen wohl verwahrt eine Straße angelegt worden war. Sogar Katapulte und Ballisten konnten dort oben aufgefahren werden.

In der Mitte des Walls und leicht nach hinten versetzt erhoben sich die Zwillingstürme der Torbefestigung. Sechzig Schritte schraubten sie sich gen Himmel und lenkten Ssils Blick wie zwei riesige, ausgestreckte Finger weiter nach oben zur Bergflanke, wo die mächtige Festung Thul Brassar uneinnehmbar von den Strahlen der schon beinahe vollständig von einer dunklen Wolkenbank verdeckten Morgensonne erleuchtet wurde.

In diesem Augenblick erschien es Ssil, als erstrahle der mächtige, steinerne Drache über dem Tor der hochgelegenen Burg noch einmal in einem hellen, silbernen Glanz, bevor das hoffnungsverheißende Licht von den Wolken ausgesperrt wurde. Eine graue Düsternis senkte sich über die Königsstadt Al Thorim.

Ein zweites Mal ertönte der Schall der Fanfaren. Ssil richtete ihre Aufmerksamkeit auf die große Plattform

Heorhalla, die zwischen den Tortürmen lag und in welche die Wallstraße von beiden Seiten kommend mündete. Dort stand der König und Hohepriester Erik von Arnanfels mit seinem Than und erwartete den Beginn der Schlacht, flankiert von einer stattlichen Anzahl an Bogenschützen. Auch die Fanfarenbläser waren auf der Heorhalla stationiert und gaben die Befehle des Königs an die argenaischen Hauptleute weiter, die über die Bedeutung aller Signale genau instruiert waren. Von allen Seiten konnte die Sa´ê´Sar daraufhin die Stimmen der Hauptleute hören, die diese Befehle an die Soldaten weitergaben. Sie zögerte nicht, ihre eigene dem Chor der Offiziere beizufügen.

"GASSEN BILDEN! ZUSAMMENRÜCKEN UND GASSEN BILDEN!"

Mehr als ein Dutzend verschiedene Kommandos hatte sie in den zurückliegenden Tagen erlernt und zusammen mit ihrer Truppe durchexerziert. Ssil befehligte einen fünfhundert Mann starken Block der härtesten und tapfersten Krieger des Königreiches, eine Truppengattung, die den Beinamen Silberlöwen oder auch Bergpumas führte.

Sechstausend Mann stark formten diese eine Armee aus mittelschwer gepanzerten Fußsoldaten mit rechteckigen Schilden, auf denen der große Bergpuma der Nagarren in Weiß auf blauem Grund prangte. Sie waren vor allem berühmt und berüchtigt wegen ihrer Wildheit und Zähigkeit. Allerdings galten sie auch außerhalb des Kampfplatzes als brutale Raufbolde, die nur zu zweit eine Schenke vollständig demolieren konnten. Jeder von ihnen trug eine Pumakopf-Tätowierung auf seiner rechten Schulter. Ihre Lederrüstungen waren mit sich überlappenden Metallringen verstärkt und ihre Bewaffnung bestand aus einem langen Speer, einem Langschwert, das sie über dem Rücken trugen, einem Kurzschwert und einem Stoßdolch. Die nach oben hin spitz zulaufenden Helme trugen eine kurze, dreifaltige Klinge, die am Ansatzpunkt mit einem weißen Stoffband umwickelt war, dessen Enden im Wind flatterten.

Mit hervorragender Schnelligkeit und Präzision führten ihre Silberlöwen nun das trainierte Manöver aus und formierten sich in kompakte und dicht gestaffelte Blöcke, sodass zwischen den Fußsoldaten breite Gassen entstanden, durch die später die Siangarden hindurchgaloppieren konnten.

Als sie den Kriegern bei ihren komplexen Positionswechseln zusah, durchströmte Ssil ein wohliges Schaudern. Schon einmal war sie Zeuge einer großen Schlacht geworden. Im Jahr 289 nach dem Feuer war sie an Ss´assalús Seite zu König Galbâthor von Gandor gerufen worden. Das Herrscherhaus der Bartharen hatte eine jahrhundertealte Bindung an das geflügelte Volk, die im großen Krieg des Feuers geschmiedet worden war. Der Monarch wurde in Ithakur, seiner eigenen Königsstadt, belagert. Galbâthor fürchtete aber außerdem ein Attentat auf seine Familie, weshalb er sich an die große Chaya-Rhunay gewandt und um Hilfe gebeten hatte. Ss´assalú hatte ihn erhört. Zusammen mit Ssil war es ihr gelungen, den Khil-Rhai Saigo bei dem Versuch zu überwältigen, die Kinder des Königs zu ermorden. Die Königin aber fiel in dieser Nacht dem Gift des Schattenkriegers zum Opfer. Galbâthor persönlich enthauptete daraufhin den Darmak des roten Tigers im Zweikampf. Ihre alte Lehrmeisterin aber war fürstlich entlohnt worden. Neben zahlreichen, sehr wertvollen Juwelen hatte sie auch die Reliquien des Herrscherhauses erhalten, da dem Monarchen die Ausweglosigkeit der vor ihm liegenden Schlacht durchaus bewusst gewesen war. Als zusätzliche Gegenleistung hatte Ss´assalú dem Bartharen angeboten, seinen Jüngsten, der gerade einmal ein Jahr alt war, mit sich zu nehmen, da sie es für zu riskant hielt, die beiden mittleren Kinder und deren Leibwächter auf der Flucht durch den geheimen, unterirdischen Tunnel zu begleiten. Danach war sie aufgebrochen, Ssil aber hatte sich entschlossen, den Ausgang des Krieges vor Ort mitzuverfolgen. Verborgen in den Schatten hatte sie zugesehen, wie die Söldnerarmee der Mercatoren Ithakur mitsamt allen seiner Bewohner vom Antlitz Amas tilgte.

Dieser Tag wird fürchterlich werden, so wie damals! Blitzende Schwerter und glänzende Rüstungen, hellrot spritzendes Blut, ersticktes Röcheln und donnerndes

Kampfgebrüll, verzweifelt gellende Schreie! Und die Gerüche, ah, die Essenz jeder Schlacht! Dampfender Schweiß, Blut und Stahl, Öl und Leder, durchmischt mit den herben Noten von Urin und Kot! Und nicht zu vergessen die beiden Hauptaromen, die sich ständig über alles legen: der beißende Geruch kochenden Zorns und der alles durchdringende, stechende Duft nackter Angst! Aber diesmal werden die Verteidiger nicht untergehen! Wir werden standhaft bleiben! Und siegen!

Eriks Ruf zu den Waffen hatte neben den Siangarden, eine zweitausend Mann starke schwere Kavallerie, gerüstet mit einer massiven Brustplatte, Kettenhemd und Schild sowie bewaffnet mit Stoßlanze, argenaischem Reitersäbel und Dolch, auch die Silbernen Löwen unter seinem Banner versammelt. Beide Einheiten setzten sich aus kampferprobten und nervenstarken Veteranen zusammen.

Bei den Berittenen galt ein Gardemaß von sechseinhalb Fuß, und sie waren berühmt für ihre Disziplin und ihre fantastische Reitkunst. Beides manifestierte sich auf beeindruckende Weise bei ihren hochkomplexen Reitmanövern, an denen oft mehrere Hundert Gardisten beteiligt waren.

Hinzukamen weitere größere und kleinere Verbände leichter Infanterie aus allen Teilen des Reiches, zusammen etwa siebentausend Mann. Insgesamt verfügte der König damit über fünfzehntausend Krieger, ein durchaus stattliches Heer. Und wenn Ean es tatsächlich geschafft hatte, dass die Thorlander die Seiten gewechselt hatten, so waren noch zwischen sechs- und siebentausend Eisenmänner hinzuzurechnen.

Die gegnerische Armee aber umfasste achtzigtausend Warloks, mit schweren Krummsäbeln und langen Messern bewaffnet, die mit hart gesiedetem Leder und großen Rundschilden gerüstet waren! Ihre Banner aus schwarzen, roten und gelben Farben schienen zahllos zu sein, und ihre Gesichter waren zur Hälfte schwarz und zur Hälfte weiß bemalt. Sie ähnelten damit Wesen aus dem Reich der Toten und wirkten so noch furchterregender als sonst. Dazu kamen an die sechshundert Oger und insgesamt gut zwei Dutzend Bergriesen. Eine wahrhaft gigantische Streitmacht, angeführt von den Häuptlingen und Schamanen der Warloks, die sich mit Knochen und Schädeln besiegter Feinde schmückten. In den Schatten zwischen den Reihen aber schlichen die Kil-Rhai. Schwarze Phantome, die wie Geister mal hier, mal dort auftauchen, zuschlagen und töten konnten, um dann gleich wieder in den Schatten zu verschwinden. Kaum zu fassen, kaum zu bekämpfen, waren sie in der Lage, einen namenlosen Terror unter den Soldaten des Königs zu verbreiten. Nach Hunderten von Jahren wollten die Schwarzen Mönche nun zum ersten Mal wieder offen in einer Schlacht kämpfen! Allerdings wussten die Argenaer nicht, wie viele der gefährlichen Schattenkrieger letztlich an der Schlacht teilnehmen würden.

Ssil rollte erneut ihre Schultern.

Hohepriester Erik dürfte eigentlich ganz beruhigt sein. Die Kräfteverhältnisse sind eine einzige Katastrophe für uns, und wir stehen hier im wahrsten Sinn des Wortes mit dem Rücken zur Wand! Entweder erwecken wir den Eindruck maßloser Arroganz, gepaart mit tollkühner Verwegenheit, oder völliger taktischer Inkompetenz. Wie auch immer, der gegnerische Heerführer müsste sich seines Sieges eigentlich mehr als gewiss sein.

Noch einmal sah sie sich um und vergewisserte sich, dass die Männer genauso Position bezogen hatten, wie der Schlachtplan des Königs es vorsah. Dreitausend Krieger, die acht Reihen tief gestaffelt waren, formten einen Bogen, der sich dem Feind entgegenwölbte. In regelmäßigen Abständen hatten die Soldaten Gassen von jeweils zwanzig Schritt Breite gebildet. Dort würden später jeweils einhundertzwanzig schwer gepanzerte Gardisten hindurch reiten, sechs nebeneinander und zwanzig Reihen tief gestaffelt. Insgesamt gab es zehn solcher Öffnungen, die sich durch die Blöcke der Fußsoldaten zogen.

Um der Gefahr durch die Kil-Rhai zu begegnen, hatte der König die dreitausend Mann seiner leichten Infanterie, die mit Armbrüsten und Kurzbögen ausgestattet waren, direkt hinter die vorderste Linie seiner Fußtruppen gestellt. Von dort sollten sie ihre ersten zwei Salven gemeinsam abfeuern. Sobald die Warloks aber zu nahekamen, sollten sie sich zwischen den hinteren Reihen der Silberlöwen verteilen, ein schwieriges Manöver, das die Schützen ebenfalls bis zur Erschöpfung hatten proben müssen. Von dort aus sollten sie ausschließlich auf Kil-Rhai achten und diese gezielt attackieren, sobald sie sich irgendwo zeigten.

Die zweite Hälfte der Bergpumas schloss sich an die erste, welche den Bogen bildete, rechts und links an. Diese beiden jeweils etwa fünfzehnhundert Mann starken Formationen waren im Aufbau identisch zum zentralen Block aufgestellt, aber geradlinig ausgerichtet. Insgesamt deckten die Silberlöwen damit annähernd die Länge des Hochwalls ab und waren der größten Wucht des gegnerischen Angriffs ausgesetzt. Ssil hoffte, dass die Männer dem standhalten konnten!

Sie dürfen nicht brechen! Alles hängt heute davon ab, dass die Löwen den Grauhäutern die Krallen zeigen!

Sie richtete ihre Augen wieder nach vorne und bleckte die Zähne, eine unter normalen Umständen furchterregende Grimasse. Dem Rat des Königs folgend hatte sie sich aber heute wieder ihr bevorzugtes menschliches Aussehen gegeben – das einer salizianischen Edelfrau aus den Freien Landen, die berühmt waren für ihren hohen und athletischen Wuchs.

Normalerweise würde sie sich kleiner erscheinen lassen, aber jede Veränderung ihres Aussehens kostete sie mehr Konzentration und Energie. Sie hatte deshalb beschlossen, so wenig wie möglich abzuändern. Eine rothaarige Adelige aus Salizien war noch eine der glaubwürdigsten Verkörperungen für eine menschliche Frau von sechs und einem guten halben Fuß Körpergröße mit muskelgestählter Figur. Also hatte sie die Schatten manipuliert und lediglich ihrer Haut die typische, bleiche Färbung mit einer Vielzahl von Sommersprossen, sowie ihrem Antlitz das klassische Aussehen einer Salizianerin verliehen: Hohe Stirn und Wangenknochen, große, grüne Augen, volle, sanft geschwungene Lippen und strahlend weiße, ebenmäßige Zähne. Gemäß der Geschichte, die der Than in der Burg verbreitet hatte, hatte sich vor zweihundert Jahren ein Archon, ein geflügelter Krieger der äußeren Ebenen, in ihre Mutter verliebt und war eine Verbindung mit ihr eingegangen. Aus dieser Liebe sei Ssil hervorgegangen. Als seine von ihm über alle Maßen geliebte Partnerin schließlich im Alter von siebzig Jahren starb, hätte dieser seinen Lebenswillen verloren und sich in einen aussichtslosen Kampf mit einem Dämonenfürsten gestürzt, der ihn vernichtet hätte.

Viel zu viel Pathos für meinen Geschmack. Aber die Menschen haben Aarons Worte regelrecht verschlungen! Kaum zu glauben, wie groß die geradezu kindliche Bewunderung ist, die sie mir deswegen entgegenbringen. Silberengel nennen sie mich, wegen der albernen, weißsilbernen Rüstung. Ha! Schwarzer Engel wäre passender gewesen! Schon allein wegen meiner wunderbaren Rabenschwingen!

Viele Stunden täglich hatte sie die Illusion ihres veränderten Aussehens aufrechterhalten müssen, während sie mit ihren Truppen trainiert und exerziert hatte, trotz ihrer Rüstung. Und auch heute war es unumgänglich gewesen. Langsam zehrte diese magische Maskerade an ihrer Substanz.

Es wird Zeit, dass sich das ändert. Im Kampf brauche ich meine ganze Konzentration! Dieses Aussehen aufrechtzuerhalten ist ein Luxus, den ich mir dann nicht mehr leisten kann.

Also band sie ihre Mähne üppig-roter Haare zusammen und stülpte sich den geschlossenen Topfhelm über ihr Haupt. Nun endlich konnte sie die Manipulation ihres Gesichtes fallenlassen. Ungesehen von ihren Soldaten wechselte ihre Haut die Farbe zu dem ihr eigenen Rot. Aus den grünen Augen wurden gelbfunkelnde, und nicht nur ihre spitzen Reißzähne wurden wieder sichtbar, sondern auch ihre Ritualnarben. Endlich fühlte sie sich wieder wie sie selbst – halb Sa´ê´Sar, halb Dämon, und eine gezeichnete Chaya-Rhunay Ban-Thus!

Wild und grausam, so sollen die Grauhäuter mich kennenlernen! Dafür war mein vorheriges Erscheinungsbild ohnehin ungeeignet gewesen.

Ssil fragte sich gar nicht erst, ob ihre Pumas sie immer noch für einen rettenden Engel halten würden, wenn sie ihr wahres Aussehen zu Gesicht bekämen – ihr war klar, dass dem nicht so wäre. Sie packte ihren gewaltigen Morgenstern mit ihrer Rechten und ließ ihn ein paar Mal auf und ab sausen. Auf einem zwei Fuß langen, kräftigen Arkenholzstab war eine Eisenkugel mit eineinhalb Handbreit Durchmesser angebracht, die mit langen, spitzen Dornen versehen war und dadurch ein sternförmiges Aussehen hatte. Es war eine einfache, aber ungemein effektive Waffe. Angestrengt spähte sie durch die Sehschlitze nach draußen. Was sie sah, ließ ihr Herz vor Aufregung schneller schlagen.

Die riesige Armee war etwa sechshundert Schritte von ihnen entfernt zum Stehen gekommen. Stille senkte sich herab, lediglich durchbrochen vom Schnauben der Pferde und dem Knarzen der Lederriemen. Es war die Ruhe vor dem Sturm. Die Spannung stieg an, unaufhörlich schraubte sie sich in die Höhe und brachte die Nerven der Kriegerinnen und Krieger auf beiden Seiten zum Vibrieren. Da endlich ließen gewaltige Hörner lang und misstönend laut ein Signal erschallen. Das Zeichen für den Angriff! Daraufhin setzte sich die ganze Horde in Trab. Schneller und schneller wurden die Warloks, bis sie schließlich in vollem Tempo und aus heiseren Kehlen brüllend auf die Argenaer zu rannten. Vorneweg aber stürmten die Oger! Die massigen, von mächtigen Muskeln bepackten Leiber waren mit schweren Panzerplatten bedeckt, und auf ihren verfilzten Mähnen trugen sie hohe, spitze Sturmhauben. Elf bis zwölf Fuß groß jagten sie mit langen Schritten heran, eine Angriffswalze, die aufzuhalten nahezu unmöglich schien.

Als die Halbriesen noch etwa dreihundertfünfzig Schritte entfernt waren, ertönten drei kurze und ein langer Fanfarenstoß. Befehle wurden gebellt und Augenblicke später war der Himmel erfüllt von einem Schwirren und Sausen, als die königlichen Schützen dreitausend Pfeile und Bolzen in flachem Bogen in die Luft feuerten, so dass diese todbringend auf die heranstürmenden Warloks und Oger herabregneten. Fast zeitgleich hörte Ssil das Donnern von tausend eisenbeschlagenen Hufen, als die Siangarden auf ihren schweren Schlachtrössern die Gassen zwischen den Infanterieblöcken entlang galoppierten! Für einen kurzen Moment loderte die kleine Flamme der Zuversicht, die bis dahin doch eher kümmerlich vor sich hin geschwelt hatte, hell und hoch auf in den Herzen der Argenaer, und ein tausendfacher Kampfschrei feuerte die Schützen und die Berittenen gleichermaßen an. Kurz darauf kam jedoch schon die Antwort der feindlichen Heerscharen, und als wohl an die zehntausend Warlok-Bogenschützen ihrerseits einen Pfeilhagel auf die Armee des silbernen Königreiches niedergehen ließ, verdunkelte sich der Himmel!

„SCHILDE!", bellten die argenaischen Offiziere! Nahezu zeitgleich rissen die Fußsoldaten ihre neben sich bereitstehenden Schilde hoch und kauerten sich darunter, um dem todbringenden Pfeilhagel der Warlok-Krieger zu entgehen.

Nicht so die Siangarden! Mit heruntergeklappten Visieren jagten sie an den Fußsoldaten vorbei, und plötzlich erhob sich in jeder der zehn Divisionen einer der vordersten Reiter in gestrecktem Galopp in seinen Steigbügeln. Er streckte seine Rechte hoch über sich und rief die Macht Sians auf sich und die Seinen herab, woraufhin sich über jeder der acht Gassen das gewaltige Rauschen eines mächtigen Windes erhob. Von dem durch König Erik auserwählten Empfänger seiner Zaubermacht ausgehend fauchte diese Sturmböe nach hinten und schräg nach oben weg, packte die schweren, schwarz befiederten Kriegspfeile der Angreifer und wirbelte sie wie Spielzeug in der Luft herum, sodass diese anschließend harmlos zu Boden fielen.

Aaron Sólonsson stand über dem Tor auf dem Hochwall neben dem König, strich sich seine langen, blonden Haare aus der Stirn und bleckte in einem grimmigen Lächeln seine Zähne.

"Ihr habt die Männer hervorragend ausgewählt, Majestät! Jeder der zehn hat seine Aufgabe brillant ausgeführt! Welch ein Schauspiel!"

Die voll gepanzerten Umarer der Siangarden donnerten unterdessen hinaus auf das freie Feld zwischen den feindlichen Heeren. In einem komplizierten Staffettenmanöver spreizten sich die Reiterkolonnen zu einer einzigen Angriffsreihe auseinander, die ebenso breit war, wie die Reihe der heranstürmenden Oger. Als der König, der dem Geschehen aufmerksam zusah, schließlich antwortete, war von der Euphorie und Begeisterung, die in der Stimme des Thans so deutlich zum Ausdruck gekommen waren, nichts zu vernehmen. So wie stets klang Erik ruhig und gefasst, nachdenklich und abwartend.

"Du lobst den falschen Mann, Aaron, wie du sehr wohl weißt. Schließlich warst du es, der mir unter den zweitausend möglichen Kriegern die zwanzig Vielversprechendsten herausgesucht hat."

Unablässig streiften dabei seine Augen über die feindliche Armee auf der Suche nach Zauberwirkern. Obwohl seine Kampfkraft auf dem Schlachtfeld legendär war, hatte er heute doch eine andere Aufgabe. Er musste versuchen, so viel gegnerische Magie wie möglich zu bannen.

Zu diesem Zweck war er heute morgen in den am besten geschützten Bereich von Thul Brassar gegangen. Tief unter der Drachenburg befanden sich die Verliese. Dort unten, am Ende des letzten Ganges lag auf der rechten Seite eine Zelle, zu deren rostiger Eisentür es keinen Schlüssel gab, denn das Schloss war in Wahrheit nur eine Attrappe. Außer dem König und dem Than wusste niemand, was es damit auf sich hatte. Dieses alte, eiserne Monstrum war der Einlass zu einem großen, geheimen Zimmer, dem Sanktuarium von Argenas. Aber nur auf eine ganz bestimmte Art und Weise konnte das schwere, metallene Biest geöffnet werden. Erik hatte dazu Arthael, das heilige Meisterschwert des Ritterordens vom Silbernen Drachen, mit dem Knauf an die Tür halten und das Befehlswort sprechen müssen. Die dauerhaft in Schwert und Tür gespeicherten magischen Energien waren daraufhin ineinandergeflossen und hatten das rostige Eisen in ein blau schimmerndes Teleportationsfeld verwandelt. Ohne Zögern war der König hindurch geschritten.

Das Sanktuarium befand sich in einem außerdimensionalen Raum, der nicht in der materiellen Ebene lag. Die alte Panzerpforte war ein dauerhaftes Tor und teleportierte jeden in die geheime Kammer, der dieses aktivieren konnte und hindurch trat. Würde jemand die Eisentür selbst öffnen, so fände er dahinter lediglich eine leere, kleine Zelle. Als der Großmeister an diesem Morgen den heiligen Raum betreten hatte, war sein Blick bewundernd über dessen Wände und Decken gestreift, die vollständig mit weißem, von goldenen Adern durchzogenem Marmor ausgekleidet waren. Der Boden hingegen bestand aus einem herrlichen, massiven

Kristall. Erhellt wurde der Raum von acht leuchtenden Kugeln. An der hinteren Wand waren viele größere und kleinere Nischen. Dort bewahrten die Drachenritter seit vielen hundert Jahren ihre größten Schätze auf. Dazu zählten einige sehr seltene und mächtige magische Gegenstände.

Erik hatte all die Juwelen, Edelsteine und andere Kostbarkeiten nicht beachtet und war festen Schrittes zu einer der zentralen Nischen gegangen. Dort befanden sich das Amulett der Sammlung und die Ringe der Ablenkung. Bei einer Warlokhorde dieser Größenordnung war mit einer Vielzahl von zauberfähigen Schamanen und den sogar noch gefährlicheren Hexenmeistern zu rechnen. Die zerstörerischen Kräfte, die diese herbeirufen konnten, galt es möglichst umfassend auszuschalten. Deswegen war er hierher gekommen. Er brauchte diese mächtigsten Reliquien des Silberdrachenordens.

Bei dem Amulett handelte es sich um einen Drachen, der in seitlicher Darstellung aus massivem Silber gefertigt war und an einer schweren Silberkette hing. Sein Auge war ein blauer Diamant, so groß wie eine Fingerkuppe. Wurde der Besitzer dieses Amuletts zum Ziel eines Zauberangriffs, so leuchtete das diamantene Auge auf, und der Träger wusste sofort Richtung und Entfernung des Angreifers und mit welchem Spruch der Angriff ausgeführt wurde. Damit nicht genug. Die zehn Ringe arbeiteten dem Amulett zu: Sobald ein Zauberwirker einen Spruch gegen einen der Ringträger schleuderte, oder auf einen Ort im Umkreis von hundert Schritten um diesen herum, wurde der Zauber von den Ringen aufgesogen und zum Amulett der Sammlung geleitet. Sie wurden dabei nicht gebannt, nur eben umgelenkt. Ein durchaus riskantes Spiel für den Träger des Amuletts!

Trotzdem machte der Großmeister der Drachenritter sich um sich selbst keine allzu großen Sorgen. Zum Einen war er im Besitz von Arthael, dem Meisterschwert, und eine der Fähigkeiten der heiligen Klinge bestand darin, einen Bannschild gegen Magie errichten zu können. Die Klinge trug die Macht dazu jedoch nicht in sich selbst, sondern bediente sich der Zauberfähigkeit seines Trägers. Erik würde also jedes

Mal einen Zauber vom fünften Meistergrad dafür opfern müssen. Seine Macht war aber über die Jahre so groß geworden, dass er die göttliche Energie für einige dieser Sprüche in sich aufnehmen konnte.

Darüber hinaus hatte er sich vorbereitet. Vor vielen Jahren, als er noch die Welt bereist hatte, war Erik auf einen sehr mächtigen Priesterzauber gestoßen, niedergeschrieben auf einem Jahrhunderte alten Pergament. Er hatte viel Zeit aufgewendet und sich nach und nach das nötige Wissen erarbeitet, um den Zauber mit dem mystischen Namen PROLONGATIO IN SANGUIS zu begreifen.

Mithilfe dieses Zaubers war es ihm möglich, nahezu jeden Spruch fast beliebig in seiner Wirkungsdauer zu verlängern. Vor allem für Verteidigungszauber war dies überaus wertvoll, denn diese hielten fast nie lange genug an. War der zu schützende Bereich auch noch recht groß, währte der eingesetzte Spruch oft nur kurz.

Prolongatio in sanguis setzte genau dort an und gestattete dem Priester, den gewünschten Zauber weit über dessen eigentliche Dauer hinaus aufrechtzuerhalten. Wenn auch zu einem hohen Preis: Jede Verlängerung würde Erik einen Teil seiner Lebenskraft kosten. Dabei galt das Prinzip, je mächtiger der Spruch, desto mehr Energie war notwendig, um ihn zu verlängern.

Eriks Plan sah vor, bei dem ersten Anzeichen eines Angriffs mittels Zauberei eine magische Sphäre um sich herum zu erschaffen, die Sprüche vom ersten bis zum vierten Meistergrad absorbieren konnte. Damit war er in der Lage, mit einem gehörigen Arsenal an Magie fertig zu werden. Bis auf einen Meistermagier hatte er danach nicht viel zu befürchten, und solche waren gemeinhin unter den Warloks nicht anzutreffen.

Es ist an der Zeit. Die Zauberwirker der Toa werden in den ersten Reihen stehen und auf den Angriff meiner Garde reagieren.

„GLOBUS MAGICUS INVULNERABILIS CONSURGE!“

Für einen Moment schimmerte die Luft in einer domartigen Kuppel von zehn Schritten Radius um ihn herum bläulich auf.

Er wollte diese Sphäre so lange wie eben nötig aufrechterhalten.

Darüber hinaus standen links und rechts neben ihm jeweils zwanzig seiner besten Bogenschützen, die nur darauf warteten, die gegnerischen Schamanen und Hexenmeister unter tödlichen Beschuss zu nehmen.

Nein, er fürchtete sich nicht vor den gegnerischen Zauberwirkern. Er freute sich sogar auf sie.

Ein leises Lächeln umspielte seine Mundwinkel, als er Aaron seine Linke auf den Arm legte.

"Aber ich will dir in einem gerne zustimmen: Die zehn Auserwählten haben ihre Aufgabe mit Bravour gemeistert. Sollten sie den Tag überleben, so werden wir sie dafür belohnen. Sieh! Gleich erfolgt der erste Zusammenprall! Die Schlacht ist eröffnet!"

Noch während er die letzten Worte sprach, hatte die Siangarde ihr Manöver vollendet. Auf der ganzen Frontlinie blitzte es gut ein Dutzend Mal auf. Rotglühende Bolzen, schwarz knisternde Strahlen und weiß lodernde Energiefunken schossen auf seine Kavallerie zu. Doch noch bevor sie irgendeine Wirkung hervorrufen konnten, wurden sie aufgesaugt und zu ihm umgelenkt, wo sie von der mächtigen Kugel magischer Unverwundbarkeit aufgelöst wurden.

Im letztmöglichen Augenblick rückten währenddessen je zwei Gardisten direkt nebeneinander und nahmen gemeinsam einen Oger auf ihre Lanzen! Der geballten Wucht dieses Doppelangriffs hatten selbst diese großen Bestien nichts entgegenzusetzen. Die gut ausgebildeten Soldaten setzten ihre Lanzenstiche gegen ungepanzerte Stellen, wie Hals und Achselhöhlen, und die mit scharf geschliffenen Dreiklingenspitzen versehenen Stangenwaffen, hinter denen die ganze Triebkraft der knapp eine Tonne wiegenden Umarer saß, bohrten sich durch Haut, Fett und Muskeln wie durch weiche Butter. So fegte die Siangarde wie ein titanischer, eiserner Rechen durch die Reihe der Oger und schlachtete beim ersten Anprall fast fünfhundert der Bestien ab! Kaum mehr als einer Handvoll der Halbriesen war es gelungen, dem

Angriff mit einem Gegenangriff zuvorzukommen, der Rest der Überlebenden war zumindest verwundet.

Nun aber kam der nächste, hoch riskante Teil. Es galt, so schnell wie möglich die Umarer zu wenden und zurück zu galoppieren, um nicht im Hauptheer der Warloks unterzugehen! Der Abstand zwischen den Halbriesen und der hinterherstürmenden Horde betrug allerdings nur etwa fünfzig Schritte. Jetzt waren Tempo und Präzision gefragt! Der rechte und linke Flügel schwenkte jeweils nach innen, sodass es in der Mitte zu einem sogenannten Kämmen kam, da dort die Teams aneinander vorbei kreuzen mussten. Hier waren die fähigsten Reiter zum Einsatz gekommen, galt es doch, dieses Kämmen unter größtem Zeitdruck und mit allerhöchster Geschwindigkeit auf sehr kleinem Raum zu bewältigen.

Doch gerade, als die argenaische Kavallerie, die nicht umsonst zu den Besten auf ganz Nin zählte, ihr Wendemanöver so gut wie abgeschlossen hatte und die Umarer drauf und dran waren, zurückzujagen, ertönte hinter ihnen ein heiserer und sehr lauter Schrei. Sofort rasten harpunenartig geformte Wurfspeere heran, an denen schwarze, geflochtene Seidenseile hingen und bohrten sich vielerorts in Ross oder Reiter. Als dann die Schlachtrösser explosiv angaloppierten, zogen sie schwarz gekleidete Schattenkrieger mit sich, die sich an den Seilen festklammerten. Die Widerhaken der Harpunenspitzen verhinderten ein Herausreißen der Speere, sodass die Tiere durch den äußerst schmerzhaften Ruck zur Seite gerissen wurden. Die Warloks sprangen hinzu und hängten sich an die Seile, bis entweder die Harpunen aus den Leibern der Pferde, oder aber die armen Tiere zu Boden gerissen wurden. Getroffene Gardisten dagegen wurden schlicht aus den Sätteln gehoben und prallten hart auf dem Schlachtfeld auf. Während die einen es noch schafften, sich wieder hochzustemmen und das Schwert zu ziehen, blieben manche gekrümmt am Boden liegen. Doch sie alle wurden von der heranwogenden Horde verschlungen – der Blutzoll der Siangarde war hoch.

Die anderen berittenen Argenaer aber fegten nun von hinten auf die Oger zu, von denen nur noch knapp über hundert übrig waren. Sie hatten die Fußsoldaten schon fast erreicht. Jetzt folgte der zweite Streich der Schützen, die hinter der vordersten Reihe Aufstellung bezogen hatten.
"Nockt ein - Ankern - SCHUSS!", erscholl das Kommando der Standartenführer. Eine Salve aus dreitausend hochpräzise abgefeuerten Geschossen, die aus dieser Entfernung von nur noch etwa zwanzig Schritt die Halbriesen nicht mehr verfehlen konnten, spickte die heranrasenden Unholde mit Pfeilen und Armbrustbolzen. Fast alle der Oger hauchten unter diesem vernichtenden Angriff ihr Leben aus, der klägliche Rest wurde zumindest so schwer verwundet, dass sie von den Silberlöwen, meist mit Unterstützung der herangaloppierenden Siangardisten, schnell niedergestreckt werden konnten. Sofort im Anschluss vollzogen alle Infanteristen eine Vierteldrehung zur Seite und stellten sich dabei paarweise Rücken an Rücken, um sowohl den Berittenen Platz zu machen, die das Schlachtfeld so rasch wie möglich zu verlassen hatten, als auch den Schützen, die sich aus der vordersten Front zurückzogen. Kaum hatten die letzten Umarer die vorderste Reihe der Löwen passiert, wendeten sich diese von Neuem dem Feind zu, schlossen ihre Reihen und wuchteten dabei ihre großen Schilde nach vorne. Keine zehn Herzschläge später krachte das Hauptheer der Warloks in die Reihen der Argenaer!

Fast zeitgleich gab Ûxmal, der Tei-Ruā, Schamanenkönig der Clans Mittnins und Anführer der Horde, am südlichen Ende des Schlachtfeldes einen folgenschweren Befehl. Rasend vor Zorn befahl er eine weitgreifende Zangenbewegung der Eisenmänner. Sie sollten sich in zwei Hälften teilen und mit je einem Dutzend Hügelriesen als Speerspitze den lächerlichen Haufen dieser widerspenstigen, argenaischen Langbeine von Westen und von Osten kommend endgültig zwischen sich zermalmen!

Ûxmal war alt. Sehr alt. Unter den Warloks lag die Lebenserwartung der männlichen Stammesmitglieder bei etwa sechzig Jahren. Blutfehden zwischen verschiedenen Stämmen, Herausforderungen zum Kampf auf Leben und Tod selbst innerhalb der Clans, die in ihrer hierarchisch aufgebauten Kultur eine der wenigen Möglichkeiten darstellten, einen höheren Rang zu erreichen, sowie nie aufhörende Kriegszüge gegen die vielen anderen Völker Nins brachten es mit sich, dass ein männlicher Warlok so gut wie niemals die volle Spanne an Jahren erreichte, welche dieser Rasse zu eigen war.

Doch hin und wieder gab es ein paar Ausnahmen von dieser Regel, die dann meist zu Legenden in ihrem Volk aufstiegen. Jeder Warlok kannte zum Beispiel die Geschichte von Aayin Blutaxt, Sohn von Waay, Sohn von Tûkino. Einhundert Jahre lang herrschte dieser über den Toka-Bakaru, den Felsbrecherclan, der zuerst alle anderen Clans im Norden Nins unterjochte, und danach in einem unvergleichlichen Siegeszug riesige Gebiete eroberte und unter seinem Banner der roten Axt zu einem Großreich vereinte. Dreißigtausend Krieger zählte seine Horde, und er jagte die verhassten Elfen aus ihren albernen Baumhäusern vom Granitgratgebirge bis zu den Grenzen von Miratien!

Und genauso kannten alle Toa mittlerweile den Namen Ûxmal, des größten Hexenmeisters, den seine Rasse jemals hervorgebracht hatte! Er wurde im selben Atemzug genannt mit Aayin Blutaxt, Kuru dem Zermalmer oder Kohatu Steinfaust.

An diese glorreichen Feldherren seines Volkes hatte sich der alte Hexenmeister erinnert, als er auf die Überreste Degensteins geblickt hatte. Die Männer und auch die Frauen in der Stadt hatten tapfer gekämpft, aber letztlich war ihre Gegenwehr nicht mehr gewesen als die lästigen Stiche einiger Bienen, die ansonsten hilflos dabei zusehen müssen, wie der Bär ihren Stock zerfetzt und sich den darin befindlichen Honig schmecken lässt. Auch seine Soldaten hatten sich an allem, was sie innerhalb der Mauern fanden, gütlich getan, sowohl an den reichen Vorräten, als auch an den Leibern der Menschen. Seine Toa hatten die Körper der Frauen zu ihrem Vergnügen benutzt. Die Halbriesen dagegen hatten sich tatsächlich ihre Wänste mit deren Fleisch vollgeschlagen. Er hatte weder den einen, noch den anderen Grenzen gesetzt. Wild und grausam sollten sie sein, damit sie den heutigen Tag zu einem glorreichen Fanal seiner Feldherrenkunst machen würden.

Bei den weißen Gebeinen der Vorväter! Heute ist meine Stunde! Ich werde dieses lächerliche Häuflein der Menschen ausradieren!

Als Heermeister marschierte Ûxmal traditionsgemäß im hinteren Drittel der gewaltigen Streitmacht, umgeben von den Kore Mānawa, den Kriegern seiner Leibgarde: Zweihundert riesenhafte Orloks, Halbblüter, zur Hälfte Warlok, zur Hälfte Oger. Sie waren acht Fuß groß, breit und massig im Körperbau und berüchtigt für ihre abnormale Brutalität, aber auch für ihre gnadenlose Härte gegen sich selbst. Ihrem Häuptling jedoch waren sie treu ergeben und folgten jedem seiner Befehle ohne auch nur das geringste Zögern.

Ûxmal hatte ein magisches Auge beschworen und dem Beginn der Schlacht mit immer größer werdender Fassungslosigkeit und noch wesentlich schneller wachsendem Zorn zugesehen. Das Auge war etwa so groß wie die Faust eines Kindes und flog hoch in der Luft über den vordersten Reihen seiner Armee. Wenn sich der alte

Hexenmeister konzentrierte, konnte er sehen, was das Auge sah und es überall hinfliegen lassen, wo es ihm beliebte.

So war er unmittelbar Zeuge geworden, als seine furchtbare erste Angriffswelle, die mächtigen Mok´Oshutal, Oger aus dem Schwarzzackengebirge, vollständig vernichtet worden war. Die harte Arbeit vieler Monde hatte sich in wenigen Herzschlägen in Nichts aufgelöst!

Blut und Knochen, wie mühsam es gewesen ist, diese hohlköpfigen, sturschädeligen Ogerstämme unter dem Zeichen des Geisterschädels zu vereinen. Meinem Zeichen, das sie alle stolz in weißer und schwarzer Farbe auf ihren Gesichtern zur Schau getragen haben!

Seine Wut glich einer riesigen schwarzen Gewitterwolke.

Tot, alle tot! Wo waren meine Schamanen, meine Hexenmeister? Wieso haben sie nicht Blitz und Feuer herabregnen lassen?

Die erfahrensten und zaubermächtigsten unter ihnen hatte er vorsorglich in den vorderen Reihen postiert. Es war ihm einfach unbegreiflich, warum keiner eingegriffen und die widerwärtigen Berittenen der argenaischen Kavallerie mit mächtigen Vernichtungszaubern zu Staub zermahlen hatte!

Doch in diesem Moment huschte ein Bild aus seiner Erinnerung nach vorne, drängte sich in seinen Geist und offenbarte ihm eine mögliche Erklärung. Er blieb stehen, und mit ihm seine Leibgarde. Kurz darauf verharrte das ganze hintere Drittel der Horde an Ort und Stelle, wenn auch unter rasch lauter werdendem Murren und ungeduldigem Füßescharren. Doch Ûxmal war es gleichgültig. Er stand still im Zentrum seiner Kore Mānawa, den Kopf in den Nacken gelegt, die Augen geschlossen, und versuchte, sich zu erinnern.

Ja, da war etwas gewesen… Aber ich war abgelenkt von den plötzlich auftauchenden Streitern auf ihren Pferden! Doch jetzt, jetzt erinnere ich mich…

Als er das fliegende Auge über seine Mok´Oshutal gelenkt hatte, war kurz vor dem Zusammenprall mit den Rittern am Rande seines Gesichtsfeldes ein hell-orange leuchtender Feuerstrahl aufgeblitzt und auf die Pferdereiter zugerast.

Offensichtlich hat doch einer meiner Hexenmeister versucht zu zaubern!

Aber er konnte sich an keine Detonation erinnern, es hatte keinen Feuerball oder etwas Vergleichbares gegeben. Er öffnete die Augen und brüllte zornentbrannt!

Die Magie wurde gebannt, noch bevor sie sich richtig entfalten konnte! Bei den weißen Knochen der Ältesten! Dieser Jüngling von einem König hat Zauberwirker in seinen Reihen, und zwar gleich mehrere Dutzend! Wieso weiß ich nichts darüber? Warum hat Lord Ashuur steif und fest behauptet, nur Erik selbst wäre in der Lage, über Magie zu gebieten?

Er schäumte vor Wut! Oh, wie er es hasste, überrascht zu werden! Aber diesmal sollte das alles keine besonders große Rolle spielen. Er befehligte die größte Horde, die seit der Zeit eines Aayin Blutaxt auf Nin aufmarschiert war! Er gebot immer noch über Riesen und Thorlander! Ja, es war an der Zeit, seine Verbündeten ins Spiel zu bringen! Sollten sich die Eisernen um die gegnerischen Zauberwirker kümmern! Mit einem Wink befahl er Krult, den Mahak, den Anführer seiner Orloks zu sich, der eines der riesigen, gebogenen Kriegshörner trug, und ließ ihn die entsprechenden Signale blasen. Gleich darauf erschollen dreimal hintereinander zwei kurze und ein langer Hornstoß.

„Ich glaube, das wird dem feindlichen Heerführer, diesem ominösen Ûxmal nicht besonders gut gefallen! Die gesamte Angriffslinie der gepanzerten Oger wurde ausradiert!"

Gamrons Stimme kam von schräg oben, und unwillkürlich drehte Ean seinen Kopf in diese Richtung, obwohl er wusste, dass er den unsichtbaren Magier nicht würde entdecken können. Einem Impuls folgend zog er Ukonnen und suchte mit der Klinge in der Hand noch einmal nach seinem Freund.

Nichts. Hm. Es scheint, das Schwert bannt nur bestimmte Arten von Magie. Oder es muss mit dem Zauber in Kontakt kommen, so wie das letzte Mal.

Unwillkürlich dachte er wieder an seinen Kampf mit dem Hohepriester Garwors und seine Hand tastete nach der von Gamron genähten Verletzung über seinem Auge. Für einige Herzschläge tauchte er ein in die Vergangenheit und erinnerte sich. Er war wieder dort, in dem großen Tendawisaz, die Augen seines Vaters und aller Clanhäuptlinge auf sich gerichtet, als Vadomar seine furchtbare Verwandlung in eine lebende Granitstatue vollendet hatte und mit erhobener Axt auf ihn zugestürmt war.

Mit einer geschmeidigen, fließenden Bewegung steckte Ean das mächtige Schwert Ukonnen zurück in die Scheide. Er hatte wahrhaft viel erreicht. Die Begegnung mit der Delegation der Kil-Rhai hatte drei Nächte nach seinem siegreichen Kampf gegen den Verräter stattgefunden. Jedoch war es natürlich nicht Kokoru gewesen, der die Thorlander oben am Pass erwartet hatte, sondern ein Mann namens Hiroki, der neue Darmak der schwarzen Mamba. Elarich und Heilrun hatten diesen im Glauben daran gelassen, dass die Eisernen sich nach wie vor auf der Seite der Schattenkrieger befanden.

Hiroki hatte ihnen erklärt, dass der Kuningaz das Schwert Ukonnen selbstverständlich erst nach der gewonnenen Schlacht bekommen würde. Erst, wenn er seine unverbrüchliche Treue unter Beweis gestellt hätte, werde er die Waffe als Zeichen der großen Wertschätzung seiner

Dienste im Rahmen einer feierlichen Zeremonie überreicht bekommen. Zudem hatten sie bei dieser Unterredung erfahren, dass sie alle in der Schlacht dem Befehl des sogenannten Tei-Ruā, des Heermeisters der Warloks, unterstellt waren, einem mächtigen Kriegshäuptling namens Ûxmal. Dieser hätte den thorlandischen Kriegern die ehrenvolle Position der Nachhut zugewiesen.

Unter normalen Umständen wäre dies von Elarich als unverschämte Beleidigung aufgefasst worden. Unter den nun vorliegenden Bedingungen aber fügte er sich ohne jedes Murren. Schließlich marschierten die Thorlander nur vermeintlich auf der Seite der Kil-Rhai und der Toa-Horde in die Schlacht. Tatsächlich würden sie den Warloks und Schattenkriegern eine unangenehme Überraschung bereiten, sobald sich die wertvollste Gelegenheit dazu bot. Denn Elarich hatte dem von Ean überbrachten Bündniswunsch des Königreiches Argenas zugestimmt, und nach dem Tod des Hohepriesters waren die Entscheidungen des Kuningaz von allen Clanhäuptlingen wohl oder übel mitgetragen worden, da Heilrun sich mit seinen Beschlüssen einverstanden gezeigt hatte.

Der König der Thorlander hatte darüber hinaus seinem Sohn den Rang des Aerest Arnan zuerkannt und ihm damit die Entscheidungsgewalt für den Angriffsbefehl übertragen. Wann sie sich also auf dem Schlachtfeld als Verbündete König Eriks zu erkennen geben würden, lag nunmehr in Eans Händen, der die Worte Elarichs noch gut im Gedächtnis hatte.

"Niemand hier kennt Erik und seine Art zu denken und zu kämpfen besser als du, mein Sohn. Deshalb sollst du das Zeichen für unseren Angriff geben und uns den Ort weisen, wo wir als Erstes zuschlagen sollen. Ich übertrage dir den Rang und die Verantwortung des Aerest Arnans für diese Schlacht!"

Und nun war er hier neben seinem Vater, auf einem riesigen Kaltblut sitzend, so wie alle Clanhäuptlinge und ihre Arnans. Allerdings hatten die großen Reittiere eher repräsentativen Charakter. Anders als die für den Kampf gezüchteten und entsprechend ausgebildeten Umarer der

Siangarde waren die Pferde der Thorlander in erster Linie Last- und Zugtiere, und keine Schlachtrösser. Sie trugen ihre Reiter zwar bis dorthin, wo gekämpft wurde, die letzten Schritte aber machten die Häuptlinge auf ihren eigenen Beinen. Zu groß war die Gefahr, dass die Tiere scheuen und durchgehen würden. Das Risiko einer derartigen Schmach war keiner der stolzen Krieger bereit einzugehen.

Die Thorlander bildeten demnach die Nachhut. Zwischen ihnen und der Masse der Toa marschierten die gewaltigen Bergriesen, die in den zerklüfteten Hochtälern der Korruthen zu Hause waren. Weder Elarich oder einer der anderen Eisenmänner, noch der sonst so belesene Gamron hatten mit einer Idee aufwarten können, wie es Ûxmal, dem Oberbefehlshaber der gesamten Armee, gelungen war, die aggressiven und stummen Ungeheuer auf seine Seite zu ziehen. Sie konnten wohl knurren, grunzen und ohrenbetäubend laut brüllen, die Gabe der Sprache aber war ihnen nicht zu eigen. Dafür waren sie sechs Schritte groß und wogen so viel wie acht Zugpferde. Ean vermutete, dass ihre Hauptaufgabe darin bestehen würde, das große Tor des Hochwalls aufzubrechen. Außer den gewaltigen Rücken dieser Bestien und dem hinteren Teil der riesigen Warlokhorde konnte er jedoch nichts sehen und war somit auf Gamron angewiesen, der sich gleich zu Beginn unsichtbar gemacht und einen Flugzauber auf sich selbst gelegt hatte, um die Vorgänge an der vorderen Frontlinie verfolgen zu können.

Ean wandte sich erneut an seinen magisch überaus begabten Freund. Genau wie dieser musste auch er laut werden, um den Lärm der Schlacht zu übertönen, die nun vor ihnen begonnen hatte.

"Hat die Siangarde das Schlachtfeld bereits wieder verlassen?"

"Ja, sie reiten durch die Reihen der Silberlöwen hindurch, um sich neu zu formieren. Da! Die Horde ist auf die Löwen geprallt!"

"Und? Halten sie stand?"

"Moment! Ich bin mir nicht sicher… doch! Ja! Ihre Reihen sind geschlossen, die Schilde stehen dicht an dicht! Aber sie weichen zurück! Langsam zwar, aber der Bogen fängt an, sich abzuflachen!"

Bei Sian! Jetzt verstehe ich! Erik plant einen Kessel! Nein, das kann nicht sein, oder doch? Das ist unglaublich, das ist mehr als gewagt, das grenzt an tollkühne Narretei! Wie will er die Flanken halten? Eine Linie von mehr als fünfhundert Schritten! Doch nicht etwa mit dem gemischten Haufen, aus dem seine leichte Infanterie besteht? Dazu bedarf es bestens ausgebildeter, schwer gepanzerter Männer mit großen Schilden und Stangenwaffen voller Wildheit und Entschlossenheit, kurz, er bräuchte weitere sechstausend Silberlöwen, und selbst diese Zahl wäre noch zu klein. Wenn die Horde irgendwo den Durchbruch schafft, ist alles verloren! Hinzu kommt, dass auch die Löwen vorne das Zentrum unmöglich halten können. Sobald die Warlokzauberer die ersten größeren Bruchstellen geschaffen haben, wird die Horde über unsere gesamte schwere Infanterie hinwegfegen!

"Was machen die Magier der Grauhäuter? Siehst du irgendwelche Angriffszauber?"

"Bei den Zauberwirkern der Warloks handelt es sich um Hexenmeister oder simple Schamanen! Es gibt keine Magier in diesem Volk, mein ungebildeter Freund! Aber nein, seltsamer Weise nicht! Keinerlei Zauberei zu sehen, keine Feuerbälle, keine Blitzstrahlen, nichts! Die Toa rennen sich an der Schildmauer der Silberlöwen ihre Köpfe ein!"

Wie ist das möglich? Bei den schrumpeligen Eiern der Dämonenfürsten, wieso zaubern die Grauhäuter nicht?

Plötzlich blieben die Warloks vor ihnen stehen, und auch die Riesen verharrten daraufhin an Ort und Stelle. Verwundert ließen die Clanhäuptlinge ebenfalls den Befehl zum Halten ausrufen. Ean, der als Ordensritter eine fundierte und ausgezeichnete Ausbildung auch in kriegstaktischer Hinsicht genossen hatte, verstand diese ersten und deshalb so wichtigen Entwicklungsschritte der Schlacht überhaupt nicht mehr. Wieso ließ der Tei-Ruā jetzt plötzlich die Horde anhalten? Warum nutzte er nicht die Gelegenheit und zermalmte seine Gegner zwischen seiner Armee und dem

Hochwall, wie zwischen Hammer und Amboss? Und warum zog Erik seine schwer gepanzerte Reiterei, sein mächtigstes Werkzeug, aus dem am schwersten bedrängten Zentrum zurück?

Während er noch über diesen Fragen grübelte, erscholl eine lauttönende Signalfolge eines der Befehlshörner des Warlok-Heerführers. Elarich, der neben ihm stand, wandte sich ihm zu.

"Das galt uns, Aerest Arnan! Das vereinbarte Angriffssignal. Wir sollen gegen die Argenaer losschlagen. Und sieh, Ûxmal hat auch die Riesen losgeschickt."

Ean aber war verwirrt und deswegen unsicher, was nun zu tun war. Die Riesen begannen sich aufzuteilen, die eine Hälfte schwenkte nach Westen, die andere nach Osten ab, um die Horde zu umgehen. Ganz offensichtlich wollte der Tei-Ruā, dass die Thorlander den Unholden folgen und den Argenaern in die Flanken fallen. Gleichzeitig setzte sich die Horde wieder in Bewegung und führte ihren Frontalangriff fort.

Ah! Nun also doch! Ûxmal hat sich entschieden! Seine Grauhäuter sollen die Silberlöwen von vorne an der Mähne packen und gegen den Hochwall quetschen. Die Riesen umlaufen die Horde und brechen die Flanken der Menschen auf, die Thorlander setzen nach und die gesamte Schlachtordnung König Eriks fällt wie ein Kartenhaus zusammen! Sie vernichten die argenaische Armee, brechen durch das Tor, und die große Masse des toanischen Haufens ist immer noch frisch. Sie werden wie ein bestialischer Heuschreckenschwarm über Al´Thorim hereinfallen! Bei den schrumpeligen Eiern der Dämonenfürsten! Was hat Erik getan?

Da rief ihm Gamron von oben zu.

"Die Siangarden haben sich in zwei Divisionen aufgeteilt und die Silberlöwen westlich und östlich umgangen! Sie reiten wie der Teufel! Gerade jagen sie an den Flanken der Horde entlang!"

Da endlich begriff Ean. Er erkannte die ganze Finesse von Eriks Plan, und die Waghalsigkeit dahinter.

Verwegen, aber genial! Vielleicht tollkühn, aber es könnte funktionieren! Vorausgesetzt, wir halten ihm die Riesen vom Leib und schließen den Kessel von hinten!

Unverzüglich wandte er sich an seinen Vater und gab seine Befehle mit donnernder Stimme, sodass sie auch von den umstehenden Clanhäuptlingen gehört werden konnten.

"Wir greifen an! Kuningaz, nimm du die Gaulingas, Vikistaren, Aduaker und Daruden und falle den schweinsgesichtigen Grauhäutern in den Rücken! Aber prescht nicht nach vorne, sondern schließt eure Reihen, lasst keinen hindurch! Ich folge den westwärts ziehenden Riesen! Die Ascomannen gehen mit mir! Die Ymbronen sollen die nach Osten marschierenden Ungetüme verfolgen und vernichten! Lemovarden und Meromannen ziehen sich hundert Schritt weit zurück und stoppen den Ausfall des Heermeisters."

Elarich schaute ihn zweifelnd an.

"Vertrau mir, Kuningaz! Sobald Ûxmal begriffen hat, was hier geschieht, wird er versuchen am linken oder rechten Rand deiner Linie durchzubrechen!"

Elarich nickte seinem Sohn grimmig zu, dann breitete sich ein wildes Lächeln auf seinem Gesicht aus.

"So sei es, Aerest Arnan!"

Er nickte den Häuptlingen zu, woraufhin diese ihre Pferde wendeten, um zu ihren Clans zu reiten und Eans Befehle auszuführen. Als sie fort waren, blickte Elarich seinem Ziehsohn noch einmal ernst in die Augen.

"Du kannst ihnen den ersten Befehl geben, Ean, aber vergiss nicht, das sind keine Argenaer. Es sind Eiserne! Die Lemovarden und Meromannen werden nicht lange abseits stehen und dem Schlachten tatenlos zusehen."

Damit reckte er seinen gewaltigen Bidenhänder hoch in die Luft und ritt die langgestreckte Linie seiner Brodored, den Eorlos sinaz heolforas, den Kriegern seines Blutes entlang. Sie waren seine Leibgarde, hundertzwanzig Mann stark, und sie galten als unüberwindlich. Dahinter standen die vollständig in unglaublich dicke Eisenplatten gehüllten Vyrdalen. Auf ganz Nin gab es kein Volk, das ähnlich schwere Rüstungen fertigte und zu tragen imstande war, wie die kraftstrotzenden Thorlander. Wie alle Clans verzichteten auch die Vyrdalen deshalb auf jegliche Form von Schilden, sie vertrauten auf den Schutz ihrer Panzerharnische. Die tiefe Feldherrenstimme des Kuningaz hallte nun über ihre Reihen hinweg. In der harten Sprache Thorlands rief er sie auf zum Kampf. Lasst mich Taten sehen! Sieg oder Tod!

"NU DETH SAXWEM! SEGEZ ETH DAUTHÚZ!"
Aus neunhundert Kehlen donnerte ihm die Antwort "SEGEZ ETH DAUTHÚZ!" entgegen. Und so begann der Angriff der Thorlander!

Seine Gardisten hatten ihre Aufgabe erfüllt und die Oger ausgeschaltet. Der Preis aber war hoch. Durch das Eingreifen der Kil-Rhai waren fast zweihundert Soldaten der Siangarde auf dem Schlachtfeld geblieben. Alle anderen ritten durch die Blöcke der Silberlöwen hindurch in Richtung Hoher Wall, während die Fußsoldaten hinter ihnen die Reihen schlossen.

Keinen Augenblick zu früh! Bei Sians silbernem Reich! Nun müssen die Bergpumas zeigen, aus welchem Holz sie geschnitzt sind!

Nachdem die Warloks über die Leichen der gefällten Halbriesen gestürmt waren, prallten sie mit unsäglicher Wildheit und Todesverachtung gegen die eng geschlossenen Reihen der kampferprobten Veteranen des Königs. Diese hielten ihnen ihre großen Schilde entgegen, zogen die Köpfe ein, spreizten die Beine und stemmten sich alle gemeinsam der barbarischen Wucht entgegen, mit der ihre Feinde auf sie eindrangen! Eingequetscht zwischen dem Wall der hohen Rechtecksschilde und der von hinten nachpressenden Horde waren die vordersten Toas bald so gut wie bewegungsunfähig. Innerhalb kurzer Zeit war das große Momentum der Horde zu einem langsamen und zähen Vorwärtsdrängen zusammengeschmolzen. Die Grauhäuter, die Leiber eng aneinander gepresst, behinderten sich gegenseitig, während die Silberlöwen der zweiten und dritten Reihe ihre langen Stoßspeere benutzten, um damit den Eingeklemmten zuzusetzen. Von da ab floss das Warlokblut in Strömen.

Während des nun einsetzenden, zähen Ringens um jeden Schritt Boden, war es gemäß seines Planes von entscheidender Wichtigkeit, die ungeheure Masse der Warloks von Anfang an daran zu hindern, seitlich an seinem Zentrum vorbei zu drängen. Viertausend seiner Leichtbewaffneten waren, genauso wie die Pumas, zur Hälfte mit langen Stangenwaffen ausgerüstet worden – beinahe seine gesamte Reserve. Sie hatten von Aaron Solonsson die Bezeichnung "Die Habichte" erhalten, denn er verlangte von ihnen ebenso große Schnelligkeit und Mobilität zu Fuß, wie es diese Vögel in der Luft zeigen. Anfänglich standen sie zu gleichen Teilen ganz links und ganz rechts auf dem Schlachtfeld. Nach dem Zusammenprall der Grauhäuter mit den Berglöwen rannten sie hinaus auf die Flanken des feindlichen Heeres und verwickelten die dortigen Kampfverbände in zahlreiche Scharmützel.

Ihre Aufgabe war es dabei hauptsächlich, zu verhindern, dass die Warloks ihrerseits die Flanken der Argenaer überrannten und somit das Heer der Verteidiger in die Zange nehmen konnten, was zu Beginn auch ausnehmend gut funktionierte. Die Unterbefehlshaber der Toa sahen zumindest anfänglich in diesen Angriffen doch eher eine Ärgerlichkeit, die sie von ihrem geplanten Weg weglocken sollte, als eine ernste Bedrohung. Die Standhaftigkeit der hartgesottenen Pumas aber bremste die Horde in einem solchen Ausmaß, dass sich die Warloks im vorderen Drittel geradezu zusammenpressten. Dadurch entstand nun auch ein stetig größer werdender Druck nach außen, wodurch die Habichte auf der linken und rechten Seite der Warlokarmee mehr und mehr in Bedrängnis gerieten, vor allem auch deswegen, weil die Unterbefehlshaber reagierten und damit begannen, ihre Truppen den Habichten aktiv entgegen zu führen.

Nun verhielt es sich jedoch so, dass die Leichtbewaffneten keine wirklichen Soldaten waren. Anders als bei den Veteranen der Berglöwen, handelte es sich bei ihnen um einfache Menschen aus gewöhnlichen Verhältnissen. So einige von ihnen hatten noch nie einen ernsthaften Kampf bestreiten müssen, geschweige denn einen Warlok je leibhaftig vor sich gesehen.

Die meisten kennen das wilde Kriegervolk nur aus Erzählungen. Diese Geschichten sind für viele der einfachen und gut beschützten Menschen aus Argenas oft nicht mehr als Sagen und Märchen. Jetzt aber stehen sie ihnen Auge in Auge gegenüber, riechen ihren Schweiß und hören ihr Brüllen.

Es war für Erik unübersehbar – die Habichte waren kurz davor, zu brechen, ohne dass der Kampf auch nur annähernd in seine heiße Phase gekommen wäre.

Doch da preschten seine Reiter heran! Sofort nachdem sie aus dem Pulk der Silberlöwen herausgeritten waren, hatten sie sich in zwei Divisionen von je neunhundert Mann aufgeteilt und waren in einer großen Zangenbewegung zuerst nach Osten beziehungsweise Westen und anschließend nach Süden galoppiert, bis sie die eigenen Truppen umgangen hatten. Erst danach waren sie wieder in Richtung feindliche Armee zurück geschwenkt und fächerten sich nun in einer breiten, fünf Reihen tief gestaffelten Formation auf. Während die erste Reihe direkt auf die feindliche Armee zu jagte, hielten sich die anderen noch zurück, bis der Abstand fünfzig Schritte betrug. Erst dann galoppierte die zweite Reihe an.

„Rückzug für die Habichte! Rasch! Blast zum Rückzug für die Habichte!"

Sofort rissen die hinter ihm stehenden Fanfarenbläser ihre Businen in die Höhe und schmetterten ihre Signale hinaus aufs Feld. Gebannt beobachtete Erik das Geschehen. Unter Verlusten zog sich seine leichte Infanterie zurück, verfolgt von den nachdrängenden, rasch schneller werdenden Warloks. Doch die Rettung war auf dem Weg!

Jede der beiden Reiterdivisionen bildete mittlerweile ein Rechteck von vierhundertfünfzig auf zweihundertfünfzig Schritte und griff den immensen Pulk der toanischen Kampfverbände auf der ganzen Linie ihrer Flanken an.

Sie kommen in einem Moment höchster Not!

Gerade noch rechtzeitig trugen die schwer gepanzerten Umarer seine Elitesoldaten in die Schlacht zurück. Dabei folgten die Siangarden einem alten Vorgehen, auf das sie bestens eingespielt waren: Die erste Reihe ritt mitten hinein in die vorderste Linie der Gegner, brach sie auf und teilte drei, vier Schläge aus, bevor die gewaltigen Schlachtrösser auf der Hinterhand drehten und ihre Gardisten aus der Reichweite der feindlichen Schwerter und Äxte brachten. In diese Rückwärtsbewegung hinein erfolgte ein Kämmen auf der ganzen Frontlinie, als die zweite Reihe nach vorne und an der sich zurückziehenden ersten Reihe vorbeipreschte.

Die Warloks, die vor Wut brüllend den davongaloppierenden Argenaern hinterherrannten, wurden abermals brutal getroffen und niedergeritten. Erbarmungslos teilten die Gardisten mit ihren breiten Reitersäbeln schwere Hiebe aus, bevor sich auch die zweite Reihe auf dieselbe Weise zurückzog wie die erste, nur um sogleich von der dritten Schlachtreihe abgelöst zu werden. Während die Habichte rasch zurückeilten, um sich neu zu formieren, übte die Siangarde auf diese Weise auf beiden Flanken einen gewaltigen Druck auf die Warlokarmee aus, deren Soldaten den rasch hintereinander erfolgenden Sturmangriffen der schweren, argenaischen Kavallerie kaum etwas entgegenzusetzen hatten. Reihenweise wurden sie von den kraftvollen Hieben der Gardisten niedergestreckt oder verwundet und von den gepanzerten Schlachtrössern in den Staub getreten.

Im Zentrum wurde die Lage dagegen zusehends dramatischer, und der anfänglich dem Feind entgegen gerichtete Bogen des Mittelblocks hatte sich mittlerweile umgekehrt und war mit den benachbarten Blöcken zu einem einzigen, großen Halbkreis verschmolzen, der sich bis kurz vor den Hochwall zurückbog, wo der König den Verlauf des Ganzen längst nicht mehr nur beobachtete. Schon kurz nach Beginn der Kampfhandlungen hatten die feindlichen Schamanen und Hexenmeister in die Schlacht eingegriffen und das Zentrum mit magischen Mitteln unter Beschuss genommen. Dank Eriks übermächtigem magischen Abwehrbollwerk allerdings waren all ihre Bemühungen und Zauber bislang ohne nennenswerte Erfolge geblieben. Die Ringe lenkten die magischen Energien ab und zu ihm hinauf, wo sie von seiner Sphäre absorbiert wurden. Die zauberfähigen Warloks aber gaben sich durch das Wirken ihrer Magie oft genug zu erkennen, und Eriks Bogenschützen hatten bereits eine reiche Ernte unter diesen eingefahren. Der König aber war durch die notwendigen Erneuerungen seines Zaubers schon jetzt stärker geschwächt, als ihm lieb war.

Jedes Mal, wenn ich den Schutzzauber verlängere, entzieht mir das meine Lebenskraft, und jedes Mal ist es deutlich mehr, als ich erwartet habe.

Sein Unbehagen war groß, dass er seinen Plan nicht würde durchhalten können. Und es gab einen weiteren ernsthaften Grund zur Besorgnis, auf den ihn Aaron plötzlich ganz aufgeregt aufmerksam machte.

"Majestät, unsere Männer werden dort unten nicht mehr lange standhalten! Seht, die Silberlöwen vor der Standartenführerin Ssil wanken bereits, und die Männer dort drüben ebenfalls! Jeden Augenblick könnten die Pumas brechen! Die Habichte aber sind noch nicht zurück! Majestät, solange unsere Reserve das Innere Tor nicht bemannt hat, dürfen die Grauhäuter auf keinen Fall durchbrechen!"

Sein Than verzichtete höflicherweise darauf, ihn daran zu erinnern, dass er ihn vor dem Eintreten genau dieser Situation dringend gewarnt hatte. Die Reserve schon zu Beginn einzusetzen, obwohl sie für die Verteidigung ihrer letzten und wichtigsten Bastion, dem Hochwall, gebraucht wurde, war eine hochriskante Entscheidung gewesen, zu der sich Erik nichtsdestotrotz durchgerungen hatte.

Einzig und allein deshalb, weil dieser Zug die einzige, folgerichtige Fortsetzung der gesamten Strategie war. Wenn alle anderen Möglichkeiten unmöglich sind, ohne den Plan als Ganzes zu gefährden, muss jedes Risiko angenommen oder der Plan verworfen werden. Nur, wie soll ein Plan verworfen werden, zu dem es keine Alternative gibt, die auch nur annähernd dieselben Erfolgschancen in einer ansonsten ausweglosen Situation bieten würde?

Sein Blick streifte kurz über die zwei kritischen Punkte, die ihm Aaron gezeigt hatte, und fand dessen Einschätzung mehr als gerechtfertigt. Er hätte sogar noch vier bis fünf weitere Schwachstellen aufzählen können!

"Ich stimme dir zu, Aaron. Führe die Ritter in die Schlacht! Schnell, der Schildwall um Ssil beginnt schon auseinander zu fallen!"

Der Than rannte los, während Erik seine Bogenschützen auf die Warlokkrieger vor den gefährdetsten Punkten ansetzte. Doch in der Dramatik des Augenblicks unterlief dem Hohepriester ein Fehler. Denn genau in dem Moment, als Erik die Schützen einwies, endete sein Sphärenzauber, ohne dass der König ihn sofort wieder erneuerte. Ein winziger Fehler, der dennoch gravierende Folgen hatte, denn just in diesem Augenblick wurde ein gegnerischer Feuerballspruch auf ihn umgelenkt. Erik bemerkte das Heranrasen des Angriffszaubers im allerletzten Moment, als das Drachenauge aufleuchtete. Der Hohepriester Sians hob seine Rechte, in der er sein Schwert Arthael hielt und donnerte das Befehlswort für eine außergewöhnliche Fähigkeit der Heiligen Klinge.

"SALVATICA!"

Ein golden leuchtendes Kraftfeld von zehn Metern Durchmesser spannte sich von der Spitze des Schwertes aus auf. Den Bruchteil eines Herzschlages später detonierte der gegnerische Angriffszauber auf dem goldenen Schirm und hüllte alles in ein gleißendes Inferno aus weißglühenden Flammen! Der König und die meisten Bogenschützen wurden von Arthaels großflächigem Bannkreis vor der vernichtenden Feuersbrunst bewahrt, unglücklicherweise war der Schirm aber zu klein, um den ganzen Bereich des Feuerballs abzublocken. Auf beiden Seiten wurde je ein Soldat von den Flammen erfasst und verbrannte innerhalb eines Herzschlages bis zur Unkenntlichkeit.

"SCHIESST, IHR NARREN, SCHIESST WEITER!", donnerte seine Majestät die wie gelähmt dastehenden Überlebenden links und rechts von sich an. Als er sah, dass sie seinem Befehl Folge leisteten, erneuerte er augenblicklich seinen Verteidigungszauber. Kaum umgab ihn die schützende Sphäre von Neuem, eilte er erst zu der verkohlten Leiche des einen, dann zu der des anderen Schützen. Der Hohepriester legte ihnen jeweils seine Hände auf, schloss die Augen, und begann eine mächtige Magie zu wirken. Mit leiser, aber beschwörender Stimme murmelte er eine sich stetig wiederholende Litanei. Bläulich leuchtendes Licht, durchzogen mit Goldfunken begann sich um ihn herum zu bilden, wurde heller und intensiver, und floss schließlich durch seine Hände in die zerstörten Leiber der Soldaten. Organe, Fleisch und Haut bildeten sich von neuem, Haare wuchsen und Nägel entstanden an schwarzen Zehen- und

Fingerstümpfen. Als sein Zauber endete, erwachten die Krieger, wie aus einem langen Schlaf.

"Rasch, geht hinunter zum Inneren Tor und lasst euch neu einkleiden. Eure guten Bögen existieren nicht mehr, holt euch einen neuen, sowie Köcher und Pfeile und kehrt dann so schnell wie möglich zurück auf euren Posten."

Erik wusste, die Zeit, die er ihnen damit zugestand, war viel zu kurz bemessen, um mit dem gerade Erlebten fertig zu werden, aber darauf konnte er im Augenblick keine Rücksicht nehmen. Sollten Sie den Rest der Schlacht überleben, würden sie reichlich Gelegenheit haben, um über alles nachzudenken. Als er sich nach der Wiedererweckung des zweiten Schützen erhob, wankte er ein wenig. Er griff mit einer Hand nach der brusthohen Wehrmauer, um sich zu stabilisieren. Dann richtete er seinen Blick auf die Szenerie unter sich. Rasch stützte er sich mit der anderen Hand ebenfalls noch ab, denn was er dort sah, ließ ihm die Knie weich werden.

Über dem Zentrum der nördlichen Frontlinie waberten Wolken magischer Dunkelheit! Keine undurchdringliche Finsternis, die auch den Toa große Schwierigkeiten gemacht hätte, sondern Schatten mit sich stetig verändernder Form, die sich wie wallende Nebelstreifen aus halbdurchsichtiger Schwärze durch die Reihen seiner Soldaten zogen. Erik gewahrte darin die Schemen von zahlreichen Kil-Rhai, die in die Phalanx der Silberlöwen eingebrochen waren und Tod und Verderben brachten. Schon war es den Warloks gelungen, auf einer Breite von mindestens zehn Schritt den Durchbruch zu erzwingen! Toanische Krieger strömten wie ein schwarzer Fluss Richtung Hoher Wall, der nur etwa fünfzig Schritt entfernt war. Und die Diener Eakkaris mordeten weiter, schlachteten seine verwirrt scheinenden Soldaten ab und arbeiteten beständig an der Vergrößerung der Lücke.

Die Löwen schlagen wie blind um sich, als könnten sie ihre Gegner nicht sehen... nein, schlimmer! Als wären sie tatsächlich blind!

Schwarze Verzweiflung drohte ihn zu übermannen. Die dunklen Mönche hatten offensichtlich auf den perfekten

Moment für ihren Einsatz gewartet. Hunderte von ihnen glitten wie schwarzgewandete Henker von Schatten zu Schatten, rammten ihre todbringenden Klingen hier in den Rücken eines wackeren Argenaers, schlitzten dort einem taumelnden Mann die Kehle auf und blieben dabei selbst doch nahezu unbehelligt! Sie waren es, die seine Krieger mit ihrer Magie geblendet hatten und hauptsächlich für ein nun kurz bevorstehendes Scheitern seines gewagten, aber schlicht alternativlosen Planes verantwortlich zeichneten.

Noch gibt es eine Chance! Meine Ritter werden die durchgebrochenen Toa in die neun Höllen hinabschicken! Vorausgesetzt, die Bresche wird so schnell wie möglich geschlossen! Das aber kann nur gelingen, wenn die faulige Brut aus Eakarris Leib jetzt und hier ausgemerzt wird!

Erik schloss die Augen. Seine ohnmächtige Verzweiflung war einem heiligen Zorn gewichen, der jetzt kein Halten mehr kannte! Ohne auch nur einen einzigen Augenblick zu zögern, versenkte er sich in eine tiefe Trance und öffnete eine Verbindung zu den geweihten, unendlichen Ebenen Sians, des Silbernen Streiters, des Gottes der Gerechtigkeit und Ehre, des wahren Mutes und der Edelmütigkeit. Er durchbrach mit seinem Begehr alle Schranken, alle Hindernisse und überwand alle Begrenzungen. Er forderte die Macht seines Gottes stärker und intensiver, als jemals zuvor. Zum ersten Mal seit seiner Weihe zum Hohepriester wagte er es, ein solches Begehren zu offenbaren, sich über alle Einschränkungen und Anforderungen für die Erfüllung priesterlicher Magie derart hinwegzusetzen – doch nichts weniger als ein wahres Wunder konnte den Untergang des Reiches Argenas in diesem kritischen Augenblick der Schlacht noch abwenden.

Und sein Wunsch wurde erfüllt! Noch nie war ihm gestattet worden, derart tief und reichhaltig von der Machtfülle seines Gottes zu trinken. Ein gewaltiger, nicht enden wollender Strahl aus purer, silbern glänzender Magie strömte in ihn hinein, durchdrang seine Existenz und umspülte jede Faser seines Seins.

Als er die Lider wieder hob, leuchtete dort, wo seine Augen gewesen waren, ein blau-silberner Vortex reinster Energie. Er streckte die Arme nach vorne aus und aus seinen geöffneten Handflächen rasten Strahlenbündel, die silbernem Mondlicht glichen, auf die von den Schattenkriegern attackierten Argenaer zu. Sowohl die Lebenden, als auch die Toten wurden von dem heiligen Leuchten umhüllt und von der göttlichen Macht Sians erfüllt.

Bei allen argenaischen Soldaten, die von den Strahlen berührt wurden, schlossen sich die Wunden, und die Toten schlugen ihre Augen auf. Diese aber begannen zu glänzen und zu strahlen, wenngleich auch nicht so hell wie die des Königs. Neue, frische, unbändige Lebensenergie floss durch ihre Leiber. Ihre Müdigkeit war wie weggeblasen, alle Verletzungen waren geheilt, und übermenschliche Kraft, einem Ochsen gleich, floss durch ihre Glieder. Die eben noch tot am Boden Liegenden erhoben sich, und ihre Mienen strahlten voller Lebenskraft. Sie wurden erhellt von dem Feuer einer inneren Leidenschaft, die geboren war aus der unumstößlichen Sicherheit, in der Macht und der Liebe ihres Gottes geborgen zu sein und nun seinen Willen zu erfüllen!

Gleichzeitig hatten sich im Glanz der Strahlen alle Schatten aufgelöst, sodass die Kil-Rhai für jeden Löwen und jeden Bogenschützen auf das Deutlichste sichtbar waren. Zudem traf sie nun derselbe Fluch, den sie zuvor auf ihre Gegner herabgerufen hatten – sie wurden vom hellen Silberlicht geblendet und strauchelten, stolperten und taumelten wie blind umher.

Die Kämpfer aus Argenas ergriffen mit lautem Gebrüll die sich bietende Gelegenheit. Überall erhoben sich die wieder zum Leben erweckten Bergpumas und nahmen den Kampf auf gegen die Schattenkrieger, während andere sich gleichzeitig mit ihrer weit über menschliches Maß hinaus erhöhten Stärke gegen die Flut aus vorwärtsdrängenden Warlok-Leibern stemmten. Doch noch war die heranrollende Woge zu stark, das Momentum der Angreifer zu groß, um sie aufhalten zu können, und schon erlosch das helle Leuchten der Magie des Königs wieder.

Erik sank, von einer tiefen Erschöpfung ergriffen, herab auf seine Knie. Ein starker Schwindel ergriff ihn und die Welt begann sich um ihn zu drehen. Ermattet stützte er sich mit den Händen auf dem steinernen Boden auf, den Blick starr geradeaus vor sich auf den granitenen Block gerichtet. Irgendetwas war merkwürdig, aber es dauerte eine Weile, bis er es mental zu fassen bekam, denn er war gerade damit beschäftigt, die Maserung des Steins zu betrachten. Die Linien und Punkte bildeten ein schönes Muster. Es gab so viele Muster. Die Borten an den Vorhängen in seinem Studierzimmer, die floralen Darstellungen auf der großen Decke in seinem Bett, die Linien auf der Tischplatte im großen Rittersaal. Aus den Augenwinkeln heraus sah er seine Handrücken, denn er trug hier oben keine Panzerhandschuhe, zumindest noch nicht. Allerdings wollte ihm gerade nicht einfallen, warum er darauf verzichtet hatte, obwohl er doch seinen Feldharnisch angelegt hatte. Aber plötzlich wurde ihm bewusst, was ihn am Anblick seiner Hände störte: Sie waren übersät mit glänzenden, roten Flecken. Blut.

Seinem Blut.

„Rovin, Ichigo, wacht auf und kommt! Ich habe gefunden, was ich gesucht habe!“

Rovin sah zu dem Palaeraner hinüber. Der Mönch setzte sich auf und wischte sich übermüdet mit der Hand über das Gesicht.

Ich hatte die erste Wache und habe Rani vor etwa einer Stunde geweckt. Das bedeutet, Ichigo hat sich vor gerade einmal vier Stunden hingelegt. Das ist nicht besonders viel für einen Menschen, so viel weiß ich inzwischen.

Elfen dagegen schliefen überhaupt nicht. Den „kleinen Tod“ nannten diese die vorübergehende Bewusstlosigkeit, die alle sterblichen Wesen in täglichen Intervallen ereilte. Sie selbst kamen mit ein, zwei Stunden meditativer Ruhe spielend aus. Aufgrund seiner Abstammung mütterlicherseits benötigte Rovin selbst nicht mehr als drei Stunden Schlaf, um sich zu erholen. Mehr als ein echter Elf, aber bedeutend weniger als ein Mensch. Dennoch – eine Stunde war auch für ihn zu wenig.

Rovin warf der Druidin einen Blick zu. Auch wenn es noch mitten in der Nacht war, konnte er in dem Schein der kleinen Öllampe, die Rani entzündet hatte, die Aufregung und Entschlossenheit erkennen, die sich auf ihrem Gesicht spiegelten.

Tja, sieht so aus, als müsste uns das diesmal reichen.

Schlaftrunken erhoben sich die Männer und packten ihre Sachen zusammen. Die junge Frau wartete ungeduldig, bis die wenigen Ausrüstungsgegenstände in die Decken eingewickelt hinter dem Sattel des Pferdes festgezurrt waren, dann marschierte sie los.

„Bist du dir sicher Rani, dass du in die richtige Richtung gehst?“

Die junge Druidin warf ihm einen scharfen Blick zu, der ihn härter traf, als es ihre Faust vermocht hätte. Sie war eindeutig genervt von seiner Ungeduld. Ziemlich genervt. Und das hatte sie ihm auch bereits mehrfach gesagt. Anfangs noch recht freundlich, doch nach und nach waren ihre Bemerkungen angriffslustiger und bissiger geworden.

Je länger diese Suche nach ihrem heiligen Hain dauert, desto unsicherer ist sie geworden. Vermutlich ist sie gar nicht so sehr von mir und meinen Fragen genervt, als vielmehr von ihren vergeblichen Versuchen, diesen Ort zu finden. Aber jedes Mal, wenn ich ihr meine Hilfe angeboten habe, hat sie mich brüsk zurückgewiesen!

Für ihn war das alles vollkommen unverständlich. Wenn sie hier in der Natur etwas finden wollte, warum vertraute sie sich ihm dann nicht an? Wieso erklärte sie ihm nicht, nach welchen Zeichen er Ausschau halten sollte? Er war ein hervorragender Fährtenleser. Das wusste er mit großer Sicherheit. Er hatte dafür einfach ein Talent. Gilrond dor Elenath, sein Lehrer und – wie er erst nach dem Tod der beiden herausgefunden hatte – der Liebhaber seiner Mutter, hatte ihn stets für drei Dinge gelobt: An erster Stelle für seine Kunstfertigkeit beim Finden des dritten Weges, jenes lautlosen Pfades, den die elfischen Jäger und Kundschafter beschritten, wenn sie sich ungesehen und ungehört durch den Wald bewegen wollten, als zweites seine Gabe im Umgang mit dem großen, elfischen Langbogen, den er bereits jetzt besser beherrschte, als mancher altgediente Schütze Silma Ethellas, der kleinen Elfensiedlung, die früher sein Zuhause gewesen war, und drittens für seine unvergleichlich scharfen Sinne beim Spurenlesen. Er besaß eine angeborene Intuition dafür, wo sich eine Fährte finden ließ, und wie die verschiedenen Zeichen im Zusammenhang standen und zu interpretieren waren.

Gilrond war trotz oder möglicherweise sogar wegen seiner Zuneigung zu Rovins Mutter strenger, härter und fordernder zu dem jungen Halbelfen gewesen, als zu seinen anderen Schülern. Mit Lob hatte er sich stets recht bedeckt gehalten, und oftmals war dieses zweischneidig gewesen – manche positiv erscheinende Aussage hatte neben dem Zuspruch gleichzeitig auch einen Tadel enthalten. So hatte er beispielsweise einmal gesagt: „Nehmt euch in Acht, Rovin wandelt auf dem dritten Weg als wäre er dafür geboren. Wenn er es nicht will, werdet ihr große Schwierigkeiten haben, ihn kommen zu hören." Natürlich hatte der junge Waldläufer gestrahlt, als seine Fähigkeiten derart herausgestellt und anerkannt worden waren. Erst mit einigem zeitlichen Abstand war ihm klar geworden, dass die in freundlichem Plauderton vorgetragene Warnung an den Rest der Klasse nicht etwa neckend, sondern ernst gemeint gewesen war. Dass sein stets aufmerksamer Lehrer den damit verbundenen Rüffler nicht gänzlich an den Haaren herbeigezogen hatte, wollte sich Rovin allerdings nicht so gerne eingestehen. Dennoch war es aber eine unumstößliche Tatsache, dass er den Mädchen des Dorfes immer wieder nachgestellt hatte, ihnen hinterhergeschlichen war und versucht hatte, sie beim Schwimmen zu beobachten.

Möglicherweise hat Rani ja mitbekommen, dass ich sie immer wieder anstarre und sie regelrecht mit meinen Blicken ausziehe. Bei der Mutter aller grünen Drachen! Sie hätte wahrlich allen Grund, mich für einen sabbernden Lüstling zu halten, der gerade einmal so viel Selbstbeherrschung hat, wie ein Silberreiher Fleisch auf seinen dürren Beinen.

Schon sehr früh, mit gerade einmal vierzehn Wintern, war bei ihm das Interesse an den wunderschönen Elfenmädchen erwacht. Er fühlte sich dermaßen von den herrlichen Erscheinungen angezogen, dass er nichts lieber getan hätte, als diese auszuziehen. Und zwar nicht etwa eine im Speziellen, sondern einfach alle, ausnahmslos. Er verzehrte sich regelrecht nach ihren Körpern, ihren weichen, vollkommen geformten Rundungen. Unablässig fraß die Neugierde an ihm und seiner Selbstbeherrschung. Er wollte sehen, was sich unter den aufreizenden, mal knappen und eng anliegenden, mal wallenden und den köstlichen Leib umschmeichelnden Stoffbahnen verbarg, die seine Sinne einfingen und benebelten. Er wollte spüren, wie sich die Haut dieser himmlischen Wesen anfühlte, ihren Geruch aus der allergrößten Nähe in sich aufsaugen und den Geschmack ihrer Hügel und Täler mit seiner Zunge erkunden. Er wollte ihre Hände halten und ihre Lippen auf den seinen fühlen. Er wünschte sich, die seidige Struktur ihrer Haarpracht durch seine Finger gleiten lassen zu können, und in den anfänglich noch unerforschten Tiefen seines Bewusstseins war ein animalischer Trieb erwacht und drängte ihn, sein oft schmerzhaft hart geschwollenes Glied an diese Manifestationen seiner Sehnsüchte zu pressen, ohne recht zu wissen, wohin genau, oder gar warum.

Natürlich tat er nichts von alledem. Wenn er es sich überhaupt gestattete, darüber bewusst nachzudenken, so spielte sich dies alles nur in einem geheimen, fast schon vor sich selbst verborgenen Winkel seiner Fantasie ab. Denn auch wenn er keine Details kannte, so wusste er doch immerhin so viel über das Martyrium seiner Mutter, dass er die unsäglich brutale Vergewaltigung, aus der er selbst hervorgegangen war, als Resultat dieses dunklen Triebes begriff und deswegen vor allem abgrundtiefe Abscheu gegenüber seinen Regungen empfand. Sie kamen ihm unnatürlich vor, und brandmarkten ihn in seiner einseitig verzerrten Sicht der Dinge als Spross eben jenes Ungeheuers, das den Gatten seiner Mutter abgeschlachtet und Sovenna zerbrochen hatte. Manchmal war das Drängen übermächtig stark geworden. Das pulsierende Pochen in seinem steil aufgereckten Speer hatte jegliches Denken, alle moralisierenden Einwände und jedwede Zurückhaltung hinweggewischt. Also hatte er sich in der Einsamkeit seines geheimen Zufluchtsortes solange selbst gestreichelt und massiert, während die Traumbilder der Elfenmädchen ihn neckend und verführend umschwirrten, bis er sich schließlich in einem explodierenden Schwall ergossen hatte. Hinterher war er stets von einer so tief in ihm verwurzelten Verachtung seiner selbst überwältigt worden, dass er sich nicht anders zu helfen gewusst hatte, als seinen eigenen Körper zu bestrafen. Dann hatte er seine Fäuste, seine Beine und sogar sein Gesicht mit solch roher Gewalt und so großem Selbsthass gegen die harte Rinde des nächsten Baumes gehämmert, dass seine Haut aufgeplatzt, sein Fleisch malträtiert und gequetscht und sogar hin und wieder ein Knochen gebrochen worden war. Er hatte diese Wunden nach seiner Rückkehr ins Dorf immer mit Stürzen erklärt, die ihm bei irgendwelchen waghalsigen Sprüngen von Baum zu Baum widerfahren wären, oder mit kämpferischen Zusammenstößen, die er mit Wildschweinen und ähnlich wehrhaften Bewohnern der Wälder gehabt hätte.

Nie hatte jemand seine Geschichten in Frage gestellt. Und keiner hatte je mit ihm über seine erwachte Sexualität gesprochen. Bei den Elfen entwickelten sich diese Dinge erst erheblich später. Auch war deren Lust weniger triebgesteuert. Sie entsprang vielmehr einer geistig-seelischen Sehnsucht nach Verbundenheit, nach einer Verschmelzung der Persönlichkeiten von Mann und Frau, dem Aufheben aller Unterschiede und dem harmonischen Einswerden in allen psychischen, emotionalen und schließlich auch physischen Aspekten. Sowohl das zeitliche Erwachen als auch das Ausmaß und die Intensität der Bedürfnisse, die dem halbmenschlichen Rovin die Brust zerrissen, lagen schlicht außerhalb der normalen elfischen Vorstellungswelt.

Aus diesem Grund lehnte der junge Mann seinen eigenen Sexualtrieb nach wie vor ab. Und auch wenn er im Lauf der Jahre eine Art resignierter Akzeptanz entwickelt hatte und sich nach einem Akt der Selbstbefriedigung nicht mehr selbst kasteite, so befürchtete er dennoch, dass er aufgrund seiner vermeintlichen Abartigkeit von anderen abgelehnt und verstoßen würde, sobald diese seine geheimen Wünsche und Sehnsüchte entdeckten. Diese Angst machte auch vor seinem Freund Ichigo nicht halt, und erst recht nicht vor Rani. Das wiederum war für ihn doppelt schlimm, denn gerade bei ihr fiel es ihm unfassbar schwer, seine Augen nicht ständig über ihren herrlichen Körper wandern zu lassen oder ihr, wenn sie sich mit diesem unnachahmlichen, wiegenden Schritt von ihm entfernte, auf den Po zu starren.

So wie jetzt, als sie sich nun umdrehte, ihm den Rücken kehrte, die Arme zur Seite ausstreckte und langsam Richtung Westen ging. Ein Wassertropfen traf Rovins Nasenrücken, und er schielte erwartungsvoll hinauf in den nachtdunklen, wolkenverhangenen Himmel. Weitere Regentropfen schlugen ihm ins Gesicht. Als ihm klar wurde, was das bedeutete, breitete sich unwillkürlich ein Lächeln auf seinem Gesicht aus.

„Tja, da kann man wohl nichts machen, alter Freund. Sieht so aus, als würden wir noch einmal nass werden.“

Ichigo warf ihm einen missmutigen Blick zu.

„Du freust dich, weil *sie* nass wird. Ich werde aber auch nass. Darüber freue *ich* mich *nicht*!“

Rovin erschrak. War es denn so offensichtlich, was er mit dem nun stärker einsetzenden Regen verband? Oder hatte der Mönch ihn einfach nur deswegen durchschaut, weil er ihn mittlerweile so gut kannte? Möglicherweise war dem Palaeraner aber auch selbst aufgefallen, wie sich das nasse Seidenkleid der Druidin einer zweiten Haut gleich über ihren perfekten Körper gelegt hatte, als sie gestern das erste Mal in einen Schauer geraten waren.

Auch wenn Ichigo sicher nicht so verdorben ist, wie ich selbst, so ist er dennoch ein Mann. Er sagte einmal, die Liebe wäre den Mönchen sehr nah, sie würden genauso gerne bei einer Frau liegen, wie kochen.

Entgegen seiner Erwartung hatten sie nach ihrem Kampf gegen den Magnan Sandjar nicht etwa nur eine kurze Wegstrecke zurücklegen müssen, sondern waren vielmehr tagelang umhergeirrt. Natürlich würde er diesen Ausdruck niemals gegenüber Rani benutzen, aber es traf den Nagel nach seinem Dafürhalten auf den Kopf. Die junge Druidin hatte ihre merkwürdigen und unvorhersehbaren Richtungswechsel ihre „spirituelle Suche“ genannt und von einem „empathischen Erspüren der Harmonie“ gesprochen. Ihren Worten zufolge gab es überall auf Ama besondere Orte, an denen sich die Kraftlinien der Natur kreuzten. Stets entsprang dort eine klare Quelle, und nahezu immer wuchsen dort Bäume, weshalb diese Stätten auch oft *heiliger Hain* genannt wurden.

Einen solchen zu finden scheint allerdings eine ziemlich große Herausforderung zu sein.

Tatsächlich hatte Rovin keine Ahnung, wie schwierig ein solches Unterfangen wirklich war. Es gab nicht nur keinerlei äußerlich sichtbare Spuren, die – einer Fährte gleich – den Weg zu einem dieser besonderen Haine weisen konnten, es verhielt sich sogar andersherum: Die gesamte Natur schien darauf bedacht zu sein, jedwede vernunftbegabte Wesen von diesen heiligen Stätten fernzuhalten. Je nach den klimatischen Bedingungen verhinderten undurchdringliche Dickichte, Dornbüsche, schroffe Felsen oder tiefe Treibsandbecken, Sümpfe, Moore mit giftigen Dämpfen oder Salzwüsten eine Annäherung. Je näher ein Wanderer kam, umso mehr häuften sich die Probleme und umso beschwerlicher und anstrengender wurde das Fortkommen. Ließ man aber von der eingeschlagenen Richtung ab, entdeckte man plötzlich einen Pfad, der einen sicher durch die vorher regelrecht feindliche Natur führte.

Als Druidin war Rani vor den wütenden, den sakrosankten Hain schützenden Kräften gefeit. Sie musste nur den Kraftlinien folgen, dann konnte sie sicher und unbehelligt bis zur heiligen Quelle vorstoßen. Da diese jedoch mit zunehmender Entfernung vom Kraftzentrum immer mehr fluktuierten und sogar ihre Richtung änderten, war es aber auch für die Priesterin kein einfacher Spaziergang.

In den letzten Tagen hatte sie mehrfach das schwache Pulsieren einer Kraftlinie erspürt, nur um den Kontakt nach einigen Stunden wieder zu verlieren. Doch diesmal war die junge Druidin auf eine große und starke, magische Flussader gestoßen. Sicheren Schrittes und mit wachsender Vitalität marschierte sie durch den stärker werdenden Regen und folgte den sanften Vibrationen, die wie ein wohliger, warmer Schauer durch ihren Körper rollten.

Rovin beobachtete ihren forschen Gang und den energisch durchgedrückten Rücken und nickte ein paar Mal vor sich hin.

„Meinen guten Arkenholzbogen gegen deinen albernen Strohhut, dass sie diesmal weiß, wohin sie geht.“

„Nicht der Wert macht den Nutzen, sondern der Nutzen macht den Wert, Freund Rovin. Aber du hast Recht. Rani hat den Weg gefunden.“

Stunden über Stunden folgten sie ihrer jungen Führerin, während der Regen immer dichter fiel. Selbst nach Tagesanbruch schränkten die unaufhörlich herabstürzenden Wassermassen ihre Sichtweite auf ein paar Armlängen ein. Das Gelände stieg derweilen beständig an, und der Weg wurde immer felsiger. Es kam ein Punkt, an dem das Reiten auf den nassen, glitschigen Steinen zu gefährlich wurde. Der Halbelf sprang vom Pferd und stapfte nun selbst genauso missmutig wie der Mönch durch das auf sie alle herabströmende Nass. Ihre Gespräche wurden zu sporadischen Wortwechseln, bevor sie irgendwann ganz aufhörten. Rovin verlor jedes Zeitgefühl. Es schien ihm, als würde der Regen und das beschwerliche bergauf Wandern kein Ende mehr nehmen. Sintflutartig prasselten die großen, schweren Tropfen in erbitterter Vehemenz auf sie herab. Alles an seinem Körper war nass. Er machte sich schon lange nicht mehr die Mühe, sich das Wasser aus den Augen zu wischen.

„Wir sind da."

Ranis Stimme klang froh und unbeschwert und spiegelte somit das exakte Gegenteil von Rovins Gefühlslage. Er hob den Kopf und schaute sich um. In diesem Augenblick ließ der Regen nach und hörte wenige Schritte später ganz auf. Seine Verwunderung darüber wurde nur noch von dem Staunen übertroffen, das ihn beim Anblick des Ortes überkam, der vor ihnen lag.

Sie standen am westlichen Rand eines kleinen Plateaus, das nahezu kreisrund war und einen Durchmesser von etwa dreißig Schritten aufwies. Zu drei Vierteln ragte es aus der Steilwand heraus, die sich im Osten dahinter gut hundert Schritte senkrecht in die Höhe schraubte. Auf einem Streifen, dessen Breite von vier bis hin zu sieben Schritten schwankte, wuchsen dicht an dicht kleinere Bäume und unterschiedlich hohe Sträucher, deren saftig grüne Blätter sich in dem Teich spiegelten, der sich in der Mitte befand. Zu etwa einem Viertel war die Oberfläche des Gewässers von dem Kliff überdeckt, das sich wie eine geöffnete, riesenhafte Muschel nach innen wölbte und ein natürliches Höhlendach ausformte. Dieses aber bestand nicht etwa aus gewöhnlichem Fels, sondern war über und über mit violett glänzenden Kristallen besetzt. Genau dort, wo der bewachsene Randstreifen links und rechts auf den Fels der Steilwand traf, erhob sich jeweils ein hoher Baum. Ein Wasserfall ergoss sich über die Kante des Kliffs gut hundert Schritte über der Hochfläche und prasselte auf die

Kronen der beiden Wächterarken herab, deren graue Rinde von einer weißen Maserung durchzogen war, während die Blätter der gewaltigen Riesen in einem sanften Rot schimmerten.

Gerade als Rovin mit offenem Mund seine Augen über die majestätische Schönheit dieses Ortes wandern ließ, riss die Wolkendecke auf. Die goldenen Strahlen der Abendsonne tauchten das gesamte Plateau in einen magischen Schein. Von den amethystfarbenen Kristallen der muschelförmigen Einbuchtung reflektiert und gebrochen von den Abertausenden Tropfen des Wasserfalls, erschufen sie ein wundersames Kaleidoskop aus funkelnden Farben und blitzenden Lichtreflexen. Und inmitten dieses Wunders der Natur, umspielt von dem schimmernden Leuchten des Regenbogens, trat Rani mit gemessenen Schritten vor ans Ufer. Ihre dunklen, ganz durchnässten Haare waren wie eine schwarze Flut, die sich über ihre Schultern ergoss, und ihr braunes Kleid hatte sich eng wie eine zweite Haut um ihren Körper gelegt. Aufrecht und regungslos stand sie da, die Arme an den Seiten, und blickte auf das Wasser des Teiches, das im letzten Licht des sterbenden Tages einen unfassbaren, türkisen Glanz bekommen hatte.

Ohne es zu bemerken, hielt Rovin die Luft an. Er kam sich wie ein Eindringling vor, der die himmlische Harmonie dieses Ortes störte. Die überwältigende Herrlichkeit der Natur wurde in seinen Augen nur noch von der Schönheit der jungen Priesterin übertroffen. Oder vielleicht sollte man eher sagen, sie fügte sich perfekt in die Szenerie ein. Ihre Präsenz verletzte den Liebreiz und die Reinheit der heiligen Stätte nicht, sondern vollendete das Bild. Er aber gehörte hier nicht hin, er war zu grob, zu roh. Also bemühte er sich instinktiv, so unsichtbar und unauffällig wie möglich zu sein.

Langsam wanderte Ranis Hand nach oben und öffnete die zwei Knöpfe des Kleides. Dann streifte sie es sich über die Schultern. Rovins Augen weiteten sich. Alles Denken setzte für ein paar Herzschläge aus, als die junge Druidin dem Stoff einen letzten Ruck gab. Sanft glitt das feuchte Gewand über ihren Körper nach unten. Sie auf diese Weise nackt vor sich zu sehen, brachte ihn schier um den Verstand. Als hätte ihn ein harter Schlag in der Magengegend getroffen, stieß er den angehaltenen Atem aus, wobei ihm ein röchelndes Geräusch entfuhr. Doch Rani beachtete ihn nicht. Sie war eingetaucht in eine tiefe Konzentration und hatte bereits Kontakt aufgenommen zu den pulsierenden Strömen reiner Energie, die hier am heiligen Quell voller mächtiger Magie zu denen sangen, die imstande waren, diese Musik zu vernehmen.

Leichten Schrittes stieg sie über ihr Kleid hinweg und watete hinein in den Teich, bis das Wasser so tief war, dass es ihr Becken sachte umspielte. Dann begann sie ihren Tanz.

Es war, als ob ihre Bewegungen das Licht um sie herum einfingen. Farbige Bänder, in denen goldene Funken blitzten, als wären Myriaden winzigster Sonnen in sie verwoben, strömten im Gleichklang ihrer anmutigen Gesten um sie herum, bildeten verwirrende Muster, die gleichzeitig Sehnsucht und Ehrfurcht in Rovins Seele weckten, und begannen schließlich, das Wasser des Teichs an sich zu ziehen. Erst waren es nur wenige Tropfen, dann zogen kleine, dünne Rinnsale, den Gesetzen der Schwerkraft Hohn sprechend hinauf in die Luft. Immer stärker wurde der Sog der magischen Energie und schließlich bildeten die in die Höhe hinauf geströmten Fluten einen türkis schimmernden Torbogen von mehr als sieben Schritten Durchmesser aus.

Rani stand nun still vor diesem wundersamen, gigantisch großen Portal. Dann hob sie ihren rechten Arm hoch in die Luft, den Seelenstein fest in der Faust, und mit übernatürlich lauter und dunkler Stimme erscholl ihre Beschwörung.

„HÖRE MEINEN RUF! ICH BIN RANI, GROẞE DIENERIN DER HOHEN MUTTER UND NACHFOLGERIN IOAS, DES ERSTEN HIEROPHANTEN! KOMM HERBEI! FOLGE MEINEM RUF!“

Lange Zeit hatte Ssil, die als eine der wenigen groß genug dafür war, mit ihrem schweren Morgenstern in der zweiten Reihe gestanden und mit dieser grausigen Waffe immer wieder mächtige und meist tödliche Schläge auf die Schädel der Warloks herniedersausen lassen. Sie war dabei hinter Ansgar, Wolfgang und Roland, drei extrem massigen Löwenkriegern postiert gewesen, die einen eigens dafür unter der Truppe ausgetragenen Wettbewerb für sich entschieden hatten. Die Soldaten erachteten es als eine ganz besondere Ehre, den Schildwall vor ihrem Silberengel zu bilden. Dann aber waren die Schattennebel aufgezogen. Die Chaya-Rhunay hatte sofort begriffen, was es damit auf sich hatte.

Doch alles Wissen hat nichts geholfen! Die Kil-Rhai kamen über uns wie die Wölfe über eine Schafherde! Die Menschen haben tapfer gekämpft, solange sie sehen konnten, was um sie herum geschieht – doch in den dunklen Nebeln waren die Schwarzen Mönche für ihre Augen unsichtbar…

Ssil hatte versucht, die Reihen geschlossen zu halten, doch vergebens. Jeder tote Silberlöwe riss eine Lücke, die sich nicht wieder schließen ließ, und bald war der Ring der Pumas um sie herum komplett aufgebrochen. Ssil war sich darüber im Klaren gewesen, dass sie jetzt schnell handeln musste, um eine vernichtende Niederlage noch abwenden zu können. Doch eingesperrt in der metallenen Rüstung waren ihre Optionen mehr als begrenzt. Um ihre gesamte Zaubermacht einsetzen zu können, musste sie sich aus dem metallenen Schutz heraus schälen. Dabei würden aber alle ihre wahre Identität erblicken, denn die Illusion eines menschlichen Aussehens aufrechterhalten und gleichzeitig entscheidend in das Schlachtgeschehen mittels Schattenmagie eingreifen, das war auch der erfahrenen Chaya-Rhunay nicht möglich.

Bei der ewigen Dunkelheit zwischen den Welten und Sternen! Dann sollen sie sehen, wer mit ihnen und für sie kämpft! Mögen ihre Herzen die ganze Wahrheit erkennen und nicht bei dem bruchstückhaften Zerrbild dessen verharren, was ihnen ihre Augen zeigen!

Noch während sie die Riemen ihres Harnischs aufriss, wurden Ansgar und Roland von den Warloks einfach umgerissen und niedergetrampelt. Mit einem grausamen Stich im Herzen registrierte sie, wie Wolfgang, der letzte Puma ihres Schildwalls, von zwei schweren Hieben getroffen wurde und trotzdem weiterhin seinen Schild gegen die heranwogenden Toa stemmte. Doch selbst dessen todesverachtender Einsatz konnte ihr nicht die notwendige Zeit erkaufen, die sie benötigte. Schlagartig begriff sie, dass sie zu lange gezögert hatte. Es war zu spät. Die Grauhäuter würden sie zusammen mit ihrem letzten Gefolgsmann niederwalzen!

Robert, mein L'in Arpar! Ich werde im Dazwischen auf dich warten.

In diesem Augenblick strahlte ein helles Leuchten von Heorhalla herab und tauchte die gesamte Szenerie in einen Dom aus Silberglanz. Ssils zugeschnürter Kehle entrang sich ein heiserer Schrei. Sie begriff augenblicklich, dass sie Zeugin der Magie des Königs wurde. Er hatte die tödliche Gefahr erkannt, in der sie alle schwebten, und schickte ihnen seine rettende Macht! Eine wilde, verwegene Hoffnung durchströmte sie und fegte ihre Verzweiflung hinfort. Nein, sie würde nicht sterben, nicht jetzt! Mit großen, staunenden Augen sah sie die Schattenkrieger geblendet umherirren, während gleichzeitig die Silberlöwen mit übermenschlicher Kraft und voller frischer Energie auf ihre Gegner einschlugen. Damit nicht genug, erhoben sich die Gefallenen unter den Streitern aus Argenas, durch Eriks Zauber vom Tode erweckt, und stürzten sich aufs Neue in die Schlacht! Und dennoch schien dies alles nicht genug, denn die Toa stürmten mittlerweile zu Hunderten durch die geschlagene Bresche hindurch und rannten Richtung Wallmauer. Sie musste etwas unternehmen und dem urmächtigen Vorwärtsdrängen der Warloks Einhalt gebieten.

Nun also werden wir gemeinsam zaubern, Erik von Arnanfels. Möge die dunkle Allianz unserer Gegner erzittern vor unserem Bündnis aus Licht und Schatten!

Wild entschlossen schob sie alle Emotionen beiseite, versenkte sich in die heilige Trance und sammelte all ihre Macht. Dann entfesselte sie ihre schrecklichste Magie.

Mitten im reißenden Strom der Warlokleiber erhob sich plötzlich ein nachtschwarzer Tornado von mehr als vierzig Schritten Durchmesser, der aus gewaltigen Fetzen vollkommener Finsternis bestand, die in reißender Geschwindigkeit um ein nicht sichtbares Zentrum rotierten. Die Schreie, die aus der für Blicke undurchdringlichen Erscheinung nach draußen drangen, waren so schrill und entsetzlich, dass die nachfolgenden Toa instinktiv versuchten, der verstörenden Manifestation feindlicher Magie auszuweichen, was jedoch zunächst ganz und gar vergebens war, so gewaltig war der Druck der von hinten schiebenden Leiber. Doch als der Mahlstrom aus wirbelnder, tintiger Dunkelheit sich mehr und mehr in die Höhe schraubte und sich drohend über die Köpfe der Grauhäuter erhob, kam deren Bewegung ins Stocken und schließlich sogar ganz zum Stehen. Für einen kurzen Moment trennten sich in Sichtweite der Ausformung die Kämpfenden und starrten perplex auf das Geschehen. Plötzlich wurden die wirbelnden Schlieren zur Mitte des Tornados gerissen und verschwanden in einem senkrechten Schlitz absoluter Finsternis. Es war, als wäre der Stoff der materiellen Welt zerrissen und hätte einen Spalt hinüber in eine fremde, vollkommene Schwärze, in ein Nichts zwischen den Welten freigegeben. Doch noch während sie ungläubig und mit wachsendem Unbehagen ihre Augen auf das Tor zwischen den Ebenen gerichtet hatten, prallten die Ränder des mehrdimensionalen, langgestreckten Lochs mit Macht aufeinander und fügten das Gewebe der Realität wieder zusammen. Ein Windstoß, kalt wie der Tod, fegte über das Schlachtfeld, dann war es vorüber – die Wolke war verschwunden. Doch dort, wo sie gewesen war, erhob sich nun inmitten eines Feldes aus mehreren hundert zerfetzten Körpern eine Gestalt mit schwarzen, weit gespreizten Rabenschwingen. Die Haut wies eine tiefrote Färbung auf, und ihre pechschwarzen, seidig-glänzenden Haare, die wild und widerspenstig waren, überdeckten Teile ihres Gesichts.

Zu ihren Füßen lagen die Reste ihrer Rüstung. Eine furchtbare, gnadenlose Wut loderte in ihren gelben Augen.

Ssil war ein großes Wagnis eingegangen. Um den Seelenstrudel, ihre mächtigste Schattenmagie, wirken zu können, hatte sie nicht nur ihre schützende Metallrüstung, sondern auch den ihre wahre Natur verbergenden Illusionszauber fallen lassen müssen. Und so stand sie nun in ihrer ganzen narbenübersäten Pracht vor den Augen ihrer Gegner und ihrer Silberlöwen, lediglich bedeckt von dem schwarzen, ledernen Oberteil, das ihren Bauch mit den sechs Muskelpaketen unverhüllt ließ, sowie den eng anliegenden schwarzen Beinkleidern, und bleckte ihre weißen Raubtierzähne den Umstehenden herausfordernd entgegen.

Doch wenn sie geglaubt hatte, ihre Soldaten würden sich nun, da sie ihre wahre Gestalt erblicken konnten, von ihr abwenden, wurde sie eines Besseren belehrt. Mit einem triumphalen Brüllen donnerten die Bergpumas ihre Waffen gegen ihre Schilde und eilten von allen Seiten herbei, um an ihrer Seite zu stehen und mit ihr zusammen gegen die Warloks zu kämpfen!

Diese zögerten damit, sie anzugreifen, sahen sie sich doch einer Dämonin gegenüber, die offenbar aus den Tiefen des Abgrunds emporgestiegen war, um sie alle zu bestrafen. Das Warum spielte dabei keine Rolle mehr – die reglosen Leiber der toten Toa sprachen eine eindeutige Sprache. Als die Grauhäuter schließlich, von ihren Befehlshabern angetrieben, von Neuem gegen den Wall der Menschen anrannten, wurden sie von den mit übermenschlicher Kraft zuschlagenden Argenaern reihenweise niedergestreckt.

Ohne auch nur das Geringste von all diesen Vorgängen hinter sich zu bemerken, rannten die bereits durchgebrochenen Warlokkrieger, und Kil-Rhai mit heiserem Brüllen siegestrunken Richtung Hoher Wall, als sich genau in diesem Augenblick die gewaltigen Flügel des Tores öffneten und weit aufschwangen. Heraus galoppierten die Ritter des Silberdrachens und sie fegten wie ein Sturmwind in die heranstürmenden Warlokscharen hinein. Angeführt von Aaron Sturm Sólonsson, dem Than, auf seinem Schlachtross

Hathiro sitzend, sein Schwert Nurthûn, die Sethalklinge, hoch in den Himmel gereckt, ritten die dreißig tödlichsten Recken des Silbernen Königreiches hinaus in die Schlacht. Jeder einzelne von ihnen war eine Legende, berühmt und berüchtigt. Die schwer gepanzerten Schlachtrösser fächerten sich keilförmig auf und durchpflügten in breiter Ordnung mit mächtigen Sätzen die Reihen der Angreifer, während die Drachenritter mit den Streichen ihrer blitzenden Langschwerter oft gleich zwei ihrer Widersacher auf einmal erschlugen. Unaufhörlich hoben und senkten sich ihre Klingen, schwangen in rasend schnellen Bögen hierhin und dorthin und hinterließen ein Feld aus Leichen, Blut, Fleisch- und Knochenteilen.

Auf der ganzen Linie hielten die argenaischen Streitkräfte reiche Ernte unter ihren Feinden, doch schließlich erlosch der Silberglanz in den Augen der Löwenkrieger, und mit ihm verging die übermenschliche Stärke. Die getöteten Toa aber wurden rasch von den nachdrängenden Warloks ersetzt, und die Freude auf den Gesichtern der Menschen machte der grimmigen Erkenntnis Platz, dass die Horde der Gegner noch lange nicht besiegt war.

Seine mäandernden Gedanken machten es ihm schwer, sich auf dieses merkwürdige Bild zu fokussieren. Doch tief in seinem Inneren wusste er, dass es von eminenter Wichtigkeit war, so schnell wie möglich die Kontrolle über sein Denken und sich selbst zurückzuerlangen. Intuitiv versuchte er deswegen, seinem Geist eine Aufgabe zu geben, die ihm helfen würde, sich zu sammeln.

Also gab er sich alle Mühe, sich auf die roten Flecken auf seinem Handrücken zu konzentrieren. Diese kleinen Tropfen waren neu, daran konnte es keinen Zweifel geben. Sie glänzten. Blut glänzte nur, wenn es frisch war. Altes Blut trocknete ein und bildete eine Kruste. So wie damals, als er die steile Turmtreppe herabgestürzt war und sich das Knie aufgeschürft hatte.

„Lass den Schorf in Ruhe, Sohn, auch wenn es juckt. Du willst deine Wunde doch nicht wieder aufreißen. Denn dann blutet es erneut, und alles fängt wieder von vorne an. Das Jucken wird bald aufhören, und dann fällt die Kruste von alleine ab. Im Moment schützt sie den Riss in deiner Haut, so wie eine Rüstung."

Sein Herr Vater hatte ihn auf seinen Schoß genommen und ihm die Sache mit dem Blut erklärt. Das war schön gewesen. Es kam nicht so oft vor, dass dieser ihm körperliche Nähe schenkte.

„Ja, Vater. Eine Rüstung ist gut."

„Euer Majestät? Ist alles in Ordnung?"

Die Stimme Gernots von Wardenfels, seines obersten Bogenschützen, holte ihn ins Hier und Jetzt zurück. Sein Verstand klärte sich. Erschrocken betrachtete er noch einmal seine Hände.

Mein Blut wurde mir aus dem Leib gepresst – ich habe zu tief geschöpft, zu viel Magie durch meinen Körper fließen lassen. Um ein Haar…

„Ja, Graf Gernot, ich denke schon. Aber gerade im Augenblick wäre ich Euch für eine helfende Hand dankbar."

Er ergriff die sich ihm sogleich entgegenstreckende Rechte und stemmte sich mit der Unterstützung des Wardenfelsers wieder in die Höhe. Sogleich wurde er erneut von einem starken Schwindelanfall gepackt, sodass er sich an der Wehrmauer festhalten musste.

„Wie lange war ich weg, Graf?“

Seine Stimme klang heiser, fast wie ein Knurren. Der Graf hatte in der Zwischenzeit bereits wieder einen Pfeil eingenockt und ließ diesen von der Sehne. Mit einem befriedigten Grunzen quittierte dieser gleich darauf seinen Treffer, bevor er antwortete.

„Wenn Ihr Euer Verweilen auf Euren Knien meint, Majestät, dann war es sechs Pfeile lang – vier Grauhäuter und zwei Kil-Rhai.“

Äußerst beeindruckend – sechs Pfeile, sechs Treffer, sechs Tote. Hätte ich mehr Krieger mit seinen Fähigkeiten, müsste ich mir bedeutend weniger Sorgen machen. Das heißt, ich war etwa zehn Atemzüge weg – was ist in dieser Zeit geschehen?

Er ließ seinen Blick über das Schlachtfeld wandern. Die Ritter waren dabei, den Streifen zwischen den Pumas und dem Hochwall von allen Warloks zu säubern, die durch die Bresche gestürmt waren. Sie gingen mit brutaler, eindrucksvoller Effizienz vor. Der geballten Kampfkraft der Drachenritter hatten die Toa wenig entgegenzusetzen. Es war nur eine Frage der Zeit, wann der Letzte der Eingedrungenen niedergehauen würde, denn die Lücke im Schildwall der Silberlöwen war wieder geschlossen. Erik atmete erleichtert auf. Doch dann bemerkte er, dass die magieabsorbierende Schutzsphäre nicht mehr existierte.

Er war sich nicht sicher, ob er noch einmal würde zaubern können. Er fürchtete, dabei ein beträchtliches Risiko einzugehen. Mühsam kämpfte er gegen den Schwindel an und löste seine Hände von der Wehrmauer. Sie hinterließen rote Abdrücke auf dem grauen Stein – auch seine Handinnenflächen waren mit Blut verschmiert. Nachdenklich schüttelte er den Kopf. Es war absehbar, was die Kanalisation weiterer magischer Energien mit seinem Körper anrichten würde. Zwar hatte er keinerlei Angst vor dem Tod. Er machte sich aber keine Illusionen darüber, wie sich sein Ableben auf die Moral seiner Krieger auswirken würde.

Sian steh mir bei, ich halte es nicht für ausgeschlossen, dass sie die Schlacht allein deswegen verlieren könnten. Nein, das darf nicht passieren – sie brauchen mich lebend, als Symbol für ihren eigenen Mut und Siegeswillen. Das heißt, ich darf nur noch dann einen Zauber wirken, wenn der Einsatz das Risiko rechtfertigt.

Dabei mochte der Tag noch lang werden. Die Horde als besiegt anzusehen wäre eine schreckliche Fehleinschätzung, das war ihm durchaus bewusst. Auf die mächtigste seiner Waffen verzichten zu müssen, war demnach geradezu niederschmetternd, auch wenn ihm die Entscheidung unumgänglich schien. Nichtsdestotrotz fühlte er neben der Bitterkeit über diesen herben Verlust seiner Handlungsmöglichkeiten ebenso eine grimmige Befriedigung!

Die Bresche ist wieder geschlossen, die drohende Niederlage zunächst abgewendet und – wie ich vermute – ein Großteil der Schattenkrieger liegt auf der Walstatt! Ihre Seelen werden schon bald in der schreckenerregenden Präsenz Eakkaris wimmern und ihrer Strafe für das Versagen am heutigen Tage harren. Sie werden den Tag ihrer Geburt verfluchen, und den ihrer Eltern und Ahnen bis ins hundertste Glied!

Entschlossen straffte er seine Schultern und richtete sich gerade auf. Der Ring um die Horde war fast fertig geschmiedet, und bald würde ein grimmiges, fürchterliches Schlachten einsetzen. Seine letzte, große Sorge war nun der Verlauf der Schlacht im Süden. Von seinem erhöhten Standpunkt auf dem Wehrgang über dem Großen Tor aus hatte er mit angesehen, wie dort hinten gewaltige, weißglühende Explosionen detoniert waren. Jeden Augenblick hoffte er auf die Rückkehr eines seiner Meldereiter mit den dringend benötigten Informationen, oder auf die Botschaft seines Thans. Seine große Hoffnung war, dass der Hofmagier Gamron Valator den Drachenritter Ean begleitete und in die Schlacht eingegriffen hatte. Sollte seine wichtigste Figur auf dem Schlachtfeld auf die Unterstützung eines ausgebildeten Meisters der arkanen Magie zählen können, stieg die Wahrscheinlichkeit, dass sein Plan aufging, ganz erheblich.

Erik war sich der wahren Schwachstelle seines strategischen Meisterwerks voll bewusst. Ja, er war ein furchtbares Risiko eingegangen. Die einzige Möglichkeit, diesen Koloss einer Armee auszuradieren, obwohl sie selbst so grausam in der Unterzahl waren, bestand in einem Kessel.

Wir müssen die Horde umschließen, von allen Seiten, sodass die große Masse der Toa-Krieger im Inneren ihrer eigenen Streitmacht zur Untätigkeit verdammt ist! Sie sollen sich gegenseitig bedrängen und behindern, einklemmen und strategisch bewegungsunfähig machen.

Darum seine Aufstellung mit dem flexiblen Bogen, gebildet von seinen zähesten und härtesten Kriegern, den Silberlöwen, die den Impuls der Horde aufgenommen und gebremst hatten, ohne überrannt zu werden. Deswegen die doppelte Zangenbewegung erst der Habichte, die nur dazu da gewesen waren, die dringend benötigte Zeit zu erkaufen, und schließlich der Siangarde, seiner Elitekavallerie, die nun die Horde zusammenquetschte, ohne dass es dieser gelang, das scheinbar greifbar vor ihrer Nase liegende Ziel, Heors Tal, erreichen zu können.

Der nun wieder geschlossene Schildwall der Silberlöwen verwehrte ihnen den Zugang. Doch das alles war Stückwerk, und würde es auch bleiben, unvollendet und ohne echte Bedeutung, wenn der Heerführer der Thorlander seinen Plan nicht erkannte.

Eriks Meldereiter hatten ihm zwar berichtet, dass die Eisernen hinter den Riesen marschierten, aber ob Ean bei ihnen war oder nicht, war dem König nicht bekannt. Die letzte Nachricht, die ihn aus dem südlichen Teil der Schlacht erreicht hatte, war ungemein beunruhigend gewesen: Die Riesen hatten sich in Marsch gesetzt!

Jetzt brauchte Erik die Thorlander, sie mussten verhindern, dass die gewaltigen Monster seine schwere Reiterei weitläufig umgehen konnten. Sollte den Bergriesen ihr Manöver nämlich gelingen, könnten sie den Bergpumas von beiden Seiten in die Flanken fallen. Der König gab sich keinerlei Illusionen hin, was das bedeuten würde. Die mächtigen Unholde würden durch seine Infanterie hindurchbrechen, wie ein schwer gepanzerter Krieger durch eine Schar Kinder. Die Warloks hätten daraufhin leichtes Spiel, sie müssten nur noch in die Lücken stoßen und könnten ihre Überzahl voll zur Geltung bringen. Das wäre keine Schlacht mehr, sondern ein Gemetzel. Auch seine Siangarden würden daran nichts mehr ändern. Sie wären alle zum Untergang verdammt.

Ich hoffe, du bist dort hinten, Ean. Ich hoffe, du verstehst meinen Plan und begreifst, wie wichtig die Rolle der Eisernen ist, die ich ihnen zugedacht habe. Sie müssen meinen Kessel schließen und sichern! Du bist jung, aber du stammst aus dem Hause Sharrâta. Erweise dich deines Erbes als würdig!

Der ohrenbetäubende Schrei des Riesen zerrte an seinen Nervenenden und stach ihm peinigend in die Ohren.

Ean war aus vollem Lauf mit einem gewaltigen Satz hoch- und dem Ungeheuer entgegengesprungen und hatte der Bestie den magisch geschärften Stahl Ukonnens zu schmecken gegeben! Tief hatte sich die Klinge des Schwertes in den fassförmigen Bauch des Bergriesen gefressen, woraufhin dessen Schmerzensgeheul nun weithin über das Schlachtfeld hallte. Rau und dröhnend, wie das grollende Brüllen eines wahrhaft titanischen Bären, aber tief und dunkel wie die Wurzeln der Berge, drang es dem Drachenritter durch Mark und Bein. Trotz Schwert und Schild, die er in den gepanzerten Händen hielt, versuchte er in einem ersten Impuls seine Ohren zu bedecken, obgleich dies allein schon wegen seines eisernen Vollhelms unmöglich war.

Doch so schlagartig, wie der Schmerz in seinem Gehör eingesetzt hatte, so plötzlich hörte er auf. Obwohl der schreckliche Lärm noch immer alle anderen Geräusche um ihn herum übertönte, nahm er mit einem Mal keinen Schaden mehr daran. Gleichzeitig spürte er eine wohltuende Wärme, die sich von seinem Schwert ausgehend wie ein goldschimmerndes Kraftfeld um seinen Leib legte. Wie damals in den Tunneln der Kil-Rhai fühlte er die ungeheure Macht, die tief im Inneren der Reliquie schlummerte, eine Macht, groß und weit und tief wie ein Ozean. Und dieses Mal gewahrte er eine Verbindung, die er nutzen konnte, eine Art mentale Pforte, die es ihm ermöglichte, die Waffe mit der knisternden Kraft aufzuladen. Ohne zu zögern stieß er diese mit seinem Geist auf. Sogleich raste der magische Strom herbei, erfüllte Ukonnen mit einer unbändigen Energie, die nach draußen drängte und das schwarze Metall zum Vibrieren brachte.

Ean starrte die Waffe ehrfurchtsvoll an, dann schüttelte er sich den Schild vom Arm. Gegen diese Bestien würde er ihm ohnehin nichts nützen. Auch mit der Linken umfasste er nun den Griff des Schwertes, dessen Klinge schwerer und wuchtiger in seinen Händen lag als zuvor. Massiver schien sie ihm zu sein, als wäre der stoffliche Anteil ihres Gewebes dichter geworden, während er zugleich das pulsierende Eigenleben des Artefakts deutlicher wahrnahm als je zuvor. Das Drängen wurde stärker, die Macht Ukonnens wollte sich Bahn brechen, wollte zuschlagen, zerfetzen, vernichten! Ein kaltes, grausames Lächeln umspielte seine Mundwinkel, als er seinen Blick hob und den getroffenen Bergriesen vor sich musterte.

Sechs Schritte hoch und so schwer wie ein halbes Dutzend ausgewachsener Lastochsen, brachten die Giganten die Erde mit jedem ihrer Schritte zum Erbeben. Der Hammerstiel ihrer riesigen, doppelköpfigen Kriegshämmer maß mindestens fünf Schritte und war aus armdickem Eschenholz, das zusätzlich mit einem guten Dutzend Metallbänder in doppelter Handbreite verstärkt war. Der eiserne Kopf auf jeder Seite war so groß wie ein Bärenschädel!

Eans Gegner richtete sich vor ihm auf, und das Monster hob dieses ungeheuerliche Mordwerkzeug hoch über seinen Kopf. Der Schnitt in seinem Bauch klaffte weit auf, schwarzes Blut strömte hervor und ergoss sich über den Lederschurz, der aus mehreren Rinderhäuten überraschend gut gefertigt war. Mit unvorstellbarer Brachialgewalt schmetterte er den todbringenden Hammer auf ihn herab!

Im letzten Moment gelang es dem Drachenritter, zur Seite zu springen und dem tödlichen Streich auszuweichen. Noch im Augenblick seiner Landung schnellte er sofort wieder in die Höhe, kreiselte um 180 Grad herum und ließ seine Klinge in einem flirrenden, vertikalen Bogen auf den Unterarm des Ungeheuers herniedersausen.

Plötzlich spürte er eine unsagbar tiefe Vibration in seinem Inneren, die ihren Ursprung im Griff Ukonnens hatte. Mit einem Mal begriff Ean, dass nicht er es dieses Mal war, der sein Schwert schwang, sondern dass sich die Waffe selbst mit gieriger Gewalt auf seinen Feind stürzte und er ihr lediglich Ziel, Führung und Unterstützung gab, ja, mehr noch, dass sich die magische Klinge seines Körpers bediente, seiner Kraft und Energie. Seine Muskeln wölbten sich in eisenharter

Spannung unter seiner Rüstung und pressten sich gegen das schützende Eisen, während die Vibration des Schwertes durch seinen gesamten Körper pulsierte.

Dann berührte das Metall der Schneide die Haut des Riesen.

Ein gewaltiger Donnerschlag brachte die Luft zum Erzittern! Die Macht der gespeicherten magischen Energie entlud sich in solch plötzlicher Heftigkeit, dass die Haut des Ungeheuers an mehreren Stellen seines Leibes aufplatzte. Der Schädel des Monsters wurde zurückgerissen, und Blut floss in kleinen Rinnsalen aus dessen Ohren, Nase und Mund. Der gewaltige Hieb trieb Ukonnen so leicht, glatt und widerstandslos durch Fleisch und Sehnen und Knochen, dass der Arm des Riesen knapp unterhalb seines Ellbogens abgetrennt wurde, als schnitte der rasiermesserscharfe Stahl durch angewärmte Butter. Mit einem grausigen, hohen und langgezogenen Winseln ließ das Ungeheuer seine riesige Waffe fahren und taumelte zurück. Mit seiner verbliebenen Hand den Stumpf umklammernd, stolperte er über die wie zerbrochene Puppen herumliegenden Leichen der Eisenmänner und krachte der Länge nach auf die blutdurchtränkte Erde.

Von allen Seiten stürmten da die Krieger des Ascomannen-Clans heran und droschen mit ihren großen, zweihändigen Schlachtschwertern auf den am Boden Liegenden ein, bis sich ihre Panzerharnische rot färbten vom Blut des Monsters. Unbeschreiblicher Jubel brandete auf, obwohl weiterhin neun der fürchterlichen Gegner standen und einen grausigen Blutzoll unter den Thorlandern forderten.

Sie freuen sich zu Recht! Wir haben einen weiteren der entsetzlichen Bergriesen niedergestreckt! Sian, über welche Macht verfügt diese Klinge!

Er selbst war von der Eruption unbehelligt geblieben, und auch die Thorlander waren wohl weit genug entfernt gestanden, sodass niemand von ihnen zu Schaden gekommen war. Gleichwohl galt es Vorsicht walten zu lassen! Wenn er die Macht dieses Donnerschlages zu unbedacht einsetzte, konnte er damit durchaus seine eigenen Verbündeten verletzen oder möglicherweise sogar töten. Verblüfft stellte Ean darüber hinaus fest, dass er die magische Klinge spüren konnte. Seine Verbindung zu Ukonnen war gewachsen. Er fühlte eine Präsenz im Hintergrund seines Denkens und Fühlens, die er so vorher noch nie wahrgenommen hatte, und hegte keinen Zweifel, dass es sich dabei um das Schwert der reinen Macht handelte. Voller Euphorie wollte er erneut die Pforte aufstoßen und die Klinge mit der tödlichen Energie tränken, stellte jedoch fest, dass er dazu nicht imstande war. Das Tor war geschlossen, und er hatte keine Ahnung, wie er es erneut öffnen konnte. Einigermaßen frustriert über seine eigene Unwissenheit wandte er seine Aufmerksamkeit wieder dem Geschehen um sich herum zu.

Wir müssen jetzt schnell sein, sonst bleiben vom Stamme der Ascomannen nicht mehr viele übrig, die ich zurück in die Schlacht gegen die Horde führen könnte!

Die ersten beiden Riesen waren durch Gamrons Unterstützung gefallen, als dieser einen beträchtlichen Teil seiner zerstörerischen Magie eingesetzt hatte. Ein bizarr anzusehender, kegelförmiger Kältesturm von mehr als zwanzig Schritten Länge hatte die Ungeheuer eingehüllt. Im Inneren dieses von schräg oberhalb der beiden Wesen heranfauchenden Orkankegels wirbelten zigtausende Eiskristalle umher. Innerhalb eines Herzschlages färbte sich die Haut der Monster blau, als die unvorstellbare Kälte ihnen die Wärme aus ihren Leibern saugte. Unmittelbar danach hatten zwei weißglühende Feuerbälle die Riesen umhüllt, die unmittelbar hintereinander explodiert waren. Als die blendende Helligkeit gewichen war, hatte Ean die gewaltigen Leiber als weithin leuchtendes Fanal umherwanken sehen. Doch die Flammen waren rasch erloschen, denn nur die ledrigen Fetzen, die den Giganten als Kleidung dienten sowie die filzigen Haare auf ihren Körpern waren verbrannt, die eigene dicke Haut aber, wenngleich an vielen Stellen schwarz verkohlt, hatte der Feuersbrunst weitgehend getrotzt. Die hölzernen Stiele ihrer Hämmer jedoch hatte die Gluthitze zu Asche verwandelt. Und auch die Unholde selbst waren so stark angeschlagen und benommen, dass die Eisernen zumindest diesen beiden den Garaus machen konnten.

Daraufhin waren die restlichen zehn Riesen zum Angriff übergegangen und hatten ihre gewaltigen Hämmer wie Sensen geschwungen. Da wurden die eisengepanzerten Leiber der Thorlander wie Spielzeuge nach hinten und zu den Seiten weggeschleudert! Wer von diesen Waffen getroffen wurde, hauchte meist beim ersten Treffer schon sein Leben aus. Die verheerende Wucht der mit brachialer Gewalt geführten, riesigen Hammerköpfe zerdellte und zerriss Metallplatten, zertrümmerte Knochen und zerquetschte das Fleisch. Wer noch lebte, konnte in den völlig zerstörten Rüstungen meist weder atmen noch sich bewegen und starb wenig später am Blutverlust oder erstickte jämmerlich.

Als er sich nun umsah, gefror ihm das Blut in den Adern.

Sian steh mir bei! Sie müssen sich abgesprochen haben! Jetzt greifen sie mich an!

Eans Einschätzung war zutreffend. Die Riesen kommunizierten sehr wohl miteinander, auch wenn niemand außer ihnen selbst wusste, wie sie das bewerkstelligten. Woher die tosenden Feuerbälle gekommen waren, konnten sie nicht einschätzen. Sie waren nicht besonders klug. Aber sie besaßen eine niederträchtige, heimtückische Schläue. Sie wussten, dass ihnen so viele kleine Angreifer den Garaus machen konnten. Allerdings hatten sie schon vor vielen, vielen Wintern gelernt, was sie in so einem Fall zu tun hatten: Sie mussten die Anführer töten! Dann würden die anderen laufen, so schnell ihre kleinen Beine sie tragen konnten.

Sie sprachen nicht wie andere Völker miteinander. Das brauchten sie nicht. Die dunklen, langsamen Gedanken eines Bergriesen drangen in die Köpfe der anderen seiner Rasse ein wie Duftschwaden in die Nase eines Bären – es passierte, einfach so, ohne dass sie irgendetwas tun mussten. Und dieses Mal kamen die Gedanken von allen zugleich!

TÖTET IHN! TÖTET DEN MIT DEM SCHWARZ-WEIßEN STACHEL!

Sie wandten sich Ean zu und sahen ihn mit ihren grausamen Augen an. Einen Herzschlag später marschierten sie alle auf ihn zu, die gewaltigen Hämmer erhoben, ohne auf die Thorlander zu achten, die ihnen mit ihren Äxten in die Beine schlugen und zum Teil schwere Wunden zufügten. Ean begriff sofort, dass ein Kampf vollkommen sinnlos war. Ohne die Möglichkeit, die Macht Ukonnens zu aktivieren, hatte er keine Chance. Vor den deutlich schnelleren Riesen zu fliehen, kam jedoch ebenso wenig in Frage! Also tat er das Einzige, was ihm nun noch übrigblieb – er, Ean Gomōnsson, Freiherr zu Argenas und Träger Ukonnens, bereitete sich darauf vor, in ehrenvollem Kampf zu sterben.

Erwartungsvoll betrachtete sie das gewaltige Tor, das sie geöffnet hatte. Es führte auf die Elementarebene des Wassers. Sie konnte gar nicht genau sagen, warum sie eine Verbindung genau dorthin erschaffen hatte. Genau genommen konnte die Nymphe überall sein. Es war sogar wahrscheinlicher, dass sie lediglich irgendwo hier versteckt auf der Lauer lag und sie alle beobachtete. Aber sie hatte außer den beiden gewaltigen Wächterbäumen und den übrigen Pflanzen, die rund um den Teich herum wuchsen, überhaupt keine lebende Präsenz wahrgenommen, als sie den Kraftlinien folgend den heiligen Hain erreicht hatte. Stattdessen war da ein drängender Impuls gewesen, den Teich zu betreten. Misstrauisch war sie stehengeblieben und hatte das merkwürdige Gefühl ergründet – ein stetig stärker werdendes Ziehen, das durch den Seelenstein in ihrer Faust geströmt war und an ihrer Verbundenheit mit der Großen Mutter ansetzte.

Eine machtvolle, beeindruckende Manifestation elementarer Magie. Sie erfasste mich genau in dem Moment, als ich die unsichtbare Schwelle überschritt, die diesen Ort vom Rest der Welt abgrenzt. Wer oder was auch immer diese Kraft heraufbeschworen hat, ist selbst im Einklang mit der mystischen Harmonie der heiligen Quelle. Das kann ich ganz deutlich spüren.

Also hatte sie nachgegeben und sich leiten lassen. Wie von selbst war sie ins Wasser gegangen und hatte ein Ritual ausgeführt, dass ihr unter normalen Umständen niemals hätte gelingen dürfen. Die Magie, die sie heraufbeschwor, war derart machtvoll, die pulsierenden Ströme elementarer Energie so wild und unbeherrschbar gewesen, dass sie beinahe ausgelöscht worden wäre. Doch die geheimnisvolle Macht, die sie dazu verleitet hatte, das Ritual zu beginnen, war die ganze Zeit an ihrer Seite gewesen. In dem Bewusstsein, dass es ihre einzige Chance war, den vom Ritual erzeugten Mahlstrom der Magie zu lenken und somit zu überleben, hatte sie sich völlig der Führung dieses anderen Bewusstseins überlassen.

Noch nie habe ich etwas Ähnliches erlebt. Als ich meinen Geist öffnete und mich den lenkenden Impulsen dieses Wesens hingab, ging plötzlich alles wie von selbst. Wie einfach es war, diese wilden Kräfte zu bändigen – so als wollten sie mir einfach gehorchen!

Mit großen Augen starrte sie deshalb nun auf den türkis schimmernden Torbogen, der mit einem Durchmesser von mehr als sieben Schritten über der Wasseroberfläche aufragte. Das Innere bestand aus einer durchsichtigen Substanz, die in den Farben des Regenbogens glänzte. Was auch immer dort hindurchtreten würde, sie war sich ganz sicher, dass es genau jenes Wesen sein würde, das ihr gerade geholfen hatte.

Plötzlich brach die Scheibe mit einem berstenden Krachen auseinander und zerstob in einer Kaskade von Millionen winziger Wassertropfen. Eine humanoide Gestalt trat aus der peitschenden Gischt heraus, tief gebeugt, trotz der Ausmaße des schillernden Bogens. Wellen rollten über seinen Körper, der gänzlich aus Wasser bestand und eine tiefdunkle Blautönung aufwies. Rani hielt überwältigt den Atem an und starrte zu der Gestalt hinauf, die sich nun langsam zu ihrer vollen Größe von gut siebzehn Schritten aufrichtete.

Große Mutter steh mir bei! Ein Wasserelementar! Aber er ist viel zu groß dafür… das muss einer der Ältesten sein, von denen Yrrinea mir erzählt hat. Sie herrschen über die niederen Geschöpfe ihrer Elementarebene. Ihre Kraft übertrifft die der größten Riesen, und ihr Temperament ist genauso unberechenbar wie das Element, aus dem sie geformt sind!

Das Wesen beugte sich nach vorne und in dem gesichtslosen Schädel leuchteten plötzlich zwei handtellergroße Scheiben auf, deren verstörender Blick sich auf die junge Druidin richtete. Ranis ganzes Denken und Fühlen drohte auszusetzen, als sie in diese hypnotischen Augen blickte.

Sie schwebt in einer tragenden Substanz, die ihr ein vertrautes Gefühl von Halt und Sanftheit vermittelt.

„Was ist das nur? Ist es Wasser? Aber nein, das ist unmöglich, ich atme ja...“
Ihre eigene Stimme ertönt auf ganz und gar merkwürdige Weise in ihrem Kopf, so als würde sie jeden ihrer Gedanken laut aussprechen. Sie beginnt zu sinken, erst langsam, dann immer schneller. Es wird rasch kälter um sie herum. Die angenehme Empfindung, getragen und gestützt zu sein, verändert sich. Von allen Seiten presst sich die Substanz mit gefährlich anwachsendem Druck gegen ihr Fleisch. Gleichzeitig drängt ein mächtiges Bewusstsein gegen ihren Geist, nicht mehr führend und lenkend, sondern fordernd, befehlend – und gewaltsam! Instinktiv begreift Rani, dass sie sofort handeln muss, oder sie wird vernichtet werden. Verzweifelt krallt sie sich mental an diesem Gedanken fest, hangelt sich daran entlang und findet die magischen Worte der Abwehr, die ihr Yrrinea vor so vielen Monden eingebläut hat! Mit eiserner Willensstärke intoniert sie diese in ihrem Geist, und mit jeder Silbe wird ihre mentale Kraft stärker, und ihre Stimme, die zunächst nur schwächlich und zaghaft erklingt, wird fester und lauter.
„f...a...e...r es-Gal MÂN!“

Verblüfft schlug die junge Druidin ihre Augen auf. Der Elementar richtete sich wieder auf, einen überraschten Ausdruck in seinen riesigen, bleichen Augen.

Als das titanische Wesen sprach, donnerte seine Stimme mit der Gewalt brechender Wellen auf sie herab.

„JUNG IST DEIN LEIB, KAULQUAPPE, DOCH DEIN GEIST IST STARK. SO SEI ES.“

Ein Zischen und Klacken ertönte, als würden Kieselsteine in der Strömung herumgewirbelt.

Bei Eanandaomars blutenden Wurzeln! Entweder ist er richtig wütend und zerquetscht mich jetzt gleich wie eine lästige Fliege, oder... er lacht!

„HÖRE DENN, WAS MAYOSHAO SPRICHT: DIE, WELCHE DU SUCHST, IST NICHT MEHR HIER. GEH ZU DEN MACAL IZUMGRUD.“

Ein Wind kam auf und fegte über den kleinen See. Die Form des Elementars löste sich auf, veränderte sich und wurde zu einer sich schneller und schneller drehenden Wassersäule, deren unteres Ende sich zurück zum Tor bewegte. Rani begriff, dass ihr keine Zeit mehr blieb. Hastig watete sie auf das Tor zu.

„Halt! Warte! Wo ist Una Ea′jana hin? Wo soll ich nach ihr suchen?"

Der Wind toste mittlerweile in der Stärke eines Wirbelsturms um sie herum, zerzauste ihre Haare und zerrte an ihrem Leib. Das Wesen hatte das Tor erreicht und wurde zurückgezogen in sein eigenes Reich. Doch durch das Heulen der Sturmböen hörte sie seine donnernde Stimme noch einmal heranrollen.

„SUCHE NICHT SIE! FINDE DIE MACAL IZUMGRUD!"

Damit stürzte der gewaltige Torbogen hinab in das Wasser. Eine große Welle türmte sich auf, packte Rani und wirbelte sie herum, als wäre sie nur ein dünner Zweig. Hart wurde sie auf den Strand geschleudert. Ein scharfer Schmerz zuckte durch ihre Schulter, und es kam ihr so vor, als hämmerte ein wütender Specht seinen spitzen Schnabel in ihr Gehirn.

Zumindest fühlt es sich so an. Holz und Stein! Wenigstens höre ich mich beim Denken nicht mehr selber reden!

Gequält öffnete sie ihre zusammengekniffenen Augen. Über ihr stand ein sehr blasser Rovin, der sie mit vor Schreck geweiteten Augen anstarrte. Ohne zu zögern beugte er sich zu ihr herab, nahm sie auf seine Arme und trug sie ein gutes Stück vom Wasser weg.

Schwindel erfasste sie, und die Welt begann sich um sie zu drehen. Ganz instinktiv hielt sie sich an seinem Arm und seiner Schulter fest und lehnte einen Moment lang ihren Kopf an seinen Oberarm, auf dem sich ein beeindruckender, eisenharter Muskel wölbte. Die Bilder des Elementars und der Geschehnisse der letzten Augenblicke huschten durch ihren Geist, und das Echo der dröhnenden Stimme Mayoshaos hallte in ihren Erinnerungen wider. Mühsam kämpfte sie sich zurück ins Hier und Jetzt.

„Halt, Rovin, das reicht… lass mich runter, ich kann schon alleine gehen…“

Der Zweifel stand dem Halbelfen ins Gesicht geschrieben. Dennoch stellte er sie auf ihre Füße. Aber das war noch nicht alles. Er wirkte irgendwie merkwürdig, als wäre er aus irgendeinem Grund ganz und gar außer sich. Starr und unverwandt blickte er ihr in die Augen, während er ihr ein Bündel Stoff hinhielt. Verwirrt betrachtete sie das Kleidungsstück, welches sie sogleich als ihr eigenes erkannte. Da begriff sie.

Heilige Mutter Erde! Ich bin vollständig nackt! Der Stoff – das ist mein Gewand, das ich mir vorhin vom Leib gestreift habe…

Alles Blut wich ihr aus dem Gesicht. Der Schreck traf sie vollkommen unvorbereitet. Die Tatsache, derart entblößt vor dem unverschämt attraktiven, jungen Waldläufer zu stehen, war für sie wie ein Schlag in die Magengrube. Es kam einem Alptraum gleich, und sie wünschte sich nichts mehr, als aufzuwachen und festzustellen, dass sie sich das alles nur eingebildet hatte.

Doch leider blieb ihr diese erlösende Wendung der Dinge verwehrt.

So, wie die große Mutter sie geschaffen hatte, stand sie vor Rovin, dessen Hand nun leicht zu zittern begann, während sein Blick sich starr in den ihren bohrte.

Scham überflutete sie. Ihr wurde heiß und ihre Wangen brannten. Sie begann schnell und heftig zu atmen, so dass sich zu allem Überfluss ihre Brust stark hob und senkte. In dem Versuch, einen letzten Rest an Würde zu bewahren, reckte sie ihr Kinn hoch und wollte mit einer kontrollierten, selbstbewussten Bewegung nach ihrem Gewand greifen. Stattdessen entwickelte ihre Hand plötzlich eine Art Eigenleben, schnellte wie die Pfote einer Katze nach vorne und entriss dem überraschten jungen Mann den für sie gerade unendlich kostbaren Stoff. So rasch wie noch nie vorher in ihrem Leben schlüpfte sie hinein und zupfte und zog noch eine Weile daran herum, wobei sie sehr darauf bedacht war, Rovin keines Blickes zu würdigen.

Sie hatte keine Ahnung, was eigentlich mir ihr los war. Normalerweise machte es ihr überhaupt nichts aus, nackt zu sein. Zugegeben, die meiste Zeit ihres Lebens hatte lediglich ihre Ziehmutter Yrrinea sie auf diese Weise gesehen. Aber auch als der Drachenritter Ean sie beim Ritual der Genesung ohne ihr Gewand erblickt hatte, war ihr das anfangs gleichgültig gewesen. Erst als sie den lüsternen Blick gespürt hatte, mit dem er sie angestarrt hatte, war ihr klar geworden, dass ihre unbekümmerte Nacktheit für ihn eine Einladung darstellen könnte – für mehr als nur Reden. Auch wenn ihr nach wie vor die persönliche Erfahrung fehlte, so wusste sie doch sehr genau, welch ungeheure Kraft die Große Mutter dem Geschlechtstrieb verliehen hatte. Bei Ean war sie selbstbewusst und abgeklärt mit der Situation umgegangen. Sie hatte ihm klar und ohne alle Umschweife erklärt, dass sie nicht mit ihm das Kopfkissen teilen würde. Der Ritter hatte das akzeptiert, auch wenn er zunächst enttäuscht gewirkt hatte.

Ich war selbstsicher und ruhig – das war der Schlüssel bei Ean. Wieso bin ich das jetzt nicht? Warum ist mir so schrecklich übel? Ich würde mich am liebsten in einem Loch verkriechen und heulen! Bin ich etwa krank? Aber nein, das ist unmöglich – die Hüter und Hüterinnen der Großen Mutter sind gegen alle natürlichen Krankheiten immun. Ob es wohl an dem Kontakt zu diesem Mayoshao liegt?

Sie dachte an die Begegnung mit dem mächtigen Wasserwesen zurück, sah vor ihrem inneren Auge, wie das Tor implodierte und fühlte sich erneut von der gewaltigen Flutwelle aufs Land gespült – genau vor die Füße des Halbelfen, der mit weit aufgerissenen Augen auf ihren nackten Leib herabsah…

Mit einem wütenden Aufschrei wirbelte sie herum und stapfte zurück zum See. Als ihre Füße das Wasser berührten, hörte sie Rovin rufen.

„Rani! Nicht!“

Die Stimme des Waldläufers war voller Sorge und Angst um sie. Schlagartig wurde ihr bewusst, dass er ihre

Begegnung mit dem Elementar lediglich als Zuschauer erlebt hatte.

Natürlich – er hat vermutlich keine Ahnung, was sich vorhin zwischen mir und Mayoshao abgespielt hat. Dass ich die Prüfung dieses Wesens bestanden habe und der See nun keine Gefahr mehr für mich birgt. Wahrscheinlich denkt er, dass in der Nähe des Wassers ein neuerliches Auftauchen dieses Riesen zu befürchten ist.

Ihre Wut kühlte etwas ab. Nachdenklich blieb sie stehen und blickte zu ihm zurück. Doch es fiel ihr immer noch schwer, in Ruhe zu überlegen. Sie begriff nicht, warum sie überhaupt so zornig auf ihn war. Er hatte sich ihr gegenüber doch sehr mutig verhalten, war sofort an ihre Seite geeilt und lediglich bestrebt gewesen, sie so schnell wie möglich aus der Gefahrenzone zu bringen. Aber aus irgendeinem Grund machte sie das erst recht wütend!

Heilige Mutter! Reiß dich zusammen, närrisches Kind!

Sie zwang sich, ihre zu Fäusten geballten Hände zu öffnen und die ganze Situation aus einer distanzierteren Position heraus zu betrachten. Dazu genügte es, sich zu fragen, wie Yrrinea die Szenerie wahrnehmen würde. Sofort beruhigten sich ihre aufgeregten Emotionen, und das wirre Chaos ihrer Gedanken ordnete sich in die ihr so vertrauten, klaren Bahnen. Innerlich wieder gefasst erwiderte sie schließlich seinen Blick.

In seinen Augen spiegelte sich vor allem die tiefe Sorge um ihre Sicherheit. Ein Lächeln stahl sich über ihr Gesicht. Jetzt, wo sie sich selbst aus den Augen ihrer alten Lehrmeisterin heraus betrachtete, konnte sie nicht umhin, zuzugeben, dass ihr seine Anteilnahme sehr wohl gefiel.

Überrascht bemerkte sie, dass der Waldläufer sein derbes, völlig durchnässtes Lederwams ausgezogen hatte. Das war ihr vorhin gar nicht aufgefallen. Die Wassertropfen, die seinen nackten Oberkörper bedeckten, glitzerten im Licht der Sonnenstrahlen, während er mit langen, geschmeidigen Schritten auf sie zuging.

Er war außerordentlich muskulös gebaut. Nicht so, wie der Drachenritter Ean, dessen wuchtige Massivität eine bedrohliche, einschüchternde Wirkung hatte. Rovin war athletischer. Seine Haut, die glatt und völlig frei von jedweder Behaarung war, spannte sich über eine derart ausdefinierte Muskulatur, dass sie jeden einzelnen der vielen verschiedenen Muskelstränge auf Brust und Bauch bewundern konnte. Wenn Ean auf sie den Eindruck eines Bären gemacht hatte, so glich Rovin eher einem Panther.

Wenige Schritte später stand er direkt vor ihr, und die junge Druidin wusste nicht mehr, wo sie hinsehen sollte. Zuviel nackte Haut nahm ihr Gesichtsfeld ein. Sie spürte, wie sie ganz leicht zu zittern begann, obwohl sich in ihrer Körpermitte eine wohlige Wärme ausbreitete. Wie hypnotisiert betrachtete Rani einen einzelnen Wassertropfen, der aufreizend langsam sein Kinn hinabglitt.

Schließlich hob sie ihren Blick, ließ ihn langsam über sein schmales, kantiges Gesicht gleiten.

Seine Nase ist einfach unverschämt perfekt geformt – klein genug, um seinem Antlitz keine grobe Ausstrahlung zu geben, aber groß genug, um ihn auf eine markante Art männlich wirken zu lassen. Seine hohen Wangenknochen und die spitz zulaufenden Ohren weisen auf sein elfisches Erbe hin. Große Mutter, er sieht wirklich gut aus!

Fast verträumt schaute sie in seine meergrünen Augen, die sie mit dieser ungekannten Intensität musterten. Doch plötzlich veränderten diese Augen ihre Farbe, wurden dunkel, kalt und gefühllos. Tief lagen sie in ihren Höhlen und betrachteten sie, als wäre sie nicht mehr als ein interessantes Werkzeug.

Instinktiv trat sie einen Schritt zurück, um in den See zu flüchten.

„Rani, warte!“

Rovins Hand legte sich mit starkem Griff auf ihren Unterarm und ließ sie abrupt anhalten. Die Berührung brach den Bann, den ihre unvermutet aufwallenden Erinnerungen ausgelöst hatten. Das grausige Trugbild des Magnan löste sich auf. Mit einem Seufzer stieß Rani den angehaltenen Atem aus. Als er sie diesmal zu sich heranzog, ließ sie es geschehen.

„Bitte, geh nicht wieder in diesen Teich. Wir können nicht wissen, ob dieses Monster weg ist. Es könnte jeden Augenblick erneut auftauchen."

Ich hatte recht. Er ist immer noch in Sorge wegen des Elementars. Sieht ganz so aus, als wüsste er nicht einmal, was das für ein Wesen war.

Erst jetzt merkte sie, wie erschöpft sie wirklich war. Für lange Erklärungen fehlte ihr gerade einfach die Kraft. Sie lehnte sich an ihn und legte ihre Wange auf seine Brust. Seine Haut war kühl und überraschend weich. Die Wärme in ihrem Schoß kehrte zurück, während gleichzeitig ein Schauer über ihren Rücken lief. Eine ganze Weile blieb sie einfach so stehen, gehalten von seinen starken Armen und umfangen von seinem Duft. Es war ein unbeschreibliches Gefühl. Ein wenig empfand sie es, wie nach Hause zu kommen. Gleichzeitig aber war es aufregend und neu. Rovin schien zu spüren, dass sie nicht reden wollte. Er begnügte sich damit, sie einfach zu halten, solange sie das wünschte.

In diesem Augenblick flog ihm ihr Herz zu. Seine Zurückhaltung, geboren aus der ihm eigenen Empathie, wischte all ihre Ängste und Selbstzweifel hinweg. Langsam hob sie ihren Kopf und schaute ihm erneut in die Augen. Ein blaugrüner Ozean umschloss sie, in den sie willig eintauchte. Ihre Lippen berührten sich, und die Welt versank in einem Meer aus Emotionen. Es gab nichts anderes mehr als seine Lippen, seine Hände, seinen unglaublichen Körper. Ihr Herz klopfte wild vor Erregung. Glück pulsierte in ihren Adern, Hitze strömte durch ihren Leib und die Zeit verlor jedwede Bedeutung.

Aaron richtete sich auf seinem gewaltigen Schlachtross zu seiner ganzen Höhe auf und ließ seinen treuen Freund und Begleiter im letztmöglichen Augenblick eine halbe Drehung beschreiben. Der kaum gebremste Schwung seines Sturmangriffs ließ ihn zusammen mit Hathiro gegen den massigen Leib des Monsters krachen! Mit der ganzen Wucht dieses Momentums trieb er sein gewaltiges Schwert Nurthûn dem vor ihm stehenden Riesen bis zum Heft in dessen gewaltigen Rücken. Um ein Haar wäre er dabei aus dem Sattel geflogen. Nur seine über Jahrzehnte hinweg geschliffenen Fertigkeiten in der hohen Kunst des Reitens bewahrten ihn davor, den Boden zu küssen. Sein Pferd war heute in der Schlacht durch einen kunstvoll geschmiedeten Harnisch geschützt und nahm von dem Aufprall ebenfalls keinen Schaden. Im letztmöglichen Augenblick schaffte Sturm es sogar noch, seine Waffe wieder aus dem Leib der Bestie zu reißen, bevor diese der Länge nach zu Boden krachte.

Der Bergriese war jedoch keineswegs tot. Aarons Schwertstreich hatte seine Nervenbahnen durchtrennt, die hinab zu seinen Beinen führten, sodass diese dem Ungeheuer nun nicht mehr gehorchten. Der muskelstarrende Oberkörper und die Arme aber leisteten dem Giganten weiterhin ihre Dienste. Noch im Fallen packte er die beiden vor ihm auf ihren Pferden sitzenden Ritter und riss sie mit sich zu Boden. In seiner linken Pranke hielt er Rittmeister Ordreth fest umklammert, während er mit seiner eisenharten rechten Faust auf den Leib des jungen Richards einhämmerte.

Entsetzt brachte Aaron so schnell, wie er es vermochte, seine Beine unter sich, stemmte sich vom Sattel hoch und sprang auf den Rücken des Monsters. Mit einem zornerfüllten Kampfschrei packte er die Sethalklinge und spaltete dem Riesen von hinten den kantigen Schädel! Tief fraß sich Nurthûn hinein in das Gehirn des Monsters, wilde Zuckungen durchliefen dessen Leib, und der Than hatte gut damit zu tun, sein Gleichgewicht zu halten, bevor der Unhold endlich nach vorne sackte und mit dem Gesicht voraus auf dem Boden aufschlug. Aaron stieß einen hellen Pfiff aus. Sofort galoppierte Hathiro auf ihn zu. Mit einem gewaltigen Satz warf sich Sturm in den Sattel und preschte auf den letzten Kampf zwischen Riesen und Menschen zu.

Aaron und seine Ritter hatten die durchgebrochenen Warlokscharen ausgelöscht und sich dann nach Osten gewandt, um die Silberlöwen zu umgehen und anschließend gen Süden zu reiten. Ihr Ziel war der unsicherste Bereich der Schlacht gewesen, von dem noch niemand wusste, wie er sich entwickeln würde.

So war es dazu gekommen, dass die Silberdrachen in die Schlacht der Ymbronen gegen die Bergriesen eingreifen konnten. Diese hatten die davoneilenden Ungeheuer erst einige hundert Schritte von der Horde entfernt erreichen und zum Kampf stellen können. Ein furchtbares Gemetzel war entbrannt, in dessen Verlauf die Riesen eine grausige Ernte unter den Eisenmännern einfuhren. Als die Ritter dazu stießen, waren erst drei der Ungetüme gefallen, acht kämpften immer noch wie die Berserker, wohingegen bereits mehr als hundert Ymbronen auf der Walstatt lagen.

Unter der Führung des Thans stürzten sich die Silberdrachen wie ein Rudel Wölfe auf einen Riesen nach dem anderen. Mit ihren nervenstarken Umarern galoppierten sie eng an den Monstern vorbei und fügten diesen im Vorbeireiten Wunde um Wunde zu, bis die Ungeheuer entkräftet zu Boden stürzten, wo sie von den Thorlandern niedergemacht wurden. Da hatte sich das Blatt rasch gewendet, und aus einem Gemetzel an den Eisenmännern war ein Schlachten von Riesen geworden!

Nun stand nur noch der größte und gewaltigste der Giganten – der Jarl, der oberste der Bergriesen der Urruthen. Yrchgrmm der Große war sein Name. Er war älter und stärker als das Jungvolk, das er hierhergeführt hatte. Selbst Orrm, der Zermalmer, erkannte ihn an. Tausend Winter waren gekommen und gegangen, seit er zwischen den Beinen seiner Mutter herausgepresst worden war. Seine Haut war dicker und zäher geworden als die Rinde einer alten Eiche. Darüber trug er, anders als seine kleinen Brüder und Schwestern, hundertfach geflickte Beinkleider. Er hatte sie aus vielen Lagen Rinderfell zusammengenäht. Über seinem Oberkörper aber hing ein riesiges Kettenhemd, das bis zu den Oberschenkeln herab reichte. Tausend und abertausend Metallringe waren eigens für ihn zusammengefügt worden. Es machte ihn nahezu unverwundbar. Ûxmal hatte es ihm geschenkt. Der Einzige des kleinen Volks, der es verstand, mit ihm zu reden. Er hatte ihm vertraut. Das war ein Fehler gewesen. Denn der Warlok hatte ihn verraten. Die eisengepanzerten Winzlinge waren über sie hergefallen. Sie kämpften nun zusammen mit dem anderen Ungeziefer, welches er töten sollte. Fast alle seine Brüder und Schwestern waren mittlerweile tot. Nur er lebte noch. Sein Zorn kannte keine Grenzen mehr. Er wollte nur noch eines.

RACHE! ÛXMAL MUSS STERBEN!

Aaron hielt Hathiro zwanzig Schritte vom Kampfgetümmel entfernt an und beobachtete das Gemetzel vor sich für einige Augenblicke. Auch die anderen Ritter warteten mit dem Angriff und reihten sich links und rechts neben dem Than ein, wobei die beiden Kriegslords, Hallamir und Joran, die Plätze direkt neben ihm in Anspruch nahmen. Der Herr der Westmark schob sein Visier nach oben und pfiff leise durch seine Zähne.

„Das sieht mir nach einer recht großen Herausforderung aus, Sturm. Wie willst du vorgehen?“

Aaron schüttelte nachdenklich seinen Kopf, während er zusah, wie der Riese zwei Kriegerinnen mit einem Hammerstreich fünf, sechs Schritte weit durch die Luft schleuderte. Sofort anschließend fuhr er herum und versetzte einem Thorlander, der einen Hieb gegen seinen rechten Waden gelandet hatte, einen brutalen Tritt gegen Brust und Kopf. Der Mann segelte ebenfalls durch die Luft und blieb reglos am Boden liegen. Der Bidenhänder hatte zwar einige der Lederhäute durchschnitten, aber allem Anschein nach war der Treffer ansonsten wirkungslos geblieben. Bereits im nächsten Moment krachte die gewaltige Waffe des Giganten senkrecht von oben auf einen Eisernen herab und hämmerte diesen zu Brei.

„Für uns, Hal, ist es eine Herausforderung. Für alle anderen ist es Selbstmord. Walther, Michail, Theodor und Elmhar, sammelt uns rasch ein Paar der thorlandischen Stoßspeere auf! “

Da fiel ihm etwas auf, das er zunächst gar nicht bemerkt hatte.

Blitz und Donner, der Riese bewegt sich stetig in westliche Richtung! Er hat ganz klar ein Ziel – er will zurück zur Horde!

Das wiederum machte durchaus Sinn, denn die Grauhäuter würden sicherlich versuchen, einen ihrer wichtigsten Verbündeten zu schützen und ihm im Kampf gegen eine solche Überzahl beizustehen. Das konnte er unter gar keinen Umständen zulassen. Er wandte sich zu seinem alten Freund um.

„Nimm dir sieben Ritter und reite östlich an ihm vorbei nach Süden. Ich werde ihm den Weg zur Horde abschneiden. Herr Joran, ihr sichert mit den übrigen Silberdrachen den Weg zum Hochwall. Sobald alle in Position sind, lasst ihr ihn mit jeweils drei Mann angreifen. Nur ein Schlag im Vorbeireiten! Zuerst von Norden, sodann möglichst ohne große Pause von Süden. Ich werde meine Attacke darauf abstimmen und anschließend einen Sturmangriff versuchen. Sollte ich scheitern, kommst du als Nächster, Hal, direkt gefolgt von Herrn Joran. Nach unseren Aktionen reiten die restlichen Ritter einen engen Zirkel um den Riesen, um unseren Rückzug zu decken, halten aber Abstand, so gut als möglich. Wer nah genug ist, hat die Erlaubnis für einen Hieb im Vorbeireiten. Danach sammeln wir uns auf unseren neuen Positionen und so es notwendig ist beginnt das Spiel noch einmal von vorne.“

Keiner der beiden Kriegslords kam auf die Idee, seinen Plan in Frage zu stellen. Zu oft waren sie seinem Befehl gefolgt und siegreich geblieben, um Zweifel an seinen Entscheidungen zu verspüren. Vor allem aber taten sie, wie geheißen, weil auf dem Schlachtfeld keine Zeit war für lange Debatten. Der Than war die rechte Hand des Königs und in dessen Abwesenheit die höchste Befehlsinstanz. Alle anderen waren ihm zu Gehorsam verpflichtet.

In der Zwischenzeit hatte der Anführer der Thorlander erkannt, dass die Ritter etwas im Schilde führten. Ihr Eingreifen war den Eisernen mehr als willkommen gewesen. Die unfassbare Effizienz der Silberdrachen hatte sie schwer beeindruckt. Als sie sich nun anschickten, den schier unbezwingbaren Jarl der Bergriesen in einer konzertierten Angriffsaktion zu attackieren, brüllte Athaulf, der mit seinem Clan der Ymbronen vom Aerest Arnan hierher beordert worden war, das Kommando zum Rückzug.

Yrchgrmm sah das kleine Volk weglaufen. Er bleckte die spitz zugefeilten Zähne. Seine vor blankem Zorn blutunterlaufenen Augen wurden schmal. Der Weg zu Ûxmal war nun frei. Das war gut. Doch gerade, als er sich in Bewegung setzen wollte, galoppierte ein einzelner Winzling auf einem Pferd heran und versperrte ihm den Weg. Das taten sie gerne, sich auf Pferde setzen. Sie waren dann größer. Er mochte Pferde. Sie schmeckten ihm. Aber sie waren viel zu klein, um ihn zu tragen. Vielleicht würde er das Pferd dort fressen. Später, wenn er Ûxmal zermalmt hatte. Aber zuerst würde er den Winzling da vorne zu Brei schlagen!

Wütend stürmte er los, als er aus den Augenwinkeln drei weitere Berittene erspähte, die von Norden her mit hoher Geschwindigkeit auf ihn zupreschten. Außer sich vor Zorn über diese erneute Verzögerung schwang er seinen gewaltigen Kriegshammer in horizontalem Bogen auf Kniehöhe herum. Mit unvorstellbarer Gewalt krachte der eiserne Doppelkopf gegen die rechte Schulter des ersten Schlachtrosses. Pferd und Reiter gingen sofort zu Boden, ohne dass die Waffe sonderlich stark gebremst worden wäre. Mit immer noch verheerender Wucht donnerte der Hammer dem mittleren Streitross in die Flanke. Die großen Rippenbögen brachen wie Streichhölzer und wurden dem Tier durch Lungenflügel und Herz getrieben. Es war sofort tot. Der Ritter aber flog in hohem Bogen aus dem Sattel.

Nur der am weitesten links galoppierende Silberdrache, Valarin von Reichenfurt, kam unbeschadet an dem tobenden Jarl vorbei. Mit Nerven aus Stahl nutzte er seinen ganzen Angriffsschwung und ließ sein Schwert Gungnir auf den rechten Oberschenkel des Riesen herabsausen, genau unterhalb des Kettenhemdes. Tief schnitt die magiegeschärfte Klinge durch Leder, Haut und Fleisch des Monsters.

Das Ungeheuer stieß jedoch kein Brüllen aus, wie Aaron das bei dessen Brüdern und Schwestern zu seinem Leidwesen hatte hören müssen. Die Schreie der Bergriesen waren so laut und dröhnend, dass sie den Menschen grausam in den Ohren stachen. Der Jarl aber blieb stumm. Er fletschte seine grausigen Zähne, wirbelte mit einer Geschwindigkeit herum, die niemand diesem Koloss zugetraut hätte und erwischte den davoneilenden Ritter mit einem einhändig geführten Rückhandstreich, wobei er den langen Hammerstiel am ausgestreckten Arm ganz am Ende gepackt hielt. Es war nur ein Streifschlag, denn Kelso, das schnelle Pferd Valarins, hatte diesen schon fast aus der Reichweite des Monsters gebracht. Dennoch wurde der Recke aus dem Sattel und zu Boden geschleudert.

Sian steh uns allen bei! Drei Silberdrachen im ersten Anprall niedergestreckt! Und zu allem Überfluss ist er nun der nächsten Angriffswelle zugewandt!

Aaron machte sich keine großen Illusionen darüber, wie dieses Treffen ausgehen würde, und fällte eine Entscheidung.

„Fowador, Hathiro! Gokegur!“

Sein treuer Freund ließ sich das nicht zweimal sagen. Mit einem gewaltigen Satz galoppierte er an und flog regelrecht auf den titanenhaften Unhold zu! Sturm packte den thorlandischen Stoßspeer und lehnte sich in den Steigbügeln weit nach vorne.

Yrchgrmm sah den Winzling aus dem Sattel fliegen und wollte gerade auf ihn eindreschen, da gewahrte er die nächsten drei Reiter, die auf ihn zu jagten. Die Wut explodierte in seinem Bauch wie ein Feuerball. Er brüllte, schrie ihnen seinen ganzen Hass, seinen ganzen Zorn entgegen, nahm einen Schritt Anlauf und sprang hoch. Genug! Es war genug! Er würde den, der ihn geschnitten hatte, zertreten und sodann die anderen Angreifer zu Brei schlagen!

Valarins linke Schulter war zertrümmert, und sein Mund war voll Blut. Beim Sturz hatte er sich die Spitze seiner Zunge abgebissen. Er war durch die Wucht des Schlages herumgerissen worden und auf die zerstörte Schulter gefallen. Die Schmerzen waren unbeschreiblich und trieben ihm die Tränen in die Augen. Er sah kaum noch etwas. Verzweifelt rollte er sich auf den Rücken. Durch die Sehschlitze sah er den Riesen hoch über sich in der Luft, ein Bein bis zur Brust angezogen, die Arme über den Kopf empor gestreckt. In dem Bruchteil eines Herzschlags erkannte der Silberdrache, dass er auf ihm landen, ihn mit seinem Fuß zertreten würde. Er akzeptierte sein Ende, es war ein würdiger Tod. Mit einem blutigen Lächeln pflanzte er sein Schwert Gungnir auf dem Boden auf und richtete es dem herabdonnernden Fuß entgegen.

Aaron hörte den unerträglichen Schrei des Bergriesen, sah, wie er sich in die Luft erhob, und wusste, er würde zu spät kommen, um Valarin beistehen zu können. Seine Ohren schmerzten so sehr, dass er unwillkürlich versuchte, den Kopf einzuziehen. Einmal mehr war er tief beeindruckt davon, dass sein Freund dieses schreckliche Brüllen trotz seiner wesentlich empfindlicheren Ohren so standhaft ertrug. Jedes andere Pferd wäre ausgebrochen und hätte versucht, der Quelle des infernalischen Lärms zu entkommen. Hathiro aber war kein gewöhnliches Pferd – er war ein Kriegerprinz.

Er stammte aus den Jiyu Uzzu in Kelatan, eine waldreiche Wildnisregion mit schroffen Berghängen, die bar jeglicher Ansiedlungen der intelligenteren Rassen Amas war. Die Pferde, die dort lebten, waren schlauer, größer und zäher als ihre Verwandten auf dem Kontinent und hatten eine gesellschaftliche Struktur entwickelt. Die Angehörigen einer Herde teilten sich in Wächter, Krieger und Erzähler auf, wobei Letztere immer den höchsten Rang der Führerschaft übernahmen. Krieger waren den Wächtern übergeordnet, und beide Kasten gliederten sich untereinander noch zusätzlich auf in Nichtblütige, Blut- und Leitpferde. Innerhalb der letzten Gruppe gab es manchmal ein Individuum von solch großem Charisma und derart überlegenen Attributen, dass es zum Führer der Herde aufstieg und den Titel Kriegerprinz bekam.

Hathiro scheute nicht. Er wurde noch schneller. Wie ein Pfeil flog Aaron auf den Titanen zu. Doch er war noch immer gut sechzig Schritte von ihm entfernt, als dieser mit grausamer Wucht den gefallenen Valarin unter seiner eisenharten Sohle zermalmte. Gungnir allerdings durchstieß dabei durch des Riesen eigene Kraft dessen dicke Hornhaut, bohrte sich durch den gesamten Fuß und brach schließlich auf dem Fußrücken wieder heraus.

Yrchgrmm brüllte erneut, diesmal aber vor Schmerz. Schon sehr, sehr lange hatte er keine solche Pein mehr erfahren. Er war der unbestrittene Anführer der Bergriesen, er war größer und stärker als der Rest seiner Rasse, und keiner hatte es seit vielen Wintern mehr gewagt, ihn herauszufordern. Er packte seinen Knöchel, bog den Fuß zu sich heran und zog sich das Schwert des Winzlings heraus, bevor er wie von Sinnen zu rasen und zu wüten begann, als Schmerz und Wut seine Selbstkontrolle verschlangen. Noch einmal stampfte er mit seiner Ferse in die Überreste, die einmal der stolze Drachenritter Valarin gewesen waren.

Noch vierzig Schritte trennten Sturm von seinem Ziel, als die nächste Angriffswelle seiner Ordenskämpfer den Giganten erreichten. Der Riese ließ seinen Hammer fahren, machte mit links einen Schritt auf seine neuen Angreifer zu und beugte sich nach vorne. Mit je einer Hand packte er den ganz links und den in der Mitte heranjagenden Ritter. Sturm erkannte die Recken Thorwald und Siegmund und schickte ein Stoßgebet ins Silberreich Sians. Noch während er diese aus ihren Sätteln riss, preschte Wate von Mittheim, dessen Bahn auf der dem Than zugewandten Seite verlief, seitlich an dem Monster vorbei und stieß ihm mit ausgestrecktem Arm seine lange Klinge Jarakang, den Wundenreißer, durch die Glieder des Kettenhemdes hindurch von schräg unten in den Wanst! Kaum schmeckte der verzauberte Stahl von Wates legendärem Schwert das schwarze Blut seines Gegners, da bildeten sich hunderte feiner Zacken entlang der Schneide, wie von gebrochenem Glas, und zerschnitten dem Ungeheuer beim Herausziehen der Waffe den Bauch! Einen erneuten, ganz und gar fürchterlichen Schmerzensschrei ausstoßend, richtete der Gigant sich auf, wobei er seine rechte Hüfte von der grausig stechenden Klinge wegdrehte.

Gerade noch rechtzeitig galoppierte der Mittheimer weiter in nördlicher Richtung und gab Aaron den Weg frei, als dieser auch schon herangefegt kam. Im ganzen Königreich gab es nur eine Handvoll Krieger, die es im Lanzenstechen mit dem Than aufnehmen konnten. Mit höchster Präzision rammte Sturm den thorlandischen Stoßspeer dem Monster genau in die Wunde hinein, die Wate eben geschlagen hatte, und versenkte den hölzernen Schaft bis zu seinem Griffpunkt in dessen Leib. Er ließ Hathiro an dem Ungeheuer vorbeijagen, bevor er ihm mit sanftem Schenkeldruck signalisierte, dass er umdrehen und anhalten solle. Heftig atmend zog Aaron die Sethalklinge und beobachtete das sich ihm bietende Schauspiel. Er wollte die Angriffe der Herren von West- und Ostmark abwarten und dann selbst noch einmal zuschlagen.

Der Titan wankte. Aus seiner rechten Seite ragte das hintere Viertel von Sturms Speer hervor. Er hatte sich durch die Wucht des Angriffs noch ein Stück weiter gedreht und blickte nun mit glasigen Augen in Richtung Hochwall, von wo aus ihm Herr Joran entgegen gestürmt kam. Da holte der Jarl mit der Rechten nach hinten aus, um diesem den Ritter Thorwald, den er immer noch gepackt hielt, entgegenzuschleudern.

Doch genau in diesem Augenblick war Aarons alter Freund Hallamir zur Stelle. Der Ritterfürst hatte seinen Angriff gemäß des Thans Plan auf Sturms Attacke abgestimmt. Dass der Riese diesem den Rücken zudrehen würde, hatte der Erste Silberdrache des Reiches freilich nicht vorhersehen können. Nichtsdestotrotz nutzte der Burgherr Thul Araans die sich ihm bietende Gelegenheit. Er warf Speer und Schild von sich, zog sein Langschwert Minril, packte es mit beiden Händen und lehnte sich in fliegendem Galopp mit einer Ausholbewegung weit zur Seite. In diesem Moment brach die Sonne durch die Wolkendecke und ihre Strahlen gleißten golden auf dem Schwert der Morgenröte. Mit einem einzigen

Hieb schlug der Kriegslord von Argenas dem Jarl der Bergriesen das linke Bein knapp unter dem Knie ab! Eine Blutfontäne, schwarz, dick und zäh wie flüssiges Pech, folgte dem hell glänzenden Goldbogen der Klinge und ergoss sich als dunkler Regen auf die Erde, während der Ritter in einer atemberaubenden Zurschaustellung seiner Reitkunst unter dem linken Arm des Monsters hindurch jagte.

Der Gigant ließ die beiden Recken fallen, die er immer noch in den Händen gepackt gehalten hatte, fiel unter ohrenbetäubendem Gebrüll wie ein gefällter Baum zu Boden und brachte die Erde zum Erbeben. Gerade, als er sich mit dem rechten Arm vom Boden hochdrückte und den Schädel hob, galoppierte der Herr der Ostmark heran. Ohne Zögern durchstieß Herr Joran das rechte Auge des Titanen mit seiner thorlandischen Speerlanze. Mit einem unbeschreiblichen Geräusch platzte der riesige Augapfel. Der Kriegslord trieb das doppelt geschliffene Stahlblatt der Speerspitze tief in den Schädel der Bestie, bevor er den Schaft fahren ließ.

Grausig war der Riese nun anzuschauen, mit dem dicken Eichenstiel, der ihm aus der leeren Augenhöhle ragte! Doch noch immer weigerte sich das fürchterliche Monster, zu sterben.

Aaron erkannte die Gefahr für Thorwald und Siegmund, die beide den knochenbrechenden Griff des Scheusals bislang überlebt hatten und dabei waren, sich hochzurappeln. Mühsam zogen sie ihre Schwerter, doch ihre Bewegungen waren schleppend und ungeschickt. Vor allem Siegmund machte einen schwer benommenen Eindruck, aber auch Thorwald war offensichtlich verletzt. Als Sturm zum Riesen zurückschaute, erschrak er – der Jarl hatte mit seinem ihm noch verbliebenen Auge den taumelnden Siegmund erblickt!

„Fowador, Hathiro! Fowador!“

Nun tat Eile Not! Das prächtige Schlachtross setzte sich mit einem gewaltigen Sprung von Neuem in Bewegung und trug den Than in rasender Geschwindigkeit auf das Monster zu. Zeitgleich stemmte sich der Jarl mit seinem rechten Arm, den er auf dem Boden aufstützte, in die Höhe und holte mit der Linken zu einem Schmetterschlag aus. Gerade als Aaron sein

Schwert mit tödlichem Schwung gegen den Hals des Bergriesen hieb, donnerte die Faust des Titanen mit verheerender Wucht auf den Verwundeten herab! Mit zerbrochenem Genick hauchte der Silberdrache sein Leben aus, noch während der Stahl von Aarons Schwert sich durch Haut, Wirbelknochen und Fleisch des Riesen fraß. Die Sethalklinge zerschnitt die großen Halsschlagadern und zerfetzte Luft- und Speiseröhre. Mehr als zur Hälfte war der Schädel abgetrennt. Heftig zuckten die Beine und Arme des Giganten, und Sturm sprang von seinem Pferd, ergriff seine Waffe mit beiden Händen und hackte dem Jarl den Kopf mit einem weiteren Hieb vollständig ab.

So endete Yrchgrmm, der Große, der unangefochtene Häuptling der Bergriesen im Korruthen-Massiv.

Doch teuer hatten die Silberdrachen seinen Tod erkauft. Valarin von Reichenfurth und Siegmund Graf von Hallstadt waren auf der Walstatt geblieben, Herr Thorwald war schwer verwundet und sowohl Geiserich von Klingenhart als auch Freiherr Wittich hatten ihre treuen Streitrösser verloren. Dazu kamen die Verluste aus den Kämpfen gegen die anderen Giganten: Rittmeister Ordreth und Baron Arlbaß waren teils schwer verletzt, der Rittmeister Richard und Freiherr Oswald waren sogar tödlich getroffen worden.

Unser König muss sich später um all unsere toten Ritter kümmern, sobald die Schlacht vorbei und gewonnen ist. Wenn sie Glück haben, kann sie unser Hohepriester zurückholen. Wenn nicht, mögen ihre unsterblichen Seelen aufsteigen in das silberne Reich Sians. Sie haben tapfer und ehrenvoll gekämpft!

Wie Aaron sehr schmerzhaft hatte erfahren müssen, gelang es nicht immer, die Seelen der Verstorbenen in ihre Körper zurückzurufen. Sein Neffe, ein wunderbarer junger Mann mit einem strahlenden Lächeln, dass die Herzen der Mädchen hatte höher schlagen lassen, war vor einigen Jahren im Kampf gefallen, und selbst die Macht des Königs hatte nicht ausgereicht, um seine Seele zurückzuholen.

Er beschloss, den Gefallenen die Ehre einer kurzen Zeremonie im Feld zu gewähren. Der Moment dafür war günstig. Es würde seine Missionsziele nicht gefährden. Er stieg in den Sattel und streckte seinen rechten Arm mit dem Schwert in der Hand senkrecht nach oben, wobei er die Klingenspitze kleine Kreise beschreiben ließ. Auf diese Weise gab er das Zeichen zum Sammeln. Sofort ritten die restlichen Silberdrachen los. Die leblosen Körper von Richard und Oswald wurden auf Jorans Befehl ebenfalls herbeigeholt, und zusammen mit Siegmund neben die entsetzlich zugerichtete Leiche Valarins gelegt. Sodann bildeten die Drachenritter einen Kreis um ihre gefallenen Mitstreiter. Aaron öffnete sein Visier, und die Ritter folgten seinem Beispiel. Als oberster Silberdrache ihrer kleinen Gemeinschaft oblag es ihm, die rituelle Verabschiedung zu eröffnen. Er nahm sein Schwert und richtete die Spitze auf die Gefallenen. Die anderen Ritter taten es ihm gleich.

"Möge der Geist unserer Ordensbrüder Frieden finden und unbeschwert zu uns zurückkehren, oder aber im Einklang mit den höheren Mächten in Sians Reich Aufnahme finden."

Die Stimmen der Silberdrachen ertönten im Chor und beendeten die kurze, aber ehrlich und ehrenvoll dargebrachte Zeremonie mit der korrekten Antwort.

"Tapfer waren sie im Leben, und tapfer im Sterben. Möge ihnen ihr Edelmut die Silberne Pforte öffnen."

Alle erhoben sie langsam und in perfekter Harmonie mit ausgestreckten Armen ihre Klingen hoch in die Luft und verharrten für einen Herzschlag in dieser Position, bevor sie ihre Waffen zurück in die Scheiden steckten.

Aaron blickte sich um. Nun, da der letzte der Bergriesen auf der östlichen Flanke zur Strecke gebracht war, konnten die überlebenden Eisernen zu ihrem Kuningaz zurückeilen und diesen in der Schlacht gegen die Warloks unterstützen. Athaulf, der Clan-Häuptling der Ymbronen trat auf sie zu, sein Panzerharnisch rot gefärbt vom Blut der Riesen. Er ließ seinen Blick zwischen den versammelten Rittern hin und her wandern, und wandte sich dann an den Than.

"Nateshwon na cunno forgitan, that hec fremman!"

Sturm, der durchaus erkannte, dass er den Anführer des hier eingesetzten Kampfverbandes vor sich hatte, wollte nicht vom Rücken Hathiros auf den Mann herabblicken und sprang aus dem Sattel. Doch selbst dann konnten die beiden nicht auf Augenhöhe miteinander sprechen, obwohl der Thorlander sechseinhalb Fuß und drei Finger maß und damit selbst unter den hochgewachsenen Eisernen herausragte.

"Tut mir leid, Eisenmann, ich verstehe deine Sprache nicht."

"Das überrascht mich. Du siehst aus, als müsse thorlandisches Blut in deinen Adern fließen. Selbst Elarich, unser Kuningaz, könnte sich in deinem Schatten verstecken. Ich sagte, ich werde es nie vergessen, was ihr hier getan habt, und ich meine es ernst! Ohne euer Eingreifen wären die meisten Frauen der Ymbronen jetzt Witwen."

"Blitz und Donner! Wir haben dir und den deinen zu danken! Ohne euch gäbe es in Argenas kein Morgen mehr. Mein Name ist Aaron Sólonsson, ich bin der Than des Königs. Es ist mir eine Ehre, dich kennenzulernen. Doch wenn du meinem König deine Dankbarkeit zeigen willst, so nenne mir den Namen des toanischen Heermeisters, wenn du ihn kennst."

"Die Ehre ist ganz auf meiner Seite, Than Aaron Sólonsson. Ich bin Athaulf, Aistulfs Sohn, Clan-Häuptling der Ymbronen. Deine Bitte erfülle ich gerne, denn ich kenne den Namen des feindlichen Generals. Es ist Ûxmal, der Schamanenkönig der Grauhäuter. Wie man mir sagte, ist er nicht nur der größte aller Toa-Häuptlinge, sondern auch der mächtigste Zauberwirker in ihrem Volk. Möge Garwor deine Klinge nie stumpf werden lassen, Than!"

"Stärke deiner Schwerthand, Clan-Häuptling Athaulf, Aistulfs Sohn. Ich freue mich darauf, beim Fest anlässlich unseres glorreichen Sieges mit dir zu trinken."

Sie packten sich gegenseitig an den Unterarmen und nickten sich noch einmal zu. Dann trennten sich ihre Wege einstweilen.

Die Ritter formierten sich um ihren Anführer und galoppierten weiter Richtung Süden, um nun das Heer der Thorlander zu umkreisen. Aaron hatte die restlichen der gewaltigen Bergriesen zuletzt westlich von ihrer Position, jenseits der toanischen Heeresmasse, erspäht. Er wollte sich persönlich davon überzeugen, dass diese ebenfalls alle ausgeschaltet worden waren. Außerdem musste er überprüfen, ob der Kessel auch wirklich vollkommen geschlossen war und die Männer aus Thorland standhielten.

Als sie schließlich die Reihen der Eisernen umkreisten und die Horde der Warloks von allen Seiten umzingelt fanden, frohlockte der Erste Ritter von Argenas innerlich und rühmte in Gedanken seinen König und Ordensmeister, dessen strategische Genialität die ungeheure Masse der Toa ausmanövriert und zum überwiegenden Teil zu zermürbender Untätigkeit verdammt hatte.

Die Riesen waren bis auf einen letzten ebenfalls gefällt worden. Wie er erkennen konnte, waren einige von ihnen einem Meistermagier zum Opfer gefallen. Rasch griff er in Hathiros Mähne und umschloss den darin eingeflochtenen Ring, den ihm sein König extra für diesen Zweck übergeben hatte. Er sprach das Befehlswort und konzentrierte sich auf die kurze Nachricht, die er dem Hohepriester mitteilen wollte.

Ean hat seinen Auftrag erfüllt, und der Hofmagier Gamron Valator kämpft auf unserer Seite!

Gleich darauf sah er, wie zwischen seinen gepanzerten Fingern ein sanftes, goldenes Licht hindurchschimmerte – das Zeichen dafür, dass seine Botschaft übermittelt worden war.

Eriks große Hoffnung ist in Erfüllung gegangen. Mit Sians Hilfe können wir nun diese Schlacht womöglich doch noch gewinnen!

Mit großer, grimmiger Befriedigung gedachte er der im Inneren des Kessels eingeschlossenen Warlokkrieger, die eingepfercht zwischen den Leibern der eigenen Mitstreiter nichts anderes tun konnten, als zu warten, bis die Schlachtreihen sich von außen her bis zu ihnen im Inneren vorgeschoben hatten.

Die Sonne hat mittlerweile den Zenit überschritten. Das große Schlachten hat begonnen! Mögen unsere Kräfte aushalten und unsere Arme stark genug sein, um all unsere Feinde niederzustrecken! Die einzige Frage, die noch völlig offen ist, lautet: Wann und wie wird der feindliche Heermeister in die Schlacht eingreifen?

Die Spur der Horde führte nach Norden und es folgte ihr. Seine Augen leuchteten in einem fahlen Glanz. Die Hufe der schwarzen Trakhari donnerten über die zerstampfte Erde, als die Tiere mit fliegenden Mähnen in vollem Galopp über die Ebene rannten, als wäre ihnen ein Dämon auf den Fersen.

Das Wesen, das einstmals der junge Baron Jugarri Ardarat gewesen war, bleckte die Zähne. Ein meckerndes Geräusch durchschnitt die Stille des Nachmittags, eine abgehackte, krächzend schrille Kaskade unangenehm hoher Laute, die eine grässliche Parodie menschlichen Lachens bildeten. Es empfand eine vor Verachtung triefende Befriedigung über die Schwäche der Oberflächenbewohner dieser Ebene. Diese Emotion kam in seiner Welt dem Gefühl menschlicher Freude am Nächsten. Also ahmte es ein Lachen nach, denn Menschen wie Jugarri lachten in solchen Augenblicken.

Das Geschöpf wusste davon, denn die freudvollen Momente hatten einen nachhaltigen Eindruck in dessen Seele hinterlassen. Das Wesen erinnerte sich auch an Andere, die es in sich aufgenommen hatte, die von diesem merkwürdigen Gefühl geprägt gewesen waren.

Es erinnerte sich nicht immer an alles, was seine Opfer in ihrer Seele verinnerlicht hatten. Es waren Bilder und Eindrücke, die kamen und gingen, aber Schmerz und Weinen, Freude und Lachen waren besonders intensive Prägungen, wobei die Letzteren dem Wesen selbst fremd waren. Immerhin begriff es das Konzept dahinter.

Ganz im Gegensatz zu dem anderen, sehr großen Gefühl, das es überhaupt nicht zu fassen bekam, und das unter dem Namen „Liebe“ unter den Menschen bekannt war. Eine unverständliche, nutzlose, sinnlose Emotion, die das Geschöpf verwirrte und deswegen wütend machte.

Aber das zählte letztlich nicht. Nur eines zählte. Die Seelen derjenigen, die es bewohnte und in sich aufnahm. Sie verliehen ihm Kraft! Sie verliehen ihm Energie! Sie verliehen ihm Macht!

Ah, es war lange her, viel zu lange, seit es das letzte Mal auf der materiellen Ebene gewandelt war. Ashuur hatte es gerufen. Das Wesen kannte ihn zwar nicht, diesen Lord der Nacht, wohl aber dessen Vater – einen Dämonenfürsten, der viele Namen trug: BANTAPOR nannten ihn die Engel, YE'I'SSIR die Kinder des Zwielichts, GADORHIR war sein Name unter den Elfen und EWAN unter den Menschen. Die Dämonen aber kannten ihn unter dem Namen ABĀTU ABU IZATAM, das uralte Feuer der Vernichtung. Alleine diesen Namen auszusprechen war für die Meisten seiner Art unmöglich, zu groß war die Angst davor, seine Aufmerksamkeit zu erregen.

Es war ihm in den vielen tausend Jahren seiner Existenz schon zweimal begegnet und hatte ihm gedient. Es war keine gute Idee, EWAN nicht zu dienen, ihm den Gehorsam zu verweigern. Überhaupt keine gute Idee, zumindest dann nicht, wenn man weiterhin existieren wollte.

Darum hatte es auch nicht versucht, Ashuur anzugreifen, oder in ihn hineinzufahren. So, wie es dies bei jedem anderen getan hätte. Denn die wenigsten, die es riefen, hatten auch nur die geringste Ahnung, mit wem sie sich da einließen. Wie oft schon hatten seine Beschwörer vor ihren teils jämmerlich schlecht gezeichneten Pentagrammen gestanden und geglaubt, es kontrollieren und ihm Befehle erteilen zu können.

Es lachte sein grelles, meckerndes Lachen. Ah, wie herrlich es war, wie unfassbar herrlich, das Entsetzen, die namenlose Furcht, die sie alle packte und durchströmte, wenn es plötzlich aus den vermeintlich sicheren Beschwörungsrunen ausbrach und in sie hineinfuhr!

Jedes Mal, wenn das Wesen von einem Menschen Besitz ergriff, indem es seine eigene, nichtkörperliche Substanz mit dem Leib seines Opfers verschmolz, saugte es die Seele desjenigen auf. Die Energie, die eine Seele besaß und die sich dabei auf das Wesen übertrug, blieb bei diesem Vorgang im Wesentlichen unverändert, egal, in welchem emotionalen Zustand das Opfer gerade war. Doch die Qualität der Energie war in hohem Maße abhängig von der Reife der Seele und der Intensität der Gefühle, die der Mensch gerade durchlebte.

Diejenigen, die sich durch den Verzehr von Materiellem ernährten, würden wohl von einem anderen Geschmack sprechen. Ja. Ein anderer Geschmack. Besser, reifer, delikater. Voll von fantastischen Aromen.

Das Wesen meckerte erneut. Der Vergleich war einerseits treffend und andererseits aber auch wieder unfassbar unzureichend. Die Erinnerungen des Menschen Jugarri enthielten verschiedenste Geschmäcker, die mit entsprechenden Gefühlen verbunden waren. Aber gegen die Herrlichkeit einer panischen, entsetzten Seele waren sie alle blass wie ein fahler erster Lichtstreif am Morgen eines regentrüben, nebelverhangen Herbsttages im Vergleich zu dem unverhüllten Gleißen der Mittagssonne im Zenit des Sommers!

Das Wesen hätte gerne den Geschmack der Seele von Ashuur gekostet. Doch es war sich nicht sicher, ob es in den Cambion, halb Mensch, halb Dämon, überhaupt hätte hineinfahren können. Womöglich war genug dämonische Substanz in dessen Seele, um gegen das Verschlingen ankämpfen zu können. Sollte es einen solchen Kampf verlieren, würde es in die Schluchten des Abyss zurückgeschleudert werden, aus denen es gekommen war.

Dazu kam, dass der Dämonenfürst EWAN es mit Sicherheit dafür bestraft hätte. Womöglich wäre es dabei sogar für immer vernichtet worden. Es leckte sich die Lippen. Nein, es war viel klüger gewesen, ausnahmsweise einmal zu gehorchen.

Das Wesen stieß ein seltsames, grelles Geräusch aus, halb Fauchen, halb Schreien, hoch und grausam, unerträglich aggressiv. Die drei noch übrigen schwarzen Ritter hinter ihm zuckten in ihren Sätteln zusammen.

Oh, es gehorchte nicht gerne. In rasender Geschwindigkeit schoss ein fahl schimmernder, dunstartiger Tentakel aus dem Leib Jugarris und fuhr in den Helm eines der Ritter hinein, drang durch seine Nasen- und Ohrlöcher in dessen Körper und riss ihm saugend und schmatzend die Lebensenergie aus dem

Leib. Der Ritter kreischte auf, entsetzlich laut. Sein Schrei hatte nichts Menschliches mehr an sich. Es dauerte nur wenige Herzschläge, dann verstummte er abrupt. Knurrend zog er sich den Helm vom Kopf und stürzte sich auf sein eigenes Pferd, grub ihm die Finger seiner Panzerhandschuhe in Hals und Augen und riss ihm mit seinen Zähnen Stücke aus Fell und Fleisch heraus. Das Ross bäumte sich auf, versuchte seinen wahnsinnig gewordenen Reiter abzuwerfen, doch ohne Erfolg. Mit letzter Kraft wandte der Hengst eines seiner erlernten Kampfmanöver an, warf sich zu Boden und wälzte sich herum. Knochen krachten und barsten, doch das untote Monster, in das sich der Ritter verwandelt hatte, war dadurch nicht aufzuhalten. Mit unmenschlicher Kraft riss es dem Pferd die Kehle auf. Das Wesen kümmerte sich nicht um den mörderischen Kampf. Es übertrug die Lebenskraft des Ritters auf seinen Trakhari. Schon zweimal hatte es die Energie der einen Hälfte der Gruppe auf die andere übertragen, um Rösser und Reiter trotz des gnadenlosen Tempos am Leben zu erhalten.

Diesmal aber hatte es nur töten wollen.

Das erfrischte Tier griff sofort noch weiter aus und ließ die hinterhergaloppierenden letzten beiden Ritter mehr und mehr hinter sich zurück. Dem Wesen war es egal. Es brauchte die Ritter nicht mehr. Es konnte vor sich bereits die schwarze Masse des Warlok-Heeres erblicken, das sich unterhalb der von der Sonne rot beleuchteten Steilwand befand, aus der sich das Felsplateau mit der Festung Thul Brassar herauswölbte.

Das Wesen würde jetzt bald dort sein. Es würde sich seinen Weg durch die Soldaten bahnen, von einem zum anderen springen und Seelen in sich hineintrinken, bis es zu seinem Ziel finden würde.

Wenn es soweit war, würde es so stark sein, dass es jedes menschliche Wesen auf Nin in Besitz nehmen konnte! Es würde ihm ein Leichtes sein, seinen Auftrag zu vollenden. Und dann, dann wäre es frei! Umgeben von tausenden von Seelen würde es ein unvergleichliches Festmahl beginnen!

Seine Augen leuchteten in einem fahlen, gelblich-grünen Glanz, und sein meckerndes Lachen hallte über die zerstampfte Erde und kündete von seinem Kommen.

Ean sah den Fußtritt des Riesen zwar kommen, aber das nutzte ihm herzlich wenig! Der Ritter des Silberdrachens konnte von Glück sagen, dass die Unholde keinerlei Fußbekleidung trugen, dennoch war die Wucht des Tritts auch barfuß verheerend. Wie eine Katapultkugel wurde er annähernd zwölf Manneslängen weit durch die Luft geschleudert und krachte mit einem furchtbaren Schlag auf der vom vielen Blut schlammig gewordenen Erde des Schlachtfeldes auf. Die dort stehenden Eisernen waren gerade noch rechtzeitig ausgewichen.

Devi und Planetare! Was für ein fürchterlicher Treffer! Ean! Wage es nicht, jetzt zu sterben!

Offensichtlich waren dem Silberdrachen Hören und Sehen vergangen. Mehrere Herzschläge lang lag er reglos im blutigen Matsch des Schlachtfeldes. Zu Gamrons unendlicher Erleichterung richtete er sich dann jedoch ruckartig in eine sitzende Postion auf und blickte verwirrt um sich. Sein Schwert hatte er verloren. Die massive Panzerplatte des Thorlandharnischs, den er auf Elarichs Befehl aus den Beständen des Heeres bekommen hatte, war in der vorderen Wölbung eingedellt. Dennoch hatte die exzellente Rüstung ihm mit großer Sicherheit das Leben gerettet.

Sein Freund drückte aber immer wieder gegen die Seiten seiner Brustplatte. Möglicherweise lag der neunfach gehärtete Stahl durch die großflächige Delle zu dicht auf seinem Brustkorb und erschwerte ihm nicht nur das Atmen, sondern schränkte auch seine Bewegungsfreiheit ein. Zumindest legten die rudernden Armbewegungen Eans diese Interpretation nahe. Schließlich griff er sich mit beiden Händen sein Visier, um es zu öffnen. Er brauchte mehrere Anläufe, ehe es ihm gelang, das ebenfalls schwer verbogene Metall nach oben zu schieben. Gamron erschrak, als er das Gesicht seines Gefährten sah. Blut rann diesem über die Stirn in die Augen. Offenbar hatte er sich einen Riss in der Kopfhaut zugezogen. Hektisch blinzelnd versuchte er, seine

Sicht zu klären. Plötzlich beugte er sich zur Seite und spuckte dreimal eine gelbrote, zähe Flüssigkeit aus.

Bei Anators langem Bart! Er ist momentan einfach nicht in der Lage, zu kämpfen! Das ist ganz und gar nicht gut! Ich muss ihm ein bisschen Zeit erkaufen und diesen Fleischberg auf zwei Beinen ablenken!

Er begann, magische Silben zu intonieren, wobei seine Arme eine komplexe, symmetrische Figur in die Luft zeichneten. Blau-violette und weiße Entladungen knisterten um ihn herum und bildeten grell leuchtende Spannungsbögen. Sie hüllten ihn in ein mystisches, unheimliches Licht, das die übermenschliche Macht deutlich sichtbar machte, die er gerade heraufbeschwor.

„COL´ RAPUR INVOCATA CHIRZIZZ!"

Gamron stieß beide Arme ausgestreckt nach vorne. In diesem Augenblick zerriss ein mächtiger Blitzstrahl die Luft! Schneller, als das Auge es wahrnehmen konnte, überbrückte er die Distanz zwischen den Händen des Magiers und dem Leib des Ungeheuers, dessen Haut an unzähligen Stellen durch die verheerende elektrische Kraft aufplatzte und schwarz verbrannt wurde.

Doch der Riese stand noch! Er blutete aus einer Vielzahl von Wunden, die ihm sowohl die Eisenmänner als auch Ean beigebracht hatten. In seine Beine waren mehrfach die Bidenhänder der thorlandischen Krieger hineingefahren, die diese Treffer meist mit ihrem Leben bezahlt hatten. Und Ean hatte ihm Ukonnen zweimal tief in den turmartigen Leib gestoßen sowie drei Finger seiner rechten Pranke abgetrennt. Bei diesem Schlag hatte die magische Klinge sogar noch den dicken Stiel des ungeheuren Kriegshammers abgeschnitten. Aber dieser Gigant war deutlich breiter gebaut, massiger und schwerer als die anderen Riesen. Er hatte länger gekämpft und weitaus mehr der anstürmenden Eisenmänner abgeschlachtet als seine Artgenossen.

Er war Orrm, der Zermalmer und er kannte keine Angst. Das hatte einen einfachen Grund. Er spürte keine Schmerzen. Er war eine Anomalie, eine Abnormität, gefürchtet sogar unter seinesgleichen. Die Krieger vom Clan der Ascomannen wagten sich mittlerweile nicht mehr in seine Nähe, seit er Goderich, den Clan-Häuptling, mit einem einzigen, schrecklichen Hieb zermalmt hatte!

Sein grobschlächtiger Schädel ruckte herum, und seine vor Erregung aufblitzenden Augen fanden Ean nicht allzu weit entfernt auf dem Boden sitzend. Die thorlandischen Krieger erstarrten unter seinem drohenden Blick, dann wichen sie zurück. Mit wachsendem Entsetzen verfolgte der Magier den sich sofort anschließenden Ansturm des Giganten, sah, wie dieser seinen Hammer kurz unter dem gewaltigen, metallenen Kopf mit seiner noch guten linken Hand am Rest des Stiels packte und hoch über sich emporschwang, um sodann mit zwei gewaltigen Sätzen auf seinen Freund zuzuspringen!

„DJAD´U THIR!"

Die Augen weit aufgerissen handelte Gamron rein instinktiv. Er war in der Lage, schnelle Zauber zu wirken, aber nur noch von geringerer Machtstufe. Rotglühende, schwarze Bolzen magischer Energie schossen aus seinen Fingern, rasten auf den Giganten zu und schlugen unfehlbar in dessen Leib ein. Ihre Wirkung aber war schlicht zu gering, um einen derart titanenhaften Angreifer aufzuhalten.

In einem flirrenden Bogen donnerte der fürchterliche Hammer des Bergriesen hernieder! Mit einem heiseren Schrei verfolgte der völlig hilflose Meister der arkanen Gewalten seinen Weg. Die Zeit verlangsamte sich in seiner Wahrnehmung, so als wollte sein Verstand ihn dazu zwingen, das Unausweichliche in jedem grausamen Detail in sich aufnehmen zu können.

Da wurde Ean im wahrlich allerletzten Moment von zwei kräftigen Händen unter den Achseln gepackt und zur Seite gerissen, nur einen Wimpernschlag, bevor der eiserne Doppelkopf der gewaltigen Waffe auf die Erde herniederfuhr. Die Druckwelle des Aufschlags riss eine ringförmige Schlammfontäne in die Höhe, welche den Drachenritter und seine Retterin vollständig unter sich begrub. Denn dass es sich um eine Kriegerin handelte, war an ihrem Brustharnisch mehr als deutlich zu erkennen gewesen.

Bei allen Engeln der oberen Ebenen! Das war mehr als knapp! Welch eine unfassbare Kraft muss dieses Weib besitzen, Ean mitsamt seiner Panzerrüstung wie ein Kind aus dem Weg schleudern zu können!

Gamron war klar, dass diese Heldentat nur eine äußerst vorübergehende Wirkung hatte. Schon richtete sich der Gigant von Neuem auf, und sein suchender Blick hatte die schlammbedeckten Menschen bereits erspäht. Ihre Lage war in höchstem Maße lebensbedrohlich. Er musste jetzt schnell und effektiv zaubern, sonst würde der Riese die beiden zu Brei schlagen!

Kein Flächenzauber diesmal - die zwei sind viel zu nahe dran! Die Bestie direkt zu töten ist somit kaum möglich. Devi und Planetare! Wenn ich ihn nicht umbringen kann, dann werde ich ihn im Erdboden versenken!

Seine Finger begannen noch im selben Moment die notwendigen, kompliziert-kreisenden Bewegungen einzuleiten, denen sich erst die Hand- und dann die Ellbogengelenke anschlossen, während er die arkanen Silben intonierte.

"PARAKALL MUTATIS M´MATOPE CHONDRILL!"

Bei der letzten Silbe lenkte er die magischen Energien in den Boden unter und hinter der Bestie. Auf einer Fläche von elf mal vier Schritten verwandelte sich daraufhin das Erdreich in einen mehr als mannstiefen Schlammpfuhl. Das Monster versank sofort bis zu den Oberschenkeln in dem sumpfähnlichen Morast und kippte dabei durch den Schwung seiner Ausholbewegung mit dem schweren Kriegshammer seitlich nach hinten über. Schwer schlug er mit dem Rücken auf dem zähflüssigen Boden auf, der unter dem gewaltigen Gewicht weggedrückt wurde und dann über dem Riesen wieder zusammen schwappte. Wild mit den Armen rudernd und um sich schlagend tauchte er einen Herzschlag später wieder auf. Doch noch kämpfte er vergebens um sein Gleichgewicht in dem glitschigen Schlamm.

Schnell jetzt! Zeit, die Sache zu beenden!

In perfekter Analogie wiederholten sich die Gesten in gegenläufiger Reihenfolge und umgekehrtem Drehsinn.

"M´MATOPE MUTATIS PARAKALL CHONDRAAZ!"

Instantan verwandelte sich der Sumpf in massiven Fels. Der Unhold war fast vollständig eingeschlossen. Beide Beine und Arme sowie beinahe der gesamte Oberkörper waren in dem steinernen Gefängnis eingemauert. Lediglich Hals und Kopf waren noch frei.

Da ertönte mit neuer Zuversicht das Kriegsgebrüll der Ascomannen! Von allen Seiten eilten sie herbei und gaben dem Riesen ihre schweren, zweihändig geführten Schwerter zu schmecken. Immer wieder fuhren die mächtigen Klingen in dessen Schädel und den noch sichtbaren Teil seines Leibes und zerhackten ihn. Und so hauchte schließlich auch der letzte der gewaltigen Bergriesen auf der Ebene vor Heors Tal sein Leben aus.

Ean aber lag immer noch schwer nach Luft ringend in den Armen der thorlandischen Kriegerin, die ihm mit geübtem Griff dabei half, den Helm abzunehmen. Als Gamron neben den beiden landete, zückte sie bereits ihr Sax, ein breites, zwei Handspannen langes Messer.

"Bleib ganz ruhig liegen, Aerest Arnan, ich werde dich aus deiner Rüstung schneiden. Bei Garwors Speer, du bist geflogen wie ein Falke! Ein drei Zentner schwerer Falke zwar, aber das erklärt die etwas unelegante Landung."

Sie selbst hatte ihren Kopfschutz ebenfalls schon abgelegt. Als sie nun lächelte, zeigte sie strahlend weiße Zähne. Sie war eine sehr schöne Frau. Ihre blonden Haare waren zu einer Vielzahl eng am Kopf anliegender Zöpfe geflochten. Die Augenbrauen hatten einen wagemutigen Schwung, ähnlich den Flügeln eines Raubvogels. Darunter blitzten einem blaue Augen entgegen, die ein offenes, temperamentvolles Wesen erkennen ließen. Ihre starke Nase, die wohl schon ein-, zweimal gebrochen worden war, verlieh ihrem Antlitz einen wilden und unbeugsamen Zug, der jedoch gleich wieder von dem sinnlichen Verlauf ihrer Lippen kontrastiert wurde. Ihr Unterkiefer war kantig, lief jedoch harmonisch und weich in einem fast zierlichen Kinn aus, das ein freches Grübchen besaß.

Mit raschen, sicheren Schnitten trennte sie die Lederriemen auf, sowohl diejenigen, welche die Schulterstücke befestigten, als auch jene, welche die Panzerplatten an den Seiten zusammenhielten. Schließlich griff sie beherzt hinzu und warf die schwere Brustplatte von Eans Leib. Gamron kniete sich neben seinen Freund, der dabei war, sich aufzurichten, und drückte diesen zurück in die Arme seiner Retterin. Daraufhin machte er sich daran, dessen Untergewand nach oben zu streifen und den dunkel verfärbten Brustkorb genauer zu betrachten. Wortlos griff er danach in die Falten seiner Robe und brachte die letzte der Phiolen hervor, die er von den Elfen in Miratien erhalten hatte. Sofort begann der Drachenritter zu protestieren.

„Das ist doch Unsinn, du musst die kostbare Gabe…"

Gamrons Zeigefinger schoss wie ein Pfeil auf Eans Gesicht zu und stoppte erst kurz vor dessen Nase, was diesen vorerst zum Verstummen brachte.

„Ich bin mir nicht sicher, wie viele deiner Rippen gebrochen sind, mein unvorsichtiger Freund, aber es sind sicher einige!"

Er legte seine Hand in Eans Nacken und half diesem, den Blick auf seine Brust zu richten.

„Schau selbst, du atmest falsch herum. Beim Einatmen zieht sich deine Brust zusammen, beim Ausatmen wölbt sie sich nach außen. Ich würde also vermuten, dass es vier oder mehr erwischt hat. Und nach der großflächigen Quetschung zu urteilen, sind die anderen entweder angeknackst oder zumindest stark geprellt. Ich kann mir nicht vorstellen, dass du so noch weiterkämpfen kannst. Du bekommst ja noch nicht mal im Liegen genug Luft in die Lungen!"

Sorgsam bettete er das Haupt seines Freundes wieder auf den Schoß der Thorlanderin. Dann entkorkte er das steinerne Fläschchen und führte es ihm an die Lippen. Ean fügte sich und trank, aber nach drei kleinen Schlucken schlossen sich seine Finger um die des Magiers und drückten dessen Hand zurück.

„Das reicht, Gamron."

Ein sanftes, grünes Leuchten strich von innen her über die dunkel verfärbten Stellen auf der Brust des Silberdrachens und flackerte über den hässlichen Riss auf seiner Stirn. Die Wundränder dort schlossen sich. Nur eine dünne, weiße Narbe blieb zurück. Die Prellungen waren ebenso verblasst. Vorsichtig atmete der Ritter ein, erst ein wenig zaghaft, dann immer stärker und tiefer. Weit wölbte sich dabei sein Brustkorb auf, und ein Ausdruck großer Erleichterung huschte über sein Antlitz.

Gamron schüttelte trotzdem tadelnd den Kopf.

„Du hättest den Heiltrank ganz trinken sollen, alter Sturschädel. Es steht zu befürchten, dass der Rest nicht mehr sehr potent ist, wenn er überhaupt eine Wirkung entfaltet, und dir hätte die volle Wirkung gutgetan."

Er erhob sich und streckte Ean seine Hand hin, die dieser dankbar ergriff.

„Diese Entscheidung ist bereits gefallen und ausgeführt. Sinnlos, darüber zu lamentieren, mein Freund."

Noch während er sprach, wandte er sich der Kriegerin zu und streckte dieser nun seinerseits die Rechte als Hilfe entgegen. Doch sie erhob sich mit einer geschmeidigen Bewegung, ohne von seinem Angebot Gebrauch zu machen. Ean aber hielt ihr seine Hand weiterhin entgegen, und nach einem kurzen Moment des Zögerns schlug sie ein.

„Wie ist dein Name, ehrenwerte Kriegerin in der Armee der Eisernen?"

„Tyra Runasduhtir, Aerest Arnan."

Eans Blick verschränkte sich mit dem der Frau. Gamron kam nicht umhin zu bemerken, wie der sonst so fokussierte Ritter von einem Moment zum Anderen seine Konzentration einbüßte.

Beim pulsierenden Nexus! Er hat sich ja vollkommen in den blauen Seen ihrer Augen verloren…

„Tyra, ich muss dir meine Bewunderung aussprechen. Es mangelt dir offensichtlich weder an Mut noch an Kraft!"

Seine Worte holten Ean zurück ins Hier und Jetzt.

„Du hast mir das Leben gerettet, Tyra, Tochter der Runa. Ich stehe tief in deiner Schuld."

„Ich habe nur getan, was jeder an meiner Stelle getan hätte. In der Schlacht gibt es keine Schuld, Ean, Sohn von Gomōn, nur den gemeinsamen Sieg oder die gemeinsame Niederlage. Lass uns Garwor danken, dass es diesmal ein Sieg war.“

Ean nickte ihr zu, dann lösten sie ihre Hände voneinander. Eine Spur widerwillig, wie Gamron zu erkennen glaubte.

Der Ritter sah sich um, suchte und fand die Stelle, wo sein Schwert auf dem Boden lag, bedeutete Gamron und Tyra, ihm zu folgen und stapfte dorthin.

"Gamron! Du hattest dort oben in der Luft einen guten Überblick, nehme ich an. Berichte! Was tut sich in der Schlacht?"

Gamron strich sich über seinen dichten, schwarzen Kinnbart und schüttelte kurz seinen Kopf, befolgte dann aber den Befehl des Aerest Arnans.

"Zunächst einmal wird es dich freuen zu hören, dass die Ymbronen unter ihrem Clan-Häuptling Athaulf ihre Aufgabe, die nach Osten eilenden Riesen aufzuhalten, ebenfalls erledigen konnten, wenngleich es ihnen um ein Vielfaches schwerer fiel und ihre Verluste zahlreich waren. Sie erhielten gerade zur rechten Zeit Hilfe von Aaron Sólonsson und den übrigen Rittern des Silberdrachens."

Tyra pfiff durch die Zähne. Zwei Dutzend Bergriesen unter der Führung eines Jarl zu schlagen war wahrlich ein ruhmreicher Schlachtbeginn für die Thorlander gewesen.

"Aaron führte seine Schar anschließend in unsere Richtung, aber als der gewaltige Brocken hier zu Boden ging, schwenkten die Ritter um und galoppierten Richtung Zentrum der südlichen Kampflinie. Ich vermute, dass er zu Elarich will.“

Ean nickte nachdenklich. Das war natürlich nachvollziehbar. Dennoch ärgerte es ihn, denn er hätte gerne ein paar Worte mit dem Than gewechselt.

„Darüberhinaus möchte ich dir meinen Respekt aussprechen, mein Freund. Wie du richtig vorausgesehen hast, war es von vorneherein König Eriks Absicht gewesen, die Horde in einem riesigen Kessel einzuschließen. Die großräumige, beeindruckend schnell vorgetragene

Zangenbewegung der königlichen Reiterei hat zusammen mit dem von dir angeordneten Angriff der Eisenmänner die gigantische Falle zuschnappen lassen. Nun, nachdem die Riesen geschlagen sind, scheint es den Grauhäutern schlecht zu ergehen. Denn ohne diese und ohne die massigen Oger, welche die Reihen der Argenaer hätten auseinanderreißen können, kämpfen sie bislang ohne jeden Erfolg gegen die jeweiligen Bataillone aus Argenas und Thorland an. Sie reiben sich auf der gesamten Länge der Frontlinie auf, ohne ihre Überzahl ins Spiel bringen zu können. Die große Masse der toanischen Krieger ist derzeit im Inneren des Kessels zur Untätigkeit verdammt."

Ean ließ seinen Blick nach hinten schweifen, weg von den wogenden Schlachtreihen. Was er dort sah, oder vielmehr, was er dort nicht sah, erzürnte ihn so, dass er seine Müdigkeit und seine Schmerzen vergaß.

"Wo sind die Lemovarden und Meromannen? Sie sind nicht mehr auf ihren Posten!"

"Nun, dabei verhält es sich genauso, wie es der Kuningaz vorausgesagt hat, Ean. Als sie sahen, wie Ymbronen und Ascomannen gegen die mächtigen Bergriesen zu Felde zogen, und alle anderen Clans ruhmreich gegen die Warloks kämpften, stürzten sie sich bei der ersten sich bietenden Gelegenheit ebenfalls in die Schlacht. Es soll nicht unerwähnt bleiben, dass sie einen nicht unwesentlichen Anteil an der Schließung des Kessels hatten, vor allem am südöstlichen und -westlichen Übergang der von den Siangarden gebildeten argenaischen Kampflinie zu der thorlandischen."

Eans Antlitz umwölkte sich. Eine düstere Ahnung beschlich sein Herz.

"Dennoch handelten sie unbesonnen und warfen sich zu früh in die Schlacht! Nun fehlen mir die Reserveeinheiten, um auf unvorhergesehene Taten des gegnerischen Befehlshabers reagieren zu können. Merkt euch meine Worte! Irgendetwas kommt auf uns zu. Der Heermeister der Horde hat nicht zweihundert Warlokstämme, dreißig Ogerclans und so viele Bergriesen, wie seit dem Krieg des Feuers nicht mehr unter seinem Befehl vereint, um sich jetzt von uns abschlachten zu lassen. Wir wissen so gut wie nichts über ihn, aber eines sollte völlig klar sein: Wir dürfen ihn auf keinen Fall unterschätzen! Er war mächtig genug, um all diese Clans und Stämme unter seine Faust zu zwingen, obwohl sie gemäß der toanischen Traditionen sicherlich untereinander in Blutfehden verstrickt sind, die möglicherweise schon seit hunderten von Jahren währen!"

Er wandte sich Tyra zu.

"Wer führt die Ascomannen, nun, da Goderich auf der Walstatt liegt? Ist es Thorismund?“

Die junge Kriegerin hielt seinem nach wie vor finsteren Blick mit großer Selbstsicherheit stand.

„Goderich war vollkommen außer sich, weil der Riese Thorismund, seinen Erstgeborenen, in den Boden gestampft hatte. Wie ein Berserker stürmte er brüllend los, ohne jedwede Vorsicht. Mir schien fast, als wolle er sterben.“

Kalte Unnahbarkeit lag plötzlich in ihrem Blick. Der junge Meister der Magie blinzelte einmal überrascht, als er in ihre Augen blickte. Sie wirkten auf einmal mehr grau als blau. Das war auch Ean nicht verborgen geblieben. Seine Stimme war deutlich gemäßigter, als er nachhakte.

„Da diese beiden tot sind, geht die Befehlsgewalt auf den nächsten Stammhalter über, wenn ein solcher existiert und älter als zwanzig ist. Gesalech aber zählt erst sechzehn Winter. Damit wäre Goderichs Bruder Roderich Clanhäuptling geworden. Doch leider ist der tapfere Graubart im Kampf gegen den einäugigen Riesen gefallen.“

Über Tyras Gesicht zog ein Schleier tiefer Trauer.

„Ja. Er trieb seinen Zweihänder in den linken Waden der Bestie, sprang rechtzeitig zurück, um dem gewaltigen Hammerschlag zu entgehen, den der Unhold gegen ihn ausführte, und schlug sodann ein zweites Mal zu. Wie immer bei Roderich fand auch dieser Hieb sein Ziel. Schnell wie eine Raubkatze hackte er dem Monster in den anderen Waden. Daraufhin wollten diesen seine Beine nicht mehr tragen und er brach herab auf seine Knie. Mit seiner unvergleichlichen Gewandheit sprang der Graubart hoch und stieß seinen Dornung tief in den Hals des Riesen. Doch der packte ihn mit beiden Pranken und drückte zu. Noch während die Lebensgeister aus seinem Leib gequetscht wurden, drehte er sein Schwert, zog es ein Stück heraus und stieß noch einmal zu. Da brach das eine Auge des Unholds. Tot stürzte er zu Boden. Doch auch für ihn, meinen Vater, kam jede Hilfe zu spät.“

Eine Träne lief über ihr schmutzstarrendes Antlitz und zeichnete eine dunkle Spur über ihre Wange. Ihre Stimme aber war klar und ohne jedes Zittern.

„Ja, der tapfere Graubart ist ebenfalls gefallen, Aerest Arnan, also führe ich, Tyra, Tochter der Runa und des Roderich, den Clan der Ascomannen.“

Stumm musterte Ean die junge Kriegerin. Dann seufzte er einmal tief.

„Möge Garwor ihm den Weg in die Halle der Vorväter weisen und ihm den Ehrenplatz an der großen Tafel geben, der ihm gebührt.“

Er schlug seine rechte Faust an die linke Brust.

„Heil dir, Tyra Runasduhtir, ehrwürdige Clanmutter der Ascomannen!“

Würdevoll nickte sie ihm zu und nahm seine Ehrerweisung mit dieser Geste entgegen.

„Führe deine Eisernen in westliche Richtung und lasse sie mit einem Abstand von zweihundert Schritten Aufstellung beziehen. Wenn ich Recht behalte, wird Ûxmal versuchen, durch die Schnittstelle der beiden Kampflinien, gebildet aus Siangarde und Thorlandern, zu brechen. Sobald dies geschieht, musst du ihn aufhalten und dich ihm mit der ganzen Stärke deines Clans entgegenwerfen!"

Runa und Ean ergriffen sich gegenseitig am rechten Unterarm. Der Blick der schönen Kriegerin war ruhig und fest.

"Du kannst dich auf mich verlassen. Wir werden bereit sein!"

Mit schnellen Schritten eilte sie zu ihren Kriegerinnen und Kriegern, bellte Befehle, die sofort von allen, die sie hörten, weitergeleitet wurden und führte die Ascomannen in raschem Marsch vom Schlachtfeld.

„Eine fähige Führerin, ganz ohne Zweifel."

Gamron musterte seinen Freund und fragte sich, ob er überhaupt antworten sollte, denn wie es schien, hatte Ean mehr zu sich selbst gesprochen. Letztlich konnte er aber einfach nicht widerstehen.

„In der Tat, und eine ziemlich gutaussehende obendrein."

Er äußerte diesen Satz so beiläufig wie möglich, während er anscheinend der Thorlanderin hinterherblickte. In Wahrheit aber beobachtete er den Drachenritter aus den Augenwinkeln. Dieser nickte mehrmals, bevor er sich schließlich dem Magier zuwandte.

„Ja, auch das, mein scharfsichtiger Freund. Gebe Sian, das wir uns am Ende der Schlacht in dieser Welt wiedersehen."

In diesem Augenblick ertönten die großen Kriegshörner der Horde. Sie wandten sich um und blickten dorthin, wo die Eisenmänner zusammen mit den Reitern aus Argenas kämpften. Der grausige Lärm der Schlacht, gebildet aus dem nicht endenden, heiseren Kampfgebrüll der Warloks und den hundert- und tausendfach erklingenden Schlägen von Metall auf Metall, durchsetzt von den gellenden Schreien der Verwundeten und Sterbenden, wurde überrollt und niedergewalzt, als sich der durchdringende Schall von zwei Dutzend der riesigen, stark gebogenen Signalhörner zu einem einzigen, tiefen und mächtigen Ton verband, der stetig lauter und kräftiger wurde.

Devi und Planetare! Das ist kein einfaches Signal! Das ist eine sonische Komponente – ein Bestandteil eines Zauberspruchs! Noch nie habe ich dergleichen gesehen oder gehört!

Sofort intonierte Gamron einen kleinen Spruch, der es ihm erlaubte, magische Energien zu erkennen, selbst wenn sie nicht arkanen Ursprungs waren. Weithin schwang sich das vibrierende Dröhnen über das Schlachtfeld, rollte über den Hochwall und die Häuser der Königsstadt hinweg und brandete die Bergwand hinauf bis zur großen Festung Thul Brassar. In diesem Moment vollendete der junge Meister der Magie seinen Erkenntniszauber. Seine Kinnlade fiel herab und mit weit offenstehendem Mund bestaunte er mit wachsender Furcht die gewaltigen, langsam aber unwiderstehlich sich spiralförmig sammelnden Ströme magischer Kraft.

Das sind druidische Signaturen! Ich erkenne die Elemente von Erde und Feuer und Luft! Ûxmal! Der Schamanenkönig setzt eine furchtbare Teufelei ins Werk! Was beim pulsierenden Nexus ist das für ein Zauber?

Ohne Kenntnis über die Funktionsweise der Magie war er extrem beschränkt in seinen Möglichkeiten der Gegenwehr. Ihm blieb nur der Versuch, die Konzentration der Ströme insgesamt zu unterbinden. Er würde sich damit aber dem Anderen ein Stück weit zu erkennen geben, zumindest, was seine Macht und seine Fähigkeiten anbelangte. Aber es war aus seiner Sicht unvermeidbar, er musste etwas unternehmen. Und das so schnell wie möglich. Seine nach vorne gestreckten Arme beschrieben je einen gegenläufigen Kreis, der schnell begann und dann stetig langsamer wurde.

„ADJATUR DJAD´U ET ICHIL!"

Als er die letzte Silbe intonierte, hörte er seine eigene Stimme kaum noch, so durchdringend war der Hornton geworden. Aus Gamrons nun wieder nach vorne gereckten Armen fuhren violett schimmernde Strahlen hervor, die allerdings nur er selbst aufgrund seines vorher gewirkten Erkenntniszaubers sehen konnte. Sie rasten auf die massiven Energiebahnen zu, die sich kurz vor der Frontlinie auf argenaischer Seite zu einem unfassbaren, kugelartigen Netz mit zwanzig Schritten Radius verdichtet hatten, und bohrten sich tief hinein in das magische Konstrukt des Schamanenkönigs. Sie zersetzten und zerstörten Anteile mehrerer der energetischen Fasern, doch das Netz war schlicht zu groß und zu stark. Beschädigt, aber doch größtenteils intakt senkte es sich herab auf die Erde.

Alle Warloks und Menschen hielten inne, hoben ihre Köpfe und lauschten dem gewaltigen Klang. Nachdem der Ton der Hörner verklungen war, legte sich eine gespenstische Stille über die Stätte des Tötens und Blutvergießens. In diesem kurzen Moment baute sich eine unfassbare Spannung in den Herzen der Menschen auf, als deren Gemüter von einer dunklen Ahnung überschattet wurden, die sich in der Spanne eines einzigen Atemzuges zu einer schrecklichen Gewissheit steigerte.

Das Netz des Hexenmeisters fraß sich in die Erde. Im nächsten Augenblick explodierte auf einer Breite von fünfzig Schritten der Boden unter den Hufen der Siangarden. Rösser und Menschen wurden zusammen mit Erde und Gesteinsbrocken wie Spielzeuge in die Luft geschleudert. Feuerfontänen schossen in alle Richtungen und eine ungeheure Druckwelle warf Tiere, Soldaten und Warloks in einem Umkreis von hundert Schritten gleichermaßen zu Boden. Auch Ean, Gamron, Tyra und ihre Eisernen vom Clan der Ascomannen wurden von der glutheißen Druckluft erfasst und niedergestreckt. Für sie und alle anderen, die sich im Umkreis von dreihundert Schritten rund um das Zentrum der Detonation aufgehalten hatten, versank die Welt in einer unheimlichen Stille, durchbrochen lediglich von einem unnatürlich hohen Sirren am Rand des Wahrnehmungsbereiches. Der Donner der Explosion war im wahrsten Sinn des Wortes ohrenbetäubend laut gewesen.

Im Anschluss an die verheerende Manifestation der ungeheuren magischen Gewalten, die Ûxmal entfesselt hatte, begann der Angriff der Kore Mānawa. Die Leibgarde des Schamanenkönigs, zweihundert Orloks, mehr als acht Fuß große, muskelbepackte Elitekrieger, von Kopf bis Fuß in beschlagene Lederpanzer gehüllt, stürmten in die geschlagene Bresche. Sie kämpften mit langen Doppelwaffen, den Duí-Māta. Dabei handelte es sich um eine Art Streitaxt mit langem Stil aus Arkenholz und zwei Köpfen an jedem Ende, deren geschwungene Klingen einem halbierten Tropfen ähnelten und gegengleich aufgesetzt waren.

Die ersten, die sich ihnen entgegenwarfen, waren die herbeieilenden Ascomannen! Wieder waren ihre Gegner deutlich größer als sie selbst, doch diesmal erreichten ihre Bidenhänder Bauch, Brust und Arme ihrer Widersacher ohne Schwierigkeiten, ja selbst Kopf- oder Halstreffer waren durchaus möglich. Allerdings waren die Kore Mānawa nicht nur deutlich größer und um ein Vielfaches stärker, sondern dazu auch noch frisch und unverbraucht, während die Thorlander bereits durch das Gefecht gegen die Riesen schwer geprüft worden waren. So kam es, dass trotz der zahlenmäßigen Überlegenheit des Clans die Orloks klar überlegen waren. Schrecklich ging der Blutzoll in die Höhe, den die Eisernen zahlen mussten. Am schlimmsten wütete Krult, der Mahak, der Anführer der Leibgarde des toanischen Heermeisters. Im Gegensatz zu den restlichen Gardisten führte er eine massive Eisenstange mit spitz zulaufenden Enden. Auf einer Seite war ein grausiger Kranz aus stählernen Stacheln angeschmiedet. Jeder Treffer mit dieser fürchterlichen Waffe durchschlug die thorlandischen Panzerharnische, brach Knochen und zerquetschte das Fleisch der Eisernen. Keiner konnte ihm die Stirn bieten! Reihenweise sanken die Recken vor ihm in den Staub und tränkten den Boden mit ihrem Blut.

Die Moral der meisten Menschen wäre dadurch vor eine schwere Probe gestellt worden. Doch das Volk der Thorlander verehrte Garwor, den Gott des Krieges. Anders als andere Völker führte die steigende Zahl an Verlusten nicht dazu, dass sie der Mut verließ. Das Gegenteil war der Fall. Je mehr Krieger die Walstatt bedeckten, desto mehr steigerte sich bei den noch lebenden die Kampfeslust. Immer wilder und rücksichtsloser stürzten sich die Ascomannen in die Schlacht, singend und mit blitzenden Augen warfen sie sich in die gerissene Lücke zwischen den Schlachtreihen und verzögerten so immerhin das Vorrücken der Orloks.

Doch von dem anfangs fast achthundert Köpfe zählenden Heerhaufen des Clans waren nach dem Gemetzel mit den Bergriesen nur noch knapp sechshundert übrig, die jetzt von den Kore Mānawa in furchtbarem Tempo dezimiert wurden.

Da ertönte das silberne Horn des Thans! Und auch, wenn immer noch etliche Krieger seinen Ton nicht zu hören vermochten, so wurden selbst diese von einer wundersamen Hoffnung und neuem Mut erfüllt. Die Gardisten stürzten sich an der Seite von Aaron Sólonsson in den Kampf, der mit seinen Rittern des Silberdrachens zur rechten Zeit das Schlachtfeld betrat! In wildem Sturmangriff brachen die

Ritter, gefolgt von einer ganzen Schwadron der Siangarde, in die Reihen der Orloks. Viele der gewaltigen Hünen hauchten dabei ihr Leben aus.

Von Osten her drangen nun neue Scharen der Eisenmänner herbei und schlossen die Lücke. Elarich selbst führte sie an, umgeben von seinen Eorlos sinaz heolforas, den Kriegern seines Blutes, seiner eigenen Leibgarde. Neben ihm, zu seiner Rechten stehend kämpfte Borl, Harals Sohn, der Arnan der Brodored, und an seiner linken Seite stand Heilrun, nach dem Tode Vadomars die oberste Priesterin Garwors. Um sie herum hatten sich sowohl die Brodored als auch die Freka Draugas formiert. Ein heißer Tanz entbrannte da zwischen den Besten und Stärksten auf beiden Seiten! Hin und her wogte das Schlachtgeschehen, ohne dass sich eine der Seiten hätte durchsetzen können.

Gamron war von Ean und Tyra gerettet worden. Die beiden hatten ihn an den Armen ergriffen und hinter die neue Frontlinie geschleift. Seine eigenen Beine hatten ihm den Dienst verweigert. So wie viele andere war auch er schwer gezeichnet von der glühenden Druckwelle. Seine Haare und Augenbrauen waren ebenso angesengt wie seine Barthaare, die Haut stark gerötet. Seine Augen tränten unaufhörlich und er blinzelte unentwegt, um eine einigermaßen klare Sicht zu behalten. Ean sprach auf ihn ein, doch er konnte diesen nicht verstehen. Alles, was er wahrnahm, war ein hohes, extrem unangenehmes Sirren.

Ich bin niemanden von Nutzen, wenn das so bleibt. Ohne die auditive Kontrolle über meine eigene Stimme wird es mir kaum möglich sein, weitere Zauber zu wirken!

Mit zitternder Hand holte er die Phiole Liliuvaras hervor, in der sich dank der Umsicht seines Freundes noch ein guter Schluck des Heiltrankes befand, den er von der elfischen Königin erhalten hatte.

Wer hätte gedacht, dass der Ritter sich als klüger erweisen würde als der Magier?

Wäre es nämlich nach ihm selbst gegangen, hätte Ean den Trank komplett leeren sollen. Nun hoffte er lediglich, dass im verbliebenen Rest genug Kraft war, um ihm sein Gehör zurückzugeben. Er entkorkte das steinerne Fläschchen und stürzte den Inhalt hinunter. Ean beobachtete ihn scharf.

„Alles gut? Kannst du mich wieder hören?“

„Anator sei Dank! Ja, das kann ich in der Tat! Devi und Planetare, Ean, steh hier nicht untätig herum! Die Schlacht steht auf Messers Schneide!“

Sein Freund verzichtete auf einen Kommentar und klopfte ihm stattdessen erleichtert auf den Rücken. Dann packte er Tyra am Arm, zog sie mit sich und redete dabei hastig auf sie ein. Gamron aber tauchte ein weiteres Mal ein in die konzentrierte Versenktheit des Geistes, die es ihm ermöglichte, Magie zu wirken. Als erstes machte er sich unsichtbar, bevor er den Zauber *Fliegen* auf sich selbst legte. Vorsichtig stieg er auf und betrachtete das Geschehen um sich herum.

Er wusste, dass er die Aufmerksamkeit des Heermeisters der Warloks erregt hatte. Ein derart mächtiger und erfahrener Zauberwirker hatte seinen Versuch, dessen Magie zu bannen, selbstverständlich bemerkt. Ihm war auch klar, dass dieser nicht sehr weit von seiner Position entfernt sein konnte. Immerhin hatte er diesen ungeheuerlichen Ausbruch magischer Macht in großer Nähe gespürt. Gamron schätzte ihre Entfernung zueinander auf vielleicht zweihundert Schritt. Es galt also, große Vorsicht walten zu lassen. Es war ohne Weiteres denkbar, dass Ûxmal Möglichkeiten besaß, einen Unsichtbaren entdecken zu können. Nichtsdestotrotz wollte der junge Meister der Magie in das Geschehen eingreifen und momentan eingetretene, fragile Gleichgewicht der Kräfte zugunsten der Argenaer beeinflussen. Er hatte dafür das passende Mittel – seinen letzten Angriffszauber, den er sich bewusst aufgespart hatte. Jetzt war der richtige, nein, der perfekte Moment für dessen Einsatz gekommen.

Die Todeswolke! Hier, im dicht gedrängten Schlachtgetümmel, wo die Warloks Leib an Leib stehen und nicht weichen können, wird der Spruch verheerende Auswirkungen haben!

Aufmerksam betrachtete er den Verlauf der Kämpfe unter sich, um den Zauber mit maximaler Zerstörungskraft einsetzen zu können, und begann seine Vorbereitungen. Während die Siangarde zumindest das weitere Fortkommen der Kore Mānawa bisher weitgehend verhinderte, hatte sich die Frontlinie gen Süden hin bereits weit in die Reihen der Thorlander hineingefressen. Nun aber waren Elarich und seine Brodored dort aufgetaucht. Durch das Eingreifen des Kuningaz war dort die Vorwärtsbewegung der Orloks ins Stocken geraten. Der unbezwingbar scheinende Anführer der Halbblute brach derweilen in die Reihen der Gardisten ein und richtete, umringt von einem halben Dutzend seiner wildesten Krieger, ein fürchterliches Blutbad unter den Argenaern an.

Schließlich gelang es drei Rittern des Ordens des Silberdrachens zu Krult vorzustoßen: Lord Hallamir, Herr der Westmark und Befehlshaber von Thul Araan, begleitet von Freiherr Durahn, dem Wächter von Heors Auge, einer Festung hoch oben in den Drachenbergen, sowie von Rittmeister Duvall, einem engen Freund und Vertrauten des Freiherren. Während seine beiden Begleiter die Orloks links und rechts von Krult angriffen und beschäftigten, drang Herr Hallamir auf den Mahak, den Anführer der Kore Mānawa ein. Mit einem Satz seines treuen Schlachtrosses Alassos gedachte er den Hünen umzureiten und zu Fall zu bringen. Doch dieser pflanzte blitzartig seine drei Schritte lange Stangenwaffe mit ihrem Kopf in der Erde auf und rammte das hintere, spitz zulaufende Ende dem angaloppierenden Umarer in die Brust! Mit der ganzen Wucht seiner eigenen, vorwärtsdrängenden Körpermasse trieb das Tier sich den Spieß in den Leib, wobei das Eisen eine Rippe durchbrach, beide Lungenflügel durchbohrte und oben am Rücken wieder heraustrat, bevor das Pferd schließlich gegen den Orlok stürzte. Beide gingen bei dem Aufprall zu Boden. Der Kriegslord aber wurde nach vorne gerissen und unter Alassos begraben. Krult jedoch erhob sich ohne schwerere Verletzungen. Mit einem gewaltigen Ruck zog er seine Stangenwaffe aus dem Leib des zu Tode getroffenen Tieres und zerschmetterte diesem mit dem Dornenkranzkopf den Schädel. Dann trat er zu der Seite hin, auf der Kopf und Oberkörper des Ritters unter dem

Pferdeleib hervorragten und rammte den bluttriefenden Spieß dem Herrn der Westmark durch dessen Visier hindurch. So starb Herr Hallamir, Kriegslord von Argenas. Nur Augenblicke später kamen seine Begleiter, jeder von mehreren Orloks hart bedrängt, ebenfalls zu Fall.

Da trübte sich um die Gruppe herum die Luft merklich ein. Grünlich-gelbe Fäden entstanden und verdichteten sich in wenigen Augenblicken zu hohen Schwaden, die einer wandernden Nebelbank gleich auf einer Breite von etwa zwanzig Schritten über das Schlachtfeld waberten. Beißende, ätzende Dämpfe drangen den Kreaturen in Nase, Mund und Augen. Die Orloks blieben geschwächt zurück und blutiger Schleim rann ihnen über die Lippen. Noch verheerender aber wütete die giftige Wolke unter den Warloks. Als sie ihre Bahn durch die Reihen der Kore Mānawa gezogen hatte und das Hauptheer erreichte, stürzten die Toa dort tot zu Boden. Keiner der Krieger, die von dem säuredurchtränkten Giftdunst umhüllt wurden, überlebte die mörderische Umarmung. Zu Hunderten starben die Grauhäuter wie mickrige Fliegen. Und schon entstand die nächste Wolke, diesmal am anderen, südlichen Ende der Orlok-Phalanx und wogte über die Leibgarde des Schamanenkönigs hinweg.

Krult und seine sechs Getreuen waren vor der giftigen Brunst ebenfalls überrollt worden und hatten sich rasch in die hinteren Reihen ihrer Einheit zurückgezogen. Die Nordfront überließ der Mahak seinen Spießgesellen, die es gleich wieder mit den Silberdrachen zu tun bekamen, diesmal unter der Führung des Thans.

Sturm hatte wohl gesehen, dass sein alter Freund Hallamir zu Boden gegangen war, wusste aber nicht, dass dieser bereits den Weg in die silbernen Reiche Sians eingeschlagen hatte. Mit wütenden Streichen hieb die Sethalklinge eine Schneise in die Truppen der Orloks. Ihm folgten in keilförmiger Formation zwölf weitere Drachenritter. Als Aaron das tote Schlachtross Alassos sah durchzuckte ihn eine schreckliche Ahnung. Den Hieb des Halbblutes, das ihm nun noch den Weg versperrte, fing er mit seinem Schild ab und stieß dem finsteren Mischlingswesen sein blitzendes Schwert in den aufgerissenen Schlund. Ein letzter Schenkeldruck, ein kurzes Angaloppieren Hathiros, und dann standen Ross und Reiter vor dem Leichnam Hallamirs. Doch keine Ruhe war dem Ritter vergönnt, kein kurzes Innehalten. Das Andenken an seinen Schwertbruder musste anders gestaltet werden – mit Blut und Fleisch und Knochen. Heiße Wut explodierte in seinem Inneren und überflutete alle Trauer und Leere. Ein Zorn von so elementarer Urgewalt bemächtigte sich seiner, dass er seinen Schmerz und alle anderen Gefühle, alle Gedanken an Vorsicht oder Strategie hinwegwischte. Mit einem fast unmenschlichen Schrei drang er auf die Orloks ein, wie ein alles um sich herum zerstörender Wirbelsturm.

Elarich, der den magischen Angriff Gamrons aufmerksam verfolgt hatte, griff mit seinen Brodored genau entlang des Weges an, den die Todeswolke genommen hatte. Die von dem Säurezauber stark geschwächten Orloks waren dem Kuningaz und seinen Eorlos sinaz heolforas nicht gewachsen. Tief stießen die Eisernen hinein in den Block der riesenhaften Krieger!

Da tauchte plötzlich vor Elarich der Anführer der Leibgarde Ûxmals auf, der Mahak, der selbst ihn, den König der Thorlander, um Haupteslänge überragte! Gamron, der gerade seine dritte und letzte Todeswolke heraufbeschworen und in die Masse der Warloks getrieben hatte, hielt für einen Augenblick inne, als er das Aufeinandertreffen dieser beiden mächtigen Streiter gewahrte.

Dieses Monster von einem Halbblut mag der Stärkere sein, doch der Kuningaz der Thorlander ist nach meinem Dafürhalten der erfahrenere Kämpfer dieser zwei ungleichen Kontrahenten.

Für Gamron stand außer Frage, dass der Kuningaz dennoch ein nicht unerhebliches Risiko einging, wenn er sich diesem blutrünstigen Monster im Zweikampf stellte. Mit wachsender Besorgnis musste er mit ansehen, wie dann auch noch die getreuen Sechs des Mahak sich zwischen Elarich und seine Brodored drängten, gefolgt von drei weiteren Dutzend der gewaltigen Bestien. Sie hatten dabei leichtes Spiel, denn der Kuningaz drang mit schnellen Schritten und wirbelndem

Bidenhänder auf Krult ein, der sich mit einem hinterlistigen Grinsen ohne nennenswerte Gegenwehr weiter und weiter zurückfallen ließ. Im Nu war Ealrich durch einen dreifachen Ring der gewaltigen Orloks von den Seinen getrennt. Doch genau in diesem Augenblick erregte etwas anderes Gamrons Aufmerksamkeit: Seine Todeswolken stiegen höher und höher hinauf in den Himmel! Sie veränderten dabei ihre Form und bildeten eine immer dünner werdende Säule aus. Etwa dreißig Schritte über dem Boden verloren sie den Kontakt zur Erde und strömten wie von Geisterhand gelenkt aufeinander zu.

Beim pulsierenden Nexus! Was ist das für eine Teufelei?

Mit rasch wachsender Sorge beobachtete Gamron die Vereinigung der giftigen Dämpfe.

Devi und Planetare! Wie ist das möglich? Wie kann er meine Todeswolken auf diese Weise manipulieren?

Dass es nur einen auf dem Schlachtfeld gab, der dafür in Frage kam, stand für ihn außer Zweifel – nur Ûxmal, der Schamanenkönig, konnte für eine derartige Kontrolle von Gamrons Magie verantwortlich sein.

Mit der dabei entstehenden Monsterwolke kann er Eriks Kessel an fast jeder beliebigen Stelle auseinanderreißen! Das darf ich nicht zulassen!

Er sah nur einen Ausweg, den er in der momentanen Situation gehen konnte. Gamron hatte dabei einen wesentlichen Trumpf in Händen – da er selbst die Wolken erschaffen hatte, war es für ihn ein Leichtes, die darin enthaltene Magie zu bannen und die Wolke dadurch aufzulösen. Da sie sich gerade ohnehin hoch oben in der Luft befand, würde sie recht schnell auseinanderreißen und sich so weit verteilen, dass sie keinen Schaden mehr anrichten konnte.

„ADJATUR DJAD´U TUMEN THEN!“

Er stieß seine Arme in genaü dem richtigen Winkel nach oben. Abermals rasten blau schimmernde Strahlen hervor und jagten direkt in den grün-gelben Brodem hinein. Noch während er die letzte Silbe sprach und die finale Geste vollführte, durchzuckte ihn ein schrecklicher Gedanke – was, wenn Ûxmal es genau darauf angelegt hatte? Es war auch für Anwender priesterlicher Magie eine einfache Übung, sich mittels eines Zaubers magische Ströme, Felder und Erscheinungen sichtbar zu machen. Was, wenn er nur darauf wartete, dass der gegnerische Meistermagier, der seine Pläne mit solcher Akribie und Effizienz torpedierte, sich ihm durch seine eigene Tat offenbarte?

Gamron wartete nicht einmal ab, was mit seinem Zauber geschah. Eine fürchterliche Angst hatte ihn gepackt. Er warf sich in der Luft herum und rauschte, so schnell er konnte, in einer entgegengesetzt zu seinen Strahlen gerichteten Linie davon.

Zu spät.

Mit einem grauenvollen Rauschen entzündete sich um ihn herum die Luft und hüllte ihn in ein Meer aus Flammen.

Den ersten, mit barbarischer Wucht geführten Schlägen der grausigen Doppelwaffe wich Elarich mit einer Behändigkeit aus, die angesichts seiner großen Körpermasse überraschte. Dann ging er selbst zum Angriff über!

Mit einem schnellen Streich gegen die Innenseite des rechten Knies zwang er Krult dazu, dieses Bein zurückzuziehen, sodass dessen gesamtes Gewicht sich auf das linke Bein verlagerte.

Eine Finte, die genau diesen Schritt rückwärts zum Ziel hatte!

Elarich riss seine Klinge in einem diagonalen Bogen nach rechts oben. Diesem Angriff aber konnte der Mahak nun leicht ausweichen, er musste lediglich seinen Oberkörper nach hinten biegen.

Abermals nur eine Finte!

Nun verzögerte der Kuningaz seine nächste Aktion etwas, als wäre er überrascht, dass er den massigen Krult nicht treffen konnte.

In den Augen des Orloks blitzte es böse auf. Mit beiden Händen packte er seine grausige Stangenwaffe, drehte sie mit dem spitzen Ende auf den Thorlander zu und stieß mit aller Kraft in einer raschen Gegenbewegung zu seinem vorherigen Ausweichen vorwärts. Und tat damit genau das, was der König der Eisernen von ihm erwartet hatte!

Angepasst an das gewaltige Momentum des Stoßes drehte Elarich seinen Körper um eine Vierteldrehung zur Seite weg. Die Spitze der Waffe traf auf die Wölbung der Brustplatte, konnte aber dort nicht in den wegrotierenden Panzerstahl eindringen. Sie hinterließ durch die barbarische Wucht lediglich einen tiefen Kratzer, als sie an ihm vorbeischrammte.

Er nahm den zusätzlichen Schwung auf, der ihm durch den Streifschlag mitgegeben wurde, setzte seine Drehbewegung fort und ließ *Hrumōn* in einem mächtigen, beidhändigen Hieb herumkreiseln. Wütend pfiff die Klinge mit einer derartigen

Geschwindigkeit und Gewalt heran, dass der Mahak überrascht und erschrocken die Augen aufriss!

Geschmiedet im Jahre 1298 vor dem Feuer war das Schwert seit 1700 Jahren die Königsklinge von Thorland. Stets führte sie der jeweilige Kuningaz in die Schlacht. Die einzigartige Magie der Waffe bewirkte, dass jeder Treffer demjenigen, dessen Blut den Stahl der Waffe benetzte, einen Teil seiner Stärke raubte und sie für kurze Zeit auf den Besitzer des Schwertes übertrug. Elarich, der bereits ein gutes Dutzend Warloks und fünf Orloks erschlagen hatte, war deshalb mittlerweile im Besitz einer wahrhaft übermenschlichen Kraft!

Mit der Gewalt eines ausgewachsenen Auerochsen traf der Schlag den Halbblutkrieger in seiner linken Seite. *Hrumōn* zerschlug die Rüstung und fuhr tief hinein in dessen Leib.

Ein grünes Leuchten flackerte auf und irrlichterte über die Klinge, den Griff entlang und über die Arme des Kuningaz.

Krult, der von der schieren Wucht des Hiebes von den Beinen geholt und einen Schritt zur Seite geschleudert wurde, stieß einen grauenvollen Schrei aus.

Eine halbe Drehung noch kreiselte der Häuptling der Vyrdalen weiter, eher er zum Halten kam. Das Schwert riss auf seiner Bahn eine schwarzrote Fontäne aus Blut, Fleisch und Knochensplittern mit sich.

Schwer schlug der Anführer der Orloks auf dem Boden auf.

Elarich blickte auf den gefällten Riesen herab. Dann hob er das Königsschwert hoch über seinen Kopf und sprang auf seinen Gegner zu, um diesem ein Ende zu machen.

Doch noch war der Mahak nicht geschlagen! Im Fallen hatte Krult seine Waffe wieder fest zu sich herangezogen. Nun riss er das Ende hoch und richtete den Spieß gegen die Brust des Königs. Abermals glitt die Spitze an dem Panzerharnisch ab, bohrte sich diesmal aber unter das Schulterstück über der rechten Achsel des Kuningaz, wo sie ihm tief in sein Fleisch drang.

Elarich ließ seinen Bidenhänder fahren. Sein rechter Arm war durch den Treffer am Ansatz vollständig durchbohrt und unbrauchbar geworden. Als der Mahak ihn mit Hilfe seiner festgehakten Waffe ebenfalls zu Boden riss, zog er mit der Linken den Sax aus der Scheide.

Mit einem heiseren Brüllen warf sich der gewaltige Orlok auf den Häuptling der Vyrdalen, der ihm sofort das breite, schwere Kampfmesser tief in den Leib stieß!

Beide rollten nun ineinander festgekrallt über den Boden, wobei Krult seinem Gegner den Helm vom Kopf riss und mit seinen schweren Fäusten dem König Unterkiefer, Nase und Jochbein brach, während ihm Elarich den Sax wieder und wieder in den Bauch stach.

Schließlich drückte der Orlok den Thorlander nieder und wollte ihm den massigen Schädel ins schwer gezeichnete Gesicht rammen!

Doch wie ein Blitz fuhr da Elarichs Linke nach oben und durchstieß mit der kurzen Klinge den Hals des Mahaks, einmal, zweimal und noch einmal. Das schwarze Blut des Monsters sprudelte stoßweise hervor und ergoss sich in dickem Strahl über die Brünne des Clankönigs.

Da brach schließlich Krults Kraft, und die heiß brennende Flamme seines Lebens erlosch.

Mit einem Triumphschrei stieß der Kuningaz die Leiche seines Gegners von sich und sah sich noch auf dem Boden liegend um.

Die Krieger der Kore Mānawa hatten offensichtlich einen Ring um ihren Mahak gebildet. Die Brodored und die Freka Draugas aber hatten zusammen mit den Argenaern die Reihen der Leibgarde Ûxmals fast vollständig aufgerieben. In genau diesem Augenblick durchbrach Borl den Ring und fing einen Orlok-Krieger ab, der Elarich hatte angreifen wollen, um den Tod seines Anführers zu rächen.

Gut zwei Köpfe größer und um fast die Hälfte breiter als der Arnan, ließ dieser seine Duí-Māta mit brachialer Gewalt senkrecht herabsausen, um das lästige Hindernis vor sich zu spalten. Borl bewegte sich gelassen und unaufgeregt einen halben Schritt nach links und drehte sich zur Seite, sodass die todbringende Klinge einen Fingerbreit an seiner Brust vorbeiraste. Dann stachen seine Kurzschwerter in rascher Folge sechsmal hintereinander zu. Der erste Leibwächter des

Königs drehte sich daraufhin ruhig zu Elarich um und streckte ihm den Arm hin, während hinter ihm der Orlok tot zu Boden krachte, und die Brodored und Freka Draugas nun ihrerseits einen Ring um ihren Herrscher bildeten.

Dankbar ergriff der Kuningaz die ihm dargebotene Hand und stand auf. Er befand sich vorläufig in Sicherheit, während die Kore Mānawa vernichtend geschlagen waren. Nur wenige der gewaltigen Orloks hatten sich in die Masse der toanischen Armee zurückziehen können.

Elarich packte die Stangenwaffe des Mahak und zog sie sich mit einem angewiderten Gesichtsausdruck aus dem Leib. Neben ihm machte sich schwer atmend seine Tochter Heilrun Platz inmitten der Eorlas und hielt seinen Arm fest.

"Halte einen Augenblick still, Kuningaz. Ich kann diese Wunden nicht komplett heilen, dafür habe ich bereits zu viele deiner Krieger wieder ins Leben zurückgerufen. Aber ich werde zumindest die Blutung stoppen und diese Ruine wieder in das Antlitz meines Vaters zurück verwandeln."

Mit diesen Worten legte Heilrun ihm die Hände auf die Brust und begann einen tiefen, eindringlichen Singsang anzustimmen. Während seine Tochter einen Heilzauber für ihn wirkte, gestattete sich Elarich einen Moment der Ruhe und des inneren Friedens. Er spürte, wie die Wunden sich schlossen, wenn auch nicht vollständig. Als sein Gesicht und die Beweglichkeit seines Armes wieder einigermaßen hergestellt waren, gewannen seine Feldherreninstinkte erneut die Oberhand.

"Borl, sage mir, wohin ist der Than des Königs geritten?"

Aaron Sólonsson war ein Mann, der weit über die Grenzen Argenas hinaus bekannt war. Jeder Krieger hatte schon von den Taten des hünenhaften Ritters des Silberdrachen und seiner legendären Stärke gehört. Gesehen aber hatte ihn außer Elarich und einer Handvoll anderer Eisenmänner in Thorland noch niemand. Borl war einer davon.

"Als die Orloks so gut wie geschlagen waren, hat er sich mit den Rittern aus der Schlacht zurückgezogen."

Er wandte den Kopf zur Seite.

„THEÚDIS!"

Es dauerte nur wenige Momente, dann drängte sich einer der Brodored durch die Reihen der Krieger und salutierte vor dem Arnan.

„Wo befindet sich der Arnan der Drachenritter?“

„Er hat wenige hundert Schritte nordwestlich von unserer Position anhalten lassen. Den Grund dafür allerdings kenne ich nicht."

Elarich nickte. Er war sehr zufrieden.

"Ich will mich kurz mit ihm beraten. Führe mich zu ihm, Borl."

Sofort, nachdem er Zeuge der verheerenden Explosion im Süden des Schlachtfeldes geworden war, hatte er alle Bedenken in Bezug auf das Risiko für ihn selbst zur Seite geschoben. Eine weitere Manifestation solch gigantischer magischer Kräfte würde ohnehin das Ende dieser Schlacht und somit auch seines Königreiches bedeuten. Er machte sich keinerlei Illusionen darüber, was mit der Königsstadt und in der Folge mit dem Rest von Argenas geschehen würde, wenn die Warlokhorde den Hochwall durchbrach. Also hatte er sich von Neuem in eine tiefe Trance versenkt und eine Verbindung zu den geweihten, unendlichen Ebenen Sians geöffnet. Ein weiteres Mal schöpfte er tief aus dem Quell der Energien und ließ ein unsichtbares Tor entstehen zwischen Heorhalla und dem hinteren Viertel der Horde. Wo bis vor Kurzem eine drängende Enge geherrscht hatte, gab es nun reichlich Platz. Er riss Arthael mit seiner Linken hoch in die Luft, packte seinen ersten Bogenschützen Graf Gernot von Wardenfels mit der Rechten und trat hindurch.

„IN SANCTUARIUM INVISIBILITATEM!"

Eine kleine, golden schimmernde Kuppel umgab sowohl ihn selbst als auch den Grafen, der seinen Bogen eng an den Leib gedrückt hielt und dicht neben dem König stand. Erik sah sich um. Sie standen auf einer kleinen Insel nackter Erde in einem Meer von Warlok-Leibern. Zu ihrer Rechten kämpften die gewaltigen Orloks gegen die Siangarde. Von links strömten Toa-Krieger heran und an ihnen vorbei, um diese bei dem Versuch, den Kessel zu durchbrechen, zu unterstützen. Hinter sich gewahrte er das für alle anderen unsichtbare, silberne Schimmern des Tores und dahinter das wogende Hauptheer der unzähligen Angreifer. Vor sich aber, keine dreißig Schritte entfernt, sah er einen weiteren Ring aus etwa zwei Dutzend Orloks, der still an Ort und Stelle verharrte.

Bei Sians Silberklinge! Dort befindet sich der feindliche Heermeister! Doch wie kann er hinter diesem Wall aus

Leibern die Schlacht lenken? Wie erfährt er, was sich zuträgt auf dem Schlachtfeld?

Noch ehe er sich weiter darüber Gedanken machen konnte, sah er ein merkwürdiges Phänomen. Drei grün-gelbe Säulen aus wabernden Dämpfen erhoben sich von verschiedenen Stellen und schraubten sich höher und höher hinauf in die Luft, strömten aufeinander zu und vereinigten sich zu einer einzigen, großen Wolke, die nun eine frappierende Ähnlichkeit zu einem schrecklichen Zauber hatte, den er bereits einige Male zu Gesicht bekommen hatte.

Was geht hier vor? Ist das Meister Valators Werk? Aber wenn es sein Zauber wäre, wieso sollte er den todbringenden Brodem aus der Horde herausholen und dort oben zusammenballen?

Er brauchte mehr Informationen. Er hätte sich eines einfachen Spruches bedienen können, der es ihm erlaubte, magische Erscheinungen zu sehen. Doch er ahnte, dass er hier einem Zauberzweikampf beiwohnte, der sich zwischen Gamron Valator und dem feindlichen Heermeister entspann. Wenn er damit Recht behielt, würde dies ihm möglicherweise eine einzigartige Chance offerieren, seinen Hauptgegner anzugreifen. Dafür war er bereit, jedes Risiko zu gehen. Also schöpfte er abermals tief aus der Quelle seines Gottes und wirkte einen wahrhaft mächtigen Erkenntniszauber, der ihm alle Dinge so zeigen würde, wie sie wirklich waren.

„VERUM VULTUS CONVENITE HUC!“

Kaum hatte er die letzte Silbe gesprochen, sah er einen doppelten Strahl blau schimmernder Energie in die Wolke jagen, die nahezu augenblicklich ihren Zusammenhalt verlor und begann, sich aufzulösen. Der Ursprung der Strahlen war etwa zwanzig Schritte hoch in der Luft und an die fünfzig Schritte von seiner Position entfernt in westlicher Richtung zu sehen – dort schwebte Meister Valator in der Luft. Obschon für alle anderen unsichtbar, war er für den König als halbdurchsichtige Erscheinung hervorragend zu erkennen.

Sobald der Magier die Strahlen abgefeuert hatte, warf er sich herum und wollte wegfliegen. Doch genau in diesem Augenblick explodierte an dessen Position die Luft weiträumig in einem gigantischen Flammeninferno! Die Hitze und Helligkeit waren so intensiv, dass Erik unwillkürlich den Blick abwendete. Einer plötzlichen Eingebung folgend riss der König den Kopf herum und wandte sein Augenmerk dem Bereich über dem Ring der Orloks zu. Und tatsächlich! Dort, knapp zwei Schritte über den Köpfen seiner Leibgarde schwebte ein Warlok, dessen Anblick dieselbe durchscheinende Charakteristik aufwies, wie die von Gamron Valator. Flankiert wurde er von zwei vier Schritt großen und schlanken Wesen mit ebenso halbdurchsichtigen Körpern, die allerdings im Gegensatz zum Leib des Toa aus eisglänzenden Kristallen bestanden!

Der Heermeister war nicht besonders groß oder muskulös, er wirkte sogar ein wenig fett – ein Tribut, den er möglicherweise seinem offensichtlichen, hohen Alter zollte. Die bleiche, elfenbeinerne Haut schimmerte unter einem purpurnen, togaähnlichen Gewand hervor, das er über einer schwarzen Tunika mit weiten Ärmeln trug. Seine weißen Haare waren zu eng an der Kopfhaut anliegenden Zopfreihen geflochten, die im Nacken ineinanderliefen. Blutleere, volle Lippen zogen sich zu einem zähnefletschenden Lächeln auseinander, als er mit einer aufreizend arroganten Geste einen Aufhebungszauber wirkte und den bewusstlosen Valator sichtbar werden ließ. Den beiden, rechts und links von ihm in der Luft schwebenden Gestalten bedeutete er, den herabfallenden und nun auch für sie sichtbaren Magier anzugreifen.

Zwei Ifarathau! Und sie dienen diesem Warlokschamanen! Nun gibt es keinen Zweifel mehr! Bei Sian und all seinen silbernen Streitern! Ich werde diese Ausgeburt der neun Höllen zerschmettern!

Ohne zu zögern, ohne jede Rücksicht auf sich selbst und seinen mehr als bedrohlichen, körperlichen Zustand umfasste er Arthael, die Meisterklinge, mit beiden Händen und stieß sie mit einem weiten Ausfallschritt nach vorne, während er ein weiteres Mal alle Schranken zwischen sich und der allumfassenden Macht Sians niederriss. Ein letztes Mal füllten sich seine Augen mit dem silbernen Inferno heiliger Macht!

„ARGENTUM RADII LUCET!“

Aus seinem Schwert raste ein breiter, silberner Strahl auf die Gruppe zu und explodierte in einem blendenden Kaleidoskop göttlicher Energie. Die beiden Elementare der Luft wurden sofort zurück auf ihre eigene Ebene geschleudert. Der Toa aber stürzte zurück in seinen Ring aus Orloks und war Eriks Blick entzogen.

Schwarze Flecken tanzten um den König von Argenas herum und er begann gefährlich zu schwanken. Sein Mund füllte sich mit zäher Flüssigkeit. Als er schluckte, schmeckte er Eisen. Zwei starke Hände packten ihn unter den Schultern und er wurde rückwärts gerissen. Ihm war, als würde er zuerst fliegen, und schließlich fallen, tiefer und immer tiefer.

Dann verlor Erik von Arnanfels das Bewusstsein.

„Hé mu ù shu mûran sum: Onya e bad în sê!“

Ichigo spürte den feinen Strom seines von ihm gehenden Atems an seiner Nasenspitze. Er ließ ihn entweichen, absichtslos. Ohne Hast atmete er ein und wieder aus. Er fügte der Luft seine Gedanken und Gefühle hinzu. Sacht und stetig fließend plätscherten sie aus ihm heraus.

„Hé mu ù shu mûran sum: Onya e bad în sê!“

Er ließ sie ausströmen, bewertete sie nicht, reflektierte nicht. Gemächlich lenkte er seinen mäandernden Geist auf das erste Fundament seines Glaubens: Die unschätzbare Möglichkeit, mit den Fähigkeiten eines treuen Dieners Palaerons zahllosen Wesen zu helfen, ihnen beizustehen und eine Stütze zu sein. Nur wenige hatten das Privileg, die göttlichen Lehren zu erfahren, und noch weniger bargen in sich das Potential, sie zur Blüte zu bringen.

„Hé mu ù shu mûran sum: Onya e bad în sê!“

Während Ichigo meditierte, öffnete sich sein Geist. Mit klarer und sicherer Stimme sang er die heiligen Silben der elften An-Sha, einem der zentralen Mantras seines Ordens. Nach den ersten sieben Silben, die er auf demselben Grundton hielt, intonierte er die folgenden sechs in einer von ihm selbst entwickelten Kadenz.

Als er zum ersten Mal im Kloster das Amt des Kantors übernommen hatte, um die Meditation der Mönche zu führen und zu begleiten, war diese spezielle Tonfolge wie von selbst aus ihm herausgeströmt. All die Jahre hatte er den verschiedenen Kantoren gelauscht, die alle eine der üblichen Interpretationen des Singsangs gewählt hatten. Fast immer war es die Standardabfolge gewesen, die den geheiligten Namen ihres Gottes Palaeron in der zeremoniellen Anrede „Onya“ fünf Tonsprünge höher ansetzte als den Grundton und die restlichen Silben dazu verwendete, um zum Anfangston zurückzukehren. Meister Taz Tahar verzichtete sogar auf diese wenigen Sprünge. Er schleifte die erste Silbe aus großer Tiefe hoch zum Grundton und verblieb dort über das gesamte Mantra. Sie alle folgten der These, die Melodie solle nicht vom Klang der heiligen Silben ablenken und müsse deshalb so schlicht wie möglich gehalten werden.

Ichigo aber empfand es anders. Er hatte in seinem Geist immer schon eine Tonfolge gespürt, die am Rand seines Bewusstseins schwebte, ohne sich jedoch wirklich zu offenbaren – bis zu dem Augenblick, an dem er zum ersten Mal als Kantor das Mantra der Mönche anleitete. Wie aus einer anderen Welt kommend manifestierte sich die Kadenz in ihm und drängte nach draußen, als er seine Lippen öffnete. Für einen kurzen Moment war er sehr erschrocken gewesen und hatte befürchtet, seine Mitbrüder und -schwestern könnten seine Variation des Singsangs ablehnen. Die Mönche aber hatten ihm am Ende der Meditation alle lächelnd gratuliert und ihm auf den Rücken geklopft. Meister Taz Tahar hatte gestrahlt und verkündet: „Der All-Meister reißt die Mauern ein, so sagen es die heiligen Silben unserer elften An-Sha. Heute hat unser Bruder Ichigo unsere Mauern eingerissen. Welch wundervoll passende Tonfolge du für unser Mantra gefunden hast! Wir waren alle der Meinung, der heilige Klang der Silben würde beeinträchtigt von zu viel melodiöser Ablenkung. Doch du hast uns eines Besseren belehrt. Sei bedankt!“

Allerdings waren diese Erinnerungen nur ein wohliger, warmer Hauch in seinem ansonsten stetig ruhiger werdenden Geist.

Singend fokussierte er sich auf das zweite Fundament Palaerons: Das beständige Wandern, womit der immerwährende Zyklus des Seins, ein ewiger Kreislauf des Werdens und Vergehens gemeint war. Gemäß den Lehren seines Gottes kam jede Seele nicht nur einmal, sondern in stetig wiederkehrender Folge nach Ama. Jedes einzelne Leben entschied dabei darüber, wie die Voraussetzungen des nächsten Lebens sich gestalteten. Jeder Schritt, alle Worte und Gedanken der vorherigen Zyklen hatten die jeweils aktuelle Existenz beeinflusst, und alle inneren und äußeren Handlungen des momentanen Seins formten die kommende Welt. Somit waren zum Einen alle Dinge vergänglich, zum

Anderen besaßen die eigenen Taten große Bedeutung, denn sie säten die Samen für die Zukunft.

Ichigo vergegenwärtigte sich auch das dritte Fundament seines Glaubens und spürte diesem fundamentalen Grundsatz längere Zeit nach: Die freudvolle Erleuchtung, ein strahlender und zeitloser Zustand, der essentiell war, um anderen beistehen zu können, der aber gleichzeitig so unfassbar schwer zu erreichen war. Denn wer selbst verwirrt ist und leidet, der vermag auch anderen nicht zu helfen. Wer sich aber von allem Schmerz und aller Verblendung gelöst hat, verweilt für immer in einem Zustand der höchsten Freude.

Er flüchtete sich deshalb mit all seinen eigenen Unzulänglichkeiten in die beschirmende und segensreiche Gegenwart seines Gottes, der ihm Kraft schenkte und ihn führte, um dem erleuchteten Zustand des Geistes näherzukommen. Helles, goldenes Licht, das sich anstatt bewusster Gedanken in seinem Geist ausbreitete, erleuchtete die Dunkelheit vor seinem inneren Auge.

Onya e bad în sê!

Die Mauern seines Bewusstseins wurden rissig und brachen weg, die Außenwelt, die sein geistiges Selbst so eng umhüllte, wie die Schale das Ei, löste sich auf. Eine unermessliche Weite lag um ihn herum. Vor ihm verdichtete sich die goldene, durchsichtige Form Palaerons, ein strahlendes Kraftfeld aus purer Energie. Das Licht entfernte alle störenden Reste seiner Gedanken, flutete seinen Kopf und Leib und brachte alles Leid und Krankheiten zum Verschwinden. Der spirituelle Avatar trug ein einfaches Tuch. Sein Kopf war kahl, das Gesicht alterslos, gütig und mild. Er saß mit gekreuzten Beinen, die geöffneten Hände leicht auf seine Knie gelegt, sah seinen Diener an und lächelte. Ichigos Körper entspannte sich vollständig. Geborgen in einer Sphäre aus Liebe und Schutz verweilend erlebte er die Gegenwart Palaerons, erzeugt von den Schwingungen der von ihm intonierten An-Sha.

Ruhig und gelassen lenkte er sodann seine geistige Kraft auf das rote Licht, das aus dem Zentrum der göttlichen Wesenheit herausleuchtete und seinen Mund und seine Kehle füllte. Es löste alle Hindernisse seiner Rede auf. Fragmente grober und leidbringender Worte, die an ihn gerichtet worden waren, stoben wie Funken davon und verließen ihn. Dankbar und genesen empfing er die über seine eigenen Fähigkeiten des Geistes hinausragende Weisheit, die aus seinem Gott ausströmte, und ließ sich tragen von der Güte des roten Lichts.

Schließlich begann aus Palaerons innerstem Kern ein kraftvolles, blaues Licht zu strahlen. Es drang mit Leichtigkeit in Ichigos Herz ein und füllte es zur Gänze aus. Ein schier unerschöpfliches Reservoir an Stärke strömte durch seine Adern und erreichte jede einzelne Stelle seines Körpers.

Doch dann hörte er plötzlich den markerschütternden Schrei des großen Turmalinhabichts Eanesja. Ichigo schlug die Augen auf. Gut vierzig Schritte von ihm entfernt sah er Rani, deren Kopf auf Rovins Brust gebettet war. Die beiden lagen eng umschlungen im Schatten eines großen Fliederstrauches.

Nachdem die Druidin ihre tiefen Gefühle für den Waldläufer zugelassen hatte, waren sie geradezu übereinander hergefallen. Viermal hatten sie ihre Liebe miteinander gefeiert, dann war die junge Frau erschöpft eingeschlafen. Sein Freund hatte sie die ganze Zeit glücklich lächelnd im Arm gehalten und immer wieder ihre Haare gestreichelt. Nun flatterten ihre Lider auf und sie atmete tief ein und aus.

Rani ist erwacht. Das ist gut. Rovin wartet schon so lange.

Ichigo schmunzelte. Es störte ihn nicht, dass er seine Meditation nun unterbrechen musste. Er würde weitermachen, wenn dies wieder möglich war. Für die nächste Zeit aber war zu erwarten, dass sich die beiden Turteltauben einmal mehr ausgiebig ihrem Liebesspiel widmen würden. Nicht, dass ihn das stören würde. Das war nicht der Grund. Er hatte schon vor langer Zeit die Kunst gemeistert, ganz und gar in seiner Meditation zu versinken und die Welt um sich herum verschwinden zu lassen. Selbst wenn Rani und Rovin wieder recht laut werden sollten, hätte ihn das nicht aus seiner Konzentration gerissen. Nein, vielmehr sah er es als seine Pflicht an, Wache zu halten, denn es war ihm aufgefallen, dass für die zwei Verliebten während ihres leidenschaftlichen Zusammenseins die Welt auf den jeweils anderen zusammenschrumpfte. Selbst ihn hatten sie nicht mehr bemerkt, seine Gegenwart vergessen und sich völlig ihrer neu gefundenen Zweisamkeit hingegeben. Er hatte dann diesen wunderbaren, kleinen Felsvorsprung rechter Hand des Wasserfalls entdeckt, vielleicht vier Manneslängen oberhalb des Sees. Ichigo war ein sehr guter Kletterer und hatte die steile Felswand bis dorthin gut gemeistert. Der Vorsprung war gerade so groß, dass er halbwegs bequem im Lotussitz verweilen konnte. Von dort aus war es ihm möglich, das gesamte Areal der heiligen Stätte überblicken zu können. Also hatte er sich niedergelassen und Wache gehalten, bis Rani eingeschlafen war und Rovin seine Umgebung wieder wahrgenommen hatte. Erst dann hatte er es sich gestattet, zu meditieren, aber erst, nachdem er sich mit dem Waldläufer stumm darauf verständigt hatte, von Eanesja verständigt zu werden, sobald die junge Druidin aufgewacht war.

Rani streckte sich und rollte sich dann wie eine Katze auf den Bauch von Rovin, um diesen lang und intensiv zu küssen. Ichigo durchströmte eine tiefe, vorbehaltlose Freude für seinen Freund, der dieses Glück seiner Ansicht nach mehr als verdient hatte. Er wusste, dieser würde alles für seine große Liebe tun. Denn das Rani genau das war, daran bestand in seinen Augen kein Zweifel. Für einen kurzen Augenblick beobachtete er die Szenerie noch, um zu sehen, ob es ein fünftes Mal geben würde. Nachdem es recht schnell klar wurde, dass der junge Waldläufer der überaus überzeugenden Einladung Ranis nicht widerstehen konnte, ließ der Mönch seine wachsamen Augen über die herrliche Natur der heiligen Stätte streifen, die sich im Sonnenglanz des späten Nachmittags in einer atemberaubenden Symphonie aus Farben, Schatten und Licht selbst feierte. Seine Gedanken aber waren ganz bei seinen Freunden.

Rovin und Rani tun recht. Sie geben sich selbst an den anderen weg. Sie übergeben sich dem Leben. Sie geben es auf, verstehen zu wollen. Sie geben sich nur ganz einfach. So soll es sein. Es ist gut.

Ichigo nickte versonnen und lächelte.

Wie die Späher der Brodored richtig beobachtet hatten, war Aaron Sólonsson mit seinen Rittern nach dem Gefecht gegen die Kore Mānawa nach Nordwesten galoppiert. Dabei hatten sie Robert und seine überlebenden Soldaten der Garnison aus Thul Araan in den Reihen der Eisernen entdeckt. Hocherfreut über diese glückliche Fügung hatte die rechte Hand des Königs auch ihnen den Befehl zum Rückzug gegeben und die Argenaer kurzerhand hinter vier seiner Drachenkämpfer aufsitzen lassen.

Kaum war die Frontlinie hinter ihnen gelegen, hatte Aaron sie alle anhalten lassen. Er selbst und Robert waren abgesessen, um sich gebührend begrüßen zu können. Auch Wolf und Selina hatte die Gelegenheit ergriffen und waren aus dem Sattel gesprungen. Sie wusste, der Truppführer fühlte sich auf seinen eigenen zwei Beinen bedeutend wohler als auf einem Pferderücken. Und auch ihre eigene Position hinter dem Hünen Wate von Mittheim war doch sehr unbequem, da dieser sein langes Schwert Jarakang nicht an der Hüfte, sondern über dem Rücken hängend trug. Lediglich Gregor blieb hinter seinem Silberdrachen auf dessen Umarer sitzen. Als sie dann auf ihren eigenen Füßen stand, warf sie dem gewaltigen Ordensritter, der Robert entgegentrat, einen verblüfften Blick zu. Dieser Mann, von dem sie schon so viel gehört, den sie aber noch nie mit eigenen Augen gesehen hatte, übertraf alle ihre Erwartungen!

Bei allen Riesen, Ogern und Trollen auf Amas weitem Rund! Aaron Sólonsson muss der größte aller Menschen sein! Feuer und Asche, neben diesem Berg von einem Mann hätte selbst Kriss Sturmhammer mit seinen sieben Fuß wie ein Jüngling ausgesehen!

Bei dem Gedanken an Gold-Kriss spürte sie sofort wieder einen schmerzhaften Stich in ihrem Herzen. Die Wunde, die der Verlust ihres Garnisonsgefährten gerissen hatte, war einfach noch zu frisch. Doch dann holte sie die rumpelnde Bassstimme des Than ins Hier und Jetzt zurück.

"Robert von Callen! Dich hier zu treffen erfreut mein Herz. Der König wünscht dich zu sehen, er erwartet später einen Bericht über die Ereignisse in Thul Araan, sowie über eure Begegnung mit Freiherr Gomōnsson und eure Flucht aus den Tunneln der Kil-Rhai!"

Wolf, Gregor und Selina warfen sich vielsagende Blicke zu. Seit sie mit den Thorlandern marschierten, hatte sich das alte Zusammengehörigkeitsgefühl wieder eingestellt, das sie vorübergehend verloren geglaubt hatten. Selbst zwischen ihr und Gregor schien alles wieder gut zu sein. Zumindest hatte sie keine bösen oder neidischen Blicke mehr von ihm aufgefangen, wenn sie sich in der Nähe des Truppführers aufhielt. Und wenn der junge Soldat mit ihr sprach, war er genauso freundlich und aufmerksam wie früher.

Umgeben zu sein von einer Armee ausländischer Krieger hat uns wohl allen klar gemacht, wie vertraut wir eigentlich miteinander sind, und wie enorm wichtig dieses Vertrauen für uns alle ist.

Robert nickte dem Than zu, und ein Lächeln stahl sich über sein hartes Gesicht.

"Du bist nicht sonderlich überrascht, mich zu sehen, Aaron, und du weißt bereits erstaunlich viel. Also hat sie es geschafft. Ssil war beim König und hat die Botschaft überbracht."

Sólonssons Rechte krachte dem Hauptmann auf dessen Schulter.

"Ja, das hat sie. Bei den fettärschigen Huren Laikors! Eine Sa´ê´Sar, und du hast sie befreit!"

Aaron schüttelte sein Haupt und warf Robert einen anerkennenden Blick zu, ehe er fortfuhr. Er wirkte jetzt nachdenklich.

"Der König war anfänglich genauso überrascht wie ich. Blitz und Donner, ein Kind des Zwielichts vor dem Thron von Argenas! Aber auch sie war durcheinander, das konnte ich sehen. Du weißt ja, wie es ist, in seiner Gegenwart zu sein. Er verändert einen. Oft frage ich mich, ob ihm selber überhaupt bewusst ist, welch bleibenden Eindruck er bei anderen hinterlässt. Ssil jedenfalls war keine Ausnahme. Ha! Sie hat dem König sogar ihre Dienste angeboten!"

Roberts Augen wurde schmal.

"Ihre Dienste? Doch nicht etwa hier in der Schlacht?"

"Aber selbstverständlich in der Schlacht! Sie befehligt ihre eigene Standarte der Silberlöwen, mehr als fünfhundertachtzig der wildesten Kerle!“

Jetzt verengten sich die Augen des Drachenritters. Er warf dem Hauptmann einen scharfen Blick unter seinen buschigen Augenbrauen zu.

„Ich muss mich ein wenig über dich wundern, Robert, ich dachte du hättest sie kennengelernt. Merkwürdig, dass deinem geschulten Auge ihre Fähigkeiten und ihre Kampfkraft entgangen sind."

Robert zuckte bei diesen Worten etwas zusammen, bewahrte aber ansonsten seine Fassung.

"Es irritiert mich lediglich, dass die Männer sie einfach so akzeptiert haben."

Sturms Gesicht hellte sich einen Moment lang auf. Doch der neugierige und verwunderte Ausdruck kehrte schon bald wieder auf sein Antlitz zurück.

"Ah, das meinst du. Nun ja, sie hat sich den Soldaten und auch dem Gefolge in der Königsburg nicht als Sa´ê´Sar zu erkennen gegeben. Falls du auch das nicht wissen solltest, sie beherrscht die magische Fähigkeit, ihr Aussehen zu verändern."

Aaron schielte nun doch sehr misstrauisch auf Robert herab, drang aber nicht weiter in ihn. Robert strich sich über seinen Bart. Er konnte nicht anders, er musste einfach fragen.

"Und wie hat sie sich bislang geschlagen? Führt sie die Männer auch anständig, oder ist sie den Warloks schon zum Opfer gefallen?"

Er versuchte, so beiläufig wie möglich zu klingen, und der Than tat ihm den Gefallen, nur zu antworten und keine Fragen zu stellen.

"Sie steht mitten im Zentrum des Mahlstroms, Robert, und kämpft wie ein Dämon. Die Warloks fallen vor ihr wie Blätter im Herbst. Die Löwen schauen zu ihr auf, und in den Augen der Krieger glänzen Verehrung und Stolz."

Robert schluckte. Er war tief berührt. Weil er seiner Stimme nicht recht traute, beschränkte er sich auf ein Nicken. Verwundert schüttelte Aaron abermals seinen Schädel und wollte dem seltsamen Verhalten des Hauptmanns nun doch auf den Grund gehen.

Doch Freiherr Wate von Mittheim, der in diesem Augenblick seinen Umarer zu Sturm lenkte und seine rechte Faust gegen seine Brust schlug, um dem Than anzuzeigen, dass er eine wichtige Meldung zu machen hatte, bewahrte Robert vor der aufkeimenden Neugier des riesenhaften Ritters.

"Ein Mann nähert sich unserer Schar, Sethalklinge. Allem Anschein nach handelt es sich um Freiherr Gomõnsson. So wie es aussieht, bringt er einen Verletzten aus dem Gefahrenbereich der vorderen Linien."

Aaron gab seinen Rittern einen Befehl, und sofort galoppierte eine Gruppe der Ordenskrieger auf den Genannten zu, der sich langsam und schwer humpelnd ihnen entgegen schleppte, einen reglosen Körper in seinen Armen tragend. Es war wahrhaftig Ean Gomõnsson, der als entehrter Ritter vom Hofe gejagt worden war und heute im Vollbesitz seiner Würde und Ehre die thorlandische Armee auf Seiten der Argenaer in die Schlacht geführt hatte.

Obschon selbst von mehreren garstig aussehenden Wunden schwer gezeichnet, hatte er den besinnungslosen Meister Valator aus dem hart umkämpften Sektor herausgeschleppt. Die linke Gesichtshälfte des Magiers war eine bluttriefende Ruine. Die teilweise schwer verbrannte Haut war unter und über dem Auge großflächig aufgeplatzt, das Jochbein nach innen eingedrückt und die linke Oberlippenhälfte fehlte ebenso, wie mehrere Zähne. Die Robe war mehr schwarz verkohlt als rot, und weitere schlimme Brandwunden offenbarten sich an den zerfetzten Stellen seines Gewandes.

Begleitet von den anderen Rittern, die alle vor Beginn der Schlacht von König Erik über das Täuschungsmanöver der Entehrung sowie die Geheimmission des Freiherren unterrichtet worden waren, schritt Ean zu Aaron und Robert, wo er den schwer verletzten Gamron sanft auf den Boden legte.

"Er fiel einer verheerenden Feuersbrunst zum Opfer, die plötzlich den Himmel dort einhüllte, wo er fliegend über der Schlacht schwebte. Ich sah ihn anschließend wie einen Stein herabfallen. Er landete hart auf einem Warlok und dürfte sich ein paar Knochen gebrochen haben. Sein Herz schlägt, allerdings verliert er immer noch Blut. Bei Sians heiligem Schild der Ehre, dieser Mann hat bereits jetzt Unglaubliches für unseren Sieg geleistet! Doch irgendetwas sagt mir, dass seine Aufgabe auf diesem Schlachtfeld noch nicht erfüllt ist. Er sollte so schnell wie möglich zum König, um Heilung und neue Kraft zu empfangen!"

Aaron nickte grimmig und gab ein Zeichen, woraufhin einer der Ritter zwei Umarer herbeiführte: Aindur, das mächtige Streitross Siegmunds, sowie das Pferd des tapferen Valarin. Gemeinsam legten sie Gamron quer vor den Sattel Aindurs. Ean zog sich mühsam hinter ihm hinauf und hielt seinen Freund fest. Das andere Ross übergab Aaron an Robert.

"Sein Name ist Kelso. Möge er dich einem besseren Schicksal entgegentragen, als dasjenige seines toten Freundes. Begleite den Freiherren. Zusammen sollte es euch gelingen, den Hofmagier schnell und sicher zum König zu bringen."

Da richtete Wate von Mittheim abermals das Wort an den Than.

„Eine größere Schar der Eisernen kommt im Laufschritt auf uns zu. An der Spitze der Gruppe erkenne ich Elarich Ergansson, den Kuningaz der Thorlander.“

Robert nahm den Zügel des Umarers, den ihm Aaron entgegenhielt. Dann sah er dem gewaltigen Streitross in seine wachsamen Augen, strich ihm einige Male über den mächtigen Hals und schwang sich in den Sattel. Doch die Nachricht über die kurz bevorstehende Zusammenkunft mit dem König der Eisernen verzögerte den Aufbruch des kleinen Trupps. Selina, der sich bereits der Brustkorb zusammenschnürte, traten Tränen in die Augen. Der jungen

Kriegerin blutete das Herz bei dem Gedanken, dass der Hauptmann nun wegreiten würde.

In den letzten Wochen andauernder Lebensgefahr und unvorhersehbarer Ereignisse war Robert ihr beständiger Fels gewesen, an dem sie sich hatte aufrichten können. Ihn jetzt mitten in der dramatischsten Schlacht ihres jungen Lebens zu verlieren, zog ihr beinahe den Boden unter den Füßen weg. Sie fühlte sich nackt und schutzlos und hätte am Liebsten laut aufgeschluchzt. Aber das kam natürlich nicht in Frage. Niemals würde sie sich hier, inmitten der edelsten Recken des Reiches und vor ihren beiden noch übrigen Kameraden, einer solchen Schwäche hingeben. Stattdessen schalt sie sich eine junge und unsagbar dumme Gans, straffte ihre Schultern und richtete sich gerade auf.

Solónsson, der ihren Konflikt offenbar bemerkt hatte, nickte ihr anerkennend zu.

Für einen kurzen Augenblick blickte er dabei gen Süden und sah einen einzelnen Reiter auf die Schlacht zupreschen.

"Und seht dort, es kommt noch mehr Besuch!"

Aaron schwang sich in den Sattel Hathiros, um besser sehen zu können, und richtete seinen Blick hinab in die Weite der Mariadenebene. Ein vornehm gekleideten Mann hielt in gestrecktem Galopp genau auf ihre Position zu.

"Blitz und Donner! Das ist ein Trakhari! Wer auch immer dieser Mann ist, er reitet einen Destrier aus den schwarzen Landen."

In diesem Augenblick erscholl in seinem Rücken die dröhnende Stimme Elarichs.

"Aaron Sólonsson! Es ist mir eine große Ehre!"

Umgeben von seinen Brodored lief der König der Thorlander mit weitgreifenden Schritten auf die Schar zu. Die Ritter bildeten sofort eine breite Gasse und ließen den Kuningaz mit seinem Gefolge hindurch.

Verwundert blickte Selina sich um.

Ean, Gamron und Robert, der Than mit all den übrigen Rittern des Silberdrachens, und nun auch noch der Kuningaz. Merkwürdig, wie das Schicksal manches Mal die Fäden spinnt.

In diesem Augenblick lenkte Robert sein Streitross zu ihr hinüber. Er beugte sich im Sattel nach vorne und raunte ihr mit leiser Stimme zu.

„Ich möchte dich mitnehmen, wenn wir nun gleich aufbrechen, um den Magier zum König zu bringen, Selina. Wolf und Gregor aber wird der Than sicherlich zurück an die Front beordern.“

In Selina begann augenblicklich ein Kampf widerstreitender Gefühle. Einerseits war sie mehr als glücklich darüber, an Roberts Seite bleiben zu dürfen, andererseits aber wollte sie keine Sonderbehandlung. Viel zu lange hatte sie nun schon darum gekämpft, die Anerkennung der Männer zu bekommen. Sie war wahrlich kein schutzbedürftiges kleines Mädchen mehr – sie war eine Kriegerin, eine der vier Überlebenden der vernichteten Garnison von Thul Araan! Sie wollte gerade protestieren, da erscholl ein lauter Ruf. Sofort wandte sich der Hauptmann von ihr ab und richtete seinen Blick nach Süden.

Aaron war abgestiegen und hatte mit Elarich die Unterarme gekreuzt, als der fremde Reiter in vollem Galopp heran preschte. Ein rotes Seidentuch bedeckte seine untere Gesichtshälfte, wie bei einem Räuber. Wate von Mittheim rief ihm zu, sofort anzuhalten. Doch der Fremde achtete nicht auf seine Worte. Da ließ der Mittheimer seinen schwer gepanzerten Umarer angaloppieren und drängte den Mann ab. Mit großen Augen erkannte Selina, dass dessen Destrier nunmehr genau auf ihre kleine Gruppe zuhielt. Einen Herzschlag später stieß er bereits hart gegen Gregors Pferd! Wie eine Katze sprang der Reiter hoch und krachte wie ein Katapultgeschoss gegen den jungen Soldaten aus Thul Araan, der sofort von seinem Umarer heruntergerissen wurde und zusammen mit dem Fremden hart zu Boden ging. Gregor sprang sofort wieder auf, der Angreifer aber blieb regungslos liegen.

Robert war bereits abgesessen und lief mit gezückter Klinge zu dem offenbar bewusstlosen Adligen. Mit seinem Stiefel drehte er ihn auf den Rücken und blickte in zwei seelenlose, tote Augen.

"Bei den Göttern! Er lebt nicht mehr!"

Mit der Spitze seines Schwertes schälte er dem Mann das rote, stark klebrige Tuch vom Gesicht herunter und schluckte heftig. Der Großteil der Haut fehlte, ebenso Ober- und Unterlippe. Dort, wo sich normalerweise die Nase befand, gähnte dem Hauptmann ein schwarzes Loch entgegen. Selina zuckte bei dem grausigen Anblick zusammen.

Wie ein Totenschädel... aber er hat doch gerade noch gelebt! Ich will mir gar nicht vorstellen, was für Schmerzen dieser Mann durchlitten haben muss!

Ruckartig erhob sich der Hauptmann und wandte sich mit einem alarmierten Gesichtsausdruck zu den anderen um.

Wolf war zu Gregor geeilt und hatte den jungen Soldaten ein Stück von dem am Boden Liegenden weggezogen. Robert steckte sein Schwert zurück in die Scheide. Als er schnellen Schrittes auf den Than zuging, ertönte ein meckerndes Geräusch, als würde eine Ziege versuchen, ein menschliches Lachen hervorzubringen. Selinas Kopf fuhr herum. Doch was sie sah, machte keinen Sinn. Ihr Verstand konnte das Gesehene nicht begreifen. Gregor stand hinter Wolf, in der Linken sein kleines Brotmesser mit dem schönen Walnussholzgriff, die Rechte in die vollen, dunklen Haare des Truppführers gekrallt. Dessen Augen waren vor Schreck weit aufgerissen, er bleckte die zusammengebissenen Zähne und seine Füße baumelten eine Handbreit über dem Boden. Es war ihr bis zu diesem Moment gar nicht bewusst gewesen, dass Gregor größer war als Wolf.

Seit wann ist Gregor so groß und unglaublich stark? Und was bei allen Dämonen des Abgrunds macht er da?

Der Truppführer riss seinen Mund auf, um seine Wut und seinen Schmerz herauszuschreien.

Und seine Furcht! Sian steh uns allen bei, in seinen Augen steht eine panische Angst!

Doch genau in diesem Moment zog Gregor sein Messer mit einer wütenden und kraftvollen Bewegung quer über Wolfs Hals. Der scharf geschliffene Stahl schlitzte dessen Fleisch tief auf und durchtrennte mit Leichtigkeit die dicken Blutgefäße, die Stimmbänder sowie Luft- und Speiseröhre.

Das Gewicht des an den Haaren hochgehaltenen Körpers sorgte dafür, dass die Wunde regelrecht auseinandergerissen wurde. Ein großer Schwall Blut ergoss sich über Wolfs Leib. Für den Bruchteil eines Herzschlages trafen sich Wolfs und Selinas Blicke, und die junge Frau sah sein Entsetzen, sein Grauen und seine Verzweiflung. Dann überzogen sich seine Augen mit einem starren Glanz.

"NEEEEIIIIINNN!"

Selinas langgezogener Schrei übertönte Gregors grausames, grelles Gelächter, als dieser den toten Leib des Truppführers in die Arme des heranjagenden Hauptmanns warf. Die Wucht des schweren Körpers riss Robert von den Beinen. Schnell wie eine Katze drückte er den Leichnam von sich weg und schnellte in die Höhe. Selinas Augen zuckten zurück zu diesem Ding, das einmal Gregor, Haralds Sohn gewesen war, und wusste plötzlich ohne jeden Zweifel, dass der Hauptmann eine Begegnung mit diesem Wesen nicht überleben würde. Ohne nachzudenken sprang sie vom Pferd auf Roberts Rücken und warf diesen ein zweites Mal zu Boden.

Gregor schleuderte sein entsetzliches Meckern nun dem Kuningaz entgegen, der mit seinem gewaltigen Bidenhänder mit drei, vier schnellen Schritten nach vorne stürmte. Die übermenschliche Kraft des Kuningaz, die er dank der Magie des Schwertes aus seinen früheren Kämpfen gewonnen hatte, war noch nicht wieder verblasst. Die Klinge beschrieb einen vertikalen Kreisbogen und raste in unfassbarer Geschwindigkeit auf den Kopf des jungen Soldaten aus Thul Araan zu. Es gab keine Möglichkeit mehr für diesen, auszuweichen. In hohem Bogen flog der Kopf Gregors davon, während sein Körper wie bei einer zerschmetterten Puppe in sich zusammenfiel. Grün-violettes Leuchten irrlichterte noch einen Herzschlag lang über Elarichs Klinge, dann war es vorüber.

Langsam erhob sich der Hauptmann und half auch seiner Ziehtochter dabei, aufzustehen. Sanft legte er ihr den Arm um die Schultern. Gemeinsam traten sie neben den toten Körper Gregors. Keinen Augenblick lang zweifelte sie daran, dass der junge Mann besessen worden war und wohl bereits beim ersten Zusammenprall mit dem Fremden den Tod gefunden hatte.

Im Leben war es dir verwehrt, Ruhe und Frieden zu finden. Mögest du nun für deinen Mut und deine Tapferkeit in Sians Reich Aufnahme finden und Ehre empfangen.

Dann führte Robert sie zu Wolfs Leichnam, und gemeinsam hoben sie ihn hoch und legten ihn neben den Körper Gregors. Wate von Mittheim hatte den Kopf des jungen Soldaten geholt, ihm die Augen geschlossen und ihn an seinen rechtmäßigen Platz gelegt. Als sie die beiden Soldaten aus Thul Araan nebeneinander liegen sah, war sie verwirrt. Sie empfand nichts. Keine Trauer, keine Wut. Hatte sie den drahtigen, verwegenen Truppführer geliebt? Oder den tolpatschigen, naiven Gregor? Sie wusste es nicht. In ihrem Inneren war nichts als eine dumpfe, bleierne Leere. Als hätte jemand ihr das Herz herausgerissen.

Vielleicht kommt der Schmerz später. Wenn das alles hier vorbei ist.

Ihr umherschweifender Blick fiel auf Ean, der ebenfalls abgesprungen war. Er stand neben Aaron und sah seinem Vater hinterher. Der Kuningaz hatte sich wortlos umgedreht und war zurückmarschiert, umgeben von seinen Brodored. Was auch immer sein Begehr gewesen sein mochte, nach den verstörenden Ereignissen hier hatte er wohl beschlossen, zur Schlacht zurückzukehren.

Ean wandte sich ab und trat neben den Hauptmann. Ohne ein Wort zu sagen, legte er diesem eine Hand auf die Schulter. Dieses einfache, schlichte Zeichen seiner Anteilnahme genügte, um Roberts eiserne Selbstbeherrschung wiederherzustellen. Ein letztes Mal atmete der Hauptmann ein und wieder aus. Er öffnete die Schließe seines schwarzen Umhangs und breitete ihn über die beiden toten Körper. Schließlich nickte er Ean zu, bevor er sich mit einer Bitte direkt an den Than richtete.

„Meine Ziehtochter ist nunmehr die letzte Überlebende meiner Garnison aus Thul Araan. Wenn ihr es gestattet, Than, würde ich sie gerne mit mir nehmen."

Selina hielt erwartungsvoll den Atem an. Dieser Vorschlag erschien ihr nun über alle Maßen verlockend. Die bloße Vorstellung, allein zurückzubleiben, jetzt, nach allem, was geschehen war, trieb ihr die Tränen in die Augen. Der Than zögerte keinen Augenblick.

"Wir müssen alle zurück zum König. Er braucht unseren Bericht über alles, was sich hier zugetragen hat. Darüberhinaus läuft Meister Valator die Zeit davon. Er benötigt dringend priesterliche Arznei. Vorwärts, Argenaer! Folgt mir!"

Und damit ritten Selina und Robert, die beiden letzten Soldaten aus der Grenzburg im Westen, zusammen mit den Rittern des Silberdrachens nach Norden, zurück zum Hochwall und zu König Erik.

Ihre Arme waren schwer wie Blei, und schon vor Stunden hatte sie befürchtet, bald zu keinem weiteren Schlag mehr fähig zu sein. Sie führte die Waffe schon seit längerer Zeit nur noch beidhändig, nachdem sie deren Gewicht mit ihrer Rechten nicht mehr hatte stemmen können. Trotzdem kämpfte sie weiter. Ihr Gesicht war längst zu einer Maske grimmiger, blutverschmierter Entschlossenheit erstarrt. Blut, das zum größten Teil von den wilden, muskelbepackten Warloks stammte, die sie im Verlauf dieses grausam langen Tages mit ihrem schweren Streitkolben erschlagen hatte. Ein Teil davon aber war auch ihr eigenes. Irgendwann vor gefühlt einer halben Ewigkeit hatte ihr ein Warlok mit einem brutalen Schlag seiner großen Axt beinahe den Schädel gespalten. Sie hatte mit mehr Glück als Verstand sich noch halbwegs rechtzeitig weggeduckt, doch sogar der resultierende Streifschlag hatte ihr die Kopfhaut bis auf den Knochen aufgeschlitzt. Mittlerweile war die Wunde dank ihrer phänomenalen Regenerationsfähigkeit wieder geschlossen.

Schweiß bedeckte ihren ganzen Körper und tropfte unablässig von ihrer Stirn, was sie immer wieder dazu zwang, hektisch zu blinzeln, um die brennende Flüssigkeit aus den Augen zu bekommen. Aber weder das Brennen in ihren Armen und Beinen noch das in ihren Augen drang in ihr Bewusstsein vor. Ihr Geist war bereits vor Stunden in eine Art Trancezustand übergegangen. Es gab keinen absichtsvollen Gedanken mehr, kein Planen oder Reflektieren über das, was sich vor, neben oder hinter ihr ereignete. Die endlos scheinenden Abfolgen von Aktion und Reaktion, Angriff und Abwehr, Schlag und Parade bildeten einen Fluss, in den sie vollständig eingetaucht war. Jede ihrer Bewegungen entstand aus sich selbst heraus oder durch eine gegnerische Handlung veranlasst, immer aber automatisiert, ohne bewusstes, eigenes Zutun.

Die Linie des menschlichen Walls, der die Horde zurückhielt, war mittlerweile nur noch vier Reihen tief. Dahinter kam niemand mehr, es gab keine weitere Reserve.

Da streifte eine tödliche Kälte ihr Bewusstsein.

Gnadenloser, grenzenloser Hass.

Nackte, bestialische Gewalt.

Die grausige, mentale Berührung riss sie aus ihrem Tunnel tiefer Konzentration. Sie machte einen Schritt zurück, sah sich hektisch um und versuchte, ihre plötzlich flatternden Nerven wieder in den Griff zu bekommen.

Nein! Das ist nicht möglich! Das kann nicht sein!

Zum ersten Mal an diesem Tag empfand sie Angst, eine kristalline Angst, deren eisige Finger sich um ihr Herz legten.

Eine grauenvolle Präsenz waberte am Rand ihrer Wahrnehmung, wie giftiger Nebel, der aus einer Gruft emporsteigt. Ssil spürte, wie das fremdartige Bewusstsein stärker wurde, wie es anwuchs, sich regelrecht aufblähte und langsam, aber unaufhaltsam näher rückte! Ihre Angst steigerte sich zu einer Intensität, die jener seelischen und geistigen Marter ebenbürtig war, die Ban-Thus Vision des Hauses des Leids vor Wochen in ihr hervorgerufen hatte.

Eadni-dušše! Ii sáhte dat! SarûÇûÇarrãq!

Ohne es wirklich bewusst zu steuern, hatte sie ihre mächtigen, schwarzen Schwingen entfaltet und sich mit einigen kräftigen Schlägen in die Luft erhoben. Nun blickte sie herab, und was sie sah ließ ihr das Blut in den Adern gefrieren.

Im rot-orangenen Licht der untergehenden Sonne erstreckten sich die Reihen der Warlokkrieger immer noch weit zurück in die Mariaden-Ebene. Sie beobachtete den schwarzen Teppich aus massigen Leibern, ungebrochen in seiner Wildheit, der mit dem nahenden Ende des Tages wieder aus seiner Lethargie erwachte. Bewegung machte sich breit, eben noch teilnahmslos und wie betäubt aneinander lehnende Soldaten begannen, unruhig auf der Stelle zu stampfen oder ihre Nebenleute zu stoßen und anzurempeln. Ein neutraler Beobachter hätte glauben können, die Kampfbereitschaft der einen ganzen Tag lang im Kessel der Argenaer festsitzenden, eingepferchten Warloks würde sich erneuern. Man hätte denken können, ihr schon fast gebrochener Wille fände zurück zu neuer Entschlossenheit.

Ssil wusste es besser.

Es war keineswegs das berauschende Gefühl von neuem Mut, das die Krieger packte und unruhig werden ließ.

Es war Angst. Dieselbe, die auch ihr die Luft abschnürte.

Sie ließ ihren Blick über das Heer hinwegwandern und fand binnen Kurzem, wonach sie gesucht hatte. Im hinteren Drittel der schwarzen Armee entdeckte sie einen helleren Fleck, der sich unbeirrbar vorwärtsbewegte. Sie flog etwas näher heran. Eisern trotzte sie ihrem beständig größer werdenden Wunsch davonzueilen, so schnell sie ihre Flügel tragen könnten. Sie ignorierte diese Sehnsucht, schob sie beiseite.

Sie brauchte Gewissheit.

Schließlich war sie nah genug, um Einzelheiten erkennen zu können. Ein fahl schimmernder, nebelartiger Dunst umgab einen sehr großen Thorlander, der einen gewaltigen Bidenhänder in der Hand hielt, als wäre es das Zepter eines Königs. Der Eisenmann schritt mitten durch die Horde der Grauhäuter hindurch.

Er war wie das Auge im Zentrum eines Orkans. Ruhig. Unnatürlich ruhig.

Um ihn herum aber tobte das Chaos! Eine Szenerie der Gewalt, des Schreckens und völliger Anarchie. Warloks kämpften gegen Warloks, schlachteten einander ab, zerrissen sich gegenseitig mit bloßen Händen, Klauen und Zähnen.

Das sind keine Grauhäuter mehr! Es sind Ztra'ceny, Seelenlose – die Hüllen derer, denen der Çarrãq die Lebensenergie aus dem Leib gerissen hat, um sie mit dem einzigen zu füllen, das er zu geben hat: grenzenlosem Hass und dämonischer Raserei!

Immer wieder schossen schlangenartige Tentakel aus dem schimmernden Rauch hervor, der den Hünen umgab. Sie saugten sich an angreifenden Warloks fest und erglühten für einen Moment in kränklich grünem Glanz, bevor sie sich wieder auflösten. Jeder Getroffene aber verwandelte sich in eine bestialisch wütende Kreatur! Mit Klauen und Zähnen stürzten sie sich auf alles, was lebte, um es zu zerreißen und zu zerfetzen.

Ein gutes Dutzend Warlokkrieger, transformiert in rasende Bestien, kämpfte rund um den Thorlander gegen die Soldaten der Horde, gegen ihre eigene Rasse. Ihre berserkerartigen Attacken ließen einen scharlachroten Sprühregen spritzenden Blutes herniedergehen. Selbst normalerweise absolut tödliche Treffer von Äxten und Schwertern konnten sie nicht stoppen. Sogar abgetrennte Köpfe und andere Körperteile hörten nicht auf, zu beißen und zu zucken, als würde der ganze Organismus einfach nicht begreifen, dass er schon längst tot war. Die unnatürliche Raserei dauerte mehrere Minuten an, dann sackten die Leiber endlich in sich zusammen und rührten sich nicht mehr. Doch egal, ob es den noch lebenden Warloks gelang, einen Seelenlosen in Stücke zu hauen, oder diese schließlich von allein umfielen, der Ring um den Thorlander wurde nicht kleiner. Zu viele der gräßlichen Ztra´ceny schuf er bei jedem seiner Schritte. Von oben betrachtet wirkte es, als hätte er eine Leibgarde, die mit ihm mitwanderte.

Die Grauhäuter erkannten schnell, dass sie den Menschen niederstrecken mussten, um dem Schrecken ein Ende zu setzen. Armbrustbolzen flogen heran und bohrten sich in dessen Fleisch. Einer traf den blonden Recken im rechten Auge! Ohne seinen Schritt auch nur zu Verlangsamen packte er den Schaft, der aus seiner Augenhöhle ragte, zog ihn wie beiläufig heraus und warf ihn mit einer verächtlichen Bewegung zu Boden. Doch kein Blut schoss aus dem schwarzen Loch. Stattdessen erfüllte das merkwürdige grüne Leuchten den Bereich mehrere Herzschläge lang. Das Wutgeheul der Warlokkrieger, welche Zeugen dieser Manifestation von Macht wurden, erstarb, als sie Augenblicke später in das vollständig wiederhergestellte Antlitz des Eisenmannes blickten. Alle anderen Wunden, welche die Warloks ihm beibrachten, schlossen sich ebenso in wenigen Augenblicken, stets begleitet von dem Glühen der Lebensenergie, die er den Kriegern der Horde permanent entzog.

Hoch oben in der Luft packte Ssil das blanke Entsetzen, als sie die fürchterlichen Implikationen dieser Ereignisse erkannte.

Der SarûÇûÇarrãq ist unverwundbar! Genauso, wie es unsere Legenden aus Ishruq erzählen!

Als geweihte Chaya-Rhunay war sie in diesen Dingen bestens unterrichtet worden. Die meisten, denen sie begegnete, schienen zu glauben, dass sie aufgrund ihrer eigenen, halbdämonischen Abkunft über die Geschichte, die Art und die Eigenheiten der dämonischen Rassen Bescheid wisse. Aber sie hatte Nin noch nie verlassen, war nie in den entsetzlichen Gefilden des Abgrunds gewesen, jener Existenzebene aus namenlosem Grauen und Trostlosigkeit, welche die Heimat dieser Wesen war. Ihr gesamtes Wissen stammte aus den von der Priesterschaft Ban-Thus niedergeschriebenen und mündlich überlieferten Legenden der Sa´ê´Sar. Sie rief sich die Stelle über SarûÇûÇarrãq, den Seelenwanderer, ins Gedächtnis zurück.

´Und dieser wandelt einher wie Rauch und Wind. Er entreißt Leben und stiehlt Seelen, und sein Durst danach ist so groß wie der Durst aller Wüsten nach Wasser. Grausam und voller Hass, schnell wie ein Gedanke! Weder Eisen noch Holz, noch Klaue und Zahn können ihn verwunden.´

Ssil beobachtete das Wesen, dessen starkes, schön geschnittenes Menschengesicht sich zu einem wahrhaft dämonischen Grinsen verzogen hatte.

Wahr, es ist alles wahr! Mögen uns die guten Mächte beistehen!

Ssil wollte nur noch eines – weg von hier, weg von diesem Ort, wo der Seelenwanderer auf Nin einherschritt! Doch sie konnte den Blick nicht lösen von dem Dämon, der in diesen Mann aus Thorland gefahren war.

Mehr und immer noch mehr Warloks entriss das Wesen die Lebensenergie, bis schließlich jenes grün-schillernde Leuchten als fürchterlich anzusehendes Glühen in seine Augen trat. Da legte der Dämon aus Ishruq sein blond gelocktes Haupt zurück in den Nacken und lachte ein lautes, schrilles, meckerndes Lachen. Mit Entsetzen erkannte Ssil, dass er größer wurde, dass sein Körper anfing zu wachsen! Auch die Tentakel, die aus ihm herausschossen, wurden länger und stärker. Sie packten erst zwei und bald danach schon drei Grauhäuter gleichzeitig. Der thorlandische Panzerharnisch wurde jetzt zu klein. Die Lederbänder, mit denen er festgeschnallt war, rissen auseinander. Die Metallplatten fielen zu Boden. Das Kettenhemd platzte gleich an mehreren Stellen auf, silberne Ringe flogen durch die Luft, und die leinerne Unterkleidung wurde genauso in Fetzen gerissen wie die schweren, ledernen Stiefel.

Doppelt so groß wie Mensch und Warlok, nackt und ungeschützt, die Augen zwei Fenster, aus denen ein grünes Inferno strahlte, so schritt der SarûÇûÇarrãq unaufhaltsam durch die Reihen der Horde!

Ein Wind kam auf. Wirbelnde Luftstöße, die offensichtlich ihren Ursprung bei dem seelenraubenden Dämon hatten, zausten an den Haaren und den Standarten der Grauhäuter. Die Waffen der Krieger richteten nun keinen sichtbaren Schaden mehr an. Sie durchschlugen seine Haut und sein Fleisch, nur um sofort von unsichtbaren Kräften in seinem Inneren wieder herausgedrückt zu werden. Nahezu instantan verschlossen sich die Wunden. Und er wuchs immer weiter. Der Ring, der um ihn herum in seelenloser Raserei wütenden Ztra´ceny, wurde stetig größer, und die Horde wandte sich nun beinahe kollektiv zu ihm um. Lediglich an den äußersten Rändern, im direkten Bereich der Frontlinien, kämpften die Krieger noch in voller Konzentration gegen die Menschen. Doch auch die Argenaer schauten immer öfter in die Richtung des Seelenwanderers, der sich mittlerweile bereits in der Mitte der Warlokarmee befand. Seine Proportionen hatten sich nicht verändert, immer noch wirkte er wie ein unglaublich kräftiger Mann, jedoch war er jetzt acht Schritte hoch, die Größe eines Bergriesen. Sein nackter Körper hatte Haare, Farbe und Helligkeit verloren. Wo vorher blonde Locken auf eine wettergegerbte, aber lebendig rosige Haut gefallen waren, spannte diese sich nun haarlos und dunkel über seinen Leib. Er ging nach wie vor in eher gemächlicher Geschwindigkeit und sammelte gierig die grün-pulsierende Lebensenergie aus dem nahezu unerschöpflichen Reservoir um ihn herum.

Er wird uns alle vernichten, wird uns einsaugen, egal ob Mensch, Warlok oder Kind des Zwielichts, er wird unsere Seelen an sich reißen, bis kein lebendes Wesen mehr in seiner Nähe ist, und dann... dann wird er sich verpuppen und... und... ich muss hier weg!

Ssil begann höher zu fliegen, doch da spürte sie eine weitere Berührung ihres Bewusstseins, sanfter diesmal, so zart wie die Berührung eines Schmetterlingsflügels.

Robert!

Ssil wirbelte herum und verharrte mit kurzen, schnell aufeinanderfolgenden Flügelschlägen an Ort und Stelle. Hektisch suchte sie das Gebiet unter sich ab, ließ ihren Blick über die Reihen der argenaischen Krieger gleiten, konnte ihren L´in Arpar aber nirgends entdecken.

Als der Seelenwanderer das letzte Drittel der einstmals gewaltigen Horde erreicht hatte, endeten die Kämpfe zwischen Warloks und Menschen.

Zwölf Schritte ragte das Wesen nun empor, die dunkle Inkarnation eines wahrhaftigen Alptraums, umgeben von einem Gewitterleuchten grün blitzender Energiebahnen, ein unverwundbarer, dämonischer Gigant, der unaufhaltsam seinen Weg fortsetzte. Und immer noch wuchs er höher und höher! Die Argenaer hatten erkannt, dass dieses Wesen eine Bedrohung für sie alle war und gingen jetzt ebenfalls zum Angriff über. Offensichtlich prallten die Pfeile, welche die Grauhäuter immer noch auf ihn herabregnen ließen, an ihm ab. So brachten sie nun die Ballistae auf dem Hochwall in Stellung, die der König für einen Durchbruch der Bergriesen hatte bereithalten lassen. Mit einem wütenden Zischen rasten die mächtigen Harpunenbolzen heran und durchschlugen Brust und Bauch des dunklen Titanen.

Narren! Ihr könnt den SarûÇûÇarrãq mit eurem Spielzeug nicht verwunden! König Erik muss doch wissen, was zu tun ist!

Sie suchte den Hohepriester zwischen den ganzen Männern auf dem Hochwall und erschrak. Der Großmeister des Ritterordens lag mit geschlossenen Augen neben Meister Valator auf dem Boden, umringt von Aaron, Ean und -

Robert! Was bei allen neun Höllen machte ihr L'in Arpar dort oben? Und was war mit dem König und dem Magier geschehen? Die Männer redeten heftig aufeinander ein, wobei sie immer wieder in Richtung des Kolosses deuteten. Ssil schaute zurück und beobachtete, wie der grausam grinsende Dämon mit weiten Schritten näherkam, die wie zwei grüne Sterne leuchtenden Augen starr nach vorne gerichtet. Und plötzlich begriff sie!

Der König! Der Çarrãq will sich die mächtigste Seele in Argenas holen!

Und er war kurz vor seinem Ziel! Nicht mehr lange, und er hatte das große Tor der hohen Mauer erreicht, die er mittlerweile um Haupteslänge überragte. Ean, Aaron und Robert stellten sich schützend vor den König, pressten Schulter an Schulter und hielten ihre Waffen fest umklammert.

Ssil schluckte. Sie war innerlich vollkommen zerrissen, aber sie wusste, letztendlich hatte sie keine Wahl. Ihr Herz brannte. Ihre Augen füllten sich mit Tränen. Sie hatte keine Gewissheit, ob sie ihn über eine solche Distanz würde erreichen können, aber sie versuchte es nichtsdestoweniger. Sie schickte ihre Gedanken mit ihrer ganzen Kraft, ihrer ganzen Liebe und Sehnsucht hinaus zu ihm.

Robert, mein L'in Arpar! Verzeih mir! Du musst mir glauben, nichts würde ich lieber tun, als mit dir heute hier zu kämpfen und zu sterben! Aber für mich wäre es kein Tod. Wenn dieses Scheusal alle Seelen auf dem Feld und in der Stadt in sich aufgenommen hat, wird er sich zurückziehen und ruhen. Er wird sich verwandeln, größer und stärker werden als jemals zuvor. Und wenn er wieder erwacht, wird ein neuer Prinz unter den Dämonen geboren werden! Sein Hunger nach Macht und weiteren Seelen wird grenzenlos sein. Er wird sich hier eine Armee erschaffen, hier auf Nin! Und ich, ich werde seine erste Dienerin sein. Ich bin eine geweihte Chaya-Rhunay, halb Mensch, halb Dämon. Bekommt er mich in seine Hände, würde er mich bis zum Bersten anfüllen mit der Lebenskraft tausender seiner Opfer. Mit diesem Meer aus Energie, das bis zum letzten Tropfen durchströmt wird von der Agonie derer, die es gespeist haben und der schrankenlosen Gewalt seines Schöpfers, vermag er aus mir eine der mächtigsten Kreaturen der äußeren Ebenen zu erschaffen. Meine dann ganz und gar verderbte Existenz würde sich verlängern, die Jahrhunderte wären meine Tage, ein Jahrtausend nur so viel wie ein Jahr. Und in dieser Unendlichkeit der Zeit würde er mich quälen und dazu zwingen, für ihn zu morden, zu foltern und zu versklaven. Ich darf das nicht zulassen! Stirb, wie du gelebt hast, Robert, voller Stolz, voller Leidenschaft, voller Ehre.

Sie wendete dem Schlachtfeld vor den Toren Al´Thorims ihren Rücken zu und flog mit mächtigen Schlägen ihrer schwarzen Schwingen nach Süden, während die Tränen über ihr Gesicht strömten.

Zusammen mit den beiden gewaltigen Recken Ean und Aaron stand er oben auf dem Hochwall über dem großen Tor. Gemeinsam starrten sie mit versteinerten Mienen nach vorne, wo sich ihnen ihr Schicksal unaufhaltsam näherte. Keiner der drei hatte Angst vor dem Tod. Jeder von ihnen war bereit dazu, und das schon seit vielen Jahren. Die Aussicht, auf dem Schlachtfeld zu sterben, barg für sie keinen Schrecken mehr.

Doch das hier war etwas völlig anderes.

Schweigend schauten sie zu, wie der Dämon sich Leben um Leben nahm, wie er die pulsierende Energie seiner Opfer in sich einsaugte, und sie wussten, dass ihnen dasselbe widerfahren würde. Ein sinnloser Tod, ohne Kampf, ohne Gegenwehr, ohne jede Chance.

Wahrlich, das Schicksal kann grausam sein. Gerade, als es schien, dass wir die Schlacht tatsächlich gewinnen könnten, wendet sich das Blatt auf eine solch unvorhersehbare Art und Weise.

Sie hatten eine der seitlichen Ausfalltüren genommen und waren durch den Hochwall geritten. Ohne jegliche Verzögerung hatten sie Gamron nach oben zur Heorhalla getragen, wo sie einen vollkommen erschöpften Erik vorfanden. Robert war – genau wie die anderen Krieger – bis auf den Grund seiner Seele erschrocken, als er den König sitzend und mit dem Rücken an der Brustwehr lehnend erblickt hatte: Die dunklen Haare nur noch klebrige Strähnen, die Haut blass und durchscheinend, sodass die Adern darunter sichtbar waren, und zudem übersät von winzigen Blutstropfen, die sich durch die Poren gedrängt hatten, als würde der Herrscher von Argenas seinen Lebenssaft herausschwitzen, die eingefallenen Augen tief in den Höhlen sitzend, und mit einem sich kaum auf und ab bewegenden Brustkorb.

Graf Gernot von Wardenfels hatte ihm mit einem feuchten Tuch das Blut vom Gesicht gewischt. Der Than war sofort zu Erik gelaufen, hatte sich neben ihn gekniet und leise kurz mit ihm gesprochen. Als er mit Ean den bewusstlosen Gamron vor dem König abgelegt hatten, war dieser mit der Hilfe Aarons aufgestanden und hatte sich zuallererst einen Überblick über die Situation auf dem Schlachtfeld verschafft. Fassungslos waren sie alle Zeuge geworden, wie der stetig größer und größer werdende Kuningaz sich seinen Weg mitten durch die Horde bahnte.

Ich stand hinter ihm, als des Königs Beine nachgaben, und fing ihn auf. Ich hielt seine Majestät für einen Moment in den Armen, als er flüsterte: „Das ändert alles.“ Sian ist mein Zeuge, ich habe unseren Herrscher noch nie so fassungslos, ja, verzweifelt gesehen.

Sofort danach hatte Erik den Fanfarenbläsern den Befehl gegeben, die Silberlöwen auf der Stelle seitlich abrücken zu lassen und war zu Meister Valator gegangen. Zitternd hatte er sich über den Magier gebeugt und die Hände über dessen Körper gehalten. Anschließend war – nichts passiert! Der Hauptmann war fassungslos gewesen. Der Hohepriester Sians war an einem simplen Heilzauber gescheitert!

Schwer atmend hatte Erik daraufhin den Than zu sich gerufen und eindringlich mit ihm gesprochen. Als der König sich hernach ein zweites Mal über den Verletzten gebeugt hatte, war eine intensiv leuchtende Korona um ihn herum entstanden, die er durch seine Arme in den Leib des Magiers hatte fließen lassen. Doch noch während die göttliche Energie ihre heilende Wirkung in Gamrons Körper entfaltet hatte, war Erik besinnungslos zusammengebrochen.

Roberts Blick schweifte über das Schlachtfeld unter ihm. Sorgenvoll betrachtete er die neu entstandene Situation. Der Kessel war letztlich immer noch in Takt, allerdings würden bei einer Wiederaufnahme der Kampfhandlungen die Warloks direkt vor dem Tor und dem Hochwall stehen, von drei Seiten umschlossen durch die Argenaer und die Thorlander.

Ein Wind kam auf und blies ihnen eisige Luft ins Gesicht. In diesem Augenblick erschien der Magier und stellte sich zu Ean. Sein pechschwarzes Haar wurde von den heftigen Böen herumgewirbelt, die um den SarûÇûÇarrâq herumtobten, und die Falten seiner Robe flatterten um seine schlanke, aufrechte Gestalt. Aaron wandte sich ihm zu.

"Bevor der König dich heilte, hinterließ er dir eine Botschaft, da er schon befürchtete, es könnte ihn das Bewusstsein kosten. Er hatte sich zuvor schon vollkommen verausgabt."

Gamron schaute den Than überrascht an, dann nickte er grimmig.

"Der Hohepriester weiß mehr über derartige Kreaturen als wir alle zusammen. Sprich, Aaron, und eile dich, wir haben nicht mehr viel Zeit!"

"Ich hoffe, du kannst mit seiner Nachricht etwas anfangen, Zauberer, denn für mich ergab sie keinen Sinn: ′Der Dämon besitzt selbst noch keinen Leib. Deswegen muss dieser hier aufgelöst werden! Denn weder Zahn noch Klaue noch Stahl, weder Säure noch Eis oder Feuer vermag seiner Hülle zu schaden! ′ Das waren des Königs Worte."

Zu Roberts großer Erleichterung nickte Gamron und die Andeutung eines Lächelns erschien auf seinem Gesicht. Eines, das seine Augen nicht erreichte. Dann erstarb auch dieses kurze Zeichen innerer Befriedung. Die Miene des Magiers wurde blank, bar jeglicher Emotion, als er sich ganz und gar in sich zurückzog und in eine vollkommene Konzentration versenkte. Langsam und tief ließ er die Luft gleichmäßig und voller Harmonie in sich hinein- und wieder hinausströmen und trieb mehrere Herzschläge lang auf dem von ihm geschaffenen Ozean der Ruhe.

"Wendet eure Augen ab."

Dann hob er seine Arme.

Das Wesen blieb überrascht stehen, das dämonische Grinsen verschwand aus seinem Gesicht und machte einer derart vor Hass und Wut verzerrten Fratze Platz, dass die einstmals so edlen Züge Elarichs vollkommen unkenntlich waren. Es öffnete seinen Rachen und schrie. In diesem Augenblick warf Gamron seine Arme zur Seite und begann, Wörter der Magie zu intonieren. In diesen Silben steckte eine so gewaltige Kraft, dass Robert von den bloßen Vibrationen, die der Spruch im Energiefeld Nins erzeugte, bis in sein Innerstes erzitterte.

"INCANTATIO TAH´KOM´TOA KANTHU!"

Mit plötzlicher Wucht streckte er die Arme gerade nach vorne, und aus seinen Händen schoss mit einem tiefen, gerade noch wahrnehmbaren Dröhnen ein Strom hochkonzentrierter, bläulich-schwarzer Energie, begleitet von einem fürchterlichen Knistern, das die Ohren quälte. Der Strahl raste auf den Dämon zu und traf ihn mitten auf der Brust. Die Eruption magischer Energien erzeugte einen blendend hellen, weißen Lichtblitz, der alle, die ihre Augen nicht abschirmten, für mehrere Herzschläge blendete!

Das Wesen kreischte. Nicht vor Schmerzen, denn nichts auf dieser Welt konnte ihm wirklichen Schmerz zufügen. Es kreischte vor Wut. Einer entsetzlichen, alles überschwemmenden Wut. Es war seinem Ziel so nah gewesen, alles war genauso, wie es hatte sein sollen. Nur dass der überraschend aufgetauchte Cambion beschlossen hatte, wegzufliegen, war schade gewesen. Bis zum Schluss war der Halbdämon vor ihm hin und her geflattert, wie ein Versprechen, wie eine Verheißung auf spätere Herrlichkeiten. Aber auch dessen Verschwinden war nicht weiter wichtig. Nicht wirklich. Nur der König war wichtig. Und was danach kam!

Wie hatte er geschwelgt in der Agonie und dem Entsetzen seiner Opfer! Welch ein Festmahl hatte er genossen! Niemand hatte ihm widerstehen, keiner ihn aufhalten können! Warum jetzt? Wie war es möglich, dass plötzlich, aus dem Nichts, ein Meister der Magie auf den Plan getreten war? Noch dazu einer, der genau gewusst hatte, was zu tun war! All das durchzuckte seinen Geist in dem Bruchteil eines Wimpernschlages, kurz bevor sich der zu einem riesenhaften Monstrum aufgeblähte Körper des Thorlanders unter der vernichtenden Gewalt der magischen Energien in einem grässlichen Lichtblitz aufzulösen drohte. Der Dämon war dabei, seinen Wirt zu verlieren. Aber er war noch nicht geschlagen! Er war nahe genug! Es war zu schaffen! Er war mittlerweile so mächtig, dass er auch ohne die Hilfe eines materiellen Leibes existieren konnte, wenn auch nur kurz.

Im Augenblick der Vernichtung seiner stofflichen Umhüllung löste er sich von dem für ihn nutzlos gewordenen Körper und sprang hinaus!

Robert, Aaron und Ean senkten die Arme, die sie als Schutz vor dem grellen Blitz hochgerissen hatten und schauten hinüber zu dem titanenhaften Elarich, der gegen Ende zu mit dem einstigen Clankönig der Thorlander kaum noch Ähnlichkeit gehabt hatte. Aber vom früheren Kuningaz war nichts mehr zu sehen. Stattdessen schwebte eine wabernde, türkisfarbene Substanz in der Luft, deren amorphe Struktur ohne jede feste Form war. Myriaden von Gesichtern, gepeinigt, entstellt und in ewigem Schmerz mit unnatürlich weit aufgerissenen Mündern schreiend, ohne dass man ihr Heulen hätte hören können, bildeten sich für wenige Augenblicke an der Oberfläche, nur um sofort wieder hinabgezogen zu werden in die Tiefen des schillernden, aquamarinen Dunstes.

Während die Recken noch fassungslos und voller Grauen auf die Erscheinung starrten, begann sich diese unvermittelt zu bewegen, ähnlich einer dicken Qualmsäule, die von der Hitze eines großen Feuers mit großer Geschwindigkeit nach oben getrieben wird. Allerdings jagte das unnatürliche Etwas nicht hinauf in den Himmel, sondern in einer nahezu horizontalen Bewegung direkt auf die Krieger oben auf dem Hochwall zu! Ohne einen Gedanken an die eigene Sicherheit zu verschwenden, schlossen die drei Männer ihre Verteidigungslinie, pressten Schulter an Schulter und waren willens, hier und jetzt für ihren König ihr Leben zu geben.

Doch kurz bevor die matt glänzende, eisig grün-blaue Substanz sie erreichte, drehte sie nach oben ab, gewann in senkrechtem Flug rasch an Höhe und bog dann abermals ab, um sich in einer eng gezogenen Kurve in rasend schnellem Sturzflug von oben auf den immer noch reglosen Körper des Königs zu stürzen!

Niemals! Das werde ich nicht zulassen!

Obwohl sie alle drei gleich weit von Erik entfernt waren, reagierte nur er schnell genug. Schon beim Anflug des Wesens hatte Robert dessen Absicht geahnt und die folgenden Richtungsänderungen antizipiert. Mit atemberaubender Schnelligkeit kreiselte er herum und warf sich auf den Leib des Hohepriesters, bereit, den Angriff dieses Dings mit seinem eigenen Fleisch abzufangen!

Doch genau in dem Augenblick, als das Wesen im Begriff stand, in Robert hineinzufahren, wischte ein riesiger, dunkler Schatten von der Seite heran und prallte in die dunstartige Substanz hinein. Gebannt von der Attacke des tausendgesichtigen Dämons hatte keiner der Krieger die große, geflügelte Gestalt bemerkt, die von Osten kommend wie ein Sturmwind herangeeilt war!

Ssil rauschte über Robert hinweg, die dunklen Rabenschwingen eng an den Körper gelegt und riss die türkise Substanz mit sich fort. Dämon und Sa´ê´Sar rasten in einem Wirbel aus blau-grün schillernden Schwaden und schwarz glänzendem Gefieder knapp über dem Wehrgang dahin. Ein gellender Schrei ertönte, in den sich ein langgezogenes, wütendes Kreischen mischte, infernalisch und ohrenbetäubend, bis plötzlich, binnen eines Herzschlages, der Dämon in den Körper seiner Angreiferin eindrang!

Abrupt riss das Höllengeheul ab, und Ssil donnerte, sich mehrmals überschlagend, gegen die harten Steinquader des Wehrgangs. Robert, der den irrwitzigen Flug ungläubig verfolgt hatte, starrte fassungslos auf den reglosen Leib seiner Geliebten. Seine Stimme war nur ein Flüstern.

"Ssil..."

In Gedankenschnelle sprang er auf und rannte mit langen, mächtigen Sätzen zu der Gestürzten, kniete sich neben sie und drehte sie sanft auf den Rücken, bemüht, ihre großen Schwingen dabei nicht noch weiter zu verletzen.

"Ssil... was machst du hier... warum hast du das getan... oh Ssil..."

Doch in den weit offenstehenden Augen der Sa´ê´Sar war kein Leben zu erkennen. Ihre normalerweise kräftig rotgefärbte Haut war blass und wies einen graugrünen

Schimmer auf, und ihre Brust hob sich nicht mehr. Der Hauptmann tastete nach ihrem Hals und legte eine Hand unterhalb ihrer linken Brust auf ihren Körper. Nichts. Er neigte sein Ohr über ihren Mund, fühlte und lauschte, hoffte, betete.

Aaron bellte Befehle und ordnete die Truppen entlang des Hochwalls. Ean und Gamron aber traten zu Robert, schweigend, wartend, während sich dessen Lippen stumm bewegten. So harrten sie zusammen aus, während unter ihnen auf dem Feld das Kämpfen wieder begonnen hatte, und der Schlachtlärm zu ihnen nach oben auf den Wehrgang drang: die Schreie und das Befehlsgebrüll ebenso, wie das scharfe Knallen von Stahl auf Stahl.

Schließlich legte Aaron dem Hauptmann schweigend die Hand auf die Schulter. Langsam beugte sich Robert nach vorne, bis seine Stirn auf der seiner Geliebten zu ruhen kam. Für einen langen Augenblick verharrte er so. Schließlich richtete er sich wieder auf. Tränen liefen über sein blutverschmiertes Gesicht. Doch das nahm er bereits nicht mehr wahr.

Nachdem er Ssil sanft die Augen geschlossen hatte, erhob sich der Schwertmeister von Thul Araan. Sein Gesicht war grau. Seine Augen glänzten dunkel wie Obsidian. Unendlich langsam drehte er sich um und ließ seinen Blick über die Horde gleiten. Dann schritt er zur nächsten Treppe. Ean und Aaron sahen sich kurz an, und der Than nickte dem Freiherren zu.

"Hilf ihm, beschütze ihn, solange du es vermagst."

Ean neigte sein Haupt in einer angedeuteten Verbeugung und eilte Robert hinterher. Aaron hingegen sah, dass König Erik wieder zu sich kam und eilte sogleich an dessen Seite.

Die Körperhaltung des Hauptmanns, der dunkle Schatten um seine Augen herum, die Art, wie er sich bewegte, all das strahlte Gefahr aus. Eine unheimliche, mörderische Gefahr, die jeder Mann sofort instinktiv erfasste und auf die er reagierte. Alle, die ihn kommen sahen, wichen zurück, packten diejenigen, die ihm den Rücken zudrehten an der Schulter oder am Arm und zogen sie zur Seite. Niemand wollte sich ausmalen, was passieren würde, sollte ihm jemand den Weg versperren. Als der Schwertmeister an ihnen vorbeischritt, erstarben alle Gespräche, und jeder bissige oder lästerliche Kommentar blieb den Soldaten im Hals stecken. Keiner wollte in diesem Moment die Aufmerksamkeit Robert von Callens auf sich ziehen.

Manchmal, wenn ein Krieger mit der entsprechenden Veranlagung emotional zu weit getrieben wurde, zerbrach in ihm eine letzte Schranke. Alles in seinem Inneren wurde zu Eis. Freund und Feind zu unterscheiden war schwierig. Jede zu schnelle Bewegung, jede unbedachte Geste, jedes zu laut gesprochene Wort konnte bereits als Angriff erachtet werden. In diesem Zustand war der Geist gleichzeitig leer und vollkommen fokussiert auf ein einziges Ziel: Töten.

Ean folgte dem Hauptmann mit zwei Schritten Abstand, und eine Handvoll Soldaten schloss sich ihnen an, wildere und härtere Exemplare der Habichte, die dabei sein wollten, wenn es den Warloks ans Leder ging. Unten angekommen zog Robert den Gurt seines Schildes straff an und zog sein Schwert blank. Die große Mauer war gut acht Schritte stark. Aber dort, wo das gewaltige Tor aus tausend Jahre altem Arkenholz den Weg nach draußen versperrte, eingefasst von zwei hohen und schlanken Wehrtürmen, gab es rechts davon zwei kleine Türen aus massivem Stahl, verbunden durch einen Gang. Diese Passage wurde immer dann benutzt, wenn nach Einbruch der Dunkelheit noch jemand den Hochwall passieren wollte. Auf die offenstehende, innere der beiden ging Robert zu.

Vor der Tür stand Herzog Hartwig von Stein, der die Befehlsgewalt über die Toranlage innehatte. Seine Augen weiteten sich, als er Robert auf sich zukommen sah. Vierzehn Mann, links und rechts von ihm verteilt, wichen instinktiv etwas zurück, als der Hauptmann sich näherte. Robert verlangsamte seine Schritte nicht. Er wich nicht aus. Er ging geradewegs auf sie zu, Richtung offener Stahltür.

Hartwig, der seinen Helm unter seinem linken Arm trug, suchte den Blickkontakt mit Ean, wobei ein fragender und verwirrter Ausdruck über sein Antlitz huschte. Ean schüttelte nur leicht den Kopf und bedeutete ihm, Robert die äußere Tür zu öffnen. Der Herzog gab seinen Männern einen Wink und trat beiseite. Zwei Soldaten eilten durch den Gang zur Ausfalltür, entriegelten sie und schauten fragend zurück zu ihrem Befehlshaber.

Zwei Schritte vor dem Tunnel blieb Robert stehen und ging in Kampfstellung. Der Fürst, der mittlerweile seinen Helm aufgesetzt hatte, nickte seinen Männern zu und zog ebenfalls seine Klinge. Die beiden Soldaten zogen die schwere, äußere Tür nach innen auf und rannten zurück.

Sofort brandete ihnen allen das Gebrüll und Geschrei der Grauhäuter entgegen, die sich draußen eng an die Mauer drückten. Kaum war der Stahlflügel nach innen geschwungen, stolperte bereits der erste Krieger der Horde in den Gang, verdutzt und überrascht. Er fackelte auch nicht lange und rannte den kurzen Gang entlang. Ein Aufschrei aus hunderten Kehlen erscholl von der anderen Seite, als die Warloks erkannten, dass sich ein Durchlass in der verfluchten Mauer geöffnet hatte. Brüllend stürmten sie hinter ihrem Kameraden her, der mittlerweile das Ende des kurzen Tunnels erreicht hatte und direkt auf Robert zu stürzte. Mit einer blitzartigen, kraftvollen Bewegung glitt der Taufan in einen extrem tiefen Ausfallschritt. Sein ganzer Körper streckte sich in diese Stoßbewegung hinein. Der gesamte Schwung der Beine, des Oberkörpers und seines rechten Armes erreichten in einer vollendeten Harmonie einen gemeinsamen Höhepunkt und addierten ihre Wucht zu einer immensen Stoßkraft, welche die Spitze von Roberts Klinge durch den Brustpanzer des Toa hindurch mitten in dessen Herz trieb. Der Anprall war so gewaltig, dass der Toa von den Füßen gerissen wurde. Robert fühlte nur kalte Berechnung, als er sein Schwert aus dem Leib des Sterbenden riss und seine Augen bereits seinen nächsten Gegner musterten.

Von nun an stürmten die Grauhäuter unablässig in nicht enden wollender Reihung durch den Gang und hinein in die wirbelnde, todbringende Klinge des Schwertmeisters aus Thul Araan.

Eiskalte Präzision paarte sich mit einer auf grenzenlosem Hass gründenden Wildheit. Effektivität vereinigte sich mit bedingungsloser Skrupellosigkeit. Ein über zwei Jahrzehnte hinweg trainierter Körper wurde zu einer auf Perfektion getrimmten Tötungsmaschine. Schon nach kurzer Zeit waren die vierzehn Soldaten nur noch damit beschäftigt, die Leichen aus dem Weg zu zerren, wobei sie großen Wert darauf legten, dem völlig entfesselten Robert von Callen nicht zu nahe zu kommen.

Oben auf dem Wehrgang über dem Tor stand der König und blickte zusammen mit Gamron Valator und Aaron Sólonsson hinaus auf das Schlachtfeld. Von dort oben aus war das ganze Ausmaß des verheerenden Angriffs des Seelenwanderers gut zu erkennen. Auch ein Teil der noch übrigen Silberlöwen war ausgesaugt und verwandelt oder aber von den eigenen, zu Bestien mutierten Kameraden in Stücke gerissen worden. Der Schildwall der Silberlöwen war Vergangenheit, die Warloks bis an die Mauer und ans Tor herangerückt.

Doch das spielte keine große Rolle mehr.

Das Heer, das zu Tagesbeginn auf Heors Tal zumarschiert war, war grausam dezimiert: Von den achtzigtausend Grauhäutern war nur noch etwa der zwanzigste Teil am Leben. Die den ganzen Tag andauernde Kesselschlacht und der Weg des Dämons mitten durch die Hauptmasse des toanischen Kampfverbands waren mit fürchterlichen Verlusten verbunden gewesen.

Auf Geheiß des Königs nahm Gamron seinen ganzen Mut zusammen und flog ein weiteres Mal unsichtbar auf der Suche nach Ûxmal über die Horde hinweg. Doch der Heermeister der Horde war verschwunden, seine Orloks nirgends mehr zu sehen. Ob es dem Angriff des Königs geschuldet war oder dem Auftauchen des Dämons, dass er seine Armee im Stich gelassen hatte, vermochte selbst Erik nicht zu ergründen. Aber auch, wenn dies eine ganz wunderbare Nachricht war, löste sie keinen Jubel mehr aus. Denn auch auf Seiten der Verteidiger war die Zahl der Toten immens.

Von den sechstausend Silberlöwen lebten nur noch knapp sechshundert. Die spärlichen Reste der Habichte, insgesamt nur etwa zehn Dutzend, bemannten den langen Hochwall und die Torbefestigungen.

Auch die Siangarde hatte allein durch die gewaltige Explosion und die im Anschluss plötzlich ausbrechenden Kore Mānawa fast fünfhundert Mann verloren, sodass ihre Verluste sich auf insgesamt an die tausend Krieger beliefen.

Und von den stolzen Eisernen aus Thorland lagen gut Viertausend, mehr als die Hälfte der ganzen Armee, auf der Walstatt. Dazu kamen die Schwerverwundeten, welche nicht mehr zum Kämpfen imstande waren und mittlerweile von den vielen Menschen aus Al´Thorim versorgt und gepflegt wurden. Die ganze Stadt hatte sich in eine Art riesiges Lazarett verwandelt. Jeder hatte sein Haus geöffnet und Verletzte bei sich aufgenommen, um ihnen Ruhe und Linderung ihrer Schmerzen zu gewähren. Aber der Strom der Verwundeten in die Stadt hinein war noch längst nicht zum Erliegen gekommen.

Auf Seiten der Argenaer standen somit bei den Löwen noch vierhundert Mann unter Waffen. Dazu kamen etwa neunhundert Gardisten, die immer wieder die völlig übermüdeten Pferde gegen solche, die nicht wirklich sehr viel frischer waren, auswechselten, um sich dann von Neuem in die Schlacht zu stürzen. Auf Seiten der Thorlander kämpften noch knapp dreitausend Eiserne.

Dennoch – das Kräfteverhältnis hatte sich somit mittlerweile umgekehrt, die Warloks befanden sich in der Unterzahl. Von der Mauer und den Türmen aus, welche das große Tor links und rechts flankierten, feuerten die übrig gebliebenen Habichte und der Rest der Bogenschützen, die sich in die Sicherheit der Befestigungsanlagen zurückgezogen hatten, Pfeil um Pfeil und Bolzen um Bolzen in die dichtgedrängte Masse des toanischen Heeres. Alle Bürger aus der Stadt, von der Greisin bis hin zum jungen Knaben, arbeiteten in den Nachschublinien und versorgten die Kämpfenden des Hochwalls mit Munition oder auch einfach nur mit ein wenig Wasser und etwas zu essen. Ein Luxus, der den Soldaten auf dem Feld so nicht vergönnt war.

Riesige Feuer wurden auf den Wehrgängen und den Türmen entzündet. Fackelträger rannten aus den Ausfalltüren jenseits der Frontlinien und brachten Licht zu den weiter entfernt liegenden Kampfzonen.

Bis tief in die Nacht dauerte das Schlachten an. Dann, kurz nach Mitternacht, war es plötzlich vorüber.

Die Soldaten aus Argenas und Thorland wankten, einige fielen einfach an Ort und Stelle zu Boden und sanken in einen todesähnlichen Schlaf, andere standen nur verwirrt da und schauten sich verständnislos um.

Niemand jubelte.

Viele stützten sich gegenseitig, stolperten und hinkten hinüber zum großen Tor, das sich aufgetan hatte und hinter dem die Feuer und Lichter der Stadt zu sehen waren, wie Signale der Hoffnung aus einer anderen Welt. Bodennebel stieg auf, bedeckte das Feld des grausigen Kämpfens und Mordens und hüllte die Gefallenen ein in das feuchte Leichentuch des frühen Herbstes.

Zwei Gestalten schälten sich aus dem wogenden, grauen Dunst, zwei Krieger, die mit festen Schritten das Tor passierten. Die Wachen machten ihnen Platz und traten respektvoll zur Seite.

Es waren Robert, der Taufan, und Ean, der Drachenritter.

Nach dem Stunden andauernden Gemetzel vor der Ausfalltür waren irgendwann keine weiteren Warloks mehr hindurchgestürmt. Ohne auch nur einen Augenblick zu zögern war Robert selbst durch die Pforte geschritten und auf die andere Seite gegangen, um dort seine finstere Arbeit fortzusetzen. Ean war ihm auch dorthin gefolgt und stets an seiner Seite geblieben. Er hatte über den von Todessehnsucht getriebenen Hauptmann gewacht. Gemeinsam hatten sie gekämpft, Seite an Seite und oft genug Rücken an Rücken, bis schließlich kein einziger Warlok mehr am Leben war.

Nun kehrten sie zurück, und Roberts Schritte führten ihn hinauf auf die Heorhalla. Dort fanden sie Gamron, der auf ihre Rückkehr gewartet hatte. Der junge Magier trat auf Robert zu und legte ihm eine Hand auf die Schulter. Sein Blick war merkwürdig intensiv. Er weckte tief in Robert ein eigentümliches Gefühl, eines, von dem er geglaubt hatte, es in den letzten Stunden begraben zu haben: Hoffnung.

"Es tut gut, dich zu sehen, Robert, mein Freund! Hör mich an. Der König, nun, um es kurz zu machen, er hat Ssil genau untersucht, und er ist der Ansicht, dass sie noch lebt!"

Robert wankte. Sofort war Ean an seiner Seite und stützte ihn.

"Ssil… lebt? Aber… wie ist das möglich?"

"Ich glaube, dass…also, ich will damit sagen… nun, ich denke, dass der König dies selbst am besten erklären kann. Er wünscht uns alle zu sehen, jetzt, auf der Stelle. Kommt! Sie haben Ssil dort hinüber in eines der Turmzimmer gebracht."

Mit langen Schritten ging der Magier ihnen voraus, Ean und Robert folgten ihm mit etwas Abstand. Der Freiherr war mehr als verwundert.

„Es kommt überaus selten vor, dass mein Freund derart ins Stottern gerät. Sieh dich vor, Robert von Callen, irgendetwas geschieht hier, dass wir noch nicht verstehen. Was auch immer sich dort oben im Turmzimmer abspielen mag, achte auf Gamron und auf das, was er sagt. Nichts, was er tut, erfolgt unüberlegt."

„Bei Sian! Es war wahrhaft ein langer Tag und eine noch weitaus anstrengendere Nacht. Auch ein Magier wird müde, vermutlich mehr, als ich es mir vorstellen kann. Er hat sehr viel gezaubert, ist beinahe gestorben, wurde geheilt und stand sogleich dem schlimmsten aller denkbaren Gegner gegenüber. Selbst seine überlegenen geistigen Kräfte müssen irgendwann einmal erlahmen."

„Möglich, Taufan. Aber eines solltest du wissen."

Ean ergriff ihn an der Schulter und hielt ihn einen Moment lang an. Überrascht und ein wenig verwirrt schaute Robert in dessen bernsteinfarbene Augen, die ihn mit einem merkwürdig intensiven Blick festhielten.

„Es gibt nichts, was Gamron höher einschätzt als die Loyalität gegenüber einem Freund."

„Das freut mich für Euch, Freiherr."

„Sei kein Narr, ich spreche nicht von mir!“

Die fast gänzlich ausgebrannten Gefühle des Hauptmanns entzündeten sich von Neuem. Ein Hauch seines Temperaments schoss an die Oberfläche.

„Von wem sprichst du dann, Ean?“

„Hast du nicht zugehört? Er nannte *dich* einen Freund, Robert! Du kannst ihm vertrauen.“

Der Hauptmann starrte den Ritter noch einen Herzschlag lang an. Dann huschte die Erinnerung an die ersten Worte des Magiers, die dieser gerade eben an ihn gerichtet hatte, durch seinen vom unendlich vielen Kämpfen benebelten Verstand: „Es tut gut, dich zu sehen, Robert, mein Freund!“ Genau das waren seine Worte gewesen. Ohne dass er etwas dagegen tun konnte, wuchs die Hoffnung in seinem Herzen. Er nickte Ean zu, und die beiden beschleunigten ihre Schritte.

Als sie das karge, von sechs Fackeln erleuchtete Gemach betraten, in dem Ssil gänzlich unprätentiös auf einem Umhang lag, den jemand über die Steinfliesen gebreitet hatte, wandten sich der König und sein Than zu ihnen um. Langsam ging der Hohepriester auf Gamron zu. Seine Augen funkelten im Feuerschein. Die Stimme Eriks war leise und doch gebieterisch und ehrfurchteinflößend.

"Selten nur wagt es jemand, den König so lange warten zu lassen, Gamron Valator."

"Und doch entschuldige ich mich nicht dafür, Eure Majestät. Ich konnte mich nicht ohne Robert und Ean auf den Weg machen, denn ich bin der festen Überzeugung, dass diese beiden Männer hier ein höheres Recht darauf besitzen, Eure und meine Worte zu vernehmen, als jeder andere."

"Sei dies wie es sei. Es ändert nichts. Hört denn meine Worte, und meine Entscheidung."

Er drehte sich um und ging um Ssils Körper herum. Dann schaute er ihnen allen der Reihe nach fest in die Augen.

"In dem Augenblick, als die Sa´ê´Sar sich schützend vor Robert von Callen geworfen hat, drang der Dämon in sie ein. Dieses Wesen stammt aus den tiefen Falten des Abyss. Um hier auf dieser Welt zu wandeln, benötigt es zwingend einen materiellen Leib. Ohne diesen ist es verloren und muss zurückkehren in den finsteren, lichtlosen Abgrund, aus dem es gekrochen kam."

Gamron unterbrach den Hohepriester.

"Aber wie war es dann möglich, dass nach der Vernichtung seiner vorherigen Hülle der Dämon immer noch in der Lage war, einen Angriff auf Euch zu unternehmen, den Robert auf die gleiche Weise von Euch abwehren wollte, wie das Ssil schließlich bei ihm selbst gelang?"

"Der Dämon hat eine ungeheure Menge an Lebenskraft in sich hineingesaugt. Es müssen Tausende gewesen sein, denen er die Seelen entrissen hat. Er ist dadurch stark genug gewesen, für einige wenige Augenblicke ohne einen Körper zu existieren. Doch nun steckt er im Leib der Sa´ê´Sar."

"Aber wieso kann er Ssil nicht genauso kontrollieren, wie er es zuvor bei Elarich getan hat?"

"Ihr irrt euch, Gamron Valator. Er hat den Clankönig der Thorlander nicht kontrolliert. Er hat ihn verspeist, seine Seele in sich aufgenommen und anschließend seinen leeren Körper bewohnt."

"Ah, verstehe. Verzeiht mir meine Unwissenheit, Euer Majestät, aber wieso läuft er dann jetzt nicht schon längst herum und holt sich neue Opfer? Wieso breitet er nicht die schwarzen Engelsschwingen seines neuen, herrlichen Körpers aus und verbreitet als fliegender Schrecken überall Tod und Entsetzen?"

Eriks Augen wurden schmal und er musterte den Magier eine Zeitlang, bevor er antwortete.

"Weil es ihm noch nicht gelungen ist, die Seele der Chaya-Rhunay in sich aufzunehmen."

Robert machte einen schnellen Schritt nach vorne.

"Euer Majestät, wollt ihr damit sagen, sie lebt? Ssil ist gar nicht tot?"

Erik atmete hörbar ein und aus.

"Sie lebt nicht mehr, Hauptmann. Darüber gibt es keinen Zweifel. Sie atmet nicht mehr und ihr Herz hat vor vielen Stunden aufgehört zu schlagen."

In Gamrons Augen trat ein merkwürdiger Glanz.

"Aber Ssil ist auch nicht tot, habe ich Recht?"

Erik schaute ihn lange an, ohne dass der junge Magier Anzeichen machte, seinem Blick auszuweichen oder seinen eigenen zu senken. Robert konnte nicht anders, als sich über dessen Mut und innere Kraft zu wundern. Seine Achtung dem Zauberer gegenüber stieg noch weiter an, als dieser einen Schritt auf den mächtigen Hohepriester zu machte.

"Habe ich Recht, Euer Majestät?"

Des Königs Stimme war leise, aber vibrierte vor Intensität.

"Ja, Meister Valator. Weder lebt sie, noch ist sie tot. Die Chaya-Rhunay ist ein Cambion, ein Halbdämon, in ihrem speziellen Fall heißt das, sie ist halb Sa´ê´Sar, halb Dämon. Eine der beiden Hälften hat die Bestie vermutlich in sich aufgesogen, und wenn ich mich nicht täusche, so war dies der dämonische Anteil ihrer Persönlichkeit. Ich habe guten Grund zu dieser Annahme, denn auch im Abyss sind die SarûÇûÇarrãq, wie sie in der Sprache der Dämonen genannt werden, mächtig und gefürchtet wegen ihrer Fähigkeit, die Energie einer Kreatur in sich aufzusaugen. Übersetzt bedeutet dieser uralte Name deswegen auch Seelenverschlinger oder Seelenwanderer."

Erik drehte sich zu der am Boden liegenden Ssil um und richtete einen steinernen Blick auf ihren reglosen Leib.

„Doch die andere Hälfte des Cambions, welche durchdrungen ist von der Essenz der Kinder des Zwielichts, scheint gegen diese Art des Angriffs immun zu sein. Nun kämpfen sie dort drinnen um die Vorherrschaft über die körperliche Hülle, die hier vor uns liegt. Wer wird gewinnen?"

Er warf einen raschen, strengen Blick in die Runde. Keiner wagte eine Antwort. Auch Gamron schwieg. Der König nickte und fuhr fort.

„Niemand kann das sagen. Wir stehen hier vor einer Situation, die womöglich noch nie in der Geschichte Nins eingetreten ist und die deswegen einen vollkommen ungewissen Ausgang hat. Gewinnt der Seelenwanderer, und das kann jeden Augenblick passieren, so wird er uns erneut angreifen und genauso leicht vernichten, wie er das zuvor getan hat. Ich muss gestehen, dass ich nicht weiß, ob ich ihn besiegen kann, wenn dieser Fall eintritt. Könnt ihr es?“

Er trat bei diesen letzten drei Worten, die er plötzlich laut und scharf ausgesprochen hatte, auf Ean und Robert zu und schaute jedem mit feurigem Blick in die Augen. Der Ritter schüttelte den Kopf, und auch Robert richtete schließlich schweigend den Blick nach unten, verschränkte die Arme vor der Brust und starrte an die Wand.

Der König veränderte nun den Ton und stellte die Frage noch einmal, sanft diesmal, fast flüsternd.

„Könnt Ihr es, Magier?“

Gamron, der sehr blass geworden war, senkte ebenfalls nur betreten den Kopf. Abermals nickte Erik.

„Dieser Dämon besitzt wahrhaft außergewöhnliche Macht. Er soll die Reiche hier im Norden vernichten, während sein Herr, der Lord der Nacht, Ashuur, den Süden unterwirft. Das jedenfalls ist meine Vermutung."

Er ging zu einem kleinen Tisch am Ende des Raumes, auf dem ein zerbeulter Schild lag. Er hob ihn hoch und kehrte damit zurück zu den immer noch schweigenden Männern. Sorgsam legte er ihn neben Ssil auf den Boden. Überrascht und gleichzeitig voller Abscheu blickten Ean, Robert und Gamron auf das Wappen. Ein verzerrter, fünfzackiger Stern, in dessen Mitte stilisiert eine Fratze abgebildet war.

„Dieses Wappen trugen die Ritter der Nacht bei ihrem letzten großen Angriff zur Schau. Ich erhielt erst vor wenigen Tagen davon Kenntnis. Seht und begreift! Es ist das Symbol des Hohen Dämonenlords Ewan!“

Seine Stimme wurde leiser und vibrierte vor Zorn.

„Kurz nachdem der Großmeister der Schwarzen Ritter uns unverhohlen sein Bündnis mit dem ältesten der Dämonenprinzen offenbart, erscheint dieses – Ding! Bei Sian, an einen solchen Zufall kann ich nicht glauben. Er war es! Ashuur! Er hat eine Armee geschickt, um uns anzugreifen. Allerdings war es ihm egal, ob die Horde uns auch tatsächlich in die Knie zwingen würde, oder ob wir standhielten. In beiden Fällen würden unsere Kräfte aufgebraucht sein. Dieser grauenhafteste seiner Diener sollte sich an den Überlebenden nähren, genau wie es geschehen ist. Wenn er dann schließlich stark genug dafür gewesen wäre, hätte er sich den Sieger einverleiben sollen – in jedem Fall einen Hohepriester mit genug Macht, um die Transition einzuleiten! Aus dem Seelenwanderer wäre ein Dämonenfürst entstanden, der für ihn die Reiche des Nordens erobern sollte!“

Er schaute Robert fest in die Augen.

"Das ist die Gefahr, in der wir uns immer noch befinden. Ich werde das nicht zulassen. NIEMALS!"

Robert wich stumm einen Schritt zurück. Gamron dagegen ging einen Schritt auf Erik zu.

"Euer Majestät, warum habt ihr die neue Hülle des Dämons nicht bereits zerstört, wenn ihr der Meinung seid, dass wir alle in einer solch großen Gefahr schweben?"

Der König sah den Magier einen Moment lang streng an, doch dann nickte er. Plötzlich und unvermittelt zog er Arthael, die Meisterklinge, machte einen raschen Schritt auf Ssil zu und trennte ihr mit einem schnellen Streich den Kopf vom Rumpf.

Robert schrie. Sein Schwert lag in seiner Hand, noch bevor er selbst realisiert hatte, was er da tat. Er wäre nach vorne und auf Erik zugestürzt, doch Ean hielt ihn in eisernem Griff fest. Da erfüllte ein geisterhaftes, grünes Leuchten die Kammer, das aus dem Hals der Sa´ê´Sar drang. Mit weit aufgerissenen Augen sah er, wie der Kopf zurück zum Körper rollte und sich wieder mit diesem vereinigte. Das Leuchten verebbte. Der Leib Ssils war wieder unversehrt. Kalt hallte Eriks Stimme durch den Raum.

"Weder Zahn noch Klaue, noch Stahl, weder Kälte, noch Blitz noch magisches Feuer vermögen dem Leib eines Seelenwanderers Schaden zuzufügen."

"Ihr wollt, dass ich den Körper Ssils auflöse, so wie ich es mit Elarich getan habe. Weil der Geist des Dämons noch mit Ssil kämpft, könnte er nicht reagieren, so wie zuvor auf dem Schlachtfeld. Er wäre gezwungen, zurück in den Abyss zu fahren. Und Ssil wäre tot, unwiederbringlich tot."

"Ja. Dies ist mein Wille."

Ean ging zu seinem Freund und legte kurz seine Hand auf die Schulter des Magiers.

"Tu es, Gamron. Du weißt, dass es die einzig vernünftige Option ist."

Gamron schüttelte Eans Hand ab, seine Stimme wurde bittend, flehend beinahe.

"Verzeiht mir, Euer Majestät, aber gibt es denn keinen anderen Weg? Keine andere Möglichkeit, bei der ihr nicht ausgerechnet auf meine Künste angewiesen wäret?"

"Nein. Es tut mir leid."

Roberts ganzer Körper spannte sich an. In seinem Inneren tobte ein Kampf, der ihn schier auseinanderriss. Immer noch trug er sein Schwert in der Hand. Ob er wohl schnell genug wäre? Zwischen ihm und Gamron stand der König, und neben Gamron der Drachenritter Ean. Verzweifelt schaute er zu dem jungen Magier, der schließlich ergeben und wissend nickte, einmal, und noch einmal. Dann schaute er auf, direkt in Roberts Augen.

Es gibt nichts, was Gamron höher einschätzt als die Loyalität gegenüber einem Freund. Du kannst ihm vertrauen.

Robert ließ den Moment verstreichen.

Ein leises Lächeln umspielte die Mundwinkel des Magiers.

"Es muss euch nicht leidtun, Euer Majestät.“

Er wandte sich König Erik zu und blickte diesem mit festem Blick in die grauen Augen.

„Gehorsam ist eine derjenigen Künste, die ich noch nie beherrscht habe."

Mit diesen Worten drehte er sich um und verließ das Turmzimmer.

Als der letzte der Warloks fiel und die Schlacht endete, waren die Reaktionen der Menschen unterschiedlich. Manche fielen einfach zu Boden und sanken in einen ohnmächtigen Schlaf, andere standen mit leeren Augen da und taten nichts mehr. Viele weinten. Zum Einen, weil sie ihren Körpern physisch zu viel abverlangt hatten – sie befanden sich in einem Zustand so tiefer Erschöpfung, dass Tränen eine natürliche Reaktion waren. Zum Anderen deshalb, weil sie mental und emotional überfordert waren – über so viele Stunden hinweg in allerhöchster Lebensgefahr zu agieren und so viele Tote zu sehen, von denen einige hochgeschätzte, ja geliebte Freunde oder nächste Verwandte waren, konnte die härtesten Soldaten zerbrechen.

Borl war einer derjenigen, die weinten.

Nicht aber, weil er erschöpft war. Sein Körper war es gewohnt, Stunden über Stunden härteste Arbeit zu verrichten. Auch der Zustand beständiger Lebensgefahr hatte ihn nicht zerrüttet. Das war ein Teil seines Lebens und er hatte sich längst damit abgefunden. Selbst die Toten waren nicht dafür verantwortlich, denn die Thorlander waren überzeugt davon, dass die in der Schlacht Gefallenen ein Ehrenplatz an der ewigen Tafel in Garwors Reich erwartete.

Er weinte, weil er versagt hatte.

Im Augenblick des Angriffs, als dieses Ding versucht hatte, sich seiner zu bemächtigen, war ihm klar geworden, dass sein Kuningaz nicht mehr in diesem Körper weilte. Er wusste nicht, wieso es ihm gelungen war, den Tentakel abzuwehren, der urplötzlich aus dem Leibe Elarichs gefahren war.

Den anderen seiner Brodored war dies nicht möglich gewesen.

Vielleicht lag es an seinen Waffen. *Ukûsa* und *Ukûwa-Hatha* hießen die beiden Zwillingsschwerter, und sie waren bedeutend älter, als *Hrumōn*, der Zweihänder des Königs. Sie waren auch nicht thorlandischer Herkunft. Nein, diese beiden Klingen waren das Erbe seines eigenen Hauses. Der Arnan der Brodored stammte aus Laikor. Er gehörte der Blutlinie der

Hudza an, einem hochgewachsenen Volksstamm, der über ein ungewöhnlich langes Leben verfügte. Obschon er bereits mehr als achtzig Winter zählte, war er immer noch in der Blüte seiner Jahre. Seine Kurzschwerter waren seit Jahrhunderten im Besitz seiner Familie. Die Legende besagte, dass diese Klingen jedes Wesen treffen konnten.

Sollten seine Waffen der Grund gewesen sein, warum er sich des Angriffs des Dämons hatte erwehren können, wog seine Schuld sogar noch schwerer. Denn dann wäre er sogar in der Lage gewesen, den furchtbaren Gegner zu töten, der seinen König und Freund vernichtet hatte, um dessen Körper in Besitz zu nehmen.

Doch er war dazu nicht in der Lage gewesen. Zweimal hatte er die Gelegenheit vor Augen gehabt. Beim ersten Mal, gleich nach der Abwehr des Tentakels, waren seine Zweifel noch zu groß gewesen, ob er überhaupt alles richtig wahrgenommen und eingeschätzt hatte. Der Angriff war einfach aus dem Nichts gekommen. Der alte Hildeprand hatte zu spät reagiert und einer der rauchigen Auswüchse war diesem direkt ins Gesicht gefahren. Grünlich leuchtende Lebensenergie war über das dunstige Gewebe hinein in den Leib Elarichs geflossen, dann hatte der Tentakel ihn angegriffen. Man nannte ihn Pukan, das Phantom, und er machte seinem Titel alle Ehre. Schnell wie ein Gedanke war er abgetaucht, hatte seine Kurzschwerter aufblitzen lassen und das merkwürdige, schlangenartige Gebilde zerschlagen, das sich beim Kontakt mit dem verzauberten Stahl sofort auflöste.

Zwei, drei Herzschläge lang hatte er die Gelegenheit, den Kuningaz zu töten – oder besser gesagt, das Ding, zu dem dieser geworden war. Er hatte diese Option auch erwogen, sie aber dann zunächst verworfen. Doch dann war Hildeprand auf den neben ihm gehenden Brodored losgegangen, als wäre er von Sinnen. Bevor irgendjemand begriffen hatte, was geschah, waren seine Zähne in dessen Hals gesunken und hatten ihm die Kehle durchgebissen. Selbst, nachdem er mehrere Treffer der anderen Eorlas abbekommen hatte, von denen einige tödlich hätten sein müssen, zerfetzte er noch einem weiteren seiner früheren Waffenbrüder das Gesicht mit Klauen und Zähnen! Borl hatte ihm daraufhin sowohl die Arme als auch den Kopf abgetrennt. In der Zwischenzeit waren zwei weitere der rauchigen Gespinste in die Leiber von Sovera und Fredegund gefahren und hatten diese auf dieselbe Weise in zombieartige Bestien verwandelt. Da hatte Borl begriffen, dass er sehr schnell handeln musste, wenn er den vormaligen Kuningaz aufhalten wollte. Unter Aufbietung seines gesamten Könnens war er wie ein Wirbelwind in den Kampf gegen seine untoten Brüder und Schwestern gezogen und hatte es tatsächlich geschafft, den entstehenden Ring der Schreckenswesen zu durchbrechen. Doch im letzten Augenblick, als er schließlich direkt hinter seinem früheren, geliebten Freund stand, versagte er zum zweiten Mal.

Ich habe mein Volk verraten, meine Ehre in den Schmutz getreten und die Schuld am Tod unzähliger Thorlander und Argenaer auf mich geladen. Weil ich es nicht konnte. Ich konnte Elarich nicht töten – selbst dann nicht, als ich längst wusste, dass es ihn gar nicht mehr gab, dass er nicht länger in diesem Körper weilte.

Er wäre wohl kurz darauf von den nächsten, in Bestien verwandelten Leibgardisten zerfleischt worden, hätte ihn nicht Heilrun gepackt und in eine enge Umarmung gezogen. Eine Art golden schimmerndes Kraftfeld hatte die Hohepriesterin Garwors umgeben, in dessen Schutz sie beide von den Kreaturen ignoriert worden waren. Er wusste nicht, wie lange sie auf diese Weise, eng aneinandergepresst wie ein verliebtes Paar, auf dem Schlachtfeld gestanden waren, oder wie lange es gedauert hatte, bis ihm aufgefallen war, dass ihm die Tränen über die Wangen gelaufen waren.

Aber ich schämte mich nicht für diese Tränen, denn ich vergoss sie für den besten Mann, den ich je gekannt habe, und den besten und einzigen Freund, den ich hatte.

Heilrun hatte ihm die Zeit gegeben, die er gebraucht hatte. Irgendwann war er in der Lage gewesen, sich von ihr zu lösen. In ihren Augen hatte eine heiße, sengende Wut getost, die ihre eigene Trauer über den Verlust des Vaters wegbrannte. Wie durch Zauberei war diese Wut auch in seinem Inneren entflammt, als wäre sie durch den Blickkontakt auf ihn übergesprungen.

Sodann hatte die Hohepriesterin Garwors ihn an den Schultern gepackt und einige Worte in der für ihn fremden Sprache der Magie intoniert. Er kannte den Zauber, den sie wirkte. Er trug den Namen *Garwors Segen*. Schon öfter war ihm durch diesen Spruch seine Müdigkeit genommen worden und er hatte neue Kraft erhalten. Normalerweise segnete ein Priester eine Gruppe von bis zu einhundert Soldaten. Dieses Mal aber hatte die Hohepriesterin die Kraft der Magie ihm allein geschenkt. Bis zum Bersten gefüllt mit göttlicher Energie war er von Neuem in die Schlacht gezogen.

Ohne zu ermüden, ohne an Kraft oder Geschwindigkeit zu verlieren, war er von Gegner zu Gegner geglitten, hatte Schlag an Schlag gereiht, Parade an Parade und Stich an Stich. Jeder Angriff war ein Treffer, jeder Block perfekt ausgeführt, und nie war er für seine Gegner berechenbar geworden. Sowohl in seiner unheimlichen Präzision und gnadenlosen Effizienz, als auch in der unvergleichlichen Schnelligkeit, die ihn schon immer ausgezeichnet hatte, war er nicht nur seinen Feinden, sondern auch seinen Verbündeten übermenschlich erschienen.

Nach einer Stunde hatte Borl, Harals Sohn, der Pukan und Arnan der Brodored, schon an die tausend Warloks getötet. Sein Leder tropfte vom Blut der aufgeschlitzten Toa-Krieger, die in der dicht zusammengepressten Masse der von allen Seiten bedrängten Horde nicht einmal vor ihm fliehen konnten, um seinen wirbelnden Klingen zu entgehen.

Neben und hinter ihm hatte sich eine Gruppe von Argenaern und Thorlandern gebildet, die seinen Feldzug gegen die Grauhäuter begleiteten und später beredt Zeugnis gaben von der unheimlichen, eiskalten Raserei des Anführers von Elarichs Leibgarde. Die Geschichte verbreitete sich in ganz Argenas und darüber hinaus. In späteren Jahren wurde daraus die Redewendung, dass einer wie Borl, der Vyrdale gewütet habe, wenn es galt, eine besonders schlimme Metzelei zu beschreiben.

Irgendwann hatte der Zauber Heilruns geendet, und über den Arnan war eine unendlich tiefe Müdigkeit gekommen. Er hatte seine Klingen in ihre Scheiden gestoßen und sich von der Frontlinie zurückgezogen, um in einiger Entfernung auf seine Knie zu sinken und seinen Tränen freien Lauf zu lassen. Von der gewaltigen Horde waren zu diesem Zeitpunkt nur noch einige hundert Grauhäuter übrig gewesen. In dem folgenden, grausigen Finale der Schlacht auf der Mariaden-Ebene hatten die letzten der Warloks ein Lied angestimmt. Die fremdartige Melodie aus langgezogenen, tiefen Tönen, die immer wieder durch rhythmischen Sprechgesang durchbrochen worden war, hatte den Menschen gleichermaßen kraftvoll, wie melancholisch in den Ohren geklungen. So waren schließlich auch die restlichen Toa-Krieger gestorben – singend und in ehrenhaftem Kampf.

„Borl?"

Er blickte auf. Vor ihm stand Runa, die junge Clanmutter der Ascomannen.

„Ich habe eine Botschaft für dich von Gamron Valator, dem Meistermagier."

Mit leerem Blick nickte er ihr zu.

„Er bat mich, dir folgendes zu sagen: *Noch ist Elarichs Seele nicht verloren. Der Dämon ist gefangen im Leib einer Chaya-Rhunay des geflügelten Volkes. Seine Gegnerin ist einzigartig und mächtig genug, ihn zu besiegen. Verzage nicht, bevor der letzte Kampf entschieden ist.*"

„Das hat er gesagt?"

„Genau das waren seine Worte."

Borl senkte sein Haupt. Eine Zeitlang verharrte er so, auf der blutgetränkten Erde kniend, die Hände auf seinen Oberschenkeln abgestützt. Dann wischte er die letzten Tränen fort und erhob sich.

„Ich danke dir, Runa, Clanmutter der Ascomannen."

Sie neigte ihren Kopf in einer angedeuteten Verbeugung. In ihrem Gesicht konnte er Bewunderung lesen, und noch etwas mehr. Eine Spur von Angst, möglicherweise.

„Wo finde ich den Magier?"

„Er sagte, Ean würde am Tor des Hochwalls warten und dich zu ihm führen.“

Ein merkwürdiges Gefühl machte sich in ihm breit, eine Ahnung, dass eine Aufgabe auf ihn wartete, und er war sich nicht sicher, ob er zu den Eisernen zurückkehren würde. Einem Impuls folgend legte er der Ascomannin seine Hand auf die Schulter.

„Wer auch immer Elarich nachfolgen wird, sollte sich eingedenk der zurückliegenden Schlacht darüber im Klaren sein, dass wir uns nicht wieder einfach hinter die Grenzen unseres Landes zurückziehen dürfen. Selbst das mächtige Argenas wäre alleine zu schwach gewesen, die gewaltige Horde Ûxmals zu besiegen. Der Schamanenkönig aber war nur der Anfang. Es werden weitere Angriffe kommen, und wir sollten darauf vorbereitet sein. Alleine sind auch wir bei Weitem nicht stark genug. Wir brauchen Verbündete. Ich weiß, wie der Rat argumentieren wird: Wir sind zu unbedeutend, unser Reich liegt zu abgelegen, unsere Armee ist zu sehr geschwächt, wir müssen uns jetzt um uns selbst kümmern. Doch wenn der Rest Nins gefallen ist, spätestens dann wird Thorland das Ziel der dunklen Allianz, die den Tei-Ruā der Warloks in Marsch gesetzt hat. Nur gemeinsam mit den anderen Nationen können wir die heraufziehende Bedrohung meistern.“

Runa sah ihn nur sprachlos an. Er war noch nie sonderlich gut darin gewesen, die richtigen Worte zu finden, um all das wiederzugeben, was in seinem Kopf vorging. Deswegen sagte er kaum einmal mehr als einen Satz, und das auch nur, wenn es unbedingt erforderlich war. Vermutlich war das eben die längste Rede, die er je von sich gegeben hatte. Er hoffte, es würde reichen.

„Ein Letztes noch. Nach meiner Einschätzung wäre Theúdis Hafthorsson der Geeignetste für meine Nachfolge.“

Damit drehte er sich um und machte sich auf den Weg zum Hochwall. Die Nacht war mittlerweile schon weit fortgeschritten. Es begann zu dämmern. Er fand Ean im Kreis einiger Soldaten, denen er Anweisungen für den kommenden Tag erteilte.

Guter Mann. Sicher ist er ebenso müde und ausgebrannt wie alle anderen auch, aber er steht kerzengerade und erteilt Befehle. Offensichtlich arbeitet nicht nur sein Körper, sondern auch sein Verstand noch immer in ausreichender Art und Weise.

In diesem Moment wurde er von dem Drachenritter bemerkt. Rasch beendete dieser seine kleine Zusammenkunft und trat ihm entgegen.

„Auch wenn ich nichts anderes erwartet habe, so tut es dennoch gut, dich unverletzt zu sehen, Borl."

Der Arnan der Brodored blickte in die bernsteinfarbenen Augen des Drachenritters und konnte dort den Schatten eines tiefen Schmerzes erkennen.

Der Sohn trauert um seinen Vater, auch wenn der Krieger in ihm sich davon nicht beeinflussen lassen will.

„Komm, ich bringe dich zu Gamron."

Er führte ihn zu zwei Pferden, die in der Nähe aufgesattelt bereitstanden. Dann ging es in raschem Ritt durch die Königsstadt. Überall brannten Fackeln und Feuer in eisernen Schalen, die umringt waren von Männern, Frauen und Kindern. Die Menschen hatten die Dunkelheit mit so viel Licht wie möglich vertreiben wollen, und suchten nach dem Grauen des drohenden Einmarschs der Warlokhorde die Nähe zueinander. Sie wärmten sich in der empfindlichen Kühle der ersten Morgenstunden nicht nur an den Flammen, sondern auch im engen Schulterschluss an ihren Nächsten. Die Verwundeten waren allgegenwärtig. Fast vor jedem Haus saßen verletzte und verstümmelte Soldaten zusammen, tranken oder aßen eine Kleinigkeit und starrten dabei oftmals versunkenen Blicks geradeaus. Gesprochen wurde sehr wenig, und wenn, dann zumeist in gedämpfter Lautstärke.

Diese Stadt wird noch einige Zeit brauchen, bis sie sich von dem Schock der Schlacht und den vielen, vielen Verlusten erholt hat. Aber dank uns sind sie noch am Leben. Und zu leben bedeutet, loslassen zu müssen. Am Boden zu sein und wieder aufzustehen. Die Tränen wegzuwischen und wieder zu lächeln. Die Vergangenheit hinzunehmen und für die Zukunft bereit zu sein. Weiterzukämpfen, auch wenn die Kraft dafür fehlt.

Bald schon galoppierten sie den in Serpentinen den Berg hinaufführenden Weg nach Thul Brassar entlang, ritten durch das offene Drachentor, über den inneren Burghof und hinein ins große Hauptgebäude, den Palas. Durch ein acht Schritte hohes, blau lackiertes Tor, auf dem in getriebenem Silber ein Ritter und ein Drachen zu sehen waren, gelangten sie in eine überwältigende Eingangshalle. Ein Sterngewölbe, getragen von acht Säulen aus Stein, war geschmückt mit den Bildnissen von acht Königen und Königinnen, welche mit würdevoller Strenge auf Borl herabblickten. Mehrere Türen öffneten sich von hier und führten in die verschiedenen Bereiche des Königspalastes.

Sie saßen ab und Ean führte ihn über verschiedene Gänge und Treppen zu einer beeindruckenden Bibliothek, die sich über zwei Etagen erstreckte, wo sie auf den jungen Meister der Magie trafen.

Gamron wirkte sehr erregt. Seine Pupillen waren geweitet. Er hatte verschiedene Folianten auf einem Tisch aufgestapelt. Daneben befand sich ein Kelch aus dickem Glas, der augenscheinlich zu etwa einem Drittel mit Wasser gefüllt war, sowie eine Kugel aus Marmor.

„Sehr gut, Ean, du hast ihn gefunden. Borl, ich habe eine Frage an dich. Zwar steht es nicht mehr in unserer Macht, Elarich zurück ins Leben zu rufen, doch wenn es eine Möglichkeit gäbe, wenigstens seine Seele zu retten, was wärest du bereit, dafür zu tun?“

Er musste nicht nachdenken.

„Alles.“

Gamron nickte ihm zu.

„Das dachte ich mir. Allerdings muss ich dir sagen, dass es keinerlei Garantie gibt, dass mein Plan gelingt. Ich bin mir tatsächlich dieses Mal nicht sicher, ob ich überhaupt Recht habe mit meiner Einschätzung der ganzen Situation. Aber der Reihe nach! Es war wahrhaftig ein langer und kräftezehrender Tag und eine fast noch schlimmere Nacht. Also setzt euch bitte, während ich versuche, euch alles zu erklären.“

„Haben wir denn die Zeit dazu?“

Gamron wiegte seinen Kopf von einer Seite zur anderen.

„Wenn ich richtig liege, dann ja. Wenn nicht, nun, dann ist das ganze Unternehmen ohnehin von vorneherein zum Scheitern verurteilt und kann durch unser Palaver nicht noch weiter beschädigt werden.“

Borl setzte sich, woraufhin auch der Drachenritter einen der gepolsterten Holzstühle zu sich heranzog und Platz nahm.

„Ich werde versuchen, mich so kurz wie möglich zu halten, schon allein deshalb, weil meine Gedanken beständig um Ssil kreisen und ich ihren momentanen, vermutlich höchst qualvollen Zustand zu schnell wie irgendwie möglich beenden möchte.“

Sichtlich aufgekratzt begann Meister Valator auf und ab zu gehen.

„In meiner Ausbildung zum Magier wurde ich von meinem Meister, dem Erzmagier Kalfarahn, auch in den priesterlichen Facetten der Kunst unterrichtet – zumindest in den theoretischen Aspekten davon. Als die Sprache damals auf die Schattenmagie der Chaya-Rhunay, den Priesterinnen und Priestern des geflügelten Volkes kam, fand ich das Konzept und die durchaus gewagten Thesen der Priesterschaft faszinierend genug, um bei meinem nächsten Besuch der Museion-Biblioteca in Ordannon nach schriftlichen Quellen zur Magie der Sa´ê´Sar zu suchen. Ich wurde fündig. Eine gewisse Espíritu, ihres Zeichens Hohepriesterin der Göttin Xerete, hatte eine Abhandlung darüber verfasst. Sie trägt den Titel „Die Kinder des Zwielichts“. Obwohl ich viele andere Arbeitsaufträge von meinem Meister bekommen hatte, nahm ich mir die Zeit, ein wenig darin zu schmökern. Das Werk war unglaublich, es war sehr detailliert und umfänglich und listete beispielsweise über hundert der sogannanten Schattenmeister früherer Zeiten auf.“

Ean hustete laut und deutlich, woraufhin der Zauberer ein wenig rot wurde und sein Erzähltempo wieder beschleunigte.

„Nun ja, wie dem auch sei, ich stolperte jedenfalls über einen Passus, der mir gerade jetzt von allerhöchster Wichtigkeit erscheint. Da ich jedoch damals recht unter

Zeitdruck war und auch nicht wirklich darauf bedacht, mir das in diesem Folianten enthaltene Wissen einzuprägen, war ich mir nicht wirklich sicher, ob ich mir alles korrekt gemerkt hatte. Glücklicherweise aber wurde Ean vor einigen Wochen entehrt."

Als Gamron, der beim Wort „glücklicherweise" ein breites Lächeln aufgesetzt hatte, sich seinem langjährigen Weggefährten zuwandte, gefror dieses auf seinem Gesicht. Borl schaute kurz zu dem Ritter hinüber, woraufhin er die Reaktion des Magiers mehr als gut verstehen konnte. Wäre es möglich, einem Menschen mit einem Blick eine Ohrfeige zu verpassen, so hätte man Eans nonverbale Zurechtweisung bis zum Hochwall schallen hören können.

„Devi und Planetare, ich wollte sagen, dass es bei dieser ganz und gar unglückseligen Geschichte einen nicht völlig tristen Umstand gab: Um herauszufinden, wie ich ihn bestmöglich unterstützen konnte, durchforstete ich die Bibliothek des Königs hier nach Hinweisen, Berichten und Erzählungen, die sich mit diesem Thema der Entehrung auseinandersetzten. Dabei stieß ich durch Zufall auf dieses Werk hier."

Er ging zum Tisch und hob ein dickes, in Leder gebundenes Buch hoch, auf dem in glänzend purpurfarbenen Linien die geheimnisvollen Zeichen aufgemalt waren, die alle Kundigen der Schrift „Buchstaben" nannten. Borl aber war weder des Lesens noch des Schreibens mächtig. Ean dagegen offensichtlich schon, denn er beugte sich in großer Erregung nach vorne.

„Die Kinder des Zwielichts! Der König besitzt also eine Abschrift davon! Ich nehme an, du hast den Abschnitt, von dem du gerade gesprochen hast, noch einmal nachgelesen! Was hast du herausgefunden, Gamron?"

„Die Chaya-Rhunay behaupten von ihrem Gott Ban-Thu, dass er der Herr des Dazwischen sei, wie sie es nennen – er ist der Gott all der unermesslichen Weiten zwischen den Dingen, den Welten und Ebenen. Dort, in diesem unendlichen Raum, ist der unerschöpfliche Quell ihrer Magie zu finden. Je weiter eine Priesterin aufsteigt in der Macht, je größer die

Ströme an Schattenenergie werden, die sie kontrollieren kann, desto stärker wird ihre Verbundenheit mit diesem Reich. Ihre stoffliche Hülle wird mehr und mehr durchdrungen von der sich langsam aber beständig in ihrem Körper verdichtenden Schattenmaterie. Gleichzeitig, so beschreiben es die Zeilen Espíritus, entsteht dabei eine Art Avatar im Reich Ban-Thus, der mehr ist, als nur das schattenhafte Abbild aller anderen Wesen und Dinge, die sich dort spiegeln."

Ean, der auf Borl den Eindruck machte, genauso verloren zu sein, wie er selbst, nickte ein wenig halbherzig und unterbrach seinen Freund.

„Und was genau bedeutet das jetzt für uns?"

„Sehr viel, um nicht zu sagen, alles, Ean. Es bedeutet, dass der König möglicherweise unrecht hat."

„Unrecht womit?"

„Erinnere dich daran, was er über Ssil sagte: *Weder lebt sie, noch ist sie tot. Die Chaya-Rhunay ist ein Cambion, ein Halbdämon, halb Sa'ê'Sar, halb Dämon. Eine der beiden Hälften hat die Bestie vermutlich in sich aufgesogen, und wenn ich mich nicht täusche, so war dies der dämonische Anteil ihrer Persönlichkeit. Ich habe guten Grund zu dieser Annahme, denn auch im Abyss sind die SarûÇûÇarrãq, wie sie in der Sprache der Dämonen genannt werden, mächtig und gefürchtet wegen ihrer Fähigkeit, die Energie einer Kreatur in sich aufzusaugen.* Genau das waren seine Worte. Allerdings bin ich mittlerweile der Ansicht, dass Erik sich sehr wohl getäuscht hat. Er geht davon aus, dass der Seelenwanderer Ssils dämonische „Hälfte" verschlungen hat, weil er auch den Dämonen ihre Lebensenergie stehlen kann, während er die Essenz einer Sa'ê'Sar dagegen nicht in sich aufzunehmen vermag. Bevor ich euch erläutere, wo meiner Ansicht nach sein Fehler liegt, möchte ich zunächst festhalten, dass er mit seiner zweiten Annahme tatsächlich richtig gelegen hat."

Der Magier blätterte in dem Buch und legte seinen Finger auf eine bestimmte Stelle. Ean erhob sich und schaute mit konzentriertem Blick auf die kunstvollen Zeichen. Borl selbst aber blieb sitzen, während Gamron fortfuhr.

„Espíritu schreibt hier: *Die Kinder des Zwielichts besitzen eine besonders seltene Gabe, die sie mit den wahren Drachen gemein haben, obwohl hier eine Verwandtschaft ausgeschlossen werden darf – sie sind gegen jedwede Form des Lebenskraftenzugs immun.* In den darauf folgenden Seiten beschreibt sie sehr ausführlich ihre eigenen Untersuchungen sowie die Sammlung an Ereignissen, die von Zeugen attestiert wurden und deshalb als Beleg für diese außergewöhnliche Fähigkeit gelten dürfen."

Ean brummte etwas, das Borl nicht genau verstand. Dann wandte er sich direkt an seinen Freund.

„Und worin soll sich der König nun geirrt haben?"

„In seiner Annahme, der SarûÇûÇarrãq habe den dämonischen Teil von Ssils Seele verschlungen."

„Aber es ist doch so, dass er andere Dämonen aussaugen kann, eine Sa´ê´Sar aber nicht. Mir erscheint deshalb seine Analyse äußerst zutreffend."

Gamron nickte. Dann zeigte er auf den Glaskelch.

„Ich habe mir in diesem Becher ein wenig Wasser bringen lassen. Du kannst dieses Wasser ohne Probleme zu dir nehmen, Ean, es stammt aus dem Brunnen der Festung."

Er schob den Pokal dem Ritter vor die Nase. Dieser schaute einen Moment etwas unschlüssig drein, dann gab er sich einen Ruck, nahm das Gefäß und nippte daran. Er nickte und schob den Becher zurück.

„Der König geht davon aus, dass sich die dämonische Hälfte von Ssils Erbe nicht mit dem Anteil, den ihre Mutter ihr mitgab, vermischt hat."

Er nahm die kleine, marmorne Kugel vom Tisch.

„Ich möchte euch seine Theorie hiermit demonstrieren. Dieser Stein soll das Erbe der Sa´ê´Sar symbolisieren. Beide Seiten wurden zwar zusammengebracht, als Ssil gezeugt wurde, blieben jedoch weiterhin getrennt voneinander."

Er legte die Kugel vorsichtig in das Gefäß.

„Du könntest das Wasser austrinken, ohne dass die Kugel dich behindert. Soweit die Theorie des Königs, die nicht unbedingt schlecht war, wenn man bedenkt, dass er völlig im Trüben fischen musste."

Er sah sie beide erwartungsvoll an.

„Doch wenn ein Kind entsteht, dann hat es nicht eine männliche Hälfte, und eine weibliche. Es sieht nicht vom linken Ohr bis zur Nasenhälfte aus wie der Vater, und von dort bis zum rechten Ohr wie die Mutter. Es ist immer eine Mischung der beiden. Selbst wenn sich mitunter einer der Elternteile optisch mehr durchsetzt, so findet sich doch stets auch etwas vom Anderen im Erscheinungsbild des Kindes. Das Gleiche gilt für den Charakter und die Begabungen."

Er machte einen energischen Schritt nach vorne und schaute auf sie beide herab, wie ein Lehrmeister, der seinen Eleven eine ungeheuer wichtige Erkenntnis zu Teil werden lassen möchte.

„Warum, frage ich euch, sollte es dann nicht auch für die Seele Ssils gelten? Könnt ihr euch wirklich vorstellen, dass es eine solche Trennung gibt? Habt ihr euch die Sa´ê´Sar einmal genau angesehen? Sie hat Flügel! Wundervolle, schwarze Rabenflügel! Und sie hat dämonengelbe Augen und Reißzähne, jedoch die schönen, edlen Gesichtszüge der Kinder des Zwielichts! Alles an ihr ist eine Mischung, sogar ihr Charakter, soweit ich das beurteilen kann – neben der dunklen und furchteinflößenden Seite, die sehr wohl ein Teil ihrer Persönlichkeit ist, besitzt sie eine große Aufrichtigkeit, eine unverbrüchliche Loyalität und eine selbstlose, von Empathie und Mitleid getragene Opferbereitschaft. Vor allem aber ist sie der Liebe fähig! Ssil liebt Robert von Callen! Und dieser Mann, den wir alle kennen und schätzen, auf dessen Urteil wir in den unterschiedlichsten Situationen vertraut haben und jederzeit wieder vertrauen würden, liebt Ssil!"

Sein Blick bohrte sich noch für einen Herzschlag in den von Borl, dann ging er zurück zum Tisch, nahm den Becher in seine Linke und fischte den Stein heraus.

„Marmor entsteht tief im Inneren von Ama aus Kalkstein durch Druck und Hitze. Im Wesentlichen ist er also Kalk, wenn auch in einer sehr festen Verbindung."

Der Magier holte einen Beutel aus einer Innentasche seiner Robe hervor.

„Dies ist Branntkalk, hergestellt aus Muschelschalen. Also ebenfalls Kalk. Derselbe Grundstoff also, doch diesmal als Symbol *meiner* Theorie.“

Er entleerte den Inhalt des Beutels, ein reines, weißes Pulver, in das Gefäß, wobei er sorgsam darauf achtete, dass seine Hände nicht in Kontakt damit gerieten. Sofort begann die Mischung zu brodeln und zu schäumen, Blasen stiegen auf und es dampfte.

„Die Reaktion ist sehr stark, die Temperaturentwicklung ebenso. Für die nächste Zeit wäre es unklug, das Glas zu berühren. Es würde nun einige Stunden dauern, bis der Kelch abgekühlt hat. Wir wollen das Ganze deswegen etwas beschleunigen.“

Er murmelte leise ein paar unverständliche Worte und richtete den Zeigefinger seiner rechten Hand auf das Gefäß. Ein dünner, kristalliner Strahl schoss heraus und traf den Becher, der sich daraufhin mit Eiskristallen überzog. Gamron packte den Pokal und reichte ihn Borl.

„Kannst du das trinken, Borl, Harals Sohn?“

Er sah hinein. Das Wasser war vollständig gebunden. Er blickte auf eine feste, zähe Masse.

„Nein.“

„Genauso erging es dem SarûÇûÇarrãq! Er konnte Ssils Seele nicht trinken! Denn was er vorfand, war als Mischung für ihn genauso toxisch und unmöglich aufzusaugen, wie die reine Seele einer Sa´ê´Sar!“

Ean wiegte den Kopf hin und her.

„Und warum sollte König Erik das nicht erkannt haben?“

In diesem Moment schritt ein großgewachsener Mann mit breiten Schultern zu ihnen hin. Er hatte dunkle Haare, die ihm in leichten Wellen auf die Schultern fielen. Sein Gesicht mit den ebenmäßigen, edel geschnittenen Zügen und dem Vollbart war verhärmt und sein Blick wirkte noch stechender und schärfer als sonst. Aber immer noch waren seine Bewegungen geschmeidig und raubtierhaft. Die stahlblauen Augen Erik von Arnanfels, Großmeister des Ritterordens vom Silberdrachen, König von Argenas und Hohepriester Sians, glitten über ihn und Ean hinweg und bohrten sich schließlich in die smaragdgrünen Augen des Magiers.

„Vielleicht, weil er müde war, und das auf eine Weise, die er so noch nie erlebt hat. Vielleicht auch, weil er so unendlich besorgt war und ist, weil das Böse, das sein Reich heimgesucht hat, so mächtig und fast unzerstörbar ist. Und vermutlich auch deswegen, weil er *im Trüben fischen musste.*“

Gamron verbeugte sich vor dem König.

„*Nur die Weisen wissen, wann sie einen Fehler gemacht haben, und nur die wirklich Großen sind in der Lage, diesen auch einzugestehen.* So schreibt es Thesis von Messelia in seinen Chroniken, und wenn ich das so sagen darf, Ihr seid ein glanzvolles Beispiel der tiefen Wahrheit in seinen Worten.“

„Ich danke euch. Aber nun führt bitte aus, was sich eurer Meinung nach zugetragen hat, nachdem der Dämon in Ssil hineingefahren ist.“

Der Magier zuckte beinahe entschuldigend mit den Achseln.

„Er starb.“

Ein paar Herzschläge lang war es totenstill im Raum. Dann brach es aus Ean heraus.

„Das kann nicht dein Ernst sein, Gamron! Das ist doch Unsinn! Wenn er tot wäre, dann würde doch Ssil nicht in diesem leblosen Zustand…“

Erik hob seine linke Hand. Der Drachenritter verstummte.

„Sterben bedeutet für einen Dämon nicht, dass er vernichtet ist, Freiherr Gomõnsson. Es bezeichnet lediglich den erneuten Abstieg in den Abgrund. Doch ich gehe, glaube ich, recht in der Annahme, dass dieser Prozess noch nicht abgeschlossen ist.“

„Vollkommen richtig, Euer Majestät. Eingeleitet, ja, doch der Dämon… nun, wie soll ich sagen, er steckt in Ssil fest.“

Eans ungläubiges Echo hallte durch den Saal.

„Er steckt fest?“

Auch Erik machte ein fragendes, wenngleich eher neugieriges, denn ungläubiges Gesicht. Der Magier wandte sich dem König zu.

„Wie ich vorhin bereits einmal ausgeführt habe, als Ihr noch nicht zugegen wart, wird die stoffliche Hülle einer Chaya-Rhunay mehr und mehr durchdrungen von der sich langsam aber beständig in ihrem Körper verdichtenden Schattenmaterie. Je weiter eine Priesterin aufsteigt in der Macht, je größer die Ströme an Schattenenergie werden, die sie kontrollieren kann, desto stärker wird dieser Anteil. Gleichzeitig, so beschreiben es die Zeilen Espíritus, entsteht dabei ein Avatar im Reich Ban-Thus."

„Ich beginne zu verstehen. Fahrt fort."

„Der Dämon, der ohne Wirtskörper nicht auf der materiellen Ebene existieren kann, wollte Eure Seele verschlingen und Euren Leib in Besitz nehmen. Robert von Callen hätte das nicht verhindern können – der SarûÇûÇarrãq wäre geradewegs durch ihn hindurch geströmt, natürlich nicht, ohne sich dabei auch noch die Essenz des Hauptmanns einzuverleiben. Ssil dagegen überrumpelte die Kreatur. Er hatte keine Chance, sofort weiterzuspringen. Er musste in sie hinein."

Der König nickte und spann den Faden des Magiers fort.

„Er war jedoch nicht in der Lage, die Seele Ssils aufzusaugen. Die Lebensenergie der Kinder des Zwielichts ist dagegen immun. Er wäre also normalerweise sofort wieder aus ihrem Körper herausgeschleudert worden."

Meister Valator nickte ihm anerkennend zu.

„Möglicherweise hätte er auch ein zweites Mal ohne materielle Hülle lange genug existiert, um sich auf Euch stürzen zu können, Majestät. Als er aber von Ssils Körper Besitz ergriff, verschmolz seine Essenz nicht nur mit der stofflichen Hülle, sondern auch mit der darin eingedrungenen Schattenmaterie. Diese jedoch ist über ihren Avatar im Schattenreich Ban-Thus verankert."

Während der Zauberer sprach, war der Hohepriester nachdenklich einige Schritte in den großen Raum hineingegangen. Jetzt wandte er sich in plötzlicher Erkenntnis zu ihnen allen um.

„Also befindet sich der Seelendieb in einer Art Stasis – sein Wirt stößt ihn beständig ab und hält ihn gleichzeitig fest!“

„Exakt! Und genau da müssen wir ansetzen!“

Ean stand auf, es hielt ihn nicht mehr auf seinem Stuhl.

„Aber wie?“

Gamrons Augen glühten fast, so intensiv war sein Blick.

„Wir müssen Ssils Avatar vernichten.“

Stille breitete sich erneut in der Bibliothek aus. Niemand sprach zunächst ein Wort, während alle über diese dunkle Schlussfolgerung des Magiers nachdachten. Borl war der Erste, der dieses Vorgehen in Frage stellte.

„Aber würde sie das denn nicht ebenso töten?“

„Ich hoffe nicht. Prinzipiell ist jeder Avatar nicht mehr als ein Spiegelbild der wahren Essenz eines Lebewesens. Den Spiegel zu zerstören sollte keine Auswirkung auf dessen reale Existenz haben. Zumindest hoffe ich das, gebe aber zu, dass diese Tat nicht ohne Risiko ist. Immerhin ist so etwas vermutlich noch nie versucht worden.“

Der König, der tief in Gedanken versunken zu Boden geblickt hatte, schaute auf.

„Nichts im Leben ist ohne Risiko. Ssil war sich über die tödliche Gefahr im Klaren, die sie bei ihrer Tat in Kauf nahm, dessen bin ich mir sicher. Um unzählige weitere Leben zu retten, war ich bereit, die Existenz der Chaya-Rhunay zu opfern, so wie ich auch mein eigenes Leben ohne zu zögern geben würde. Dank euch, Meister Valator, hat sich nun eine Chance, zu überleben. Ich bin bereit, ein Tor zu ihrem Avatar zu öffnen. Euer Paladin kann daraufhin hindurchtreten und versuchen, den Avatar zu vernichten. Allerdings werde ich das Tor sofort nach dessen Durchschreiten schließen und das Turmzimmer verlassen.“

Gamron nickte.

„Genau so hätte auch ich es vorgeschlagen, Euer Majestät. Das Risiko, dass der SarûÇûÇarrãq noch einmal hervortritt und in Euch oder auch nur in einen neuen Wirt hineinfährt, dürfen wir nicht eingehen.“

„Wer soll euer Paladin sein, Magier?“

Meister Valator wandte sich nun Borl zu und sah ihm fest in die Augen.

„Es ist eine Unternehmung mit ungewissem Ausgang. Aber es besteht die große Chance, den Dämon zu töten. Darüber hinaus hat mir Ean berichtet, dass ihr, Borl, oder vielmehr Shaka ifa Inkemba, zwei Waffen führt, die der Legende nach jedes Wesen treffen können.“

Der Arnan der Brodored stand auf. Er zögerte keinen Augenblick.

„Ich hoffe, dass sich alles zum Guten wendet, und bis dahin bin ich bereit, alles zu tun, was notwendig ist. Lasst uns beginnen.“

Keiner wagte es, in seine Nähe zu kommen. Weder die harten und wilden Unurunga, die er trotz ihres Murrens hier zurückgelassen hatte, noch die Überlebenden Orloks seiner Kore Mānawa. Der Einzige, der wie stets dicht an seiner Seite blieb, war Tor´Ghol.

Seit vielen Stunden nun stand er schon vor dem Feuer, das er am westlichen Rand der Senke Kaal-Kāna´an entzündet hatte und starrte in die Flammen. Nur hin und wieder bückte er sich, um Holz nachzulegen, das ihm die Krieger stumm und ohne ihn direkt anzublicken bereitgelegt hatten. Dreihundertfünfzig Warloks. Kein Mann mehr. Das war alles, was von seiner gewaltigen Horde übriggeblieben war.

Es war schwer für ihn, zu begreifen, was sich vor den Toren der Menschenstadt ereignet hatte. Alles hatte zunächst äußerst vielversprechend ausgesehen. Die Aufstellung der Menschen hatte ihn geradezu in eine Hochstimmung versetzt. Die unerträgliche Arroganz des argenaischen Königs, der seine Ritter und seine Kavallerie für so unendlich überlegen erachtete, hatte diesen dazu verleitet, seine Horde in einen Kessel sperren zu wollen.

Blut und Knochen! Was sollte ich denn anderes denken, als dass Erik von Arnanfels schlicht größenwahnsinnig geworden war? Allein meine Oger würden doch seine lächerliche Infanterie wie ausgetrocknetes Geäst zerbrechen! Und selbst, wenn die Argenaer aufgrund irgendeiner Teufelei dem Ansturm der Mok´Oshutal standhalten konnten, würden meine Bergriesen jedwede Umklammerung auseinanderreißen!

Doch es war ganz anders gekommen. Der Sianpriester hatte seinen elenden Kessel schließen können. Und das entscheidende Element dafür war einmal mehr Verrat gewesen. Er war schon mehrmals in diese Falle gelaufen und hatte sich von hochfliegenden Plänen und herrlichen Träumen, die kurz vor der Realisierung gestanden hatten, verabschieden müssen, nur weil er von ein paar neidischen, gierigen Maden verraten worden war! An Feinden hatte es ihm nie gemangelt, wohl aber an verlässlichen Verbündeten.

Dass die Menschen ihm in den Rücken fallen würden, hatte er von Anfang an befürchtet. Er war strikt dagegen gewesen, die Thorlander und die Schattenkrieger mit einzubinden. Doch aller Widerstand hatte ihm nichts geholfen. Ashuur war zu keinen Kompromissen bereit gewesen. Er hatte ihm nicht einmal gestattet, seine Bedenken und seine taktischen Überlegungen gänzlich auszubreiten.

Bei den weißen Knochen der Ältesten! Er fiel mir vor allen Anwesenden ins Wort! Die hässliche Missgeburt einer Dunkelelfe feixte deswegen voll unverhohlener Befriedigung!

Also hatte er die Eisernen ganz am Ende seiner Horde marschieren lassen, und die Bergriesen zwischen sie und seine Warloks gestellt. Ein Fehler, wie er sich zähneknirschend schon mehrfach selbst eingestanden und vorgeworfen hatte.

Doch selbst den Verrat und die zugeschnappte Falle des erikschen Kessels hätte er noch verkraften und die Schlacht für sich entscheiden können, da war er ganz sicher. Zu überlegen waren seine Toa, und zu mächtig waren die drei verheerenden Elementarzauber, die er über Monate hinweg vorbereitet hatte. Schon der Erste hatte die Reiterei des Menschenkönigs schwer getroffen. Und auch wenn es den vereinigten Kräften der Argenaer, Thorlander und des Meistermagiers gelungen war, den Ring ein weiteres Mal zu schließen, so hatte er es im Gegenzug geschafft, den Zauberer aus dem Spiel zu nehmen.

Alles schien sich von Neuem zu fügen! Meine Ifarathau waren kurz davor, sich an seiner Pein zu laben, als wir von göttlicher Magie angegriffen wurden! Ich war abgelenkt durch meinen Kampf mit dem Zauberer, sodass der König mich mit seinem verwegenen Angriff überraschen konnte! Zwei mächtige magische Kontrahenten nahmen mich in die Zange! Obwohl Ashuur mir versichert hatte, nur Erik selbst würde bei dieser Schlacht über Magie gebieten! Lüge, Lüge und nochmals Lüge!

Mittlerweile wusste Ûxmal auch, warum er so schändlich betrogen worden war. Sein Sieg über den Sianpriester und das Reich Argenas war dem Lord der Nacht nicht wichtig gewesen. Nein, er hatte ein ganz anderes Ziel verfolgt. Sie alle, Menschen wie Warloks, waren nur eines gewesen: Futter!

Seinesgleichen schickte er! Einen Diener seiner eigenen verderbten Rasse hetzte er uns allen auf den Hals! Einen Seelenfresser! Bei den weißen Gebeinen der Vorväter – ich weiß, was sein Plan war! Er sollte mich verschlingen! Oder den Sianpriester, falls ich bereits gefallen wäre. Aber Ashuur wusste, dass meine Horde stark genug war, um Argenas zu bezwingen. Also wollte er meine Seele dem Dämon zum Fraß vorwerfen, sobald dieser genug Lebenskraft in sich hineingesaugt hätte, um die Transition zu beginnen.

Daraus würde nun nichts mehr werden. Als er die Präsenz des SarûÇûÇarrãq wahrgenommen hatte, waren ihm die Augen aufgegangen. Er hatte die wahren Absichten des Lords der Nacht erkannt. Ohne zu zögern hatte er seinen gerade begonnen Elementarzauber fallen lassen, der die Luft um die Thorlander herum mit winzigen Eiskristallen gefüllt und so ihre Lungen mit Wasser geflutet hätte. Hunderte wären gleichzeitig qualvoll erstickt. Stattdessen hatte er ein Tor geöffnet und war mit seinen Orloks direkt in sein geheimes Rückzugslager geflohen. Denn gegen den Dämon war er ohne Vorbereitung machtlos. Er bezweifelte auch, dass die Argenaer diesem Gegner gewachsen waren, nicht, nachdem er den Magier ausgeschaltet hatte.

Aus dem Leichenfeld der Horde und den Trümmern des Silberreiches wird sich ein Dämonenprinz erheben, wenn die Seele Eriks tatsächlich stark genug ist.

Er fällte eine Entscheidung.

Ich werde meinen Plan schneller umsetzen müssen, als ich das vorgesehen hatte.

Ashuur zwingt mich dazu.

So sei es! Ich werde mich mit meinen getreuen Unurunga zurückziehen und die Armee der Nacht erwecken!

Er drehte sich so abrupt zu seinem Leibwächter um, dass sogar der sonst wie aus Stein gemeißelt scheinende Hüne zurückzuckte.

Aber vorher…

Er konnte nicht verhindern, dass ihm ein Schauer über den Rücken lief. Doch selbst seine verständliche Abneigung gegen diesen Schritt würde ihn nicht aufhalten.

…vorher werde ich sterben müssen.

Übersetzungen aus den Sprachen der verschiedenen Völker

Sprache der Druiden

Mor Muín: Dunkler Druide

Telja Graën: Seelenstein

Sprache der Fünf-Seen-Baschkoren

Stuorraskávli cin'ná: Besonders derber Fluch, der das weibliche Genital der Eismöwen bezeichnet.

Sprache der Mönche Palaerons

Minaran: Novize, Anfänger in der Kunst der Mönche

Hé mu ù shu mûran sum: Onya e bad în sê : Mögest du es erfahren, er gab es dir: Der All-Meister riss die Mauer ein!

Sprache der Sa'ê'Sar

Du'ogásš'gea'hči: Schattenvision; ein in die Zukunft gerichteter Blick, der das, was kommen wird, im Reich der Schatten zu erkennen vermag

Eadni-dušše: Ausruf „Einzige Mutter!“, die Bedeutung entspricht einem Ausruf wie „Himmel!“ oder „Mann-oh-mann!“

Heag'gath: Gesamtheit des Fühlens, Denkens und Wollens, dh. des spirituellen Seins eines Wesens

Ii sáhte dat: Das ist unmöglich!

SarûÇûÇarrãq: Seelenwanderer, auch Seelenverschlinger; ein Dämon des Abgrunds

Ss'avvit-niszû: Heilerin

Ss'eavdnja'dathoy: Schattenschlag

Torg Ruovmoraš: Eisenader; Name eines Berges
Varra-áš'chálάš: Blutschuld

Sprache der Ritter der Lilie
Ymbar Urombo: Haus der obersten Ordnung

Sprache der Thorlander
Aibra: Scharf, bitter, heftig
Angarstrata: Botenstraße, Kurierstraße
Arnan: Adler, Bezeichnung eines Truppenführers der Thorlander, der mehr als hundert Mann befehligt.
Arsaz: Arsch
At skohsla: Zum Teufel! Beim Dämon!
Awestrata: Ahnenstraße, Straße der verehrten Vorfahren
Bearn: Kind
Beresi ermana balthin en thina hertam: Du trägst große Kühnheit in deinem Herzen!
Brodored: Bruderschaft
Durinwīhōn: Hohepriester
Eorlas sinaz heolforas: Krieger seines Blutes
Freka Draugr: Gefährliche Gespenster; Name der Krieger Garwors
Frōda Ragana: Weiser Ratschluss
Frōwōn: Herrin
Gaworstrata: Straße Garwors
Grīmōn: Maske, Helm
Gripa: Griff, Handvoll, Garbe; ebenso die Bezeichnung für eine Stimme in einer Abstimmung
Hwarbam: Umkehren! Kehrt-Marsch!
Jai: Ja
Kuningaz: König
Kuningazstrata: Königsstraße

Magla Ragana: Mächtiger Ratschluss
meru-/ermuna: Groß-, erhaben, mächtig
Nateshwon na cunno forgitan: Niemals könnte ich dich vergessen.
Rumam rōkō: Richtplatz, Exerzierplatz
Sala: Haus
Tala Ragana: Ein Beschluss, der als notwendiger Kompromiss zu verstehen ist. Wörtlich: Gefügiger Ratschluss.
Tehu: Zehn
Templâ: Templer, Mitglied der Freka Draugr
Tendadomaz: Herrscherzelt, Königszelt, Zelt des Oberhauptes
Tendawisaz: Zelt der Weisheit, Zelt der Häuptlinge
Thing: Versammlung
Wana Ragana: Leerer Ratschluss, fehlende Entscheidung.
Wertha Ragana: Würdiger Ratschluss
Xertôn gaángwjedai: Das Herz wird mir eng.

Sprache der Toa
Atu-upoku: Zweihändiges Krummschwert
Kaul-Kūnu'an: Krater der Graber
Kiíno Whaea: Hässliche Mutter
Kore Mānawa: Krieger ohne Herzen
Mahak: Held, Anführer
Pakari: Stärkster
Paru ï runga: Ein derber Ausruf, der sich auf Fäkalien bezieht, die über eine Sache geworfen werden sollen.
Ruānuku: Schamane
Tei-Ruā: Höchster Schamane, Priester-König, Zauberer-König
Toa: Krieger

Upoko: Kopf

Whenua Ngaro: Verlorenes Land, verwaistes Land, Vergessenes Land

DANKSAGUNG

Es war wieder einmal eine lange, aber spannende Reise, diesen zweiten Band zu schreiben. Ohne den Zuspruch und die Hilfe meines besten Freundes, hätte ich den Weg auch diesmal nicht bis zum Ende gehen können:

Mein Mitstreiter in unzähligen Rollenspielabenden, Mitgestalter der fantastischen Welt Ama und nicht nur Co-Lektor, sondern auch Illustrator dieses Buches, Alexander Marseille, war und ist eine nie versiegende Quelle der Inspiration und der konstruktiven Kritik. Vor allem aber motiviert mich seine Begeisterung für die Geschichte rund um die Helden von Nin sogar dann noch zum Weiterschreiben, wenn ich selbst bereits aufgeben möchte. Es ist mir eine Ehre, diesen wunderbaren Menschen meinen Freund nennen zu dürfen!

Natürlich hat mich auch die unvergleichliche Heldin an meiner Seite wieder unterstützt. Einmal mehr hat sie sich als Lektorin durch die Sümpfe und Niederungen meiner literarischen Ergüsse gekämpft und mich mit ihrem gnadenlos ehrlichen Urteil vor so manchen Plattitüden und sprachlichen Absonderlichkeiten bewahrt.

Nicht zuletzt möchte ich mich auch bei meinen Lesern bedanken, die mir so unfassbar viel Zuspruch und Lob für meinen Debüt-Roman „Ukonnen“ geschenkt haben. Es erfüllt mich mit immenser Freude, Euch mit meinen Geschichten unterhalten zu dürfen!

Augsburg, August 2023 Christian Berner

EBENSO AUF AMAZON ERHÄLTLICH
ALS TASCHENBUCH ODER ALS E-BOOK

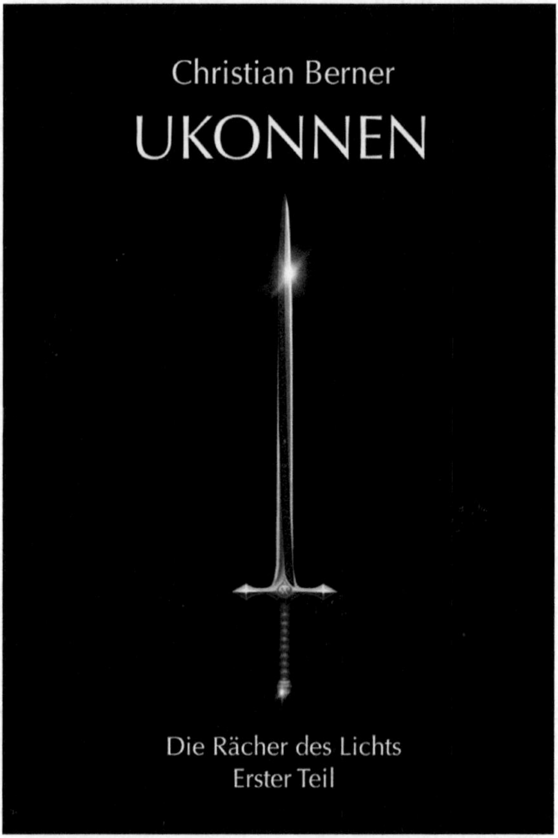

Folgt mir gerne auch auf Instagram
@christianberner_fantasyautor und Facebook oder
besucht mich auf meiner Homepage: christianberner.eu

Printed in France by Amazon
Brétigny-sur-Orge, FR

18648873R00318